Holger Weinbach

Die Eiswolf-Saga

Brudermord

Teil 1

ACABUS | Verlag

Weinbach, Holger: Die Eiswolf-Saga. Teil 1: Brudermord, Hamburg, ACABUS Verlag 2010

2. Auflage
ISBN: 978-3-941404-39-7

Die eBook-Ausgabe dieses Titels trägt die ISBN 978-3-941404-40-3 und kann über den Handel oder den Verlag bezogen werden.

Lektorat: Daniela Sechtig, ACABUS Verlag
Covermotiv: nach einem Runenstein von Erik dem Roten, mit freundlicher Genehmigung des Ribe VikingeCenter, Lustrupholm, Lustrupvej 4, DK-6760 Ribe
Umschlagsgestaltung: Anja Kaiser (www.anja-kaiser.com)

Der ACABUS Verlag ist ein Imprint der Diplomica Verlag GmbH, Hermannstal 119k, 22119 Hamburg.

Bibliografische Information der Deutschen Nationalbibliothek
Die Deutsche Nationalbibliothek verzeichnet diese Publikation in der Deutschen Nationalbibliografie; detaillierte bibliografische Daten sind im Internet über http://dnb.d-nb.de abrufbar.

http://www.acabus-verlag.de
Printed in Germany

Für Gabriele

Anno 949 – Svea
Prolog

Die Sonne brannte unbarmherzig auf die spröde, rissige Erde der Lichtung und keine einzige Wolke war am Himmel zu sehen. Alveradis wusste allerdings, dass dies nicht eines der gefürchteten Dürrejahre werden würde, welches die gesamte Ernte zunichte machen könnte. Obwohl der letzte ausgiebige Regen bereits einige Wochen zurücklag, wiesen die Blätter der angrenzenden Bäume noch immer ein sattes Grün auf. Sie vermochten diese Trockenheit zu überdauern, doch nicht alle Pflanzen konnten diese Hitze in gleichem Maße überstehen. Aus diesem Grunde lockerte Alveradis die Erde ihrer Kräuterbeete mit einem angespitzten Stab auf und bewässerte sie. Etwas außer Atem strich sie eine graue, lockige Strähne aus dem Gesicht und stützte sich auf den Stab. Obwohl sie schon viele Winter gesehen hatte, fühlte sie sich noch immer jung und kraftvoll. Mit einer schützenden Hand über den Augen blinzelte Alveradis in den strahlend blauen Mittagshimmel. Ein Lächeln umspielte ihre Lippen, denn sie konnte den herannahenden Regen bereits fühlen. Sie spürte es stets, wenn Niederschlag im Anzug war, selbst wenn sich noch keine Wolken am Himmel zeigten. Lange würde es jetzt nicht mehr dauern.

Alveradis' Mutter hatte früh erkannt, dass ihre Tochter, ebenso wie sie, das Gesicht besaß. Eine Gabe, Dinge zu sehen, die einst waren, sind und vielleicht eines Tages sein werden. Unter der Führung ihrer Mutter hatte Alveradis schon als Kind begonnen, mit dieser besonderen Fähigkeit zu leben, statt sich davor zu fürchten, das sehen zu können, was den meisten Menschen auf immer verborgen bleiben sollte.

Furcht war einer der Gründe, warum Alveradis lieber allein im Wald lebte. Nicht ihre eigene, sondern die der anderen. Denn wer das Gesicht besaß, wurde oft gefürchtet und konnte allzu schnell das Misstrauen und den Hass der anderen auf sich ziehen. Ihre Mutter hatte früh den Kontakt zu anderen Menschen gemieden, wurde jedoch von ihnen aufgesucht, wenn sie ihre Hilfe benötigten. Ja, obwohl man sie argwöhnisch betrachtete, war Alveradis weithin als weise Frau bekannt, und wenn der Klerus bei Krankheiten keinen Rat wusste, so wandten sich die Menschen an sie.

Mit geschlossenen Augen holte Alveradis tief Luft und genoss die heißen Sonnenstrahlen. Sie mochte den Duft des Waldes, doch im Herbst liebte sie ihn ganz besonders. Dann vermischte sich eine Vielzahl von Gerüchen, die es nur zu dieser Jahreszeit gab, auf ganz eigene Weise. Tod und Vergänglichkeit lagen darin, doch das störte Alveradis nicht. Sterblichkeit gehörte für sie ebenso zum ewigen Kreislauf des Lebens wie die Geburt eines jeden Wesens, sei es Mensch, Tier oder Pflanze.

Mit dem Sommerduft in der Nase, aber dem Geruch des Herbstes in Erinnerung, ließ sie sich auf ihrem Lieblingsplatz nieder: einem alten Baumstamm, der vor langer Zeit entwurzelt worden war. Äste und Rinde waren längst verschwunden. Das einst braune Holz des Stammes hatte eine felsengleiche, graue Farbe angenommen und nur noch die dicksten Wurzelansätze ragten bizarr in alle Richtungen. Der Stamm lag im Schatten der Bäume und bot ein willkommenes, kühles Plätzchen.

Alveradis genoss die Ruhe und ihr Blick schweifte über die Lichtung. Neben dem kleinen Kräutergarten befand sich ihre windschiefe Hütte. Sie stand schon lange hier und zwei große Eiben in ihrer Nähe hatten bereits begonnen, sie mit ihren Ästen zu vereinnahmen.

Die Hütte bot gerade ausreichend Platz, um eine Schlafstätte, eine Feuerstelle und einen winzigen Tisch mit einer kleinen Bank zu beherbergen. Entlang der Wände befanden sich einige grob gezimmerte Regale. Allerlei Behältnisse und Kleinutensilien mit Heilmitteln standen dort neben Symbolen der alten Gottheiten in scheinbarer Unordnung.

Ihr Blick zog weiter über die kleine Wiese hinweg, bis zu den drei großen, flachen Felsen aus dunklem Gestein. Sie waren alt und gewaltig. Sie mochten Alveradis nahezu um das Zweifache überragen, stünden sie noch aufrecht an ihrem Platz. Doch sie lagen eigenartig auf dem Erdboden, als seien sie vor langer Zeit gestürzt worden. Seltsamerweise waren sie weder von Moos noch von Buschwerk überwuchert, sondern lagen frei wie eben erst in das Gras gebettet. Alveradis fragte sich oft, ob sie einst von Menschen- oder Götterhand an diese Stätte gebracht worden waren.

Wind und Regen hatten die Felsen mit der Zeit gratlos blank geschliffen, dass sie in der Mittagssonne glänzten. Vermutlich standen sie einst gerade nebeneinander und mochten in früheren Tagen einmal Teil eines Steinkreises der alten Götter gewesen sein.

Alveradis konnte die Energie spüren, die von dem Gestein ausging. Eine Kraft, die sie als so überwältigend empfand, dass sie es nie wagte, sie auch nur mit den Händen zu berühren. Sie respektierte ihre Existenz und die Kraft dieser Felsen und fühlte sich in ihrer Gegenwart sogar wohl, hielt jedoch stets einen gebührenden Abstand zu ihnen.

Alveradis lehnte sich zurück, schloss die Augen und ließ sich von dem sanften Rauschen der Blätter treiben. Plötzlich brach ein kleiner Junge mit lautem Rascheln durch das Blattwerk des Unterholzes und trat am gegenüberliegenden Ende auf die Lichtung. Unsicher, ob er hier wohl richtig war, zögerte er kurz. Es schien, als habe er nicht erwartet hier auf eine Behausung zu stoßen, obwohl sie doch sein

Ziel war. Erst als er Alveradis erblickte, erhellte sich sein Gesicht, und er machte ein paar vorsichtige Schritte auf sie zu.

„Alva", rief er zaghaft ihren Namen, wofür der kleine Brun all seinen Mut aufbringen musste. Angespannt stand er da und wusste nicht, ob er einen weiteren Schritt auf sie zu wagen sollte.

„Komm ruhig näher", sprach Alveradis mit freundlicher Stimme und streckte ihm eine Hand entgegen. „Ich beiße nicht!" Ihr Lächeln überzeugte den Knaben schließlich und er lief mit seinen nackten Füßen zu ihr.

„Alva", wiederholte er, diesmal mit deutlich festerer Stimme.

„Ja, mein junger Brun, was führt dich hierher?"

„Vater sagt, es ist soweit."

Ein strahlendes Lächeln überzog das Gesicht des Knaben. Er war sichtlich erleichtert, seinen Auftrag ohne Fehl ausgeführt zu haben. Mit großen, erwartungsvollen Augen starrte er Alveradis an.

„Und was sagt deine Mutter?"

Die Frage überraschte Brun. Er hatte sich eine klare Anweisung erhofft und sein Lächeln verschwand wieder. Verstört richtete er seinen Blick zu Boden und überlegte. Alveradis wartete geduldig auf eine Antwort und kurz darauf hob der Junge erneut seinen Kopf und schaute sie mit traurigen Augen an. Seine Stimme war belegt, als er sprach.

„Mutter sagt gar nichts mehr."

Alveradis nahm die kleinen Hände in die ihren und zog ihn besorgt näher. „Wie geht es ihr?"

„Sie stöhnt viel und hält sich den Bauch. Vater meint, das Feuer brenne in ihr."

„Gut", kommentierte Alveradis. Es war zwar ganz und gar nicht gut, was sie soeben gehört hatte, doch sie wollte den Jungen jetzt nicht noch weiter verängstigen, indem sie ihre Sorge aussprach.

„Lauf jetzt rasch zurück und berichte, dass ich mich sogleich auf den Weg machen werde."

Statt kehrtzumachen, blieb Brun einfach stehen. In seinen Augen zeigte sich plötzlich eine ungekannte Furcht und er blickte schnell wieder zu Boden. Seine Füße begannen unruhig hin und her zu scharren, als fühle er sich in die Enge getrieben.

„Du musst mit mir kommen!", murmelte er schließlich. „Wenn ich ohne dich nach Hause komme, setzt es wieder was."

Alveradis verstand nur zu gut, was Brun damit meinte. Ulf, das Oberhaupt der Familie, griff bei Ungehorsam zu Gewalt. Seine drei Söhne kannten das zur Genüge. Sie konnten seine Launen gut einschätzen und wussten sich notfalls von ihm fernzuhalten. Doch beim Überbringen einer schlechten Nachricht dürfte das schwierig werden.

Anders stand es diesbezüglich um Freya, Ulfs schwangere Frau. Sie musste seine Übellaunigkeit stets erdulden, ohne dagegen etwas ausrichten zu können. Einfach aus dem Haus zu laufen wie ihre drei Sprösslinge, bis sich das Gemüt ihres Gemahls wieder abgekühlt hatte, das durfte sie als sein Eheweib nicht. Sie hatte im Haus zu bleiben, ganz gleich wie ihr Gatte gelaunt war. Immerhin schlug Ulf sie nicht mehr, seit sie das Kind in sich trug. Dazu war er viel zu gottesfürchtig und das Schlagen einer Frau mit der Frucht im Leibe war eine Sünde. Aber das hieß noch lange nicht, dass er Freya in den kommenden Stunden eine Hilfe sein würde, schon gar nicht, wenn Ulf übel gelaunt war.

Um Brun die Angst zu nehmen, die ihm noch immer im Gesicht stand, drückte Alveradis sachte seine Hände. „Warte hier auf mich, ich muss nur rasch noch einige Sachen zusammenpacken, bevor wir losgehen."

Der Knabe nickte erleichtert, und das Lächeln kehrte auf seine Lippen zurück. Alveradis erhob sich und verschwand in ihrer Hütte. Einige Augenblicke später trat sie mit einem prall gefüllten Lederbeutel und einem langen Wanderstab wieder auf die Lichtung. „Komm", rief sie dem Jungen zu, „lass uns eilen!"

Zu zweit bahnten sie sich ihren Weg durch den Wald, bis sie nach einer Weile eine alte Straße kreuzten, die auf direktem Wege ins Dorf führte. Alveradis schritt nun weiter aus und Brun hatte Mühe mitzuhalten. Doch er beschwerte sich nicht, denn er begriff, dass sie jetzt nicht trödeln durften.

Sie folgten der Straße und schon bald tauchten die grauen, strohbedeckten Dächer der Siedlung in der Ferne auf, sanft in die hügelige Landschaft eingebettet. Ulfs kleiner Hof lag in der Nähe des einzigen Tores, direkt hinter dem Palisadenwall, und das war Alveradis ganz recht. So musste sie nicht auch noch das ganze Dorf durchqueren und sich den neugierigen Blicken aussetzen, die sie ernten würde. Die Dorfbewohner nahmen Alveradis' heilende Fähigkeiten bei Bedarf zwar in Anspruch, gerne gesehen war sie deshalb in guten Tagen aber noch lange nicht. Schließlich war sie weithin als wilde Frau bekannt, die allein an einem gottlosen Ort lebte, den kein guter Christ jemals freiwillig betreten würde.

Vor der schäbigen Tür eines maroden Hauses angekommen, klopfte Alveradis mit ihrem Stab an und verkündete laut ihren Namen. Sie wartete nicht auf eine Antwort, sondern öffnete die Tür und betrat einen engen, stickigen Raum, der im Winter sowohl Mensch als auch Tier beherbergte.

In der Mitte befand sich eine Feuerstelle mit kalter Asche. Die Sonnenstrahlen, die durch den offenen Rauchabzug im First des Daches eindrangen, erhellten das Dunkel des Raumes ein wenig. Staubkörner tanzten wirbelnd in dem schwachen Licht zum Dach empor.

Neben einem einfachen Tisch mit zwei Holzbänken befand sich das mit altem, schmutzigem Stroh aufgefüllte Lager, auf dem sich die schwangere Freya befand. Sie lag mit geschlossenen Augen, tief atmend und mit beiden Händen ihren prallen, runden Bauch haltend, als befürchte sie, er könnte jeden Augenblick bersten. Ihr Haar war schweißnass und das einfache Leinenkleid klebte an ihrem Körper.

Alveradis näherte sich dem Lager und ignorierte Ulf, der aufgebracht von der Bank gesprungen war. Die Kräuterkundige legte Tasche und Stab beiseite, kniete auf den gestampften Erdboden neben dem Lager nieder und betrachtete Freya mit prüfenden Augen. Mit Schrecken erkannte sie den Zustand der Frau. Ihr vorwurfsvoller Blick traf den Bauern, doch der reagierte nicht. Ulf stand nur mit halboffenem Mund da und glotzte wie eines seiner wenigen tumben Schafe.

„Freya", flüsterte Alveradis leise. Keine Reaktion. Nur das gleichmäßige, tiefe Atmen. „Freya! Ich bin es, Alveradis."

Die Schwangere öffnete ihre glasigen Augen und versuchte mit Mühe, sich an die Lichtverhältnisse zu gewöhnen. Schließlich erkannte sie die Besucherin. Erleichterung zeigte sich auf ihrem erschöpften Gesicht und ihre Worte kamen geflüstert über die spröden Lippen. „Alveradis! Dem Herrn sei gedankt, du bist gekommen. Das Kind ist früh dran."

„Ich weiß, Freya. Doch nicht zu früh. Es wird mit Sicherheit gesund und kräftig sein."

Die Worte wirkten beruhigend und während Alveradis Freya beim Trinken aus einer Schale half, wies sie Ulf an, Wasser abzukochen, ein paar Gefäße bereitzustellen und frisches Stroh für das Lager zu bringen. Sie würdigte ihn dabei nicht eines Blickes und Ulf gab keinen Laut von sich. Entweder war er verblüfft, wie diese Frau mit ihm umsprang, oder froh darüber, in dieser Situation klare Anweisungen zu erhalten. Alveradis war nur wichtig, dass er gehorchte, und er tat es wortlos.

Die Heilerin beobachtete Freya während ihrer unregelmäßigen Wehen genau und Ulf kam seinen Aufgaben nach. Wasser wurde in einem verbeulten Kessel über einem frisch entfachten Feuer erhitzt und in Becher und Schalen gegossen. Anschließend verließ der Bauer fluchtartig das Haus, als befürchtete er, noch weiter in das Geschehen mit einbezogen zu werden.

Alveradis ließ ihn ziehen. In einige Schalen streute sie ausgewählte Kräuter, um verschiedenes Gebräu herzustellen. Der aufsteigende Wasserdampf wandelte die trockene Hitze des Tages in eine unerträgliche, bleierne Schwüle. Der starke Duft der Kräuter hingegen befreite den Geist und schärfte sämtliche Sinne.

Freyas Zustand blieb unverändert. Die Wehen kehrten nach wie vor in unregelmäßigen Abständen wieder und trugen nicht dazu bei, die Geburt voranzutreiben. Alveradis tastete den Bauch sanft ab.

„Was spürst du?", fragte sie Freya.

„Etwas stimmt nicht“, antwortete sie mit zitternder Stimme. Alveradis nickte kurz und schloss die Augen, um sich ganz auf das Kind zu konzentrieren. Erneut tastete sie den Bauch ab.

Sie fühlte, wie das Ungeborene ihren forschenden Händen auszuweichen versuchte, doch es hatte nicht mehr viel Platz.

Brun, der seit Ulfs Verschwinden stumm in einer Ecke gesessen hatte, hielt in der nahezu unerträglichen Stille des stickigen Raumes den Atem an. Erst als Alveradis wieder den Kopf hob, hörte man ihn leise nach Luft schnappen. Die Blicke der beiden Frauen fanden sich.

„Es liegt falsch!“

Freya nickte stumm. Sie hatte es befürchtet. Angst zeichnete sich in ihren Augen ab, doch Alveradis sanfte Worte und Lächeln beruhigten sie wieder. „Nicht so falsch, dass wir es nicht ausrichten könnten! Wir müssen dem Kind helfen, eine bessere Lage zu finden.“

Die Gesichtszüge der Bäuerin entspannten sich mit einem Seufzen. Freya wusste nach sieben Niederkünften genau, was es bedeutete, wenn ein Kind nicht richtig im Mutterleib lag. Sie hatte bereits drei Kinder durch Tot- oder Fehlgeburten verloren, ein viertes Kind war während eines harten Winters gestorben.

Bisher hatte Freya ausnahmslos Knaben zur Welt gebracht. Ulf war mächtig stolz darauf, auch wenn er zu den Geburten nicht das Geringste beigetragen hatte. Diesmal hoffte Freya auf ein Mädchen, doch diesen Wunsch hegte sie schon seit Jahren. Wahrscheinlich würde es wieder ein Junge werden. Im ganzen Dorf rechnete man schon damit, war es doch bekannt, dass Ulf nur Knaben in seinem Haus duldete. Ein Mädchen wäre ihm ein Dorn im Auge und bedeutete nur, ein weiteres Maul zu stopfen.

„Brun, lauf und hole deinen Vater!“ Der Junge sprang sofort auf und lief aus dem Haus. Alveradis widmete sich wieder der Schwangeren. „Hier, trinke von diesem Gebräu. Es wird dir bei den nächsten Wehen helfen.“

Freya folgte der Kräuterfrau ebenso willig wie ihr jüngster Sprössling. Sie leerte die Schale mit dem würzigen Trank in einem Zug. Kurz darauf betrat Ulf zögerlich das Haus. Er fühlte sich sichtlich unwohl in seiner Haut und blieb an der Tür stehen. Alveradis verlor keine Zeit. „Ulf, komm her und hilf mir. Wir müssen das Kind drehen!“

Ulf regte sich keinen Fingerbreit. Alveradis ging davon aus, dass er ihre Worte verstanden hatte, doch auf seinem Gesicht zeigte sich erneut dieser schafsähnliche Ausdruck. Statt wie gefordert herzukommen, schüttelte Ulf nur zögernd den Kopf. In diesem Augenblick begriff Alveradis, dass der kräftige Mann Angst vor der Geburt hatte. Es verwunderte sie nicht, denn eine Geburt war etwas, was nur die wenigsten Männer begriffen und mit dem die meisten von ihnen auch nichts zu tun haben wollten. Jetzt allerdings benötigte sie eine starke Hand. Sie hatte weder die Zeit noch verspürte sie die Lust dazu, mit Ulf darüber zu diskutieren und so traf Alveradis eine Entscheidung.

„Dann schicke mir Georg, deinen Ältesten. Aber beeil dich!“

Erleichtert von dieser Aufgabe entbunden zu sein, stolperte Ulf aus der Tür. Kurz darauf betrat ein muskulöser, groß gewachsener Jüngling in staubiger Kleidung das Haus.

Schnell eilte Georg an das Lager seiner Mutter, kniete neben ihr nieder und streichelte voll Zuneigung die heißen Wangen. Alveradis gönnte ihnen einen kurzen Augenblick, unterbrach sie dann aber und sprach mit ruhigem Ton auf Georg ein.

„Wir müssen dem Kind helfen und es im Bauch drehen.“

Die Kräuterfrau erklärte Georg ihr Vorhaben. Seine Augenbrauen zogen sich dabei angestrengt zusammen, doch Alveradis war davon überzeugt, dass er ihre Anweisung begriff. Zur Bestätigung nickte er mit dem Kopf und raffte sich sofort auf. Georg war schon immer wortkarg gewesen und Worte waren jetzt auch nicht gefragt.

Bevor sich die nächste Wehe anbahnte, brachten sich die beiden in Position. Alveradis gab ein kurzes Zeichen, als sich Freyas Atem beschleunigte und ihr Bauch sich verhärtete. Georg tat, was die Heilerin von ihm erwartete, und sie begannen zu zweit, das Becken der Schwangeren zu heben und hin und her zu bewegen. Mit zunehmender Intensität der Wehe verstärkten sie auch das Schaukeln, bis sie schließlich den Unterleib regelrecht durchschüttelten. Erst als Freya sich entspannte, ließen beide Helfer wieder von ihr ab.

Diese Prozedur wiederholten sie mehrere Male, danach erhob sich Alveradis erschöpft und dankte Georg, dem vor Anstrengung ebenfalls der Schweiß auf der Stirn stand. Seine Hilfe wurde im Augenblick nicht mehr benötigt und Alveradis stellte ihm frei, zu bleiben oder zu gehen. Georg versprach seiner Mutter, so schnell wie möglich zurückzukehren und ging hinaus, um sein Tagewerk zu beenden. Brun hatte alles stumm und angespannt beobachtet. Abwechselnd blickte er seine Mutter und Alveradis an.

„Keine Sorge, mein Junge. Mit den nächsten Wehen wird sich das Kind seinen Weg neu bahnen“, erklärte Alveradis.

Kurz darauf kündigte sich schon die nächste Wehe an. Zu dritt ließen sie einige mit geduldigem Schweigen verstreichen. Danach tastete Alveradis erneut gründlich den Bauch ab. Schließlich nahm sie ihre Hände wieder zu sich und lächelte. „Sehr gut, jetzt liegt es richtig.“

Erleichtert entspannte sich Freya auf dem Strohlager. Von nun an nahm alles einen geregelten Verlauf. Die Abstände der Wehen wurden gleichmäßiger. Um das Ungeborene machte sich Alveradis inzwischen kaum noch Sorgen. Was sie unter der Bauchdecke ertastet hatte, schien ein kräftiges und gesundes Kind zu sein. Vielmehr bereitete ihr Freyas Zustand Kummer. Fieber glühte heiß in ihr und die lange Zeit der Wehen hatte die Schwangere sichtlich geschwächt. Die eigentliche Geburt und die damit verbundenen Phasen voll schmerzhafter Wehen würden ihr noch einiges an Kraft abverlangen.

Alveradis bezweifelte, ob Freya diese am Ende noch würde aufbringen können.

Zur Stärkung wollte die Kräuterfrau ihr ein süßliches Gebräu einflößen, doch selbst das strengte Freya derart an, dass sie nur wenig zu sich nehmen konnte. So verstrich die Zeit, unterbrochen von den regelmäßigen Wehen und dem rhythmisch wechselnden Atem der Gebärenden.

Am frühen Abend kündigte ein fernes, dumpfes Grollen den lang ersehnten Regen an. Die offene Haustür gewährte einen Blick auf die langsam nahende, schwarze Wolkenfront, die den westlichen Horizont bereits verdunkelte. Die tief stehende Sonne verschwand allmählich dahinter, und der späte Tag wurde merklich düsterer. Eines der kostbaren Talglichter wurde entzündet, um Alveradis etwas mehr Licht zu spenden. Wind erwachte zum Leben und blies frische Luft in das schäbige Haus, deren Kühlung alle Anwesenden dankbar annahmen.

Plötzlich verkrampfte sich Freya stärker als jemals zuvor. Die Wehen des Übergangs, auf die Alveradis schon lange wartete, setzten endlich ein.

In diesem Augenblick betraten Georg und Thorben, der zweitälteste Sohn, das Haus. Sie spürten die Anspannung, setzten sich stumm neben ihren jüngsten Bruder auf die Bank und beobachteten mit sorgenvollen Blicken die Anstrengungen ihrer Mutter.

Eine Kontraktion jagte die nächste in so kurzen Abständen, dass sich Freya in den Pausen kaum erholen konnte. Ihre Hände umklammerten die Unterarme der Heilerin, ihre Fingernägel bohrten sich tief in die Haut. Alveradis' Gesichtsausdruck verriet nicht, ob sie es überhaupt wahrnahm. Sie konzentrierte sich ganz auf Freya. Alles verlief gut, und wie erwartet, folgte bald darauf die erste Anstrengung des Pressens.

Bei jeder neuen Verkrampfung des Bauches hielt Freya den Atem an und versuchte mit aller Kraft, das Kind aus dem Leib zu drücken. Schweiß rann ihr über Gesicht und Hals, und Alveradis war überrascht, welche Kräfte die Gebärende noch aufbrachte.

„Ich kann den Kopf schon sehen", rief Alveradis plötzlich aufmunternd. Freya hörte es nicht. Sie war erschöpft und hatte kaum noch Kraft, die Augen offen zu halten, geschweige die nächste Wehe zu meistern. Alveradis versuchte, sie zu ermutigen. „Nur noch wenige Male, dann hast du es geschafft."

„Ich kann nicht mehr", hauchte Freya nahezu tonlos.

„Doch, du kannst. Du musst! Es ist fast da."

„Keine Kraft, keine Kraft!" Die letzten Worte waren nur noch ein Flüstern. Alveradis reagierte sofort.

„Brun, lege Holz nach! Thorben, sorge für ein paar möglichst saubere Leintücher und warmes Wasser." Beide Jungen sprangen sofort auf und erledigten, was von ihnen verlangte wurde.

Kaum hatte Alveradis Freya ein wenig Wasser eingeflößt, kam bereits die nächste Wehe. Doch die verlief anders als die vorherigen, denn Freya presste nicht mehr. Sie hatte alle Reserven aufgebraucht. Alveradis rief laut nach Ulf, der sich irgendwo vor dem Haus herumtrieb. Als er trotz wiederholten Rufens nicht erschien, erhob sich Georg und bot seine Hilfe an.

Auf Anweisung der Heilerin kniete er sich hinter seine Mutter und stützte sie in einer aufrechteren Haltung. Während Alveradis ihm tief in die Augen blickte, legte sie die Hände des Jünglings vorsichtig auf den prallen Bauch. „Bei den nächsten Wehen musst du von oben her immer wieder fest über den Bauch streichen und das Kind dadurch voranschieben. Wenn sie enden, nimmst du deine Hände wieder weg. Drücke nicht zu fest und nicht zu schnell, doch mit Bestimmtheit und Gefühl, etwa so." Alveradis übte einen sanften, aber deutlichen Druck auf Georgs Unterarme aus. „Traust du dir das zu?"

„Ich ... ich denke schon."

Kaum hatte Georg die Worte ausgesprochen, da brach auch schon die nächste Wehe über Freya herein. Sie stöhnte nur noch leise, apathisch und kraftlos. „Der Kopf ist frei", verkündete Alveradis mit leisem Flüstern, als die Wehe abklang, und das Strahlen in ihren Augen gab Georg Mut und Zuversicht.

„Brun, lass die Flammen jetzt richtig auflodern, damit es hier drinnen schön heiß wird. Das Kind wird sonst frieren, wenn es auf die Welt kommt, selbst bei dieser Sommerhitze. Der Wind ist tückisch und pfeift durch die Ritzen."

Der Junge lief sofort los und holte Holz, in Sorge um das Neugeborene. Da erhellte ein gleißender Blitz für einen Augenblick das Innere des Hauses, tauchte es in grelles Weiß und belebte es mit dämonischen Schatten, die den Anwesenden vor Schreck den Atem raubten. Ein gewaltiger, schmetternder Donnerschlag folgte. Das Gewitter war direkt über dem Dorf und der Sturm brach mit aller Macht los. Der Wind jagte in das kleine Haus und ließ die Tür auf- und zuschlagen, drückte die Flammen nieder, als wollte er sie zunichte machen. Doch Brun hatte rechtzeitig Scheite nachgelegt und die Flammen waren kräftig genug, um gegen die Böen zu bestehen.

Niemand kümmerte sich um die offene Tür, denn die nächste Wehe kündigte sich an. Alveradis nahm den Kopf des Kindes sanft in ihre Hände und zog ganz sachte, während Georg drückte und schob. Das leise Stöhnen Freyas und der tobende Sturm begleiteten ihre Mühen. Die Tür schlug in einem merkwürdigen

Rhythmus immer wieder auf und zu. Die Welt schien zusammenzuschrumpfen; es existierten nur noch die drei schweißgebadeten Menschen auf dem kleinen Strohlager.

Donner und Türschlag, begleitet von Blitz und Feuer.

Eine Schulter hatte sich bereits ihren Weg in die Welt gebahnt, als die Wehe verebbte und beide Helfer ablassen mussten. Die Flammen des Feuers loderten wild. Draußen hämmerten schwere Regentropfen laut gegen Dach und Wände; auf dem staubtrockenen Erdboden bildeten sich in kürzester Zeit Pfützen. Die Bäume krümmten sich unter der Last des Sturmes. Trotz des tosenden Unwetters und des prasselnden Feuers herrschte eine verschworene Stille unter den Dreien auf dem Lager.

Die nächste Wehe brach los. Alveradis zog erneut an dem kleinen Kopf des Kindes, stärker, als sie es vorgehabt hatte. Es blieb nicht mehr viel Zeit. Das Kind musste jetzt kommen. Freya lag bewusstlos da. Georg verspürte die gleiche Dringlichkeit wie Alveradis. Sein Drücken wurde stärker als es ihm die Heilerin gezeigt hatte und die schweißnassen Hände drohten auf dem nackten, prallen Bauch abzurutschen. Die Wehe ließ bereits nach und zu Alveradis Schrecken war die zweite Schulter des Kindes noch immer nicht zu sehen.

„Weiter!“, rief Alveradis. „Noch ein Stückchen. Die Schulter ist beinahe frei.“

Kaum hatte sie es ausgesprochen, kam bereits die nächste Wehe. Sie schoben und zogen und plötzlich löste sich die zweite Schulter mit einem kleinen Ruck, dass Alveradis beinahe hinten über fiel. Sofort griff sie nach dem kleinen Oberkörper des Kindes und nutzte die abklingende Wehe, um noch einmal kräftig zu ziehen. Wie auf ein Signal hin erlangte Freya plötzlich wieder das Bewusstsein und begann noch einmal mit allen Kräften zu pressen.

Mit einem Schrei der Erleichterung aus Freyas Munde kam das Kind frei und glitt auf das bereitliegende Leintuch. Schnell wickelte Alveradis es darin ein, um den nassen Körper gegen den Wind zu schützen.

Georg ließ seine Mutter sachte auf das Stroh sinken, stand auf und schloss die Tür. Das Brüllen des Sturmes war ausgesperrt und der enge Raum wandelte sich in einen Ort der Stille. Die Flammen beruhigten sich und züngelten friedlich an den Holzscheiten.

Alveradis hielt das eingehüllte Kind auf dem Arm, nahm ein angefeuchtetes Tuch und säuberte den kleinen Kopf mit dem zierlichen Gesicht und dem roten Haar. Da öffneten sich die kleinen Augen und in diesem Augenblick schien die Welt den Atem anzuhalten. Der Sturm war fern, das Feuer glimmte nur noch. Es war nichts zu hören. Weder Sorgen noch Nöte, einzig das kleine, unschuldige Kind zählte. Alle Blicke waren auf das Neugeborene gerichtet. Die jungen, strahlend blauen Augen schauten sich neugierig um, als wollten sie die Welt mit den ersten Blicken verstehen. Kein Laut erklang aus dem kleinen Mund.

Während Alveradis wartete, dass das Pulsieren der Nabelschnur nachließ, legte sie das Kind auf den Bauch der erschöpften Mutter. Tränen der Freude und der Erleichterung liefen über Freyas Wangen. Sie war noch zu schwach, um das Kind mit all ihrer Wärme zu empfangen, und so half ihr Alveradis. Der Kontakt mit der Mutter gefiel dem Kind und es suchte instinktiv nach der Brust.

Nach einer Weile überließ Alveradis das Halten des Säuglings Georg, schaute sich um und sah Ulf an der Tür stehen. Der unerbittliche Regen hatte ihn in das Haus zurückgetrieben. Er hielt es offensichtlich nicht für nötig, das Neugeborene in Augenschein zu nehmen, geschweige in den Armen zu halten.

Ruhig kam Alveradis auf den Bauern zu. Ulf vermied es, ihr in die Augen zu blicken und starrte nur auf sein Weib. Der Kräuterkundigen warf er lediglich ein kurzes, aber forderndes „Und?“ an den Kopf.

„Deiner Frau geht es nicht gut!“ Als keine Reaktion von Ulf kam, fuhr Alveradis verärgert fort. „Das Fieber brennt heiß in ihr, als ginge sie durch die Gluten der Hölle. Du musst sie jetzt gut pflegen. Sie ist schwach und benötigt deine Hilfe.“

Ulfs Gesichtszüge verrieten nicht, wie er darüber dachte. „Was ist mit dem Kind?“

Alveradis wurde wütend. Freya hatte soeben unter schwierigsten Umständen sein Kind zur Welt gebracht und ihn interessierte es offensichtlich nicht im Geringsten, wie es um sie stand.

„Was soll schon damit sein?“, erwiderte Alveradis gereizt.

„Was ist es?“

„Was es ist?“, wiederholte die Heilerin, obwohl sie genau wusste, was Ulf eigentlich hören wollte. Doch so ohne Weiteres wollte sie ihm die Antwort nicht geben. „Es ist ein Menschenkind, mit Armen, Beinen und einem Kopf. Es hat Augen und Mund, Nase und Ohren. Der Heiligen Schrift nach ist es die Krönung der Schöpfung und ...“ Alveradis hielt kurz inne und beugte sich Ulf entgegen, um ihm mit einem zufriedenen Lächeln zuzuflüstern. „... es ist ein Mädchen!“

Ulf war entsetzt, seine Augen weiteten sich. Enttäuschung und Zorn waren ihm unverhohlen anzusehen. Mit verbitterter Miene wandte er sich langsam ab und ging mit gesenktem Haupt hinaus in den peitschenden Regen. Wahrscheinlich würde er jetzt die Dorfschenke aufsuchen, um sein Leid zu beklagen und die Enttäuschung zu ertränken. Vielleicht würde er Mitleid bei anderen Männern finden.

‚Welch bedauernswerte Geschöpfe sie doch manchmal sein konnten, diese Männer‘, dachte Alveradis, als sie kopfschüttelnd dem davonstapfenden Ulf nachschaute.

Sie schloss die Tür und ging zu Georg, um leise mit ihm zu sprechen. „Du musst dich jetzt um deine Mutter kümmern. Das Fieber wütet in ihr und verzehrt sie. Ich weiß, sie ist stark, sonst hätte sie die Geburt nicht überstanden. Doch im Augenblick ist sie sehr geschwächt. Ich werde sie nicht allein lassen, doch in der nächsten Zeit musst du ihr ebenfalls zur Hand gehen."

Anders als sein Vater war Georg um Freya sehr besorgt und Alveradis wusste, dass er sie nicht im Stich lassen würde, trotz der vielen Arbeit auf Hof und Feld vom frühen Morgen bis zum Sonnenuntergang.

Georg stellte nur eine knappe Frage: „Wie steht es um sie?"

„Ich weiß es nicht", gestand Alveradis. „Das Fieber bereitet mir Sorge. Es raubt Freya die letzten Kräfte. Ich muss die Nachgeburt abwarten, bevor ich mehr sagen kann."

Ihr Blick schweifte kurz zu Freya, an deren Seite die beiden jüngeren Söhne knieten. Sie kümmerten sich um die Mutter und um ihre neue Schwester. Mit gedämpfter Stimme sprach Alveradis weiter. „Ich möchte keine falsche Hoffnung wecken und spreche offen zu dir. Es kann sich zwar alles zum Guten wenden, doch es könnte auch sein, dass sie es nicht überlebt. Wenn sich die Nachgeburt nicht richtig löst und deine Mutter zu viel Blut verliert, dann kann auch ich nichts ausrichten."

In Georgs Augen zeigte sich Schrecken. Schnell packte Alveradis ihn am Oberarm, zog ihn näher zu sich heran und flüsterte ihm ins Ohr. „Behalte es für dich. Weihe deine Brüder noch nicht ein, auch wenn es Freya sichtlich schlechter gehen sollte. Sie hängen noch zu sehr an ihrer Mutter. Ich werde euch zur Seite stehen, soweit es mir möglich ist. Wir werden unser Bestes versuchen, um es zum Guten zu wenden. Doch manches liegt nicht in unserer Hand und wird von höheren Mächten entschieden."

Die Kräuterfrau blickte Georg noch einmal tief in die Augen und sah darin Verwirrung, Angst und Hoffnung zugleich. Er war ein starker, junger Mann und er würde alles unternehmen, um seine Mutter zu retten. Alveradis gab sich einen befreienden Ruck, dankte Georg noch einmal für seine Hilfe und begab sich wieder an das Lager. Ihre Arbeit war noch nicht getan. Die Nabelschnur pulsierte noch, wenn auch schwach. Zu Alveradis Schrecken war das Stroh um Freyas Unterleib jetzt blutiger als unmittelbar nach der Geburt. Das war kein gutes Zeichen!

Sie wollte gerade etwas dagegen unternehmen, da bemerkte sie, wie sie von dem winzigen, rothaarigen Menschenkind genau betrachtet wurde. Alveradis spürte, wie das Kind in diesem Moment einen Platz in ihrem Herz beanspruchte. Zärtlich strich sie dem Kind über das feuchte Haupt.

„Welchen Namen soll sie bekommen?", fragte sie die Mutter.

„Sie soll Svea heißen."

„Svea …“, wiederholte Alveradis und ließ den Namen im Raum klingen. „Ein schöner Name.“ Mit einem Lächeln wandte sich Alveradis an das Kind. „Ja, ein wirklich besonderer Name, Svea! Willkommen in dieser Welt.“

Das Blut sickerte weiter in das Stroh, und Alveradis wusste noch nicht, wie der heutige Tag enden würde.

Die Pferde wurden unruhig, als der plötzlich aufkommende Wind die Blätter des nächtlichen Waldes in Bewegung setzte. Das ein oder andere Tier schnaubte laut und begann, nervös mit den Hufen im weichen Waldboden zu scharren. Ihre Reiter, mehrere Dutzend an der Zahl, konnten sie mit besänftigenden Worten wieder beruhigen. Sie waren in Rüstungen gekleidet und mit Langschwertern, Äxten und Schilden bewaffnet. Für sie galt es jetzt unbedingt, im Verborgenen zu bleiben.

Die vorderen Reihen der Bewaffneten, etwa die Hälfte, standen nahe am Waldesrand. Diese Reiter unterschieden sich in ihrer Erscheinung von den hinteren durch ihre Kleidung und Waffen, die in diesem Landstrich nicht üblich waren. Ein erfahrenes Auge konnte sofort erkennen, dass ihre seltsam bemalten Rundschilde, eigenartig kurzen Schwerter und Wurfäxte der Art des rauen Nordens entsprachen. Es waren die Waffen und Rüstungen der gefürchteten Nordmänner, der gnadenlos raubenden und mordenden Wölfe aus den kalten Landen jenseits der nördlichen Meere, die mit dem Auftauchen ihrer schlanken, schnellen Boote überall Angst und Schrecken verbreiteten.

Hier allerdings saßen sie völlig ruhig zu Pferd, als wären sie zuhause. Ein ungewöhnlicher Anblick, denn ein befahrbarer Fluss war etwa einen Tagesmarsch entfernt und es war bisher nicht überliefert, dass die Eiswölfe, wie sie im Volksmund auch genannt wurden, zu Pferd derart tief in fremdes Gebiet vordrangen, um Beute zu machen.

Umso seltsamer muteten die hinteren Reihen der Bewaffneten an. Selbst ein hiesiger Bauer hätte sie sofort als Landsleute erkannt. Ihre Rüstungen und Waffen entsprachen denen eines jeden Kriegers in der Grafschaft. Verwunderlich war, dass die beiden ungleichen, sonst feindlich gesinnten Gruppen, beinahe regungslos und friedlich miteinander warteten und die nahe, auf einer Felsenkuppe trutzende Burg jenseits des Waldes beobachteten.

Die Nacht war sternenklar. Das Mondlicht tauchte die Wiesen zwischen dem Wald und der Burg in ein fahles Licht. Es schien eine ungünstige Nacht für das Vorhaben zu sein, doch ein fernes Grollen aus dem Westen kündete einen heraufziehenden Sturm an. Erste Wolken verdunkelten bereits den Horizont. Bald würden sie den gesamten Himmel bedecken und das verräterische Licht des Mondes verbergen.

Bisher galt die Burg des Grafen als uneinnehmbar. Die Festung, mit einem starken Tor geschützt und von dicken Mauern umgeben, strahlte Macht und Sicherheit aus, als wolle sie die Wartenden verspotten. Stark prangte sie auf dem Felsen und wurde ihrem Namen gerecht, der landläufig *die Greifburg* lautete. Wie der Horst eines Raubvogels war auch diese Feste für Angreifer unerreichbar.

Die Anhöhe stieg vom Westen her steil an und bildete im Nordosten ein hoch aufragendes Felsmassiv, das in einem fast senkrechten Abgrund endete und unmöglich zu erklimmen war. Dieser zerklüftete Abschnitt des Felsens bildete einen Teil des Außenwalls der Burg. Die übrigen Mauern der Wehranlage bestanden aus festem, solidem Stein. Die meisten Burgen in den Landen besaßen nicht mehr als einen Palisadenwall mit einem Wehrgang und einem Bergfried zur Verteidigung, doch die Burg des Grafen war anders. Mit mehreren Türmen, überdachten Wehrgängen, schützenden Zinnen und einem mächtigen Burgtor war die Feste gegen einen direkten Ansturm gut gewappnet und sie würde einem solchen standhalten können, ohne größeren Schaden davonzutragen. Eingeteilt in Vor- und Hauptburg, befanden sich alle wichtigen Gebäude innerhalb der Feste, um als eine eigenständige Siedlung im Falle einer Belagerung bestehen zu können. Das Wichtigste, die Versorgung mit Wasser, wurde durch ein Brunnenhaus mit einer großen Zisterne gesichert. Zudem hatte der einstige Bauherr zahlreiche Vorratsstollen im Fels anlegen lassen, die meist gut gefüllt waren. Die Burgbesatzung mittels einer Belagerung auszuhungern, wäre ein langes Unterfangen.

Den einzigen Zugang zur Burg gewährte ein schmaler, sich links am steilen Hang anschmiegender Pfad. Er war gerade breit genug für einen Karren oder zwei Pferde nebeneinander. Jedem, der die Absicht hatte die Burg zu erstürmen, blieb nur dieser Weg und er war gezwungen, den Schild zum Schutz in die rechte Hand zu nehmen und das Schwert im Futteral zu belassen. Andernfalls wäre er den Bogenschützen der Verteidiger schutzlos ausgeliefert. Sollte trotz aller Wehranlagen das Tor dennoch einmal fallen, so müsste der Feind noch gegen zahlreiche innere Verteidigungsanlagen bestehen, bevor er endlich zum Innenhof der Hauptburg und dem Bergfried gelangen konnte. Mit bloßer Gewalt war die Greifburg nicht einzunehmen. Wer es dennoch wagte, musste mit immensen Verlusten rechnen. „Die Gefallenen wären so zahlreich, dass man auf ihnen wie auf einer Stiege die Mauern mühelos erklimmen könnte“, hatte es einst ein Hauptmann geschildert, als man nach seiner Einschätzung, die Burg zu erstürmen, gefragt hatte.

Die wartenden Männer im Walde waren nicht für eine Belagerung ausgerüstet. Ihr Vorhaben musste schnell vonstatten gehen und ihr Erfolg hing nicht von ihrer Zahl, Überlegenheit und Kampfkraft ab, sondern von ihrer List, Schnelligkeit und Stille. So verharrten sie weiter geduldig, wenn auch angespannt in ihrem Versteck und beobachteten die Burg. Sie hofften auf das Zeichen für den baldigen Angriff.

Die Pferde traten nervös auf der Stelle. Es lag am Geruch der Leichen, die quer auf den Rücken einiger Rösser lagen. Immer wieder blähten sie ihre Nüstern auf, als wollten sie mit einem heftigen Schnauben den abstoßenden Gestank der Verwesung vertreiben.

Ein Blitz erhellte den Himmel kurz und grell.

Einige Pferde scheuten, als der Donner, unerwartet nahe, laut grollend zuschlug. Für einen kurzen Augenblick wurden die Gesichter der Männer erhellt. Manche zuckten ängstlich zusammen und einige Lippen sandten wohl Stoßgebete gen Himmel, dass der gerechte Herr ihnen nicht zürnen möge. Manche unter ihnen hielten sicherlich noch an dem fast vergessenen, heidnischen Glauben fest und riefen alte Gottheiten an. Welche Macht sie auch immer anflehen mochten, sie baten um deren Gunst und Beistand.

Nur das Gesicht eines Mannes war gänzlich unerschrocken. Er blickte ruhig auf die Burg, wirkte dabei entspannt, aber sehr bestimmt. Auf seltsame Weise strahlte dieser Mann sogar Zufriedenheit aus. Er hatte sein Pferd gut im Griff. Im Gegensatz zu vielen seiner Artgenossen regte sich das Tier nicht ein einziges Mal während des Donners. Dies war kein gewöhnliches Pferd, sondern ein gewaltiges, edles Schlachtross. Ein solches Tier war nicht so leicht zu erschrecken, waren ihm doch lärmende Kämpfe, Gewalt, Blut und der Geruch des Todes vertraut. Das Pferd passte aufgrund seiner großen und muskulösen Statur ausgesprochen gut zu seinem Herrn, denn dieser überragte die meisten Männer um nahezu eine Hauptеslänge. Er war ein Fels von einem Krieger, groß, spröde und hart.

Auch die Gewandung des Mannes hob sich von jener der übrigen Krieger deutlich ab, war von weitaus feinerer Qualität. Beinkleider, Wams, Schulterschutz und Armschienen bestanden aus bestem Leder. Oberhalb des Kragens schimmerte schwach die eiserne Brünne des unter dem Leder getragenen Kettenhemdes hervor, die den gesamten Hals bis unter das Kinn schützte. In einem fein gearbeiteten Lederfutteral zu seiner Linken befand sich ein Langschwert und ein runder, mit Metall beschlagener Schild hing rechts an seinem Sattel.

Ohne Zweifel oblag diesem Krieger die Befehlsgewalt über die merkwürdige Reiterschar. Das war nicht nur daran erkennbar, dass die Männer einen respektvollen Abstand zu ihm hielten oder weil er feinere Gewandung trug. Nein, seine gesamte Erscheinung war es, die Autorität ausstrahlte.

Plötzlich löste sich einer der Reiter aus dem Dunkel der hinteren Baumreihen, statt wie befohlen an seinem Platz zu warten, und hielt auf den großen Krieger zu. Auch dieser Mann war anders gekleidet. Trotz der sommerlichen Schwüle hüllte er sich in einen schwarzen Mantel, unter dem er weder Waffen noch Rüstung trug. Eine Kapuze verbarg sein Gesicht völlig, doch sein Blick war unverkennbar ebenfalls starr auf die Burg gerichtet. Nach einem kurzen Zögern wandte er sich dem Anführer zu und seine raunende, eindringliche Stimme brach das Schweigen. „Die Männer und die Pferde werden langsam unruhig."

Der Kommandant reagierte nicht. Unsicher wandte sich der Verhüllte wieder der Burg zu und schwieg für eine Weile. Der Krieger erkannte an den unruhigen Händen die Nervosität des Mannes und so wunderte er sich nicht, dass dieser das befohlene Schweigen bald erneut brach: „Wo bleibt das vereinbarte Zeichen? Es ist längst überfällig! Wer weiß, ob Eure Spießgesellen nicht volltrunken bei einer Dirne liegen, statt ihren Auftrag auszuführen."

Einzig eine hochgezogene Augenbraue deutete darauf hin, dass der Krieger die Worte vernommen hatte. Trotz des soeben geäußerten Zweifels an seinem Durchsetzungsvermögen und der Loyalität seiner Verbündeten blieb seine Stimme ruhig, als er zum Gegenzug ansetzte. „Ich kann mich auf meine Männer verlassen. Es sind einfache Handgriffe, die ich von ihnen erwarte, und *glaubt* mir, sie führen diese nicht zum ersten Mal aus. Im *Glauben* seid Ihr doch stark, nicht wahr?"

Der Seitenhieb saß und die verhüllte Gestalt schwieg für einige Augenblicke, schluckte die Enttäuschung und die eigene Angst herunter. Doch lange konnte sie die Stille nicht bewahren: „Die Männer können sich und ihre Tiere kaum noch zurückhalten. Seht Ihr denn nicht, wie angespannt sie sind? Ein Wiehern oder ein Husten kann uns verraten. Der aufkommende Wind trägt die Geräusche heute Nacht weit und es würde mich nicht wundern, wenn er den Gestank der Leichen bereits bis zur Feste getragen hat."

„Habt Ihr schon einmal eine Schlacht erlebt? Ward Ihr schon einmal bei der Erstürmung einer Burg dabei? Oder vielleicht bei dem galoppierenden Ritt der Vorhut auf das feindliche Heer zu? Habt Ihr schon einmal das bebende Zittern der Erwartung kurz vor dem Zusammentreffen von Lanze mit Schild, Rüstung und Fleisch gespürt?"

Wäre das verhüllte Gesicht unter der Kapuze zu sehen gewesen, so hätte der Krieger Abscheu erkannt. So war allerdings nur die Stimme zu vernehmen, die nicht viel mehr als eine gezügelte Entrüstung preisgab. „Was denkt Ihr? Natürlich nicht! Schließlich bin ich ein Diener des Herrn und kein Krieger!"

„Dann tut das Eurige, um die Männer zu beruhigen und erteilt die Absolution!"

Der Befehlshaber duldete keine Widerrede. Obwohl der Kleriker kein Getreuer des Kriegers war, fügte er sich dennoch, wenn auch zögerlich. Als er sein Pferd bereits gewendet hatte, hielt er noch einmal inne, um dem Kommandanten erneut die Stirn zu bieten. „Vergesst nicht, ich riskiere viel mit meiner Anwesenheit."

„Wer in seinem Leben nichts wagt, der wird auch nichts gewinnen. Und gewinnen ist doch genau das, was Ihr am meisten wollt, und zwar noch im Diesseits, nicht wahr? Wenn ich Euch richtig einschätze, so haltet Ihr es nicht ganz so streng mit den Worten, die von den Kanzeln der Kirchen gepredigt werden. Ihr vertraut doch nicht nur auf eine nicht greifbare Belohnung im Jenseits. Oder täusche ich mich?"

Der Priester suchte nach einer passenden Antwort, entschied sich jedoch zu schweigen und bewegte seinen Gaul schließlich zu den wartenden Reitern, um seinen Beitrag zum Gelingen des nächtlichen Vorhabens zu leisten.

Erst jetzt richtete der Kommandant seinen Blick für einen kurzen Moment auf den Kleriker, als wollte er sich vergewissern, nicht weiter durch unnötiges Gerede gestört zu werden. Dann wandte er sich wieder der Burg zu. Gerade noch rechtzeitig, um ein kleines, flackerndes Licht zu bemerken, das in einem der oberen Fenster des Bergfrieds unerwartet aufleuchtete.

Das war ein ganz und gar schlechtes Zeichen, denn es bedeutete, dass entweder der Graf oder dessen Gemahlin erwacht war. Das könnte den Plan des Kriegers vereiteln. Umso mehr war jetzt Schnelligkeit gefragt. Wo blieb nur das verabredete Zeichen?

Er war so nahe daran, endlich das zu erlangen, wonach er sein Leben lang gestrebt hatte. Durch nichts würde er es sich heute Nacht nehmen lassen!

* * *

Sigrun entzündete weitere Kerzen im dunklen Schlafgemach, hoch oben im Bergfried. Sie ging dabei sehr vorsichtig und geschickt vor und ließ keinen einzigen Tropfen des kostbaren Wachses fallen. Auf dem Arm trug sie ihren einzigen Sohn, Rogar, der weinend mitten in der Nacht aufgewacht war. Er hatte sich sofort wieder beruhigt, als er die Wärme und Nähe seiner Mutter spürte. Jetzt schmiegte er sich an sie und beobachtete, wie sie die Lichter entzündete.

Sigrun wusste, dass ihr Junge nach einem solchen Nachtschrecken etwas Helligkeit benötigte, um die Schatten aus den Ecken des Raumes zu vertreiben. Manchmal hatte sie ein schlechtes Gewissen wegen der Kerzen, denn sie waren ein teures Gut, das sich nur wenige leisten konnten. Dann aber besann sie sich, dass sie das Licht für ihren kleinen Jungen in Anspruch nahm und für ihn war ihr nichts zu kostbar.

Obwohl Sigrun zierlich von Gestalt war, empfand sie das Gewicht des beinahe siebenjährigen Kindes keineswegs als Last. Im Gegenteil, sie trug den Jungen gerne. Vielleicht lag es daran, dass er für sein Alter recht zart gebaut war. Doch tief in ihrem Innern wusste sie, dass vielmehr ihre Liebe zu ihm ihr die Kraft gab, ihn mit Freude zu tragen. Vor allem während seiner schweren Krankheit hatte ihr diese Liebe immer wieder die erforderliche Stärke gegeben, ihn über Stunden hinweg tragen zu können.

Trotz der nächtlichen Unruhe durch das Weinen des Kindes und das flackernde Kerzenlicht war Sigruns Gemahl Farold nicht erwacht. Dem leisen Schnarchen nach zu urteilen, schlummerte er noch tief und fest. Als sie ihn so friedlich auf dem

Bett liegen sah, erinnerte sie sich an den Tag ihres Kennenlernens, was ein liebevolles Schmunzeln bei ihr hervorrief.

Damals war sie ein unwissendes Mädchen gewesen, dessen Vater einen völlig fremden und viel zu alten Mann als ihren Gemahl auserwählt hatte. Es war eine arrangierte Hochzeit aus politischen Gründen gewesen, deren einziges Ziel es war, Macht zu erlangen und Verbündete zu finden. Liebe spielte dabei keine Rolle.

Sigrun bekam ihren zukünftigen Ehegatten erst wenige Tage vor der Vermählung zum ersten Mal zu Gesicht und war, gelinde ausgedrückt, fassungslos gewesen. Nicht nur wegen seines Anblicks, sondern vor allem wegen seines Alters. Man hatte ihr damals zwar mitgeteilt, dass er bereits nahezu dreißig Jahre zählte und Sigrun hatte daher auch keinen Jüngling erwartet. Als er dann jedoch leibhaftig vor ihr stand, zerbrachen all ihre Vorstellungen in tausend Scherben.

Aufgrund der blumigen Erzählungen ihrer Mutter über die Stattlichkeit des Grafen hatte Sigrun ihn sich immer als einen hoch gewachsenen, edlen und fein gekleideten Herrn vorgestellt, der nur so vor Kraft strotzte. Als einen Mann, der allein schon durch seine Anwesenheit jede Frage von Autorität beantwortete. Als Sigrun schließlich das erste Mal vor Farold stand, konnte sie nicht glauben, dass er der Graf sein sollte. Hätte man ihn ihr nicht mit Namen und Stand vorgestellt, wäre sie an ihm wie an einem getreuen Krieger ihres Vaters vorbeigeschritten, ohne ihn eines Blickes zu würdigen. Weder war er hoch gewachsen, noch trug er besonders feine Kleidung. Im Gegenteil! Seine Gewandung bestand zwar aus gutem, aber auch sehr einfachem Leder. Was seine Größe betraf, so überragte sie ihn sogar um knapp zwei Fingerbreit. Seine Statur war kräftig, wirkte leicht untersetzt und entbehrte jeglicher Eleganz des Mannes ihrer mädchenhaften, naiven Träume.

Ihre Enttäuschung und Ernüchterung hätte sie vielleicht mit einem Wimpernschlag verbergen können. Doch was ihr sichtlich den Atem verschlug, war sein unglaublicher Bart! Es war nicht etwa ein kleiner, gestutzter, zierlicher Bart. Nein, es handelte sich dabei um einen kräftigen, dichten Vollbart aus dunklem, krausem Haar in einem kaum zu erkennenden Gesicht, das sie in Zukunft lieben, ehren und sogar küssen sollte! Diese Behaarung traf sie wie ein Schlag. Ihr zukünftiger Gatte wirkte bedrohlich auf sie und hatte etwas Animalisches an sich, fern jeder Anmut.

Sigrun hatte damals all ihre Willensstärke aufbringen müssen, um nicht einen Schritt zurück zu machen. Ihr kurzes Zögern wurde jedoch von allen Anwesenden bemerkt. Eine betretene Stille erfüllte den zuvor noch so heiter gestimmten Raum. In diesem Moment zeigte sich Farolds exzellente Beobachtungsgabe und sein Feingefühl in schwierigen Situationen, die ihn als Grafen auszeichneten. Und genau diese Eigenschaften waren es auch, die Sigrun als Erstes an ihm kennen und lieben lernte. Mit einer humorigen Bemerkung auf seine Kosten und einem kurzen, herzhaften Lachen kam der Graf auf sie zu und die Spannung im Raum löste sich auf. Dieser herzhafte, von Grund auf ehrliche Humor war das nächste, was Sigrun an Farold lieben lernte. Die eigentliche Liebe kam allerdings erst sehr viel später, lange nachdem sie verheiratet waren.

Zum Zeitpunkt der Trauung war Sigrun noch so unbedarft, dass sie nicht wusste, welches Leben sie an der Seite dieses Mannes erwartete. Geistig abwesend hatte sie ihm in der kleinen Kapelle der Greifburg das Eheversprechen gegeben. Auch ihre jüngeren Schwestern konnten ihr damals keinen Trost spenden, denn wovor sich die junge Braut am meisten fürchtete, war die bevorstehende Nacht mit ihrem Gemahl.

Sigrun war unter den fürsorglichen Augen ihrer Mutter aufgewachsen und unschuldig geblieben, hatte ihre so kostbar gehandelte Jungfräulichkeit für diesen Tag aufbewahrt. Aus Erzählungen und Kommentaren der Bediensteten konnte sich Sigrun immerhin eine vage Vorstellung von dem machen, was sie in dieser ersten Nacht der Ehe erwarten würde. Diese Ahnung ließ sie vor Furcht erstarren.

Das Betten der Frau in der Hochzeitsnacht kam einem Pflichtakt gleich. Der Beweis für den Vollzug der Ehe war das blutige Leintuch des Nachtlagers, das am nächsten Morgen von den Mägden entfernt wurde. Über all das wurde zwar niemals offen gesprochen, doch vom Wechseln der Linnen bis hin zum weit verbreiteten Gerücht würde es nicht einmal bis zum Abend dauern, und alle Anwesenden auf der Burg würden Kenntnis davon besitzen, ob das Tuch befleckt war oder nicht.

Aus Furcht vor dieser Nacht zog Sigrun es in Erwägung, sich ihrem Gemahl zu entziehen. Wenn er sie nicht mit Gewalt gefügig machen würde, könnte sie diese Erfahrung noch einige Zeit von sich fernhalten.

Ein unbeflecktes Bettleinen konnte allerdings zwei mögliche Gerüchte am nächsten Morgen zur Folge haben. Eines davon würde der Wahrheit entsprechen und lauten, dass in der Nacht nichts geschehen war. Es würde den frisch vermählten Grafen allerdings schwach erscheinen lassen, unfähig, sein Recht im Bett einzufordern. Ein fatales Gerücht für Farolds Machtstellung, denn diese Geschichte würde sich auch jenseits der Burgmauern wie ein Lauffeuer ausbreiten. Nicht nur Bauern würden diesen Worten lauschen, sondern auch Vasallen, Gleichgestellte und Mächtigere von höherem Stande.

Das andere mögliche Gerücht hätte Sigruns Unberührtheit in Frage gestellt, sollte sich ihr Gatte trotz fehlenden Blutes auf dem Linnen damit brüsten, seine Gemahlin ganz nach seinem Willen genommen zu haben. In diesem Zwiespalt gefangen verstrich der Tag der Vermählung viel zu schnell. Sigruns Gedanken weilten immer wieder bei der bevorstehenden Nacht und sie war wohl die einzige auf dem Fest, die keine Freude verspürte.

Als schließlich der gefürchtete Augenblick gekommen war, wurde das Paar von zwei Mägden zum Gemach begleitet und dann sich selbst überlassen.

In der Kammer war alles vorbereitet worden, um die Nacht so angenehm wie möglich zu gestalten. Blüten lagen verstreut auf Bett und Boden, ein Krug mit Wasser und eine Schale mit Früchten sorgten für Erfrischung. Eine Vielzahl von flackernden Kerzen versuchte den kalten Mauern ein bisschen Romantik abzutrotzen.

Vermählt und sich doch völlig fremd standen sich beide Eheleute mit respektvollem Abstand wortlos gegenüber. Keiner von ihnen rührte sich. Sigrun hatte sich im Verlauf des Abends vorgenommen, ihrem Gatten keinen Widerstand entgegenzubringen, doch den ersten Schritt wollte sie auch nicht machen.

Nach einer kleinen Ewigkeit des Schweigens zeigte sich langsam ein verschmitztes Lächeln auf den Lippen des Grafen. Als habe er Sigruns Gedanken erraten, nickte er nur ein einziges Mal. Und dann ging alles ganz schnell.

Mit zwei großen Schritten stand Farold urplötzlich dicht bei ihr. Kräftig ergriff er Sigruns Handgelenke und zog sie zum Bett. Ihr Puls raste und das Blut rauschte in den Ohren. Sie hatte geglaubt, auf alles gefasst zu sein, doch was dann geschah, hatte sie sich selbst in ihren wildesten Vorstellungen nicht ausgemalt.

Farold wies seine junge Gemahlin mit ruhiger Stimme an, sich auf die Mitte des Bettes zu knien, während er seinen Dolch aus dem Futteral zog. Sigruns Augen weiteten sich in grenzenloser Furcht und sie vergaß für einen Moment seiner Aufforderung Folge zu leisten. Mit entblößter Klinge wartete der Graf geduldig, bis sie die Bettmitte eingenommen hatte. Sigrun konnte die flinke, mit sicherer Hand geführte Schneide kaum sehen, als der Graf ihr Kleid an einigen Stellen auftrennte und es ihr vom Leib riss.

Mit Entsetzen haftete Sigruns Blick auf den Fetzen des eigens für die Trauung angefertigten Gewandes, so dass sie den Dolch nur aus den Augenwinkeln wahrnahm. Ein scharfer Schmerz und ihr kurzer Aufschrei erschreckten sie so sehr, dass sie den Atem anhielt. Angsterfüllt sah sie Blut aus einem feinen Schnitt am ihrem linken Oberarm laufen. Ohne ein einziges Wort zu verlieren stand der Graf vom Lager auf und holte den Krug. Er goss ein Rinnsal Wasser über die Wunde, das seinen Weg auf das Leintuch über den Ellenbogen fand. Die Tropfen zerplatzten dort in hellem, zartem Rosa und wurden von den Fasern des Linnens gierig aufgesogen. Sigrun glaubte, die Zeit bliebe stehen, als sie ihren Lebenssaft im Tuch versickern sah.

Wie aus einem Albtraum brachte ihr Gemahl sie wieder zur Besinnung, indem er die Wunde mit einem Tuch sanft abtupfte. Er presste damit so lange auf den Schnitt, bis kein Blut mehr hervortrat. Für diesen Augenblick waren sie sich so nahe, dass Sigrun den Atem ihres Gatten auf ihrer nackten Haut spürte. Sein Blick durchdrang sie bis ins Mark und ein Schauer durchlief ihren Körper. Mit einem Mal begriff sie, was all das zu bedeuten hatte.

Die Nähe der beiden war nur von kurzer Dauer. Der Graf nahm das Tuch von der Wunde, rieb es anschließend über die blutige Stelle auf dem Leintuch und verteilte so das helle Rot zu einem ungleichmäßigen Fleck. Danach erhob er sich vom Bett und setzte sich in einen hohen Stuhl neben einem der kleinen Fenster, mit dem Rücken zu seiner jungen, hübschen Gemahlin.

Sigrun glitt aus ihrer knienden Haltung und starrte Farold ungläubig an. Was er soeben vollbracht hatte, war eine ebenso liebevolle wie einfache Lösung, um aus einer für beide schwierigen Situation zu gelangen. Die junge Gräfin wusste, dass Farold sie heute Nacht zu nichts zwingen würde. Nicht in dieser Nacht und auch nicht in den nächsten. Erst viel später wurde ihr bewusst, dass er mit dieser Tat den Grundstein für das Fundament gelegt hatte, das später einmal die starke Feste ihrer unerschütterlichen Liebe tragen würde.

Ihre Liebe benötigte Zeit und sie entwickelte sich langsam. Je besser sie sich kennen lernten, umso näher kamen sie sich. Als der Tag schließlich gekommen war, an dem sie ihn ebenso begehrte wie er sie, war es weder Nacht noch befanden sie sich in ihrem Schlafgemach. Es war lichter Tag und ihr Lager war ein Felsen im nahe gelegenen Wald. Sigruns Verlangen war so groß, dass der kurze, reißende Schmerz in ihrem Unterleib sehr schnell einem unbekannten, viel angenehmeren Gefühl wich, als er sie mit seiner Männlichkeit ausfüllte. Es war in jeder Beziehung anders, als sie es sich aufgrund der grausigen Erzählungen vorgestellt hatte. Und nachdem sie einmal von dieser süßen Frucht der Leidenschaft gekostet hatte, hatte Farold alle Hände voll zu tun, sie zu sättigen.

Diese schönen Erinnerungen an vergangene Tage zauberten ein Lächeln auf Sigruns Lippen und sie spürte, wie ihr die Schamesröte ins Gesicht stieg. Dabei gab es nichts, wofür sie sich hätte schämen müssen, schon gar nicht ob der Liebe zu ihrem Gatten. Aus dieser Liebe war so viel entsprungen.

Rogar war nicht ihr erstes Kind gewesen, doch er war das einzige, das ihnen geblieben war. Sigrun hatte vor ihm bereits zwei Geburten bewältigt, doch beide Kinder, ein Mädchen und ein Junge, wurden nur ein, beziehungsweise drei Jahre alt. Sie starben beide an einer unbekannten Krankheit, gegen die man kein Heilmittel kannte. Weder Mönchsärzte noch sonstige Heiler vermochten die Kinder zu retten. Am Ende blieben nur die Worte der Kleriker, welche die Krankheiten als Prüfung Gottes deuteten und vom Jenseits und Sühne sprachen. Worte, die weder halfen, noch Trost spendeten.

Auch Rogar erkrankte in seinem vierten Lebensjahr so schwer, dass alle Heilkundigen erneut ratlos um sein Krankenlager standen und es als weitere Prüfung Gottes deuteten. Sigrun war verzweifelt und befürchtete, auch ihr drittes Kind zu verlieren. Als dann die Pusteln aufbrachen und eitriger Sud ausfloss, wollte niemand außer ihr und Farold noch an eine Heilung glauben.

Sigrun pflegte den schwachen Rogar unermüdlich weiter, hielt die offenen Pusteln sauber und hoffte, dass ein Wunder geschehen möge.

Es war in einer jener Nächte des endlosen Bangens und Hoffens am Krankenlager des Jungen, als eine merkwürdige Frau die Kammer betrat. Ihre Erscheinung spottete jeder Beschreibung. Sie trug weder die Gewandung einer Magd, noch war sie als Bäuerin zu beschreiben. Ihr Rock war ein einziges Flickwerk. Das lockige Haar war lang und grau. Sigrun glaubte, eine jener wilden Frauen vor sich zu sehen, die allein im Wald hausten.

Noch bevor sie fragen konnte, wie diese Frau Zutritt erhalten hatte, ging die Fremde zielstrebig auf das Krankenlager zu. Aus einem unerklärlichen Grund ließ Sigrun die Alte gewähren, statt sich ihr in den Weg zu stellen.

Der beleibte Geistliche, der für die Notwendigkeit der letzten Ölung Tag und Nacht in der Kammer zugegen war, schreckte beim Aufschlagen der Tür aus dem Schlaf und fiel beinahe von der kleinen Bank. Er versuchte sich aufzurichten, doch sein massiger Körper wollte nicht gehorchen. So kämpfte der Mönch noch um Haltung, während die wilde Frau bereits das Leintuch vom Jungen nahm und ihn genau betrachtete.

Die Fremde stellte ein paar Fragen über den Verlauf der Krankheit. Wann die Pusteln aufgetreten waren, seit wann das Fieber wütete und was man dagegen schon alles unternommen hatte. Im Gegensatz zu den übrigen Heilern zuvor wollte die Frau einfach alles wissen. Sigrun antwortete bereitwillig.

In der Zwischenzeit hatte sich der Mönch erfolgreich von der Bank erhoben und kam schwer schnaufend auf die beiden Frauen zu. Er versuchte, die in Lumpen gekleidete Wilde mit lauten und garstigen Worten vom Lager zu vertreiben, hielt dabei aber einen sicheren Abstand ein, um ihr nicht zu nahe zu kommen oder sie gar zu berühren. Sein Geschrei veranlasste sie dazu, ihn mit harschen Worten beten zu schicken, damit er wenigstens das Seine für das Wohl des Kindes täte und sie in Ruhe wirken könne. Selbst in diesem Augenblick, in dem die Alte die kirchliche Autorität lächerlich machte, dachte Sigrun nicht daran, die Fremde von der Seite ihres Jungen zu stoßen.

Die Wilde kramte in einem großen Beutel und entnahm ihm etliche kleinere Bündel und Päckchen. Sie griff sich eine hölzerne Schale, forderte Sigrun auf, gut zuzusehen und begann verschiedene Kräuter zu zerreiben und mit Fett zu einer dicken Paste zu verrühren. Die Gräfin würde diese noch öfter anrühren müssen, wenn sie ihren Jungen je wieder gesund sehen wolle, lautete die Anweisung der Fremden.

Mit dem fertigen Brei bestrich sie sorgfältig die Pusteln und offenen Wunden. Dem Mönch, der bislang alldem fassungslos beigewohnt hatte, weiteten sich die

Augen. Entsetzt vor sich hin schimpfend entfloh er schließlich dem heidnischen Treiben und schlug die Kammertür laut krachend hinter sich zu.

Als der Junge wieder in ein sauberes Leintuch eingewickelt war, gab die wilde Frau Sigrun noch ein paar Anweisungen, packte dann ihren Beutel und verschwand ebenso schnell, wie sie aufgetaucht war. Wenige Zeit später platzte Farold mit dem Mönch und einigen Bewaffneten in die Schlafkammer.

Sigrun ließ dem Mönch keine Gelegenheit, die Heilmittel der Kräuterkundigen in Frage zu stellen. Schnell raffte sie die zurückgelassenen Heilmittel zusammen, warf sie in Farolds große Truhe und setzte sich auf den schweren Deckel. So sehr der Gottesmann die Mittel auch schlecht reden mochte, Sigrun gab sie nicht frei. Stattdessen forderte sie ihn auf, sie mit ihrem Sohn endlich in Frieden zu lassen. Der Mönch zog gekränkt davon und verließ bereits im Morgengrauen die Burg. Die Gräfin verzichtete nur zu gerne auf den Geistlichen, dessen dürftiger Beistand bisher ohnehin nichts bewirkt hatte. Auf die beschwichtigenden Worte ihres Gatten wollte sie ebenfalls nicht hören. Sigrun war es gleich, ob sie einen Mann Gottes oder einen Scharlatan fortschicken musste. Wenn sie nichts für den Jungen tun konnten, so hatte keiner von ihnen etwas an Rogars Lager zu suchen.

Die Krankheit blieb eine lange und harte Prüfung für Sigrun. Geduldig befolgte sie die Anweisungen der wilden Frau und erst nach drei Wochen besserte sich die Lage des Jungen. Das Fieber und die Pusteln gingen über Nacht zurück, gerade zu dem Zeitpunkt, als sich der Vorrat an Kräutern dem Ende neigte. Von da an mussten allein Sigruns pflegende Hände es schaffen, Rogar wieder auf die Beine zu bringen. Und tatsächlich kehrten seine Kräfte langsam wieder zurück. Das Gesinde behauptete sogar, dass allein die Liebe der Mutter den Jungen gerettet habe.

Die Krankheit war an Rogar nicht spurlos vorüber gegangen. Diese harte und lange Pein hatte ihn verändert. Mit dem Fieber schien ihm allerdings eine Reife eingebrannt worden zu sein, die für einen Jungen seines Alters ungewöhnlich war. Er war schweigsam geworden, doch dafür legte er eine Neugierde an den Tag, die er vorher nicht besessen hatte.

Einige Burgbewohner waren davon überzeugt, dass Rogar sein zehntes Jahr nicht erleben würde, so geschwächt war er dem Krankenlager entstiegen. Doch Sigrun glaubte fest an ihren Jungen und an das, was sie sah: Einen durch die Krankheit zwar erschöpften, aber gereiften Jungen, der auch zäher und robuster geworden zu sein schien. Tatsächlich erkrankte Rogar im darauffolgenden Winter nicht ein einziges Mal.

Das alles war lange her und Sigrun riss sich aus ihren Erinnerungen. Sie fühlte sich unwohl, was vielleicht am heraufziehenden Unwetter liegen mochte. Sigrun konnte ihre Empfindung nicht in Worte fassen und wusste nicht, woher sie rührte, doch es herrschte eine seltsame Stimmung. Eine ungreifbare Falschheit lag in der

Luft. Die Sommernacht war schwül und drückend. Bis vor Kurzem hatte sich noch kein Lüftchen geregt, doch jetzt kam ein Wind auf. Vom Fenster aus konnte Sigrun erkennen, wie sich die Baumwipfel des nahe gelegenen Waldes träge wiegten.

Es war beinahe genauso wie zu Rogars Geburt. Damals war es eine entsetzliche Nacht. In jenem Sommer herrschte eine über Wochen anhaltende Dürre, die in der Nacht seiner Geburt mit einem mächtigen Gewitter ihr Ende fand.

‚Eine Nacht, in der Helden gezeugt werden', wie einige Männer der Burg überheblich hinausposaunten.

‚Nein, eine Nacht, in der Helden geboren wurden', wie Sigrun es stattdessen lieber sagte. Allein aus diesem Grunde war sie schon immer fest davon überzeugt gewesen, dass Rogar sowohl die Krankheit wie auch das zehnte Lebensjahr überleben würde. Es war seine Bestimmung zu überleben, dessen war sie sich sicher. Eines Tages würde er alt genug sein, um als würdiger Nachfolger die Grafschaft zu übernehmen.

In diesem Augenblick erhellte ein greller Blitz den Horizont, den nahen Wald und die Wiesen vor der Burg. Das kurze Schattenspiel warf groteske Figuren auf die Wände der Festung. Das Unwetter konnte jeden Augenblick losbrechen.

Sigrun drehte sich um und setzte sich, mit Rogar auf ihrem Schoß, neben ihren Gemahl. In seinem Bart, der einige Narben alter Kämpfe verbarg, zeigte sich an manchen Stellen das Grau des Alters. Sein Gesicht wirkte dadurch jedoch nicht betagt, sondern erhielt vielmehr besonders edle Züge. Es strahlte Gutmütigkeit und Härte sowie Gerechtigkeit und Gnade zugleich aus. Rogar hatte einige dieser markanten Gesichtszüge geerbt und wenn Sigrun ihren Sohn ansah, glaubte sie, ihren Gemahl als kleinen Jungen wieder zu erkennen. Zärtlich strich sie über den gepflegten Bart, woraufhin Farolds Augenlider aufsprangen. Sein Blick war hellwach.

„Was ist?", fragte er mit belegter Stimme.

„Nichts, schlaf ruhig weiter."

„Was ist los?"

Farold versuchte sich aufzurichten und mit den Ellbogen abzustützen, bereute es aber sofort. Mit geschlossenen Augen sank er stöhnend wieder zurück auf das Lager und hielt sich mit beiden Händen den hämmernden Schädel.

Der Schmerz rührte vom übermäßigen Weingenuss am Nachmittag. Sonst trank der Graf wenig Alkohol, Dünnbier oder stark verwässerten Wein. Heute war es aber anders gekommen. Am Nachmittag waren zwei Männer auf der Burg eingetroffen und hatten Kunde von Farolds jüngerem Bruder übermittelt. Sigrun wusste noch nicht, worum es sich bei den Neuigkeiten handelte, doch sie waren offenbar von so schlechter Art, dass Farold kurz darauf begann, Wein zu trinken. Viel Wein, und zwar unverdünnt.

Missbilligend und besorgt hatte Sigrun ihm dabei lange zugesehen. Als sie glaubte, er habe endgültig genug getrunken, schritt sie ein und ließ ihn in die Kammer bringen, wo er seinen Rausch würde ausschlafen können. Das alles war noch vor Sonnenuntergang geschehen.

Inzwischen hatte Farold geraume Zeit geschlafen und war wieder bei klarem Verstand, doch auf dem Höhepunkt körperlicher Kräfte befand er sich noch nicht. Seine angespannten Gesichtszüge berichteten von dem Schmerz, der unerbittlich in seinem Schädel hämmerte.

Farold öffnete erneut die Augen, bemerkte erstmals Rogar auf dem Schoß seiner Gemahlin und wiederholte besorgt seine Frage. „Was ist los?"

„Nichts. Beruhige dich. Rogar geht es gut. Es ist wahrscheinlich das aufkommende Unwetter. Oder er konnte den Morgen nicht abwarten. Schließlich hast du ihm versprochen, ihn an seinem siebten Jahrestag mit auf die Jagd zu nehmen, auf seinem eigenen Pony."

„Richtig", bemerkte Farold etwas verbittert. „Wenn mein Bruder morgen rechtzeitig eintrifft, können wir auf die Jagd gehen."

Sigrun verstand den scharfen Unterton nicht. Vorsichtig fragte sie weiter. „Die beiden Männer waren seine Gesandten?"

„Ja."

Natürlich hatte Sigrun die Besucher an den Wappen der Schilde erkannt und sich schon gefragt, warum zwei der Männer aus dem Gefolge ihres Schwagers einen Tag früher auf der Burg eintrafen als der Rest. Farolds knappe Antwort signalisierte ihr aber, dass es jetzt kein Gespräch darüber geben würde. Sigrun akzeptierte es zunächst und so blieb ihr nichts weiter übrig, als zu mutmaßen, um was es sich bei den Neuigkeiten handelte. Allerdings erwartete sie nichts Gutes. Die guten Nachrichten teilte Farold ihr meist sobald wie möglich mit. Nur über die Schlechten musste er immer erst eine Weile brüten, bevor er sie seiner Gemahlin offenbarte. Wahrscheinlich würde sich mit dem morgigen Tag ohnehin alles aufklären, wenn sein Bruder auf der Burg eintraf.

Rurik, der jüngere Sohn des alten Grafen, lebte auf einem großen Gutshof, etwa zwei schnelle Tagesritte von der Greifburg entfernt. Der Hof selbst war mehr als nur ein Gutshof. Großräumig angelegt und von einem Wall umgeben konnte man ihn wegen seiner Palisadenumwehrung, dem starken Tor und zwei Schutztürmen auch als kleine Burg bezeichnen. Für einen jüngeren Nachkommen durchaus ein stattliches Erbe. Die Ländereien des Guts waren überaus ertragreich und sicherten selbst in schlechten Jahren dem Besitzer ein Auskommen. Doch es war im Vergleich zu Farolds Burg und der Regentschaft über die Grafschaft sowie die Nähe zum König als dessen direkter Vasall von keiner Bedeutung für die Geschicke des Reiches.

Sigrun wusste, dass der Jüngere seinen Bruder schon immer mit Neid und Missgunst betrachtet hatte. Rurik wäre allzu gerne selbst Graf geworden und seine Frau wahrscheinlich noch lieber Gräfin. Bei den jährlichen Besuchen der beiden auf der Burg wurde Sigruns Vermutung jedes Mal durch die spitzen Bemerkungen und die kleinen Wortgefechte der beiden Brüder bestätigt. Farold hingegen sah das Ganze nicht so, obwohl er die Sticheleien seiner Gäste ebenfalls wahrnahm. Er sah darin lediglich einen gesunden, brüderlichen Wettstreit, den die beiden seit ihrer Kindheit austrugen. Nicht zuletzt verdankten sie dieser Tatsache ihren Ehrgeiz und ihr Durchsetzungsvermögen.

Als Neider oder gar Konkurrenten sah Farold seinen Bruder nicht. Aus diesem Grunde legte er auch sehr großen Wert darauf, dass die gesamte Familie des Bruders einmal im Jahr für ein paar Tage seine Gastfreundschaft in Anspruch nahm. Sigrun hielt nicht viel von diesen Besuchen. In ihren Augen waren Rurik und seine Frau nur machthungrig. Sie hatte bemerkt, dass beide mit jedem Jahr ein immer neidischeres Auge auf die Grafschaft warfen und hätte schwören können, dass beide erst dann zufrieden wären, wenn sie die Greifburg ihr Eigen nennen könnten.

Rurik und seine Gemahlin hatten ebenfalls Nachwuchs. Ihr einziger Sohn, Drogo, war ein Jahr früher geboren als Rogar, wirkte im direkten Vergleich jedoch wesentlich älter. Er war von deutlich größerer und kräftigerer Statur, schien jedoch tumb und ohne einen geistigen Funken zu sein. Nicht, dass es ihm an Intelligenz mangelte. Er bewies äußerstes Geschick und Kreativität darin, neue Wege und Mittel zu finden, um eine Katze oder ein anderes hilfloses Tier zu quälen. Das galt für Drogo als Kurzweil und ein Tag war in seinen Augen erst erfolgreich, wenn er mindestens eines seiner Opfer zur Strecke gebracht hatte! Er war schlichtweg grob und ohne jegliches Feingefühl.

Diesen Eindruck hatte zumindest Sigrun von dem Jungen. Vielleicht lag sie mit ihren Annahmen auch falsch und tat den Betroffenen Unrecht, wie ihr Gemahl sie immer wieder zu überzeugen versuchte. Doch sie konnte ihre Eindrücke ebenso wenig leugnen wie ihren eigenen Schatten: Rurik und seine Gattin waren neidisch, ihr Sohn ein gefühlloser Trampel. Dennoch nahm Sigrun sich bei jeder neuen Zusammenkunft der beiden Familien vor, ihren Gästen ohne Vorurteile gegenüberzutreten. Sie bemühte sich auch sehr dies einzuhalten, doch jedes Mal wurden ihre früheren Eindrücke mit Worten und Taten bestätigt. Eines dieser Treffen stand nun unmittelbar bevor und Sigrun sehnte schon den Tag der Abreise herbei.

Die Gräfin holte sich aus diesem bedrückenden Gedankenstrom heraus, der ihre gute Stimmung umzukehren drohte. Sie schaute Farold an und das Lächeln kehrte auf ihre Lippen zurück. Noch einmal strich sie ihm durch das dunkle, mit Grau durchsetzte Haupthaar. Farold hatte die Augen geschlossen, doch er schlief nicht.

Er genoss ihre liebevollen Berührungen, die seinem hämmernden Schädel gut taten.

Eine heftige Windböe löschte plötzlich einige der Kerzen und Sigrun trat mit Rogar auf dem Arm an eines der schmalen Fenster. Ihren Blick hielt sie nach oben gerichtet, um die bedrohlich nahe Gewitterfront zu beobachten.

Hätte sie nach unten gesehen, so wären ihr vielleicht die beiden Schatten aufgefallen, die den Burghof flink überquerten und dabei immer wieder das Dunkel zwischen den Gebäuden aufsuchten. Doch Sigrun sah sie nicht. Ihre Augen waren auf den Sturm des Himmels gerichtet.

* * *

Wie zwei flüchtige Schatten bewegten sich die beiden Männer im Burghof. Trotz der Schwüle der Nacht trugen sie dunkle Umhänge mit hochgeschlagenen Kapuzen. Ihre lautlosen Schritte führten sie nicht etwa auf direktem Wege über den Hof, sondern dicht entlang der Häuser. In deren Schutz eilten sie vorbei an Schmiede, Waffenkammer, Kapelle und Stallhaus, bis sie sich schließlich in der Vorburg vor der Holztür der Wachstube am Haupttor befanden.

Dort legten sie flink ihre Umhänge ab, rollten sie zusammen und verbargen sie hinter einem Fass. Beide Männer waren bewaffnet und trugen unter den Mänteln Lederrüstungen mit groben Eisenringen. Mit einem kurzen Blick über den nächtlichen Burghof und die dunklen Wehranlagen vergewisserten sie sich, dass sie unbemerkt geblieben waren, öffneten dann rasch die Tür zum Wachhaus und betraten es.

Die Wachstube bestand aus einem großen Raum, der von ein paar Lampen erhellt wurde. Die kleinen Flammen flackerten beim Öffnen der Tür im Luftzug und warfen tanzende Schatten an die Wände. Eine steile Stiege führte hinauf in die nächste Ebene, über die man auf den Wehrgang der äußeren Burgmauern gelangen konnte.

In der Mitte des Raumes befand sich eine einfache, große Tafel aus Holz, um die mehrere Bänke standen. Zwei Wachen saßen dort und erhoben sich sofort, als die beiden gerüsteten Männer zu so später Stunde die Stube betraten. Der Wachhabende griff nach seinem Schwert und war bereit es zu ziehen. Er erkannte die beiden als Ruriks Männer und wusste, dass sie Gäste seines Herrn waren, doch er blieb auf der Hut. Es behagte ihm nicht, zwei Fremde in seiner Wachstube zu sehen. Noch bevor er eine Erklärung forderte, kam einer der Eindringlinge auf ihn zu und begann in beiläufigem Tonfall zu plaudern.

„Seltsame Nacht heute, was?“

„Wie meint Ihr das?“, gab der Hauptmann die Frage zurück.

„Es ist alles so ruhig auf dieser Burg."

„Nun, was habt Ihr erwartet? Es ist mitten in der Nacht", kam die abfällige Antwort. „Solltet Ihr zu dieser Zeit fahrende Gaukler und ein Trinkgelage erhofft haben, so muss ich Euch enttäuschen und für verrückt erklären. Ihr befindet Euch auf der Burg des Grafen Farold, nicht in einer Dorfschenke."

Die rüden Worte rangen dem Angesprochenen nur ein geringschätziges Lächeln ab. Gelassen ging er weiter auf die Wachen zu. Es galt ihr Vertrauen zu gewinnen. „Nein, Ihr habt Recht. Fahrende Gaukler wären wohl zu viel des Guten gewesen und das Trinkgelage hat bereits heute Nachmittag stattgefunden, zumindest für Euren Herrn." Diese Bemerkung rief ein leises, gurgelndes Lachen bei dem zweiten Fremden hervor.

„Selbst die Mädchen bei Euch sind so prüde, dass man glauben könnte, ihre Punzen seien selbst im Hochsommer zugefroren, so kaltschnäuzig sind sie. Es ist nicht der geringste Spaß mit ihnen zu haben. Die einzige Brust, die ich zu Gesicht bekam, war die des Schmiedes. Um ehrlich zu sein, befanden sich für meinen Geschmack zu viele Haare darauf. Anscheinend schläft die ganze Burg und wir hatten daher auf ein kleines Spielchen in der Wachstube gehofft."

Mit diesen Worten zog der Fremde ein paar Würfel aus einem kleinen Lederbeutel und ließ sie auf den Tisch fallen, dass sie tanzten. Seine andere Hand spielte dabei scheinbar nebensächlich an einer Geldkatze am Gürtel, was das leise, aber eindeutige Klirren von Münzen hervorrief.

Ein Glänzen trat in die Augen des Hauptmannes. Seine Zunge befeuchtete die trockenen Lippen und die Hand löste sich vom Schwertknauf.

„Wenn Ihr nichts dagegen habt, würde ich meine Würfel vorziehen", erklärte er aufgeregt.

„Wie Ihr wünscht", ging der Fremde nur allzu bereitwillig darauf ein. „Ich nehme an, Ihr seid ein Ehrenmann und Eure Würfel sind nicht falsch."

Auf einen Wink kam nun auch der zweite Fremde näher und ließ sich auf einer Bank nieder. Die Würfel wurden geworfen und der unverdünnte Inhalt eines mitgebrachten Weinschlauches in tönerne Becher gegossen. Das Spiel war lebhaft und mit jedem gelungenen Wurf stiegen Laune und Übermut der Burgmänner, die dem Wein durstig zusprachen.

Nach einiger Zeit war die einst voll klingende Geldkatze des Fremden nahezu leer und ihr Inhalt befand sich auf der gegenüberliegenden Seite des Tisches, in den Händen der Wachen. Zu deren Schadenfreude hielt das Verlieren selbst dann an, als die Würfel gegen das Paar der Fremden ausgetauscht wurden.

Schließlich waren alle Münzen verspielt und die Geselligkeit endete abrupt. Prächtig gelaunt erhob sich der Wachhabende und fragte übermütig: „Nun denn, habt Ihr genug oder gibt es noch etwas zu verlieren?"

Das Lachen der zweiten Wache bezeugte die herrschende Ausgelassenheit. Die beiden Verlierer ließen sich dadurch nicht provozieren, sondern nahmen es mit ungewöhnlicher, beinahe gefährlich wirkender Gelassenheit hin.

Der Angesprochene schenkte noch einmal Wein nach, den die Gewinner im Rausche des Glücks beinahe allein geleert hatten und trank genüsslich einen Schluck. Er dachte kurz nach, dann setzte er den Becher wieder ab.

„Wenn Ihr Münzen meint, so ist meine Börse restlos leer. Selten habe ich jemanden mit so viel Glück an einem Abend angetroffen wie Euch. Ihr habt ganze Arbeit geleistet."

Der Fremde legte erneut eine nachdenkliche Pause ein, dann lehnte er sich etwas nach vorne und fuhr leise fort. „Doch da wäre noch etwas, um das wir spielen könnten."

Erwartungsvolle Ruhe kehrte ein und das gierige Leuchten kehrte in die Augen des Wachmannes zurück. „Was ist es?", fragte er ungeduldig.

„Es ist von großem Wert!", gab der Fremde preis. „Eine Beute aus meiner härtesten Schlacht. Ich setze sie nur ungern aufs Spiel, doch jene Münzen, die ich an Euch verloren habe, waren nicht meine eigenen. Es müsste ein Wurf um Alles oder Nichts sein!"

Die Wachen waren neugierig und tauschten fragende Blicke aus. Schließlich hielt es der Wachhabende nicht mehr aus. „Zeigt schon her, was Ihr zu bieten habt!"

Vorsichtig löste der Fremde zwei Dolche von seinem Gürtel und legte sie bedächtig, ja nahezu liebevoll auf den Tisch. Die Klingen befanden sich in reich verzierten und mit kleinen Steinen besetzten Futteralen. Ihre Griffe waren aus kostbarem Elfenbein gefertigt und ebenfalls mit fremdländischen Ornamenten kunstvoll verziert. Die Wachen erkannten, dass sie der Art der weithin gefürchteten Nordmänner entsprachen.

Der Fremde zog langsam eine der Klingen aus dem Futteral. Die Schneide war scharf und wohl gepflegt, dass der Schein der Lampen sich in ihr spiegelte. Ohne Zweifel waren es meisterlich gefertigte Waffen. In den Augen der Wachmänner konnte man das Verlangen nach diesen Klingen regelrecht aufflammen sehen.

Doch das Risiko war hoch. Die volle Geldbörse war schon ein ungewöhnlich hoher Gewinn. Jetzt alles aufs Spiel zu setzen wäre möglicherweise eine Dummheit. Der Wachhabende strich sich mit der Hand über das unrasierte Kinn. „Alles oder Nichts?"

„Alles oder Nichts!", antwortete der Fremde.

„Ich weiß nicht recht ... warum sollte ich dieses Risiko eingehen?"

Der Wachhabende war noch nicht überzeugt und so kam der Fremde mit der Klinge einen Schritt näher.

„Das sind die Klingen eines angesehenen Seekönigs aus dem fernen Norden. Er war wild und mächtig wie ein Wolf, ein wahrer Krieger des Eises und zu Recht ein König seines Volkes. Es war ein schwerer Kampf, bis ich ihn besiegt hatte. Beachtet die perfekte Schneide. Der Stahl ist von so hoher Qualität, dass er selten nachgeschliffen werden muss und niemals stumpf wird, von Rost ganz zu schweigen. Gebt Acht, dass Ihr Euch nicht daran verletzt!"

„Was soll das Geschwätz? Ich weiß eine gute Klinge von einer schlechten zu unterscheiden! Oder wollt Ihr mir meine Ehre und Kenntnisse als erfahrener Krieger in Abrede stellen?"

„Ich sagte, gebt Acht, sonst könntet Ihr Euch noch daran schneiden."

„Keine Sorge, ich werde schon keine Zwiebeln damit schälen."

Der Fremde war während des Wortwechsels langsam näher gekommen und stand jetzt direkt vor dem Hauptmann. Nahezu beiläufig stand er da, ohne den alten Haudegen eines Blickes zu würdigen. „Fürwahr, zum Zwiebelschälen sind diese Klingen nicht bestimmt. Doch eines wollte ich noch erwähnen ..."

Ungeduldig wartete der Wachhabende. Die Nähe des Fremden schien ihm unangenehm zu sein, doch er blieb standhaft. Die Lust auf ein weiteres Spiel war ihm vergangen und er wollte die beiden Unbekannten nur noch aus seiner Wachstube haben. Schließlich verlor er die Geduld.

„Euer Weg endet hier. Ihr hattet Pech im Spiel. Ein Wurf wird Euch nicht alles zurückbringen. Geht jetzt und lasst Euch hier nie wieder blicken!"

Die Drohung war unmissverständlich, doch der Fremde zeigte sich weder beeindruckt noch eingeschüchtert. Sein Blick ruhte nach wie vor auf der Klinge und er fuhr im Plauderton fort: „Ich verrate Euch ein kleines Geheimnis: Weder glaube ich an das Glück im Spiel noch an ein unabwendbares Schicksal. Doch scheint Ihr daran zu glauben. Blickt mir also in die Augen und begegnet Eurem Schicksal!"

Noch bevor der Wachhabende die Worte begriff, zog der Fremde mit einer schnellen Handbewegung die Klinge quer über die Kehle seines Gegenübers. Von starker Hand geführt schnitt sie sicher und tief. Die Augen des alten Kämpfers weiteten sich in grauenhafter Erkenntnis. Nur noch ein Gurgeln entwich seiner Kehle, dann quoll das Blut hervor, ehe er sterbend auf dem Boden zusammensackte.

Seinem Waffengefährten erging es ähnlich. Auch er wurde überrascht. In seinem Hals steckte der zweite, aus nächster Nähe geworfene Dolch. Ohne einen Laut von sich zu geben, fiel er vornüber auf den Tisch und blieb dort tot liegen. Dann herrschte Stille in der kleinen Wachstube. Rote Lachen breiteten sich auf dem Tisch und dem festgetretenen Erdboden aus.

Flink begannen die beiden Meuchler, ihre Opfer zu inspizieren und vergewisserten sich ihres Todes. Ihre eben noch vorhandene Gelassenheit war wie weggeblasen. Rasch wurden die blutigen Klingen an der Gewandung der Gefallenen gesäubert und in die Futterale gesteckt. Im Vorbeigehen schnappte sich der Anführer noch die vor wenigen Augenblicken von den Wachen gewonnen geglaubte Geldbörse aus der schlaffen Hand des Hauptmanns.

„Elender Narr!“, raunte er dabei und spuckte verächtlich aus.

Sicheren Schrittes eilten die Männer die Stiege in die zweite Ebene hinauf. Von dort führte eine Tür zum Wehrgang. Die Eindringlinge wussten genau, dass noch zwei weitere Wachmänner auf ihrem Rundgang unterwegs waren und bald zurückkehren würden.

Der schweigsamere der beiden Schergen begutachtete die mit Waffen bestückte Wand und nahm sich einen Bogen und zwei Pfeile. Sein Kumpan betätigte derweil sachte und lautlos die Verriegelung der Tür zum Wehrgang und öffnete sie einen winzigen Spalt, um sich einen Überblick zu verschaffen.

Die beiden Burgmänner befanden sich mit ihren Fackeln bereits in der Nähe der Tür. Sie bemerkten nicht, dass sie beobachtet wurden.

Im Inneren des Wachhauses zeigte der Anführer dem Bogenschützen mit ein paar Handzeichen an, wo sich die Männer befanden, und kniete selbst direkt hinter der Tür mit entblößtem Schwert nieder. Der Bogenschütze ging zur gegenüberliegenden Wand und hielt die beiden Pfeile parat, einen davon zum Schuss angelegt. Stumm lauschten sie den näherkommenden, schweren Schritten. Die Wache stoppte vor der Tür.

Die Fremden waren bereit!

Als sich die Tür nach innen bewegte, riss der Auflauernde sie mit aller Kraft auf, dass der erste Wachmann sein Gleichgewicht verlor und in die emporgereckte Klinge stürzte. Mit einem dumpfen Stöhnen sackte er tot auf den Steinboden. Im selben Moment zischten in kurzem Abstand zwei Pfeile durch die Öffnung und trafen den zweiten Wächter in Hals und Brust. Auch er ging, bis auf das leichte Klappern seiner Rüstung und Waffen, nahezu lautlos zu Boden.

Sofort sprangen die Fremden zu den Toten und zerrten sie hastig in das Wachhaus. Danach machte sich der Bogenschütze auf den Weg hinunter zum Haupttor, während der Anführer die Fackeln der Gefallenen ergriff und auf den Wehrgang hinaus trat. Oberhalb des großen Burgtores blieb er stehen, hob beide Fackeln und schwenkte sie genau drei Mal in großen Bögen auf und nieder.

Im selben Augenblick löste sich eine dunkle Reiterschar aus den schwarzen Baumreihen des Waldes und überquerte im Galopp die Wiesen vor der Burg. Es dauerte nicht lange und die ersten Pferde hatten den schmalen Pfad hinauf zur Feste erreicht. Das Burgtor öffnete sich langsam und wurde zu einem großen, schwarzen Maul, das bereit war, dem Verderben Einlass zu gewähren.

Es hatte begonnen!

* * *

Sigrun blickte erneut in die windige Nacht hinaus. Das Unwetter näherte sich. Viel konnte sie draußen nicht erkennen, doch irgendetwas beunruhigte sie. Noch einmal überkam sie ein merkwürdiges, bedrohliches Gefühl, das sie näher an das Fenster treten und ihr Haupt über die Brüstung hinausrecken ließ.

Die Gewitterwolken hatten den Nachthimmel erobert und verbargen den hellen Mond. Das bizarre Wetterleuchten war jetzt nahe und erweckte die Schatten der Nacht zum Leben. Der Donner rollte in schaurigem Rhythmus dazu. In der Dunkelheit der Nacht bemerkte Sigrun ein Licht auf dem fernen Wehrgang am Haupttor. Ein Wachmann rannte mit zwei Fackeln in das Innere des Wachturmes. Diese Eile machte Sigrun stutzig. Ihr Blick schweifte weiter zum Haupttor und mit Verwunderung beobachtete sie, wie sich erst der eine, dann der zweite Flügel des Portals langsam öffnete. Sie verstand nicht, was dort vor sich ging. Doch als sie wenige Augenblicke später eine Reiterschar über die Wiesen vor der Burg preschen sah, begriff sie: Gefahr! Flink rannte sie zurück zum Lager, ließ Rogar darauf nieder und schüttelte Farold.

„Wach auf, schnell! Ein Überfall. Das Tor steht offen!“

Farold öffnete die Augen. Als er die Furcht in Sigruns Gesicht sah, wusste er, dass es sich nicht um einen derben Scherz handelte, um ihn aus dem Schlaf zu reißen. Er setzte sich rasch auf, bereute es allerdings sofort. Doch diesmal ertrug er den hämmernden Schmerz und widerstand dem Verlangen, auf das Lager zurückzusinken. Mit einem Mal begriff er, was vor sich ging.

„Dieser Verräter! Eine List. Nichts weiter als eine hinterhältige List!“

Mit Schwung wollte er dem Bett entsteigen, doch der Wein forderte noch immer seinen Tribut. Farolds Bewegungen waren viel zu unkontrolliert. Statt auf den Füßen landete er auf den Knien. Sigrun half ihm auf.

„Du hattest Recht, Sigrun, die ganze Zeit schon. All die Jahre hattest du Recht gehabt und ich war ein blinder Narr!“

„Wovon sprichst du?“

Verwirrung stand ihr deutlich ins Gesicht geschrieben, doch Farold konnte jetzt nicht die Zeit aufbringen, um ihr seine Erkenntnis zu erläutern. Stattdessen versuchte er, seine Gemahlin zur Flucht zu bewegen. „Schnell, geh’ und bring’ euch beide in Sicherheit. Ich werde die Männer alarmieren.“

Sigrun zögerte, denn sie verstand nicht. Als sie trotz seines Drängens nicht gehen wollte, schob er sie sachte von sich. Seine Stimme wurden leise und dadurch noch eindringlicher: „Geht jetzt, schnell! Nehmt die Pferde und versteckt euch im Wald an unserem Platz. Jetzt geh’ schon, euch bleibt nur noch wenig Zeit.“

Die Beharrlichkeit seiner Worte flößte Sigrun Furcht ein, doch sie vertraute ihrem Gatten. Sofort stand sie vom Lager auf und ergriff die Hand des Jungen, der sich mit fragendem Blick vom Bett erhob. Farold hatte Recht, sie durfte nicht zu lange warten. Sie musste handeln und zwar jetzt.

Mit schnellen Schritten eilte Sigrun zur Tür. Bevor sie entschwand, hielt sie kurz inne und schaute sich nach ihrem Gatten um. Der saß noch immer auf dem Bett und rang mit seinem schmerzenden Kopf. Noch einmal kam Sigrun zu Farold zurück, gab ihm einen innigen, verzweifelten Kuss und wollte wieder zur Kammertür laufen. Doch diesmal hielt Farold sie zurück und zog sie mitsamt des Jungen zu sich auf das Bettgestell.

Für einen unendlich langen Moment trafen sich ihre Blicke, die ganz ohne Worte so viel sagten. Schließlich brach Farold die Starre. Er zog eine goldene Kette von seinem Hals, nahm dann seinen Siegelring vom Finger und fädelte ihn auf die Kette. Anschließend streifte er das Schmuckstück über den Kopf seines Sohnes. Rogar verstand nicht, was dieses Geschenk zu bedeuten hatte. Er schaute überrascht auf die Kette und wunderte sich, dass sie so schwer war.

Sigrun sah ihren Gatten entsetzt an. „Was hat das zu be…?“

Farold unterbrach sie mit einer sanften Berührung. Seine Worte waren ruhig und besonnen. Er wusste genau, was er tat.

„Wir beide sind uns sicher, dass Rogar ihn eines Tages tragen wird.“

„Aber …?“

„Still jetzt! Lauft lieber. Die Zeit drängt. Ich komme schon zurecht, mit Gottes Hilfe.“

Sigrun wusste, dass jetzt keine Zeit für einen langen Disput war. Noch ein flüchtiger Kuss, dann eilte sie mit Rogar auf dem Arm zur Tür. Dort drehte sie sich ein letztes Mal um.

Sie sah, wie Farold auf der Bettkante sitzend versuchte, zuerst seine Kleidung und dann die Rüstung anzulegen. Er hatte sichtlich Schwierigkeiten bei dieser einfachen Aufgabe. Er bemerkte das Zögern seiner Gemahlin und schaute auf. Sigruns Gefühl, dass dies ein Abschied auf ewig sein sollte, wurde immer stärker. Sie blickte ihren geliebten Gatten lange an, als wolle sie sich sein Bild für immer einprägen.

„Ich liebe dich“, flüsterte sie ihm zu.

„Ich weiß!“

Mehr musste Farold nicht sagen. Erneut sprachen ihre Blicke mehr, als Worte es je vermocht hätten. In diesem Moment schien es niemanden sonst auf der Welt zu geben. Für diesen kurzen Augenblick waren sie eins. Dann entschwand Sigrun durch die Tür.

Flink lief sie mit Rogar die steinernen Stufen der gewundenen Treppe hinunter, bis sie endlich das erste Stockwerk erreichten. Dort befand sich der einzige Übergang zwischen Bergfried und dem Hauptgebäude der Burg, der großen Halle. Sie öffnete die Tür des Turmes und betrat den einfachen hölzernen Steg, der sich ohne Geländer oder Halt etwa drei Mann hoch über dem Burghof befand.

Sie war auf diesem Steg schon unzählige Male gegangen, bei Tag und Nacht, bei Sonnenschein, Regen und Schneefall. Selbst mit Rogar auf ihrem Arm war sie stets sicher auf der schmalen Brücke gewesen. Doch noch niemals zuvor war sie dabei in solcher Eile gewesen, noch nie hatte sie ihn mit Furcht überqueren müssen.

Im Falle der größten Bedrängnis konnte der Steg mit wenigen Handgriffen abgebrochen und die kleine Tür des Turmes verriegelt werden. Auf diese Weise konnte der Bergfried zu einer eigenen, schwer einzunehmenden Festung innerhalb der Burg werden. Doch nur dann, wenn sich eine starke Besatzung darin befand, die ihn auch zu verteidigen wusste. Das war heute Nacht allerdings nicht der Fall, denn mit einem Angriff hatte man in der herrschenden Friedenszeit nicht gerechnet. Ein Teil von Farolds Kriegern weilte bei König Otto, der nach dem Feldzug gegen die ungarischen Horden im vergangenen Jahr noch immer ihre Unterstützung benötigte.

Als Sigrun das Ende des Steges erreichte, schaute sie zum Tor und sah mit Schrecken die ersten Feinde zu Pferd in den Hof eindringen. Ohne jegliche Gegenwehr nahmen sie den inneren Burghof ein. Rasch öffnete Sigrun die Verriegelung der Tür zur großen Halle und verschwand im Dunkel des Saales. Über eine steile Treppe gelangte sie nach unten. Dort, wo abends alle Burgbewohner versammelt eine Mahlzeit zu sich nahmen, Beratungen und Zusammenkünfte abgehalten wurden und des Nachts der Großteil der Mägde, Knechte und Waffengetreuen zu schlafen pflegte, herrschte jetzt Stille, die lediglich von vereinzeltem Schnarchen unterbrochen wurde.

All diese Menschen würden dem Angriff hilflos ausgesetzt sein, sollten sie keine Warnung erhalten, dachte Sigrun. Die Gräfin konnte sie nicht einfach so zurücklassen. Schnell fand Sigrun eine Magd, die sie schon viele Jahre kannte, ließ Rogar zu Boden und weckte sie. Die schlaftrunkene Frau erkannte ihre Herrin nicht sofort und blickte verstört auf. Als sie jedoch die Sorge im Gesicht der Gräfin bemerkte, war sie hellwach. Besonnen erklärte Sigrun ihr die Lage. Die Magd schlug erschrocken die Hände vor den Mund, Sigrun ließ ihr jedoch keine Zeit für Verzweiflung und fuhr fort:

„Die Angreifer sind bereits im Hof. Leistet keine Gegenwehr! Verhaltet euch ruhig. Nur dann wird man euch verschonen. Macht nichts Unüberlegtes und schützt die Kinder! Gebt den Eindringlingen alles, wonach sie verlangen, sonst bezahlt ihr womöglich mit eurem Leben.“

Mehr gab es nicht zu sagen. Sigrun vergewisserte sich, dass die Magd sie auch verstanden hatte. Sofort schritt die alte Frau zur Tat und weckte ihre Nachbarin. Sigrun wusste, dass sie für diese Aufgabe niemand Besseren hätte auswählen können. Mit dieser Gewissheit raffte sie sich wieder auf, um sich und ihren Jungen endlich in Sicherheit zu bringen.

Am gegenüberliegenden Ende der Halle trat sie mit Rogar an der Hand durch eine kleine Tür, die auf den Burghof führte. Die Eindringlinge erstürmten bereits die Gebäude und vereinzelt hörte man schnell verstummende Schreie. Sigrun wusste, dass sie vorsichtig und flink zugleich sein musste. Sie durfte nicht lange im Schatten des Hauptgebäudes auf einen geeigneten Augenblick warten. Geschwind huschte sie mit ihrem Jungen über einen Teil der freien Hoffläche und verschwand im abgelegenen Kochhaus. Hastig durchquerten die beiden den kleinen Bau. Im Vorbeigehen griff Sigrun nach einem Laib Brot und stopfte ihn Rogar in den Hemdausschnitt. Dann hatten sie schon die nächste Tür erreicht und es galt noch einmal auf den unsicheren Hof hinauszugehen. Vorsichtig öffnete Sigrun die Tür einen Spalt und spähte hinaus.

Die Stallungen der Herrschaft waren ihr nächstes Ziel, doch sie lagen aufgrund der Brandgefahr des Kochhauses recht weit entfernt. Ohne zu zögern rannte sie zu dem großen Gebäude hinüber, so schnell es ihr mit Rogar möglich war. Wenige Augenblicke später schlüpfte sie unversehrt durch das Tor in das Dunkel zu den Pferden und hoffte, dass niemand sie bemerkt hatte.

Die Tiere waren nervös. Ihnen war die Unruhe in der Burg nicht entgangen und sie witterten den Tod, der mit dem Angriff Einzug gehalten hatte. Sigrun lief zu ihrer grauen Stute. Das Pferd war ein sanftes und ruhiges Tier, das selbst bei dem herrschenden Chaos die Nerven behielt. Mit besänftigenden Worten führte Sigrun das Pferd zu dem Holzgestell, auf dem sich ihr Sattel befand. Rogar blieb ruhig stehen und schaute seiner Mutter zu. Dabei umklammerte er den Laib Brot unter seinem Hemd, als gäbe er ihm einen sicheren Halt. In seinen Augen konnte Sigrun seine innere Unruhe und Fragen erkennen, die ihn quälten, doch er ließ nichts davon nach außen dringen, kein einziges Wort. ‚Wie sein Vater', dachte sie liebevoll und ein gewisser Stolz erfüllte sie. Dann ergriff sie den Sattel, zog ihn vom Gestell und legte ihn auf den Rücken der Stute.

Noch bevor Sigrun die ledernen Riemen schnüren konnte, wurde eine Nebentür des Stalles mit Wucht aufgestoßen. Zwei grobschlächtige Männer mit blutigen Schwertern betraten den Stall. In ihren Augen glühten der Irrsinn des Kampfes und der Rausch des Tötens.

Sigrun erkannte sofort die Unberechenbarkeit dieser Männer. Schnell warf sie den hölzernen Sattel zu Boden, ergriff Rogar mit beiden Händen und hob ihn auf den Rücken des Pferdes. Im Gesicht des Jungen zeichnete sich jetzt offene Furcht ab. Sigrun blickte in die Augen ihres Kindes. Tränen bahnten sich auf beiden Gesichtern ihren Weg, als sie begriffen, was jetzt geschehen musste. Rogar versuchte das Unvermeidliche mit einem Kopfschütteln zu verneinen, doch Sigrun wusste keinen anderen Ausweg. Sie löste ihren Umhang mit einer Hand, während sie mit der anderen ihren Jungen auf dem Pferd hielt. Das schwere Leinen warf sie um Rogar und hüllte ihn darin ein.

Die beiden Barbaren stießen plötzlich ein wildes Gebrüll aus, als sie Mutter und Sohn entdeckten. Jetzt blieb keine Zeit mehr. Sigrun führte das Pferd an der Mähne die letzten Schritte durch das Tor des Stalles. Das dumpfe Stampfen der herbeieilenden Stiefel dröhnte in ihren Ohren, doch sie versuchte es zu verdrängen. Sie dachte nur noch an Rogar und Farold, die Männer ihrer Liebe. Noch einmal nahm Sigrun die Hand ihres Kindes fest in die ihre, drückte und küsste sie.

Der Junge wollte immer noch nicht glauben, was soeben geschah. Seine fragende Stimme klang tränenerstickt. „Mutter ...?"

„In den Wald, hörst du? Verstecke dich dort!" Sigrun hatte Mühe zu sprechen und ihrer Kehle entkam nicht viel mehr als ein Flüstern.

„Mutter ...!"

„Schnell, bring dich in Sicherheit."

Auf dem Burghof herrschte Chaos. Herrenlose Pferde liefen umher, wild aussehende Männer verschafften sich Zutritt zu Gebäuden oder waren auf der Suche nach einem Kampf. Rogar versuchte, vom Rücken der Stute zu steigen, doch die starke Hand seiner Mutter hielt ihn oben. Erst als sein Widerstand größer wurde, schrie sie in Verzweiflung ihren Jungen an. „ROGAR, bleib oben und halte dich fest!"

Rogar erstarrte augenblicklich und seine Mutter sprach mit normaler Stimme weiter.

„Fürchte dich nicht, mein Junge. Ich werde immer bei dir sein. Meine und deines Vaters Liebe werden dich stets begleiten, ganz gleich wo du sein magst."

Mehr Zeit blieb ihnen nicht. Mit einem Schlag auf die Flanke des Tieres versetzte Sigrun das Pferd so abrupt in Bewegung, dass Rogar sich nur mit Mühe festhalten konnte. Das Tier preschte in vollem Galopp über den Hof, bahnte sich seinen Weg wie ein Pfeil durch das Getümmel. Mit ausgestrecktem Arm versuchte Rogar noch einmal, nach seiner Mutter zu greifen, doch es war zu spät. Es gab kein Zurück mehr.

„MUTTER ...!"

Die Stallungen im Rücken sah Sigrun ihrem Sohn nach und obwohl sie wusste, dass es kein Zurück mehr gab, streckte auch sie die Hand nach ihm aus. Sie behielt Rogar so lange im Auge, bis er das Haupttor passiert hatte. Dann erst kehrte Ruhe in ihr ein.

Sigrun bewahrte das Bild ihres entschwindenden Sohnes im Herzen und schloss die Augen. Die polternden Stiefel der Barbaren waren jetzt unmittelbar hinter ihr und sie glaubte, den faulen Atem des Verderbens bereits riechen zu können.

Wie durch einen Nebel vernahm sie noch den lauten Aufschrei eines Mannes, der das nahende Unheil mit einem lauten „NEEEIIIN...!" zu stoppen versuchte. Doch es half ihr nicht. Die Welt um sie herum zerriss mit einem Mal.

Ein kurzer, schneidender Schmerz in ihrer Brust war alles, was sie noch verspürte. Sie war schon nicht mehr von dieser Welt, als ihr Körper auf den harten, trockenen Erdboden sank, der ihr Blut gierig aufsog.

Brandolf erwachte, als sich eine merkwürdige Unruhe in der großen Halle ausbreitete. Als Gast auf der Burg des Grafen verbrachte auch er die Nacht hier, wie die meisten Bewohner. In dieser Feste schliefen deutlich mehr Menschen als auf der kleinen Burg seines Vaters und die Nachtruhe wurde oft unterbrochen, sei es von einem weinenden Kind oder von dem Schnarchen der Männer. Jetzt allerdings regten sich auf einmal viele Menschen. Brandolf wurde neugierig und erhob sich von seinem Lager.

Aus den Augenwinkeln sah der Krieger, wie eine seitliche Tür geöffnet wurde. Er glaubte, die Silhouette einer Frau mit einem Kind an der Hand zu erkennen, die das Gebäude verließen. In diesem Augenblick ertönte vom Hof lautes Poltern von Hufen. ‚Reiter!', ging es Brandolf durch den Kopf, doch er konnte sich nicht vorstellen, weshalb der Graf, der Dienstherr seines Vaters, die Burgbesatzung mitten in der Nacht mobilisierte.

Er trug bereits seine Stiefel und wollte nach dem Rechten sehen, als Brandolfs Augenmerk abgelenkt wurde. Die Menschen in der Halle richteten gleichzeitig ihre Blicke auf die schmalen Fensteröffnungen, durch die plötzlich flackerndes Licht zu sehen war. Diabolisch tanzende Schatten wurden an die Wände der Halle geworfen. Es war unmissverständlich: Eines der Hofgebäude stand in Flammen. War das der Grund, weshalb solch ein Trubel auf dem Burghof herrschte?

Einige der Männer in der Halle begannen, sich zu organisieren und wollten den Brand bekämpfen. Als sie jedoch die Hauptpforte öffneten, drang Kampfeslärm in den Saal. Ein Lärm, der Brandolf wohl vertraut war. Stahl klang auf Stahl, Schreie des Schmerzes, der Wut, der Erregung und der Todesangst erfüllten seine Ohren. Dort draußen loderte kein gewöhnliches Feuer, was schon bedrohlich genug für die Burg gewesen wäre. Nein, die Ursache des Brandes war die tatsächliche Bedrohung: Die Greifburg wurde angegriffen!

Plötzlich befand sich der ganze Saal in Aufruhr. Selbst der einfachste Mann begriff, was sich auf dem Burghof abspielte. Die eben noch zielstrebigen Männer waren plötzlich nicht mehr so entschlossen, den Brand zu löschen und schlossen die Türflügel wieder.

Nervosität stieg auf und Furcht lag in der Luft. Die Wenigen mit klarem Verstand hatten Mühe, die Besorgten zu beruhigen und sie daran zu hindern, kopflos aus der Halle in ihr Verderben zu stürzen. Einige rafften ihre wenigen Habseligkeiten zusammen und verbargen sich in den Tiefen des Raumes. Mütter nahmen sich ihrer weinenden Kinder an und stellten sich schützend vor sie. Zwei alte Frauen begannen, murmelnd vor sich hin zu beten und den Herrn um Gnade anzuflehen. Mehr konnten sie im Augenblick ohnehin nicht tun.

Brandolf hingegen wusste, was darüber hinaus zu tun war. Hastig gürtete er sein Schwert und überlegte kurz, ob er sich das eisenbeschlagene Lederwams noch überziehen sollte. Als er jedoch sah, wie zwei weitere Kämpfer damit rangen, ihre Rüstung anzulegen, entschied er sich dagegen und spurtete auf den Burghof hinaus. Noch bevor er durch die Tür trat, hielt er bereits das gezogene Langschwert in der Hand. Die Waffe lag so selbstverständlich in seiner Rechten, als sei sie mit seiner Hand verschmolzen.

Schnell verschaffte sich Brandolf einen Überblick. Einer der Schweinekoben neben den Stallungen hatte Feuer gefangen, und die Flammen erhellten das Szenario auf erschreckende Weise. Menschen wie Tiere schrien in Todesangst. Doch der brennende Koben war nicht von Bedeutung, denn die Schweine würden nach Brandolfs Einschätzung in dieser Nacht sicher die geringsten Opfer sein.

Er beobachtete weiter, während er langsam und wachsam über den Hof schritt. Er sah merkwürdig gekleidete Männer, die mit zum Teil grausam bemalten Gesichtern und blutigen Waffen durch die Burganlage rannten. Sie erstürmten jede Tür, die sich ihnen darbot und metzelten jeden nieder, der sich ihnen in den Weg stellte. Anhand ihrer seltsamen Kleidung und der merkwürdigen Bemalung glaubte Brandolf jene gefürchteten Krieger des Nordens vor sich zu sehen, die für ihre brutalen Übergriffe berüchtigt waren.

Gerade als er sich einem der Feinde näherte, sah er, wie das Tor des Pferdestalles von innen geöffnet wurde. Eine Frau trat auf den Hof und führte ein ungesatteltes Pferd mit sich. Was um Gottes willen hatte ein Weib in dieser Blutnacht hier draußen verloren? Auf dem Rücken des Pferdes erkannte Brandolf eine kleine, verhüllte Gestalt.

Der junge Krieger konnte die Frau nicht erkennen, da der Hals des Tieres ihren Kopf verbarg. Erst als sie dem Tier einen Schlag auf die Flanke gab und es davonpreschte, erkannte Brandolf ihr Gesicht. Es war Sigrun, seine Herrin! Die kleine Gestalt auf dem Pferd musste Rogar sein. Brandolf konnte nicht begreifen, weshalb eine Mutter ihr einziges Kind in einer solchen Nacht allein davonschickte. Warum zog die Gräfin die Flucht ihres Kindes dem Schutz des Bergfriedes vor? Und wo war ihr eigenes Pferd?

Nur einen Herzschlag später wurde Brandolf alles klar. Hinter Sigrun rannten zwei der Barbaren mit gezogenen Klingen auf sie zu.

‚Ein Opfer', schoss es Brandolf durch den Kopf. Ein Opfer, zu dem nur eine liebende Mutter fähig sein konnte. War die Verteidigung der Feste bereits so aussichtslos, dass nur noch Flucht die Familie retten konnte?

Die Waffen zum Todesstoß bereit, waren die Angreifer schon nahe bei der Gräfin. Brandolf preschte los, doch sein Versuch, Sigrun zu retten war zum Scheitern verurteilt. Sie war so weit entfernt, dass er sie niemals würde rechtzeitig erreichen und schützen können. Brandolf wollte es dennoch nicht wahrhaben. Lauthals versuchte er, die nackte Wahrheit zu leugnen und das Unabwendbare zu stoppen, als die Angreifer Sigrun mit tödlicher Wucht erreichten.

Sein Schrei zeriss die Nacht: „NEEEIIIN …!“

Machtlos musste Brandolf mit ansehen, wie die tödliche Klinge des Barbaren blutrot aus dem Brustkorb seiner schönen Herrin ragte. Tot sackte sie zu Boden.

Mit der Wucht seines Laufs und einem Schrei der Wut traf Brandolf auf den Nordmann. Er benötigte nur einen Streich, um das Schicksal des Barbaren zu besiegeln, der noch damit beschäftigt war, seine Klinge aus dem leblosen Körper zu befreien, dass er nicht einmal erkennen konnte, wer sein Leben so rasch beendete.

Der zweite Nordmann konnte den in Rage kämpfenden Brandolf zumindest mit erhobener Axt und schützendem Rundschild empfangen, doch auch er war weder der Wut noch der Perfektion von Brandolfs Kampfstil gewachsen. Die unglaubliche Schnelligkeit und Kraft der Hiebe des jungen Kriegers trieben den Barbaren in eine Ecke, wo er ein schnelles Ende fand.

Ohne sich weiter um die beiden Gefallenen zu kümmern, lief Brandolf zu seiner Herrin. Er wusste, dass der erlittene Stoß tödlich gewesen war, doch insgeheim hoffte er auf ein Wunder. Er kniete neben dem Leichnam nieder und verharrte dort kurz, als wartete er auf eine Regung von der jungen Frau.

Sigrun war tot!

Seine Herrin war niedergestreckt worden, weil er zu langsam gewesen war. Ihr Blut wurde vom Erdboden des Burghofes aufgesogen, als zöge er das Leben aus dem jungen Körper. Behutsam zog Brandolf die tödliche Klinge aus ihrem Leichnam, was ihm nahezu leiblichen Schmerz bereitete. Wütend schleuderte er den Stahl fort. Trauer breitete sich in seiner Brust aus und am liebsten hätte er diesem Gefühl nachgegeben, doch er verdrängte es, schluckte es herunter. Dafür war jetzt noch keine Zeit. Brandolf wandelte stattdessen die unsägliche Trauer in Wut, dem einzigen Gefühl, das ihm jetzt noch beistehen konnte.

Im Burghof waren die Pforten der Hölle geöffnet worden und sie empfingen Brandolf mit einem Meer von Flammen, Hitze und Verderben. Das Feuer des Schweinekobens griff auf den Pferdestall über und es schien unmöglich, den Brand zu löschen. Die panischen Schreie der sterbenden Tiere gellten in Brandolfs Ohren. Sie waren jetzt nicht von Bedeutung, obwohl sich sein eigenes Pferd auch im Stall befand. Aus den Augenwinkeln bemerkte er den Stallmeister vorbeirennen, doch auch ihm schenkte er keine Beachtung. Das Feuer war nicht Brandolfs Feind.

Nordmänner waren überall und kämpften gegen den verzweifelten, törichten Widerstand einiger Knechte an, die ihnen entgegentraten.

Es war ein ungleicher Kampf.

Ein gewaltiger Donnerschlag, der in seiner Wucht den Leibhaftigen selbst hätte ankündigen können, riss Brandolf aus seiner geistigen Abwesenheit. Abrupt setzte dichter Regen ein, der Brandolfs Gewandung innerhalb weniger Augenblicke durchnässte. Mit festem Schritt überquerte er den Hof. Niemand stellte sich ihm in den Weg. Langsam beschleunigte Brandolf seinen Gang und rannte schließlich auf das Hauptgebäude zu. Jetzt galt es, den Bergfried als letzte Bastion vor den Eindringlingen zu verteidigen. Die Burg war vielleicht verloren, doch der Bergfried konnte noch gehalten werden.

Viel zu langsam erreichte Brandolf den großen Saal. Es schien, als ob der Sturzregen seine Schritte verzögerte, als ob er mit den Füßen im Morast des Kampfes stecken zu bleiben drohte.

Im Innern der Halle hatten sich Mägde und Knechte, Frauen und Kinder sowie Alte und Junge ängstlich in eine Ecke gedrängt, ohne Widerstand gegen drei Nordmänner zu leisten, die sich gerade ein junges Mädchen gefügig machten. Schluchzen und verzweifelte Hilferufe erfüllten das Gebälk, doch es rührte sich keiner, um dem Mädchen beizustehen. Stattdessen wurde ihr Flehen nur mit dem hämischen Lachen der Schänder beantwortet.

Sie waren derart mit ihrem Opfer beschäftigt, dass sie Brandolf nicht bemerkten. Die Schreie der jungen Frau erreichten ihren kreischenden Höhepunkt, als der erste Vergewaltiger auf ihr und anschließend die beiden anderen Barbaren tot neben ihr zusammensackten. Sie hatten noch nicht einmal ihre Waffen gegen Brandolf erheben können, so schnell besiegelte er ihr Schicksal. Angsterfüllt versuchte die Magd sich des auf ihr liegenden Leichnams zu entledigen. Brandolf half ihr nicht dabei. Allein die Schänder zu töten, hatte schon viel Zeit in Anspruch genommen.

Mit großen Sprüngen nahm der Krieger gleich mehrere Stufen der steilen Holzstiege, eilte nach oben, trat durch die Tür und ließ die große Halle hinter sich. Vor dem rutschigen Steg zum Bergfried hielt er kurz inne. Zu seinem Entsetzen stand die Tür des Turmes weit offen. Brandolf hoffte inständig, dass dies nichts zu bedeuten hatte, doch da sich bereits Nordmänner in der Halle befunden hatten, befürchtete er das Schlimmste. Besorgt rannte er über die Brücke.

Die unterste Ebene des Bergfrieds fand Brandolf menschenleer vor. Es gab keine Anzeichen eines Kampfes. Hoffnung keimte in ihm auf. Das Schwert fest in beiden Händen, spurtete er die steinerne, gewundene Treppe hinauf. Auf der nächsten Ebene sah er die ersten Toten. Die Nordmänner waren also doch schon im Bergfried! Er schaute sich kurz um. Die Toten waren nicht bewaffnet. Wahrscheinlich waren sie aus der großen Halle geflohen und hatten Zuflucht in der letzten Bastion der Burg gesucht. Statt Schutz hatten sie nur den Tod gefunden.

Abscheu über diese sinnlose Metzelei überkam Brandolf. In dieser Nacht schien alles möglich zu sein. Schließlich handelte es sich bei den Angreifern um Barbaren, die in ihrer heidnischen Sprache offensichtlich kein Wort für Gnade kannten. Brandolf musste jetzt vorsichtig sein und durfte trotz seiner Eile nicht in einen Hinterhalt geraten. Er rannte die unübersichtliche, schmale Treppe zur nächsten Ebene hinauf. Plötzlich vernahm er Poltern und Kampfeslärm nur einen Stock darüber.

‚Der Graf', dachte Brandolf alarmiert. Er hatte am vergangenen Nachmittag mit ansehen müssen, wie sein Herr einen Becher Wein nach dem anderen geleert und sich erst nach dem Drängen seiner Gemahlin zurückgezogen hatte. Brandolf hatte sich gefragt, welche schlechte Nachricht Farold dazu veranlasst haben konnte, derart gegen seine Prinzipien zu handeln. Was auch immer der Grund dafür gewesen sein mochte: Mit großer Wahrscheinlichkeit befand er sich jetzt noch lange nicht in der Verfassung, sich seiner Feinde zu erwehren.

Mit langen Schritten stürmte Brandolf die letzten Stufen hinauf und durch die offene Tür in die Kammer des Grafen. Mit einem schnellen Streich fällte er den ersten Nordmann in seinem Weg. Ohne zu zögern eilte er auf zwei weitere Schergen zu. Die waren von dem unerwarteten Ansturm so überrascht, dass Brandolf den Kampf mit beiden gleichzeitig aufzunehmen wagte. Ein paar harte, flinke Schwerthiebe drängten sie bald in eine Ecke des Raumes, wo sie ihr jähes Ende fanden.

Rasend vor Wut wandte sich Brandolf dem letzten Eindringling zu. Der Anblick, der sich ihm bot, traf ihn jedoch wie ein Schlag und drohte ihm seine ganze Kraft zu rauben. Der Graf wurde vor seinen Augen von der Wucht einer Barbarenklinge zu Boden geschmettert. Schwer verwundet und stark blutend hatte Farold den Breitsax zwar ablenken können, doch seine Kräfte waren am Ende. Einem weiteren Streich würde er mit Sicherheit nicht standhalten können!

Dessen war sich auch der Nordmann bewusst. Mit einem feisten Grinsen stand er über Farold und hob seine Waffe genüsslich zum Todesstoß empor. Diese Überheblichkeit nutze Brandolf. Obwohl zu einem weiteren Schwertstreich noch nicht bereit, stürmte er brüllend auf den Nordmann zu und hieb ihm den Schwertknauf mit voller Wucht ins Gesicht. Der Barbar fiel mit einem Schrei nach hinten. Das eben noch triumphierende Gesicht des Nordmannes hatte sich zu einer zahnlosen Fratze gewandelt, aus deren Mundwinkel das Blut tropfte. Er hatte keine Zeit mehr, sich Gedanken darüber zu machen, wie entstellt er sein mochte, denn Brandolfs letzter Schwertstreich trennte den unansehnlichen Kopf vom Rest des Körpers. Schlagartig trat eine unheimliche Stille ein.

Nur noch Herzschlag und Atem dröhnten in Brandolfs Ohren.

Er wandte sich seinem Herrn zu, der regungslos zu seinen Füßen lag. Der junge Krieger sackte auf die Knie, das Schwert entglitt seiner plötzlich kraftlosen Hand. Es kam ihm vor, als durchlebe er das traurige Ende seiner Gräfin erneut. Nur kniete er diesmal neben dem Leichnam ihres Gatten, dem Grafen Farold.

Doch der Herr war noch nicht tot! Er blutete zwar stark, jedoch atmete er noch, wenn auch kaum merklich. Seine Wunden waren zahlreich und tief. Obwohl Brandolf ahnte, dass die Verletzungen tödlich waren, versuchte er dennoch das austretende Blut mit dem Leintuch des Bettes aufzuhalten. Hilflos wie ein kleines Kind zerrte er es vom Lager, wusste jedoch nicht, wo er beginnen sollte. Es waren einfach zu viele Wunden und zu viele Tränen in seinen Augen, als dass er noch hätte klar handeln können. In seiner Verzweiflung presste er das Tuch einfach auf den Körper des sterbenden Grafen. Schon bald zeigte sich das Rot in immer größer werdenden Flecken auf dem hellen Linnen und Brandolf sah, wie das Leben seines Herrn regelrecht verrann.

Plötzlich schaute Farold zu ihm auf und versuchte, etwas zu sagen, doch seine Kräfte ließen ihn bereits im Stich. Er brachte lediglich ein leises Röcheln hervor. Dennoch glaubte der junge Krieger, den Namen „Sigrun“ ganz leise vernommen zu haben. In den letzten Augenblicken seines Lebens wollte der Graf über das Schicksal seiner geliebten Frau Gewissheit haben. Was sollte Brandolf berichten? Er hatte sie sterben sehen, doch das wollte er seinem Herrn so kurz vor dem Tode nicht offenbaren. Ratlos suchte er nach einer tröstenden Antwort.

Wie aus der Ferne hörte sich Brandolf schließlich die Worte sagen: „Ich sah ihr Pferd aus dem Tor galoppieren.“

Fragen zeichneten sich auf dem Gesicht des Sterbenden ab. Ganz leise brachte er ein krächzendes „Rogar“ hervor. Diesmal fiel Brandolf die Antwort leichter.

„Der Junge war auf dem Pferd.“

Das waren wohl die richtigen Worte, denn Farold schloss mit einem erleichterten Lächeln die Lider. Brandolf glaubte ihn bereits tot, als sich die glasigen Augen noch einmal öffneten. Erneut versuchte der Sterbende zu sprechen, diesmal etwas deutlicher und lauter.

„Eine List …“, begann er, musste dann allerdings nach Atem ringen.

Brandolf verstand nicht. Er wartete, bis der Graf erneut genügend Kraft zum Sprechen fand. „Er war es! Er hatte es schon immer darauf …“

Ein starker Husten unterbrach die wenigen klaren Worte und schien Farold die letzte Kraft zu rauben. Er ruhte sich etwas aus, wobei Brandolf glaubte, den Atem seines Herrn immer weniger zu spüren. Dann setzte der Graf noch einmal zum Sprechen an. Seine Worte mussten von größter Bedeutung sein, sonst würde er mit

Sicherheit diese Anstrengung nicht auf sich nehmen. Um ihn besser verstehen zu können, beugte sich Brandolf nach vorne.

„Verflucht seien er und dieses Weib!“, hauchte der Graf.

„Wer?“

Eine kurze Pause, dann fuhr der Graf fort: „Er wollte sie schon immer haben, die Burg und die Grafschaft …“

Farolds Blick wurde mit einem Male wieder feurig und klar. Sein ganzer Körper spannte sich noch einmal an und er zog Brandolf mit überraschender Kraft zu sich hinab. Das Flüstern in seinem Ohr erfüllte den Schädel des jungen Kriegers. „Schwöre mir, mein treuer Brandolf, dass du sie finden wirst. Schwöre mir, dass du sie beschützen wirst. Hilf ihnen! Schwöre mir … schwöre mir Rache. Schwöre es, bei Gott … und allem, was dir heilig ist!“

Obwohl Sigrun bereits tot und der Junge verschwunden war, konnte Brandolf nicht anders, als dem letzten Wunsch seines Herrn zu entsprechen. Er nahm Farolds Hand fest in die seine und blickte ihm in die Augen. „Ich schwöre es, mein Herr, bei Gott und allem was mir heilig ist. Ich schwöre es.“

Die Worte erleichterten den Grafen sichtlich und der geschundene Körper entspannte sich wieder. Das schwache Lächeln zeigte sich erneut auf seinen Lippen. Dann versuchte Farold noch einmal zu sprechen, doch Brandolf verstand nur Bruchstücke davon: „… im Wald, dort wo … Felsen mit der Wolfshöhle … werden sie warten.“

Mehr vermochte er nicht zu sagen. Mit großer Anstrengung füllte Farold ein letztes Mal seine Lungen, dann weiteten sich seine Augen in plötzlicher Erlösung. Der Leib des Grafen erschlaffte und sein letzter Atem entwich langsam. Gesenkten Hauptes schloss Brandolf vorsichtig die Lider der leblosen Augen und betrachtete das Antlitz des Toten.

Trotz all des Blutes und der vielen Wunden lag ein merkwürdiger Frieden auf Farolds Gesicht. Eine unbeschreibliche Ruhe, Würde und Macht umgaben den Leichnam und zogen den jungen Krieger in ihren Bann. Brandolf wurde in diesem Augenblick klar, dass er seinem Herrn selbst über den Tod hinaus treu ergeben sein würde. Er musste seinem Eid gerecht werden! Er verharrte noch einen Augenblick bei dem Leichnam, dann erhob sich Brandolf entschlossen und ergriff das Langschwert mit kraftvoller Hand. Mit festen Schritten trat er aus der Kammer. Er wusste, was er zu tun hatte, und er schwor, diesmal nicht zu spät zu kommen.

* * *

Es war ein tödlicher Tanz, den Brandolf vollführte. Er beherrschte ihn mit einer Perfektion wie kein zweiter in dieser Nacht. Trotz des heftigen Regens und des rutschigen, schlammigen Bodens im Burghof tanzte er ihn sicheren Fußes. Er wechselte den Partner, sobald einer den tödlichen Kuss des kalten Stahls empfangen hatte. Und Brandolf tanzte mit jedem, der sich ihm anbot.

Ohne Gefühl für Zeit und Raum kam Brandolf erst wieder zur Besinnung, als sich ihm niemand mehr in den Weg stellte. Mit einem Mal übermannte ihn die Erschöpfung des Kampfes. Er blieb stehen und blickte in den Himmel. Regentropfen stachen wie unzählige Messerspitzen in sein Gesicht. Kraftlos sank er auf die Knie. Sein Körper war durchnässt von Regen, Schweiß und Blut, das aber nicht das seine war. Brandolf hielt sein Gesicht gen Himmel gerichtet und ließ den schwächer werdenden Regen auf sich niedergehen, als wolle er die Nacht und all seine Taten von sich waschen. All den Schmerz und all das Töten. Der Krieger schloss die Augen, um nichts mehr sehen zu müssen. Langsam spülten die Regentropfen das Blut von seiner Klinge und schon bald lag das Schwert wieder nahezu rein und unschuldig in seiner Hand.

Nach einer Weile öffnete Brandolf seine Augen und blinzelte in die anbrechende Dämmerung des Sommermorgens. Der Regen hatte das Feuer des Schweinekobens und der Stallungen gelöscht, doch stiegen noch immer Rauchschwaden der verkohlten Reste empor und lagen über dem Burghof. Während Brandolfs Kampf war eine zweite Reiterschar auf der Burg eingetroffen und hatte in das Kampfgeschehen eingegriffen. Von diesem Augenblick an hatte sich das Geschick der Greifburg gewendet und der junge Krieger war nicht mehr der Einzige gewesen, der sie verteidigte.

Erschöpft schaute sich Brandolf um und sah Bewaffnete, die Verwundete versorgten, Gefallene beiseite trugen, Pferde einfingen und das Chaos der Nacht zu beseitigen versuchten. Einige Leichen ließen sie achtlos liegen und Brandolf erkannte, weshalb: Kleidung und Waffen nach waren es die überwältigten Nordmänner. Um sie würde man sich später kümmern, sie zusammentragen und anschließend verbrennen. Nur so konnte man verhindern, dass sich die Ratten an ihnen nähren würden.

Je länger Brandolf sich umsah, desto merkwürdiger kamen ihm die Leichen der Barbaren vor. Mühsam erhob er sich, packte sein Schwert und ging langsam über den Hof. Er wusste nicht genau, was ihn störte, doch er betrachtete einige der Toten genauer. Schließlich entdeckte er es: Helme, Schilde und Waffen befanden sich beinahe ausnahmslos neben den Toten. Keiner hielt seine Waffe in der Hand oder trug den Helm auf dem Haupt. Es schien, als habe man einfach alles achtlos hingeworfen. Brandolf bezweifelte, dass die Männer im Augenblick des Todes alles von sich geworfen hatten, zumindest hatte er so etwas noch nie erlebt. Vielleicht machte er sich aber auch nur zu viele Gedanken nach dieser furchtbaren Nacht und es hatte nicht das Geringste zu bedeuten.

Brandolf schritt weiter über den Burghof. Aus den verkohlten Überresten des Schweinekobens und des bis zur Hälfte niedergebrannten Pferdestalls stieg ihm der süßlich beißende Gestank von verbranntem Fleisch in die Nase, den selbst der Wind nicht fortzutreiben vermochte.

Da kam Brandolf ein Gedanke: Sigrun! Der Leichnam der Gräfin lag bestimmt noch dort, wo sie der Nordmann niedergestreckt hatte, vor dem Tor der Stallungen. Brandolf eilte dorthin und fand seine tote Herrin. Unbeachtet hatte man sie in Regen und Schlamm liegen lassen. Er kniete neben ihr nieder und wischte den Schmutz und das strähnige Haar aus ihrem blassen, kalten Gesicht. So verweilte er respektvoll an ihrer Seite, gedachte der Toten und haderte mit sich selbst und seinem Unvermögen, sie nicht gerettet zu haben. Dann betrachtete er das Gesicht der toten Gräfin genauer. Wie schon bei Farold erkannte er auch in ihrem Antlitz einen Ausdruck, der eine seltsame Friedlichkeit ausstrahlte. Erhabenheit und Zufriedenheit waren darin zu sehen, als wären die letzten Gedanken ihres Lebens glückliche gewesen.

Brandolf erinnerte sich, wie ihm einst vor vielen Jahren ein alter Recke vor einer Schlacht gesagt hatte, dass man wahren Frieden und Glück allein im Tod finden könne und er sich daher nicht davor zu fürchten brauche. Vielleicht hatte der Alte ja Recht gehabt. Brandolf fühlte sich allerdings alles andere als glücklich. Er war seiner Aufgabe als Ritter und Getreuer nicht gerecht geworden, hatte die Grafenfamilie nicht zu schützen vermocht und der Erbe, um den er sich von jetzt an kümmern sollte, war vor seinen Augen entschwunden. Er musste ihn finden!

Doch bevor er sich dieser neuen Aufgabe widmen konnte, sah es Brandolf als seine Pflicht an, das Grafenpaar ein letztes Mal zu vereinen. Das war er ihnen schuldig. Sanft schob er einen Arm unter Sigruns kalten Körper und hob ihn an. Seine Herrin, selbst im Tod noch so unbeschreiblich schön, wollte er nicht im Schlamm liegen lassen. Vor allem nicht neben der Leiche ihres Meuchlers.

Bei diesem Gedanken bemerkte er, dass der Körper des ersten Mannes, der Sigruns Schicksal besiegelt hatte, nicht mehr dort lag, wo Brandolf ihn niedergestreckt hatte. Sein Blick suchte nach dem zweiten Mann. Dessen Leichnam befand sich ebenfalls nicht mehr dort, wo Brandolf ihm ein Ende bereitet hatte.

Sachte ließ der Krieger die Gräfin wieder zu Boden gleiten und ging auf den zweiten Toten zu. Als er sich dem Leichnam näherte, stieg ihm ein Gestank in die Nase, den selbst der beißende Qualm des erstickten Feuers nicht überdecken konnte. Ein Gestank, den Brandolf von einem alten Schlachtfeld her kannte, auf dem Scharen von Krähen ein wochenlanges Festmahl abhielten. Es war der Gestank der Verwesung und stammte von der Leiche nur wenige Ellen vor ihm.

Ein heftiger Würgreiz versuchte, von Brandolf Besitz zu ergreifen, doch er konnte ihn unterdrücken und trat näher an den Gefallenen heran. Das Gesicht des Toten war bereits von grauer Farbe, die Hände nahezu schwarz, als trüge er Handschuhe. Blut fand Brandolf an der Leiche nicht und erst unterhalb des Stalldaches, etwa drei Ellen weiter, konnte er blutgetränktes Stroh finden. Dort hatte er den zweiten Nordmann niedergestreckt, doch sein Leichnam war nicht in der Nähe. Einem Impuls folgend suchte Brandolf nach der tödlichen Wunde, die er dem zweiten Mann zugefügt hatte, jedoch vergeblich. Stattdessen fand er eine kleine Wunde am Schädel, die von einem Pfeil oder dem spitzen Ende einer Streitaxt stammen mochte. Brandolf hatte sie diesem Mann weder zugefügt, noch konnte sie von dieser Nacht stammen.

Es gab keinen Zweifel mehr: Dies waren nicht die Männer, die er getötet hatte. Irgendjemand musste die Gefallenen ausgetauscht haben! Doch weshalb nur? So sehr er sich den Kopf darüber zermarterte, er konnte keinen Grund finden. Sein Instinkt sagte ihm allerdings, dass dies hier einen üblen Beigeschmack hatte. Ein Beigeschmack aus Vorsatz, Arglist und Hinterhalt, den man am liebsten mit einem kräftigen Schluck Wein hinunter spülen wollte, so wie es Graf Farold am Tage zuvor getan hatte.

Da erinnerte er sich wieder an die letzten Worte seines Herrn: „*Eine List ... Verflucht seien er und dieses Weib! Er wollte sie schon immer haben, die Burg und die Grafschaft ...*“. Jetzt erst verstand Brandolf, dass hinter der heutigen Nacht mehr steckte als nur ein Überfall der gefürchteten Nordmänner. Farold hatte es vor seinem Tode bereits erkannt. Vor allem musste er gewusst haben, wer hinter dem Angriff steckte.

Brandolf hingegen war es noch verborgen, doch er entschloss sich herauszufinden, was hier vor sich ging! Er wandte sich von den stinkenden Leichen ab und begab sich wieder zu seiner toten Herrin. Vorsichtig hob er Sigruns leblosen Körper empor und überquerte unter den erstaunten Blicken der Anwesenden den Innenhof. Mit einem Fuß stieß er einen Torflügel zur großen Halle auf und betrat den Raum. Überrascht traf er dort auf den Großteil der überlebenden Burgbewohner und auf eine stattliche Anzahl unbekannter Krieger. Offensichtlich hatten sie die Burg gerettet.

Zunächst nahm niemand Notiz von Brandolf. Doch nachdem einige den Leichnam in seinen Armen bemerkt hatten, traten sie rasch beiseite. Die Menge öffnete sich für den jungen Krieger. Aus Respekt vor dem Leichnam erstarb das unterschwellige Gemurmel und betroffenes Schweigen breitete sich in der Halle aus. Vereinzelt vernahm Brandolf ein leises Schluchzen. Einige Frauen hielten sich ungläubig die Hand vor den Mund, andere verbargen vor Entsetzen ihre Gesichter. Männer nahmen ihre Kopfbedeckungen ab, senkten ihr Haupt und blickten zu Boden. Es war ehrliche Trauer, die diese Menschen zeigten, denn ihre Herrin war beliebt gewesen und ihr Tod war ein großer Verlust.

Brandolf schritt die Gasse entlang, die sich hinter ihm wieder schloss und blieb schließlich vor einer Gruppe bewaffneter Männer stehen, die sich trotz des allgemeinen Schweigens noch besprachen. Sie standen um den reich verzierten Sitz des Grafen. Wer darauf Platz nahm, war befugt, Recht zu sprechen. Wer darauf saß, war ebenso berechtigt, die Abgaben einzutreiben und die Geschicke der Ländereien zu lenken, wie er im Gegenzug verpflichtet war, dem Volk in Notzeiten beizustehen. Auf diesem Sitz hatte jetzt jemand Platz genommen, den Brandolf noch nicht erkennen konnte.

Erst nach einer Weile bemerkten ihn die debattierenden Krieger und beendeten abrupt ihre Unterredung. Einer nach dem anderen trat beiseite und der Kreis um den Grafensitz öffnete sich. Dort saß ein Mann, der offensichtlich die Befehlsgewalt innehatte. Genervt und grimmig blickte er drein und erhob sich, um zu sehen, weshalb man ihn unterbrochen hatte.

Der Krieger war groß gewachsen und von kräftiger Statur. Seine Gewandung bestand aus gutem Leder, das offensichtlich aufwendig gepflegt wurde. Der Hals wurde durch eine Brünne aus feinen Eisenringen bester Qualität geschützt. Futteral und Heft des Langschwertes zu seiner Linken waren kunstvoll gearbeitet und reich verziert. Dieser Mann war eindeutig von adeligem Stande und Brandolf wusste sofort, wer es war, obwohl er ihn noch niemals zuvor gesehen hatte. Es war Rurik, der jüngere Bruder des verstorbenen Grafen.

Brandolf war zwar bekannt, dass Rurik mitsamt seinem Gefolge heute auf der Burg erwartet wurde, doch dass er noch vor dem Morgengrauen und damit rechtzeitig zur Rettung der Burg eingetroffen war, überraschte ihn sehr. Es war ungewöhnlich, einen solchen Tross durch die Nacht reiten zu lassen, statt ein sicheres Lager aufzuschlagen.

Brandolf und Rurik starrten einander schweigend an. Keiner der Anwesenden regte sich. Nicht einmal ein Husten oder Räuspern war zu vernehmen. Die stummen Blicke der beiden Männer kamen einem Kräftemessen gleich, ausgetragen ohne Waffen. Allein die Willenskraft war hierbei entscheidend. Es war ein ungleiches Ringen, das Brandolf, von den Kämpfen der vergangenen Nacht erschöpft, jedes einzelne Gran mentaler Stärke abverlangte. Doch er hielt stand.

Rurik, beinahe einen Kopf größer als sein Gegenüber, blickte abschätzig auf den durchnässten und verdreckten Krieger herab. Im Gegensatz zu Brandolf machte er nicht den Eindruck, als habe er in dieser Nacht auch nur einmal sein Schwert gezogen. Kein einziger Spritzer Blut haftete an ihm und seine Stiefel waren kaum schlammverkrustet.

Die Stille des Raumes wurde immer schwerer und lastete bleiern auf Brandolf, wie auch die Last in seinen Armen mit einem Mal unerträglich wurde. Als ihm die Machtprobe die letzten Kräfte zu rauben drohte, kniete er schließlich nieder und legte den Leichnam behutsam zu Füßen des großen Mannes ab. Dann richtete er sich wieder auf und blickte Rurik erneut in die kalten Augen.

„Die Gräfin, Eure Schwägerin, ist tot." Die Worte hallten im Gebälk des Dachstuhles wider, so still war es in dem Saal.

„Das sehe ich!", raunte Rurik. Seine Stimme klang kratzig, als käme sie aus einem tiefen, schroffen Brunnen. Weder Haltung noch Mimik ließen eine Gefühlsregung erkennen. Rurik reagierte, als habe man ihm soeben einen erlegten Rehbock zu Füßen gelegt. Vielleicht hätte er diesen noch mit einem Blick gewürdigt, Sigruns Leichnam hingegen ignorierte er gänzlich. Was würde er wohl sagen, wenn er vom Tod seines Bruders erfuhr? Oder wusste er bereits davon und war deshalb so kühl und wortkarg?

Brandolf unterband diesen Gedanken. Ihm lag bereits eine bissige Bemerkung wegen des Grafensitzes auf der Zunge, denn es gefiel ihm nicht, dass Rurik darauf Platz genommen hatte. Er hatte kein Recht, das Kommando zu übernehmen! Wahrscheinlich war er über das Schicksal seines Bruders im Bilde. Brandolfs Gedanken rasten wild durch seinen Schädel und er suchte hastig nach den richtigen Worten, um das bleierne Schweigen zu beenden.

„Sie hatte nicht die geringste Aussicht auf eine Flucht!" Seine Worte klangen nahezu wie ein Vorwurf. Als sie seine Lippen verließen, begriff er, dass dieser Vorwurf berechtigt und genau dem richtigen Mann gegenüber ausgesprochen worden war. Wieder schossen Brandolf die letzten Worte des Grafen durch den Kopf: *‚Eine List ... Verflucht seien er und dieses Weib ...‘*

Ruriks Antwort konnte kaum verächtlicher klingen. „Auch das sehe ich, Mann! Denkst du etwa, ich sei mit Blindheit geschlagen? Ich habe bessere Augen im Kopf als manch anderer hier. Befände ich mich sonst dort, wo ich im Augenblick stehe?"

Brandolf war wachsam. Sein Gegenüber war auf eine Konfrontation aus. Diplomatie und Behutsamkeit waren jetzt gefragt.

„Nein, natürlich nicht", antwortete er scheinbar beschämt.

„Wer bist du überhaupt, dass du mir derart unter die Augen trittst? Wie lautet dein Name?"

Rurik trat einen Schritt näher und betrachtete Brandolf genauer.

„Ich bin Brandolf, Sohn des Edelherrn Gerold und Vasall des Grafen", antwortete der Befragte ruhig, obwohl in ihm die Wut brodelte. Am liebsten hätte Brandolf Rurik die Antwort ins Gesicht gespuckt, ganz gleich welche Konsequenzen es haben würde. Doch er hielt sich im Zaum und bewahrte Haltung.

Mit erhobenen Augenbrauen nahm Rurik die Antwort zur Kenntnis. „So, ein Vasall des Grafen ... Ist dein Vater das tatsächlich?"

Die Frage klang skeptisch, beinahe hohnvoll, als galt es, diese Behauptung unter Beweis zu stellen. Wollte er am Ende Brandolfs Lehenstreue ins Lächerliche ziehen? Rurik drehte sich einem seiner Männer zu und wechselte ein paar leise Worte, danach schenkte er ihm wieder seine Aufmerksamkeit. „Brandolf, Sohn des Gerold, was wisst … Ihr zu berichten?“

Jede einzelne Faser des jungen Kriegers spannte sich an, als bereite er sich, einer Katze gleich, auf einen fluchtartigen Sprung vor. Ein Instinkt gebot ihm, jetzt mehr denn je Vorsicht walten zu lassen. Er wählte seine Worte behutsam und berichtete von dem Augenblick an, als er durch den Überfall geweckt worden war. Er führte seine Zuhörer durch die Nacht des Kampfes und des Todes bis zu jenem Moment, da sich ihm kein Gegner mehr in den Weg gestellt hatte.

Doch Brandolf berichtete nicht alles. Einige Details ließ er bewusst aus. Weder erwähnte er Rogars Flucht, noch dass die Gräfin vor dem Stalltor ermordet worden war. Diese Information hätte vielleicht Hinweise auf Rogars Verbleib gegeben und Brandolf wollte Rurik dies auf keinen Fall anvertrauen. Ebenso behielt er die letzten Worte seines Herrn und den geleisteten Eid für sich. Wieder war es ein merkwürdiger Instinkt, der ihn zum Schweigen veranlasste, obwohl hier doch der Bruder seines verstorbenen Herrn, der momentane Befehlshaber der Burg, vor ihm stand.

Während des gesamten Rapports behielt Rurik sein Gegenüber stets im Blick. Es schien, als versuche er, Brandolfs Augen zu durchdringen, um das dahinter Verborgene zu ergründen. Er wartete förmlich darauf, einen Widerspruch zu entdecken und Brandolf zur Rede stellen zu können.

Doch der junge Krieger kannte dieses Spiel. Obwohl er einige Begebenheiten der Nacht ausließ, blieb er dennoch bei der Wahrheit und verstrickte sich nicht in Ungereimtheiten. Dies war die einfachste Art, in diesem Spiel zu bestehen und dem Blick dieses Mannes standhalten zu können. Die ganze Zeit über sah er Sigruns Leichnam aus den Augenwinkeln. Ihr Anblick, mit all seiner im Tode vereinten Ungerechtigkeit, gab ihm zusätzliche Stärke, um in diesem Kräftemessen zu bestehen. Nachdem er seinen Bericht abgeschlossen hatte, stand Brandolf aufrechter vor Rurik als zu Beginn. Der vorläufige Burgherr ließ ihm keine Zeit und stellte sofort seine nächste Frage:

„Wo ist der Sohn?“

„Wessen Sohn?“

Zornesröte stieg in Ruriks Gesicht, als er die Gegenfrage vernahm. Seine Stimme klang laut und polternd in der Halle. „Wessen Sohn? Des Hufschmieds Balg! Wollt Ihr mich zum Narren halten? Natürlich der Sohn meines Bruders! Den Erben der Grafschaft, Rogar!“

Der plötzliche Wutausbruch überraschte die anwesenden Burgbewohner derart, dass die vorderste Reihe nahezu einheitlich erschrocken einen Schritt nach hinten trat. Ruriks Frage und seine Wut ließen Hoffnung in Brandolf aufkeimen: Sollte Rogar es in dem Chaos der Nacht tatsächlich gelungen sein, sich Ruriks vielen

Händen zu entziehen und unerkannt zu fliehen? Niemand schien zu ahnen, dass Rogar längst nicht mehr in der Burg war. Alle wähnten ihn noch in der Feste, irgendwo versteckt oder gar von den Barbaren erschlagen.

„Es tut mir leid, darüber kann ich Euch keine Auskunft geben."

„Könnt Ihr oder wollt Ihr es nicht?"

„Ich kann es nicht, denn weder weiß ich etwas über den Verbleib des Jungen, noch kenne ich sein Schicksal nach dieser blutigen Nacht."

„Ich frage mich, ob Ihr es mir anvertrauen würdet, wenn Ihr Kenntnis über seinen Verbleib hättet?"

Brandolf setzte zu einer Antwort an, doch Rurik gebot ihm Einhalt und fuhr selbst fort. „Spart Euch die Worte. Mir ist durchaus bewusst, dass Ihr nicht so dumm seid, mir eine falsche Antwort zu geben."

Rurik wandte sich sogleich wieder einem seiner Vertrauten zu und veranlasste, die gesamte Burg noch einmal nach dem Kind zu durchkämmen und auch den kleinsten Winkel dabei nicht auszulassen. In jedem Vorratsstollen und in jedem Abort sei nachzuschauen, selbst wenn dafür Kammern zu leeren wären oder jemand in die Zisterne hinabsteigen müsse. Die Dringlichkeit war unüberhörbar. Die letzte seiner Anweisungen, man solle den Jungen möglichst lebend finden, besaß jedoch einen merkwürdigen Unterton und klang weder überzeugend noch ehrlich.

Schließlich wandte sich Rurik wieder Brandolf zu und nahm ihn weiter ins Verhör. „Nach allem, was mir von meinen Männern und Euch berichtet wurde, habt Ihr ... tapfer gekämpft und viele ... Feinde erschlagen. Ihr wart von Beginn des Überfalls an dabei und habt alles genau beobachten können." Ruriks Blick forschte nach irgendeinem Hinweis in Brandolfs Augen. „Könnt Ihr Euch erklären, woher die Angreifer kamen?"

Brandolf witterte erneut Gefahr. Sorgfältig versuchte er, Ruriks Falle zu umgehen und wählte seine Worte vorsichtig.

„Anscheinend waren es Nordmänner. Allerdings ..."

Brandolf machte eine Pause und erst als er sich der Aufmerksamkeit aller Anwesenden sicher war, fuhr er fort:

„Allerdings muss ich gestehen, dass mir dieser Angriff der Nordmänner recht ungewöhnlich vorkam. Ein befahrbarer Fluss für ihre Langschiffe ist zu weit entfernt, als dass dies einer ihrer schnellen Raubzüge gewesen sein könnte. Tief im Landesinneren eine gut befestigte Burg anzugreifen, das entspricht nicht dem, was ich bisher über ihre Art zu kämpfen gehört habe. Üblicherweise greifen sie Dörfer, kleine Städte und Klöster in Fluss- oder Küstennähe an. Dabei schlagen sie schnell und hart zu, machen sich jedoch ebenso rasch wieder davon, da sie gegen massive

Gegenwehr nicht gerüstet sind. Ihr Vorteil ist die Überraschung. Eine Burg wie diese ist für sie zu stark befestigt und die Aussicht auf schnellen Erfolg zu gering."

Rurik senkte seinen Blick zu Boden, als er die nächsten Worte sprach: „Nun, auf Widerstand sind sie tatsächlich gestoßen, nicht zuletzt durch Euch."

Dann hob er seinen Blick wieder und schaute Brandolf direkt in die Augen.

„Aber Ihr habt Recht, Brandolf. Es waren tatsächlich Nordmänner. Das ist leicht anhand Gewandung und Bewaffnung der Toten zu erkennen."

‚Eine Lüge!', dachte Brandolf sofort. „Gibt es denn keine Gefangenen, die man befragen könnte?"

„Nein, es gibt keine überlebenden Angreifer!"

Ruriks Gedanken schienen abzuschweifen und er verweilte einige Augenblicke stumm. Beinahe geistesabwesend blickte er Brandolf wieder an und entließ ihn schließlich mit einer abfälligen Handbewegung und ein paar unverständlich gemurmelten Worten.

Brandolf war von dem plötzlichen Sinneswandel überrascht. Er zweifelte zunächst an der Ernsthaftigkeit dieser Anweisung und erwartete jeden Augenblick eine weitere Frage. Doch als Rurik ihn keines Blickes mehr würdigte, machte sich Brandolf auf, um die Halle zu verlassen. Erneut bildete sich eine Gasse für ihn.

Nach ein paar Schritten hielt er allerdings inne, überlegte einen Moment und machte noch einmal kehrt. Laut richtete er seine Worte an Rurik, der nicht damit gerechnet hatte und sich überrascht umschaute.

„Verzeiht mir, doch eines kommt mir bei all den Ereignissen merkwürdig vor ...", begann Brandolf. Er ließ die Feststellung im Raum klingen, bis Rurik es nicht mehr ertragen konnte.

„Was? Was ist merkwürdig?", herrschte er den jungen Krieger ungeduldig an.

Brandolf ließ ihn noch kurz warten, dann fuhr er fort.

„Es sind die Leichen der Nordmänner!"

Mehr sagte er nicht. Er wollte erst sehen, ob sich auf Ruriks Gesicht eine Reaktion zeigte. Der würde zwar nicht leichtfertig in eine solch einfache Falle tappen, doch Brandolf hoffte auf diese Weise ein Stück Wahrheit über die vergangene Nacht in Erfahrung zu bringen.

„Was ist mit den Leichen?", platzte Rurik erneut ungeduldig heraus, nicht gewohnt, dass man ihn warten ließ.

Brandolf genoss diesen Augenblick, dann gab er sich sehr nachdenklich.

„Sie stinken. Und sie befinden sich nicht dort, wo sie getötet wurden."

Rurik hob die Augenbrauen, als durchschaue er Brandolfs Absicht. Er machte einen Schritt auf ihn zu und gab geradewegs eine Erläuterung für die Umstehenden ab, um Brandolfs merkwürdige Feststellung zu relativieren.

„Es sind sich wohl alle hier darüber einig, dass es sich bei den Nordmännern um ein dreckiges, stinkendes Pack von ungläubigen Heiden handelt."

Rurik schaute kurz in die Menge und fand nickende Zustimmung. Der mächtige Mann fuhr zufrieden fort.

„Außerdem habe ich gleich nach meiner Ankunft den Befehl erteilt, alle Leichen der Angreifer zu sammeln und zu verbrennen, damit uns ihr Gestank nicht länger belästigen möge. Daher können sich auch keine Leichen mehr dort befinden, wo sie erschlagen wurden."

Nach dieser Erklärung für die Menge blickte Rurik scharf in Brandolfs Augen und fuhr mit gedämpfter, aber fordernder Stimme fort.

„Gibt es sonst noch etwas, das Ihr vielleicht bemerkt habt und mir mitzuteilen wünscht?"

Mit einem Kopfschütteln verneinte Brandolf die Frage. Er wollte sein Glück nicht überstrapazieren. Ruriks Erklärung genügte ihm vollkommen, um einige Fragen zu beantworten. In scheinbarer Demut senkte er respektvoll sein Haupt, bedankte sich und schritt erneut die Menschengasse entlang, die bis zum Portal führte.

Kurz bevor Brandolf durch die Tür entschwand, drehte er noch einmal kurz den Kopf zur Seite und sah Rurik mit einem seiner Männer sprechen. Dabei bemerkte er, wie Rurik eine achtlose Handbewegung in seine Richtung machte. Das war für Brandolf keine Überraschung. Natürlich würde Rurik ihn beobachten lassen. Würde er es nicht tun, so wäre Brandolf beinahe enttäuscht gewesen. Er musste jetzt sehr vorsichtig sein und alles daran setzen, möglichst schnell aus der Burg zu gelangen.

Ohne weiter zu zögern betrat Brandolf den Burghof. Inzwischen war die Sonne aufgegangen und die ersten Strahlen erhellten die Mauern der Feste. Die düstere Schlacht wurde dadurch wie ein unwirklicher Albtraum weit entrückt. Tatsächlich waren keine Leichen mehr auf dem Hof zu finden. Rurik hatte es sehr eilig, die Spuren des Kampfes zu beseitigen.

Mit großen Schritten ging Brandolf auf den teilweise abgebrannten und eingestürzten Pferdestall zu. Er hoffte, dass sein Pferd den Brand überlebt hatte, denn ohne seine Stute würde er niemals die Feste verlassen können, geschweige heil zur Burg seines Vaters gelangen. Genau das musste ihm jetzt aber unbedingt gelingen.

Unterschiedliche Gedanken rasten durch seinen Kopf. Bilder der Schlacht tauchten vor seinem inneren Auge auf. Immer häufiger kehrte eine bestimmte Situation wieder, bis er schließlich nichts anderes mehr sah: Rogars überstürzte Flucht und Sigruns Tod. Diese Erinnerungen schmerzten sehr. Doch Brandolf hatte inzwischen begriffen, dass Sigrun das einzig Richtige getan hatte. Mit ihrem eigenen Leben hatte sie das ihres Kindes erkauft. Ein hoher Preis, um den Fortbestand der eigenen

Familie zu sichern. Ungläubig schüttelte Brandolf den Kopf. Der Graf und seine Gemahlin waren tot und nur Rogar war noch am Leben. Dieses Leben galt es jetzt zu beschützen. Dazu war es allerdings erst einmal notwendig, den Jungen zu finden.

Derart in Gedanken vertieft betrat Brandolf den Stall, wo er zu seiner Erleichterung tatsächlich seine Stute neben einigen anderen Pferden wohlbehalten vorfand. Der junge Krieger war froh, dass Rurik bisher noch nicht so schlau gewesen war, ihm sein Pferd zu nehmen. Die Stute war kein Schlachtross, wie es wohlhabende Ritter von höherem Rang bevorzugten. Das wäre bei weitem zu aufwendig für Brandolfs Vater gewesen. Die Kosten für ständig neue Waffen, Rüstungen und für die Besatzung seiner kleinen Burg verschlangen schon genug Gelder und Abgaben.

Die braune Stute des Kriegers war wesentlich kleiner und zierlicher gebaut als ein Schlachtross. Mit ihrem ruhigen Gemüt war sie im Gefecht allerdings ebenso beherrscht wie ein solches und darüber hinaus sehr viel wendiger als die meisten Pferde. Zudem hatte das Tier eine einzigartige Ausdauer und konnte über lange Strecken im Trab laufen. Darauf kam es jetzt an: eine schnelle Rückreise. Wenn Brandolf sich sputete und er das Pferd bis an seine Grenzen brächte, so könnte er in zwei Tagen schon auf der väterlichen Burg sein.

Doch noch konnte er nicht reiten. Zuvor musste er seine Habseligkeiten aus dem großen Saal holen, die er in der Nacht zurückgelassen hatte. Seine Rüstung war viel zu kostbar, als dass er sie opfern konnte und sie würde auf dem Heimweg bestimmt noch notwendig sein. Allerdings konnte er jetzt unmöglich einfach in die Halle marschieren und seine Habe packen. Damit würde er Rurik seine Absicht verraten.

Zudem ahnte Brandolf, dass er beobachtet wurde, selbst wenn er Ruriks Gefolgsmann nicht sehen konnte. Scheinbar gelangweilt drehte sich der junge Krieger um und ließ seinen Blick über den Hof gleiten. Es schien, als würde niemand Notiz von ihm nehmen, doch die Ruhe war trügerisch. Brandolf vertraute seinem Instinkt, der ihn warnte.

Der Späher musste getäuscht werden. Brandolf gab nicht preis, dass er die heimlichen Blicke im Nacken spürte und rieb sein Pferd mit frischem Stroh ab, als habe er alle Zeit der Welt. Danach begab er sich wieder auf den Burghof und schlenderte gelassen weiter, weg von der Halle. Er musste den Mann soweit beschäftigen, dass er nicht gleich zu seinem Herrn laufen und berichten konnte.

Der innere Burghof bot ein umtriebiges Bild. Überall beseitigte man die Spuren des Kampfes. Tote wurden geborgen und entlang des Außenwalls aufgereiht. Es sah aus, als seien sie die groteske Stückware des Todes, die auf makabere Art und Weise zum Kauf angeboten wurde. Ein hektischer Mönch schritt die Reihe ab und betete für einen jeden Gefallenen, wirkte dabei jedoch so, als benötige er selbst geistlichen Beistand. Mägde liefen über den Hof und versorgten Verwundete, Kinder versuchten freilaufendes Federvieh und Ziegen einzufangen und sie in die Verschläge zu sperren, mit mäßigem Erfolg.

Der Qualm eines neuen Feuers außerhalb der Burgmauern hing in der Luft und trieb den Gestank versenkten Fleisches in den Innenhof. Wie Rurik es angeordnet hatte, wurden die erschlagenen Nordmänner bereits außerhalb der Burgmauern verbrannt. Auch die beiden Kadaver, die Brandolf in der Nähe seiner toten Herrin begutachtet hatte, waren nicht mehr zu sehen. Wahrscheinlich nährten sich bereits die Flammen an den sterblichen Überresten.

Brandolf suchte den Schmied auf, schaute in der Wachstube nach dem Rechten, half die verkohlten Schweinekadaver aus den niedergebrannten Koben zu bergen und ging hier und da zur Hand, wo seine Hilfe benötigt wurde. Den Pferdestall ließ er indes nie ganz aus den Augen. Er wollte sichergehen, dass seine Stute dort ständig zur Abreise bereit stand. Wenn es soweit war, wollte Brandolf nicht in einem leeren Stall stehen und auf ein Wunder hoffen müssen.

Es war nahezu Mittagszeit, als Rurik mit seinem Gefolge das Hauptgebäude verließ. Das war Brandolfs Chance. Er wartete noch kurz, dann betrat er durch eine Seitentür die Halle. Einige der Burgbewohner hielten sich noch immer darin auf, doch die Mehrzahl der Menschen widmete sich bereits wieder ihrer gewohnten Arbeit, die auch an einem solch außergewöhnlichen Tag keinen Aufschub duldete. Brandolf blieb daher völlig unbeobachtet, ein weiterer Mann unter vielen. Flink zog er sich sein Lederwams und die restliche Gewandung über, schnürte sein Bündel und verließ kurz darauf das Gebäude.

Der Burghof war jetzt deutlich belebter. Rurik erwartete seinen Tross und einige Reiter verließen den Hof, um die Ankommenden schon vor der Burg in Empfang zu nehmen. Darunter würden auch seine Gemahlin und sein Sohn sein.

Auf eine solche Ablenkung hatte Brandolf gehofft. Schnell huschte er in Richtung Stall. Als er bereits die Hälfte des Weges hinter sich gebracht hatte, hörte er laut und deutlich seinen Namen. Brandolf reagierte nicht. Sicherlich gab es noch andere Männer auf dieser Burg mit gleichem Namen.

„Brandolf, Sohn des Gerold! Haltet ein!“

Es gab keinen Zweifel mehr, wer gemeint war und Brandolf verfluchte leise sein Pech. Ausgerechnet jetzt! Dennoch ging er weiter. Mit ein paar flinken Blicken schaute er sich um und sah eine junge Magd, die direkt auf ihn zukam. Wenige Schritte später war Brandolf direkt bei der jungen Frau. Während sein Name noch einmal ungeduldig und laut gerufen wurde, drückte er der überraschten Magd sein Bündel in die Arme und raunte ihr seine Bitte zu:

„Bringe dies zu der braunen Stute im Stall. Bitte! Tu es für Gräfin Sigrun.“

Er war nicht stehen geblieben, sondern einfach an der Magd vorbeigeschritten, doch er hoffte, dass die Eindringlichkeit seiner Bitte unmissverständlich war. Ohne ihre Mithilfe war sein ganzes Vorhaben gefährdet. Geistesgegenwärtig hatte die junge Frau das Bündel unauffällig an sich genommen. Brandolf wagte einen kurzen Blick über seine Schulter und stellte zu seiner Erleichterung fest, dass sie, ebenso wie er, weitergegangen war.

Nur wenige Schritte weiter erklang sein Name erneut, diesmal mit erboster und eindringlicher Stimme dicht hinter ihm. Er hielt inne, drehte sich um und gab mit überraschter Miene vor, seinen Namen soeben zum ersten Mal vernommen zu haben.

„Brandolf, seid Ihr etwa taub?“, herrschte ihn Ruriks Mann an.

„Nein, durchaus nicht.“ Brandolf blieb höflich, spielte weiterhin den Überraschten und zu Unrecht Beschuldigten.

„Warum hört Ihr dann nicht, wenn Ihr von einem Gefolgsmann des Grafen gerufen werdet?“

Brandolf horchte auf und konnte sich eine Frage nicht verkneifen: „Ist es bereits soweit?“

Den Vertrauten schien die Frage zu verwirren, denn er zweifelte nicht an der neuen Position seines Herrn. Das bestätigte Brandolfs Befürchtung zusätzlich: Rurik versuchte, die Grafschaft an sich zu reißen! Das war ein weiteres Indiz dafür, dass Rurik hinter dem Angriff auf die Greifburg steckte. Schließlich fand Ruriks Mann doch noch Worte. „Gebt Acht und werdet nicht vorlaut! Folgt mir jetzt ohne weitere Reden! Ihr sollt unverzüglich vor Graf Rurik erscheinen!“

Ohne Widerstand kam Brandolf der Aufforderung nach und stand schließlich wieder vor Rurik. Der schien nicht gerade glücklich darüber zu sein, sich erneut mit dem jungen Ritter befassen zu müssen. Er machte den Eindruck, als müsse er sich einer lästigen Fliege erwehren, derer er sich schon längst entledigt geglaubt hatte. Doch Brandolf wusste, dass es sich dabei nur um gespielte Oberflächlichkeit handelte. In Wahrheit musste Rurik sehr daran gelegen sein, ihn erneut zu sprechen, sonst hätte er ihn weder beobachten noch zu sich rufen lassen. Brandolf war für ihn gefährlich!

„Sohn des Gerold“, begann Rurik polternd mit rauer Stimme. „Es wurde mir mitgeteilt, dass Euer Vater Ländereien im Westen der Grafschaft besitzt.“

„Ja“, antwortete Brandolf knapp. Er wollte die Unterredung nicht unnötig in die Länge ziehen.

„Ja, mein Herr!“, korrigierte Rurik ihn zornig. „Seid Ihr und Euer Vater getreue Lehensmänner und Vasallen des Grafen?“

„Natürlich, mein Herr.“

„So solltet Ihr wissen, dass ich bis auf Weiteres die Grafschaft im Namen meines Neffen – Rogar – befehligen werde, als Sachwalter und Stellvertreter meines Bruders. Dies wird so lange von Dauer sein, bis der Knabe gefunden ist und alt genug sein wird, das Volk und die Lande selbst zu führen. Habt Ihr all das vernommen und auch verstanden?"

„Ja, mein Herr."

Rurik war gerissen und sich über seine Lage im Klaren. Zwar konnte er sich noch nicht als Graf bezeichnen, doch er kannte seine Rechte als Bruder des verstorbenen Burgherrn genauestens. Diese Rechte nutzte er jetzt aus, um seine vorläufige Anwesenheit auf der Burg zu begründen.

Was er dann allerdings forderte, traf Brandolf wie ein Schlag: „So kniet nieder und leistet dem Grafen auch im Namen Eures Vaters einen Eid!"

Es kostete Brandolf einige Überwindung, doch nach kurzem Zögern beugte er schließlich das Knie und senkte sein Haupt in scheinbarer Demut. So schnell er es vermochte, leistete er den althergebrachten Schwur, der dem Grafen uneingeschränkte Treue bekundete. Brandolf fühlte sich mit jedem Wort schmutziger und schämte sich in Grund und Boden. Nicht etwa, weil er zu stolz war, um vor Rurik zu knien. Vielmehr war es der Eid selbst, der wie klebriger Morast schwer an Brandolf haften blieb. Mit höchster Konzentration brachte er die gegenüber Rurik so falsch klingenden Worte über die Lippen. Am liebsten hätte er sich danach den Mund ausgespült, um den faden Beigeschmack loszuwerden.

Nachdem die Worte verklungen waren, legte sich eine erwartungsvolle Stille über den Burghof. Viele der Umstehenden hielten in ihrer Tätigkeit inne, um zu sehen, was weiter geschehen würde. Sie hatten mitbekommen, welcher Eid gerade geleistet worden war, und den meisten war auch bewusst, dass dieser nur dann abverlangt wurde, wenn an der Loyalität des Eiderbringers gezweifelt wurde. Mit einem Mal rückte Brandolf in den Augen der Menschen in das Licht eines trügerischen Recken, dessen Ruf fragwürdig sein könnte und vor dem man sich besser in Acht nehmen sollte. Rurik wusste nur zu genau, was er mit diesem Schauspiel bewirken konnte. Er überließ nichts dem Zufall!

Die Blicke richteten sich jetzt auf den neuen Befehlshaber, vor dessen Übermacht ein kleiner Krieger unterwürfig im Schmutz kniete. Rurik kostete seinen Triumph in vollen Zügen aus. Er genoss es, ebenso auf Brandolf herab blicken zu können, wie ihn im Dreck knien zu sehen und das Ganze auch noch in aller Öffentlichkeit stattfinden zu lassen.

Demütig ließ Brandolf all das in der Hoffnung über sich ergehen, bald die erlösenden Worte zu vernehmen und von Rurik entlassen zu werden.

„Erhebt Euch, Brandolf, Sohn des Gerold", vernahm er schließlich erleichtert und richtete sich wieder auf. „Geht mir jetzt aus den Augen, doch vergesst niemals, welchen Eid Ihr soeben vor Gott und all den Menschen hier geleistet habt. Ihr seid und bleibt ein Mann des Grafen, bis man Euch aus dem Eid entlässt, sei es durch Tod oder Wort. Habt Ihr das begriffen?"

„Ja, mein Herr.“

„Dann verschwindet jetzt!“

Deutlicher hätte Rurik es nicht sagen können. Wahrscheinlich würde Brandolf eher der Tod ereilen, als dass Rurik ihn mit Worten von diesem Schwur entließe. Bevor sich der junge Krieger erhob, blickte er noch einmal in die Augen seines Gegenübers. Er wusste nicht, was er darin suchte, vielleicht eine Regung, ein Funkeln oder einen Hinweis.

Rurik erwiderte den Blick für einen Herzschlag, dann schaute er verächtlich beiseite, als habe er Wichtigeres zu tun. Dieser kurze Augenblick war allerdings ausreichend, um Brandolf all jene Dinge zu offenbaren, welche er schon bei vielen anderen Männern gesehen hatte: Hochmut, Habgier und Machthunger. Rurik glaubte sich am Ziel seiner Bestrebungen oder zumindest in dessen unmittelbarer Nähe. Durch nichts würde er sich jetzt noch von seinem Ziel abbringen lassen. Schon gar nicht von einem Mann wie Brandolf.

Schnell senkte Brandolf sein Haupt, um diese Erkenntnis und seinen aufkeimenden Zorn vor Rurik zu verbergen. Er stand auf und kehrte seinem neuen Lehnsherrn den Rücken, allerdings mit einem unangenehmen Gefühl, da Brandolf nicht wusste, was jetzt alles hinter ihm geschah. Seine Schritte mit der Befürchtung im Nacken, Rurik könnte es sich doch noch einmal anders überlegen, führten ihn über den Hof, zurück zum Stallgebäude. Je größer die Distanz zu Rurik wurde, umso leichter fiel es Brandolf schließlich, durchzuatmen und auszuschreiten.

Erleichtert stellte er fest, dass seine Stute im Stall auf ihn wartete. Jetzt musste er sie nur noch satteln, aufsitzen und losreiten. Aus der Burg zu entkommen, war für ihn wahrscheinlich die größte Bedrohung des Tages und würde nicht so leicht gelingen, wie es sich anhörte. Es könnte Brandolf schneller das Leben kosten als der Kampf in der vergangenen Nacht.

Er ging zu seiner Stute und sah, dass sie gesattelt und sein Bündel mit Lederriemen daran befestigt war. Die junge Magd hatte ihn erhört und nicht nur seiner Bitte entsprochen, sondern auch dafür gesorgt, dass der Stallmeister das Pferd für die Abreise bereit machte. Im Stillen dankte Brandolf ihr, während er eilig die Zügel vom Pfosten löste und sein Tier an den anderen Pferden vorbei durch den Stall führte.

Noch bevor er die Stalltür erreicht hatte, bemerkte er jemanden, der sich von hinten näherte. War es einer von Ruriks Männern, der ihm auflauerte? Wieso hatte Brandolf ihn nicht bemerkt? Er brachte die Stute zum Stehen. Auf alles gefasst, legte Brandolf verdeckt die Hand an das Heft seines Schwertes. Die unbekannte Person schlich über den mit Stroh bedeckten Boden, näherte sich ihm noch immer. Die Bewegungen waren kaum zu vernehmen, nur ein leises Rascheln, doch der junge Krieger war gewappnet. Immer näher kamen die Schritte, dann waren sie dicht hinter ihm.

Blitzschnell drehte sich Brandolf um und zog gleichzeitig sein Schwert. Als er jedoch die hilfsbereite Magd vor sich sah, ließ er die Klinge beinahe fallen. Erschrocken blieb die Frau stehen und die Worte, die sie gerade aussprechen wollte, blieben ihr im Halse stecken. Ein Bündel entglitt beinahe ihrer Hand.

„Gute Frau, schleiche dich niemals von hinten an einen Krieger heran." Erleichtert ließ Brandolf die scharfe Klinge im Futteral verschwinden.

Nach dem Schrecken nahm die Magd all ihren Mut zusammen und ging auf Brandolfs Pferd zu. Dort befestigte sie das Bündel am Sattel. Während sie die Riemen schnürte, erklärte sie leise: „Wahrscheinlich habt Ihr einen langen Weg vor Euch. Ein wenig Proviant soll Euch helfen. Besser ist es, wenn Ihr zügig reitet und möglichst selten anhalten müsst. Man weiß nie, ob und wann der neue Herr es sich vielleicht noch einmal anders überlegen wird."

Brandolf war verwirrt über die offenen Worte der Magd. Auch wenn er sie um Hilfe gebeten hatte, so konnte sie dennoch ein Hinterhalt Ruriks sein. Daher blieb er vorsichtig.

„Ich habe gerade einen Eid vor allen Anwesenden geleistet. Hast du ihn als Einzige etwa nicht vernommen? Ich bin dem Grafen zur Treue verpflichtet und er zu meinem Schutz. Rurik würde es nicht wagen, den Eid von sich aus zu brechen."

„Das mag sein. Doch was sollte ihn daran hindern, Euch verfolgen zu lassen? Auf Reisen kann viel geschehen! Es gibt zahllose Wegelagerer und Geächtete in den Wäldern. Ihr wäret nicht ihr erstes Opfer, selbst als erfahrener Ritter. Zudem habt Ihr den Eid nicht auf Rurik geleistet ..."

Die Magd sprach offen aus, was Brandolf selbst befürchtete. Aus einem fremden Munde klang es allerdings viel plausibler als in seinen Gedanken. Rurik hatte ihn die gesamte Zeit beobachten lassen und es wäre nicht verwunderlich, wenn er für ihn einen Hinterhalt geplant hätte. „Ich danke dir. Selbst deine Herrin Sigrun hätte nicht edler handeln können."

„Von ihr habe ich es auch gelernt. Ich habe nur eine Bitte an Euch." Brandolf gestattete sie mit einem Kopfnicken. „Vergesst Euren Eid nicht, den Ihr soeben geleistet habt. Denkt vor allem daran, wem Ihr ihn geleistet habt!"

Eine merkwürdige Bitte für eine Magd. Brandolf war so verblüfft, dass er nicht zu antworten wusste. Die junge Frau wandte sich zum Gehen und verschwand durch den abgebrannten, offenen Bereich des Stalles, noch bevor er etwas erwidern konnte. In Gedanken versunken führte er sein Pferd aus dem Stall in Richtung Haupttor.

Gerade wollte Brandolf das Tor zur Vorburg passieren, als mehrere Reiter im vollen Galopp über den Platz in den Innenhof der Feste preschten, direkt auf Rurik zu. Es waren seine Gefolgsmänner und sie kündigten die Ankunft des Wagentrosses an.

Brandolf fluchte leise. Wegen des Eintreffens des Gefolges war es jetzt unmöglich, den schmalen Weg hinab in die Auen zu nehmen. Dieser enge Pfad war im Augenblick mit Mann, Tier und Karren derart blockiert, dass ein Vorbeikommen unmöglich war. Brandolf blieb nichts anderes übrig, als etwas abseits am Tor zwischen Vorburg und Innenhof auf eine Gelegenheit zu warten, die Feste endlich zu verlassen.

Das Warten gab ihm aber auch eine Gelegenheit, Ruriks Gemahlin zu Gesicht zu bekommen. Ihm war über dieses Weib schon so manches zu Ohren gekommen und es entsprach nicht gerade dem, wie sich ein Weib zu verhalten hatte.

Wulfhild, so lautete ihr Name, zeigte all jenen das Gegenteil, die glaubten, eine Adelige müsse sich bei einer Reise in einem der hinteren, von Kriegern geschützten Wagen durch die Landschaft fahren lassen, damit sie und ihr Nachwuchs in Sicherheit waren. Weit gefehlt! Sie kam kurz hinter der galoppierenden Vorhut auf einem Pferd ebenso forsch durch das Tor geprescht wie die Reiter zuvor. Es war ein imposantes Schauspiel und da die Vorhut bereits abgesessen war, konnte sie sich als einzige Reiterin im gesamten Hof aller Blicke gewiss sein.

Ruriks Gemahlin war eine große Frau und überragte die meisten Männer, mit Ausnahme ihres Gatten. Entsprechend breit war ihre Statur und unter den Kriegern gab es wenige, die es mit ihren breiten Schultern und den kräftigen Oberarmen hätten aufnehmen können. Mutige Zungen behaupteten, dass an ihr ein Krieger verloren gegangen sei, der seinesgleichen gesucht hätte. Besonders Kühne meinten gar, dass ein jedes Kleid an ihrem Körper eine Verschwendung feinen Stoffes wäre und sie deshalb nahezu ausschließlich die Gewandung von Männern trug. All diese Äußerungen mussten natürlich vorsichtig und hinter vorgehaltener Hand gemacht werden, wenn man sein Leben nicht verwirken wollte.

Soweit Brandolf es einzuschätzen vermochte, beneidete kein einziger Mann Rurik um sein Eheweib. Es hieß aber auch, dass er der einzige Mann sei, der diese Frau zu bändigen wusste und Wulfhild allein von Rurik Anweisungen und Befehle akzeptierte.

Um die hohe Geschwindigkeit des Tieres in dem beengten Innenhof zu verringern, lenkte Wulfhild ihr Tier in mehreren großen Kreisen über den Platz und trieb dadurch die versammelte Menge auseinander. Brandolf glaubte gar zu sehen, dass sie dem Tier sogar noch die Hacken in die Flanken trieb, um es anzuspornen statt zu zügeln. Ein Lächeln auf ihrem breiten Gesicht bekundete, dass ihr dieses Auftreten Vergnügen bereitete.

Rurik schaute sich das Spektakel nicht lange an. Schon nach der zweiten Umrundung seiner Gemahlin begann er lauthals zu drohen, das Pferd dem Schlachter zu überlassen, sollte sie es nicht augenblicklich zum Stehen bringen. Wulfhild ließ das aufgebrachte Pferd immer langsamer seine Kreise um Rurik ziehen und brachte es schließlich vor ihm zum Stillstand. Eine dichte Staubwolke umhüllte ihn und seine Getreuen. Rurik beherrschte sich und blieb ohne eine Regung stehen, während seine Männer zu hüsteln begannen und sich augenreibend abwandten.

Mit Elan sprang Wulfhild vom Pferd und tätschelte zufrieden den muskulösen Hals des Tieres. Erst jetzt konnte man die Fülle dieser Frau zur Gänze erkennen. Direkt vor ihrem Gemahl stehend, blickten sich beide zunächst stumm an. Die Anwesenden im Hof verharrten schweigend und beobachteten, was nun geschah.

Nach wie vor stand Rurik ungerührt da, einem unbeweglichen Felsen gleich. Die Blicke, die er und seine Gemahlin austauschten, erinnerten Brandolf an sein eigenes Ringen mit diesem Mann. Rurik beendete dieses Spielchen und brach das Schweigen mit grollender Stimme.

„Musste das wieder sein? Ich habe dir schon mehrfach angedroht, das Tier wegzunehmen, wenn du es nicht zu beherrschen lernst."

Die Stille im Burghof war so vollkommen, dass selbst Brandolf am Tor jedes einzelne Wort hören konnte. Wulfhild schien sich daran nicht zu stören. Stämmig und selbstbewusst wie sie war, wich sie keinen Fingerbreit vor ihrem Gatten zurück. Im Gegenteil, sie bot Rurik sogar die Stirn: „Du solltest dich doch noch gut daran erinnern können, dass ich schon ganz andere Dinge zugeritten habe."

Nach der Bemerkung blickte Wulfhild kurz in die Runde und ihr entging das ein oder andere Grinsen nicht, das rasch hinter einer Hand oder durch ein gesenktes Haupt verborgen wurde. Genau das war es, was sie erreichen wollte: Rurik ein Stück weit lächerlich machen und selbst das Wort führen.

„Und, hast du erreicht, was du wolltest?"

„Ja", lautete Ruriks knappe Antwort. Es war deutlich, dass er es auf dem Burghof zu keinem langen Disput kommen lassen wollte, schon gar nicht über dieses Thema. Dennoch fuhr seine Gattin fort.

„Wie viele Tote?"

„Nur wenige. Mein Bruder und seine Frau, Gesinde und ein Teil der Besatzung!"

„Das Kind?"

„Wir suchen es noch. Bisher haben wir es in dieser großen Feste noch nicht ausfindig machen können. Meine Männer durchkämmen im Augenblick jeden noch so kleinen Unterschlupf."

„Der Junge muss gefunden werden!"

„Ich weiß." Rurik wirkte ungeduldig. Er war offensichtlich nicht gewillt, dieses Thema öffentlich weiter auszuführen. Wulfhild bemerkte den aufkommenden Unmut ihres Gatten. Geschickt begann sie, von einer anderen Angelegenheit zu sprechen.

„Du erinnerst dich an unsere Vereinbarung?“

„Natürlich“, gab Rurik entnervt und mit rollenden Augen zurück, als müsse er auch dieses Thema nicht zum ersten Mal mit Wulfhild besprechen. Just in diesem Moment hielt der Rest des Trosses polternd Einzug in die Vorburg und brachte das von Rurik ersehnte Ende des Gesprächs.

Neben den Wagen und der Gefolgschaft war auch ein Pony Teil des Trosses. Darauf saß der von vielen gleichaltrigen oder gar älteren Jungen gefürchtete Sohn Ruriks. Der junge Drogo war ebenso ungestüm wie seine Mutter. Er führte sein Tier in den Innenhof und dann mit kleinen, schnellen Schritten quer über den Platz. Die Menschen, die aufgrund des Gespräches wieder etwas näher an das Paar herangekommen waren, wurden erneut zurückgedrängt. Die Freude des Jungen über den so erzwungenen Gehorsam war unverkennbar und glich der seiner Mutter.

Trotz des Tumults in der Vorburg zog Wulfhild die Aufmerksamkeit ihres Gatten wieder auf sich. Brandolf hatte Mühe, bei dem Lärm die Unterredung weiter mitzuverfolgen und wagte sich ein paar Schritte näher.

„Hast du mit dem Pfaffen gesprochen?“, fragte Wulfhild Rurik fordernd.

„Er ist ein Mönch, kein Pfaffe“, gab Rurik missgelaunt zurück.

„Das tut nichts zur Sache. Ist es beschlossen worden oder nicht?“

„Es wurde alles arrangiert. Und beschlossen war es längst!“

„Wirst du an dem Plan festhalten?“

„Natürlich, Weib!“ Rurik war jetzt sichtlich erbost, dass Wulfhild es wagte, seine Glaubwürdigkeit in aller Öffentlichkeit derart in Frage zu stellen.

„Zweifelst du etwa an meinem Wort und meiner Ehre?“

„Nein, selbstverständlich nicht“, gab Wulfhild etwas gedämpfter von sich, um ihren zornigen Gemahl zu besänftigen.

Sie machte einige Schritte auf das Hauptgebäude zu, hielt jedoch noch einmal inne und wandte sich erneut ihrem Gemahl zu. Ihre Stimme klang laut und deutlich über den Hof.

„Du weißt genau, dass Drogo auch das Wort und nicht nur das Schwert beherrschen muss. So manches Gefecht wird mit dem Federkiel ausgetragen, oft damit entschieden und vor allem damit besiegelt. Eine scharfe Klinge kann zwar manchen Sieg erringen, doch nur das Wort kann ihn auf lange Sicht erhalten und schafft die notwendigen Verbündeten!“

Ohne Rurik die Möglichkeit einer Antwort zu geben, wandte sich Wulfhild ab und ging weiter. Der Klang ihrer Stimme schien noch von den Burgwänden widerzuhallen, als sie die große Halle betrat. Ein derber Fluch kam über Ruriks Lippen. Seine Vertrauten blickten betroffen zu Boden, als ob sie dadurch seinem Unmut entgehen könnten.

Brandolf hatte genug gesehen und gehört. Es war höchste Zeit für ihn aufzubrechen. Möglichst unauffällig führte er sein Pferd durch das Tor in die Vorburg. Wie er gehofft hatte, war der Tross inzwischen nahezu vollständig eingetroffen. Menschen und Tiere drängten sich auf dem kleinen Platz zwischen den Gebäuden, Wagen und Karren.

So schnell wie möglich bahnte sich Brandolf seinen Weg durch das Treiben. Seine Gedanken drehten sich aber noch um das Gespräch zwischen Rurik und Wulfhild. Alle Indizien wiesen darauf hin, dass der Angriff und die plötzliche Rettung der Burg nichts weiter als ihr schmutziges, falsches Spiel gewesen waren. Eine gefährliche Theorie, dessen war sich Brandolf bewusst, doch sie wurde von dem eben vernommenen Disput bekräftigt. Eindeutige Beweise fehlten ihm jedoch.

Kurz bevor Brandolf das Haupttor erreichte, drehte er sich noch einmal instinktiv um und sah Rurik, der ihn beobachtete. Ihre Blicke trafen sich. Es schien, als teilten sie in diesem Moment ein Geheimnis. Brandolf spürte deutlich das Misstrauen, das sich in den Augen des neuen Burgherrn widerspiegelte.

Rurik ahnte es! Er erriet Brandolfs Mutmaßung und Anschuldigung! Schnell löste der junge Krieger seinen Blick, um nicht noch mehr Zeit zu verlieren. Er sah gerade noch, wie Rurik zwei seiner Männer anwies, Brandolf zu folgen. Wollte Rurik seine errungene Macht sichern, so musste er Brandolf unbedingt daran hindern, die Burg zu verlassen. Der vor wenigen Augenblicken geleistete Treueschwur war bedeutungslos geworden. Taten würden Rurik mehr Gewissheit geben!

Schnelligkeit würde jetzt Brandolfs bester Verbündeter sein. Ohne sich weiter um seine Verfolger zu kümmern, bestieg er auf dem belebten Hof sein Pferd und trieb es trotz der vielen Menschen lauthals an. Die Leute stoben erschrocken zur Seite und gaben den Weg zum Tor frei. Verwunderte Blicke der Wachen und einige Beschimpfungen begleiteten Brandolf auf dem Weg nach draußen, doch niemand versuchte, ihn aufzuhalten. Die Stute befand sich bereits in vollem Galopp, als sie auf das Plateau vor der Burg preschte.

Auf dem schmalen Pfad hinab zu den Auen befanden sich noch vereinzelt Frauen und Männer, die zum Tross des neuen Sachwalters gehörten. Ein unglaublich großes Gefolge für einen kurzen Familienbesuch, stellte Brandolf fest.

Sicheren Hufes bahnte sich die Stute den Weg auf dem schmalen Pfad nach unten. Sie drängte sich an den Menschen vorbei, die sich gegen die aufgehende Felswand pressten, um von dem ungestümen Tier nicht in die Tiefe gerissen zu werden. Brandolf spornte sein Pferd weiter an, nahm keine Rücksicht auf die arglosen Leute. Mit Schrecken sah er am Beginn des Anstieges einen Ochsenkarren, der kurz davor war, den Weg nach oben anzutreten. Der Karren würde den Weg blockieren. Ein Entkommen wäre dann unmöglich. Der Ochsentreiber würde seinen Karren nicht mehr wenden können und Brandolf säße in der Falle.

Zu seinem Glück bewegte sich der Karren keine Elle weiter, weil er im Morast der Wiese feststeckte. Der Ochsentreiber fluchte aufs Heftigste und versuchte, die beiden Tiere anzutreiben, jedoch ohne Erfolg. Brandolf sah darin eine Gelegenheit.

Er spornte sein Pferd auf dem letzten Abschnitt des Weges noch einmal an. Beim Ochsenkarren angekommen, stoppte der Krieger das Tier abrupt und sprang aus dem Sattel, noch ehe es ganz zum Stehen gekommen war. Sofort machte er sich daran, dem Ochsentreiber zu helfen.

Der Knecht und Brandolf benötigten mehrere Anläufe und eine Unzahl von Flüchen, bevor sich der einachsige Karren mit einem saugenden Geräusch schließlich aus dem Morast löste. Endlich rollte er wieder voran. Sofort begannen die Tiere, ihre Last auf dem schmalen Pfad unaufhaltsam empor zu ziehen.

„Verfluchte Mistviecher, wehe ihr bleibt noch einmal stehen! Danke, Herr."

Der Ochsentreiber verbeugte sich mit abgenommener Haube ein wenig, dann sprang er seinem Karren hinterher, um sicherzugehen, dass die Ochsen keinen weiteren Fehltritt begingen. Brandolf nickte zufrieden und ließ den schlammverschmierten Mann seiner Arbeit nachgehen. Dessen raue, antreibende Rufe waren ein Wohlklang in Brandolfs Ohren, bedeutete doch jede gefahrene Elle, dass der Weg für seine Verfolger bald versperrt sein würde. Ein Blick nach oben zeigte ihm, dass Ruriks Männer bereits die erste Hälfte des Pfades hinter sich gebracht hatten.

Rasch sprang Brandolf wieder auf seine Stute und galoppierte geradewegs über die Wiesen zum rettenden Waldrand. Als der Forst erreicht war, zügelte der junge Krieger sein Pferd und wandte sich noch einmal der Burg zu. Ein befreiendes Lachen erklang plötzlich aus seiner Kehle, denn seine Verfolger wurden auf dem schmalen Pfad vom Ochsengespann aufgehalten. Gänzlich unbeeindruckt von den Drohungen der Recken trieb der Knecht seine Tiere immer weiter nach oben. Die Pferde der Krieger wurden Schritt für Schritt zurückgedrängt, ganz wie Brandolf es gehofft hatte.

Alles, was er jetzt noch benötigte, war ein ungehinderter Ritt durch die dichten Wälder der Grafschaft. In diesen kannte er sich bestens aus und der notwendige Vorsprung, den er für eine sichere Heimkehr benötigte, war ihm jetzt gewiss. Vielleicht war ihm das Glück auch hold und er würde auf seiner Reise einen Hinweis auf Rogars Verbleib finden. Doch die Suche nach ihm würde wahrscheinlich noch eine Weile warten müssen. Wichtiger war jetzt erst einmal, Ruriks Treiben ein vorzeitiges Ende zu setzen, bevor es richtig beginnen konnte.

Der vor dem Altar Kniende pflegte Bücher in der Regel sorgfältig zu schließen, nachdem er sie benutzt hatte. Sie waren nicht nur von unschätzbarem Wert für ihn, sondern stellten auch für die Gemeinschaft einen unersetzbaren Reichtum an Wissen und Weisheit dar. Ihre Herstellung war aufwendig und nur selten gelangte man an die Abschrift eines Werkes. Sobald er eines nicht mehr benötigte, verschnürte er den meist hölzernen, in seltenen Fällen auch ledernen Einband mit den dafür vorgesehenen Riemen und Laschen und gab sie in die Obhut des Bibliothekars im Skriptorium zurück.

Bei einem Buch machte der Mann allerdings eine Ausnahme. Es widerstrebte ihm regelrecht, dieses besondere Werk zuzuschlagen oder gar zu verschnüren. Er hatte das Gefühl, die Worte auf diesen Pergamentseiten müssten atmen können und benötigten dafür Raum, um sich zu entfalten. Ihr Inhalt und Sinn entsprachen seinem Leben. So blieb das Neue Testament stets offen auf dem kleinen Altar in den privaten Räumlichkeiten des Klosteroberhauptes liegen.

Nachdem er sich bekreuzigt hatte, erhob sich Abt Degenar langsam aus seiner demütigen Haltung. Meist nutzte der Mönch das Gebet, um wieder einen leichten Kopf zu bekommen, der von all den zu prüfenden Zahlen oft schwer wurde. Vertiefte er sich in die Heilige Schrift, so konnte er stets Kraft und neuen Elan für diese lästigen, jedoch notwendigen Aufgaben schöpfen.

Der Mönch blickte sich in dem kleinen, kargen Arbeitszimmer um, welches ihm als Abt des Benediktinerklosters zustand. Selbst nach all den Jahren fühlte er sich noch immer nicht so wohl hier, wie er es mit Fug und Recht tun könnte. Degenar fiel es schwer, sich an das Privileg zu gewöhnen, eigene Räumlichkeiten innezuhaben. Das galt sowohl für das Schlafgemach wie auch für den Vorraum, in dem sich der Altar, ein Schreibpult, ein Tisch und ein paar einfache Holzbänke befanden. Die Exedra war mit raren, teilweise sogar bunten Glasfenstern ausgestattet.

Zu Beginn seiner Amtszeit hätte Degenar am liebsten wieder bei seinen Mitbrüdern im großen Schlafsaal genächtigt, denn so war er es seit seiner Kindheit gewohnt. Dort kehrte zwar niemals absolute Ruhe ein, doch gerade das fehlte ihm in der Anfangszeit in seinen eigenen Gemächern: Er vermisste das Schnarchen, das laute Atmen und die sonstigen Geräusche der Mitbrüder. Allein das Wissen um ihre Nähe barg für Degenar stets eine gewisse Wärme in sich. In seinem eigenen Schlafgemach hingegen war es des Nachts völlig still und er fühlte sich manchmal einsam.

Doch die privaten Kammern eines Abtes besaßen auch Vorzüge. So konnte Degenar in aller Ruhe bis spät in die Nacht seinen zahlreichen Pflichten nachgehen, ohne seine Mitbrüder zu stören oder, was meist wichtiger war, selbst dabei gestört zu werden. Nächtliches Arbeiten war öfter vonnöten, als er es sich jemals hatte vorstellen können, bevor er sich diesem Amt verschrieben hatte.

Eine arbeitsreiche Nacht würde es auch heute werden, sollte er die vielen Zahlen und Kalkulationen seines Freundes Ivo, dem Cellerar, nicht rechtzeitig bis zur Vesperandacht überprüft haben. Zwar konnte er dem Kellermeister vertrauen, vor allem, wenn es um Zahlen ging, denn diesbezüglich war sein Freund überragend, doch Degenar nahm seine Pflichten ernst und so würde er sich auch diesmal erneut durch die Arithmetik mühen. Gut zu wirtschaften war ein wichtiger Grundpfeiler für die Existenz eines Klosters, denn davon hingen Zukunft und Fortbestand der Gemeinschaft ab.

Als Degenar in jungen Jahren von seinen Mitbrüdern zur Abtwahl aufgestellt wurde, hatte er nicht ernsthaft daran geglaubt, diese auch zu gewinnen. Als einfacher Mönch hatte er noch nicht einmal irgendein Amt innegehabt, wie es meist üblich war. Zudem war seine Gegnerschaft mächtig und besaß gewichtige Fürsprecher. Das Ergebnis der Wahl war umso überraschender, denn sie fiel knapp zu Degenars Gunsten aus. Er hatte das Votum angenommen und war seither das Oberhaupt der Abtei. Doch der anfängliche Übermut, den der Sieg mit sich brachte, wich schon wenige Tage später einer kalten Ernüchterung.

Damals, vor über eineinhalb Dekaden, befand sich das Kloster in einem derart desolaten Zustand, dass nur ein grundlegender Richtungswechsel der täglichen Belange einen Erfolg versprach. Trotz der Ländereien im Klosterbesitz waren die Einnahmen zu gering, um die Ausgaben zu decken. Von einer kleinen Summe, die für besondere Zwecke hätte zurückgelegt werden können, wagte Degenar erst gar nicht zu träumen. Durch jahrzehntelange Misswirtschaft stand das Kloster kurz vor dem Ruin.

Bei der Durchsicht der Aufzeichnungen und Bestände war der alte Kellermeister damals keine große Hilfe gewesen. Degenar hatte sogar den Eindruck, als versuche Cellerar Ansgar, die Tatsachen zu beschönigen oder gar zu vertuschen. Daher beschloss Degenar, dieses Amt mit Ivo neu zu besetzen. Sein Freund galt zwar allgemein als zu jung und unerfahren, um das wichtige Amt des Cellerars zu bekleiden, doch er besaß hierfür eindeutig die besten Fähigkeiten. Ivo beherrschte nicht nur die Arithmetik, sondern behielt stets einen Überblick und hatte Verständnis für die notwendigen Zusammenhänge. Meist fand er für alltägliche Probleme schnelle und praktikable Lösungen, die selbst seine Kritiker überzeugten.

Degenars Entschluss rief trotzdem Empörung hervor. Vor allem die älteren Brüder sahen es als respektlos an, den ehrwürdigen Ansgar seines Amtes zu berauben. Um diesen Unmut einzudämmen, ernannte Degenar seinen Freund zunächst zu Ansgars Gehilfen. Somit war es Ivo möglich, sich das Amt des Altmeisters in aller

Ruhe und Ausführlichkeit erklären zu lassen und sich einzuarbeiten. Bereits wenige Monate später überließ der betagte Ansgar seinem Gehilfen immer mehr Aufgaben, bis sich der junge Mönch als unentbehrlich erwies. Als der Alte schließlich erkannte, dass Ivo mehr im Amte des Cellerars stand und mehr leistete als er selbst, zog er sich schließlich von selbst zurück. Ansgar behielt zwar offiziell noch immer den Amtstitel, soviel gestand Degenar dem alten Mann aus Respekt zu, doch die Obliegenheiten wurden bis zum Tode des Meisters einzig von Ivo gelenkt.

Natürlich gab es Brüder, die offen behaupteten, Degenar habe dem alten Mönch die Lebensfreude entrissen und ihn auf diese Weise in den Tod getrieben. Mit derartigen Vorwürfen hatte der Abt gerechnet, waren ihm doch inzwischen seine Gegenspieler und deren Taktik bekannt. Anfangs war es sehr belastend, dieser offenen Feindschaft ausgesetzt zu sein. Er selbst hatte nur die ehrenwertesten Ziele im Sinn, doch nicht alle der Brüder schienen diese Ansicht zu teilen.

Urheber dieser Missstimmung war der alte Bruder Lothar, der, wie Degenar auch, seit seiner Kindheit in der Abtei lebte und ebenfalls für das Amt des Abtes zur Wahl angetreten war. Natürlich schmerzte es Lothar noch mehr als seine jüngeren Mitbrüder, den alten Cellerar solcherart deplatziert zu sehen. Zudem waren die Reformen so einschneidend, dass Lothar einige Mitbrüder gegen Degenar aufwiegeln konnte. Der neue Weg des Abtes forderte nämlich Verzicht von allen Mönchen, der auch das leibliche Wohl betraf. Diese Umstände veranlassten Lothar, erneut gegen Degenar anzugehen. Siegessicher verlangte er unverhohlen die Abwahl des Abtes, woraufhin heftige Debatten im Kapitelsaal geführt wurden.

Abermals verfehlte Bruder Lothar sein Ziel. Am Ende waren die Reformgedanken überzeugender gewesen, so dass Degenar in seinem Amt bestätigt wurde. Nach der zweiten Niederlage verspürte Lothar weder Lust noch Kraft, diesen offenen Kampf fortzuführen. Das hinderte jedoch keineswegs andere Brüder daran, ihm nachzueifern.

Um einen dieser Nachfolger war Degenar besonders besorgt, denn er zeigte sich äußerst schlau und tückisch. Es war ein junger Mönch, der ganz bewusst die offenen Auseinandersetzungen scheute. Er agierte lieber im Verborgenen und es war kein geringerer als Bruder Walram, Lothars engster Vertrauter. Er hatte viel von seinem Mentor gelernt und darüber hinaus war er mit seinem Scharfsinn den meisten Mitbrüdern weit überlegen. Mit Leichtigkeit gelang es ihm, eine Gruppe Gleichgesinnter um sich zu scharen. Degenars Hoffnung, nach Lothars Rückzug würde die Zwiespältigkeit der Bruderschaft beendet sein, erwies sich schnell als Trugschluss.

Bruder Walram war sich bewusst, dass Degenar in vielen Bereichen angesehenen war. Deshalb versuchte er nur in ganz kleinen Schritten, die Autorität seines Abtes zu untergraben und wartete geduldig auf seine Gelegenheit. Walram war überzeugt, dass sie eines Tages kommen würde. Der junge und auf seine Art charismatische Mönch hatte mit Hilfe seiner Befürworter binnen weniger Jahre die Position des Priors der Abtei erworben. Er selbst wertete dies als großen Erfolg, denn als Stellvertreter des Abtes genoss er einige Privilegien. Gerade deshalb hielt Degenar stets ein wachsames Auge auf ihn.

Nachdem die anfänglichen Schwierigkeiten überstanden waren und die Gegenstimmen immer leiser wurden, gelang es der Gemeinschaft unter Degenars Führung innerhalb einer Dekade die wirtschaftlichen Probleme zu überwinden. Seit einigen Jahren erzielte das Kloster sogar einen kleinen Gewinn.

Mit einem Kopfschütteln schob Degenar die Vergangenheit beiseite. Er wollte sich jetzt ganz auf die bevorstehende Andacht des Nachmittags konzentrieren, die Non, ohne sich von schlechten Gedanken beeinflussen zu lassen, schon gar nicht von Gedanken um Walram. Deshalb kniete er noch einmal vor dem kleinen Altar nieder, um sich erneut einen klaren Kopf zu verschaffen.

Kaum hatte er das Gebet begonnen, schlug plötzlich die Tür zu seinen Gemächern mit einem lauten Krachen auf. Vor Schreck fuhr Degenar zusammen. Diese Respektlosigkeit, derart ungezügelt in seine Räumlichkeiten einzudringen, war eine unduldsame Dreistigkeit. Noch bevor er sich dem Störenfried zuwandte, setzte der Abt eine finstere Miene auf, um seinen Unmut deutlich zu zeigen. Die strengen, maßregelnden Worte, die Degenar bereits auf der Zunge lagen, blieben jedoch beim Anblick des Eindringlings unausgesprochen. Mit hastigen Schritten betrat Degenars Freund, Cellerar Ivo, den Raum. Er war der Einzige, dem der Abt ein solches Verhalten schnell verzeihen konnte, auch wenn ihm der Schreck noch in den Gliedern saß.

Der Kellermeister schien aufgebracht, murmelte unter schnellen, kurzen Atemzügen vor sich hin und trug einen besorgten Gesichtsausdruck. Es musste einen wichtigen Grund für dieses ungewöhnliche Auftreten geben, denn unter normalen Umständen hätte es selbst Ivo niemals gewagt, derart respektlos einzutreten. Gespannt wartete Degenar auf eine Erklärung, doch die hastig dahingenuschelten, von ständigem Schnaufen unterbrochenen Worte des Cellerars waren beim besten Willen nicht zu verstehen.

Geduldig versuchte Degenar den beleibten Mönch erst einmal zu beruhigen. Er goss Wasser in einen Becher und bot Ivo mit einer einladenden Geste einen Sitzplatz in der Exedra an. Geistesabwesend nahm Bruder Ivo den Becher entgegen, murmelte weiter von Dingen, die Degenar nicht verstand und setzte sich. Erst als Ivo das Gefäß mit einer vor Aufregung zitternden Hand an den Mund führte, erstarb der unverständliche Wortschwall und mit jedem Schluck beruhigte sich der Cellerar zusehends. Schließlich holte er tief Luft und begann mit deutlicher Stimme langsam zu sprechen.

„Ich habe wirklich keine Ahnung, wer er ist oder woher er kommt."

Bruder Ivo klang hilflos.

Degenar nahm auf einer zweiten Bank gegenüber Platz und schaute seinem Freund in die Augen. Antworten fand er dort jedoch nicht, also stellte er die notwendigen Fragen. „Von wem sprichst du?"

„Na, von dem Jungen natürlich!" Ivo blickte Degenar ungläubig an, als könne er nicht verstehen, wie man eine solch überflüssige Frage stellen konnte.

„Von welchem Jungen?"

Erst jetzt besann sich der Kellermeister. „Tut mir Leid, ich sollte besser von vorne beginnen ..."

„Ja, die Geschichte von Beginn an zu hören, würde es meinem Verstand erheblich erleichtern, deinen Ausführungen Folge zu leisten." Degenar konnte ein Schmunzeln nicht unterdrücken.

„Ja, richtig", fuhr Ivo fort. „Gut. Also, wo soll ich anfangen? Ach ja, von vorne!" Der umherwandernde Blick des Cellerars hielt schließlich inne und Ivo begann einen ausführlichen Bericht.

„Ich befand mich gerade auf dem Rückweg von den Feldern, um die Vorbereitungen für das abendliche Mahl zu überwachen. Du weißt, dass ich zurzeit meinen Küchengehilfen verschärft auf die Finger schauen muss ..." Ivo schweifte in Gedanken kurz ab, besann sich aber sogleich wieder auf seinen Bericht. „Ich war allein unterwegs, denn ausnahmsweise hatte sich heute keiner der Brüder beim Prior über Rückenschmerzen beklagt, wie es sonst oft während der Feldarbeit der Fall ist. Guter Dinge befand ich mich im Wald, auf halbem Wege zurück. Plötzlich vernahm ich es: ein Schnauben und Prusten. Zunächst dachte ich an Wegelagerer und beschleunigte meine Schritte. Doch ich wurde nicht verfolgt."

Der Kellermeister legte eine Pause ein, als durchlebe er die Situation erneut. „Ich hielt inne und vernahm kurz darauf erneut dieses Schnauben. Diesmal konnte ich es eindeutig einem Tier zuordnen. Es befand sich irgendwo im Gehölz hinter mir. Ich wurde neugierig, fasste Mut und bahnte mir einen Weg durch das Unterholz, um der Sache auf den Grund zu gehen. Nach wenigen Schritten traf ich auf einen schmalen Pfad. Und da stand es, nur ein Dutzend Ellen vor mir: ein Pferd!"

„Ein Pferd?" Degenar konnte seine Überraschung nicht verbergen. Ein jedes Tier hätte er im Unterholz erwartet, verletztes Wild, ein hilfloses Jungtier oder gar ein entlaufenes Schwein. Ein Pferd allerdings war ungewöhnlich.

„Ja, ein Pferd", erwiderte Ivo. „Doch es war kein sehniger, geschundener Gaul eines fahrenden Händlers. Nein, es war ein Tier von eindeutig edlerem Geblüt. Eines, wie es sich nur wenige leisten können. Weil es weder gesattelt noch gezäumt war, fand ich keinen Hinweis auf seine Herkunft. Sein Zustand verriet mir allerdings, dass es wohl schon mehrere Tage unterwegs war.

Kurz bevor ich es erreichte, stieß ich mit dem Fuß gegen etwas, das im dichten, hohen Farn verborgen lag und meinen Augen entgangen war. Es war ein großes Bündel, eingeschlagen in feines Leinen. Als ich das Tuch zurückschlug, warf der Inhalt weitere Fragen auf, statt die bisherigen zu beantworten. Eingehüllt in dem Tuch lag ein Junge zu meinen Füßen!“

„Ein Junge?“ Degenar hatte aufmerksam zugehört. Die Nachricht über ein Findelkind ließ ihn mit einem Male unruhig werden. „Hast du ihn mitgebracht? Wo ist er jetzt? Wie alt ist er? Wie lautet sein Name?“

Die vielen Fragen des Abtes überrumpelten den Cellerar, der auf der Bank nach hinten rutschte und wieder zu Wort zu kommen versuchte. Als Degenar schließlich verstummte, versuchte Ivo so viele Antworten wie möglich zu geben.

„Ich habe das Pferd mitsamt dem Kind ins Kloster gebracht. Es schien mir das Beste zu sein, da ich weit und breit niemanden sehen konnte. Die Stute habe ich im Stall untergebracht, den Knaben in einem der Gewölbe. Er schläft tief und fest, so wie ich ihn gefunden habe. Er hat bisher weder ein Wort gesprochen noch die Augen geöffnet. Ich schätze sein Alter auf etwa sechs oder sieben Jahre.“

Mit *Gewölbe* meinte Ivo vor allem Kellergewölbe und unterirdische Lagerräume. Dort traf man neben dem Kellermeister und seinen Gehilfen selten einen anderen Menschen an. Die Lager und Gewölbe waren einsame und kühle Orte, an denen sich niemand gerne länger aufhielt als es unbedingt notwendig war.

„Hat dich jemand beobachtet?“

Der sorgenvolle Ton verunsicherte Ivo, schließlich war der Junge nicht das erste Findelkind der Abtei. „Soweit ich es beurteilen kann, hat mich niemand gesehen.“

„Gut!“ Der Abt erhob sich und begab sich ohne weitere Fragen zur Tür. Ivo blickte ihm verwirrt nach, wusste nicht, wie er den plötzlichen Aufbruch deuten sollte. Degenar wartete geduldig auf seinen Freund und erst als sich der beleibte Cellerar nicht regte, sprach der Abt mit drängenden Worten.

„Lass uns den Knaben anschauen, bevor ihn jemand anderes zu Gesicht bekommt. Du weißt doch, dass es in unserem Kloster genug Augen und Ohren gibt, die nur allzu gerne von einem Fehltritt des Abtes oder dessen Freund berichten würden.“

Endlich erhob sich Ivo und folgte Degenar. Zügig schritten sie an der zentral gelegenen Klosterkirche vorbei und zwischen mehrere Gebäude hindurch, bis hin zum Vorratskeller unter dem Refektorium. Dort blieb der Cellerar stehen und schaute sich nach allen Seiten um. Sie waren allein. Ivo schob den Riegel einer einfachen Holztür zur Seite und verschaffte sich und seinem Freund Zutritt zu den düsteren Kammern unter der Erde. Am Eingang nahm er eine Lampe von der Wandhalterung und entzündete die darin befindliche Kerze. Mit dem dürftigen Licht kletterte Ivo langsam die Steintreppe hinab.

Der Abt folgte einem spontanen Impuls und schloss die Tür, bevor er seinem Freund nacheilte, um niemandem einen Hinweis darauf zu liefern, dass sich jemand in den dunklen Grundmauern des Refektoriums aufhielt.

In dem Gewölbe herrschte trotz des heißen und trockenen Sommers eine angenehme Temperatur. Für einen kurzen Augenblick empfand Degenar so etwas wie Neid auf seinen Freund wegen der Kühle. Doch sofort machte er sich klar, dass die Arbeit hier unten in den übrigen Jahreszeiten umso widriger sein musste.

Am unteren Ende der Treppe entzündete Ivo eine weitere Kerze und reichte sie Degenar. Die beiden Freunde schritten an unzähligen Regalen mit verschiedensten Gütern vorbei, hinein in die Tiefen des großen Raumes. Der Abt fragte sich, wie sein Freund sich in diesem dunklen Labyrinth nur zurechtfinden konnte. Derart in Gedanken wäre er beinahe gegen Ivo gelaufen, der unerwartet vor einer breiten Tafel am Ende des düsteren Saales innehielt.

Degenar hob Ivos Lampe an, um besser sehen zu können. Auf der Tafel lag ein kleiner Knabe, gänzlich in dunkles Leinen gehüllt, tief und fest schlafend. Sachte schlug Degenar das Tuch etwas beiseite und betrachtete das Gesicht, während Bruder Ivo noch ein paar umstehende Kerzen entzündete, die er allesamt auf die Tafel stellte.

„Er hat kein einziges Wort von sich gegeben?“, versicherte sich Degenar noch einmal.

„Kein einziges. Er kam nicht zu Bewusstsein, selbst als ich ihn im Wald auf das Pferd hievte und später hierher getragen habe. Ein leises Stöhnen war alles, was er von sich gab. Würde er nicht atmen, hätte ich ihn für tot gehalten. Er sieht ausgemergelt aus und nur der Herr weiß, wie lange er schon unterwegs ist.“

Beide Mönche standen still neben dem Jungen und Ivo wartete auf eine Anweisung seines Freundes, doch Degenar dachte lange nach. Schließlich fasste er einen Entschluss und begann, den Jungen zu entkleiden.

Zunächst wickelte er ihn vorsichtig aus dem dunklen Leinenstoff. Es war ein Umhang von feiner Qualität, was in Degenars Augen gut zu dem edlen Pferd passte. Seine Vermutung, der Junge könnte einer adeligen Familie entstammen, behielt er allerdings noch für sich. Der edle Stoff war ein Indiz dafür, was aber nicht ausschloss, dass das Kind auch der Sprössling eines Geächteten sein könnte, welches sich mit dieser Beute auf und davon gemacht hatte. Es gab viele mögliche Erklärungen und am einfachsten wäre es wohl gewesen, wenn der Junge aufwachen und mit ihnen sprechen würde.

‚Die entscheidenden Dinge nehmen niemals den einfachen Lauf‘, dachte sich Degenar und legte den feinen Umhang zur Seite.

An Unterschenkeln und Füßen war der Junge völlig nackt, lediglich am Leib trug er ein weißes Untergewand aus fein gewobenem Leinen, wie Adelige es auch als

Nachtgewand trugen. Gemeinsam mit Ivo streiften sie dem schlafenden Knaben das Linnen behutsam ab. Nackt und unschuldig lag er nun auf dem Tisch.

In diesem Augenblick fiel Degenars Blick auf ein kleines Schmuckstück am Hals des Jungen. Er nahm es in die Hand und hielt es ins Kerzenlicht. Es war handwerklich hervorragend gearbeitet und bestand aus einer feingliedrigen Kette sowie einem merkwürdig geformten Ring, der auf der Oberseite reliefartige Vertiefungen aufwies. Die beiden Mönche schauten sich fragend an.

„Was bedeutet das?“, fragte Ivo neugierig.

„Ich weiß es nicht“, antwortete Degenar, während er vorsichtig die Kette über das Haupt des Jungen streifte. Als er das Relief des Ringes betrachtete, setzte er es in Gedanken zu einem Bild zusammen, wie es der Ring in Wachs hinterlassen würde. „Das ist ein Siegelring!“

Kurz entschlossen griff Degenar nach einer Kerze, tropfte flüssiges Wachs auf die Holztafel und drückte die Oberseite des Rings hinein. Nach einer Weile zog Degenar den Ring vorsichtig aus dem erstarrten Wachs. Die beiden Mönche beugten sich im fahlen Licht vor und betrachteten den Abdruck: Es war der Kopf eines Wolfes, dem Wappentier des hiesigen Grafen! Es gab keinen Zweifel darüber, was der Abt in Händen hielt und er konnte seine Überraschung vor Ivo nicht mehr verbergen.

„Es ist der Siegelring des Grafen!“, flüsterte er geheimnisvoll.

„Wie kommt der Knabe zu diesem Ring?“, entfuhr es dem Kellermeister voll Empörung. „Glaubst du, er hat ihn gestohlen?“

Degenar blickte seinen Freund streng an. Offensichtlich zog der Cellerar nicht die gleichen Schlussfolgerungen wie er und so ließ Degenar Ivo an seinen Gedanken teilhaben. „Wenn es nur diesen Ring gäbe, könntest du vielleicht Recht haben. Doch da sind noch das Nachtgewand, der feine Umhang und das edle Pferd, die mich stutzig machen. Alles zusammen betrachtet, komme ich zu einem anderen Schluss.“

Ivo konnte seinem Freund nicht folgen und als Degenar nicht weitersprach, entfuhr es ihm ungeduldig. „Sag schon, zu welchem Schluss kommst du?“

„All diese Hinweise könnten bedeuten, dass der Junge ein Mitglied der Grafenfamilie ist. Das ist natürlich noch nicht erwiesen, doch es scheint mir sehr plausibel. Vieles deutet auf eine adlige Herkunft hin und dieser Siegelring zeigt eindeutig das Wappentier des Grafen. Es könnte sich bei dem Knaben um den Sohn des Grafen handeln!“

„Meinst du den Sohn des neuen oder des alten Grafen?“, fragte Ivo verunsichert, der die Theorie seines Freundes offensichtlich als zu gewagt ansah.

„Es gibt nur einen Grafen, das solltest du wohl wissen. Zumindest gab es ihn noch bis vor kurzem. Dessen Bruder ist augenblicklich nur Sachwalter.“

Vor zwei Tagen erst war ein Botschafter im Kloster eingetroffen und hatte dem Abt die Neuigkeiten des Überfalls auf die Grafenburg und des tragischen Todes des Herrn Farold und seiner Gemahlin verkündet. Obwohl sich die Abtei einer höheren Macht verschrieben hatte, so unterlag sie doch stark den irdischen Begebenheiten. Noch am gleichen Abend hatte Degenar die Nachricht seinen Mitbrüdern nach der Vesperandacht mitgeteilt. Jeder Mönch war über die Bluttat entsetzt. Für die meisten war es sogar ein Grund gewesen, das Schweigegebot zu brechen. Einzig Prior Walram hatte verhalten, ja beinahe gelassen, auf diese Neuigkeiten reagiert.

Degenar hatte allerdings nicht die volle Kunde des Botschafters an seine Mitbrüder weitergegeben. Die Suche nach dem jungen Rogar hatte er instinktiv verschwiegen.

Vor zwei Tagen wusste Degenar noch nicht, weshalb er es geheim halten wollte, doch je länger er sich hier unten im Gewölbe bei dem Knaben befand, umso besser verstand er sein Handeln. Schließlich fuhr er fort:

„Farolds Bruder, dieser Rurik, bleibt bis zur Ernennung zum Grafen durch König Otto vorerst Sachwalter der Grafschaft. Diese Ernennung könnte sich jedoch als schwierig herausstellen. Zuvor muss nämlich der Verbleib des verschwundenen Erben, Farolds Sohn Rogar, zweifellos geklärt sein. Entweder wird der Knabe eines Tages gefunden oder sein Tod kann nachgewiesen werden. In jedem Falle aber entscheidet der König allein über die Zukunft der Grafschaft."

Als Degenars Worte verklungen waren, stutzte Ivo zunächst. Doch dann weiteten sich seine Augen in plötzlicher Erkenntnis. Sein Mund öffnete sich, formte jedoch nur lautlos den Namen Rogar.

„Genau das denke ich!", half ihm Degenar. „Für den Finder des rechtmäßigen Erben kann dies sowohl Glück als auch Verderben bedeuten. Es kommt ganz darauf an, auf wessen Seite er sich stellt und wem er den Knaben überantworten wird. Wenn er sich als Farolds Anhänger sieht, dann sollte er besser Ruhe bewahren und den Knaben verstecken. Es sieht ganz danach aus, als hättest du Rogar gefunden und zwar lebend, alter Freund. Ein Umstand, den, so glaube ich, mancher gerne ändern würde. Sollten wir anstreben, dass der Erbe weiter am Leben bleibt, dann müssen wir vorerst Stillschweigen bewahren und ihn wie jedes andere Findelkind behandeln."

„Warum sollte jemand dem Jungen etwas anhaben wollen?"

„Die Kunde des Botschafters war in meinen Augen etwas widersprüchlich und die Art und Weise, wie er Rurik als Sachwalter ankündigte, machte mich stutzig. Ich traue dem Bruder des verstorbenen Grafen nicht. Frage mich nicht, weshalb. Es ist nur so ein Gefühl, dem ich folge. Obwohl ich Rurik noch niemals begegnet bin, so glaube ich, dass er etwas im Schilde führt und der Junge in dessen Obhut seines Lebens nicht sicher sein würde."

Degenar blickte wieder auf den Knaben nieder. Die herrschende Kälte hatte auf dem Körper des Jungen eine Gänsehaut hervorgerufen.

„Ivo, schnell, ein Novizenhabit von passender Größe, sonst erkältet er sich noch."

„Natürlich", antwortete Ivo und wandte sich zum Gehen. Dann hielt er noch einmal inne. „Du weißt, dass ich dir vertraue, doch ich frage mich, wie lange du den Jungen im Kloster verstecken willst?"

„Das weiß ich noch nicht und wir sollten das zu gegebener Zeit klären. Rasch jetzt, geh und hole ein Novizenhabit, damit er nicht weiter frieren muss. Wir haben schon zu viel Zeit mit unserem Gerede vergeudet."

Ivo lief mit einer Kerze davon, während Degenar den Knaben noch einmal genauer betrachtete. Er hatte den verstorbenen Farold nur einige Male gesehen und er konnte nicht sagen, ob der Junge ihm ähnlich sah.

Degenar atmete tief durch, dann schritt auch er zur Tat. Er nahm den Siegelring mit der Kette und wickelte beides sorgfältig in das weiße Nachtgewand. Dies wiederum schlug er in den dunklen Umhang, bis er ein festes Bündel aus Leinstoff in Händen hielt, das neutral aussah und nichts über seinen wichtigen Inhalt verriet.

Allein mit dem Kind in dem dunklen, kalten Gewölbe stellte Degenar sich die Frage, ob er richtig handelte. Er war sich nicht sicher, ob dieser Knabe Rogar war oder ob seine Vermutungen Rurik betreffend richtig waren. Trotz seiner Zweifel ging er das Risiko ein, den Jungen als gewöhnlichen Novizen aufzunehmen. Ein regelrechtes Lügengebilde würde er um diesen Jungen aufbauen müssen, zumindest für die erste Zeit. Er hoffte inständig, dass er das Richtige tat, und betete, dass ihm der Herr am Tag des Jüngsten Gerichts diese Lügen, die er mit Sicherheit in naher Zukunft aussprechen würde, vergeben möge.

Mit einem Kopfschütteln schob Degenar diese Zweifel beiseite und suchte nach einem Riemen zum Schnüren des Leinenbündels, als Ivo gerade mit einem Arm voller Gewandungen zurückkam. Der sah seinen Freund mit dem Stoff in der Hand und warf ihm ein großes Stück Leder und einige Riemen auf den Tisch.

„Das Leder wird das Bündel vor Feuchtigkeit schützen. Wer weiß, wo wir es lagern müssen, um es vor neugierigen Augen zu verbergen. Schlage es zweimal in das Leder ein und schnüre es fest. Dann werden nicht einmal die Ratten ihre Freude daran haben!"

Degenar befolgte den Rat seines Freundes. Während er ein unauffälliges Päckchen aus Leder band, begann Ivo dem Knaben ein Novizenhabit überzustreifen. Zunächst das Untergewand und darüber die für den Sommer bestimmte dünne Kukulle.

Der Junge lag ruhig da, gekleidet wie einer der vielen Novizen in diesem Kloster, und die beiden Mönche begutachteten still ihren neuen Schützling. Degenar setzte gerade an, mit seinem Freund das weitere Vorgehen zu beratschlagen, als er wachsam aufhorchte. Der Cellerar vernahm ebenfalls Geräusche, die sich wie leise, schleichende Schritte aus dem Dunkel anhörten. Völlig vertieft in ihre Aufgabe hatten sie nicht bemerkt, dass sich jemand Zutritt zum Keller verschafft hatte.

Der unerwartete Besucher war noch nicht zu erkennen. Die beiden Mönche dagegen, im Kerzenschein am Ende des Gewölbes, waren leicht auszumachen. Degenar und Ivo warteten angespannt an der Tafel. Kurze Zeit später zeigten sich die Umrisse eines Mannes, die mit jedem Schritt deutlicher wurden. Nur wenige Augenblicke später trat ein Mönch in den flackernden Lichtschein der Kerzen. Sein Haupt war von einer Kapuze verhüllt.

Einen Moment lang betrachtete er stumm den Knaben auf dem Tisch, trat dabei noch näher an die Tafel heran und streifte schließlich die Kapuze von seinem Haupt. Degenar hielt den Atem an, als er den Prior der Abtei, Bruder Walram, erkannte. Der Abt hätte es sich denken können, dass er ausgerechnet jetzt hier auftauchen würde. Es lag in Walrams Natur, immer zu den ungelegensten Augenblicken zu erscheinen.

Neugierig beobachtete der Prior die beiden Mönche. Noch immer angespannt, wartete Degenar auf Walrams Kommentar zu dem Jungen. Wie immer würden seine Worte in Klang und Inhalt respektvoll erscheinen. Doch wer genauer hinzuhören wusste, würde in Walrams Tonfall ebenso Spott und Verachtung erkennen können. Selbst jetzt, da er noch schwieg, konnte er eine gewisse Arroganz nicht unterdrücken.

Walram war trotz des Kerzenscheins nur undeutlich auszumachen. Das flackernde Licht erzeugte tanzende Schatten auf seinem Gesicht, das aufgrund des dunklen Habits und seines schwarzen Haupthaars immer wieder im Dunkel des Gewölbes zu verschwinden schien. Einzig Walrams funkelnde Augen spiegelten das Licht als zwei kleine, leuchtende Punkte wider.

Der Prior bevorzugte die dunkelste Gewandung. Wenn darauf angesprochen, so begründete er mit unverkennbarer Eitelkeit, dass dies die einzig passende Farbe zu seinem schwarzen Haupthaar und seinen dunklen Augen sei. Eine Eitelkeit, die der Abt schon mehrfach gerügt hatte, leider vergeblich. Walram achtete auch stets auf Sauberkeit und korrekte Gewandung. Dagegen war nichts einzuwenden, doch er war in dieser Hinsicht einzigartig in der Abtei. Während manche Mitbrüder nur wenige Male im Jahr ein Bad nahmen, war er unablässig dabei, sich zu waschen und zu reinigen. Stets trug er ein sauberes Habit. Das kurze Haar mit einer exakten Tonsur, das täglich rasierte Gesicht und die meist gewaschenen Hände ergaben das gepflegte Bild des Priors. Das alles passte jedoch nicht zur Zurückhaltung und Genügsamkeit eines Mönches, die der Abt erwartete und wie es die Regeln des heiligen Benedikt vorschrieben.

Walrams Äußeres mit der auffallenden, habichtgleichen Nase, die durch die tanzenden Kerzenflammen in ihrem Schatten mal zu wachsen, mal zu schrumpfen schien, wurde durch seine Ausdrucksweise zusätzlich betont. Stets war sie klar und deutlich, seine Wortwahl wohl überlegt. Ein jeder konnte ihn gut verstehen, sowohl in der Lautstärke wie auch dem Sinn nach. Auf diese überhebliche und arrogante Weise sprach er jetzt Degenar an.

„Ehrwürdiger Abt."

„Ehrwürdiger Prior." Mehr als diesen vermeintlich respektvollen Gruß gab Degenar nicht von sich. Nach kurzem Zögern und Schweigen auf beiden Seiten gab Walram schließlich nach und begann scheinbar beiläufig ein Gespräch, als sei er rein zufällig in diesem Gewölbe auf die beiden Mönche gestoßen. Degenar wusste es besser, denn Walram überließ nichts dem Zufall!

„Ich hatte nicht erwartet, Euch in diesem dunklen, feuchten Loch, einem der entlegensten Winkel unserer Abtei, anzutreffen." Ein geringschätziger Blick fiel auf Ivo. „Aber ich verstehe: Ihr seid unserem ehrwürdigen Cellerar in sein Reich gefolgt."

„Dennoch scheint es, als hättet Ihr uns hier unten gesucht." Degenars Tonfall klang ebenso beiläufig wie Walrams. „Jetzt, da Ihr uns gefunden habt, dürft Ihr uns auch mitteilen, welch wichtige und unaufschiebbare Mission Euch in dieses dunkle, feuchte und entlegene Loch unserer Abtei getrieben hat."

Walram ignorierte die zynische Betonung, ja ignorierte die Worte überhaupt. Sein Augenmerk blieb auf dem vor ihm liegenden Jungen haften, studierte dessen Gesichtszüge genauestens. Nach einer Weile antwortete er dem Abt schließlich.

„Ursprünglich kam ich her, um einigen Brüdern zur Erfrischung nach der harten Feldarbeit eine Karaffe mit gewässertem Wein zu holen. Doch es scheint, als sei ich gerade rechtzeitig zur Aufnahme eines neuen Novizen eingetroffen."

Walrams prüfender Blick suchte nach einer Reaktion des Abtes, doch Degenars Gesicht blieb ausdruckslos und so fuhr der Prior fort. „Verwunderlich ist, dass ich über diese Aufnahme nicht unterrichtet wurde und dass der Knabe in diesem Gewölbe in das Noviziat aufgenommen wird, schlafend! Weshalb geschieht dies nicht wie üblich in den dafür vorgesehenen Räumlichkeiten? Gibt es einen besonderen Grund für dieses Versteckspiel? Wer ist der Knabe?"

Walram kam wie immer schnell und ohne Umschweife zur Sache. Trotz seiner vielen Fragen schien der Prior nicht wirklich auf Antworten zu hoffen. Stattdessen nahm er eine der Kerzen vom Tisch und leuchtete dem schlafenden Kind in das verschmutzte Gesicht, als bekäme er auf diese Weise mehr Auskünfte. Als Degenar Walram beobachtete, fiel sein Blick auf das erkaltete Wachs mit dem Abdruck des Siegelrings. Ein Schrecken durchfuhr ihn. Noch hatte der Prior den Abdruck nicht bemerkt, doch es war nur eine Frage der Zeit, bis er ihm auffallen würde.

Walram starrte noch immer in das Gesicht des Jungen. Es war ihm anzusehen, wie scharf sein Verstand arbeitete. Um dem Prior nicht zu viel Zeit zu geben, versuchte Degenar ihn mit einer halbwegs erfundenen Geschichte abzulenken. Der Abt erinnerte sich an seine jüngsten Gedanken bezüglich all der Lügen, die er noch auftischen würde. Dass er sie allerdings so früh aussprechen musste, hatte er nicht erwartet.

„Wir wissen nichts über ihn, hegen allerdings die Vermutung, dass es sich um das ausgesetzte Kind eines fahrenden Händlers oder Spielmannes handelt. Unser ehrwürdiger Kellermeister, Bruder Ivo, hat ihn bewusstlos und nahezu ohne Kleidung am Wegesrand gefunden. Da er einen Sonnenstich bei dem Jungen vermutete, hat er ihn in das kühle Gewölbe gebracht. Wie Ihr seht, ist es alles andere als ein Versteckspiel. Oder hättet Ihr an des Cellerars Stelle besser zu handeln gewusst?“

Der Prior ging nicht auf die Frage ein. Er wollte sich nicht in Nebensächlichkeiten verstricken, solange es Wichtigeres zu klären galt.

„Wo ist seine Gewandung? Auch wenn er nur wenig bei sich trug, wie Ihr behauptet, so könnte sie dennoch Aufschluss über Herkunft und Stand geben.“

In diesem Moment fiel Walrams Blick auf das geschnürte Lederbündel am Ende der Tafel. Sofort griff Degenar schützend nach dem Packen. Er bekam es gerade noch zu fassen und zog es an sich, bevor Walrams vorschießende Hand es erreichen konnte.

„Darin ist nichts von Bedeutung“, bemerkte Degenar beiläufig, als lohne sich ein weiterer Blick nicht. „Es handelt sich nur um grob gewobenes, schmutziges Leinen von solch schlechter Qualität, wie Ihr es selbst wohl noch nie getragen habt.“

Walram nahm seine Hand langsam wieder zurück und überhörte die Anspielung auf seine Eitelkeit. Geschlagen geben wollte er sich aber noch nicht: „Ihr könnt das Bündel gerne in meine Obhut geben, damit ich es verwahre, wie ich all die Habseligkeiten unserer Novizen verwahre, sobald sie dem Orden beitreten.“

Degenar dachte jedoch nicht daran, das Bündel dem Prior zu überlassen, der hartnäckig blieb.

„Habt keine Angst, ich gedenke beileibe nicht die Gewandung aufzutragen. Der Junge wird sie zurückerhalten, sobald er das Kloster verlässt. Oder sie wird am Tage des Mönchsgelübdes verbrannt, sofern er sich für diesen Weg entscheiden sollte. Ganz so, wie es der Ritus verlangt.“

„Habt Dank für Euer großzügiges Angebot, Bruder Walram“, antwortete Degenar freundlich. „Unser ehrwürdiger Cellerar ist der unumstößlichen Meinung, er müsse die verdreckten Leinen erst einmal reinigen, bevor man sie Euch zur Aufbewahrung überantworten kann. Ganz so, wie es seine Pflicht ist.“

Ohne den Blick vom Prior zu nehmen, warf Degenar seinem Freund das Bündel zu. Das kurze Zucken von Walrams Händen nach dem fliegenden Päckchen entging dem Abt nicht und er empfand eine gewisse Genugtuung dabei. Die glücklosen Hände des Priors ballten sich langsam zu Fäusten, die er hinter seinem Rücken verbarg. Seine Gesichtszüge verhärteten sich dabei und Walrams Unterkiefer mahlte im Zorn. Er rang um Beherrschung. Um ihm dies zu erleichtern, wechselte der Abt das Thema.

„Weshalb seid Ihr überhaupt schon von der Feldarbeit zurück? Bis zur Vesperandacht ist es noch einige Zeit hin und die Arbeit auf den Feldern, wie ich sie für heute vorgesehen hatte, ist mit Sicherheit noch nicht erledigt."

„Nein, die Arbeit auf den Feldern ist wahrlich noch nicht getan! In Anbetracht der herrschenden Hitze muss ein Teil auf den morgigen Tag verschoben werden. Offensichtlich habt Ihr die Arbeitskraft unserer Mitbrüder unter diesen schweren Bedingungen überschätzt."

Walrams Kritik an Degenars Führung blieb ohne Reaktion. Der Abt ließ sich nicht provozieren und übte sich in Gleichgültigkeit, so dass Walram fortfuhr: „Für einige der Brüder war die Belastung in der Hitze zu groß oder besser gesagt: die von unserem ehrwürdigen Cellerar in seiner Weitsicht zugeteilte Menge an gewässertem Wein war zu gering. Beinahe wären einige Brüder vor Erschöpfung zusammengebrochen. Und da es der allmächtige Herr in seiner Weisheit und Macht für richtig befunden hat, uns heute einen heißen Tag zu bescheren, habe ich die ausstehenden Arbeiten verschoben. Nur zum Schutz, damit keiner der Brüder die eine oder andere Andacht im Hospital verbringen muss."

Ganz gezielt versuchte Walram Degenar und Ivo mit dieser Blasphemie zu reizen. Unter normalen Umständen wäre der Abt entschieden dagegen vorgegangen, doch die augenblickliche Situation ließ ihn stumm verharren. Sollte der Prior jedoch glauben, er könne mit dieser Taktik Degenar aus der Fassung bringen, so hatte er sich getäuscht.

„Ehrwürdiger Prior, Ihr habt sicherlich richtig gehandelt, indem Ihr die erschöpften Brüder ins Kloster zurückgeführt habt. Weshalb jedoch keiner von ihnen auf die Idee kam, im Schatten der Bäume am nahen Bachlauf Erholung und Erfrischung zu suchen, statt auf eine Karaffe Wein zu hoffen, ist mir rätselhaft. Wie dem auch sei, natürlich habt Ihr das Problem auf Eure besondere Weise und zu aller Zufriedenheit gelöst."

Die Augen des Priors blieben starr auf den Abt gerichtet. Lediglich die kleinen Zuckungen der Lider verrieten, dass es Walram größte Anstrengung kostete, den Blick zu halten. Schnell sprach er weiter, als wäre keine Kritik an seinem Handeln geäußert worden.

„Was wird mit ihm geschehen?"

„Ich denke, die betreffenden Brüder sollten viel Wasser zu sich nehmen, sowie Sonne und größere Anstrengungen meiden, damit sie schnell wieder zu Kräften kommen."

„Ich spreche von dem Jungen, ehrwürdiger Abt!"

„Vielleicht müsst Ihr Eure Fragen in Zukunft präziser formulieren, um solche Missverständnisse zu vermeiden! Was den Jungen betrifft, so gibt es in dieser Hinsicht klare Regeln unseres Ordens. Der Knabe bleibt zunächst als Novize bei uns. Sollten eines Tages Verwandte erscheinen und Anspruch auf ihn erheben, so darf er das Kloster jederzeit verlassen. Diese Verwandten müssten allerdings eindeutig beweisen, dass dies ihr Knabe ist. Ansonsten bleibt er bei uns."

„Ihr seid Euch Eurer Sache sehr sicher, nicht wahr, ehrwürdiger Abt?"

„Gibt es denn einen Grund dies nicht zu sein, ehrwürdiger Prior? Es ist unser aller Aufgabe, den Bedürftigen und vor allem den Kindern zu helfen und ihnen Gott nahe zu bringen. Daher steht dieser Knabe unter meinem persönlichen Schutz."

Die Augenbrauen des Priors hoben sich und seine Stirn legte sich in Falten. Was der Abt soeben unmissverständlich ausgesprochen hatte, war eine versteckte Drohung, wie sie selbst Walram nicht besser hätte formulieren können. Der Prior verstand genau, was Degenar damit meinte: ‚Wagt Euch nicht zu nahe an den Knaben heran, er gehört mir!'

Walrams Miene versteinerte sich und seine Antwort klang hart und kalt wie das Gestein der Gemäuer: „Wenn Ihr das so seht, ehrwürdiger Abt, so möchte ich Euch nicht länger stören. Es gibt einige Brüder, nach denen ich sehen muss. Ich wünsche Euch viel Erfolg bei der Bewältigung Eurer neuen Aufgabe! Ich hoffe, sie wird sich für Euch nicht als zu dornig erweisen."

Noch einmal inspizierte Walram den Jungen, als wolle er sich dessen Gesicht genau einprägen. Seine eigene Miene blieb dabei eine starre Maske und bot keinen Aufschluss darüber, was in seinem Kopf vorging.

Ivo war es schließlich, der ihn unterbrach: „Vergesst nicht, eine Karaffe Wein mitzunehmen, wie Ihr es zum Wohle unserer Brüder vorhattet. Schließlich seid Ihr nur deshalb in dieses kalte, dunkle Loch gekommen. Die überhitzten Brüder werden es Euch gewiss danken, ehrwürdiger Prior."

Ivos Hohn und Sarkasmus waren bewusst gewählt. Im Gegensatz zu den versteckten Seitenhieben zwischen Walram und Degenar, kam es zwischen dem Cellerar und dem Prior oftmals zum offenen und hitzigen Disput.

Doch heute ließ sich der Prior nicht darauf ein. Er sah den Kellermeister nur kurz an und verbeugte sich knapp.

„Habt Dank für die Erinnerung, ehrwürdiger Cellerar, doch sorgt Euch nicht um mich. Ich habe bisher immer einen Weg gefunden, um an das zu gelangen, was ich benötige oder begehre."

Walram war im Begriff zu gehen. Eine Last schien von Degenars Schultern zu fallen, so erleichtert war er. Noch einmal ließ der Prior seinen Blick über den Tisch schweifen und bemerkte dabei den Abdruck im kalten Wachs. Sein Verstand arbeitete blitzschnell. Eilends beugte er sich vor, um ihn näher zu betrachten.

Der Abt erkannte die Gefahr und wollte mit einer Hand das Siegelzeichen verdecken. Walram neigte bereits den Kopf, um den Abdruck deuten zu können, als sich Degenars Ärmel an einer nahestehenden Kerze verfing und sie zu Fall brachte. Möglicherweise war das eine göttliche Fügung, anders konnte sich der Abt den Vorfall nicht erklären, denn zum einen zog er damit Walrams Aufmerksamkeit auf sich und zum anderen ergoss sich das flüssige Wachs der umgestürzten Kerze genau über den Abdruck des Siegelrings.

Noch bevor der Prior die Bedeutung des Reliefs hatte erkennen können, war es von flüssigem Wachs verdeckt worden.

Die Blicke des Priors und des Abtes trafen sich. In Walrams Augen zeigte sich Misstrauen und Abneigung. Er wusste jetzt, dass Degenar vor ihm etwas verbarg, konnte es jedoch nicht beweisen. Verärgert machte er kehrt und schritt davon.

Die Anspannung in Degenar und Ivo wich erst, als sie wussten, dass der Prior die Treppe emporgestiegen war und die Tür krachend hinter sich geschlossen hatte. Beinahe gleichzeitig atmeten die beiden Freunde erleichtert auf.

Der Cellerar brach zögernd das Schweigen. „Wie soll es jetzt weitergehen? Walram hat bestimmt einen Verdacht die Identität des Jungen betreffend."

„Sehr wahrscheinlich. Hoffentlich hat er das Siegel nicht erkannt", erwiderte Degenar nachdenklich. Schließlich hellte sich sein Gesicht wieder auf. „Aber er hat keinen einzigen Beweis, der seine Vermutung untermauern könnte. Wenn er die wahre Herkunft des Jungen erahnen sollte, wird ihm das ohne den Siegelring nicht viel bringen!"

Degenar überlegte kurz, dann fuhr er fort: „Ich schlage daher vor, dass wir genauso vorgehen, wie ich es Walram geschildert habe. Der Junge wird als Novize aufgenommen und untersteht meinem ganz persönlichen Schutz. Unser ehrwürdiger Prior wird es nicht wagen, diese Grenze zu überschreiten. Genauso wenig werde ich es wagen, dem Knaben vorzeitig das Gelübde abzunehmen, um ihn als Mönch ans Kloster zu binden. Darüber soll er selbst entscheiden, wenn er eines Tages das Alter erreicht hat. Ist er tatsächlich der Erbe der Grafschaft, so sollte er die Möglichkeit erhalten, dieses Erbe eines Tages auch anzutreten. Ich werde mein Möglichstes tun, um ihn dabei zu unterstützen. Wie ich dich kenne, mein Freund, so wirst du mir in diesem Bestreben nicht nachstehen."

Der Cellerar stimmte mit nachdenklichem Nicken zu und der Abt sprach weiter: „Um zu verhindern, dass man die wahre Identität des Knaben herausfindet, müssen alle Hinweise fortgeschafft werden. Das Bündel mit seiner Gewandung und dem Siegelring werde ich aufbewahren. Dann wäre da noch das Pferd: Es muss schnellstens verkauft werden. Jedoch nicht auf dem nächsten Markt. Das könnte Fragen aufwerfen."

Ivo nickte erneut und es schien, als überlege er bereits, wie er den Verkauf eines so edlen Tieres am besten abwickeln könnte. Degenar unterbrach ihn jedoch: „Hat dich jemand mit dem Pferd beobachtet? Kannst du deinen Gehilfen im Stall vertrauen?"

„Keine Sorge, sie werden nichts preisgeben", beruhigte ihn der Kellermeister.

„Ich möchte kein unnötiges Risiko eingehen. Verkaufe das Tier sobald wie möglich. Achte darauf, dass du es nicht unter Wert verkaufst. Wenn jemand glaubt, einen Mönch übervorteilt und dadurch ein wertvolles Pferd erstanden zu haben, kann sich diese Kunde wie ein Lauffeuer ausbreiten. Sie könnte Fragen aufwerfen, die gewiss auch unserem ehrwürdigen Prior zu Ohren kämen."

Ivo verstand nur allzu gut und nickte. „Hast du dir schon einen Namen überlegt?"

Degenar schaute verdutzt. „Das Pferd benötigt doch keinen Namen, wenn wir es in wenigen Tagen verkaufen wollen!"

„Nein, nicht das Pferd. Ich meinte den Jungen. Wir können ihn unmöglich mit seinem richtigen Namen aufnehmen! Novize Rogar – da könnten wir ihn ja gleich Walram an die Hand geben."

Degenar nickte und wurde nachdenklich. „Du hast Recht. Der Prior hat ohnehin ein ausgesprochen reges Interesse an dem Jungen gezeigt. Ich frage mich, weshalb? Er würde es nicht tun, wenn er keinen eigenen Nutzen davon hätte."

„Walram ist ein schlauer Kopf und wir dürfen ihn nicht unterschätzen", gab Ivo zu bedenken. „Außerdem: Er verlässt die Klostermauern öfter als manch anderer der Bruderschaft und trifft sich mit den weltlichen Herren. Wer weiß, was er mit ihnen alles bespricht. Nur selten teilt er anderen die Ergebnisse dieser Zusammenkünfte mit, nicht einmal dir."

„Ja, Walram hält es nicht für notwendig, mich, seinen Abt, in diese Reisen einzuweihen. Verhindern kann ich sie allerdings nicht. Stets hat er eine passende Erklärung, die vermutlich nie der vollen Wahrheit entspricht. So kann ich nichts dagegen tun und muss ihn stets ziehen lassen."

„Denkst du, dass er etwas im Schilde führt? Hat er nicht kurz vor dem Überfall eine Reise zur Burg des Grafen unternommen? Soweit ich mich erinnere, hat er sich auch mindestens einmal mit dem Bruder des Grafen getroffen. Könnte Walram mit den jüngsten Ereignissen etwas zu schaffen haben?"

„Auszuschließen ist es nicht." Diese Überlegungen versetzten Degenar plötzlich in Schrecken. „Walram ist durchtrieben genug, um sich und die Gemeinschaft mit einem gottlosen Verbrechen wie Verrat zu besudeln. Sollte er tatsächlich daran beteiligt sein, so wird er gewiss genügend Vorkehrungen getroffen haben, damit man ihm nichts nachweisen kann. Er scheut keine Mittel, um seine Ziele zu erreichen!“

„Wir müssen äußerst vorsichtig sein!“

„Deshalb ist es auch ratsam, dem Knaben einen anderen Namen zu geben.“

Sowohl Abt als auch Kellermeister verfielen daraufhin ins Grübeln, um einen passenden Namen für den neuen Novizen zu finden. Während sie so im fahlen Kerzenschein dastanden, bemerkten sie nicht, wie sich die Augenlider des Jungen langsam öffneten.

Er blinzelte kurz, blieb aber weiterhin reglos liegen. Trotz der düsteren Umgebung schien er furchtlos zu sein.

Langsam begannen seine Augen umherzuwandern, bis sie schließlich auf dem nachdenklichen Abt haften blieben.

Rogar lag da und beobachtete den dunkel gekleideten Mann in der düster-kalten Umgebung. Es hatte den Anschein, als wolle der Knabe erst den Blick des Mannes auf sich ziehen, bevor er sich regen oder sprechen würde. Lange Zeit bemerkte Degenar nichts, so tief war er in Gedanken versunken.

Plötzlich hob der Abt ruckartig sein Haupt und schaute direkt in Rogars Augen. Mit einem freundlichen Lächeln griff er nach einem Wasserbecher und bot ihn wortlos dem Knaben an. Ganz langsam richtete sich Rogar nun etwas auf. Der Kellermeister kam ebenfalls zur Besinnung. Er stützte das geschwächte Kind, während der Abt ihm beim zaghaften Trinken half. Degenar lächelte nach wie vor, als er leise zu sprechen begann: „Unser junger Gast ist endlich erwacht. Ich grüße dich im Namen des Herrn. Habe keine Furcht, du befindest dich in einem Benediktinerkloster. Ich bin Degenar, der Abt dieser Gemeinschaft. Das hier ist mein Freund Ivo.“

Der Blick des Jungen blieb starr auf Degenar gerichtet. Man hätte glauben können, der Knabe habe die Worte nicht vernommen. Degenar sprach jedoch ruhig weiter: „Kannst du uns deinen Namen nennen? Weißt du, wie du heißt und woher du kommst? Wer sind deine Eltern?“

Ein leichtes Kopfschütteln war die einzige Antwort des Knaben. Zunächst war der Abt darüber enttäuscht, doch sollte das Kind sich tatsächlich an nichts mehr erinnern, würde das die Angelegenheit erleichtern. Ein Junge ohne dieses Wissen würde sich nicht selbst verraten können. Zuversichtlich sprach der Abt weiter.

„Aber irgendwie müssen wir dich doch ansprechen. Was hältst du von dem Namen Faolán? Gefällt er dir? Er stammt von einer fernen Insel der rauen, nördlichen See und bedeutet ‚kleiner Wolf‘.“

„Ja, der Name wäre wahrlich passend“, kommentierte Ivo mit einem verschmitzten Lächeln. Trotz dieser Bemerkung schien das Kind den Cellerar noch immer nicht wahrzunehmen. Nach wie vor blieben Rogars Augen einzig auf den Abt gerichtet. Der versuchte herauszufinden, ob sich der Junge vielleicht an sonst etwas erinnerte.

„Kannst du uns erzählen, was geschehen ist? Kannst du dich erinnern, wie du hergekommen bist, auf wessen Pferd du geritten bist? Wo sind deine Eltern?“

Die Fragen prasselten auf den Knaben nieder. Dabei veränderte sich sein Blick. Noch immer hielt er seine Augen auf den Abt gerichtet, schien den Mönch jedoch nicht mehr wahr zu nehmen. Sie wurden glasig und sahen etwas, was sich an einem fernen Ort abzuspielen schien.

Degenar erkannte schnell, dass der Junge in einer Art Erinnerung gefangen war und er ahnte, dass es keine gute war. Rogars Augen wurden feucht und Tränen begannen bald über die schmutzigen Wangen zu laufen. Um ihn wieder in die Gegenwart zu holen, ergriff Degenar sanft eine Hand des Kindes und sprach beruhigend: „Was dich auch bedrücken mag, du musst es uns nicht sagen, wenn du dazu nicht bereit bist. Keiner wird dich dazu zwingen. Doch willst du es eines Tages jemandem anvertrauen, werden Bruder Ivo und ich stets für dich da sein. Das verspreche ich.“

Ivo nickte eifrig, um dieses Angebot auch von seiner Seite zu bekräftigen und zum ersten Mal löste der Junge seine Augen kurz von Degenar, um den Cellerar anzuschauen. Doch nur für einen kurzen Augenblick. Dann richtete Rogar sein Augenmerk wieder auf Degenar. Es schien, als stünden die beiden in einem stillen Dialog.

Erneut ergriff der Abt das Wort. „Wenn es dir gefällt, so kannst du hier in unserem Kloster bleiben. Du kannst diesen neuen Namen, Faolán, annehmen und ein neues Leben beginnen. Als Novize werden wir dich unser Wissen und Können lehren. Solange du es wünschst, stehst du unter dreifachem Schutz: dem des Herrn, dieser Abtei und von uns beiden. Was sagst du zu diesem Angebot?“

Der Junge schwieg noch immer, doch seine Antwort fiel klar und unmissverständlich aus: Seine bisher kraftlose Hand drückte sanft die des Abtes. Degenar lächelte und nickte. Er hatte verstanden und seine Antwort war ebenso deutlich:

„So sei uns willkommen, Novize Faolán!“

Abt Degenar hatte gehofft, die Mitbrüder über den bevorstehenden Besuch noch rechtzeitig informieren zu können, doch es war ihm nicht vergönnt. Er selbst hatte erst heute Morgen davon erfahren, nachdem ihn Prior Walram in den Arkaden des Kreuzganges abgefangen hatte. Degenar hatte instinktiv gewusst, dass dies kein gutes Zeichen war. Nahezu beiläufig teilte ihm der Prior dann mit, dass heute ein neuer Novize in der Abtei aufgenommen werde. Alle Abmachungen mit der Herrschaft seien bereits getroffen und die Urkunde besiegelt worden. Einzig der Vollzug stand noch aus.

Degenar hatte damit keine Möglichkeit gehabt, etwas gegen dieses Arrangement zu unternehmen. Die Beigaben zur Aufnahme des neuen Novizen waren derart großzügig, dass man sie nicht ablehnen konnte. Ertragreiche Ländereien und die Nutzungsrechte des Waldes wurden der Abtei zugesprochen. Ressourcen von großem Wert, die nur ein Narr zurückgewiesen hätte.

Der Prior hatte alles so geschickt eingefädelt, dass Degenar noch nicht einmal die Möglichkeit sah, ihn ob seines eigenmächtigen Handelns zu tadeln. Walram wusste sehr wohl um die Überschreitung seiner Zuständigkeit und bat daher übertrieben, ja beinahe spöttisch unterwürfig, um Verzeihung. Er beteuerte dabei, jede gerechte Strafe hierfür reuevoll auf sich zu nehmen. Degenar wusste natürlich, dass diese Reue nur geheuchelt war.

Die Bruderschaft war im Presbyterium der Klosterkirche versammelt und in stiller Andacht vertieft. Einzig Walrams Stimme war zu hören, der murmelnd monoton Psalmen aus der Heiligen Schrift rezitierte.

Dann brach ein Getöse los. Zu Beginn waren Reiter zu hören, die in schnellem Galopp in den Klosterhof einritten. Das Wiehern der Tiere und das respektlose Rufen der Männer war selbst durch die dicken Kirchenmauern so lärmend, dass sich der eine oder andere Kopf der Brüder fragend erhob. Nur der strenge Blick des Abtes brachte die Neugierigen dazu, sich wieder ehrfürchtig dem Gebet zu widmen.

Degenar war klar, dass die Andacht durch diese Störung so gut wie beendet war. Nicht einmal er konnte mit gutem Beispiel vorangehen und sich darauf konzentrieren. Natürlich erachteten einige Mönche diesen Besuch als willkommene Abwechslung vom sonst so eintönigen Tagesablauf, Degenar jedoch nicht!

Jegliche Missachtung oder Unterbrechung eines Gottesdienstes war dem Abt zutiefst zuwider. Die Mitbrüder kannten diese Ansicht ihres Abtes und wussten auch, meist aus eigener Erfahrung, dass Störungen stets bestraft wurden. Daher sprach in der Kirche auch niemand außer dem Prior, der, scheinbar völlig unbeeindruckt, weiterhin die anstehenden Psalmen dahin murmelte. Für einen Augenblick beobachtete der Abt den Prior, der seinen Blick starr auf das Buch gerichtet hielt: Nichts an Walram verriet auch nur die kleinste Erregung oder Anspannung.

Außerhalb der Kirche herrschte Unruhe. Einige Karren und Wagen kamen hinzu und das Knirschen der Räder auf dem steinigen Klosterhof drang gedämpft bis in das Chorgestühl und verhallte dort. Noch immer zeigte Walrams Antlitz keine Regung. Selbst als plötzlich die schweren Flügel des Kirchenportals aufgestoßen wurden und krachend an der Wand anschlugen, blieb der Klang seiner Stimme gleichmäßig und nahezu einschläfernd.

Mehrere Männer mit festen, ledernen Stiefeln marschierten langen Schrittes durch das Hauptschiff bis zum Chorgestühl. Degenar hatte sein Haupt längst wieder gesenkt und da die Mitbrüder seinem Beispiel folgten, gab es für die Störenfriede niemanden, dessen Blick sie auf sich ziehen konnten.

Nachdem Prior Walram den letzten Psalm gelesen und zum Abschluss das schwere Buch überflüssig laut geschlossen hatte, musste Degenar die Andacht beenden. So lange er es vermochte, verharrte er dennoch weiter in demütiger Haltung. Er wollte den Eindringlingen zeigen, dass sie nicht so ohne weiteres den Gottesdienst stören durften.

Als ihn die Neugier allerdings zu quälen begann und jeder weitere Augenblick zu einer kleinen Ewigkeit wurde, hob Degenar schließlich sein Haupt und richtete sein Augenmerk auf die Männer.

Sie waren rau und zum Teil in recht unordentliche und schmutzige Gewandung gekleidet. Die Mehrzahl von ihnen wirkte unsicher. Offensichtlich wussten sie nicht, wie sie sich in dieser ungewohnt großen Kirche verhalten sollten. Sie schauten immer wieder auf einen Mann, der das Sagen unter ihnen zu haben schien und der zwei Schritte näher am Chorgestühl stand als die anderen.

Degenar kannte diesen Mann zwar nicht, doch es gab keinen Zweifel, um wen es sich dabei handelte. Groß und breit gebaut, mit kantigem Gesicht, strengen Augen und einer Selbstsicherheit, die ihresgleichen suchte, konnte dies nur Rurik sein, der neue Sachwalter der Grafschaft.

Fordernd stand der mächtige Krieger vor der andächtigen Bruderschaft. Mit versteinerter Miene und eisernem Blick wartete er darauf, angesprochen zu werden. Degenar erwiderte diesen Blick. Beide Männer beobachteten sich lange und ruhig, ohne auch nur eine Regung zu zeigen.

Schon nach kurzer Zeit ärgerte sich Degenar, sich auf das Spielchen dieses Mannes eingelassen zu haben. Er hatte es nicht nötig, sich mit einem weltlichen Herrn auf diese Weise zu messen. Dennoch weigerte sich der Abt gerade jetzt als erster den Blick zu lösen. Rurik hatte es begonnen, also sollte er es auch zu Ende führen.

Ruriks Männer warteten angespannt im Kirchenschiff. Je länger das Ringen zwischen Degenar und dem Sachwalter andauerte, desto nervöser wurden die

Recken. Der Abt genoss die Unsicherheit der Männer, die wie Hühner unruhig mit den Füßen scharrten.

Nach einiger Zeit schritt Rurik zur Tat. Leise vor sich hinfluchend, machte er unerwartet kehrt, um die Kirche zu verlassen. Seine Getreuen folgten ihm unaufgefordert, wenn auch mit fragenden Blicken.

Das war Degenars Gelegenheit! Er griff nach seinem Stab und stieß ihn drei Mal fest auf den Steinboden des Chors. Die Schläge donnerten und hallten lautstark von den Mauern wider. Nicht nur die Köpfe der Mönche hoben sich unversehens, sondern Degenar erhielt auch die Aufmerksamkeit der im Abzug begriffenen Recken. Sie hielten inne, als habe man ihnen den Befehl erteilt, augenblicklich zu erstarren. Einzig Rurik schritt völlig unbeeindruckt weiter.

„Wer wagt es, im Hause und im Angesicht des Herrn auf gotteslästerliche Art zu fluchen und dem Kreuze Christi respektlos den Rücken zu kehren?"

Die zornigen Worte des Abtes galten Rurik und sie brachten ihn tatsächlich zum Stehen. Er verharrte und überlegte kurz, wandte sich schließlich um und ging den Weg zum Presbyterium zurück. Degenar kam ihm sogar ein paar Schritte entgegen, den Stab fest in beiden Händen wie zum Schutz vor seinen Körper haltend.

Rurik baute sich groß vor Degenar auf, wirkte aber trotzdem kleiner als der Abt auf dem leicht erhöhten Podest des Chors. Mit fester und selbstsicherer Stimme antwortete der Krieger: „Ich, Rurik, Sachwalter der Grafschaft und Sprecher über Recht und Ordnung in diesen Ländereien. Ich wage es!"

„Nicht innerhalb dieser Mauern", wies Degenar ihn sofort zurecht. „Hier seid Ihr nicht der Sprecher über Recht und Ordnung. Dies obliegt einzig dem Herrn, dem wir dienen! Zu Eurem Bedauern muss ich Euch mitteilen, dass Ihr dieser Herr nicht seid. In unserem Kloster seid Ihr als Gast willkommen und als solcher solltet Ihr Euch auch zu benehmen wissen."

Rurik ließ sich durch die Zurechtweisung nicht einschüchtern. „Ich bin keiner der namenlosen und zahllosen Gäste, denen Ihr schon Obdach und Speisen gewährt habt. Ihr solltet inzwischen wissen, welche Position ich innehabe. Dies ist das Kloster meiner Familie und es befindet sich auf dem Gebiet der Grafschaft. Ich komme nicht als Bittsteller!"

„Ist dem tatsächlich so?" Degenar blieb äußerlich gelassen, auch wenn er seinen rasenden Herzschlag im Halse spürte. „Und doch steht Ihr hier und wartet, gerade wie ein solcher."

„Ich warte nicht ..."

„Fürwahr nicht", unterbrach ihn Degenar rasch. Mutig machte er noch einen Schritt auf den Krieger zu und seine Stimme klang eisig und trocken, als er fortfuhr: „Vielmehr betretet Ihr das Haus Gottes, als wolltet Ihr einer Hure beiliegen. Verächtlich und wild, mit ein paar Silbermünzen in Eurer Geldkatze.

Statt Respekt zu zollen und Ehrfurcht zu zeigen, besudelt Ihr diese heilige Stätte mit schändlichem Maul, einem Ochsentreiber gleich. Und das als ein Mann, der für alle Menschen in der Grafschaft ein Vorbild sein sollte und zudem wissen müsste, wie er sich in einem Gotteshaus zu benehmen hat. Was steht Ihr noch da? Kniet endlich nieder und bittet den Herrn um Vergebung!"

Degenar war trotz der deutlichen Worte äußerlich ruhig geblieben. Innerlich jedoch schlug sein Herz vor Aufregung immer schneller. Er vernahm eine leise, innere Stimme, die ihn davor warnte, nicht zu weit zu gehen. Immerhin war die Abtei als Eigenkloster des Grafen von den irdischen Mächten abhängig.

Rurik bewegte sich nicht. Er stand herausfordernd vor dem Presbyterium, als wolle er ein erneutes Kräftemessen beginnen. Degenar wagte sich deshalb noch weiter vor, seine innere Warnung ignorierend. Flüsternd, dass seine Worte einzig von Rurik gehört wurden, sprach er weiter: „Auf die Knie! Oder legt Ihr es etwa darauf an, die Strafe und den Groll des Herrn auf Euch zu ziehen, vor all Euren Männern?"

Zornesröte färbte Ruriks Gesicht dunkel. Degenar erwartete, dass er jeden Moment einen Wutausbruch erleben würde. Einige Augenblicke tat sich nichts, dann rührte sich der Gotteslästerer schließlich. Doch statt auf die Knie zu sinken, befahl er seine Männer allesamt hinaus. Erst als der letzte von ihnen das Portal hinter sich geschlossen hatte, widmete Rurik sich wieder dem Abt.

In diesem Augenblick schien es, als gäbe es nur die beiden Männer in der Kirche. Die Mönche in ihrer dunklen Gewandung schienen gänzlich mit dem dunklen Chorgestühl zu einem bewegungslosen Relief verschmolzen zu sein.

Rurik kam zwei Schritte auf den Abt zu. Demonstrativ legte der Krieger seine Hand auf den Schwertknauf. Er war sich seines Rechts durchaus bewusst, als Adeliger eine Waffe in der Kirche tragen zu dürfen. Degenar hoffte, dass man ihm seine aufkeimende Angst nicht ansehen konnte.

Ruriks gesenkte Stimme polterte los wie das ferne Donnern eines Steinschlages im Gebirge. „Dass Ihr nur nicht zu viel wagt, Mönch."

„*Ehrwürdiger Abt*!", korrigierte Degenar ihn sofort.

„Wie meint Ihr?"

„*Ehrwürdiger Abt* heißt es. Oder hat man vergessen, Euch als Knabe die Anreden der Gottesdiener beizubringen?"

Ruriks rotes Gesicht wurde noch dunkler. Seine Worte stießen hart zwischen zusammengebissenen Zähnen hervor. „Dass Ihr nur nicht zu viel wagt, ehrwürdiger Abt!"

Degenar wusste, dass er eine Grenze überschritten hatte. Doch er konnte nicht mehr umkehren. „Sorgt Euch nicht um mich, sorgt Euch lieber um Euch und Euer Seelenheil! Kniet nieder und bittet um Vergebung!"

Widerwillig kniete der Krieger nieder. Er war es offensichtlich nicht gewohnt, sich vor einem anderen Menschen zu beugen. In demütiger Haltung sprach er den von Degenar vorgegebenen Wortlaut nach und seine Stimme war klar und deutlich im gesamten Chor zu vernehmen.

„Vergebt mir, allmächtiger Herr. Vergebt mir, ehrwürdiger Abt", lauteten Ruriks letzte Worte und es war nicht zu überhören, dass er Degenars Betitelung mit einem gewissen Spott über die Lippen brachte. Dennoch lösten die Worte in Degenar eine große Erleichterung aus. Er überwand den letzten Schritt zu Rurik und hielt die Hand über dessen Haupt, wobei er hoffte, sie möge nicht zu sehr zittern.

Um die Situation nicht noch weiter eskalieren zu lassen, lenkte Degenar ein. Die auferlegte Buße fiel gering aus im Vergleich zu dem, was er einem Mitbruder auferlegt hätte. Zudem glaubte der Abt ohnehin nicht, dass Rurik diese Strafe ernst nehmen würde. Degenar war das gleich, denn es genügte ihm vollkommen, aus diesem Ringen als Sieger hervorgegangen zu sein.

Nach gezeigter Reue erhob sich Rurik wieder, strafte den vor ihm stehenden Abt mit einem finsteren Blick und verließ das Gotteshaus, ohne eine weitere Silbe zu verlieren. Mit ein paar zeremoniellen Worten entließ Degenar seine Mitbrüder aus ihrer andächtigen Starre, die das Presbyterium über eine Nebentür in den Kreuzgang schweigend verließen. Nur der Abt und der Cellerar blieben zurück. Ivo trat an Degenar heran und riss seinen Freund mit einem Raunen aus seinen Gedanken. „Verrate mir nur eines: Welcher Teufel hat dich zu diesem irrsinnigen Wagnis getrieben?"

„Um ehrlich zu sein: Ich weiß es selbst nicht!" Degenar schien, als würde er aus einem Traum erwachen und blickte Ivo ruhig an. „Doch eines weiß ich ganz gewiss. Wenn Rurik glaubt, in diesen Mauern in gleicher Weise auftreten zu können, wie vor seinen dreckverschmierten Männern in seinem eigenen Verschlag, dann hat er sich mächtig getäuscht."

„Nun, der Verschlag ist eine gewaltige Burg aus massivem Fels und Stein, mit festen Mauern und hohen Türmen", gab Ivo zu bedenken. „Und seine Männer mögen vielleicht dreckverschmiert sein, sind aber dennoch kampferprobte Krieger, die schon manche Schlacht geschlagen haben. Rurik ist Sachwalter der Grafschaft und somit untersteht ihm auch unser Kloster. Wir müssen vorsichtig sein, er ist ein gefährlicher, unberechenbarer Mann!"

„Das ist mir klar, Ivo. Und leider stimmt es, dass er als Sachwalter diese Privilegien genießt. Wir werden einige seiner Wünsche erfüllen müssen. Hast du die Unterkünfte vorbereiten lassen?"

Ivo nickte nur kurz und Degenar fuhr fort. „Doch eines geht mir nicht aus dem Kopf: Das von Walram ausgehandelte Abkommen. Am liebsten würde ich es für nichtig erklären. Doch es ist derart zum Vorteil für die Abtei, dass es ohne Einmischung von höherer Stelle nicht abgelehnt werden kann. Auch aus diesem Grunde wollte ich Rurik Grenzen aufzeigen. Er glaubt, sich mit ein paar Münzen erkaufen zu können, was ihm beliebt. Auch mich. Doch da irrt er!“

Ivo griff Walrams Abkommen noch einmal auf. „Was die Aufnahme dieses Drogo angeht, so haben wir tatsächlich keine andere Wahl. Die Abtei benötigt die großzügigen Beigaben dringend. Außer der Art, wie Walram die Vereinbarung in die Wege geleitet hat, spricht nichts gegen die Aufnahme. Solltest du sie dennoch verweigern, könnte Rurik dir das Leben schwer machen und dich in deinem Amte als Abt ins Wanken bringen. Er wäre nicht der erste weltliche Fürst, der hinter dem Sturz eines Kirchenmannes stünde.“

„Ach Ivo, ich weiß ja, dass du Recht hast. Doch es sind auch nicht die Belange des neuen Novizen, die mich bekümmern. Ich sorge mich vielmehr um Faolán. Wenn Rurik und seine Frau ihn zu Gesicht bekommen, könnten sie ihn wiedererkennen. Schließlich ist er ihr Neffe. Und dann sind da noch die Mägde und Knechte der Gefolgschaft, die ebenfalls das Gesicht des Erben kennen. Wir müssen deshalb Faolán unbedingt von ihnen fernhalten!“

„Du hast Recht. Eines ist dabei noch zu bedenken. Faolán wird fortan mit Drogo zusammenleben. Ich frage mich ernsthaft, wie lange das gut gehen kann, ohne dass die Wahrheit zu Tage kommt.“

„Wir werden dieses Risiko eingehen müssen. Zum einen hoffe ich, dass sich Drogo nicht an Rogar erinnern kann. Sie haben sich nicht so häufig gesehen, dass er trotz Ähnlichkeit bei einem Novizen mit anderem Namen auf seinen vermissten Vetter schließen wird. Zum anderen kann sich Faolán noch immer nicht an seine Geschichte erinnern. Ich hoffe, dass es auch in Zukunft so bleiben wird. Es könnte also auch wesentlich einfacher werden, als wir im Augenblick befürchten.“

„Oder schlimmer“, gab Ivo zu bedenken. „Wie auch immer, lass uns jetzt besser gehen. Schließlich musst du als Abt noch eine offizielle Begrüßung aussprechen. Solltest du das unterlassen, würde sich Rurik hart vor den Kopf gestoßen fühlen.“

Degenar rollte entnervt mit den Augen. „Ja, lass uns gehen. Der Herr hat Faolán in unsere Obhut gegeben. Er wird auch dafür sorgen, dass der Junge bei uns seinen Weg sicher gehen wird. Das Vertrauen in Gott ist die größte Kraft auf Erden. Mit seiner Hilfe werden wir es schaffen.“

Ivo pflichtete Degenar mit einem Kopfnicken bei. Rurik würde es nicht zustande bringen, sie mit seinem Auftreten einzuschüchtern oder gar in ihrem Gottvertrauen zu erschüttern.

Abt und Kellermeister verließen das Gotteshaus durch die Seitentür. Sie schritten unter den aus rotem Sandstein gemauerten und mit schlichten Verzierungen versehenen Arkaden des Kreuzganges einher. Über ein Vorgebäude gelangten sie direkt auf den großen Klosterhof. Degenar wurde von dem sich ihm darbietenden

Anblick beinahe überwältigt. Noch nie hatte er eine so große Menschenmenge im Hof versammelt gesehen. Mehrere große Wagen und zahlreiche Pferde waren zusammen mit unzähligen Menschen eingetroffen. Das war also Ruriks Gefolge. Darunter befanden sich zahlreiche Mägde und Kammerfrauen, ein Pferdemeister und Knechte, Spielleute und persönliche Berater. Die Menge ordnete sich selbst, und es hatte den Anschein, als würde ein jeder seinen Platz kennen oder wüsste, wo es anzupacken galt.

Bei dem dichten Treiben auf dem Hof war es kaum aufgefallen, dass Abt und Cellerar den Platz betreten hatten und nach Rurik Ausschau hielten. Als sie ihn schließlich erblickten, war es für sie keine große Überraschung, den Prior bei ihm anzutreffen. Walram schien einen vertrauten Umgang mit dem großen Mann zu haben. Stets trat er respektvoll, ja beinahe schon ehrfürchtig einen Schritt zur Seite, sobald sich Rurik bewegte, um ja nicht im Wege zu stehen.

Rurik hingegen hatte offensichtlich Wichtigeres zu tun, als dem Prior seine volle Aufmerksamkeit entgegenzubringen. Während er sich mit Walram unterhielt, würdigte er ihn keines Blickes. Selbst sein Pferd war ihm wichtiger als der Geistliche, und während er sein Tier tätschelte, hatte Walram anscheinend Mühe, Ruriks Ausführungen zu folgen.

Gerade als Degenar und Ivo unbemerkt in Hörweite gekommen waren, lenkte Rurik sein Augenmerk auf den Prior und sprach ihn an: „Ich brauche Beweise und keine vagen Vermutungen! Was soll ich damit anfangen, wenn Ihr etwas glaubt? Denkt Ihr etwa, ich handele auf reinen Verdacht hin? Ihr solltet mich inzwischen besser kennen und wissen, dass ich nichts dem Zufall überlasse."

„Aber wenn ich es Euch doch versichere, solch einen Zufall kann es nicht geben. Er muss es sein!"

„Liefert mir einen sicheren Beweis. Nur einen, mehr bedarf es nicht. Mit Eurer Schönrederei allein kann ich beim König nichts bewirken."

Der Prior hatte darauf nichts zu erwidern und senkte sein Haupt. Er wirkte gedemütigt und besiegt. Er bot einen Anblick, den Degenar, soweit er sich erinnern konnte, noch nie zu Gesicht bekommen hatte. Als der Prior die Nähe seines Abtes bemerkte, richtete er sich augenblicklich wieder auf und täuschte seine gewohnte Sicherheit vor. Dabei trat er einen Schritt zurück, als wolle er gehen. Degenar hielt ihn jedoch mit einer einladenden Geste auf.

Rurik wandte sich nun ebenfalls den beiden eintreffenden Mönchen zu. Degenar verlor keine Zeit und ergriff sogleich das Wort: „Wie ich sehe, hat sich unser ehrwürdiger Prior um Eure dringlichsten Belange bereits gekümmert. Hoffentlich ganz zu Eurer Zufriedenheit."

Degenar hielt es für angebracht, freundlich und zuvorkommend aufzutreten. Ein erneuter Konflikt würde die Fronten nur verhärten.

Noch im Kreuzgang hatte er sich Zurückhaltung und Geduld geschworen, denn zusätzliche Spannungen zu all der Unruhe, die der Tross in der Abtei schon verbreitete, wären für ihn unerträglich.

Rurik vernahm Degenars Worte aufmerksam. Hier, unter all seinen Männern, wirkte er gänzlich anders als allein im Gotteshaus. Hier draußen, in seinem gewohnten Umfeld, war er der unangefochtene Führer. Für einen Moment beeindruckte diese Verkörperung von Macht, Führung und Autorität den Abt, jedoch streifte er diese Bewunderung schnell wieder ab und führte das Gespräch fort:

„Seid willkommen in unserem bescheidenen Kloster. Das Gästequartier wurde bereits hergerichtet und ein Mahl zu späterer Stunde ist in Vorbereitung. Es soll Euch während des Aufenthaltes an nichts mangeln. Sollte dies wider Erwarten dennoch der Fall sein, so wendet Euch bitte an unseren ehrwürdigen Kellermeister." Dabei wies er auf Ivo, der sich ehrfürchtig verbeugte. „Er steht Euch jederzeit zur Verfügung, es sei denn, er befindet sich gerade im Gebet."

Rurik war nicht entgangen, dass die Einschränkung in Degenars Angebot eine klare Anspielung auf den jüngsten Vorfall in der Klosterkirche war. Er nickte kurz, doch in seiner höflichen Antwort schwang ein sarkastischer Unterton mit: „Habt aufrichtigen Dank. Doch seid unbesorgt, ehrwürdiger Abt, wir werden die Gastfreundschaft Eurer – bescheidenen – Mauern nicht allzu lange in Anspruch nehmen. Noch vor dem morgigen Mittag werden wir unsere Reise fortsetzen. Sollte nichts Außergewöhnliches in dieser kurzen Zeit vorfallen, so wird Eure Abtei schon bald nicht mehr ganz so bescheiden sein ..."

Degenar verstand die Zwischentöne ebenso gut wie Rurik zuvor und er antwortete: „Seid uns für diese kurze Zeit als Gäste willkommen. Wir stehen Euch zu Diensten, ganz wie es unsere Ordensregeln vorschreiben und erlauben. Doch jetzt muss ich mich anderen Aufgaben widmen."

Nach diesem kurzen Wortwechsel zur Begrüßung gab es nichts mehr zu sagen. Degenar gab Ivo noch einige Anweisungen, bevor er ansetzte, den Hof wieder zu verlassen. Er benötigte jetzt die Abgeschiedenheit seiner Räumlichkeiten, um in Ruhe nachdenken zu können. So lenkte er seine Schritte über den Hof, scheinbar in Gedanken versunken. Tatsächlich aber schaute er sich sorgfältig um, denn insgeheim hoffte er, jenes Kind zu Gesicht zu bekommen, welches er für viele Jahre aufnehmen musste.

Degenar schritt durch die geschäftige Gefolgschaft. Der Abt fühlte sich in dieser Umtriebigkeit in keiner Weise wohl. Die ungewöhnliche Dichte an Bewaffneten, bestätigte Degenars ersten Eindruck: Rurik nutzte den Besuch als Machtdemonstration.

Plötzlich lenkte eine äußerst laute Kinderstimme die Aufmerksamkeit des Abtes auf sich. Das musste Drogo sein! Breitbeinig stand der Junge mit einem gezogenen

Holzschwert neben einer Frau, deren Statur der eines kräftigen Mannes gleichkam. Das musste die Mutter des Jungen und Ruriks Gemahlin sein.

Degenar wusste nur Vages über Ruriks Familie. Er hatte bisher nicht so recht glauben können, was man sich hinter vorgehaltener Hand zuraunte: Rurik sei eigentlich mit einem Mann vermählt. Doch bei dem Anblick dieses Weibes verstand Degenar, was mit dieser Behauptung gemeint war. Wulfhild war ein Mannsweib, wie der Abt noch niemals zuvor eines gesehen hatte.

Mutter wie Sohn herrschten die Leute mit beißendem Tonfall an. Das Gesinde vermied es, ihnen in die Augen zu blicken und suchte sich schnellstmöglich Arbeit, bevor ihnen eine zugeteilt wurde. Während Wulfhild ihre Macht durch Auftreten und Worte ausübte, verlieh der Junge seinen Befehlen mit seinem Holzschwert Nachdruck. So manche Magd erhielt von ihm einen Hieb auf das Hinterteil und sie achteten allesamt darauf, möglichst außerhalb Drogos Reichweite zu sein.

Degenar wollte gerade in dieses Geschehen eingreifen und den Jungen maßregeln, als ein kleiner, schmächtiger Mönch mit wild fuchtelnden Armen auf ihn zugeeilt kam. Bereits von Weitem rief der Fremde Degenar immer wieder mit „ehrwürdiger Abt" an, unterbrochen von schwerem Atmen, als wäre der Bruder den gesamten Weg von der Greifburg bis zum Kloster gelaufen.

„Ehrwürdiger Abt, Ihr könnt Euch nicht im Entferntesten vorstellen, welcher Gottlosigkeit ich Zeuge werden musste!", begann der Mönch unversehens und heftig schnaufend. „Es war mitten in finsterster Nacht. Nichts und niemand war vor ihnen sicher. Selbst die hohen Mauern und die schweren Tore boten keinen Schutz. Hier muss wahrlich der Leibhaftige seine Finger im Spiel gehabt haben. Eine andere Erklärung gibt es einfach nicht. Was nutzen schon all die scharfen Klingen, wenn das Böse selbst einfällt? Glaubt mir, die schwachen Mauern Eures Klosters sind mir um einiges lieber."

Milde lächelnd legte Degenar beruhigend seine Hände auf die Schultern des Fremden. „Vielleicht habt Ihr die Güte und helft meinem Verstand auf die Sprünge, indem Ihr mir zunächst Euren Namen mitteilt. Zudem wäre mir sehr geholfen, wenn Ihr über diese Begebenheit von Beginn an berichtet."

„Natürlich, ehrwürdiger Abt, verzeiht mir. Ich bin Bruder Eberhardt, ein Pilger auf der Reise nach Santiago de Compostela. Vor einigen Tagen fand ich dank des gütigen Herrn Farold Unterkunft in der hiesigen Grafenburg." Plötzlich wurde der Blick des Mönches starr, als er sich an Farolds Schicksal erinnerte. „Der Herr möge seiner Seele gnädig sein. Man hat ihn und seine Gemahlin brutal gemeuchelt. Hätte ich nur geahnt, was sich in dieser Nacht zutragen würde, so hätte ich ein anderes Refugium für die Nacht gesucht."

„Hättet Ihr diesen Überfall erahnt", erwiderte Degenar beruhigend, „und wäret gegangen, statt ihnen beizustehen, so hättet Ihr eine schwere Sünde begangen.

Durch Euer Bleiben hingegen wart Ihr in schwerster Stunde als Gottes Gesandter vor Ort.“

Der Pilger stutzte kurz und überlegte.

„Womöglich habt Ihr Recht.“

Nach einer kurzen Pause wurde er geradezu euphorisch. „Ja, ganz sicher habt Ihr Recht. Doch warum hat mir Gott keine Eingebung gesandt? Weshalb war es mir nicht vergönnt, die Menschen zu warnen und zu retten? Wo bin ich fehlgegangen, dass ich dieses Unheil erleben musste?“

Nur mit Mühe konnte Degenar seine Ungeduld gegenüber dem unsteten Mönch verbergen. Er versuchte noch einmal das Gemüt des Mannes zu beruhigen und sprach beschwichtigend auf ihn ein: „Quält Euch nicht mit solch schweren Gedanken, Bruder Eberhardt. Gottes Wege bleiben uns oftmals verschlossen. Und es wäre eine Sünde, an ihnen zu zweifeln. Doch soweit mir bekannt ist, wurde die Burg letztlich nicht eingenommen, sondern vom Bruder des Grafen gerettet. Der Herr hat also für die Seinen gesorgt. Leider wurde mir bisher über den Hergang der Dinge nichts berichtet. Vielleicht habt Ihr die Güte, mir die Geschehnisse genauer zu erläutern. Wollt Ihr mir nicht Gesellschaft leisten?“

Erneut weiteten sich die Augen des Pilgers, so sehr fühlte er sich geehrt. „Allzu gerne, ehrwürdiger Abt. Wenn Ihr Eure kostbare Zeit für einen einfachen Wallfahrer wie mich opfern könnt, so werde ich Euch gerne alle Einzelheiten schildern.“

Bruder Eberhardt folgte Degenars einladender Geste. Während die beiden der Menge den Rücken kehrten, begann der Pilger augenblicklich mit seinem detailreichen Bericht über den grausamen Einfall der Nordmänner auf der Greifburg.

An vielen Stellen war die Erzählung nach Degenars Geschmack zu ausführlich, denn sie dauerte beinahe bis zur Vesperandacht. Doch der Abt lauschte den Worten geduldig. Er hoffte, einige aufschlussreiche Hinweise zu erhalten. Ärgerlich für Degenar war lediglich, dass ihm jetzt nur noch wenig Zeit vor dem unangenehmsten Teil des Tages blieb: der Speisung der Gäste im Refektorium.

Der Cellerar war wegen dieses Mahls bereits den ganzen Tag beschäftigt gewesen, denn den Sachwalter der Grafschaft mit Gefolge zu verköstigen, war sehr aufwendig. Deshalb hatte der Abt seinen Freund nicht mehr zu Gesicht bekommen, obwohl er ihn von dem Pilgerbericht unbedingt noch vor dem Essen in Kenntnis setzen wollte.

Erst kurz vor dem Mahl, nachdem Degenar es längst aufgegeben hatte, Ivo ausfindig zu machen, stieß er nahe dem Refektorium zufällig auf ihn. Die übrigen Mönche der Gemeinschaft fanden sich bereits im Speisesaal ein. Degenar zog seinen Freund beiseite und ergriff flüsternd das Wort:

„Wenn man den Ausführungen dieses Pilgers Glauben schenken mag, und das tue ich zum größten Teil, dann haben tatsächlich wilde Männer die Burg überfallen.

Allerdings gibt es ein paar Unstimmigkeiten und ich hege einige Zweifel, zumindest was die Identität der Angreifer angeht."

Ivo war überrascht. „Weshalb? Vielleicht denkt sich dieser Eberhardt etwas aus, um sich interessant zu machen. Oder er erhofft dadurch, länger als üblich bei uns beherbergt zu werden."

„Nein, das denke ich nicht. Richtige Widersprüche gibt es ja nicht. Eher ein paar außergewöhnliche Zufälle, die nicht so ganz in das Bild eines Überfalls passen, zumindest soweit ich es beurteilen kann. Am meisten stört mich die Tatsache, dass Nordmänner so tief im Landesinneren einen Überfall auf eine hochgelegene Burg durchgeführt haben sollen. Das entspricht nicht den Angriffen, die sie üblicherweise durchführen. In der Regel suchen sie sich ein einfaches Ziel in Flussnähe aus, fallen ein, brandschatzen und ziehen sich dann schnell wieder zurück. Aber die Burg des Grafen? Der nächste große Fluss ist zwei Tagesmärsche von der Burg entfernt, und die Feste ist alles andere als leicht einzunehmen. Zudem ist Bruder Eberhardt fest davon überzeugt, dass der Überfall nur durch die Hand des Leibhaftigen hatte ausgeführt werden können."

„Wie kommt er denn zu dieser Annahme?", fragte Ivo überrascht.

„Du kennst doch die Burg des Grafen, nicht wahr?"

„Ja, ich habe sie schon einmal gesehen, jedoch nur aus der Ferne."

„Dennoch, welchen Eindruck hattest du von dieser Festung?"

„Mein Eindruck entsprach dem, was man sich landläufig über diese Burg erzählt. Starke und hohe Mauern mit einem gut befestigten Tor, erbaut auf einem alles überragenden, beinahe uneinnehmbaren Felsen."

„Dein Eindruck ist richtig. Gerade deshalb wundert es mich, dass eine Handvoll Barbaren es geschafft haben soll, diese Feste zu erstürmen!"

Ivo dachte nach und stellte schließlich die Frage, auf die Degenar hingearbeitet hatte: „Glaubst du an einen Verrat? Eine List, die die Angreifer unterstützt hat?"

Degenar nickte. „Zumindest besteht die Möglichkeit. Allerdings gibt es dafür noch keine Beweise. Doch ebenso verwunderlich wie der Überfall selbst, ist die unverhoffte Errettung der Burg durch Rurik. Bruder Eberhardt hat auch über diese Umstände ausführlich berichtet. Nach meinem Verständnis spielen dabei zu viele glückliche Zufälle eine Rolle. Irgendetwas stimmt hier nicht und dass Rurik in jener Nacht gottgesandt war, wage ich zu bezweifeln!"

Ivo antwortete mit unterdrückter Stimme. „Glaubst du etwa, dass Rurik ...?" Als der Cellerar begriff, welche Vermutung er da aussprach, hielt er vorsichtshalber den Atem an und schaute sich um. Als er sicher war, dass ihn außer Degenar niemand hören konnte, fuhr er flüsternd fort. „Das ist eine gewagte Theorie ohne Beweise. Zudem sind das weltliche Belange, aus denen wir uns besser raushalten sollten. Gäbe es denn für Rurik überhaupt ein Motiv?"

„Du als Cellerar solltest wissen, dass uns die Änderung der irdischen Verhältnisse durchaus betreffen wird. Und ein Motiv gibt es für Rurik auch: Er strebt nach Höherem. Es ist äußerst fraglich, ob er mit dem Gut, welches er als Allod erhalten hat, zufrieden war. Ich kann mir gut vorstellen, dass er seinen älteren Bruder stets mit Neid und Missgunst betrachtet hat. Es wäre nicht der erste Brudermord in der Geschichte der Menschheit ..."

Entsetzen zeichnete sich in Ivos Gesicht ab, als er die Tragweite der Überlegung begriff. „Meinst du, wir beherbergen die leibhaftige Kainssünde in unserer Abtei?"

Degenar nickte und sprach weiter. „Umso heikler ist unsere Lage. Bruder Eberhardts Erzählung hat mir vor allem eines klar gemacht: Faolán ist mit hoher Wahrscheinlichkeit der rechtmäßige Erbe der Grafschaft. Rogar gilt noch immer als verschollen, und Rurik sucht ihn mit allen Mitteln. Ich bezweifle stark, dass er ihm die Grafschaft nach der Schwertleite übergeben würde, sollte er ihn finden. Daher ist es jetzt wichtig, dass uns kein Fehler unterläuft!"

Ivos fragender Blick ließ Degenar fortfahren: „Wir müssen sicherstellen, dass Faolán auf keinen Fall am Mahl teilnimmt. Am besten wäre es, wenn wir ihn bis nach der Abreise unserer Gäste in einer Kammer verwahren."

Der Cellerar wurde zusehends unruhiger. „Gütiger Herr, steh uns bei. Ich gehe besser sofort, wenn ich Faolán noch abfangen will. Er ist wahrscheinlich schon auf dem Weg hierher." Sogleich machte der Cellerar kehrt und eilte in Richtung Noviziat davon. Degenar war angespannt. Hoffentlich konnte Ivo den Jungen rechtzeitig aufhalten.

Kurz darauf erschienen die hohen Gäste, zu deren Ehren das außergewöhnliche Mahl heute gegeben wurde. Allen voran schritt Rurik. Beinahe gleichauf folgte seine Gemahlin, und hinter ihnen, mal rechts oder links ausscherend, lief Drogo einher, ohne Disziplin oder Respekt. Degenars Stirn zog sich in Missfallen zusammen. Schnell rügte sich der Abt im Stillen, rang um mehr Toleranz und Nachsicht gegenüber seinen Gästen und ignorierte schließlich die Ungezogenheit des Knaben. Er würde Jahre haben, um dieses Kind zu disziplinieren.

Im Anschluss an die Adelsfamilie folgten einige der vertrautesten Krieger und engsten Berater. Der Rest des Gefolges wurde im Gästehaus verköstigt. Degenar war nach wie vor angespannt, als die kleine Gruppe vor ihm zum Stehen kam. Noch immer hoffte er auf Ivos Rückkehr mit einer guten Nachricht über Faoláns Verbleib. Der Abt schluckte nervös und fand ein paar einfache Worte, um die Wartenden zum Mahl einzuladen. Rurik nahm die Einladung ebenso förmlich wie herzlos an. Er nahm sich sogar das Recht heraus, das Refektorium noch vor dem Abt zu betreten.

Degenar ließ ihn gewähren. Der Vortritt hatte keine Bedeutung für ihn, und deshalb ließ er sogar das gesamte Gefolge vor ihm einziehen. Gerade als der letzte

Bewaffnete den Speisesaal betreten hatte und Degenar sich hinter ihm einreihen wollte, kam Ivo um die Ecke gelaufen. Schwer atmend nickte der seinem Freund kurz zu und bekundete damit, dass alles zum Besten erledigt war.

Erleichtert betrat Degenar nun mit dem Cellerar das Refektorium. Der Saal bot einen ungewohnten Anblick. Statt einer langen Tafel, an der üblicherweise alle Brüder des Klosters gleichermaßen Platz nahmen und einem kleinen Tisch, an dem der Abt mit wechselnden Brüdern saß, waren heute zwei nahezu gleichgroße Tafeln aufgebaut worden.

Der Abt nahm den für ihn bestimmten Platz an der Mitte der vorderen Tafel ein, genau gegenüber von Rurik. Das war Degenar nicht gewohnt und er verspürte einen Anflug von Unsicherheit.

Mit einem aufgesetzten Lächeln versuchte er, Gelassenheit auszustrahlen und hoffte, dass es nicht allzu gezwungen aussehen mochte. Insgeheim sehnte er schon das Ende des Mahls herbei, bedeutete es doch auch das Ende seiner Verpflichtungen gegenüber den Gästen.

Nachdem alle ihre Plätze eingenommen hatten, wurden Speisen und Trank von mehreren Mönchen aufgetragen. Statt stark gewässerten Weines gab es heute puren Rebensaft. Auch das Essen war üppiger als sonst. Als Hauptgang wurde zu Ehren der Gäste ein frisch geschlachtetes und seit Stunden bratendes Schwein serviert. Die Mehrzahl der Brüder war über die außergewöhnliche Fülle sichtlich erfreut und sie konnten es nur schwer vor ihrem Abt verbergen. Degenar ließ sie gewähren, waren Fleischspeisen doch ohnehin selten. Er selbst aß lustlos und beteiligte sich lediglich mit kargen Höflichkeiten und Floskeln an den Tischgesprächen.

Dafür beobachtete Degenar aufmerksam, aber unauffällig sein Umfeld. Immer wieder blieb sein Blick auf der massigen Frau am unteren Ende der Tafel haften. Hätte sie ein Messer in der Hand gehabt und kurzes Haar getragen, hätte sie sich mühelos als Mann ausgeben können. Sie benahm sich zwar standesgemäß, jedoch fehlte ihren Bewegungen jegliche Grazie. Ihr Kleid wirkte merkwürdig fehl an ihrem fülligen Körper. Ihre Haltung war alles andere als erhaben, wie man es von einer Dame ihres Standes erwartete. Selbst die Art und Weise, wie sie den Löffel zum Munde führte, erinnerte mehr an einen Bauern als an eine Adelsfrau.

Trotz ihrer fehlenden Eleganz ließ Wulfhild keinen Zweifel daran aufkommen, welche Position sie innehatte. Obwohl nur am Tischende platziert, strahlte sie eine Präsenz aus, die auf besondere Weise den Saal für sich einnahm, trotz der Anwesenheit ihres Mannes.

Als Degenar das erkannte, zollte er Rurik einen gewissen Respekt. Einer derart dominanten Frau täglich gewachsen zu sein, war sicherlich keine leichte Aufgabe. So mancher Mann wäre schon längst an ihr zerbrochen. Diese Erkenntnis brachte ein leichtes Schmunzeln auf Degenars Lippen und es schien, als wolle sich doch noch ein Hauch guter Laune in seinem Herzen ausbreiten.

Just in diesem Augenblick sprach ihn Wulfhild an: „Erheitert Euch die Aussicht, meinen Sohn in Eure Verantwortung zu nehmen – ehrwürdiger Abt? Ich hoffe nicht!"

Die Gespräche der Gefolgschaft verstummten schlagartig und alle Augen richteten sich auf Degenar. Der Abt war sichtlich überrascht, antwortete Wulfhild jedoch nach kurzem Zögern höflich: „Verzeiht mir, Verehrteste, dies ist keineswegs der Fall. Mein Lächeln wurde durch einen fröhlichen, plötzlich auftauchenden anderen Gedanken hervorgerufen, und ich kann Euch versichern, dass er nicht im Zusammenhang mit Eurem Sohn stand."

„Gut für Euch! Denn solltet Ihr die Euch gestellte Aufgabe nicht mit aller Ernsthaftigkeit annehmen, würde ich mich gezwungen sehen, unsere Übereinkunft wieder rückgängig zu machen. Ich kann mir vorstellen, dass dies nicht in Eurem Interesse wäre, auch wenn Ihr Euch bevorzugt enthaltsam gebt."

Degenars Blick richtete sich auf den schweigenden Rurik. Lediglich das Verharren seines Löffels auf dem Weg zum Mund ließ erkennen, dass Wulfhild kurz davor stand, ihre Grenzen zu überschreiten. Dass sie am gleichen Tisch saß wie er, war schon ein Privileg. Dass sie aber darüber hinaus in dieser Weise das Wort ergriff, war eine Unverfrorenheit. Doch statt seiner Gemahlin Einhalt zu gebieten, ließ Rurik sie zunächst gewähren.

Schnell erkannte Degenar den Grund, weshalb Wulfhild ihn angesprochen hatte. Es ging nicht um ihn und seine Ansichten, sondern um das ständige eheliche Kräftemessen, in das er hineingezogen wurde. Seine Erwiderung fiel entsprechend geschickt aus.

„Da es Euch sehr am Herzen zu liegen scheint, kann ich Euch nur versichern, dass es der Bruderschaft an Ernsthaftigkeit in keiner Weise mangelt. Ich persönlich bin der Auffassung, dass jeder Mensch seinen vom Herrn gestellten Lebensaufgaben mit absoluter Ehrfurcht entgegentreten muss. Dies gilt auch für die schwersten Prüfungen. Erst dann, wenn der Mensch an seine Grenzen gelangt und ihm nur noch das Vertrauen in den Herrn bleibt, wird Gott sich ihm offenbaren. Und mit Gottes Hilfe kann jede Aufgabe gemeistert werden. Doch um seiner Aufgabe gewachsen zu sein, gibt es neben dem Gottvertrauen noch eine weitere, wichtige Voraussetzung."

Degenar legte eine Pause ein, um zu sehen, ob Wulfhild ihm folgen konnte. Doch ihre Geduld war von kurzer Dauer. Leicht genervt fragte sie schließlich nach: „Und welche Voraussetzung sollte das Eurer Ansicht nach sein?"

„Dass die Aufgabe klar gestellt ist. Denn ein Unwissender wird das Wesentliche einer Aufgabe niemals als solches erkennen und schon gar nicht meistern können.

Ebenso verhält es sich mit einem Novizen. Wir können ihn viel lehren, doch eines können wir dem Kinde niemals geben: Die Erkenntnis, weshalb er unter uns weilt."

„Ihr verkennt die Lage, ehrwürdiger Abt. Hier geht es nicht um Erkenntnis!"

Die Worte kamen schnell und hart aus Wulfhilds Mund, als fühle sie sich bedrängt. Degenar hatte diese Aussage erwartet und ging darauf ein: „Möglicherweise verkenne ich tatsächlich die Situation und Ihr müsst einem armen Mönch auf die Sprünge helfen. Um was geht es Euch? Weshalb gebt Ihr Euren einzigen Sohn ausgerechnet in unsere Obhut?"

Wulfhild legte wütend den Löffel beiseite. Der Abt vermochte nicht zu sagen, ob es seine Forschheit oder die Frage selbst war, die sie so in Rage brachte. Es war ihm auch gleich. Ihn interessierte nur der Grund für ihren Entschluss. Sollte Wulfhild klare Pläne mit ihrem Sprössling haben, so zögerte sie jetzt, diese preiszugeben und starrte stattdessen wortlos auf ihren Teller. Endlich schien sie die passenden Worte gefunden zu haben:

„Es gibt mehrere Ziele für die Erziehung meines Kindes, die Euch am Herzen liegen sollten. Wenn Ihr sie beachtet, lauft Ihr keine Gefahr, meine Erwartungen zu enttäuschen. Allem voran sind es Schreiben, Lesen und die Arithmetik. Ihr wisst selbst allzu gut, welche Macht die Schrift ausüben kann. Oder liege ich hier falsch, ehrwürdiger Abt?"

„Gewiss nicht. Doch für die Lehre der Schrift und die Grundzüge der Arithmetik hätte Euch jeder andere Priester ausreichende Dienste leisten können. Er hätte Drogo auf der Burg herangezogen und die Aufwendungen hierfür wären erheblich geringer gewesen als das, was Ihr jetzt aufbringt."

„Möglicherweise habt Ihr Recht. Doch hier geht es um mehr."

„Um was geht es Euch denn?", wollte Degenar sofort wissen.

„Disziplin, Respekt und Ehrfurcht! Und die Fähigkeit, seinen Verstand an der richtigen Stelle zum richtigen Zeitpunkt einzusetzen. Um ehrlich zu sein, glaube ich nicht, dass er letzteres in seinem bisherigen Umfeld erlernen würde."

Diese Bemerkung fiel in einem Ton unverkennbarer Verachtung. Rurik blickte seine Gemahlin erzürnt an, und Degenar wurde klar, dass dieser Disput nicht zum ersten Mal geführt wurde. Schnell versuchte er einzuschreiten.

„Für die ersten drei Punkte kann ich Euch versichern, dass gerade dies im Interesse unserer Gemeinschaft liegt. Doch der Einsatz des Verstandes liegt nicht in unserer Hand. Seinen eigenen Verstand einzusetzen bedeutet vor allem, dass man dazu auch bereit ist und, was viel entscheidender ist, dass der Verstand auch vorhanden ist!"

Die Klarstellung hatte ihr Ziel präzise getroffen und Wulfhild errötete vor Zorn. Alle Anwesenden schwiegen, und für einen Augenblick herrschte absolute Stille. Wulfhild brachte offensichtlich all ihre Kräfte auf, um Haltung zu wahren. Es schien ihr zu gelingen, denn trotz ihrer Wut klang ihre Stimme ruhig, wenn auch tonlos und unterkühlt. „Ihr werdet genügend Zeit haben, ehrwürdiger Abt, seine Fähigkeiten zu erkennen, auch über die Zeit in Eurem kleinen Kloster hinaus! Vergesst nicht, wessen Erbe er ist!“

Degenar blickte auf den angehenden Novizen neben seiner Mutter, über den hier so offen debattiert wurde. Offensichtlich schien Drogo nicht zu begreifen, um was oder wen es hier ging. Das war alles andere als ein Zeichen von wachem Verstand. Im Gegenteil, Drogo saß gelangweilt da und spielte lustlos mit seinem Löffel in den Essensresten auf seinem Teller.

Plötzlich verspürte Degenar Mitleid mit dem Knaben. Seine Worte kamen bitter und zynisch über die Lippen. „Ist dem Jungen klar gemacht worden, was ihn hier erwartet? Ist ihm bewusst, dass er über viele Jahre in diesem Kloster leben wird, in Demut, Armut und Enthaltsamkeit?“

An Wulfhilds Mimik konnte Degenar erkennen, dass er einen weiteren Treffer erzielt hatte. Offen bekannte sie: „Ich habe Euch bereits erklärt, dass es hier nicht um Erkenntnisse geht!“

„Um was geht es Euch dann? Wollt Ihr den Knaben nur von Eurer Seite wissen? Oder steckt noch etwas anderes dahinter?“

Rage stand deutlich in Wulfhilds Gesicht geschrieben. Nur mit größter Mühe behielt sie die Kontrolle über ihre Stimme. In ihrem Zorn erhob sie sich und stützte sich mit den Fäusten auf der Tafel ab. „Glaubt Ihr etwa, dass ich noch Zeit für ein Kind haben werde, wenn ich eine Burg und ein Gut mitsamt Gesinde zu leiten habe? Das bedeutet eine Unmenge an Aufgaben, die erledigt werden müssen, Tag für Tag. Wie stellt Ihr Euch das vor? Wie soll man eine Grafschaft verwalten, wenn einem ständig ein Balg am Rockzipfel hängt?“

Wulfhild verstummte schlagartig und es herrschte wieder Stille im Saal. Ob Mönch oder Krieger, die meisten Anwesenden hielten die Köpfe eingezogen. Degenar hielt Wulfhilds Blick stand. Der Satz, der ihm auf der Zunge lag, dass doch für diese Pflichten ihr Gatte zuständig sei, wurde überflüssig. Rurik erhob sich nämlich gerade und sein Blick drückte genau diese Zuständigkeit aus. Beschämt senkte Wulfhild ihr Antlitz und wurde sich ihres Fehlers gewahr. Der mächtige Krieger musste gegen diese Kritik an seiner Person etwas unternehmen, wollte er sein Gesicht wahren! Doch statt laut zu werden und seine Gattin anzufahren, war nur dieser scharfe Blick notwendig, um sie in ihre Grenzen zu verweisen. Wulfhild zeigte sich reumütig und verhielt sich ruhig, doch Degenar bezweifelte, dass diese Haltung ehrlich war. Um Schlimmeres zu verhindern, richtete sie sich auf und verließ mit einer gemurmelten Entschuldigung die Tafel.

Erst jetzt, als seine gewaltige Mutter von seiner Seite wich, bemerkte Drogo, dass etwas Außergewöhnliches im Gange war. Man hätte den Eindruck gewinnen können, der Junge sei diese Art von Auseinandersetzung gewohnt. Mit aufgerissenen Augen sah der Junge seiner Mutter nach.

Dann ließ er den hölzernen Löffel fallen und lief ihr schreiend nach.

Degenar hielt derweil seinen Blick fest auf Rurik gerichtet. Das Gesicht des Kriegers sprach Bände, und es hätte den Abt nicht verwundert, wenn Rurik ein leises Grollen aus seiner Kehle hätte ertönen lassen. Der Verwalter der Grafschaft glich einem Wolf, der soeben sein Revier erfolgreich behauptet, und dessen Rivale, seltsamerweise die eigene Gemahlin, das Feld geräumt hatte.

Es dauerte eine ganze Weile bis die Normalität ins Refektorium zurückkehrte. Als das Klosteroberhaupt wieder zu speisen begann, folgten die Brüder seinem Vorbild und die Lage entspannte sich. Doch der Abend blieb von diesem Zwischenfall geprägt.

Wulfhilds Entgleisung hinterließ bei Degenar einen nachhaltigen Eindruck. Dieser Frau ging es um Macht, um nichts anderes! Im Bemühen, als Gemahlin die vor kurzem erhaltene Macht des Sachwalters zu festigen, war Drogo, ihr eigen Fleisch und Blut, nur noch Ballast. Drogo hatte nicht die leiseste Ahnung von dem, was ihn am morgigen Tage erwartete, geschweige denn, wie sehr sich sein bisheriges Leben ändern sollte.

* * *

In der folgenden Nacht verbreiteten die Gäste Unruhe in dem sonst so streng geregelten Leben der Bruderschaft. Während das ungewöhnlich üppige Mahl manchem Mönch Schlaflosigkeit bereitete, respektierten Ruriks Männer in keiner Weise die Regeln ihrer Gastgeber. Im Gegenteil, nach dem gemeinsamen Mahl begann im Gästehaus ein zügelloses Gelage, als sei der Völlerei nicht schon genug gewesen.

Degenar hatte es bereits befürchtet, denn Bruder Ivo informierte ihn noch im Refektorium darüber, welche Speisen und Getränke er auf Wunsch der Herrschaft ins Gästehaus hatte bringen lassen. Hinzu kam noch all das, was von Ruriks Karren abgeladen worden war. Als in den Nachtstunden die Matutin abgehalten wurde, war die lautstarke Geselligkeit sogar durch die dicken Mauern der Kirche zu hören. Gleiches wiederholte sich zur Laudes. Allein das Wissen um die baldige Abreise des Gefolges half Degenar, all die Ärgernisse durchzustehen. Spätestens zur Mittagsstunde würde wieder Ruhe in der Abtei herrschen.

Eine neue Geschäftigkeit im Klosterhof begann bereits mit dem Morgengrauen, kurz nachdem das letzte Licht im Gästehaus erloschen war. Die Bediensteten hatten der Feier natürlich nicht beigewohnt und begannen früh, die Karren zu beladen.

Trotz des frühen Trubels wurde es später Vormittag, bis die Pferde im Stall gesattelt und auf den Hof geführt wurden. Drogos Pony war ebenfalls dabei. Es war dem Jungen nicht gestattet, das Tier im Kloster zu halten, und für Außenstehende sah es so aus, als würde der Knabe die Abtei ebenfalls verlassen.

Plötzlich stürmte Drogo völlig unbekümmert mit seinem Holzschwert in der Hand aus dem Gästequartier und rannte aufgeregt schreiend zwischen Menschen und Pferden einher. Offensichtlich hatte noch niemand dem Jungen mitgeteilt, dass seine Zukunft im Kloster lag. In Drogos Augen war das Spektakel der Abreise ein großes Spiel und er hegte keinen Zweifel, dass er daran teilhaben durfte.

Ratlos schaute Degenar dem Treiben zu. Er würde dem Kinde bei dem kurz bevorstehenden Eklat nicht helfen können. Ivo und Walram standen zwar hinter ihm, doch auch sie gedachten nicht einzugreifen.

Die Mönche hatten ohnehin noch nicht das Recht, sich um den Jungen zu kümmern. Drogos Aufnahme als Novize war zwar auf Pergament besiegelt, doch die offizielle Handlung, die Übergabe des Kindes in die Obhut des Klosters, verbunden mit der Überreichung der Urkunde, war noch nicht vollzogen worden. Erst ab der Übergabe war es die Aufgabe der Gemeinschaft, sich des Schützlings anzunehmen. So suchte Degenar nach den Personen, die sich noch um den Knaben kümmern mussten. Er fand Rurik in einiger Entfernung, der seinen Männern gerade Befehle erteilte, um die Abreise zu beschleunigen.

Kurz darauf ging er auf seinen Sohn zu, nahm ihn bei den Schultern und führte ihn bis auf wenige Schritte vor die drei Mönche. Fast alle Männer des Gefolges hatten ihre Reittiere oder Karren bestiegen und das Fußvolk stand ebenfalls bereit. Eine merkwürdige Stille trat ein.

Drogo stand zwischen Degenar und Rurik, dessen eine Hand schwer auf der Schulter des Jungen ruhte. In der anderen Hand hielt er ein gefaltetes und mit Wachs versiegeltes Pergament: die Schenkungsurkunde.

Erwartungsvoll blickte Drogo in die Augen des Abtes. Er hatte keine Ahnung, weshalb er hier stand und wirkte unsicher. Dann ergriff Rurik das Wort, über den Kopf des Kindes hinweg, und richtete es an das Klosteroberhaupt: „Ehrwürdiger Abt, es ist an der Zeit, Euch des Jungen anzunehmen, wie es vereinbart und besiegelt wurde."

„Nichts anderes liegt in meiner Absicht", bestätigte Degenar mit sanfter Stimme. „Schließlich war dies doch das einzige Bestreben Eures Aufenthaltes."

Rurik brummte etwas vor sich hin, als überlege er, ob die Antwort des Abtes wieder als Stichelei zu werten war, hielt sich jedoch zurück. Seine Stimme blieb beherrscht und höflich.

„Dann nehmt ihn jetzt in Eure Obhut und sorgt für ihn, wie es Eure Ordensregeln vorschreiben."

Seine große Hand löste sich von der Schulter des Sohnes und gab ihn mit einem kleinen Schubs nach vorne frei. Rurik folgte ihm, überreichte dem Abt die Urkunde und trat dann einige Schritte zurück. Der Knabe blieb allein vor dem Abt stehen, verstand aber nicht recht, weshalb sein Vater nicht mehr hinter ihm stand. Er hatte Ruriks Worten keine Beachtung geschenkt und schaute nun fragend und hilflos drein.

Sofort schritt Prior Walram ein. Er ging an Degenar vorbei und mit ausgestreckter Hand dem Kind entgegen. Die plötzliche Bewegung des dunkel gekleideten Mönches verwirrte Drogo allerdings und er suchte mit einem verzweifelten Blick über die Schultern nach einer Erklärung im Gesicht seines Vaters. Was er dort sah, gefiel ihm ganz und gar nicht: Ruriks Miene war versteinert und teilnahmslos.

Der Knabe drehte sich deshalb nach seiner Mutter um. Wulfhild, die auf ihrem Pferd saß und in einiger Entfernung auf die Abreise wartete, erwiderte zwar den Blick ihres Sohnes, doch in ihren Augen gab es außer Kälte nichts für ihn zu lesen. Verwirrt suchte Drogo weiter nach einer Antwort und erblickte sein gesatteltes Pony. Langsam fügten sich ihm die Bilder zusammen und sein Gesichtsausdruck wandelte sich allmählich von überrascht zu angsterfüllt. Er hatte begriffen! Langsam begann er den Kopf zu schütteln, als wolle er der Trennung mit Ungläubigkeit und Leugnen begegnen.

Ein Funke Hoffnung blitzte noch einmal in Drogos Gesicht auf, als Rurik dem Prior zuvorkam und sich zu seinem Sohn beugte. Doch statt ihn, wie erhofft, zu sich zu nehmen, entwendeten die mächtigen Vaterhände das Holzschwert des Sohnes. Rurik mied dabei jeglichen Blickkontakt und sah die Tränen des Jungen nicht, die langsam die Wangen herabliefen.

Das erste „Nein“ kam nur geflüstert über Drogos Lippen, von Tränen erstickt. Das zweite „NEIN!“ schrie er mit Protest in den stillen Hof, dass es von den Wänden der Klostergebäude widerhallte. In einem letzten Aufbäumen versuchte Drogo in all seiner Verzweiflung davonzulaufen. Doch sein Vater war darauf vorbereitet. Zwei starke Arme verhinderten jegliches Entkommen, so sehr sich der zukünftige Novize auch dagegen wehrte.

Von diesem Augenblick an ließ Drogo seinen Gefühlen freien Lauf. Sein flehender Blick wanderte von Vater zu Mutter und wieder zurück. Als ihn die Arme seines Vaters dennoch nicht freigeben wollten, begann er noch verzweifelter dagegen anzukämpfen, doch die Hiebe seiner kleinen Fäuste waren für den in Leder gehüllten Krieger ohne Wirkung.

Jetzt trat Prior Walram an den Jungen heran. Er versuchte, eine der wild schlagenden Hände zu fassen, doch sie entwischten ihm immer wieder. Drogo hatte nicht die Absicht, sich freiwillig in die Obhut der Mönche zu begeben. Mit großem Aufwand gelang es Walram schließlich, beide Handgelenke des Jungen zu fassen und festzuhalten. Er hatte sichtlich Mühe, sie nicht wieder zu verlieren. Mit all seiner Kraft richtete Drogo jetzt seine Wut gegen den fremden Ordensbruder.

Für Rurik war die Angelegenheit, sein Kind dem Kloster zu übergeben, damit beendet. Er öffnete seine Arme, ließ den Jungen los und entfernte sich ein paar Schritte. Für Drogo hingegen war noch nichts entschieden. Sein Zorn wurde durch den Rückzug des Vaters zusätzlich geschürt. Er begann, noch wilder zu zerren und zu schreien, versuchte Walram mit Tritten zu traktieren und landete dabei so manchen schmerzhaften Treffer. Der Prior festigte seinen Griff um die Handgelenke nachhaltig, weshalb sich Drogo aus Leibeskräften hin und her zu werfen begann. Er wollte dem Mönch um keinen Preis gehorchen.

Degenar bemerkte, dass er den Anblick des ringenden Priors genoss. Wie sehr sich Walram doch abmühen musste, sein heimliches Abkommen in die Tat umzusetzen.

Drogo erkannte schließlich die Ausweglosigkeit seiner verzweifelten Versuche und ließ sich auf einmal wie ein nasser Sack auf den staubigen Erdboden fallen, schluchzend und flehend. Seine Worte, von Tränen und Rotz erstickt, waren kaum zu verstehen, doch es schien, als verhandle er um sein Leben wie ein Verurteilter.

Degenar wollte nicht länger untätig bleiben. Er drehte sich zur Seite und suchte nach einem Ausweg aus dieser unmöglichen Situation, als er im gleichen Moment einen älteren Novizen mit einem kleinen Jungen an der Hand das entfernte Ende des Hofes betreten sah. Sofort erkannte er, dass der kleine Junge Faolán war.

Dem Abt blieb beinahe das Herz stehen. All die Anstrengungen, den Jungen von Rurik fernzuhalten, wurden durch das leichtfertige Handeln eines Novizen zunichte gemacht. Degenar schalt sich leise einen Narren. Wieso war er nur ein solches Risiko eingegangen und hatte den Jungen nicht bis nach der Abreise Ruriks eingesperrt?

Sein gesamter Körper spannte sich an. Ein leises Aufstöhnen zu seiner Rechten verriet ihm, dass Ivo die Novizen ebenfalls bemerkt hatte. Beide hofften, dass Walram sich weiter mit Drogo beschäftigte, so dass er Faolán nicht bemerken würde. Vielleicht würde der ältere Novize mit Faolán den Platz unbemerkt wieder verlassen. Doch statt eines der nächsten Gebäude zu betreten, schlugen die beiden Novizen genau den Weg quer über den Hof ein, der sie unmittelbar an der kleinen Gruppe um den ringenden Drogo vorbeiführen würde.

Degenar schloss die Augen und richtete ein Stoßgebet gen Himmel. Ihm blieb jetzt nur noch die Hoffnung, dass Rurik den jungen Novizen nicht als seinen Neffen erkennen würde. Seine weitere Sorge galt Walram, der Rurik darauf aufmerksam machen könnte, wer dieser Junge seiner Vermutung nach war.

Degenars Herz schlug rasend bis zum Halse und es wollte ihm beinahe stehen bleiben, als Faolán sogar für einen kurzen Moment direkt in das Gesicht des mächtigen Kriegers schaute. Doch obwohl sich ihre Blicke trafen und Rurik einen Augenblick zögerte, schien er den Sohn seines Bruders nicht zu erkennen. Er widmete sich ohne Regung wieder seinem eigenen Jungen und dessen Ringen mit Prior Walram.

Der Abt konnte sein Glück kaum fassen. Erleichtert dankte er still dem Herrn, dass er den Krieger mit Blindheit geschlagen hatte. Sogleich begann Degenar sich ebenfalls um Drogo zu bemühen, damit seine Untätigkeit und seine Blicke auf Faolán ihn nicht verraten würden.

Als sich die beiden Novizen in unmittelbarer Nähe befanden, nur wenige Ellen von Degenar entfernt, hielt Drogo plötzlich inne. Im Dreck liegend blickte er überrascht zu Faolán auf. Schweigen legte sich über den Platz. Vielleicht hegte Drogo die Hoffnung, der gleichaltrige Junge sei gekommen, um ihm zu helfen.

Faolán blieb tatsächlich auch stehen und betrachtete den Knaben. Der ältere Novize ließ ihn gewähren, wohl weil er nicht sicher war, ober er den jüngeren vor dem Abt mit harschen Worten vorantreiben sollte oder nicht.

Walram gewann wieder an Fassung, richtete sich auf und begann sachte den Staub von seiner Robe zu klopfen. Degenar biss sich beinahe auf die Zunge, um ja nicht den älteren Novizen mit strengen Worten fort zu schicken. Wie lange würde es noch dauern, bis Walram begriff, dass Faolán vor Rurik stand?

Inzwischen hatte Drogo sich aufgerappelt, machte ein paar Schritte auf Faolán zu und blieb vor ihm stehen, staubig von Kopf bis Fuß. Mit verächtlichem Blick musterte er den fremden Jungen.

Prior Walram war noch immer damit beschäftigt, sein Habit wieder in einen einigermaßen sauberen Zustand zu bringen. Erst jetzt, als Drogo direkt vor Faolán stand, begriff er, was sich vor seinen Augen abspielte. Wie vom Blitz getroffen hielt er in seiner Bewegung inne und sein Blick suchte Rurik, als müsse er ihm etwas Dringendes mitteilen. Der Krieger hatte jedoch nur Augen für seinen Sohn.

Obwohl Drogo und Faolán nahezu gleichaltrig waren, unterschieden sie sich gänzlich in ihrer Statur. Wie sein Vater, besaß Drogo deutlich breitere Schultern als sein Gegenüber und überragte Faolán um einen halben Kopf.

Ein zaghaftes Lächeln zeigte sich auf Faoláns Lippen, als freue er sich, diesen Jungen zu sehen.

Degenar blieb beinahe das Herz stehen. Er wusste nicht, ob das Lächeln bedeutete, dass Faolán seinen Vetter erkannt hatte.

Es gab keine Worte des Grußes, die Kinder schauten einander nur an. Drogos Augen wurden schmal. Er schien das Lächeln falsch zu interpretieren. Vielleicht suchte er auch nur einen Grund, um seine Wut an jemanden auslassen zu können. Deshalb klangen seine Worte herausfordernd und verächtlich zugleich: „Lachst du mich aus oder grinst du immer wie ein Dämlack?“

Augenblicklich erstarb Faoláns Lächeln und ein unsicherer, fragender Ausdruck machte sich auf seinem Gesicht breit.

„Willst du mir nicht antworten oder bist du zu dumm dazu?“, provozierte Drogo erneut.

Wiederum gab Faolán keine Antwort. Degenar beobachtete ihn genau. Der Junge hatte während seiner wenigen Tage im Kloster noch kein einziges Wort gesprochen! Zu tief saß wohl der Schrecken der jüngsten Geschehnisse in seinem Herzen. Hoffentlich würde Faolán sein Schweigen nicht ausgerechnet jetzt wegen eines simplen Streites mit einem fremden Jungen brechen.

„Wen glaubst du denn vor dir zu haben, du Dämlack?“, reizte Drogo sein Gegenüber weiter. „Warte nur, ich werde dir das Grinsen schon noch austreiben!“

Blitzschnell fuhr Drogos rechte Faust mit voller Wucht in Faoláns Magengrube. Der sackte zusammen und fiel nach Luft ringend zu Boden. Drogo setzte mit dem Fuß nach und traf die gleiche Stelle erneut. Der Schmerz war zu groß, als dass Faolán hätte weinen oder einen Schrei von sich geben können. Lediglich ein leises Stöhnen war zu hören, als er sich schützend zusammenrollte.

„Hat es dir etwa die Sprache verschlagen? Wo ist denn dein dämliches Grinsen?“, höhnte Drogo, der jetzt selbst ein breites Lächeln zeigte.

Die Mönche blickten entsetzt auf die beiden Jungen. Sie waren derartige Handgreiflichkeiten nicht gewohnt. Nach einem Augenblick der Starre reagierte Ivo als Erster. Trotz seiner Massigkeit sprang er behänd nach vorne, ergriff mit einer ihm nicht zuzutrauenden Schnelligkeit Drogos Arm und verhinderte dadurch ein erneutes Zutreten. Kräftig zog er den Jungen zur Seite, der dabei beinahe zu Boden ging. Drogo versuchte zwar erneut auf Faolán loszugehen, doch Bruder Ivo war kräftiger als Prior Walram. Für ihn war es kein Problem, dem wütenden Knaben Einhalt zu gebieten. Der Mönch musste seinen Griff um Drogos Handgelenk lediglich etwas verstärken, um den Jungen zur Besinnung zu bringen. Mit einem Fingerzeig wies er Drogo die Richtung ins Noviziat. Wortlos folgte der Knabe dem Kellermeister. Ohne weiteren Widerstand ergab er sich stillschweigend seinem Schicksal.

Die Unruhe auf dem Hof hatte sich endlich gelegt. Der ältere Novize hatte sich über Faolán gebeugt und kümmerte sich um ihn. Mit Erleichterung stellte Degenar fest, dass der Junge schnell wieder auf die Beine kam und gehen konnte, wenn auch von Schmerzen gekrümmt.

Beruhigt wandte sich der Abt jetzt Rurik zu, der sich inzwischen sein Pferd hatte bringen lassen. Auf seinem Gesicht war Zufriedenheit abzulesen, als sei er mit dem Auftreten seines Sohnes einverstanden.

Entschlossen schritt Degenar auf den Sachwalter zu, bevor das muskulöse Schlachtross davontraben konnte, und hielt es an den lose herabhängenden Zügeln fest. Er wusste, dass er Rurik gegenüber erneut viel zu waghalsig auftrat und einiges riskierte. Doch er konnte ihn unmöglich ohne ein abschließendes Wort davonreiten lassen.

Rurik blickte den Abt streng an, der sein Pferd nicht freigeben wollte. Obwohl Degenar den Krieger ansprach, so waren seine Worte auch an dessen entfernt wartende Gemahlin gerichtet: „Disziplin, Respekt und Ehrfurcht! Ihr könnt Euch sicher sein, dass wir dies Drogo beibringen werden. Doch ob er es jemals begreifen wird, liegt nicht in unserer Hand. Es gibt Dinge im Blut eines Menschen, die sich nicht von außen beeinflussen lassen, so sehr sich einer auch dazu berufen fühlt. In manch anderen Menschen hingegen schlummert eine Wahrheit, die von außen nicht erkennbar ist. Und dann gibt es Tage, da rächt sich das eigene Blut der verwerflichen Taten vergangener Zeiten! Möge der Herr jenen beistehen, die übel gehandelt haben!"

Degenar wusste nicht, was in ihn gefahren war, diese waghalsige Anspielung auszusprechen. Er konnte an Walrams Anspannung spüren, dass der die Bedeutung seiner Worte verstanden hatte. Ruriks Blick hingegen ließ Degenar in völliger Ungewissheit, ob er begriffen hatte. Bevor der Abt noch ein Unheil durch weitere unüberlegte Drohungen anrichten konnte, ließ er die Zügel los, schlug dem Pferd kräftig auf den Hals, dass es seitlich auswich und die ersten Schritte auf das Tor zu machte. Der Sachwalter ließ sein Pferd laufen und ignorierte Degenars Worte. Auf sein Zeichen setzte sich der Tross in Bewegung und Rurik führte sein Gefolge aus dem Klosterhof.

Mit schwelender Wut schritt Degenar jetzt auf Walram zu, der Rurik entgeistert nachschaute, als wolle er ihm noch etwas Wichtiges mitteilen. Der Abt konnte sich denken, um was es sich handelte. Unter dem Lärm des ausziehenden Gefolges sprach er so zu Walram, dass nur der seine Worte vernehmen konnte.

„Das alles habt allein Ihr zu verantworten, ehrwürdiger Prior. Ihr dürft Euch deshalb ganz besonders um Drogo kümmern. Schließlich wart Ihr doch so darauf aus, dieses Abkommen zu besiegeln. Hoffentlich wurde das Kloster dabei nicht übervorteilt!" Beinahe verächtlich drückte er Walram die Urkunde in die Hand und fuhr fort: „Ich erwarte, dass dieser Junge sich zu beherrschen lernt. Falls nicht, so wird Drogo das gleiche Strafmaß wie jeder andere Novize erfahren, ganz gleich wessen Sohn er ist. Solltet Ihr dieser Aufgabe nicht gerecht werden, so werde ich auch Euch gegenüber keine Nachsicht walten lassen. Habt Ihr mich verstanden?"

Walram starrte noch immer dem Staub aufwirbelnden Tross nach und wirkte, als habe er den Abt nicht vernommen.

„Habt Ihr mich verstanden, Prior?" fragte Degenar erneut, aber mit mehr Nachdruck.

Erst jetzt reagierte Walram, wie einem Traum entrissen. „Ja ... ja, gewiss doch."

„Dann wisst Ihr auch, was zu tun ist!“

Degenars letzte Worte klangen, als wolle er dem Prior eine schwere Last vor die Füße werfen, die man ihm selbst auferlegt hatte. Er hatte den grobschlächtigen Jungen nicht in das Kloster aufnehmen wollen. Sollte sich doch Walram darum kümmern, in all seinem Eifer.

Der Abt machte kehrt, um sich in seine Räumlichkeiten zurückzuziehen. Dabei schoss ihm ein Gedanke durch den Kopf, der ihm bis dahin fremd gewesen war: Wenn der Sohn des Sachwalters, des möglicherweise bald neuen Grafen, in seinem Kloster untergebracht war, würde dies sicherlich Ruriks verstärkte Aufmerksamkeit zur Folge haben! Erneut überkam ihn eine Welle der Wut. Um ihren Ausbruch zu verhindern, eilte er in seine Gemächer, um dort die notwendige Ruhe im Gebet zu finden.

Walram befand sich als einziger noch auf dem Hof, nachdem der Tross ihn längst verlassen hatte. Er wirkte verloren und unsicher, als stelle er seine Bestrebungen in Frage, den jungen Drogo als Novizen aufzunehmen. War es tatsächlich so klug gewesen und wird es so vorteilhaft sein, wie er es sich erhoffte? Doch die Zweifel waren nur von kurzer Dauer, dann schüttelte er den Kopf, um einen klaren Verstand zu bekommen. Es gab einiges zu tun, schließlich bedurften zwei neue Novizen seiner ganz besonderen Aufmerksamkeit!

Es dauerte nicht lange und der Klosteralltag vereinnahmte Faolán voll und ganz. Zu Beginn hatte er einige Schwierigkeiten, sich an das zeitige Aufstehen und den kurzen, ständig unterbrochenen Schlaf zu gewöhnen. Doch nach einigen Wochen war ihm beides zur Selbstverständlichkeit geworden, wie so vieles in seinem neuen Leben bei den Benediktinern.

Für Faolán war der strikt geordnete Tagesablauf ein willkommener Halt. In der Bruderschaft fand er die Geborgenheit, die er dringend benötigte, auch wenn ihm das selbst nicht bewusst war. Dennoch fühlte er sich manchmal verloren und verlassen. Diese merkwürdige Einsamkeit fühlte sich an, als habe man ihn jemandem entrissen, als befände er sich jetzt in einem anderen, fremden Leben. Doch so sehr er sich auch zu erinnern versuchte, ihm kam kein anderes Leben in den Sinn als das in dieser Abtei.

Die Nächte im Kloster wurden ständig unterbrochen. Nicht nur durch die Andachten, an denen auch die jüngeren Novizen teilnehmen mussten, sondern auch durch Albträume, die ihn heimsuchten. Und ein besonderer Traum kehrte immer wieder.

In diesem Traum war Faolán von hohen Mauern eingekesselt. Hinter sich spürte er eine bedrohliche Hitze. Das hungrige Grollen eines lodernden Brandes dröhnte in seinen Ohren. Stets drehte er sich um und sah dann ein weit geöffnetes Tor in einem großen Gebäude, das von Flammen verzehrt wurde. Trotz des Feuers stand eine Gestalt regungslos in diesem Tor. Faolán wusste nicht, ob er die Person kannte, denn er sah nur ihre Silhouette. Er fürchtete sich vor den Flammen und wäre am liebsten davongelaufen, doch seine Beine weigerten sich, waren bleischwer. Zu seiner Verwunderung versuchte die Gestalt im Tor nie, dem Feuer zu entkommen. Sie blieb stehen und starrte in seine Richtung, als wolle sie ihm etwas mitteilen.

Dann begann sich das brennende Gebäude jedes Mal auf merkwürdige Weise von ihm zu entfernen. Er konnte nichts dagegen tun. Immer schneller verschmolzen Gebäude, Gestalt und Feuer zu einem rotglühenden Punkt, der schließlich im fernen Dunkel verschwand. Er selbst befand sich dann in vollkommener Schwärze und Stille, haltlos und allein.

Stets erwachte Faolán schweißgebadet aus diesem Traum. Tränen liefen dann über sein Gesicht, als könnten sie das bedrohliche Feuer in seiner Erinnerung löschen. In diesen Momenten war er froh, nicht allein zu sein, froh über die vielen Jungen im Schlafsaal des Noviziats, ihren gleichmäßigen Atem und das leise Schnarchen. Dies gab ihm Halt und tröstete ihn.

Wenn er wach lag und über seine schrecklichen Traumbilder nachdachte, sah er immer die schwarze Gestalt inmitten der Flammen. Immer öfter überlegte Faolán, ob es sich bei dem brennenden Tor vielleicht um die Pforte der Hölle handeln könnte. Ob in dem Tor der Leibhaftige selbst stand und auf ihn wartete. Er brauchte nur seine flammende Hand nach ihm auszustrecken, um ihn zu packen und zu sich zu holen. Bei dieser Vorstellung ergriff Faolán eine große Furcht, so dass er erleichtert war, wenn zur nächsten Andacht gerufen wurde.

Die Rituale der Gemeinschaft halfen Faolán, unangenehme Dinge zu verdrängen und unliebsamen Personen aus dem Weg zu gehen. Zu diesen gehörte auch der neue Novize Drogo. Seit ihrer ersten Begegnung auf dem Klosterhof blieb dessen Hass gegen Faolán unverändert.

Inzwischen hatte Faolán es aufgegeben, einen Grund für diese Feindschaft zu finden. Er konnte nur darauf bedacht sein, Drogo keinen Anlass zum Ausbruch seines Hasses zu geben. Er war freundlich und zuvorkommend, doch sogar das reizte Drogo. Der Sohn des Grafen, wie Drogo sich selbst betitelte, schlug die angebotene Freundschaft aus.

In seiner Ratlosigkeit blieb Faolán nur eins: Drogo zu meiden. Da es nicht möglich war, den selbst ernannten Grafensohn zur Vernunft zu bringen, war dies die einzige Möglichkeit, seinen täglich angedrohten Hieben zu entgehen. Faolán zog sich zurück. Er hoffte auf diese Weise sich keine weiteren Feinde zu machen. Freunde schaffte er sich dadurch allerdings auch keine und so wurde er ein Außenseiter, der stets die schützende Nähe eines älteren Novizen oder eines Mönches suchte.

Die Kunst, Drogo aus dem Weg zu gehen, beherrschte Faolán mit der Zeit immer besser. Drogo hingegen verstand es, in seinem neuen Umfeld immer einflussreicher zu werden. Er fand schnell Anhänger, die ihn wie getreue Hunde als ihren Herrn ansahen. Mit ihrer Hilfe begann Drogo Faolán das Leben schwer zu machen. Dem gelang es nicht immer, ihnen zu entkommen. Die Blessuren, die er bei solchen Zwischenfällen davontrug, waren so klein, dass sie von den Mönchen nicht bemerkt wurden. Anfangs konnte Faolán das noch ertragen. Doch schon nach wenigen Monaten hatte Drogo viele Verbündete, die Faolán stets im Auge behielten, ihm auflauerten und bei jeder Gelegenheit traktierten.

Statt sich geschlagen zu geben oder Hilfe bei den Mönchen zu suchen, nahm Faolán die Herausforderung an. Innerhalb kürzester Zeit lernte er die Möglichkeiten des Klosters zu seinem Vorteil zu nutzen. Er entdeckte zahlreiche Schleichwege, Abkürzungen und versteckte Löcher, die sonst nur Katzen und Ratten aufzusuchen schienen. In sie kroch er, wenn Drogos Anhänger nach ihm suchten.

Jedes Entkommen seines Opfers empfand Drogo natürlich als Schmach und persönliche Niederlage, die es bei der nächsten Gelegenheit unbedingt auszugleichen galt. Wie eine Scharte auf einer sonst makellosen Klinge wollte er sie um jeden Preis auswetzen. Entsprechend wurde Faolán malträtiert, wenn er seinen Häschern das nächste Mal in die Hände fiel.

Inzwischen war es Herbst geworden, und Faolán kam mit diesem Katz- und Mausspiel gut zurecht. Es ging ohnehin meist zu seinen Gunsten aus. Die Verfolgungen hatten aber auch Grenzen, denn schließlich mussten die Novizen vielen Pflichten und Aufgaben nachkommen.

Faolán hatte das unsägliche Glück, dem Kellermeister zur Hand gehen zu dürfen. Bruder Ivo zählte zu den liebenswerteren Mönchen der Abtei, und Faolán mochte ihn sehr. Soweit er es zu beurteilen vermochte, beruhte dies auf Gegenseitigkeit. Da Faolán noch immer so gut wie kein Wort sprach, wurde er von vielen der Mönche und älteren Novizen als einfältig und zurückgeblieben angesehen. Nicht so von Bruder Ivo. Der Cellerar wusste ihn zu schätzen und behandelte ihn wie jeden anderen Novizen.

Die Verschwiegenheit des Jungen glich Bruder Ivo mit einer für Mönche ungewöhnlichen Redseligkeit aus, obwohl er damit gegen das Schweigegebot verstieß. Faolán mochte die sonore Stimme des Mannes. Sie beruhigte ihn, ähnlich wie das Lesen der Psalmen oder die Gesänge der Mönche. Nicht zuletzt aus diesem Grund fühlte er sich in der Gegenwart des Cellerars wohl.

Schweigen war im Kloster die meiste Zeit geboten. Nur während des Unterrichts oder wenn gefragt, durften die Novizen sprechen. Dieser Unterricht wurde täglich abgehalten. Die Jungen wurden von den Mönchen zwischen den Andachten in allen Bereichen des Wissens und des Glaubens unterwiesen. Dabei galt es hauptsächlich, den Worten der Älteren zu lauschen und von ihrer Weisheit zu lernen. Nur wenn ein Novize gefragt wurde, durfte er eine möglichst kluge und knappe Antwort geben. Es war verboten, die kostbare Zeit mit ahnungslosem Gestammel zu vergeuden oder mit Dummheit und Unwissen den Lehrenden zu beleidigen. Wer sich erlaubte, mit Scherzen die Aufmerksamkeit und das Gelächter der anderen auf sich zu ziehen, wurde unverzüglich und hart bestraft.

Auf diese Weise wurden die Novizen zu größerer Vorsicht im Umgang mit ihrem Mundwerk erzogen. Prior Walram predigte seinen Schülern immerzu, dass Gott nichts mit größerer Abscheu betrachte, als sinnlose Geschwätzigkeit. Sie wäre eine Vergeudung des Tages. Ein Diener des Herrn solle seine Zeit sinnvoll in Demut und Andacht verbringen. Faolán hatte mit dieser Klosterregel keinerlei Schwierigkeiten, stumm wie er die meiste Zeit war.

Doch gerade aus diesem Grund wurde für ihn der tägliche Unterricht eine schwere Prüfung, denn auch hier hüllte er sich in Schweigen. Er beantwortete nicht einmal die einfachsten Fragen. Obwohl ihm die Antworten meist korrekt auf der Zunge lagen, konnte er sie schlicht nicht aussprechen. Das förderte zusätzlich die

Meinung, Faolán sei mit Dummheit geschlagen. Einige der Mönche hielten ihn bereits nach kürzester Zeit für einen hoffnungslosen Fall und ignorierten ihn in ihrem Unterricht.

Der Novize wusste nicht, weshalb er schwieg. Er hatte keinerlei Schwierigkeiten, die Tiefen der Arithmetik, der Sprachen und der Theologie zu begreifen. Und doch öffneten sich seine Lippen nicht, wenn man ihn darauf ansprach. Natürlich nutzte Drogo Faoláns Schweigen jedes Mal, um ihn als Beschränkten lauthals zu verspotten, auch wenn er selbst dafür bestraft wurde.

Das Schweigegebot hatte dazu geführt, dass die Mönche eine andere Form der Verständigung ausübten. Im Laufe vieler Dekaden hatten die Brüder eine ausgeklügelte Zeichensprache entwickelt, die es jedem erlaubte, tägliche Belange zu äußern, ohne auch nur ein Wort zu sprechen.

Auch Faolán erlernte die Zeichen und Gesten schnell, wandte diese Form der Mitteilung aber nicht an. Deshalb trauten die Mönche ihm auch nicht zu, sie auf diese Weise zu verstehen, und bedienten sich gerade deshalb in seiner Gegenwart unverhohlen dieser Art der Mitteilung. So entwickelte Faolán ein geschultes Auge für Hände, die aus den weiten Ärmeln der Habite kurz hervorschauten und ein „Gespräch“ begannen. Sofort suchte er das antwortende Händepaar und wurde auf diese Weise oftmals unbemerkter Zeuge einer stummen Unterredung, bei der er vieles über die Mönche und Novizen erfuhr: Eigenarten und Vorlieben, welche Verhältnisse und Kräfte im Kloster herrschten und dass es auch Rivalitäten gab.

Faolán fühlte sich nur in Gegenwart zweier Mönche wohl: Der eine war der Kellermeister und der andere Abt Degenar selbst. Und in die Nähe des Abtes gelangte der Novize öfter, als er zunächst geglaubt hatte. Das Klosteroberhaupt hatte es sich nämlich zur Aufgabe gemacht, die Novizen einzeln in seine Räumlichkeiten zu beordern und Gespräche mit ihnen zu führen. Er glaubte, auf diesem Wege die Beschaffenheit ihrer Seelen und ihres Geistes ergründen, sie auf ihre Gläubigkeit prüfen und sie dadurch zu guten Mitgliedern der Gemeinschaft heranziehen zu können. Ein wichtiger Aspekt für Degenar, dessen Novizen zum Großteil einmal das Mönchsgelübde ablegen und weiter in seiner Abtei leben würden.

Viele der jüngeren Novizen hatten großen Respekt oder gar Angst vor diesen Gesprächen. Ältere Novizen nutzten diese Unsicherheit oft und schürten die Angst noch zusätzlich mit den schlimmsten Lügengeschichten darüber, was sich in den Gemächern des Abtes alles zutragen würde.

Faolán hingegen hatte man darüber niemals etwas erzählt. Er galt als zu beschränkt, als dass man sich mit ihm einen Spaß hätte machen können. ‚Wer nicht einmal unter Drogos Pein weint oder bei einem Scherz nicht lacht, dem kann man auch keine Furcht vor dem Abt einflößen‘, sagten sie sich und ließen Faolán in Ruhe.

Als er dann das erste Mal zum Abt gerufen wurde, begab er sich völlig unbedarft auf den Weg zum Klosteroberhaupt. Er war von diesem ersten Gespräch sehr angetan, denn es war wie ein interessanter Einzelunterricht. Faolán verstand nicht, weshalb die anderen Novizen ein solches Aufsehen um diese Gespräche machten, denn er genoss sie regelrecht.

Jedes Mal, wenn Abt Degenar nach ihm verlangt hatte, wurde Faolán nach einem zaghaften Klopfen an die Türe der Abtsgemächer sogleich hereingebeten. Respektvoll betrat er dann die schlichte Kammer, die Degenar als Schreib- und Lehrstube diente. Geduldig wartete er, angesprochen zu werden. Es kam öfter vor, dass er recht lange warten musste, denn der Abt war immer beschäftigt und blieb in seine Gedanken und Aufgaben vertieft, bis er sie abgeschlossen hatte.

Danach aber widmete sich der Abt ganz seinem Novizen, und es begann ein Gespräch über ein beliebiges Thema. Es war immer ein anderes, und niemals baute eine Lehrstunde auf einer vorherige auf. Das eine Mal sprachen sie über die Heilige Schrift, ein anderes Mal über Viehzucht und ein drittes Mal erkundigte sich der Abt einfach nur nach dem Wohlbefinden des Novizen. Nach jedem dieser Gespräche hatte Faolán das Gefühl, von Abt Degenar in Kürze mehr gelernt zu haben als von jedem anderen Mönch der Abtei. So konnte er es kaum erwarten, bis er wieder zu ihm gerufen wurde, denn all das neue Wissen sog Faolán durstig auf, wie trockene Erde einen Regenguss.

Drogo hingegen war das genaue Gegenteil von Faolán. Er war im Unterricht selten aufmerksam, brach oft das Schweigegebot und zeigte keinen Respekt gegenüber Älteren. Wenn er im Unterricht gefragt wurde, antwortete er entweder falsch oder gar nicht. In dieser Hinsicht war er keine Ausnahme. Die meisten Novizen hatten Schwierigkeiten, das Gelehrte zu behalten oder gar anzuwenden. Auch dabei erwies sich Drogo als eine Art Anführer, denn im Unwissen überbot er alle Novizen um ein gutes Maß. Allein das Lesen einer Bibelstelle war ein Graus für jedermanns Ohren und Geist, so stockend und falsch kam ihm das Griechisch oder Latein über die Lippen. Faolán konnte an Drogos ratloser Miene erkennen, dass der nichts von dem begriff, was er da las.

Die Leichtigkeit, mit der Faolán die Lehren verstand, entging auch Bruder Ivo und Abt Degenar nicht. Aus diesem Grund ernannten sie ihn schon nach kurzer Zeit offiziell zum Gehilfen des Cellerars. Zunächst bedeutete dies jede Menge neuer Pflichten, die alle ein hohes Maß an Konzentration von ihm abverlangten.

Faolán fühlte sich anfangs den neuen Anforderungen des Kellermeisters nicht gewachsen. Die Furcht, den Erwartungen des Mönches nicht gerecht zu werden, bereitete ihm sogar viele unruhige Nächte. Doch nach anfänglichen Schwierigkeiten entwickelte er zunehmend Geschick für diese Aufgabe. Bruder Ivo war stets an seiner Seite und erklärte Abläufe mehrfach, wenn Faolán die komplexen Zusammenhänge nicht gleich begriffen hatte.

Nachdem er seine Begabung unter Beweis gestellt, und die Anerkennung des Cellerars hatte, wurde er immer selbstbewusster in seinem Amt. Bruder Ivo registrierte es zufrieden und weitete das Tätigkeitsfeld seines Gehilfen langsam aus. Somit befand Faolán sich viele Stunden am Tag in der Gegenwart des Kellermeisters. Obwohl das für ihn viel Arbeit bedeutete, bot es doch zugleich Sicherheit vor Drogo. Nun begann für Faolán eine Zeit der Ruhe, in der er aufatmen konnte, statt immer um sich schauen zu müssen, ob Drogo ihm auflauerte.

Einzig an den Markttagen war es anders. Faoláns Ansicht nach gab es derer viel zu viele. Das Kloster stellte zwar viele Dinge des täglichen Bedarfs selbst her und die umliegenden Bauern entrichteten regelmäßig ihre Abgaben, dennoch mussten einige Waren außerhalb erworben werden. Das eigentliche Problem an diesen Tagen war natürlich nicht der Markt selbst, sondern vielmehr die Abwesenheit des Cellerars. Sein Gehilfe durfte nicht mit ihm fahren, sondern blieb ohne den Schutz des Meisters im Kloster. An diesen Tagen fand Drogo verstärkt Gelegenheiten, Faolán abzupassen. Der konnte sich dann nicht mehr, wie Drogo es gehässig ausdrückte, unter dem Habit des dicken Mönches verstecken.

Die Markttage schienen für Faolán daher ungewöhnlich lang zu sein und in Drogos derbem Spiel war er weniger erfolgreich als an gewöhnlichen Tagen. Faolán musste ständig auf der Hut und seinen Häschern immer einen oder zwei Schritte voraus sein, um ihnen entgehen zu können.

Es war an einem dieser langen Markttage, als Faolán über das Klostergelände streifte. Die Mönche waren zu einer außerordentlichen Kapitelsitzung einberufen worden und es schien, als hätten sie die Novizen darüber völlig vergessen. Niemand war mit ihrer Beaufsichtigung oder Unterrichtung betraut worden. Niemand hatte ihnen Arbeit auferlegt, weshalb die meisten der Knaben müßig gingen. Da kein Mönch in der Nähe war, musste sich Faolán bis zur nächsten Andacht in Sicherheit bringen und für Drogo unauffindbar sein.

Trotz der unübersichtlichen Größe der Klosteranlage, kannte Faolán sich inzwischen sehr gut aus. Als Neuling lief man Gefahr, sich zu verirren. Er hatte sich allerdings schnell einen Überblick verschaffen können und sich den systematischen Aufbau des Klosters schon nach wenigen Wochen eingeprägt. Die Gebäudeanordnung war ihm klar wie ein gemaltes Bild aus der Sicht eines Vogels.

Das Kloster glich einer kleinen Stadt, die von einer mannshohen Mauer und abgrenzenden Gebäuden umgeben und nur durch ein Tor erreichbar war. Wie eine urbare Insel lag es mitten im dichten Wald. Die Mauer war in dieser Einsamkeit nicht nur ein Schutz gegen räuberische Übergriffe, sondern vor allem gegen die weltlichen Versuchungen außerhalb des heiligen Bezirks.

In der Mitte der Anlage erhob sich das größte Bauwerk, die Klosterkirche, die sogar die Baumwipfel des Waldes überragte. Zugang erhielt man vom Klosterhof durch die sogenannte *große Himmelspforte*, oder durch eine Seitentür, die vom Kreuzgang aus erreicht werden konnte. Dieser grenzte an die nördliche Fassade, war allerdings den Mönchen vorbehalten. Mit dem Hauptportal im Westen, erstreckte sich die dreischiffige Kirche nach Osten, wo der Altarraum und die Apsis lagen. Der Haupteingang der Kirche wurde von zwei hohen, im Grundriss quadratischen Türmen flankiert, die Erhabenheit und Macht ausstrahlten.

Die Himmelspforte wurde nur an Sonn- und Feiertagen genutzt, wenn zu besonderen Anlässen Prozessionen einen imposanten Einzug erforderlich machten. Sonst verwendete die Gemeinschaft die Tür vom Kreuzgang her. Mit seinen umlaufenden Arkaden und dem Brunnen in der Mitte des kleinen Gartens, war diese offene Halle ein Ort der Stille und der Besinnung.

Vom Kreuzgang aus erschlossen sich viele weitere Bereiche des Klosters, unter anderem das großzügige Refektorium, die Küche der Mönche und das Skriptorium mit der darüber liegenden Bibliothek. Zu der blieb Faolán der Zutritt noch verwehrt, denn die Bücher und alle Schreibmaterialien waren viel zu kostbar, als dass man sie in Kinderhände geben durfte. Es gab noch viele weitere Gebäude im Zentrum des Klosters: der Schlafsaal der Mönche, die Räumlichkeiten des Abtes, das Noviziat mit seinen Lehrräumen und einige Wirtschaftsgebäude.

Über Flure und verwinkelte Gassen zwischen den Bauten konnte man die restlichen Gebäude des Klosters erreichen, die zum Teil frei und fernab der Kirche standen. Lager und Tierställe befanden im Osten, in unmittelbarer Nähe der meisten Wirtschaftsgebäude. Selbst hier kannte Faolán einige Ecken und Löcher, wo er sich vor seinen Widersachern verstecken konnte. Der Gestank in den Ställen war zwar widerlich, doch dafür suchten Drogos Anhänger hier nicht so eifrig nach ihm.

An jenem Markttag lief Faolán am Mönchsfriedhof mit den Obstbäumen vorbei, weiter zu den Gemüsegärten, die sich im Nordosten befanden, in Richtung Kräutergarten, der direkt an das Hospital anschloss. Gedankenversunken folgte er den weniger frequentierten Wegen, um sich vor Drogo zu verstecken.

Ungesehen gelangte er auf einen kleinen Hügel hinter dem Hospital, wo er sich niederließ. Zufrieden schaute er in die herbstlich bunten Kronen der Laubbäume, die sich jenseits der Klostermauer sanft im Wind wiegten. Faolán war allein. Weit und breit war niemand zu sehen. Das Rauschen des Windes trug seine Gedanken davon und er vergaß seine Umgebung. Ohne dass er es bemerkte, nahm er einen dünnen Ast und begann damit Linien in den sandigen Erdboden zu ritzen.

Nach einer Weile registrierte er, was er tat und erblickte ein scheinbar wirres Bild aus unregelmäßigen Strichen. Faolán betrachtete es genauer und erkannte mit

Freude ein Abbild der Klosterkirche im sandigen Boden. Erst vor kurzem hatte er seine Begabung für das Zeichnen entdeckt. Nachdem er die Illustratoren in der Schreibstube lange beobachtet hatte, begann er mit seinen ersten Versuchen. Da er weder Pergament noch Feder zur Hand hatte, waren seine ersten Bilder, wie auch jetzt, Zeichnungen im Sand gewesen. Schnell vergänglich und überall möglich. Erstaunt darüber, wie leicht es ihm selbst unbewusst von der Hand ging, wollte Faolán dieses Talent als sein Geheimnis hüten.

Weshalb er das wollte, wusste er nicht. Vielleicht wollte er die besondere Befriedigung, die er bei einem gelungenen Bild empfand, mit niemand teilen. Die Freude darüber war nur seine eigene. Er wollte sie sich von keinem Menschen nehmen lassen, der es womöglich kritisieren könnte.

Gerade als Faolán das Abbild mit ein paar schnellen Bewegungen verwischen wollte, traf ihn etwas mit Wucht an der Stirn. Schmerz durchfuhr seinen Schädel und Flüssigkeit rann ihm in die Augen. Sogleich wischte er die klebrige Nässe weg, um sehen zu können, wer dafür verantwortlich war. Doch das war nicht notwenig, denn unmittelbar nach dem Treffer folgte jenes unverwechselbare, gehässige Lachen, das Faolán wohl vertraut war und nur eines bedeutete: Drogo hatte ihn aufgespürt!

Leise verfluchte Faolán seine Nachlässigkeit und wischte sich die Reste des Geschosses aus dem Gesicht. Es war ein halb verfaulter Apfel, dessen süßer Saft ihm nun im Gesicht und an den Händen klebte. Faolán erhob sich, um sich dem zu stellen, was jetzt folgen würde. Angespannt blieb er an Ort und Stelle stehen, und beobachtete Drogo, der langsam den kleinen Hügel heraufkam. Ein schadenfrohes Grinsen zeigte sich auf dessen Gesicht und Drogos Hände spielten mit einem weiteren Apfel. Es war nur eine Frage der Zeit, wann Faolán auch diesen zu spüren bekäme.

Oben angelangt, baute sich Drogo vor seinem Opfer auf, jederzeit bereit zuzuschlagen. Faolán versuchte die aufsteigende Angst zu unterdrücken. Seine Gedanken kreisten um die Frage, was Drogo als nächstes tun würde. Weit und breit war kein Mönch oder älterer Novize zu sehen, der ihn hätte schützen können. Faolán war verloren!

Angsterfüllt suchte er nach einem Ausweg. Während er langsam zurückwich, erkannte er ein weiteres Unheil: Zwei von Drogos Handlangern! Sie warteten am Fuße des Hügels, versperrten den Abhang und verhinderten so jede Flucht. Nur wenige Schritte hinter Faolán befand sich die Klostermauer. Es gab keine Möglichkeit zu entkommen. Wie in seinem Albtraum war er eingekesselt.

„Die kleine Ratte hat endlich mal eines ihrer Löcher verlassen! Oder hast du etwa geglaubt, ich hätte aufgehört, nach dir Ausschau zu halten? Du bist wohl etwas übermütig geworden, was? Oder warst du einfach nur gutgläubig und dumm, wie immer?“, höhnte Drogo.

Faolán ließ sich zu keiner Antwort hinreißen.

„Willst du mir nicht antworten oder hast du meine Fragen nicht verstanden? Dumm und stumm wie immer, nicht wahr?“

Drogo schaute den Hang hinab, zu seinen Mitläufern, um sich ihrer Zustimmung zu versichern. Wie auf ein vereinbartes Zeichen hin begannen sie kurz und laut aufzulachen. Es war ein einstudiertes Lachen, dem jede Heiterkeit fehlte und nur Drogo zufrieden stellen sollte. Selbstgefällig widmete der sich wieder seinem Opfer: „Du solltest inzwischen wissen, wen du vor dir hast. Wenn ich dich etwas frage, so hast du mir Rede und Antwort zu stehen! Andernfalls muss ich es als Missachtung der Obrigkeit deuten. Du hast zu tun, was ich dir befehle! Schließlich bin ich der Sohn des Grafen.“

„Bist du nicht!“, protestierte Faolán überraschend. Dem selbst ernannten Grafensohn stand der Mund offen. Ungläubig starrte er den schwächlichen Knaben vor sich an. Mit einer Widerrede hatte er nicht gerechnet.

„Was hast du da eben gesagt?“, fragte Drogo wütend, obwohl er und sein Gefolge nur zu gut verstanden hatten. Die beiden Getreuen waren ebenfalls überrascht und wussten nicht, was sie von Faoláns Ausspruch halten sollten.

Drogo berappelte sich schnell wieder. „Das nennt man Aufsässigkeit gegen den Dienstherrn. Dagegen gibt es nur ein Mittel: Bestrafung!“

Faolán wich einen Schritt zurück, als Drogo auf ihn zukam und dabei mit seinem Fuß auf die Zeichnung im Sand trat. Er entdeckte sie erst jetzt. Schnell hob er sein Bein, als sei er in einen Haufen Dung getreten.

Verwundert beugte er sich nach vorne und starrte auf die Linien, die für ihn keinen Sinn zu ergeben schienen. Erst als er seinen Kopf drehte, erkannte er das Abbild der Klosterkirche. Für einen kurzen Augenblick gab sein Gesichtsausdruck Überraschung und auch Bewunderung preis, doch dann zeigte es wieder Hass und Hohn. „Ich wusste gar nicht, dass wir einen neuen Illustrator in unserer Abtei haben!“

Drogo stimmte ein sicheres Lachen an, als habe er soeben die humorvollste Bemerkung seit Anbeginn des Klosters von sich gegeben. Da seine Anhänger das Abbild im Sand jedoch nicht sehen konnten, wussten sie nicht, was Drogo meinte. Statt johlender Zustimmung erntete Drogo diesmal nur fragende Blicke. Sein eigenes Lachen erstarb daraufhin wieder. Schlagartig zogen sich seine Mundwinkel wütend nach unten.

„Ein Illustrator willst du also sein, ja? Ich muss dich enttäuschen. Daraus wird wohl nichts. Wer will schon einen kleinen, schwächlichen Aufsässigen in kostbare

Bücher schmieren lassen? Nein. Dein Platz ist in den Rattenlöchern des Kellers und dort wirst du auch bleiben.“

Dann trat Drogo immer wieder nach der Zeichnung, als würde er den Urheber selbst treten. Sand stob nach allen Seiten, und bald befand sich statt des Abbilds nur noch ein Loch in der weichen Erde.

„Soviel zu deinen Träumen, kleine Ratte!“ Drogo spuckte verächtlich aus und schritt über das Loch hinweg auf Faolán zu. „Und jetzt wieder zu dir!“

Wütend ließ er den zweiten Apfel fallen, ballte seine Fäuste und holte zum Schlag aus. Faolán konnte nicht weiter zurück. Er stand bereits direkt vor der Mauer. Nur noch wenige Herzschläge und er würde die harten Fäuste in seiner Magengrube spüren. Er machte sich auf alles gefasst. Jeder einzelne seiner Muskeln spannte sich an. Seine Arme hatte er schützend vor Brustkorb und Gesicht erhoben, um wenigstens den ersten Schlag abfangen zu können.

Doch bevor Drogo seinen ersten Treffer landen konnte, vernahm Faolán einen merkwürdig dumpfen Laut und ein Stöhnen. Er traute seinen Augen nicht: Drogo lag vor ihm auf der Erde und wälzte sich mit schmerzverzerrtem Gesicht. Was war geschehen? Verwirrt blickte Faolán sich um, ob Drogo über eine Wurzel oder einen Stein gestolpert war, doch nichts war zu sehen. Hatte Gott ihn am Ende gar selbst niedergestreckt?

Drogo schüttelte benommen seinen Kopf. Er rieb sich die eine Seite, wo ihn etwas getroffen hatte. Faolán suchte danach, und da bemerkte er einen Apfel, der hüpfend den Hügel hinunterkullerte. Im Vergleich zu Drogos Geschoss war dieser größer und härter. Noch bevor Drogos Wachhunde begriffen, weshalb ihr Anführer zu Boden gegangen war, wurden auch sie zu Zielscheiben. In schneller Abfolge prasselten Äpfel auf sie nieder. Durch Drogos Sturz und die anhaltende Attacke verunsichert, zogen sich die beiden Novizen schnell zurück, statt ihrem Anführer zur Hilfe zu eilen. Feige suchten sie das Weite.

Verblüfft sah Faolán zu. Er konnte es kaum glauben, aber Drogo lag tatsächlich zu seinen Füßen und dessen Hörige wurden in die Flucht geschlagen. Ruriks Sohn war zum ersten Mal auf sich allein gestellt, und Faolán schien zum ersten Mal einen Verbündeten zu haben.

Als Drogos Hunde verschwunden waren, tauchte aus dem Buschwerk zwischen den Apfelbäumen ein unbekannter Novize auf. Der Größe nach zu urteilen, musste er etwa in Faoláns Alter sein. Es war nicht zu erkennen, wer dieser Novize war, denn er trug die Kapuze seiner Kukulle tief ins Gesicht gezogen. Mit festen Schritten erklomm er den Hügel. In einer Hand trug er einen Stab, den er wie einen Wanderstab nutzte. Wäre er nicht ein Knabe gewesen, so hätte man glauben können, ein Pilger käme daher. Der Unbekannte erreichte die Kuppe und blieb dort selbstbewusst stehen, als gehöre ihm dieser Flecken Erde.

Inzwischen war Drogo wieder Herr seiner Sinne und hatte sich erhoben. Es irritierte ihn sichtlich, so einen selbstsicheren Novizen vor sich zu haben. Ihm wurde klar, dass er erst diesem unbekannten Aufsässigen eine Lehre erteilen musste, bevor er sich um Faolán kümmern konnte. Seine Stirn legte sich zornig in Falten und sein ganzer Körper spannte sich an. Er sah aus, als wolle er seine ganze Kraft an diesem Novizen auslassen. Seine Hände ballten sich langsam und sein Atem ging schnell und stoßweise.

Doch das beeindruckte den Fremden nicht im Geringsten. Er hielt sein verhülltes Haupt gesenkt, als wolle er seine Identität nicht preisgeben. Er stützte sich gelangweilt auf seinen Stab, was Drogo als eine Provokation empfand.

„Was glaubst du eigentlich, wer du ...", schrie er los. Weiter kam er nicht. Eine blitzschnelle Bewegung des Fremden hinderte Drogo, seine Frage zu beenden. Mit flinker Hand schwang der unbekannte Novize seinen Stab so schnell, dass Faolán ihm kaum folgen konnte. Überraschung stand auch Drogo ins Gesicht geschrieben, als ihn der erste Hieb in die Magengrube traf und er nach vorne zusammensackte. Der zweite landete auf seinem Rücken. Leise stöhnend krümmte sich Drogo im Sand.

Sein Bezwinger beugte sich zu dem nach Atem ringenden Novizen hinunter und sprach mit leisen, eindringlichen Worten: „Glauben sollten wir in erster Linie an den Herrn! Und ich weiß ganz genau, wer ich bin. Außerdem weiß ich auch, wer du bist, Drogo, Ruriks Sohn. Spare dir also deine überflüssigen Worte über Herkunft, Stand oder angeblichen Einfluss. Es hat keinerlei Bedeutung in diesem Kloster, denn hier bist auch du nur ein kleiner Novize. Wichtiger für dich ist zu wissen, dass ich zwei gute Augen besitze. Eines davon wird in Zukunft auf dich und das andere auf den Novizen gerichtet sein, dem du dich gerade widmen wolltest. Solltest du dich wieder einmal in seiner Nähe befinden, so erinnere dich an das, was dir eben widerfahren ist!"

Mit einer Handbewegung schlug der fremde Novize seine Kapuze zurück und entblößte sein Haupt mit kurzem blonden Haar und einem hageren Gesicht. „Überlege dir also in Zukunft genau, wem du Schläge verabreichen willst. Sollte es dieser Novize hier sein, so rechne stets mit mir! Hast du mich verstanden?"

Immer noch damit beschäftigt, wieder zu Atem zu kommen, gab Drogo keine Antwort. Der fremde Novize gab sich damit nicht zufrieden. Das Stabende drückte auf Drogos Schultern, dass der noch einmal ganz zu Boden gepresst wurde. Der Atem entfuhr ihm und blies Staub und Dreck in seine Augen. Verzweifelt wand sich Drogo unter dem Holz, um sich zu befreien, doch sein Bezwinger war stärker.

„Ob du mich verstanden hast?", wiederholte der Fremde seine Frage.

Faolán sah Tränen in Drogos Augen, doch er wusste nicht ob sie vom Schmerz, vom Staub oder seiner Wut herrührten. Als der Druck des Stabes noch einmal stärker wurde, war von Drogo ein zaghaftes „Ja“ zu vernehmen. Dabei bekam er auch noch Dreck in den Mund. Um ihn auszuspucken, versuchte er sich etwas vom Boden zu stemmen. Damit war der fremde Novize allerdings nicht einverstanden und drückte ihn wieder nach unten.

„Kannst du nicht etwas lauter sprechen, damit wir dich alle verstehen?“

„Ja“, rief Drogo schließlich wütend die gewünschte Antwort.

„Schön, dann wäre alles geklärt. Du darfst jetzt gehen.“

Drogo wurde freigegeben. Er kniete sich mühselig hin, schnappte nach Luft und rieb sich die Augen. Danach spuckte er den Dreck aus seinem Mund. Er wollte dabei die Füße seines Peinigers treffen, was dieser jedoch mit einem flinken Schritt zur Seite zu verhindern wusste. Sofort brachte der Fremde seinen Stab vor Drogos Gesicht. Das reichte aus um klar zu machen, dass er solche Versuche in Zukunft unterlassen sollte.

Zorn wallte in Drogo auf. In diesem Zustand war der bullige Novize am gefährlichsten und Faoláns innere Stimme ermahnte ihn, endlich davonzulaufen. Doch er blieb. Im Augenblick war Drogo der Unterlegene. Trotzdem ließ der sich nicht davon abhalten, dem Fremden provokant ins Gesicht zu starren, als wolle er ihn zu einer Revanche herausfordern.

Der blonde Junge war nach wie vor unbeeindruckt. „Ich sagte, du darfst jetzt gehen. Muss man dir alles zweimal sagen, bevor du es begreifst? Oder bist du nur zu schwach, um selbst zu gehen? Warte, ich werde dir behilflich sein ...“

Unerwartet sanft fuhr der Stab unter eine von Drogos Achselhöhlen und half ihm, sich aufzurichten. Der kräftige Novize sah dabei aus wie eine hilflose Puppe. Als er aufrecht dastand, vollzog der Stab eine kleine Drehung und versetzte ihm einen leichten Stoß. Das brachte ihn aus dem Gleichgewicht. Mit rudernden Armen versuchte er sich auf den Beinen zu halten, als er den Hügel hinab stolperte.

Von der Kuppe aus schauten die beiden Novizen zu, wie der sonst so aufrechte und selbstbewusste Drogo nur mit Mühe einen Sturz verhindern konnte. Es war ein komischer Anblick und Faolán konnte sich ein Lachen nicht verkneifen. Unten angekommen wischte sich Drogo erst den Staub von Gesicht und Habit, dann richtete er seinen zornigen Blick nach oben. Aus sicherer Entfernung wagte er noch eine Drohung:

„Das werdet ihr noch bereuen! Dafür werde ich euch beide bluten lassen. Das verspreche ich euch!“

Der Fremde rief selbstbewusst seine Antwort. „Gut! Ich werde freudig auf diesen Tag warten. Doch versprich nichts, was du nicht einhalten kannst. Sei ab heute besser auf der Hut, denn wir werden uns in Zukunft öfter begegnen.“

Drogo wagte keine weitere Bemerkung mehr. Er kehrte den beiden Novizen auf dem Hügel den Rücken und zog mit erhobenem Haupt und beschmutztem Habit in gleicher Richtung davon wie schon seine, heute etwas weniger treuen, Hunde zuvor.

Als er nicht mehr zu sehen war, drehte sich der fremde Novize mit einem zufriedenen Grinsen Faolán zu.

„Das ging ja leichter als ich gedacht hatte. Ich bin Konrad und seit heute Novize dieser Abtei."

Faolán fragte sich, warum einem neuen Novizen erlaubt wurde, frei über das Gelände zu streifen und sogar einen Stab zu tragen, der ihm als Waffe diente. Aber er war froh um diesen Umstand und freudig sah er Konrad in die Augen.

„Ich danke dir für deine Hilfe. Man nennt mich Faolán."

Konrads Lächeln wurde noch breiter. „Ich hasse Großmäuler wie Drogo. Allein sind sie feige und harmlos. Deshalb schicken sie andere vor, die sich die Hände schmutzig machen. Wahrscheinlich muss er jetzt erst einmal seine Brueche waschen, so wie er davongezogen ist."

„Da könntest du Recht haben! Wahrscheinlich war sie randvoll!"

Die beiden schauten sich an und brachen gleichzeitig in schallendes Gelächter aus. Faolán spürte, wie seine Anspannung wich. Und er bemerkte noch etwas: Zum ersten Mal konnte er sich eine Freundschaft zu einem anderen Novizen vorstellen.

* * *

Die ersten Blätter fielen von den Bäumen und schwebten auf den Waldboden nieder. Ab und an wirbelte ein Luftzug sie wieder auf, und Svea versuchte, sie fröhlich lachend einzufangen. Sie liebte es, allein durch den Wald zu streifen. Ihr Vater hatte ihr diesen Sommer endlich erlaubt, das Dorf ohne ihre Brüder zu verlassen. Natürlich nicht zu ihrem Vergnügen, sondern um die beiden Schweine durch den Wald zu treiben. Jetzt, da die Eicheln zuhauf auf der Erde lagen, war es die einfachste Art, die Tiere zu mästen.

Sveas Vater, Ulf, war ein armer Bauer, der selten ausreichend zu essen für seine Kinder im Haus hatte. Stets klagte er über die hohen Abgaben an den Grafen aber auch über die fahrenden Händler auf dem Markt, die ihm mit ihren Preisen den Handel verpatzten. Wenn er im Sommer und Herbst seine Geschäfte abwickelte und seine überschüssigen Erträge getauscht oder verkauft hatte, sahen seine Kinder nicht viel vom Erlös. Weder gab es dann mehr zu essen, noch Schuhwerk oder Kleidung.

Svea bezweifelte allerdings, dass ihr Vater bei seinen Geschäften schlecht davonkam. Sie hatte schon einmal heimlich beobachtet, dass Ulf ein paar Münzen in einem Säckchen bei sich trug, sorgfältig in ein Tuch gewickelt, damit sie beim Gehen nicht klimperten. Svea wusste nicht, was er damit vorhatte. Sie vermutete aber, dass er sie für diese Gertha benötigte, die er umwarb. Wenn auch nicht reich, so war er doch immerhin ein freier Bauer, der sich mit Fug und Recht nach dem Tode seiner Gemahlin ein zweites Eheweib nehmen durfte. Gertha schien auf seine Bemühungen anzusprechen. Das war der Grund, weshalb sie und Ulf seit dem letzten Pfingstfest immer wieder miteinander gesehen worden waren.

Gertha war, wenn auch keine hübsche, zumindest eine junge Frau und Ulf schien sie sehr zu begehren. Svea mochte sie nicht, denn in ihr sah sie einen der Gründe, weshalb sie meist hungrig zu Bett gehen musste. Würde ihr Vater sich mehr um seine Kinder kümmern statt um diese Frau, die ihm noch weitere gebären würde, so könnte es ihnen allen besser gehen. Zumindest glaubte Svea das.

Seit Georg den kleinen Hof verlassen hatte, um mit Elisabeth seine eigene Familie zu gründen, hatte sich viel geändert. Eigentlich hegte Svea keinen Groll gegen das Weib ihres Bruders. Doch allein die Tatsache, dass sie ihr Georg weggenommen hatte, war Grund genug sie nicht zu mögen. Obwohl Elisabeth immer freundlich zu ihr war, besuchte Svea ihren Bruder nur, wenn sie nicht anwesend war. Nur dann, so glaubte sie, würde Georg sich ihr voll und ganz widmen, so wie er es früher immer getan hatte.

Georg war es auch, der Svea am häufigsten von ihrer Mutter erzählte. An Freya konnte sie sich natürlich nicht erinnern. Aber Georg hatte schon oft von ihrer Geburt berichtet: wie schwer sie war und dass ihre Mutter kurz darauf gestorben war. Sie hatten für Svea im Dorf eine Amme gefunden, und eine wilde Frau aus den Wäldern war oft bei ihnen gewesen. Diese Wilde kümmerte sich um Svea, bis in ihren zweiten Sommer hinein. Das Mädchen hatte allerdings keine Erinnerungen mehr an diese Frau, deren Name auszusprechen Ulf verboten hatte.

In Sveas Erinnerung waren es vor allem ihre drei Brüder, Georg, Thorben und Brun, die sie umsorgt hatten. Weil die beiden älteren sich mehr um den Hof und die Felder kümmern mussten, hatte Brun oft mit ihr gespielt, sobald es seine Pflichten auf dem Hof erlaubten.

Georg hatte sie eher wie eine Tochter behandelt. Wenn Svea ihn jetzt in seinem kleinen Häuschen besuchte und ihn mit seinen eigenen Kindern sah, dachte sie oft an die Zeit, als sie noch auf seinem Schoß sitzen durfte. Manchmal nahm er sie auch heute noch auf den Arm und warf sie in die Luft, obwohl sie inzwischen bereits sieben Jahre zählte. Für solche Albereien seien kein Platz mehr, schimpfte ihr Vater stets, wenn er es sah. Das hielt Georg aber nicht davon ab, es dennoch zu tun und bevor er Svea nach Hause schickte, steckte er ihr meist noch einen Kanten Brot zu, den sie heimlich aufaß, bevor Ulf es ihr wegnehmen konnte.

Ihr Vater gönnte ihr nichts. Zwar gab er Svea zu essen, doch nie soviel, dass es sie sättigte. Sie arbeite nicht hart genug auf dem Hof, meinte er immer, da bräuchte sie auch nicht so viel zu essen wie seine Söhne. Die wurden zwar auch nicht satt, bekamen aber hin und wieder ein Lob, wenn sie ihre Arbeit nach Ulfs Vorstellungen verrichteten.

Immer wieder fragte sich Svea, weshalb ihr Vater sie mit Missachtung strafte. Eines Tages kam sie zu dem Schluss, dass er sie für den Tod seines Weibes verantwortlich machte. Er hatte es zwar nie ausgesprochen, doch an der Art und Weise, wie er Svea manchmal anschaute, spürte sie, was er über sie dachte: Sie war eine Last auf dem Hof. Ein weiteres Maul zu stopfen, das bei der Arbeit nicht helfen konnte. Sein Weib hatte wenigstens noch bei der Feldarbeit mit angepackt, doch Svea war nicht einmal in der Lage gewesen, die Schweine in den Wald zu treiben. Ihre Beine seien zu kurz und zu langsam, neckte Brun sie immer.

Bisher! Denn seit diesem Sommer hatte sich Ulf auf Georgs Anraten dazu durchgerungen, Svea endlich die beiden Schweine anzuvertrauen. Wenn auch widerwillig. Unter Androhung von Hieben, sollte sie die Schweine im Wald verlieren, überließ er ihr schließlich die Rute. Brun, der das Privileg der Mast bisher innehatte, brachte ihr dann alles bei, was man als Schweinehirt wissen musste. Svea begriff schnell und so fühlte sie sich schon nach kurzer Zeit in der Lage, die beiden Tiere allein in den Wald zu treiben.

Inzwischen war sie mit dieser Aufgabe so vertraut, dass sie keine Angst mehr hatte, die Sauen könnten ihr durchgehen. Sie hatte die Schweine nämlich gehorsam gemacht: mit Leckerbissen. Die hielt sie in ihrem eingeschlagenen Ärmelsaum bereit, um die Tiere bei sich zu halten. Mit der Zeit wussten sie genau, dass sie von ihrer Hirtin immer eine kleine Abwechslung zu den Eicheln erwarten konnten.

Svea liebte es, den Wald zu erkunden. Seit sie das Borstenvieh beaufsichtigen durfte, hatte sie dazu viel Zeit. Immer wieder entdeckte sie Neues: merkwürdige Felsen, Lichtungen mit schönen Blumen oder verborgene Bachläufe. Einmal hatte sie einen kleinen Weiher entdeckt, der direkt bei einer Quelle mitten im Wald lag. Niemand schien ihn zu kennen, denn sooft sie ihn auch aufsuchte, nie war ihr dort eine Menschenseele begegnet.

Heute streifte Svea wieder durch einen unbekannten Teil des Waldes. Hier gab es mächtige, alte Eichen, und die Schweine mussten nicht lange suchen, um sich sattfressen zu können. Während sie mit ihren Schnauzen den Waldboden durchwühlten, hielt Svea ihren Blick in die Baumkronen gerichtet. Unterholz war kaum vorhanden und die Strahlen der Sonne drangen spielerisch durch das Blattwerk.

In Gedanken versunken, folgte sie den Schweinen, bis sie plötzlich auf ein Dickicht stieß. Es war wie eine Barriere und Svea wunderte sich über das abrupte Auftauchen im sonst so lichten Wald. Sie wollte es umgehen, doch das Strauchwerk wollte nicht enden. Es schien, als umschließe es einen Ort.

Svea wurde neugierig. Sie forschte genauer und fand an einer Stelle schließlich den Anfang eines schmalen Pfades, der sich wie eine Passage durch die hohen

Büsche und an den jungen Bäumen des Dickichts vorbei wand. Aufgeregt trieb sie die Schweine dorthin, um das Geheimnis des Dickichts zu erkunden. Ihr Herz pochte schnell. Sie wusste nicht, was sie jenseits erwartete, und hoffte, die Tiere würden sie mit ihrem Quicken vor einer unangenehmen Überraschung warnen.

Es dauerte nicht lange und Svea trat aus dem Gestrüpp. Grelles Sonnenlicht blendete sie. Blinzelnd schaute sie sich kurz um. Sie befand sich am Rande einer Lichtung, auf der sie eine kleine, windschiefe Hütte neben zwei alten Eibenbäumen erblickte. Svea wagte sich zaghaft ein paar Schritte weiter. Neben dem kleinen Häuschen befand sich ein Kräutergarten, der gut gepflegt aussah. Sofort war ihr klar, dass hier jemand lebte. Sie fragte sich, ob der Bewohner im Augenblick in der Hütte wäre. Aber niemand war zu sehen oder zu hören. Vorsichtig ging Svea weiter. An einer Stelle der Lichtung entdeckte sie ein paar mächtige, schwarze Felsblöcke, die merkwürdig aussahen. Ihrem ersten Impuls, zu ihnen zu gehen, gab sie jedoch nicht nach. Ein Instinkt warnte sie davor, und sie hielt sich von ihnen fern.

Gerade als sie wieder nach ihren Schweinen schauen wollte, um sie von dem gepflegten Garten fernzuhalten, öffnete sich die Tür der Hütte. Svea erstarrte. Wer auch immer aus dem Haus treten mochte, sie war bereit, mit einem Spurt durch das Dickicht zu fliehen, auch wenn sie dafür die Schweine zurücklassen musste.

Als Svea eine alte Frau aus der Hütte treten sah, verwarf sie diesen Gedanken jedoch wieder. Die Alte lächelte, als sie Svea erblickte. Sie kam auf das Mädchen zu und sprach es mit freundlicher Stimme an:

„Willkommen auf meiner Lichtung. Wer bist du?“

„Svea“, antwortete das Mädchen schüchtern.

„Ich bin Alveradis. Was führt dich zu mir, Svea?“

„Ich ... ähm, die Schweine ... also, sie sind ... ähm ... sie sind mir durchgegangen, ja, und ich ... ähm ... ich wollte sie wieder einfangen. Wenn ich sie nicht nach Hause bringe, bekomme ich nämlich Schläge. Ich bin ihnen nachgelaufen und ... sie haben mich auf diese Lichtung geführt.“

Die Frau lächelte nun auf eine Art, als könne sie hinter die Worte des Mädchens blicken. Svea wurde unsicher. Die Augen der Alten schienen sie zu durchdringen. Aber ihre Worte beruhigten sie.

„Ich freue mich, dass du zu mir gefunden hast. Willst du mir beim Ernten meiner Kräuter helfen?“

Svea blickte verdutzt zu dem Garten. „Darf ich denn?“, fragte sie ungläubig. Ihr Vater hatte ihr noch nie viel Geschick bei irgendeiner Tätigkeit zugetraut.

„Weshalb nicht? Je früher du damit beginnst, umso leichter wird es dir später von der Hand gehen. Komm’, ich zeige es dir.“

Noch immer etwas skeptisch folgte Svea der alten Frau in den kleinen Kräutergarten. Nachdem sie zunächst nur Alveradis’ Erklärung gelauscht hatte, fand sie

Vertauen zu der Alten und begann schon bald selbst in den Beeten zu arbeiten. Sie schnitt die Pflanzen, wie sie es gezeigt bekam, und legte sie in einen Korb. Die vielen Kräuternamen konnte sie allerdings nicht behalten, doch das war ihr auch nicht so wichtig. Sie genoss vielmehr das Vertrauen, das ihr entgegengebracht wurde, und vergaß darüber ganz ihre Schweine, wie auch die Zeit.

Als die Schatten lang geworden waren, schrak sie auf.

„Oje, es ist schon spät. Ich muss nach Hause. Wahrscheinlich bekomme ich Schläge von meinem Vater."

„Keine Sorge, ich werde dir etwas mitgeben, das Ulf für deine Verspätung entschädigen wird."

„Du kennst meinen Vater?"

„Nicht nur ihn. Ich kenne auch deine Brüder. Und ich kannte deine Mutter."

Plötzlich ahnte Svea, wem sie die ganze Zeit geholfen hatte. Unsicher, ob sie darüber tatsächlich Gewissheit haben wollte, versuchte sie die Frage zu stellen: „Bist ... bist du etwa ... diese Frau, die ...?"

„Wenn du wissen willst, ob ich bei deiner Geburt geholfen habe: Ja, das habe ich. Ich bin eine Heilerin, und manche bezeichnen mich auch als weise Frau."

„Eine Heilerin ...", staunte Svea mit offenem Mund und betrachtete die Frau mit neuen Augen von Kopf bis Fuß. „Aber wenn du eine Heilerin bist, weshalb ...?"

Sie wagte diese Frage nicht zu Ende zu stellen. Doch Alveradis wusste, was Svea wissen wollte. „Meine Kräuterkunde hat zwar schon so manchen Kranken wieder auf die Beine geholfen, bei deiner Mutter war ich jedoch machtlos. Sie war zu schwach und die Blutungen waren zu stark. Deine Mutter konnte ihren letzten Kampf nicht gewinnen."

„Dann ist es also wahr?", fragte Svea betrübt.

„Was soll wahr sein?"

„Dass ich am Tode meiner Mutter schuld bin?"

„Wer hat dir denn das erzählt?"

Svea antwortete nicht, sondern starrte nur traurig auf den Erdboden. Alveradis ahnte, an wen Svea dachte und wurde zornig. „Dieser Ochsenkopf von einem Mann! Wenn ich Ulf das nächste Mal sehe, werde ich ihm verbieten, dir solche Lügen zu erzählen."

Nachdem sie ihrem Unmut Luft gemacht hatte, kniete sich die Heilerin vor Svea nieder, strich ihr zärtlich über die Wange und tröstete sie: „Svea, mein Kind, du trägst am Tod deiner Mutter keine Schuld. Niemand trägt hierfür die Schuld. Es ist geschehen. Niemand konnte es verhindern. Trage nicht solch schwere Gedanken in dir. Hör mich an: Du solltest wissen, dass dich deine Mutter immer geliebt hat."

„Aber sie hat mich doch gar nicht gekannt. Sie ist doch gleich nach meiner Geburt gestorben."

„Das stimmt. Aber vorher hat sie dich lange Zeit unter ihrem Herzen getragen. Näher kann man seiner Mutter nicht sein. Nach ihren vielen Söhnen hatte sie sich endlich eine Tochter herbeigesehnt. Und sie war überglücklich, dich nach der Geburt im Arm halten zu können."

„Sie hat mich im Arm gehalten?"

„Natürlich!", stellte Alveradis überrascht fest. Dann begriff sie. „Vielleicht hätten dir deine Brüder genauer erzählen sollen, wie es sich damals zugetragen hat. Georg weiß alles. Er hat bei deiner Geburt geholfen."

„Das weiß ich, und er hat mir davon auch schon viele Male berichtet. Doch dass mich Mutter im Arm gehalten hatte, das hat er niemals erwähnt ..."

Sveas Stimme versagte, und Tränen sammelten sich in ihren Augen. Alveradis nahm das Kind liebevoll in ihre Arme. „Sei ihm nicht böse. Georg hat ein gutes Herz und er hat viel für dich getan. Freue dich lieber darüber, dass dich deine Mutter sehen und in ihren Armen halten durfte, bevor sie gehen musste."

Svea nickte schluchzend und wischte sich die Tränen aus dem Gesicht. Schließlich schaute sie Alveradis an.

„Georg hat mir auch von dir erzählt. Vater hatte ihm zwar verboten, mir deinen Namen zu nennen, aber nicht, über dich zu berichten. Ich weiß, dass du oft bei uns warst, als ich noch ein Brustkind war. Du hast dich um mich gekümmert. Weshalb bist du dann eines Tages nicht mehr gekommen?"

„Ulf hat mir den Zutritt verweigert. Ich sollte mich nicht mehr um dich kümmern. Mir blieb nichts anderes übrig, als sein Verbot zu respektieren. Aber ich hielt Ausschau nach dir, wann immer ich im Dorf war."

„Warum hat Vater dir verboten, nach mir zu sehen?"

„Wahrscheinlich aus Angst, ich könnte zu großen Einfluss auf dich ausüben. Dass du am Ende nicht nach deiner Mutter, sondern nach mir gerätst."

„Das verstehe ich nicht. Mein Vater kennt keine Furcht ... alle fürchten sich vor ihm!"

„Oh doch, mein Kind. Er fürchtet sich vor mir. Vor mir und meiner Gabe. Und er fürchtet Frauen, die einen eigenen Verstand haben und sagen, was sie denken."

„Schlägt er mich deshalb, wenn ich sage, was ich denke?"

„Genau. Das macht er nur aus Furcht."

„Vor mir?"

„Davor, was du bist und was aus dir werden könnte. Er fürchtet, dass du bereits verdorben bist, weil ich dich als kleines Kind so oft in Händen gehalten habe. Er fürchtet, dass ich dir mein Wissen weitergeben könnte."

„Welches Wissen ist so Furcht erregend, dass er mich dafür schlägt?"

Alveradis schmunzelte. „Dieses Wissen hängt mit einer ganz besonderen Gabe zusammen. Das jetzt genau zu erklären, wäre noch zu früh. Doch was das Wissen angeht, so ist das eine andere Sache. Wenn du willst, kann ich dir vieles beibringen."

Svea war erstaunt. Bisher hatte ihr noch niemand angeboten, ihr etwas beizubringen, geschweige denn sein Wissen mit ihr zu teilen. Dankbar nickte sie.

„Also gut", fuhr Alveradis zufrieden fort, „dann wollen wir gleich mit den Kräutern beginnen."

Die Heilerin nahm die geernteten Pflanzen und band sie zu Sträußen zusammen. Diese hängte sie unter das Dach der windschiefen Hütte. Erst nach dem Trocknen würde sie die Kräuter weiter verwenden, erklärte sie. Svea sog wissbegierig alle Worte der Frau auf. Sie konnte nicht genug erfahren und half ihr fleißig weiter, obwohl es schon spät war. Als sie schließlich den Rückweg antrat, drückte Alveradis ihr noch ein Säckchen für ihren Vater in die Hand. Der Inhalt würde Ulfs Wut dämpfen. Allerdings musste Svea versprechen, die Herkunft des Säckchens geheim zu halten. Svea dankte ihr, verabschiedete sich und trieb die Schweine vor sich her.

Später, als sie mit den Sauen durch den Wald zum Dorf lief, dachte sie über ihre wunderbare Begegnung mit Alveradis nach. Sie dachte an die Lichtung, an die Heilerin und an das Arbeiten mit den Kräutern. All das hatte ihr sehr viel Freude bereitet. Es gab in ihrem Leben bisher nur wenige glückliche Momente, an die sie sich erinnern konnte. Doch heute war sie glücklich. Und daher beschloss sie, die Heilerin öfter aufzusuchen. Sie wollte mehr von ihr lernen. Und sie wollte auch erfahren, was es mit dieser angedeuteten Gabe auf sich hatte, vor der Ulf sich so fürchtete.

Ja! Svea war sich sicher. Schon bald würde sie zur Lichtung und zu Alveradis zurückkehren.

Die Reise hatte nahezu zwei Wochen gedauert, doch nun waren sie ihrem Ziel nahe. Im breiten Tal vor sich konnte Brandolf bereits die mächtige Pfalz zu Ingelinheim sehen, wo die von seinem Vater erbetene Audienz bei König Otto stattfinden würde. Ihr Anblick verschlug ihm beinahe den Atem, als er die Ausmaße der Anlage erfasste. Er hatte bereits einiges über die Pfalzen der einstigen Kaiser gehört, doch diese übertraf alles, was er sich je vorgestellt hatte.

Die Anlage war eine Mischung aus repräsentativen Bauwerken und den Wehranlagen einer Burg. Unverkennbar ragten am südlichen Rand die Türme einer neu erbauten Kirche in den Himmel. An ihr wurde immer noch gearbeitet und die Gerüste entlang der Außenwände ragten hoch bis unter die Traufe des Daches. Im östlichen Bereich konnte Brandolf ein weitläufiges, sichelförmiges Gebäude ausmachen, das in seiner Mitte eine überhöhte Halle besaß. Vorgelagerte Türme waren an die Außenmauer des langen, gekrümmten Bauwerks in regelmäßigen Abständen erbaut worden. Sie sahen zwar nicht besonders wehrhaft aus, verliehen dem momentanen Sitz des Königs aber dennoch einen burgähnlichen Charakter. Wo die Anlage nicht durch Gebäude abgegrenzt wurde, schloss eine Mauer mit einem einfachen Tor die Lücken. Diese Mauer war nicht mit Verteidigungsanlagen ausgestattet und sah auch nicht aus, als könnte sie einem feindlichen Ansturm standhalten. Das brauchte sie aber auch nicht, denn die Pfalz war einzig zu Zeiten der Besuche des Herrschers mit Leben gefüllt und diente sonst lediglich der Verwaltung der Ländereien. Ursprünglich war die Anlage nicht mehr als ein großes Gut gewesen, das erst unter dem fränkischen Kaiser Karl seine jetzigen Ausmaße erhalten hatte. Nach dem Zerfall des Reiches wurde die Pfalz von den nachfolgenden Herrschern kaum in Anspruch genommen. König Otto hingegen war an den Gebräuchen der einstigen Kaiser sehr gelegen und suchte immer wieder die Pfalzen auf. Da das Osterfest kurz bevorstand, hatte er sich zu Ingelinheim eingefunden, um in der neuen Kirche das Hauptfest der Christen zu feiern.

Mit dem Herrscher war auch ein großer Tross angereist. Brandolf konnte von der Anhöhe aus einige Menschen im Innenhof sehen, darunter Ritter, Knappen und Adelsleute. Der Großteil des Gefolges hielt sich jedoch außerhalb der Pfalz auf und hauste in Zelten auf den umliegenden Feldern und Weidegründen. Brandolf begriff, dass die große Zahl an Kriegern wie eine hohe, wehrhafte Mauer dem Schutz des Königs diente.

Die kleine Gruppe um Brandolf und seinen Vater, den Edelherrn Gerold, näherte sich von Osten her. Von hier aus waren weite Teile der Rheinebene zu überschauen, ebenso einige Höfe, die der Pfalz zugehörig waren.

Das Frühjahr war außergewöhnlich milde und versprach ein sonniges Osterfest in diesem April.

Im Tal angekommen, folgten die Reiter einem breiten Weg quer durch das Lager. Buntes Treiben herrschte hier und sowohl Krieger wie auch anderes Volk befanden sich darunter. Frauen und Kinder gingen einher, Händler boten an ihren Ständen Waren feil und einige Dirnen wussten mit ihren besonderen Diensten den Recken aufzuwarten. Eine Vielzahl an Rauchsäulen stieg zwischen den Zelten auf, wo die Mahlzeiten für die Anhänger des Königs zubereitet wurden oder die Schmiede ihrer Arbeit nachgingen.

Die Männer im Dienste des Herrschers waren es gewohnt derart zu hausen, denn sie reisten mit König Otto von einer Pfalz zur nächsten, wo sie unterschiedlich lange lagerten. Oftmals reisten ihre Familien mit und so mancher Handwerker tat es ihnen gleich, denn hier hatte er stetige Kundschaft. Flatternde Banner mit Wappen an den Zelten gaben die Namen des jeweiligen Kronvasallen preis. Die adeligen Herren waren hier jedoch nicht anzutreffen. Sie hatten mit ihren Hauptmännern und getreuesten Rittern ein Quartier innerhalb der Anlage gefunden, in der Nähe des Königs, wie es auch die Männer des Edelherrn Gerold erhalten würden.

Nachdem sie das Lager bis zum Tor durchquert hatten, nannten sie dort den Wachen ihre Namen und durften in den Hof einreiten. Sie saßen ab und überließen ihre Pferde einigen Stallburschen. Der große Platz zwischen den hoch aufragenden Gebäuden war weitestgehend leer und niemand hielt die Neuankömmlinge auf. Edelherr Gerold lenkte seine Schritte zur neuen Kirche, um dem Allmächtigen für die sichere Reise zu danken. Brandolf folgte ihm, während sein Blick umherschweifte, die hohen, ansehnlichen Gebäude bestaunend, aber auch jeden einzelnen Mann im Hof beachtend. Die Kirche war mit ihren Türmen zwar das höchste Gebäude der Anlage, aber die *Aula regia*, die Königshalle, war mit Abstand der eindrucksvollste Bau. Sie erstreckte sich entlang der Westseite der Pfalz und ragte weit über zwei Dutzend Ellen in den Himmel empor.

Brandolf dachte an die einfache, hölzerne Halle auf der Burg seines Vaters, in der Bittsteller oder Boten empfangen und die Tagesgeschäfte besprochen wurden, wo abends alle Bewohner zu einem gemeinsamen Mahl zusammenkamen und in der die meisten von ihnen auch schliefen. Ihre Halle war nicht mehr als ein schäbiger Stall gegen dieses bemerkenswerte Gebäude, das ausschließlich dazu diente, die Macht des Königs zu demonstrieren und um wichtige Beratungen oder Versammlungen abzuhalten. Die Fenster der Halle waren allesamt mit Glas bestückt, das kunstvoll gearbeitet und mit Ornamenten verziert war. Wahrscheinlich würde es im Innern der Königshalle selbst an Wintertagen weder düster noch kalt sein.

Der Edelherr betrat mit seinem Sohn die Kirche. Sie ließen das Treiben der Pfalz draußen, als sich die Tür hinter ihnen schloss. Im Gotteshaus waren sie allein und nur das dumpfe Klopfen der Zimmerleute auf dem Dach war zu vernehmen. Vater und Sohn strebten zum Altar, knieten demütig vor dem Kreuz nieder und begannen zu beten. Brandolf brachte jedoch nicht mehr als eine andächtige Haltung zustande. Seine Gedanken wollten nicht im Gebet verweilen, sondern schweiften stets zum Anlass ihrer Reise ab.

Beinahe ein Jahr war seit dem Angriff der Eiswölfe auf die Burg des Grafen Farold vergangen und noch immer war die Nachfolge des Herrensitzes ungeklärt. Rurik war nach wie vor Sachwalter der Ländereien seines verschollenen Neffen. Doch damit gab sich Rurik nicht zufrieden und strebte den Grafentitel und den vollen Besitz der Ländereien an. Aufgrund Brandolfs Berichts über die schicksalhafte Nacht des Angriffs, hatte Gerold vor einiger Zeit beim König um eine Audienz gebeten. Sie sollte ihm zum Osterfest gewährt werden und Gerold hoffte nun inständig den Herrscher davon überzeugen zu können, dass Rogar, der rechtmäßige Erbe der Grafschaft, noch am Leben sei und deshalb der Grafentitel niemals an Rurik vergeben werden dürfe.

Die Aussicht auf Erfolg war jedoch gering. Gerold war nur ein minderer Adeliger und seine Stimme hatte am Hofe des Königs bei weitem nicht so viel Gewicht wie die des Sachwalters einer Grafschaft. Zudem konnte niemand wissen, welche Machenschaften Rurik zu seinen Gunsten bereits in die Wege geleitet hatte und wie der König zu der Angelegenheit stand.

Plötzlich öffnete sich eine Tür im nördlichen Querschiff und ein Mann betrat die Kirche. Er war groß von Gestalt und trug sein Haupthaar kurz. Auf seinem Gesicht zeigte sich ein erfreutes Lächeln. Der Mann war in feinem Stoff gekleidet und sein Schwert sowie seine Haltung verrieten, dass er ein Krieger adligen Standes war. Mit sicherem Schritt kam er auf Gerold zu und räusperte sich kurz, um dessen Aufmerksamkeit zu erlangen. Der Edelherr unterbrach sein Gebet und schaute auf. Doch statt den Störenfried zu rügen, erhob er sich freudig.

„Friedrich! Es tut gut, ein vertrautes Gesicht zu sehen."

Friedrich, selbst Edelherr kleinerer Ländereien in Gerolds unmittelbarer Nachbarschaft, ergriff den entgegengestreckten Unterarm des Freiherrn zum Gruße. Es war unverkennbar, dass ein starkes Band der Freundschaft die beiden Männer vereinte.

„Die Nachricht deiner Ankunft hat mich soeben erreicht. Ich nehme an, dass du nach wie vor an deinem Plan festhältst."

„Natürlich, sonst wäre ich nicht hier."

„Gut, denn es haben sich inzwischen Begebenheiten ereignet, die uns Schwierigkeiten bereiten könnten."

„Was ist geschehen?“

„Rurik ist vor zwei Tagen hier eingetroffen. Unauffällig und ohne großes Gefolge ist er mit ein paar wenigen Reitern erschienen. Seither ist er sehr darum bemüht, König Otto alle nur vorstellbaren Annehmlichkeiten zu bereiten. Er preist sich ihm schon beinahe wie eine Trossdirne an.“

„Friedrich!“, ermahnte Gerold seinen Freund. „Nicht im Hause des Herrn, ich bitte dich!“

Der Krieger zuckte mit den Schultern und warf einen demütigen Blick auf das Kreuz. „Aber es verhält sich so, Gerold. Du wirst es noch selbst erleben. So wie er sich gibt, kann es nur eines bedeuten: Er ist hier, um die Grafschaft für sich zu beanspruchen. Du musst dich auf einen gefährlichen Disput einstellen.“

„Hat er beim König bereits vorgesprochen?“

„Nein, noch nicht. Doch ihm ist es seit seiner Ankunft als Sachwalter seines Neffen und Kronvasall gestattet, bei den Mahlzeiten in Ottos Nähe zu sitzen. Ein außerordentliches Privileg, das eigentlich nur dem Grafen selbst gebührt. Farold war es schließlich, der dem König in der dunkelsten Stunde auf dem Lechfeld zur Seite stand.“

„Rurik weiß um die königliche Gunst für seinen Bruder und er weiß, dass wir hier sind!“, stellte Edelherr Gerold nachdenklich fest.

„Woher sollte er das wissen?“, wollte Friedrich erstaunt wissen.

„Er hat ein Netz an Kundschaftern, dessen bin ich mir sicher. Für ein paar Silbermünzen bekommt er mühelos den einen oder anderen Hinweis. Um ehrlich zu sein, habe ich nicht erwartet, dass Rurik mich ohne weiteres zum König ziehen lässt. Er lässt sich nicht gerne in den Kelch spucken. Deshalb hatte ich eigentlich auch damit gerechnet, dass er meine Ankunft in der Pfalz verhindern würde.“

„Kann Rurik unseren Plan gefährden? Sollte ihm die Grafschaft zugesprochen werden, so ist es ganz gleich ob Rogar noch am Leben ist oder nicht. Wir suchen schon so lange nach ihm und haben nichts in der Hand. Wer weiß, ob er den vergangenen Winter überlebt hat oder gar von Geächteten gemeuchelt wurde. Otto wird diese Schlüsse selbst ziehen können, er ist kein Narr.“

„Nein, das ist er wahrlich nicht“, pflichtete Gerold seinem Verbündeten bei. „Wir müssen vorsichtig sein, denn der König ist für sein rigoroses Handeln in der Ernennung von Ämtern und Adelstiteln bekannt und gefürchtet. Er übergeht dabei selbst Erbfolgen und Familienordnungen. Maßgebend ist für ihn, was seiner Sache dient und danach müssen auch wir Ausschau halten. Ich kenne meine Position genau, Friedrich. Wir gehen ein Wagnis ein, das will ich gar nicht bestreiten, doch besser dieses heute eingehen als morgen Rurik die Treue schwören zu müssen.“

„Diesbezüglich sind wir einer Meinung! Ich werde die anderen von deinem Kommen unterrichten. Sie stehen hinter dir wie einst hinter Farold. Wir sind zwar nicht so mächtige Herren wie Rurik, doch unsere Zahl ist nicht zu verachten. Sobald ich etwas Neues erfahre, setze ich dich darüber in Kenntnis."

In der Angelegenheit um Rurik war alles besprochen und Friedrich wandte sich bereits zum Gehen, als Gerold ihn mit einer weiteren Frage aufhielt. „Wie geht es Mildrith und den Kindern?"

Der Krieger schien überrascht zu sein, freute sich jedoch über die Anteilnahme seines Freundes. „Gut, es geht ihnen gut. Mildrith hat die Geburt gut überstanden und der Knabe gedeiht prächtig. Elisabeth wird von Tag zu Tag hübscher und verdreht den Jünglingen die Köpfe. Und Gilbert kann es kaum erwarten, ein Page zu werden."

„Es ist schön, dass sie wohl auf sind. Bewahre sie gut, sie sind dein größter Reichtum!"

Diese besorgten Worte machten Friedrich stutzig, doch er erwiderte nichts. Er verabschiedete sich von Gerold und Brandolf und verließ die Kirche. Der Edelherr schaute seinem Sohn lange in die Augen. „Zweifelst du an unserem Vorhaben oder an der Loyalität unserer Verbündeten, Brandolf?"

„Nein, Vater. Weshalb sollte ich das?"

„Ich weiß es nicht, es ist nur so ein Gefühl ..." Gerold dachte kurz nach, dann schüttelte er den Kopf und wandte sich wieder seinem Sohn zu. „Bald werden wir vor dem König stehen und er wird viele Fragen an uns richten. Bestimmt werden sie auch die Ereignisse der Nacht des Überfalls betreffen. Wirst du sie dem König in Ruriks Beisein genauso schildern können wie mir?"

„Es ist die Wahrheit und diese auszusprechen bereitet mir niemals Probleme, selbst in Ruriks Anwesenheit nicht. Er kann mich nicht einschüchtern. Damals vermochte er es nicht und es wird ihm auch in Zukunft nicht gelingen. Mit Gottes Hilfe werden wir vor dem König bestehen und die gerechte Sache wird siegen."

„So etwas sagt sich im Hause des Herrn leicht. Doch wenn du in der hohen Halle vor deinem König stehst, könntest du es anders sehen. Dort haben nämlich andere Mächte Einfluss auf die Geschicke der Menschen. Je länger wir untätig in dieser Pfalz warten, umso größer kann dieser Einfluss von anderer Seite bei König Otto werden. Ich hoffe und bete, dass wir bald angehört werden."

Brandolf konnte dem nichts hinzufügen. Er wusste zwar nicht, wie er in der großen Königshalle am Ende bestehen würde, doch er kannte Ruriks Verschlagenheit. Gerold kniete noch einmal vor dem Altar nieder und beendete das unterbrochene Gebet. Danach verließen Vater und Sohn die Saalkirche, um ihr Quartier aufzusuchen und sich auf die bevorstehende Audienz beim König vorzubereiten.

In den folgenden Tagen hatte sich Gerold immer wieder mit seinen Verbündeten getroffen. Alle waren angereist, um sein Ansinnen zu unterstützen. Es waren keine Adeligen von hohem Stande, doch ihre Zahl war nicht gering.

Edelherr Gerold traf sich am häufigsten mit Friedrich, tauschte mit ihm Neuigkeiten aus und besprach das weitere Vorgehen. So sehr sie sich auch bemühten, Informationen über Rurik und dessen Plan zu erhalten, sie konnten leider nichts herausfinden.

Brandolf war bei diesen Treffen immer zugegen und sein Vater fragte ihn stets nach seinen Ansichten. Dabei achtete der Sohn nach dem Rat seines Vaters stets auf die Reaktionen ihrer Freunde statt bloß auf den Inhalt ihrer Worte. Im Gesicht eines Mannes, so hatte ihn Gerold gelehrt, könne man die Wahrheit erkennen, nicht in seinem Gerede. Und er fand, dass ihre Gesichter keinerlei Unsicherheit oder gar Abtrünnigkeit verrieten.

Am dritten Tage allerdings, als sich Friedrich allein mit Gerold und Brandolf in deren Quartier traf, um die letzten Einzelheiten vor der Audienz zu besprechen, wirkte er abwesend. Er antwortete zwar auf die Fragen seines Freundes und stand ihm auch mit Rat zur Seite, doch sein Blick schweifte immer wieder zum Fenster hinaus, in die Weiten der Flussebene. Es schien, als suche er dort nach Antworten. Brandolf wurde misstrauisch, doch Friedrichs Worte wichen nicht von seinen vorherigen ab und so blieb es beim vereinbarten Vorgehen.

Am nächsten Tag war es schließlich soweit. Ein Gefolgsmann des Königs bestellte Gerold und Brandolf zur Audienz. Die beiden Krieger hatten sich schon am frühen Morgen ihre beste Gewandung angelegt und machten sich jetzt hoffnungsvoll auf den Weg zur hohen Halle, die sie nach kurzem Warten betreten durften.

Brandolf war sprachlos, als er durch den langen Saal zur gegenüberliegenden, halbrunden Exedra schritt. Wie bei einer Kirche, befanden sich an den beiden Außenwänden hochgelegene Fenster, die den Raum mit Licht durchfluteten. Obwohl die Sonne bereits für strahlende Helligkeit sorgte, waren zahlreiche Öllampen auf goldglänzenden Messinggestellen entzündet worden. Beeindruckt folgte Brandolf seinem Vater über den breiten Teppich, der bis zu den Stufen der Exedra ausgelegt war.

Die verputzten Wände der Halle waren mit farbenfrohen Malereien versehen, die schlanke Säulen mit Kapitellen und Sockeln sowie einfache Ornamente und Verzierungen darstellten. Viele von ihnen strahlten in prächtigem Purpur. Hoch oben schloss eine hölzerne Decke den Raum ab und verhinderte den Einblick in den Dachstuhl. Sie bestand aus vielen quadratischen Feldern, die mit großer Kunstfertigkeit bunt bemalt worden waren. Noch niemals hatte Brandolf eine solche Pracht und Lichtflut in einem Raum gesehen.

Nahe dem Eingang hatte sich eine kleine Zuhörerschaft eingefunden. Die meisten von ihnen waren Krieger oder Adelige, die nach der Gunst des Königs strebten. Brandolf entdeckte ihre Verbündeten unter ihnen. Ansonsten befanden sich im Saal nur noch einige Männer in der Nähe der Exedra, die entweder das größte

Vertrauen des Königs genossen oder mit dem vorzutragenden Fall etwas zu schaffen hatten.

Einen dieser Männer erkannte Brandolf sofort. Es war Rurik, der unmittelbar vor der um drei Stufen erhöhten Exedra stand. Ganz oben befand sich nur ein Mann, der auf einem kunstvollen Sitz aus dunklem, geschliffenem Stein mit polierten Messingverzierungen saß. Es war König Otto, der von oben beobachtete, wie Gerold und Brandolf auf ihn zu kamen. Obwohl der Herrscher graues, schulterlanges Haar trug und bereits über vierzig Jahre zählte, wirkte er alles andere als alt. Im Gegenteil, seine Augen strahlten Jugend und Tatendrang aus, als würde er lieber heute denn morgen handeln, ganz gleich in welcher Angelegenheit. Ein einfacher, schmaler Goldreif zierte sein Haupt und ein dicker, purpurner Mantel umhüllte ihn. An seiner Seite trug er ein langes, breites Schwert zum Zeichen seiner Macht.

Als Gerold und Brandolf die Stufen erreichten, knieten sie nieder und warteten auf ein Wort ihres Herrn. König Otto ließ sie eine Weile warten, als wolle er zunächst abschätzen, wie er mit ihnen umzugehen hätte. Brandolf war angespannt, wie wahrscheinlich alle im Saal. Schließlich erhob sich die Stimme des Herrschers, laut und deutlich: „Seid willkommen, Edelherr Gerold, und auch Ihr, Brandolf. Seit drei Tagen genießt Ihr bereits meine Gastfreundschaft und habt geduldig auf meinen Ruf gewartet. Lange genug für solch getreue Männer. Erhebt Euch und tragt jetzt vor, was Eure Herzen belastet."

Die Angesprochenen erhoben sich und Gerold begann seine Bitte darzulegen: „Mein König, wir ersuchen Euch wegen der Belange des verstorbenen Grafen Farold. Es ist Euch wohl bekannt, dass im Augenblick der hier anwesende Rurik als Sachwalter die Geschicke der Grafschaft lenkt. Bisher noch im Namen des einzigen Erbfolgers, Farolds Sohn Rogar. Da der Knabe allerdings seit dem Überfall auf die Burg verschollen ist, strebt Rurik selbst den Grafentitel an." Ein kurzer Blick auf Rurik zeigte Gerold, dass er aufmerksam zuhörte. „Einige treue Vasallen des verstorbenen Grafen sind allerdings der Meinung, dass Rogar noch am Leben ist und er als rechtmäßiger Erbe den Sitz des Grafen einnehmen sollte, sobald er die Schwertleite erhalten hat. So sieht es die Familienfolge seit jeher vor."

König Otto erhob sich und kam langsam auf die Männer vor der breiten Treppe zu, blieb jedoch auf dem Podest stehen und schaute auf sie herab. „Es scheint mir, als habe ich diesen Vortrag schon einmal gehört, allerdings mit umgekehrten Positionen und Ansichten. Rurik hat sein Anliegen bereits vorgetragen. Doch da ich Euch schon vorher eine Audienz gewährt hatte, wollte ich beiden Parteien die Gelegenheit geben, sich als die mit dem berechtigten Anspruch hervorzuheben. Sprecht frei, wie es Euch beliebt, solange es diese Belange betrifft."

Rurik ergriff mit bedrohlich polternder Stimme das Wort. „Beweist, dass der Junge noch am Leben ist, sofern Ihr es könnt, Gerold."

„Beweist Ihr doch, dass er tot ist.“

„Ich danke Euch, dass Ihr danach fragt“, entgegnete Rurik.

Er machte eine Handbewegung, woraufhin ein Mann die Halle verließ. „Diesen Beweis erbringe ich nur allzu gerne.“

Es dauerte nicht lange und der zuvor entschwundene Mann kehrte mit vier weiteren zurück. In ihrer Mitte trugen sie eine Art großen, ledernen Sack, den sie vor dem Podest niederlegten. „Hierin befindet sich der Leichnam des Jungen, den Ihr zu finden hofft. Er bietet keinen schönen Anblick, doch der Tod hat nun mal kein liebreizendes Gesicht.“

Rurik öffnete den Sack eigenhändig, indem er das Leder auf beiden Seiten zurückschlug. Ein unbeschreiblicher Gestank entstieg der Hülle und Fliegen erhoben sich, als der Sachwalter den bis zur Unkenntlichkeit entstellten Leichnam eines Knaben präsentierte. Brandolf drohte, sich an Ort und Stelle zu übergeben, so unbeschreiblich war dieser Anblick. Er hatte schon viel Leid und den Tod auf Schlachtfeldern gesehen, doch die sterblichen Überreste dieses Kindes waren etwas anderes. Den meisten im Saal schien es ähnlich zu ergehen. Ihre anfängliche Neugier verflog und die Männer wandten ihre Blicke zur Seite. Hände wurden vor Nase und Mund gehalten.

König Otto hingegen blieb ungerührt und betrachtete den geschundenen Körper. Es sah aus, als sei der Knabe von einem Pferd überrannt worden. Der Schädel war zermalmt, das Gesicht unkenntlich und die Gliedmaßen mehrfach gebrochen und gequetscht. Die Augenhöhlen waren leer, als hätten sich Krähen bereits an ihrem Inhalt gelabt. Maden krochen über das verwesende Fleisch, versahen den toten Leib auf abstoßende Weise mit neuem Leben.

Nach langem Schweigen ergriff der Herrscher schließlich das Wort. „Rurik, lasst den Leichnam fortschaffen und verhelft ihm zu einem ordentlichen, christlichen Begräbnis.“

Der Sachwalter wies seine Männer an, den Leichnam aus der Halle zu tragen und Brandolf schien es, als würde sich ein dunkler Schatten hinwegheben.

Gerold nutzte die Gelegenheit und stellte sogleich die Identität der Leiche in Frage: „Dieser Leichnam ist kein Beweis, Rurik! Der Knabe war nicht zu erkennen. Wer kann uns mit Sicherheit sagen, dass dies tatsächlich Rogars Leichnam war? Sollen der König und ich uns einzig auf Eure ehrbare Aussage verlassen?“

Rurik wurde sichtlich wütend über diese Zweifel, er beherrschte sich jedoch und antwortete verhalten: „Wollt Ihr damit etwa andeuten, ich würde den König und Euch absichtlich täuschen? Man hat mir beteuert, dass dies der Leichnam Rogars sei!“

„Von Absicht war keine Rede“, versuchte der Herrscher die hitzigen Gemüter zu beruhigen. „Doch ich muss dem Edelherr Gerold zustimmen: Der Leichnam könnte der eines jeden Knaben sein. Habt Ihr denn keinen anderen Beweis? Es heißt, dass Farolds Siegelring ebenfalls verschwunden sei. Möglicherweise trug Rogar ihn bei sich. Könnt Ihr ihn vorweisen, Rurik?“

Natürlich konnte Rurik das nicht. Er versuchte seinen Anspruch auf den Titel anders zu rechtfertigen: „Ist es denn nicht genug, dass durch diesen Überfall in jener Nacht das Gefüge der Grafschaft zerstört wurde? Wäre ich nicht sofort bereit gewesen, die Verwaltung zu übernehmen, wären die Erträge des vergangenen Jahres deutlich geringer ausgefallen. Ich war in jener Nacht zugegen, um die Burg zu befreien. Daher beanspruche ich den Titel des Grafen, statt nur den Sitz auf der Greifburg für einen toten Jungen frei zu halten, mochte er den Siegelring bei sich getragen haben oder nicht.“

Als Rurik schwieg, sah Brandolf eine Gelegenheit, seine Sicht der Geschehnisse zu schildern. Er sprach besonnen und seine Stimme war nicht laut. Dennoch war sie selbst in den entlegenen Winkeln der Halle zu vernehmen. „Rurik, Ihr wart nicht der einzige Krieger in dieser fürchterlichen Nacht.“ Der König wandte sich nach diesem knappen Satz Gerolds Sohn zu: „Ich habe von Eurer Tat gehört, junger Brandolf. Ihr sollt ehrenhaft gekämpft und damit Euren Beitrag zur Befreiung der Burg geleistet haben. Was wisst Ihr über diese Nacht zu berichten?“

Brandolf war auf die Worte des Königs gefasst gewesen. Sein Vater hatte ihn beinahe jeden Tag darauf vorbereitet. Es fiel ihm überraschend leicht, dem Herrscher Rede und Antwort zu stehen. Die Herausforderung lag vielmehr in Rurik, der ein falsches Spiel mit ihnen und dem König trieb. Mit einem Mal wurde dem jungen Krieger bewusst, wen er sich mit seiner Aussage zum Feind machen würde. Dennoch musste er sprechen, denn er hatte dem Grafen Farold einen Eid geleistet, dem er gerecht werden wollte.

Brandolf berichtete dem König: Er schilderte den Überfall und seine Eindrücke, beschrieb Sigruns und Farolds Tod und deren Umstände. All das hatte Rurik schon einmal vernommen und es schien ihn zu langweilen. Doch dann berichtete Brandolf, wie er den jungen Rogar in dieser Nacht aus dem Tor hatte reiten sehen, nachdem ihm seine Mutter zur Flucht verholfen und sich für ihn geopfert hatte. Er war sich sicher, dass Rogar in dieser Nacht nicht ums Leben gekommen war. Als Rurik das vernahm, weiteten sich seine Augen zusehends. Sein Kopf wurde hochrot und es kostete ihn all seine Kraft, sich vor dem König zu beherrschen.

Nachdem Brandolf seinen Bericht beendet hatte, richtete der Herrscher sein Wort an den Sachwalter. „Brandolf behauptet also gesehen zu haben, wie der Knabe auf dem Pferd seiner Mutter den Barbaren entkommen ist, Rurik. Könnte es sich so zugetragen haben oder wurde das Ross der Gräfin in den Stallungen vorgefunden? Euren Registern nach zu urteilen ist keines der Rösser in jener Nacht zu Schaden gekommen.“

Mit Mühe versuchte Rurik im Zorn seine Stimme gedämpft zu halten. „Nein, mein König, wir haben es nicht vorgefunden.“

König Otto fuhr fort: „Tot offensichtlich auch nicht. Scheinbar führt Ihr Eure Register lückenhaft, Rurik! Das fehlende Pferd wäre zumindest ein klares Indiz dafür, dass der Junge entkommen sein könnte und durch die Lande irrt. Wie seht Ihr das, Rurik?“

„Das ist durchaus möglich, mein Herr“, antwortete der Sachwalter gesenkten Hauptes und mit leiser Stimme. „Doch es ist genauso möglich, dass er in den Wäldern zu Tode gekommen ist. Heute wurde Euch der Leichnam eines Knaben im besten Glauben vorgelegt, es handele sich dabei um den gesuchten Rogar.“

Nachdenklich machte der Herrscher ein paar Schritte auf seinen prunkvollen Sitz zu, wandte sich dann aber wieder an die drei Männer.

„Mir wurden heute zwei Möglichkeiten über Rogars Schicksal vorgetragen. Tatsächlich könnten beide die Wahrheit enthalten, doch es ist schwer zu sagen, welche Geschichte die zutreffende ist. Was ist zu tun? Gerold, Ihr habt Unterstützer Eures Antrages erwähnt. Würden sie in Eurem Sinne sprechen, notfalls die vermeintliche Wahrheit mit dem Schwert und in Gottes Namen verteidigen?“

„Ich bin mir sicher, dass sie es tun würden, Herr“, antwortete der Angesprochene ohne zu zögern.

„So lasst sie hervortreten und selbst sprechen.“

Der Edelherr wandte sich um und rief sie: Friedrich, Egbert, Markolf, Asmund und noch einige weitere Herren niederen Adels. Sie alle hatten einst unter Farolds Banner auf dem Lechfeld gegen die Ungarn gekämpft und waren ihm treu ergeben geblieben.

Brandolf beobachtete die Männer genau, als sie auf die Exedra zukamen. Er versuchte Friedrich in die Augen zu blicken, doch der hielt sein Haupt demütig zu Boden gerichtet. Es schien, als würde es vor allem Friedrich nicht behagen, vor den König treten zu müssen. Seine Schritte waren zögerlich, beinahe ängstlich, obwohl er all die Tage so selbstsicher gewesen war. Die anderen Krieger hielten sich hinter ihm, als sei er ihr Schild und könne Ruriks Zorn von ihnen abwenden.

In respektvollem Abstand blieben die Männer stehen und warteten auf ein Wort ihres Königs, der sie sogleich ansprach: „Wie ich sehe, hat der Edelherr Gerold einige von Graf Farolds ehemaligen Kameraden vereint. Ich erkenne manches Gesicht wieder. Ihr alle habt in der Schlacht gegen die ungarische Horde ehrenvoll gekämpft. Zusammen waren wir siegreich und der Ruhm gebührt auch Euch. Daher sei Euch gestattet, in diesem Disput das Wort zu ergreifen.“ Er sah Friedrich als den Wortführer an. „Wie lautet Euer Name, Ritter?“

„Friedrich, mein Herr.“

„Friedrich, verhält es sich so, wie Brandolf, der Sohn des Edelherrn Gerold, es geschildert hat? Seid Ihr der gleichen Überzeugung und wähnt Rogar noch am Leben?“

Es schien dem Krieger schwer zu fallen, dem König in die Augen zu blicken und frei zu sprechen. Er scharrte aufgeregt mit den Füßen und sah immer wieder zu Boden. In diesem Augenblick begann Brandolf zu ahnen, dass etwas nicht stimmte. Er schaute zu Rurik und bemerkte dessen zufriedenes Lächeln. Da begriff Brandolf, weshalb sich Friedrich bei ihrem letzten Treffen so merkwürdig benommen hatte. Seine Worte, die er jetzt sprach, bekräftigten diese Vermutung:

„Mein Herr, verzeiht mir, doch ich kann dem Edelherrn keine Unterstützung zusagen.“

Entsetzt starrte Gerold seinen Freund mit offenem Mund an.

„Friedrich, was ist …?“

Der König unterbrach Gerold und wollte Gewissheit: „Friedrich, könnt Ihr Eure Aussage wiederholen?“

„Ja, mein Herr. Ich kann dem Edelherrn Gerold in seinem Anliegen, Rogar zur Grafschaft zu verhelfen, keine Unterstützung mehr zusagen. Ich spreche nicht nur für mich, sondern für alle, die sich in dieser Sache Herrn Gerold vor etwa einem Jahr verschrieben hatten. Nur der Allmächtige weiß, wie es um Rogar steht. Ich kann ein solch zweifelhaftes Gesuch nicht mit reinem Gewissen und nicht im Namen des Herrn unterstützen. Sollte Rogar noch am Leben sein, so wird der Schöpfer schon für ihn sorgen. Das ist unsere Anschauung.“

Für einen Augenblick hob sich Friedrichs Blick und wechselte von Gerold zu Brandolf. Es schien, als bitte er beide um Verzeihung, doch nichts konnte diesen Verrat entschuldigen. König Otto verstand ebenso schnell wie Brandolf. „Ist das Euer letztes Wort?“

„Ja, mein Herr.“

„So verlasst meine Halle ...“, befahl der König und blickte streng zu Rurik, „... bevor Euch noch etwas anderes einfällt, was Ihr bekunden wollt.“

Die kleine Schar um Friedrich zog sich beschämt zurück und verließ die hohe Halle. Alle Blicke folgten dem Auszug, einzig Rurik beachtete ihn kaum. Der schien von dem Sinneswandel der einstigen Verbündeten wenig überrascht zu sein. Der Herrscher widmete sich sogleich dem Sachwalter der strittigen Grafschaft. „Habt Ihr ebenfalls irgendwelche Fürsprecher vorzuweisen, Rurik?“

„Nein, mein König. Mein bisheriges Handeln und die Zusicherung der absoluten Treue meinem Gebieter gegenüber sollten Fürsprache genug sein.“

König Otto nahm diese Worte mit einem Nicken zur Kenntnis. Er überlegte noch einen kurzen Augenblick, dann verkündete er seinen Beschluss: „Es ist keinesfalls einfach, in diesem Fall die richtige Entscheidung zu treffen. Daher werde ich nach den Bedürfnissen des Reiches urteilen und verfüge, dass Rurik bis auf weiteres Sachwalter der Grafschaft bleibt. Zu ungewiss ist das Schicksal des Knaben Rogar und die Grafschaft darf nicht in dieser Ungewissheit belassen werden. Sie benötigt einen Führer, der als getreuer Kronvasall seinem König dient. Daher verfüge ich weiter, dass der Herr Rurik die Grafschaft endgültig erhält, sollte der Knabe Rogar nicht binnen Jahr und Tag gefunden werden. Wird er jedoch bis dahin gefunden, so soll Rurik Verweser der Ländereien bleiben, bis Rogar die Schwertleite erhält. Dies ist meine Entscheidung!"

Für den Herrscher war der Streitfall abgehandelt. Er wandte sich von den drei Männern am Fuße der Treppe ab, womit sie entlassen waren. Rurik, der nach Friedrichs Verrat geglaubt hatte, den Sieg in Händen zu halten, sah sich mit einem Schlag seines Triumphes beraubt. Die anfängliche Zufriedenheit war aus seinem Gesicht gewichen. Es hatte sich für ihn nichts geändert. Gerold war zwar mit seinem Anliegen gescheitert, doch er selbst ebenso. Frühestens in einem Jahr und einem Tag würde der König ihm den Grafentitel verleihen, sollte sich bis dahin nichts anderes ergeben. Doch das war bei weitem noch nicht sicher, so erpicht wie Gerold darauf war, Rurik zu Fall zu bringen.

Wenn sich etwas geändert hatte, dann für Brandolf. Dem war klar geworden, dass er von nun an noch stärker unter Ruriks Beobachtung stehen würde. Sein Vater und er durften sich in Zukunft keine Fehler erlauben, sonst wären sie ihres Lebens nicht mehr sicher. Misstrauisch blickte er Rurik in die Augen und sah darin nur Hass und Verachtung.

Erneut beschloss Brandolf alles Erdenkliche zu unternehmen, um Rogar zu finden. Rurik durfte unter keinen Umständen Herr der Ländereien und sein Dienstherr werden. Die Zeit, die ihm dafür blieb, war jedoch knapp bemessen. Er hatte im vergangenen Jahr nichts erreichen können, wie sollte er es im verbleibenden bewerkstelligen, den Jungen zu finden?

Brandolf verließ mit seinem Vater die Halle. Im Säulengang des Quartiergebäudes stießen sie auf Friedrich, der dort auf sie wartete. Gerold sah ihn kurz mit strafendem Blick an, wandte sich wieder ab und ließ den Verräter stehen. Der folgte ihm und versuchte seinen Sinneswandel zu erklären.

„Gerold, versteh doch ... Rurik bedroht Mildrith und die Kinder ... ich hatte keine Wahl!"

„Dann gehe und sorge dich um sie, doch trete mir nicht mehr unter die Augen!"

Mit diesen Worten betrat Gerold seine Räumlichkeiten und ließ den einstigen Freund vor verschlossener Tür stehen.

Brandolf konnte die tiefe Enttäuschung seines Vaters erkennen. Die hängenden Schultern des Edelherrn und die Hoffnungslosigkeit in seinem Gesicht sprachen Bände.

Ohne zu zögern begann Gerold die Abreise vorzubereiten. Wenn möglich, wollte er noch heute die Pfalz verlassen. Allein um Rurik zu entkommen, der sicherlich auf Rache sann, war es nötig, einen großen Vorsprung zu haben. Nur kurze Zeit später wurden die Pferde von Stallburschen auf den Hof geführt, gesattelt und waren zum Aufbruch bereit. Gerolds Männer befestigten noch die letzten Habseligkeiten auf dem Lasttier und wollten gerade aufsitzen, als ein Bote des Königs auf Gerold zukam. Er flüsterte dem Edelherrn etwas ins Ohr und schritt wieder davon. Einen Augenblick hielt Gerold nachdenklich inne, dann gab er Brandolf ein Zeichen: „Komm mit mir."

Verwundert ließ der Sohn sein Pferd stehen und folgte dem Vater über den Innenhof und am Brunnen vorbei bis zur alten Kapelle der Pfalz. Dort verließen sie den großen Hof durch eine Tür in einer mannshohen Mauer, die einen zweiten, kleineren Innenhof abtrennte.

Als Brandolf durch den Türbogen trat, schien es ihm, als betrete er eine andere Welt. Während der erste Hof nur eine große, staubige Kiesfläche war, stand er jetzt unter den großen Bäumen eines Haines. In der Mitte des Hains weitete sich der Weg, auf dem sie voranschritten, zu einem rechteckigen Platz. In dessen Mitte sprudelte aus einem Quellstein klares Wasser, das sich in ein flaches, mit Mosaiksteinen verziertes Becken im Erdreich ergoss.

Dieser Innenhof wurde von mehreren Bauten eingerahmt. Im Osten wurde er durch den weitläufigen, sichelförmigen Bau gefasst, den Brandolf bereits bei seiner Ankunft vor einigen Tagen aus der Ferne hatte erkennen können. Zum Hof hin war diesem Gebäude ein überdachter Säulengang vorgelagert, auf den Gerold zustrebte. In seinem Schatten angelangt, bemerkte Brandolf mehrere Männer. Instinktiv glitt seine Schwerthand zum Knauf seiner Waffe, als er mit Erstaunen erkannte, dass einer der Männer König Otto selbst war.

Der Edelherr und sein Sohn blieben stehen und warteten geduldig, bis sich der König ihnen zuwandte. „Gerold, bevor Ihr mich verlasst, wünsche ich noch ein offenes Wort mit Euch zu führen."

„Mein König, wie können wir Euch dienlich sein?"

„Wie gutgläubig seid Ihr eigentlich, dass Ihr Rurik derart unterschätzt? Er scheint Euch einige Schritte voraus zu sein, denn selbst Eure vermeintlichen Verbündeten haben sich gegen Euch gewandt. Es hatte nicht den Anschein, als hätten sie es freiwillig getan."

„Nein, das haben sie nicht. Rurik bedroht ihre Familien, doch es dürfte schwer sein, dies zu beweisen."

„Rurik scheut keine Mittel, um zu erreichen was er begehrt."

Gerold nickte nüchtern. „Mein Sohn hegt die Vermutung, dass Rurik hinter dem Angriff auf Farolds Burg steckt."

„Diese Vermutung ist mir schon einmal zu Ohren gekommen, doch hierfür gibt es noch weniger Beweise als für das Leben eines Jungen, den Ihr zum Grafen erheben wollt. Ist Euch eigentlich klar, dass Ihr beinahe das Gegenteil erreicht hättet? Hätte Rurik diese Torheit mit der Knabenleiche nicht begangen, so wäre ich geneigt gewesen, ihm die Grafschaft schon heute zu übertragen."

„Er wäre kein gerechter Herr für die Ländereien und das Volk, wie es mein König wünscht."

„Nicht jeder Mann im Reich handelt nach meinem Wunsch. Doch Rurik ist einflussreich und hat mächtige Verbündete. Er besitzt ausreichende Mittel, um viele Männer wehrfähig bereit zu stellen. Das erwartet ein König von seinem Vasallen. Insofern spricht nichts dagegen, Rurik nach Ablauf der gesetzten Frist zum Grafen zu ernennen."

„Weshalb habt Ihr es dann nicht schon heute getan, mein Herr? Einzig wegen der Knabenleiche?"

Der König schwieg nachdenklich und schritt langsam den Säulengang entlang. Die Männer folgten ihm und warteten, bis er antwortete: „Farold war mir ein getreuer Vasall und ein ehrenvoller Ritter. Er und seine Männer haben unter Konrad dem Roten erfolgreich die Ungarn zurückgedrängt und geschlagen, obwohl sie bereits in die Nähe meines Haufens gekommen waren. Zeitweise kämpfte ich mit Farold Seite an Seite. Ich weiß, was ich ihm zu verdanken habe. Die Heilige Lanze wäre beinahe verloren gewesen, hätte er sie nicht im letzten Augenblick gerettet. Gerold, Ihr wart auch dabei. Ihr wisst, wovon ich spreche. Diese Verbundenheit ist es, weshalb ich Rogar den Titel seines getreuen Vaters vermachen möchte, sollte er tatsächlich noch am Leben sein. Doch viel Zeit bleibt Euch jetzt nicht mehr, ihn zu finden."

„Was können wir Eurer Ansicht nach tun, mein König?"

Otto schwieg eine Weile. Zu dritt schritten sie unter dem Säulengang weiter, das kleine Gefolge des Königs in einigem Abstand hinter ihnen. Schließlich sprach der Herrscher erneut. „Sollte Eure Vermutung wahr sein und Rurik tatsächlich hinter dem Überfall auf die Burg stecken, so hat er sich des schlimmsten Vergehens schuldig gemacht. Er hätte einen Brudermord wie Kain begangen, was nicht ungestraft bleiben dürfte. Dieses Verbrechen könnte Rurik einholen und selbst als Graf noch stürzen, ganz gleich wie viel Zeit vergangen, und ob Farolds Sohn noch am Leben ist. Doch solange Ihr Eure Vermutung nicht beweisen könnt, wird Rurik die Grafschaft führen. Wenn Ihr allerdings die Anklage eines Tages beweisen könnt, solltet Ihr Euch überlegen, wer den Titel erhalten soll, falls Rogar bis dahin nicht aufgefunden wird."

Gerold begriff sogleich, worauf der Herrscher hinaus wollte. „Es liegt nicht in meinem Bestreben, die Grafschaft für mich zu erlangen, mein König. Brandolf schwor Farold, sich um seinen Sohn und seine Belange zu kümmern. Nichts anderes liegt in unserer Absicht."

„Ich schenke Euch gerne Glauben, Gerold. Dennoch ist nicht sicher, ob Rogar gefunden wird, um Rurik von seinem Platz zu verdrängen. Das würde dem Jungen nach Ablauf der Frist nur dann gelingen, wenn der Brudermord nachgewiesen werden könnte. Denn einen verliehenen Titel kann ich Rurik nicht ohne weiteres wieder entziehen. Vor allem nicht, wenn er mir bis dahin gute Dienste erbracht hat. Gerold, geht nicht immer von einem lebenden Rogar aus, sondern zieht auch die Möglichkeit in Betracht, dass er tot sein könnte. Was gedenkt Ihr in diesem Falle zu tun?"

„Ich weiß es nicht. Wem würdet Ihr die Grafschaft übertragen, wenn wir Ruriks Schuld nachweisen könnten, Rogar jedoch verschollen bliebe, mein König?"

„Einzig einem Getreuen, der sich als würdig erwiesen hat. Da Ihr und Euer Sohn Euch dieser Angelegenheit angenommen habt, wäret Ihr ein ehrbarer Anwärter auf den Titel. Doch vorher müsst Ihr mir beweisen, dass Ihr zu solchen Taten schreiten könnt wie Rurik."

„Ich verstehe Euch nicht ganz, mein Herr."

„Bietet mir das, was ich von Rurik als Vasall sicher bekomme und stellt Euch ihm damit gleich. Ich benötige vielleicht schon bald viele Männer. Versöhnt Euch mit Euren Verbündeten und sorgt dafür, dass sie Euch nicht noch einmal so schändlich verraten wie heute. Schart sie hinter Euch und wartet mit den Männern auf, wenn ich nach Euch rufe."

Gerold war verblüfft, denn der Herrscher deutete unmissverständlich einen geplanten Feldzug an.

„Mein König, ich bitte um Verzeihung, doch es wird mir niemals gelingen, die gleichen Mittel oder Mannzahl wie Rurik bereitzustellen. Mein Einfluss ist zu gering, als dass ich das bewirken könnte."

„Ich weiß", beruhigte der König den besorgten Edelherrn. „Doch wenn Ihr Männer bereit haltet, die mit Herz und Seele für ihren König kämpfen wollen, so kann ein Mann mehr ausrichten als ein Dutzend von Ruriks bezahlten Söldnern. Bemüht Euch um Verbündete, sucht ihr Vertrauen und begeistert sie für eine gerechte Sache, dann könnt Ihr Rurik ebenbürtig ins Auge blicken und die Grafschaft nach seinem Fall übernehmen."

Damit hatte der König alles gesagt. Ohne weitere Worte ließ er Gerold und Brandolf in dem grünen Hof zurück. Vater und Sohn schauten einander an. Schließlich begriffen sie, welche Möglichkeiten ihnen der Herrscher soeben offenbart hatte.

„Brandolf, bist du bereit für diese Sache zu sterben?"

„Ich habe einen Eid geleistet, Vater! Natürlich bin ich bereit, mein Leben dafür zu geben."

„Tue es dennoch nicht leichtfertig, mein Junge“, murmelte Gerold nachdenklich. Dann sprach er wieder klarer: „Ich weiß, dass du ein mutiger Ritter bist, doch du bist manchmal noch etwas ungestüm. Sei vorsichtig bei deinen Bemühungen, Rogar zu finden. Du darfst nicht vergessen, dass wir auch noch Ländereien zu versorgen haben. Das Volk darf wegen unseres Vorhabens keinen Nachteil erleiden. Wenn wir das Vertrauen der Leute verlieren, verlieren wir unsere treuesten Verbündeten. Auf sie sind wir angewiesen, wenn wir Rogar jemals finden wollen. Zudem hat der König Recht. Wir müssen auch damit rechnen, Rogar niemals zu finden. Deshalb sollten wir auch nach Hinweisen suchen, die Ruriks Verbrechen nachweisen können.“

Brandolf stutzte. „Strebst du die Grafschaft für dich an?“

„Nein, mein Sohn, nicht für mich. Dafür bin ich zu alt. Ich bin zufrieden mit den Ländereien und dem Stand, den mir Gott zugeteilt hat. Ich strebe lediglich an, dem Volk Rurik zu ersparen. Unter seinem Joch werden die Menschen leiden, dessen bin ich mir sicher.“

Brandolf verstand nur zu gut und ihm wurde klar, dass die Suche nach Rogar länger als ein Jahr andauern könnte, sollte sie überhaupt erfolgreich sein. Zudem gab es noch weitere Umstände zu beachten, um dem Eid gerecht zu werden. Brandolfs Bürde schien noch schwerer geworden zu sein. Doch es stimmte ihn zuversichtlich, dass König Otto ihnen eine Aussicht auf Erfolg gegeben hatte. Festen Schrittes machte er sich mit seinem Vater auf, um die Heimreise anzutreten und um die ersten Bündnisse zum Erfolg ihres Vorhabens zu schließen.

* * *

Der dunkel gekleidete Mann wartete geduldig im Schatten des Raumes. Trotz des warmen Frühjahres machte er keine Anstalten, sich des dicken Umhangs zu entledigen, unter dem er die Ordenstracht der Benediktiner trug. Die starken Mauern der Festung hielten noch immer die Kälte des Winters in den Räumen gefangen.

Die kleine Kammer, in der sich der Mann befand, war karg ausgestattet. An einer Wand stand ein einfacher Tisch mit zwei Schemeln. In der gegenüberliegenden Mauer befand sich ein kleines, glasloses Fenster, welches einen Blick in den tiefer gelegenen Burghof ermöglichte und doch nur wenig Licht in den Raum dringen ließ. Die Wände bestanden aus glatten, dunkelgrauen Steinblöcken, deren Kanten exakt bemessen und handwerklich erstklassig geschlagen worden waren, sodass nur schmale Fugen sie voneinander trennten.

Wenn auch etwas angespannt, so stellte der Benediktiner zumindest befriedigt fest, dass das Treffen bisher wie vereinbart verlaufen war. Er hatte auch nichts anderes erwartet, denn die heutige Zusammenkunft war nicht die erste dieser Art. Wie schon einige Male zuvor hatte ein Vertrauter am vereinbarten Treffpunkt beim Waldrand auf ihn gewartet und ohne viele Worte hierher geführt.

Obwohl der Gottesmann sich unter der Kapuze nicht zu erkennen gegeben hatte, war ihm ohne Fragen Einlass in die Feste gewährt worden. Niemand versuchte seine Identität zu ergründen oder hinter das Dunkel der Kapuze zu blicken. Das Pferd des Klerikers wurde auf dem Burghof wortlos entgegengenommen und verpflegt, jedoch nicht abgesattelt. Konspirativ könnte man dieses Verhalten bezeichnen, und genau das war es auch. Der Mönch hoffte, dass derjenige, gegen den diese Verschwörung gerichtet war, nicht die leiseste Ahnung davon hatte.

Unruhig begann der Benediktiner in der kleinen Kammer auf und ab zu gehen. Er versprach sich einiges von dem bevorstehenden Gespräch, wenn man ihn auch lange warten ließ. Immerhin war er nicht vergessen worden, denn ein Krug mit Wein war zu seiner Erfrischung gebracht worden. Das war eine Geste, die der Mönch durchaus zu schätzen wusste. Gerne hätte er jetzt einen Schluck zu sich genommen, doch er ließ den Rebensaft unberührt. Vor einem wichtigen Treffen Wein zu trinken kam für ihn nicht in Frage. Vielleicht würde er sich danach einen Schluck gönnen, doch das hing vom Ausgang der Unterredung ab.

Während des endlos scheinenden Wartens blieb der Mönch oft am schmalen Fenster stehen und beobachtete aus der schützenden Dunkelheit des Raumes das Treiben im Burghof. Oberflächlich betrachtet glich es einem heillosen Durcheinander, über dem der beißende Gestank nach Schweiß, Getier und Kot hing. Selbst hier oben roch es noch so stark, als stünde man dort inmitten des Gedränges von Mensch und Tier. Wer das Treiben jedoch genauer beobachtete, erkannte, dass jeder einer bestimmten Aufgabe nachging. Jeder Einzelne war in diesem Durcheinander ebenso auf ein Ziel ausgerichtet wie es auch ihr heimlicher Beobachter war. Wie jene dort unten musste auch der Mönch hier oben bisher so manchen Umweg durch Unrat und Gestank in Kauf nehmen, um seine Ziele zu erreichen.

Der verhüllte Kleriker fragte sich, ob sein eigenes Treiben ebenso chaotisch wirken mochte wie das auf dem Hof. Doch es war ihm letztendlich gleich, denn im Vergleich zu den Menschen dort unten gab es bei seiner Aufgabe einen wichtigen Unterschied: Seine Bestrebungen waren ihm nicht von irgendeinem Herrn aufgetragen worden, sondern dienten seinem selbst gesteckten Ziel. Und nach jahrelangen Mühen war er endlich nahe daran, dieses Ziel zu erreichen und den Lohn für all die Risiken einzustreichen. Zumindest erhoffte er sich das von der bevorstehenden Unterredung.

Der Mann stand immer noch regungslos am Fenster und blickte in den Hof hinab, als sich die Tür der Kammer öffnete und Rurik eintrat. Er war allein gekommen, wie vereinbart, und seine Erscheinung war imposant wie immer.

Erst jetzt, als sich der Mönch umdrehte und aus dem Dunkel trat, nahm er die Kapuze ab und gab sich zu erkennen. Pechschwarzes Haar umgab die Tonsur, und sein Gesicht war frisch rasiert. Sein Auftreten wirkte gepflegt und nobel. Rurik hatte mit diesem Mönch im vergangenen Jahr viel zu tun gehabt und ergriff kurz angebunden das Wort, ohne den Besucher anzusehen. „Seid willkommen in meiner Feste, Prior Walram. Wein?“

Der Mönch hielt nicht viel von Floskeln und so fiel auch seine Antwort knapp aus: „Danke, nein!“

„Was wollt Ihr hier?“, fuhr der Sachwalter der Grafschaft kühl fort, während er sich gelassen einen der tönernen Becher nahm und sich reichlich Wein eingoss.

„Ich komme wegen unserer Vereinbarung.“

„Was genau meint Ihr damit?“

„Wenn Ihr Euch erinnert, betraf ein Teil unserer Vereinbarung für Euch die Erlangung der Grafschaft. Dieses Ziel ist vor nahezu einem Jahr erreicht worden, maßgeblich durch meinen Einfluss. Es liegt nun in Eurer Pflicht, den zweiten Teil der Vereinbarung, der mich betrifft, in die Tat umzusetzen.“

Noch immer gelassen stellte Rurik die Weinkaraffe beiseite und leerte den Becher in einem Zug. Erst dann antwortete er dem Prior, ohne ihn eines Blickes zu würdigen. „Außer dem König ruft mich keiner in die Pflicht, schon gar nicht Ihr. Habt Ihr mich verstanden?“

Rurik wartete, bis der Mönch leicht mit dem Kopf nickte. Erst dann fuhr er ruhig fort. „Ihr glaubt also, dass Ihr Euren Teil der Vereinbarung eingehalten habt und dass gewisse Ziele erreicht worden sind ...?“ Wieder wartete Rurik auf ein Nicken, ehe er fortfuhr. „Es wird Euch gewiss überraschen zu erfahren, dass dem nicht so ist!“

„Wie ...? Was ...? “, stotterte Walram mit großen, ungläubigen Augen.

„Seht Ihr“, kommentierte Rurik leicht amüsiert, „ich wusste, es würde Euch überraschen!“

„Wie könnt Ihr so etwas behaupten?“

„Wenn Ihr Euch wiederum erinnert“, zitierte Rurik den Gottesmann etwas spöttisch, „so gab es ein klar formuliertes Ziel. Könnt Ihr es wiedergeben? Nur um sicher zu gehen, dass wir nicht von unterschiedlichen Vereinbarungen sprechen.“

In Walrams Augen funkelte Zorn, doch er beherrschte sich. „Natürlich kann ich das: Ziel war es, Euch zur Grafschaft zu verhelfen. Hierfür habe ich all meinen Einfluss geltend gemacht und entsprechende Abkommen bei Fürsten getroffen, ohne deren Hilfe Ihr niemals die Mittel für dieses Unterfangen gehabt hättet. Ich habe dabei viel gewagt. Wenn man sich umschaut und bedenkt wo diese Unterredung heute stattfindet, besteht wohl kein Zweifel, dass das Ziel erreicht worden ist. Damit ist es an Euch, Euer Versprechen einzulösen.“

Ruriks Tonfall blieb kühl: „Eure erste Feststellung war richtig, die zweite leider falsch. Ziel war es, die Grafschaft für mich zu erlangen. Die Annahme, dass dies bereits erfolgt sei, nur weil ich Herr einer Burg bin und den Platz meines Bruders in der großen Halle eingenommen habe, ist jedoch ein fataler Irrtum."

Die Worte des Sachwalters hallten in der kleinen Kammer nach. Ein Schlucken des Mönches machte deutlich, dass er verunsichert war. Rurik sprach weiter: „Die Grafschaft wird erst dann mein sein, wenn man mir auch offiziell den Grafentitel verliehen hat. Euch dürfte nicht entgangen sein, dass dies auch beim vergangenen Osterfest nicht erfolgt ist. Oder kennt Ihr etwa einen Erlass des Königs, der mir entgangen sein sollte?"

Walram wusste von Ruriks Scheitern vor König Otto, versuchte die Tatsache aber zu mildern: „Das ist doch nur noch eine Frage der Zeit und zudem reine Formsache! Ihr seid unweigerlich Regent dieser Lande oder wollt Ihr das bestreiten? Binnen Jahr und Tag lautete der Beschluss des Königs, wenn ich mich nicht täusche."

Rurik sah es offensichtlich anders. Walrams Worte brachten ihn aus der Fassung und er donnerte den tönernen Becher mit einem lauten Knall auf den Tisch, der unter der Wucht zusammenzubrechen drohte. Er machte zwei große Schritte auf den Mönch zu, der versuchte zurückzuweichen, jedoch bereits mit dem Rücken an der Wand stand. Ruriks säuerlicher, nach Wein stinkender Atem schlug ihm ins Gesicht.

„So, reine Formsache nennt Ihr das? Warum ist dann diese Formsache noch nicht erledigt, wenn sie so nebensächlich ist? Weshalb muss ich noch ein weiteres Jahr warten, in der ungewissen Hoffnung, dass Rogar nicht gefunden wird?"

Schweigen.

Walram wusste darauf keine Antwort. Schließlich trat der Sachwalter einen Schritt zurück und gab dem Mönch etwas Raum. Rurik goss sich ein zweites Mal Wein ein und leerte den Becher, bevor er wieder sprach.

„Ich will Euren Gedanken etwas auf die Sprünge helfen, weshalb ich den Titel noch nicht besitze. Mein Bruder war schlichtweg zu beliebt. Wahrscheinlich fühlt sich König Otto, dieser elende Liudolfinger, noch immer wegen Farolds Hilfe auf dem Lechfeld verpflichtet. Sicherlich wäre meine Ernennung zum Grafen nur ein Akt weniger Worte auf etwas Pergament, wie Ihr jetzt wahrscheinlich denkt. Doch diese Worte können noch nicht niedergeschrieben werden. Dieser Edelherr Gerold und sein Sohn Brandolf haben für Rogars Anspruch vor dem König zu Ingelinheim Partei ergriffen. Daher bleibe ich zunächst nur der Verwalter der Ländereien, bis in einem Jahr neu darüber befunden wird!"

Ruriks Unzufriedenheit war unverkennbar. Daher wählte Walram seine Worte sorgfältig.

„Ein Jahr ist keine lange Zeit ..."

„Ich habe lange genug gewartet", fuhr der Krieger den Prior an. „Ein Jahr ist lange genug, um Rogar zu finden und gegen mich zu stellen."

„Kann man den Jungen nicht einfach für tot erklären? Er könnte im Wald von Wölfen gefressen worden oder einfach nur verhungert sein. Es dürfte für Euch doch nicht allzu schwer sein, eine Kindsleiche zu beschaffen und sie vor dem König als Rogars Leichnam auszugeben."

„Glaubt Ihr, ich hätte das nicht bereits versucht? Allerdings ist der König kein Narr. Er hat die Echtheit der bis zur Unkenntlichkeit verstümmelten Leiche angezweifelt. Eine zweite falsche Leiche vorzulegen, würde König Ottos Vertrauen in mich schwer erschüttern und man könnte mir vorwerfen, ihn absichtlich täuschen zu wollen. Von solchen Gedanken ist es dann nicht mehr weit bis zu dem Verdacht, ich könnte mit dem Tod meines Bruders selbst etwas zu schaffen haben."

Rurik machte eine kleine Pause, sprach dann aber überzeugt weiter. „Das Einzige, was uns jetzt noch helfen kann, ist die echte Leiche des Jungen. Rogar muss gefunden und, falls am Leben, getötet werden. Sein Leichnam sollte möglichst unversehrt sein und nach einem Unfall aussehen, damit keine Zweifel aufkommen können. In dieser Sache darf kein Fehler unterlaufen, sonst steht es schlecht um meine Glaubwürdigkeit und den Titel. Daher verbiete ich Euch weitere unsinnige Vorschläge zu äußern!"

Walram atmete tief ein und richtete sich auf. „Ich habe Euch schon mehrfach berichtet, dass Rogar in unserer Abtei weilt. Er ist unter falschem Namen als Novize aufgenommen worden. Sein Verschwinden würde kaum Aufsehen erregen."

Der Burgherr blickte den Mönch streng an. „Ich hatte doch eben gesagt, dass ich Fakten benötige. Was diesen Novizen angeht, so hegt Ihr doch lediglich die Vermutung, es könne sich um Rogar handeln. Ihr habt keinerlei Beweise. Keine Sorge, ich bin Euren Hinweisen durchaus nachgegangen. Doch weder ich noch mein Weib oder das Gesinde haben den besagten Novizen bei unserem Besuch im Kloster als Rogar erkannt."

Mit einem Mal geriet Rurik ins Grübeln, und als bekäme er plötzlich eine Einsicht, fuhr er fort: „Vielleicht liegt das Schweigen des Gesindes auch daran, dass es meinem Bruder noch immer treu ergeben ist. Sie würden Rogar niemals verraten und ich kann nichts daran ändern."

Das war eine bittere Erkenntnis für Rurik: Die Burgbewohner trauerten noch immer um ihren alten Herrn, statt ihm, dem neuen Herrn, von ganzem Herzen zu folgen. Erbost darüber machte er Walram seinen Standpunkt noch einmal klar:

„Ich benötige Beweise, bevor ich handeln kann. Oder glaubt Ihr etwa, ich könnte ohne weiteres einen Novizen aus einer Abtei verschwinden lassen? Ihr scheint dabei eines zu vergessen: Falls es sich bei dem Knaben tatsächlich um Rogar handelt, so würde es mich wundern, wenn Euer ehrwürdiger Abt nicht darüber Bescheid wüsste. Es ist sogar damit zu rechnen, dass er ein besonderes Augenmerk auf den Jungen hat. Das dürfte die Sache weiter erschweren. Sollte ich auch nur im Entferntesten mit dem Tod eines Novizen in Verbindung gebracht werden, wird sich König Otto gegen mich wenden.“

Walram schluckte schwer, versuchte dennoch vorsichtig Rurik erneut zum Handeln zu ermutigen. „Könnt Ihr Euch denn nicht im Entferntesten an Euren Neffen erinnern? Fällt Euch oder Eurem Weib denn kein einziges Merkmal ein, um den Novizen als Rogar zu erkennen?“

„Wenn Ihr glaubt, dass ich all die Jahre nicht Besseres zu tun hatte, als mir das Gesicht eines Bastards einzuprägen, so habt Ihr Euch getäuscht. Was ist mit Eurer eigenen Erinnerung? Ihr selbst habt meinen Bruder mehrfach gesehen, wenn schon nicht seinen Sohn. Findet Ihr eine Ähnlichkeit im Gesicht des Novizen? Selbst wenn, so macht ihn das noch lange nicht zum Erben! Ähnlichkeit ist kein Beweis. Ein Beweis wäre der verschwundene Siegelring. Könnt Ihr ihn vorweisen? Wohl kaum, sonst hättet Ihr es längst getan. Verschwendet meine Zeit also nicht mit Spekulationen! Es gibt nur diesen einen Beweis: Den Jungen mitsamt dem verschwundenen Siegelring.“

Rurik wurde nachdenklich, dann fuhr er fort: „Wenn ich es mir recht überlege, bedarf es nur des Siegelringes. Hielte man ihn in Händen, würde man eine jede Knabenleiche als Rogar ausgeben können. Dann wäre dieser Novize ohne Bedeutung, selbst wenn er Rogar sein sollte und am Leben bliebe.“

Diese Gedanken schienen Rurik zu erheitern. Er lachte kurz und laut auf, verstummte allerdings schnell wieder. Was brachte ihm diese Idee, wenn die Umsetzung nicht möglich war? Nicht das Geringste!

Wieder herrschte Stille in der kleinen Kammer. Nur vom Burghof drang Lärm von Mensch und Tier durch das schmale Fenster. Es war eine merkwürdige Mischung aus Sprache, Geräuschen und Schreien, die sich anhörte, als würde man sich dort unten über die Ränke der beiden Männer belustigen. Walram ließ sich dadurch nicht beirren und dachte weiter fieberhaft nach, fand allerdings keinen Weg aus der Misere.

„Es mag sich für Euch nur wie eine Vermutung anhören“, begann der Mönch noch einmal vorsichtig „doch ich bin fest davon überzeugt, dass sich beide, der Junge und der Siegelring, in unserer Abtei befinden.“

„Dann besorgt mir den Ring, wenn Ihr Euch so sicher seid. Schließlich habe ich bereits einen weiteren Teil unserer Abmachung erfüllt, im Gegensatz zu Euch.“

Walram schaute überrascht und Rurik fuhr fort: „Ja, Ihr habt richtig vernommen. Oder habt Ihr tatsächlich geglaubt, Drogos Unterbringung in Eurem Kloster sei mir tatsächlich so viel wert, wie Eure Abtei im Gegenzug erhalten hat? Ihr dürft mich nicht mit meinem Weib verwechseln. Drogos Erziehung hätte ich auch mit weitaus geringerem Aufwand erreichen können."

„Und was ist mit meinem Anteil?", spuckte Walram schließlich aus.

Das war es, um was es ihm eigentlich ging.

„Was wollt Ihr noch? Wir haben eine klare Vereinbarung! Darin ist geregelt, wann Ihr das erhaltet, was Ihr begehrt. Das erfolgt jedoch erst, wenn man mir den Grafentitel verliehen hat. Dann, und nur dann, bin ich gewillt und in der Lage, meinen Einfluss geltend zu machen, um Euch zum Amt des Abtes zu verhelfen. Doch überschreitet Eure Grenzen nicht! Ich habe bereits viel für Drogos Aufnahme an das Kloster abgetreten, was man sicherlich zu Euren Gunsten anrechnen wird. Fordert nicht noch mehr, denn es könnte als Unverschämtheit ausgelegt werden."

Auf diese scharfen Worte seines Gegenübers war Walram nicht vorbereitet. Er musste zugeben, dass Ruriks Argumente schlagend waren und er an dessen Stelle auch nicht anders handeln würde. Walram wollte keinen weiteren Fehler begehen und wurde wieder vorsichtiger, denn jedes weitere Verhandeln könnte schnell zu einem lebensbedrohlichen Wagnis werden. Der Mönch war hilflos und sein letzter Versuch klang entsprechend.

„Dann helft mir auf irgendeine Weise, den Siegelring zu finden!"

„Und wie soll ich das anstellen, Prior?", fragte Rurik leicht resigniert und sarkastisch. „Das Kloster ist Euer Revier, nicht meines. Erwartet Ihr etwa, dass ich es einnehme? Glaubt Ihr, Euer Abt würde einfach zusehen, wenn wir vor seinen Augen die Abtei bis in die kleinsten Winkel durchsuchten. Unterschätzt diesen Mann nicht. Wenn er tatsächlich Beweise für die Identität dieses Novizen zurückhält, so hat er sie längst vor neugierigen Augen gut verborgen. Sie zu finden ist allein Eure Sache!"

„Wie soll das gehen?" Walram klang verzweifelt.

„Fragt doch den allmächtigen Herrn, dem Ihr dient. Ich sorge mich um das Wohl meiner Burg. Ebenso sollte Euer Herr es mit der Abtei halten. Oder fehlt Euch etwa das Vertrauen in seine Macht?"

Der Spott in Ruriks Worten war unverkennbar und er fuhr ebenso sarkastisch fort: „An dieser Aufgabe könnt Ihr beweisen, dass Ihr dem Amte eines Abtes gewachsen seid und Euch bei Euren Mitbrüdern durchsetzen könnt. Bringt sie dazu, Euch den Beweis zu liefern. Wenn Euch das nicht gelingt, wäre es ohnehin ein Fehler, Euch zum Abt zu erheben! Beweist Euch also und zeigt Euch würdig, dann sehen wir weiter! Je früher der König mich zum Grafen ernennt, umso früher könnt Ihr Euch Abt nennen. Sollte ich jedoch unnötig lange darauf warten müssen, so rückt auch Euer Ziel immer ferner."

Rurik blickte Walram tief in die Augen, um sicher zu gehen, dass seine letzten Worte ihre Wirkung nicht verfehlt hatten. Die Unsicherheit des Mönches war deutlich zu sehen. Rurik trat zurück und schien zufrieden, machte schließlich kehrt, um den Raum zu verlassen. Als er die Tür öffnete, raunte er Walram noch ein paar letzte Worte zu. „Besorgt mir das Notwendige und Eurem Ziel wird nichts mehr im Wege stehen. Andernfalls kann ich nichts für Euch tun. Bis diese Angelegenheit erledigt ist, bedarf es keiner weiteren Treffen mehr."

Rurik erwartete keine Antwort und ließ Walram in der kleinen, plötzlich eiskalten Kammer allein. Trotz seiner dicken Gewandung lief dem Mönch ein Schauer über den Rücken.

Die Besprechung war denkbar schlecht verlaufen und Walram fluchte leise vor sich hin. Es war ihm gleich, wie gotteslästerlich er in diesem Augenblick war. Seine Taten spotteten ohnehin allen christlichen Geboten. Erneut fluchte er auf die dunkelste Art, die ihm in den Sinn kam. Wütend griff er nach dem unberührten Becher auf dem Tisch und schenkte sich voll ein. Schnell leerte er ihn und füllte ihn ein zweites Mal. Kurz bevor der Becher erneut seine Lippen berührte, verharrte seine Hand, als sei sie erstarrt. Walram schloss die Augen. Sein Atem ging schnell und Zorn stieg in ihm auf. Sein Griff um den Becher wurde immer fester, bis seine Knöchel weiß hervortraten und die Hand immer stärker zu zittern begann.

Wofür all die Mühe, der Aufwand und das Risiko?

In diesem Augenblick schien es ihm, als habe er Rurik zu seiner jetzigen Position und Macht nur deshalb verholfen, damit dieser ihn mit Hohn verspotten konnte. Als wäre das noch nicht genug der Demütigung, musste Walram jetzt auch noch über die Erziehung von Ruriks missratenem Sohn wachen. Er ging als Betrogener aus dieser Vereinbarung hervor, denn alle Versprechungen und Entlohnungen lösten sich vor seinen Augen in nichts auf.

Mit einem Mal begriff Walram, dass er seinen Zielen ferner war denn je. Er war machtlos dagegen! Mit einem wütenden Schrei aus tiefstem Herzen warf er den vollen Becher an die gegenüberliegende Wand, dass er mit einem lauten Knall zerbarst.

Mit beiden Händen musste sich Walram an dem kleinen Tisch festhalten. Mit geschlossenen Augen blieb er so stehen, bis sich sein Atem wieder beruhigt hatte und er einigermaßen klar denken konnte. An all seinen Problemen war nur dieser verfluchte Junge schuld. Rogar, wie er diesen Namen hasste! Oder Faolán, es war ihm ganz gleich! Dieser Junge personifizierte seine Niederlage. Ebenso Degenar, samt seinem Busenfreund Ivo. Wie er sie abgrundtief hasste, alle drei! Allein beim Gedanken an sie schürzte sich Walrams Oberlippe und er entblößte seine Zähne wie ein angriffslustiger Wolf.

Es musste etwas geschehen! Entschlossen ballte Walram seine Hände, öffnete die Augen und richtete sich bestimmt auf. Ja, er musste handeln, auch wenn sein Handeln länger dauern würde, als ihm lieb war! Er musste eine Lösung finden, ganz gleich welcher Art, und sie in die Tat umsetzen. Doch zunächst musste er ins Kloster zurückzukehren. In das Kloster, das er schon bald als das seine bezeichnen könnte, sobald man ihn zum Abt gemacht hatte.

Abt Walram – das klang versöhnlich in seinen Ohren. Mit neuem Elan verließ der Prior die kleine, kalte Kammer.

Mit ein paar leichten Hieben ihrer Weidenrute trieb Svea die Schweine vor sich her. Die Sonne stand bereits tief am Himmel, und sollte sie nicht bald zu Hause eintreffen, drohten Schläge von ihrem Vater. Sie konnte die Dächer Neustatts bereits in der Ferne erkennen und war froh, dass sie noch rechtzeitig das Tor im Palisadenwall passieren würde, bevor man es die Nacht über schloss.

Der Sommer war bisher angenehm warm gewesen. Weder Regen noch kalte Winde bewegten Svea dazu, früher als notwendig zum schäbigen Hof ihres Vaters zurückzukehren. Viel lieber verweilte sie, solange es hell war, im Wald oder auf der Lichtung mit der windschiefen Hütte, wo Alveradis lebte. Bei ihr durfte Svea so lange bleiben, wie es ihr beliebte, und bei der Pflege des Gartens helfen. Ebenso unterstützte sie die Alte bei der Verarbeitung der Kräuter zu Heiltränken oder Pasten. Alveradis erklärte ihr jeden Handgriff: Weshalb er notwendig war, welche Wirkung die Kräuter besaßen und welche alten Geschichten sich dahinter verbargen.

Das Mädchen sog all das Wissen in sich auf und fühlte sich geehrt, dass Alveradis es ihr anvertraute. Für Svea war die Unterweisung bei der Kräuterfrau etwas Besonderes, denn ihr Vater hatte ihr noch nie etwas beigebracht oder erklärt. Svea durfte auf Ulfs Hof nur die einfachsten Arbeiten verrichten und meist hatte sie damit zu tun, den Dreck der anderen zu beseitigen; auch den des Viehs.

Ihrem Vater hatte sie die unregelmäßigen Besuche bei Alveradis bisher verschwiegen. Ulf war nicht gut auf diese wilde Frau, wie er sie nannte, zu sprechen, und so glaubte Svea, es sei besser, diesen Umstand weiter zu verheimlichen. Um keinen Verdacht oder Fragen zu ihrem Verbleib aufkommen zu lassen, hielt sie die Besuche auf der Lichtung in der Regel möglichst kurz. Heute allerdings hatte sie vergessen, den Stand der Sonne im Auge zu behalten, so vertieft war sie in ihre Aufgaben gewesen.

Rechtzeitig heimgekehrt trieb Svea die Schweine in den Pferch und verriegelte das Gatter. Sie war außer Atem und wischte sich den verräterischen Schweiß von der Stirn. Als wolle sie sich selbst kontrollieren, fuhr sie sich durch das kurz geschorene, wild und zerrupft aussehende Haar. Sie zerwühlte es ein bisschen, wie sie es sich in diesem Frühjahr angewöhnt hatte, um es wie Brun zu tragen. Svea hatte sich bewusst für das kurze Haar wie es die Knaben trugen entschieden, denn ihr Vater mochte keine Mädchen. Sie glaubte, dass seine Abneigung gegen sie darin begründet war, dass sie kein Junge war, und versuchte alles, um wenigstens auf diese Weise etwas Liebe von ihm zu erhalten. Svea wusste zwar nicht, ob es jemals zum erwünschten Erfolg führen würde, doch einen Versuch war es wert.

Thorben unterstützte sie bei diesem Vorhaben, denn er mochte seine Schwester. Manchmal nahm er sie abends sogar mit aus dem väterlichen Haus und versuchte ihr beizubringen, wie Jungen gingen, wie sie lachten, ausspuckten oder wie sie derb miteinander sprachen. Svea gefiel das Wenigste von alldem, doch sie versuchte bereitwillig das umzusetzen, was Thorben ihr geduldig beizubringen versuchte.

Heute Abend allerdings würde er dazu keine Zeit mehr haben. Als Svea wieder einigermaßen ruhig atmete, lief sie in das Haus. Darin war es selbst bei helllichtem Tage ziemlich düster und es roch muffig nach Qualm und Schweiß. Ein wenig Licht fiel durch den Rauchabzug im First des Daches. Außer der Tür gab es lediglich noch kleine Öffnungen an den Spitzen der Giebelwände und so blieb diese meist offen stehen, um die Hitze des Feuers und die dicke, stehende Luft aus dem Haus zu treiben. Ernüchtert stellte Svea fest, dass es überflüssig gewesen war, sich den Schweiß abzuwischen, denn er trat ihr gleich wieder auf die Stirn, kaum hatte sie das Haus betreten.

An der Feuerstelle stand Ulfs neue Gemahlin, Gertha, die gerade die Glut des niedergebrannten Feuers abdeckte. Danach trug sie den Kochkessel, in dem die allabendliche Mahlzeit zubereitet wurde, zum Tisch und schöpfte Brei in eine Schüssel. Ulf hatte sie im Frühjahr geehelicht, und der Grund dafür war an ihrem runden Bauch deutlich zu sehen.

Thorben und Brun hatten anfangs gehofft, dass sich mit einer Frau im Haus ihre Lage verbessern würde, da sich einer von ihnen bisher immer um die lästigen Arbeiten im Haus und um die Feuerstelle hatte kümmern müssen, wurden jedoch enttäuscht. Gertha war ein garstiges Weib und hörte einzig auf Ulfs Anweisungen. Wenn der Hausherr nicht zugegen war, erhob sie sogar die Hand gegen die beiden Jungen, gegen Svea ohnehin. Mehrfach hatte Thorben seinem Vater zu erklären versucht, dass es so nicht weitergehen könne, doch Gertha vollbrachte es immer wieder, Ulf mit Engelszungen davon zu überzeugen, dass Thorben im Unrecht und sie die Gepeinigte sei.

Auf Svea war sie von Anfang an schlecht zu sprechen gewesen. Nichts konnte das Mädchen ihr im Haus oder auf dem Hof recht machen. Selbst wenn Svea glaubte, ihre Arbeit gut gemacht zu haben, bekam sie meist Schelte oder gar eine Backpfeife. Gertha fand immer einen Grund, und wenn sie nur behauptete, dass Svea zu langsam gewesen sei.

Bei Gerthas Anblick senkte das Mädchen schnell sein Haupt und ging zu ihrem Platz am Tisch, wo ein Löffel lag. Ulf saß am Kopfende. Er schenkte ihr weder einen Blick noch unterbrach er das Löffeln des Getreidebreis, als sie sich auf die einfache Bank setzte. Ihre beiden Brüder saßen Svea gegenüber, an der Langseite des Tisches. Die Stimmung war bedrückend, dennoch zwinkerte Brun seiner Schwester kurz zu und schenkte ihr ein Lächeln.

Svea erwiderte es und griff nach dem Löffel, um aus der gemeinsamen Schüssel auf der Mitte des Tisches zu essen. Doch bevor sie ihn zum Munde führen konnte, begann Gertha zu schimpfen: „Hab ich's dir nicht gesagt, Ulf: Um die Arbeit drückt sie sich, zum Stopfen ihres frechen Mauls kommt sie jedoch rechtzeitig zurück. Das muss aufhören! Ulf, sag doch was. Ich kann das Holz nicht mehr allein schleppen, sonst kommt dein Sohn zu früh auf die Welt!"

Gertha wusste genau, wie wichtig es Ulf war, einen weiteren Sohn zu bekommen. Es schien, als wolle er mit ihm die Schmach der Geburt seines bisher jüngsten Kindes auswaschen. Ulfs Antwort bestand jedoch nur aus einem wortlosen Brummen. Er hörte diese Klage nicht zum ersten Mal. Nicht sicher, was sie jetzt tun sollte, schob Svea den vollen Löffel langsam in den Mund und würgte den faden Brei so regungslos wie möglich hinab. Sie überlegte, ob sie noch ein weiteres Mal aus der Schüssel fassen sollte, als Ulf sie missgelaunt ansprach, ohne sie dabei aber eines Blickes zu würdigen.

„Wo warst du so lange?" Sveas Herz begann so wild zu schlagen, dass sie es im Halse spürte. Sie wusste nicht, was sie antworten sollte und zögerte. Ulf gab ihr keine Zeit zum Nachdenken: „Du warst bei ihr, nicht wahr?"

Svea versuchte ihren Kopf aus der Schlinge zu ziehen: „Ich weiß nicht, was ..."

„Lüg' mich ja nicht an! Ich bin dir heut' gefolgt, bis zu dieser teuflischen Lichtung."

„Das ist keine teuflische ..."

„Du gibst also zu, dass du dort warst?"

„Nein ..."

Mehr konnte Svea nicht sagen, da war Ulf schon aufgesprungen, schlug ihr mit voller Kraft ins Gesicht und schrie sie an: „Ich hab' dich gewarnt!"

Der Schmerz brannte auf Sveas Wange. Mit Mühe unterdrückte sie einen Aufschrei und Tränen. Nur so konnte sie weitere Schläge verhindern. Ihr Vater stand abwartend da. Svea beherrschte sich und wagte nicht, ihn anzublicken. Nach einiger Zeit setzte Ulf sich wieder und aß weiter. Gertha ließ sich jetzt zwischen den beiden auf der Bank nieder und strahlte dabei eine gewisse Zufriedenheit aus. Doch anscheinend war sie nicht zufrieden genug, denn sie flüsterte ihrem Gemahl etwas ins Ohr, woraufhin er noch einmal das Wort an Svea richtete.

„Was treibst du dort? Sie bringt dir bösen Zauber bei, stimmt's? Betet ihr auch Götzen an? Oder mischt ihr verwunschene Tränke?" Svea hätte gerne geantwortet und ihm erzählt, was Alveradis tatsächlich tat, doch Ulf schien keine Antwort zu erwarten und polterte sogleich weiter. „Diese Wilde ist gotteslästerlich und treibt schändliche Dinge! Sie verdirbt dich, wie schon deine Mutter zuvor! Diese Wilde hat einen Dämon in sie gepflanzt, daran ist sie gestorben. Das reicht ihr wohl nicht. Jetzt will sie den gleichen Dämon auch in dich pflanzen."

Vorsichtig und mit gesenktem Blick versuchte Svea, die Angelegenheit richtig zu stellen: „Das ist nicht wahr, sie …“

Diesmal sprang Ulf so überraschend auf, dass Gertha erschrocken von der Bank fiel. Instinktiv hob Svea ihre Arme schützend über den Kopf. Die Hiebe ihres Vaters waren hart und schnell, Svea war ihnen hilflos ausgesetzt. Wenige Atemzüge später lag sie auf dem Erdboden des kleinen Hauses und ließ mit geschlossenen Augen die Schimpftiraden ihres Vaters über sich ergehen. Sie hoffte, dass es bald vorüber sein würde. In der Regel verflog sein Zorn recht schnell. Bis dahin galt es, möglichst wenig Widerstand zu leisten. Drohend stand Ulf über ihr, bereit für weitere Hiebe, als er plötzlich verstummte und nichts weiter geschah.

Überrascht wagte Svea einen Blick hinauf und sah Thorben neben dem Vater stehen. Er hatte Ulfs Handgelenk ergriffen und weitere Schläge verhindert. Angespannt starrte Thorben in die zornigen Augen des Bauern, schnell atmend. Noch nie hatte er sich gegen seinen Vater gestellt und niemand wusste, wie Ulf darauf reagieren würde.

Der Junge nutzte den Moment der Überraschung und rief seine Schwester zur Besinnung: „Lauf, Svea. Schnell, lauf weg!“

Sie ließ sich das kein zweites Mal sagen, raffte sich auf und lief, ohne sich umzuschauen, aus dem Haus. Ratlos, wohin sie sich wenden sollte, rannte sie aus dem noch offen stehenden Palisadentor und die Straße entlang, bis zum Waldrand. Erst dort blieb sie keuchend stehen und schaute zurück. Erschöpft lehnte sie sich gegen einen Baumstamm, wischte das Blut von ihrer aufgeplatzten Lippe und schloss die Augen. Je ruhiger sie wurde, umso klarer begriff sie, was soeben geschehen war. Ulf hatte sie schon des Öfteren geschlagen, doch niemals zuvor mit dieser Heftigkeit, mit diesem Hass.

Eine große Traurigkeit überkam Svea. Ihre Beine begannen zu zittern und sie sank auf den Boden nieder und weinte. Es schien, als weinte sie nun all die Tränen, die sie über Jahre unterdrückt hatte. Sie weinte wegen der ungerechten Schläge ihres Vaters und wegen ihrer Mutter, die sie nie gekannt hatte und dennoch vermisste. Sie weinte wegen Thorben, der wahrscheinlich in Schwierigkeiten steckte. Und sie weinte, weil sie ein Mädchen war – der Grund, weshalb ihr Vater sie hasste. Sie musste etwas büßen, wofür sie keine Schuld trug. So saß sie da, mit sich und ihrem Schicksal hadernd, bis es keine Tränen mehr gab, die sie vergießen konnte.

Mit verweintem Gesicht stand Svea schließlich auf und ging in den Wald. Sie achtete nicht darauf, wohin sie ging. Die Sonne war längst hinter dem Horizont verschwunden und zwischen den Bäumen war es schon dämmrig. Immer häufiger stolperte das Mädchen über Wurzeln, Bruchholz oder Steine. Sie schlug sich die Knie auf, verspürte jedoch keinen Schmerz. Der Schmerz in ihrem Herzen war viel größer.

Selbst der einsetzende Regen vermochte all ihren Kummer nicht hinfort zu waschen. Immer weiter strauchelte sie benommen durch den düsteren Wald, bis plötzlich dichtes Buschwerk den Weg versperrte. Verblüfft schaute sie auf und erkannte trotz der Dunkelheit, dass sie an dem Dickicht angelangt war, das die Lichtung mit Alveradis' windschiefer Hütte umgab. Es war der einzige Zufluchtsort, den sie kannte. Zu Georg und seiner Familie hätte sie nicht gehen können. Bei ihm würde Ulf als erstes nach ihr suchen, da er wusste, wie sehr Svea ihren ältesten Bruder mochte. Alveradis' Hütte lag verborgen im Wald und nur die Kräuterkundige würde sie vollkommen verstehen.

Nach kurzem Zögern begab sich Svea auf den versteckten Pfad durch das Gebüsch und stand wenige Augenblicke später vor der kleinen Hütte. Noch nie war sie bei Nacht hier gewesen. Der Regen machte diesen Ort zu einem trostlosen und unheimlichen Flecken Erde. Zaghaft klopfte Svea an die Tür und wartete auf eine Antwort. Die Tür öffnete sich gleich und Alveradis blickte erstaunt auf das tropfnasse Mädchen herab. Als sie Sveas Zustand begriff, kniete sie sich besorgt nieder und empfing sie mit offenen Armen. Sie drückte das Mädchen liebevoll an sich und ließ es an ihrer Schulter weinen.

Nachdem sich Svea beruhigt hatte, brachte Alveradis sie in ihre kleine Hütte. Sie streifte dem Kind die nasse Kleidung ab und wickelte es in einen wollenen Umhang. Danach setzte sie das Mädchen an den kleinen Tisch und reichte ihr eine Schale mit heißer Brühe. Während Svea sie schluckweise leerte, begann die Kräuterfrau, die aufgeschlagenen Knie zu reinigen und die offenen Wunden und Prellungen mit einer Paste und Bandagen zu versehen. Danach setzte sie sich zu Svea und ließ sich erzählen, was vorgefallen war. Alveradis unterbrach sie dabei nicht, sondern hörte aufmerksam zu. Als das Mädchen nichts mehr zu berichten wusste, saßen beide zunächst stumm da. Doch Alveradis war keine Frau, die in einer solchen Situation tatenlos blieb. Sie überlegte eine Weile und schließlich unterbreitete sie Svea ein Angebot.

„Du kannst so lange bei mir bleiben, wie du es wünschst. Mach dir keine Sorgen, die Hütte bietet genug Platz für zwei."

Svea zögerte mit einer Antwort. Sie wusste nicht, was sie von diesem Vorschlag halten sollte. Sie hatte noch nie eine Nacht außerhalb ihres Elternhauses verbracht und konnte es sich auch nicht vorstellen, für längere Zeit fern zu bleiben. Doch ebenso wenig konnte sie sich vorstellen, einfach nach Hause zurückzukehren, schon gar nicht heute Nacht. Zudem war das Tor der Stadt zu so später Stunde fest verschlossen und würde niemandem mehr Einlass gewähren.

Nach reiflicher Überlegung nickte Svea zustimmend und Alveradis lächelte beruhigt. Sie versuchte, das Mädchen auf andere Gedanken zu bringen: „Was hältst du davon, wenn wir uns zuerst um dein Lager kümmern? Du kannst dich gerne neben mich betten.“

Die beiden begannen, die wenigen Möbel im Haus zur Seite zu rücken und schufen ein Nachtlager für Svea. Auf diese Weise beschäftigt, vergaß das Mädchen seinen Kummer. Erst, als Svea ruhig neben Alveradis lag und vom lauten Prasseln des Regens am Einschlafen gehindert wurde, begann sie wieder über den Hass ihres Vaters nachzudenken. Ihre Traurigkeit wurde plötzlich so groß, dass sie erneut zu weinen begann, ganz leise und von der alten Frau abgewandt.

Alveradis hatte sich Svea allerdings nicht grundlos zur Gehilfin erwählt. Sie verstand das Kind wie eine eigene Tochter und bemerkte auch den Kummer des Mädchens. Vorsichtig legte sie den Arm um sie und spendete ihr Trost und Wärme, wie Svea es noch nie verspürt hatte; die tröstende Wärme einer Mutter, die sie endlich zum Einschlafen brachte.

Am nächsten Morgen erwachte Svea schlagartig. Rasch setzte sie sich auf und bemerkte, dass sie allein war. Durch die kleine Öffnung am Giebel konnte sie die Sonne sehen, die bereits hoch am Himmel stand. Alveradis hatte schon im Morgengrauen die Hütte verlassen, ohne das Mädchen zu wecken. Beunruhigt sprang Svea auf und lief vor die Tür, doch auch draußen konnte sie die weise Frau nicht finden.

Verzweifelt schaute sie in alle Richtungen, strich sich dabei immer wieder über das zerzauste, kurze Haar. Als sie sich dessen bewusst wurde, erinnerte sie sich, weshalb sie es so kurz geschnitten hatte: nur, um ihrem Vater zu gefallen.

Plötzlich vernahm Svea ein Rascheln aus dem nahen Gebüsch. Sicherheitshalber versteckte sie sich hinter der geöffneten Tür und beobachtete durch einen Spalt, wer sogleich auf der Lichtung erscheinen würde.

‚Vielleicht ist es Ulf‘, schoss es ihr durch den Kopf. Ihr Vater konnte sich gewiss denken, wohin seine widerspenstige Tochter gelaufen war. Svea machte sich auf alles gefasst. Sie war so angespannt, als müsse sie gleich davonlaufen.

Doch statt des Bauern erschien Alveradis. Sie trug zwei große Wasserschläuche über den Schultern und kam direkt auf das kleine Haus zu. Svea ließ erleichtert den Atem fahren und trat aus ihrem Versteck.

„Guten Morgen, mein Kind“, strahlte Alveradis das Mädchen an.

So liebevoll war sie noch nie zu Beginn eines Tages begrüßt worden, stellte Svea fest.

Weshalb konnte ihr Vater nicht ein kleines bisschen wie Alveradis sein? Überrascht bemerkte sie, dass sie ihn trotz seiner ständig schlechten Laune und der Schläge vermisste. Und sie vermisste ihre beiden Brüder, die noch im Haus lebten.

„Guten Morgen“, antwortete Svea mit belegter Stimme.

„Ich habe frisches Wasser von der Quelle geholt. Es wird dir schmecken und deine Lebensgeister wecken.“

Alveradis holte einen hölzernen Becher und schenkte dem Mädchen ein. Svea nahm das Gefäß dankbar entgegen und trank in einem Zug aus. Den zweiten Becher trank sie auf einer kleinen Bank vor der Hütte, gemeinsam mit der alten Frau. Sie saßen schweigsam und nachdenklich, und Alveradis ließ dem Mädchen Zeit, wofür Svea dankbar war. Sollte sie noch einmal über die Ereignisse des gestrigen Tages sprechen wollen, so würde sie zu gegebener Zeit von selbst beginnen.

Der Tag schritt voran. Als sei es selbstverständlich, half Svea bei allem, was an Arbeit anfiel. Mit der Zeit sprach sie wieder, jedoch nur über belanglose Angelegenheiten. Alveradis unterrichtete sie weiter und ihre Gehilfin sog alle Erklärungen auf wie ein trockenes Tuch Wasser. Am Abend gab es ein kleines Mahl und als sich die Nacht über der Lichtung ausgebreitet hatte, betteten sie sich zur Ruhe. Auf diese Weise vergingen einige Tage: Die beiden arbeiteten, sammelten Nahrung im Wald, speisten und sprachen miteinander, als wäre es nie anders gewesen.

Mittags saßen sie oft vor der Hütte, bereiteten Heilmittel zu oder sortierten das Gesammelte aus dem Wald. So auch heute. Svea säuberte gerade ein paar Wurzeln, die sie für das Mahl ausgegraben hatten, als sie ein Rascheln im Gebüsch vernahm. Erschrocken sah sie Alveradis an, die es ebenfalls wahrgenommen hatte.

„Es kommt jemand“, stellte das Mädchen beunruhigt fest. Noch nie war jemand auf der Lichtung erschienen, wenn sie dort gewesen war.

Alveradis blieb gelassen, als sei es nichts Außergewöhnliches. „Vielleicht einer der Männer aus dem Wald. Die Geächteten und Verstoßenen suchen mich zuweilen auf, wenn sie meine Hilfe benötigen.“

Svea erschrak, als sie sich einen Geächteten vorstellte. Sie hatte bereits viel über sie gehört. Es waren Halsabschneider und Diebe, Räuber und Schänder, die in keinem Dorf und keiner Stadt mehr geduldet waren. Männer und auch Frauen, die ein kleines Mädchen besser meiden sollte. Ängstlich rutschte sie näher zu Alveradis.

„Keine Sorge, mein Kind. Meist ersuchen sie mich um meine Dienste und bringen als Gegenleistung etwas Nahrung mit. Ein erlegtes Tier oder wilde Früchte. Ich kenne die meisten von ihnen und bisher hat mir noch niemand Leid zufügen wollen, ganz gleich, welchen Verbrechens sie schuldig gesprochen wurden.“

Trotz der beruhigenden Worte blieb Svea in der Nähe der weisen Frau und erwartete, im nächsten Augenblick einen wüsten Mann zu erblicken. Als dann allerdings ihr Vater auf der Lichtung erschien, erschrak sie derart, dass sie sich mit einem schrillen Quieken ängstlich hinter Alveradis verbarg.

Die Kräuterfrau erhob sich sogleich und trat dem Bauern ein paar Schritte entgegen, bis dieser stehen blieb. Er wirkte unsicher, als hätte er nicht erwartet, hier auf Alveradis zu treffen. Sollte er tatsächlich geglaubt haben, Svea allein hier überraschen zu können, so hatte er sich getäuscht.

Ulf stand unsicher da, mit seiner löchrigen Kleidung und seiner fleckig schmutzigen Haube auf dem Kopf. Er strich sich über die unrasierten Wangen und schien zu überlegen, was er jetzt tun sollte. Finster starrte er Alveradis an und machte schließlich einen Schritt zur Seite, um Svea besser sehen zu können. Barsch sprach er sie an, als stünde die Kräuterfrau nicht vor ihm.

„Pack dich und komm' mit!"

Doch Svea gehorchte nicht. Stattdessen machte sie einen Schritt zurück, als beabsichtige sie zu fliehen. Um dies zu verhindern, wollte Ulf entschlossen auf sie zugehen. Alveradis versperrte ihm jedoch den Weg. Überrascht hielt der Bauer inne und blickte die gefürchtete Frau hasserfüllt an. Seine Stimme klang wie ein bedrohliches Zischen, und seine Hände ballten sich, als er sie ansprach.

„Geh' mir aus dem Weg, Weib!"

„Wenn du zu Svea willst, so musst du erst an mir vorbei. Allerdings werde ich dich nicht so einfach durchlassen."

„Das ist meine Tochter, vergiss das nicht!"

„Ich kann mich noch sehr gut an den Tag erinnern, als ich ihr auf diese Welt geholfen habe. Dich habe ich damals kaum zu Gesicht bekommen!"

„Willst du deshalb einen Anspruch auf Svea erheben? Ist das deine Absicht?"

„Ich erhebe gar nichts, noch nicht einmal meine Hände. Schon gar nicht gegen ein unschuldiges Kind."

„Halt' dein gotteslästerliches Maul, du teuflisches Weib. Zieh' dich in deine Hütte zurück und treib' dort, was du willst! Doch lass mich in Frieden mit deinen Sprüchen. Ich nehm' Svea jetzt mit, egal was du dagegen hast."

Ulf wollte gerade an Alveradis vorbeischreiten, als sie ihn am Arm packte und anherrschte: „Das wirst du nicht tun!"

Ungläubig blickte Ulf erst auf die Hand, die es wagte, ihn von seinem Vorhaben abzuhalten, dann in die Augen der Alten und raunte bedrohlich: „Lass' mich sofort los oder ich vergess' mich."

Die Weise ließ ihn tatsächlich los, doch stellte sie sich erneut zwischen Ulf und Svea. So leicht würde der Bauer nicht zu seiner Tochter gelangen, mochte er noch so viele Drohungen aussprechen.

„Svea wird nicht mit dir gehen. Sie bleibt bei mir."

„Du hast darüber nicht zu entscheiden. Mach endlich Platz!"

„Es ist auch nicht meine Entscheidung, sondern Sveas."

Dies schien Ulf zu überraschen, denn er hielt inne und richtete sich auf. Forschend schaute er Svea an, die ängstlich ein paar weitere Schritte zwischen sich und ihren Vater gebracht hatte, dann wandte er sich wieder an Alveradis.

„Das ist dein Werk, Teufelsweib. Ich erkenn' es wieder, wie damals bei meinem ersten Weib. Ich warn' dich, halt' meine Tochter nicht unter deinem Bann, sonst wird Gott dich dafür bestrafen."

Da musste Alveradis lauthals lachen.

Verärgert über die Wirkungslosigkeit seiner Drohung, strafte Ulf sie mit einem verächtlichen Blick. Er schien allerdings vorsichtig geworden zu sein, denn er trat auf sichere Entfernung zu Alveradis zurück. Vielleicht befürchtete er, selbst in den Bann dieser wilden Frau zu geraten. Noch bevor er sich darüber klar werden konnte, sprach Alveradis, lauter als zuvor:

„Du redest Unsinn, Ulf. Ich habe weder Freya in meinem Bann gehabt, noch unterliegt Svea einem bösen Zauber, wie du glaubst. Im Gegenteil, sie hat sich frei dazu entschlossen, bei mir zu bleiben."

„Das glaub' ich nicht!"

„Glaube, was du willst. Das tust du ohnehin, vor allem, wenn man es dir vorkaut."

„Ich weiß, dass sie schon den ganzen Sommer über bei dir war. Du hast sie in deinen Bann gezogen und jetzt kann sie nicht mehr von dir ablassen. Gib sie frei, Teufelsweib!"

„Nein, Ulf. Gib du sie frei. Sie ist dir doch ohnehin ein Dorn im Auge. Sie ist kein Junge, den du dir erhofft hattest, sondern nur ein weiteres Maul zu stopfen."

„Es ist mein Kind ..."

„... das du schlägst und schlechter behandelst als deine beiden Sauen. Lehrt dich das der Prediger in Neustatt, zu dem du jeden Sonntag so ehrfürchtig rennst?"

„Ein Kind muss seine Eltern ehren und darf nicht davonlaufen. Das hat er mir gesagt und so steht's geschrieben."

„Wenn er es überhaupt selbst lesen kann, dieser Pfaffe. Kommst du in seinem Auftrag oder aus freien Stücken? Wer schickt dich?"

Ulf blickte betreten zu Boden. Alveradis ahnte jetzt, weshalb er hier war. Unter normalen Umständen hätte er sich wahrscheinlich nicht einmal auf diese Lichtung gewagt. Doch sein schlechtes Gewissen, hervorgerufen durch die Predigten des Pfaffen, veranlasste ihn dazu.

„Svea soll mitkommen", lautete seine ausweichende Antwort und sie klang bei weitem nicht mehr so energisch fordernd und bedrohlich wie zu Beginn. Vielmehr klang es jetzt fast wie eine Bitte.

„Nein!"

Diesmal war es nicht Alveradis, die ihm widersprach, sondern seine eigene Tochter. Svea hatte endlich den Mut gefunden, ihrem Vater die Stirn zu bieten, und sie tat es mit einer Entschlossenheit und Klarheit, wie sie Ulf bei diesem kleinen Mädchen noch nie zuvor erlebt hatte.

„Nein, ich werde nicht mitkommen!“, bekräftigte Svea.

„Du wagst es ...?“

„Es tut mir leid, Vater, doch ich kann nicht mit dir gehen. Du weißt, dass ich bei Alveradis besser aufgehoben bin als bei dir.“

„Bei Gott, Svea, das werd’ ich nicht zulassen. Diese Frau wird dich ...“

„Vater, ich weiß, dass du mich nicht liebst und mich nicht bei dir haben möchtest. Ich bin kein Junge und deshalb in deinem Haus fehl am Platz.“ Tränen liefen Svea über die Wangen und ihre Stimme klang traurig, als sie weitersprach. „Ich hoffe für Gerthas Kind, dass es ein Knabe sein wird. Aus mir wird jedoch niemals einer werden, so sehr ich mich auch darum bemühen mag.“

Mit diesen Worten lief Svea hinter das Haus und Ulf stand auf einmal Alveradis allein gegenüber. Sveas Rede hatte ihn scheinbar auf unbekannte Weise erreicht, denn er schien über ihren Sinn nachzudenken. Doch dann wurde sein Blick wieder finster und Zorn flammte erneut in ihm auf. Seine Worte richtete er hart an Alveradis, wagte jedoch nicht, sie anzusehen.

„Sie ist also deinem Zauber erlegen, Teufelsweib. Ich bin machtlos hier, selbst mit Gottes Hilfe. Soll sie doch verrecken und in der Hölle schmoren! Wehe euch beiden, wenn ihr mir noch einmal unter die Augen geraten solltet ...“

„Drohe mir nicht, wenn du nicht bereit bist, deine Drohung auch wahr zu machen.“

Alveradis sprach ebenso hart wie Ulf und ließ keinen Zweifel daran, wer in diesem Streit der Unterlegene war. Und so machte sich Ulf ohne weitere Worte und ohne seine Tochter davon wie ein geprügelter Hund.

Alveradis wartete noch eine Weile um sicher zu sein, dass Ulf es sich nicht noch einmal anders überlegte. Dann ging sie ebenfalls hinter ihre kleine Hütte. Dort fand sie Svea im Gras sitzen, die Beine angezogen und ihr Gesicht in den Armen verborgen. Sie hatte zwar aufgehört zu weinen, wiegte sich jedoch sachte vor und zurück, als wiege sie sich selbst in den Schlaf.

Das Mädchen schien nicht zu bemerken, dass Alveradis sich neben ihr niederließ und sie sachte in den Arm nahm. Ihre Bewegung erstarb aber langsam, und nach einer Weile hob Svea den Kopf. Ihr Blick schweifte in die Ferne, als könne sie dort eine Antwort auf all die Fragen finden. Ihre Worte klangen tonlos, als sie eine davon an Alveradis richtete.

„Weshalb hasst er mich? Was habe ich ihm angetan, dass er mich derart hasst?“

„Nichts, mein Kind. Dich trifft keine Schuld.“

„Doch. Meine Schuld ist es, dass ich ein Mädchen bin.“

Ihre Feststellung klang kraftlos und ohne jegliche Hoffnung.

Alveradis versuchte, behutsam zu heilen, was Ulf über Jahre rücksichtslos zerstört hatte.

„Dass du ein Mädchen bist, ist ein besonderes Geschenk, keine Bürde. Auch wenn es die Prediger meist anders darstellen: Du solltest stolz darauf sein, als Frau durch dieses Leben schreiten zu dürfen. Sieh' mich an ..."

Mit dieser Aufforderung löste Alveradis ihre Umarmung und Svea blickte sie erwartungsvoll an, woraufhin die Alte fortfuhr: „Erwecke ich etwa den Anschein, als müsse man mich bedauern? Nein, im Gegenteil. Ich meistere mein Leben als Frau sogar ganz allein im Wald und das, so möchte ich behaupten, auf besonders wunderbare Weise."

Svea musste schmunzeln. Es stimmte, was diese weise Frau sagte. Sie war und lebte außergewöhnlich. Alveradis ließ nicht locker.

„Schätze dich glücklich, ein Mädchen zu sein. Glaubst du etwa, ich hätte einen Jungen als Schüler aufgenommen? Nein, das gewiss nicht. Sie schwingen nur immerzu große Reden und je älter sie werden, umso fauler leben sie in den Tag hinein. Zumindest scheint es manchmal so ..."

Svea musste mit einem Mal lachen, als Alveradis die Mimik der Halbwüchsigen nachahmte, die sie schon oft in Neustatt beobachtet hatte. Obwohl sie noch immer traurig war, bemerkte sie, dass sich ihre Schwermut durch Alveradis' Anwesenheit langsam verflüchtigte. Mit dem Handrücken wischte sie ihre Tränen weg.

„Aber weshalb schmerzt es so, dass mein eigener Vater mich nicht mag?"

„Das ist die Liebe in dir, die nicht erwidert wird, mein Kind. Zumindest nicht von diesem Mann."

„Und was ist mit meinen Brüdern? Ich vermisse sie. Wenn ich hier bleibe, werde sie nie wieder sehen können. Ich möchte gar nicht daran denken, was Ulf mir antun würde, sollte ich es jemals wagen, wieder nach Hause zu kommen."

„Es gibt keinen Grund, weshalb du sie nicht wieder sehen könntest. Du musst sie ja nicht im Hause deines Vaters aufsuchen, nicht wahr?"

Svea lauschte gespannt, was Alveradis ihr vorzuschlagen hatte.

„Du bist ein Mädchen, das sich in Neustatt gut auskennt. Natürlich werden dir die Wachen am Tor nicht so einfach Einlass gewähren, doch du wirst Wege finden, um an ihnen vorbeizukommen."

Svea dachte angestrengt nach. Plötzlich hatte sie eine Idee.

„Ja, an den Markttagen ginge das. Ich kann mich einfach bei einem Bauern als dessen Kind ausgeben oder mich im Gedränge hineinschleichen. Das ginge bestimmt. Dann könnte ich auch Georg, Thorben und Brun auf dem Markt treffen, sofern sie nicht auf den Feldern arbeiten müssen."

Begeisterung schwang in Sveas Stimme mit, als sie erkannte, dass ein Leben im Wald nicht ein Leben ohne ihre Brüder bedeutete. Als wolle sie gleich loslaufen, um das Vorhaben auszuprobieren, sprang sie auf und lief vor Alveradis auf und ab.

„Beruhige dich, Svea, es wird noch ein paar Tage dauern, bevor du gehen kannst. Doch wie du siehst, gibt es immer einen Weg, um etwas zu erreichen, sofern man den festen Willen dazu besitzt."

Svea nickte gedankenverloren, als habe sie nicht richtig zugehört. Sie gab sich der Vorstellung hin, auf den Markt zu gehen, wann immer es ihr beliebte.

„In Neustatt kann ich auch Besorgungen für uns erledigen oder ein paar Heiltränke und Kräuter gegen Nahrung tauschen. Ja, das könnte ich tun ..."

Jetzt erhob sich auch Alveradis und hielt Svea an beiden Armen fest, um sich ihrer Aufmerksamkeit sicher zu sein. „Das wäre allzu leichtsinnig, mein Kind. Gewöhne dich lieber schnell an den Gedanken, dass dich die Menschen in Neustatt ab heute mit anderen Augen sehen werden."

Svea blickte Alveradis verständnislos an und die Weise erläuterte weiter: „Nicht deine Brüder, doch die übrigen Menschen, die dich nicht so gut kennen. Du wirst niemals ungestraft auf dem Markt Waren anbieten können, weil sie diese nur allzu schnell als Teufelszeug bezeichnen werden. Zudem wärst du für Ulf eine leichte Beute und er würde bei der erstbesten Gelegenheit über dich herfallen. Nein, du darfst nicht auf den Markt gehen, wie du es bisher gewohnt warst. Vielmehr musst du stets auf der Hut sein, um nicht erkannt oder gar erwischt zu werden. Du wirst dich wie ein Hund auf der Straße vor Karren und tretenden Füßen in Acht nehmen müssen, ohne jene anbellen oder beißen zu dürfen, die dich verjagen wollen."

Diese Aussicht ernüchterte Svea und enttäuscht klang ihre Frage: „Wie ein ungeliebter Hund soll ich durch Neustatts Straßen ziehen?"

„Die anderen werden dich wie einen solchen behandeln. Doch du wirst listig und schnell wie ein Fuchs werden. Du wirst lernen, ihnen immer einen Schritt voraus zu sein und sie, wenn nötig, an der Nase herumführen."

„Sie an der Nase herumführen? Wie soll ich das denn anstellen?"

„Wie du dir vorstellen kannst, war auch ich einmal ein kleines Mädchen. Und du kannst mir glauben, ich war auch nicht immer damit zufrieden, hier auf dieser Lichtung allein mit meiner Mutter zu hausen. Ich wusste, dass es im nächsten Dorf noch andere Kinder gab und so schlich ich mich ab und an davon, um dort meine Erfahrungen zu sammeln. Glaube mir, das habe ich gemacht und es waren nicht die schlechtesten. Ich kann dir sicherlich noch den einen oder anderen Kniff aus meiner Kindheit beibringen. Den Rest wirst du selbst lernen."

Svea traute ihren Ohren nicht. „Du hast es früher selbst getan, als kleines Mädchen?" Diese Vorstellung schien Svea zu belustigen und sie musste so herzlich lachen, dass Alveradis darin einstimmte.

„Ja, das habe ich. Denn ich habe damals auch nicht immer auf das gehört, was meine Mutter mir gesagt hat. So weise ich dir heute vielleicht erscheinen mag, so frech, unvorsichtig und waghalsig war ich als Kind. Auch ich habe manche Schelte von meiner Mutter bekommen."

Erneut musste Svea kichern und konnte sich nicht vorstellen, dass Alveradis jemals ungehorsam gewesen sein sollte. „Und welches Dorf war es, in das du dich geschlichen hast?"

„Du kennst es. Heute ist es eine kleine Stadt."

„Neustatt?!"

Alveradis nickte.

„Glaube mir: Es gibt Wege, ungesehen hineinzugelangen."

„Und du wirst mir beibringen, wie ich es anstellen kann!" Als wäre dies das größte Geschenk auf Erden, sprang Svea an Alveradis empor und umarmte sie, dass die alte Frau beinahe hinten über fiel. Jetzt wusste Svea, dass sie sich für längere Zeit hier wohlfühlen würde. Sie musste nicht auf ihre Brüder verzichten und konnte jeden Tag bei Alveradis sein. Sie würde von ihr lernen und sich in ihre Geheimnisse einweihen lassen. Als sie sich dessen bewusst wurde, empfand Svea etwas, dass sie bisher nur selten verspürt hatte: Glück! Sie war glücklich und sehr zufrieden mit ihrer Entscheidung, im Wald bei Alveradis zu bleiben.

Der groß gewachsene, drahtige Faolán lief oft flink über die Klosteranlage oder durch die langen Arkadenflure. Er war stets unterwegs, meist im Laufschritt. Bei einigen Mönchen rief diese Hast Unbehagen hervor. Nicht nur, weil der Novize dazu meist sein Habit bis über beide Knie anhob, um schneller laufen zu können, sondern weil es sich nicht gebührte, als Diener des Herrn hastig einherzurennen.

Faolán hatte inzwischen gelernt, vor den missbilligend dreinblickenden Mönchen seinen Gang zu verlangsamen und gemächlich vorüberzuschreiten, denn seine Eile war in der Vergangenheit nicht immer ungestraft geblieben. Er tat es allerdings mit Ungeduld, denn er wollte möglichst schnell von einem Ort zum anderen gelangen, wenn er als Gehilfe des Cellerars Botengänge erledigte.

Während der vergangenen Jahre hatte er aus verschiedenen Gründen gelernt, durch das Kloster zu eilen. Manchmal täuschte er eine dringliche Aufgabe vor, selbst wenn ihm Bruder Ivo keine auferlegt hatte. Das hatte ihn bereits einige Male vor unliebsamer Arbeit geschützt, die ihn mit Sicherheit erwartet hätte, wäre er beim Müßiggang angetroffen worden.

Schließlich begann der 48. Artikel der *regula benedicti* mit den Worten ‚Müßiggang ist der Seele Feind!'

Die Brüder waren sehr bestrebt, diesen Feind von den jungen Novizen fernzuhalten. Faolán hingegen wollte sich dieser Regel nicht stetig unterwerfen und so diente ihm das Laufen als nützliche Täuschung.

Die meisten Mönche ließen den Novizen daher in Ruhe. Im Gegensatz dazu interessierte sich Prior Walram um so mehr für ihn, denn der hatte offensichtlich ein besonders wachsames Auge auf ihn geworfen. Manchmal glaubte Faolán sogar, dass Walram ihn regelrecht hasste, obwohl er ihm hierfür nie einen Grund geliefert hatte.

Der Prior brachte es auf verblüffende Art immer wieder fertig, Faolán in ungelegenen Augenblicken aufzuspüren und ihm beschwerliche Arbeiten aufzubürden. Der Novize hatte sich mit dieser Tatsache abgefunden und versuchte daher, vor allem Walram aus dem Weg zu gehen.

Der Cellerar wusste um Faoláns Täuschung der anderen Mönche, doch er unternahm nichts dagegen. Vielmehr vertrat er die Ansicht, dass sein Gehilfe seine Aufgaben tadellos und schneller erledigte als alle anderen Novizen und dass der Junge dafür gelobt, statt mit zusätzlicher Arbeit bestraft werden sollte.

Faolán war nämlich sehr oft nachdenklich und schwermütig, und Ivo war überzeugt, dass dem Knaben diese freie Zeit ganz gut bekäme. Er kannte immerhin Faoláns Vergangenheit. Der Junge war Ivo mit den Jahren ans Herz gewachsen, mehr als er es eigentlich zulassen wollte. Manchmal glaubte er gar, dass er eine Art Vaterliebe für ihn empfand, wenngleich ihm dieses weltliche Gefühl fremd war.

Im Kloster gab es noch einen weiteren Menschen, für den Faolán etwas Ähnliches empfand wie für Bruder Ivo, und das war der Abt selbst. Allerdings war der Kontakt zum Klosteroberhaupt bei weitem nicht so intensiv wie zum Kellermeister. Gerade weil der Novize selten zum Abt beordert wurde, genoss er diese wenigen Stunden der Lehre umso mehr. Das Wissen dieses Mannes war derart umfangreich, dass Faolán schon bald glaubte, es gäbe nichts, was der Abt nicht wusste.

So verstrichen Faoláns ersten Jahre im abgelegenen Benediktinerkloster. Er hatte in dieser Zeit gelernt, sowohl mit den schönen wie auch mit den widrigen Umständen zurechtzukommen. Das Kloster war schnell zu seiner Heimat geworden, denn an ein Leben vor der Gemeinschaft konnte er sich nicht erinnern. Und obwohl er selbst nicht sagen konnte, in welchem Jahr er geboren wurde, so schenkte er dem Cellerar Glauben, dass er bereits zwölf Jahre zählte.

Der Frühling hatte Einzug gehalten und Faolán war froh darüber, sich endlich wieder nur mit der leichten Kukulle bekleidet auch außerhalb der dicken Mauern aufhalten zu können. Noch steckte die Winterkälte in den steinernen, großen Gebäuden, vor allem in den Vorratskellern, in denen er oftmals seinen Aufgaben nachging. Nur in den hölzernen Ställen, Vorratsspeichern und Tierverschlägen nahm die Behaglichkeit durch das wärmere Wetter bereits zu. Doch allein die Tatsache, dass die Vögel in der Sonne vergnügt ihre Lieder sangen, genügte, um sein Gemüt zu erheitern.

Am liebsten hätte er unter einem der blühenden Kirschbäume gelegen, doch heute musste er mit dem Kellermeister die Lagerbestände vor dem ersten Marktgang des Jahres aufnehmen. Faolán zählte ab, kletterte auf den hohen Regalen umher und schaute in große Fässer, während Bruder Ivo die angegebenen Zahlen im Kopf addierte und mit einem Federkiel sorgfältig im Register niederschrieb. Die Sicherheit des Cellerars im Umgang mit Zahlen war eine Gabe, die Faolán bewunderte. Bruder Ivo unterrichtete seinen Gehilfen gerne in der Kunst der Arithmetik, denn Faolán zeigte sich darin ebenfalls sehr geschickt. Ähnlich gut beherrschte er inzwischen mehrere Sprachen in Schrift und Wort, sowie die Grundlagen der christlichen Lehre. Bruder Ivo machte ihn zudem mit vielen praktischen Dingen des Alltags vertraut.

Der Unterricht war im Augenblick jedoch in weiter Ferne. Bruder Ivo hatte Faolán eine besondere Aufgabe zugeteilt, die er wegen seiner Körperfülle nicht selbst verrichten konnte. Er war fest davon überzeugt, dass sich hoch oben auf einem Regal noch zwei Ballen dunkel gefärbten Leinstoffs befinden mussten. Faolán hatte das Gestell bereits erklommen und bewegte sich auf dem obersten Boden langsam voran. Sicherlich hatte der Mönch Recht, Faolán wusste um die lückenlosen Registerschriften und das hervorragende Gedächtnis des Cellerars. Dennoch musste der Novize die Mühe auf sich nehmen und danach sehen.

Das Regal war beinahe raumhoch, so dass sich nur eine Handbreit über Faoláns Haupt das raue Gestein der Gewölbedecke befand, die sich zu beiden Seiten in einem sanften Bogen absenkte. Der Platz hier oben war gerade ausreichend, um sich auf dem Bauch kriechend voranzubewegen. Je weiter der Novize auf diese Art vorwärts kam, umso mehr Staub schob er vor sich her. Er wollte gar nicht daran denken, wie sein Habit am Ende aussehen würde.

In seiner linken Hand hielt er die Standardausrüstung für solche Erkundungsgänge fest umklammert: Einen angespitzten Stock von etwa einer Elle Länge. Damit konnte er sich zumindest der Ratten erwehren, die man auch in diesen Höhen antreffen konnte. Nicht, dass Faolán vorgehabt hätte sie zu töten, falls er auf eine treffen sollte. Selbst diesen Tieren konnte er nichts zuleide tun. Er verabscheute Gewalt. Stets versuchte der Novize Handgreiflichkeiten aus dem Weg zu gehen, weshalb er für Drogo auch ein beliebtes Opfer war, das sich weder wehrte noch an seinem Peiniger rächte.

Den Stab nutzte der Novize vielmehr zur Abschreckung, indem er ihn immer wieder auf den hölzernen Regalboden schlug, um allem Getier in der Nähe sein Kommen anzukündigen und es in die Flucht zu schlagen. Hier oben gestaltete sich dies allerdings schwieriger als sonst. Aufgrund der beengten Verhältnisse und der hohen Brandgefahr hatte der Kellermeister seinem Gehilfen untersagt, eine Kerze oder eine Lampe mit zu nehmen. Das schwache Licht, welches Ivos Kerzen am Fuße des Regals nach oben warfen, bewirkte nur, dass das Dunkel mit düster tanzenden Schatten belebt wurde.

Der Novize schob sich Stück um Stück weiter vor und schlug in unregelmäßigen Abständen seinen Stab auf den Regalboden. Es war ein mühseliges Vorankommen mit einem merkwürdigen Rhythmus aus stoßweisem Atmen und vibrierenden Stockschlägen. Das Ende des Regals war ebenso wenig auszumachen wie die Konturen der gesuchten Stoffballen.

Handbreite um Handbreite ging es langsam weiter, bis Faoláns Stab plötzlich auf einen Widerstand stieß. Das Hindernis fühlte sich weich an und Faolán wähnte sich bereits an seinem Ziel. Er schob sich noch etwas weiter und tatsächlich ertastete er einen Ballen groben Leinstoffs. Doch zu seiner Enttäuschung war es nur einer. Faolán wagte sich noch etwas weiter, in der Hoffnung eine zweite aufgerollte Stoffbahn direkt dahinter finden zu können. Wiederum wurde er für seine Mühe belohnt und er fand auch den zweiten Ballen, ganz wie es der Kellermeister erhofft hatte.

Doch damit war Faoláns Aufgabe noch nicht erfüllt, denn Bruder Ivo wollte auch um die Beschaffenheit und Qualität des Stoffes wissen. Schließlich fraßen Ratten nahezu alles, sogar Leinen. Beide Ballen mussten also nach unten gebracht werden. Hinabwerfen durfte Faolán sie nicht, das hatte ihm der Kellermeister ausdrücklich verboten. Mehrfach waren auf diese Art schon Dinge zerbrochen oder beschädigt worden. So begann der Novize die beiden Stoffballen zu sich zu ziehen, und trat mit ihnen den mühseligen Rückweg an.

Plötzlich hielt Faolán inne. Etwas war merkwürdig. Starr und mit angehaltenem Atem lauschte er in die Dunkelheit hinein. Er wusste nicht genau, was ihn warnte, aber er spürte deutlich, dass hier etwas war. Langsam und vorsichtig drehte er seinen Kopf zur Seite und da sah er sie im kaum vorhandenen Licht stehen: Eine weiße Ratte!

Das Tier war von hinten an Faolán herangehuscht und hockte jetzt direkt neben seiner linken Schulter. Beide, Faolán wie auch die Ratte, verharrten in absoluter Stille und starrten sich an. Trotz des schwachen Lichts funkelten die Augen des Nagers rot, als befände sich darin das Feuer der Hölle.

Fasziniert und verängstigt zugleich war es Faolán unmöglich, sich auch nur einen Fingerbreit zu bewegen. Von der bösartigen Glut in den Augen getrieben, löste sich das Tier aus seiner Starre und kam Faoláns Gesicht näher. Diese glühenden Augen hatten den Novizen vollständig in ihren Bann gezogen. Den zum Schutz gedachten Stab hatte er vergessen.

Dicht vor Faoláns Gesicht begann die Ratte neugierig zu schnuppern. Die Nähe des Tieres löste im Novizen eine Beklemmung aus, die er bisher noch nie erlebt hatte. Regungslos blieb er liegen. Vergeblich kämpfte er gegen eine immer stärker werdende Furcht an. Während er in die feurigen, verzehrenden Augen des Tieres blickte, schien die Zeit still zu stehen. Jeder Herzschlag dröhnte in Faoláns Ohren wie ein Glockenschlag.

Mit einem Mal stieß das Tier einen markdurchdringenden Schrei aus und sprang in Faoláns Gesicht, wo es wild zu beißen und zu kratzen begann. Der Novize konnte noch nicht einmal seinen Kopf zur Seite drehen. Faolán stieß ebenfalls einen entsetzten Schrei aus. Doch so plötzlich die Ratte ihn attackiert hatte, so abrupt ließ sie auch wieder von ihm ab und verschwand mit ein paar Sprüngen hinter den beiden Leinenballen. Dann herrschte wieder Stille.

Faoláns Atem ging schnell und stoßweise. Die besorgte Stimme des Cellerars nahm er nur gedämpft wahr: „Faolán, ist alles in Ordnung dort oben?“

Der Novize war unfähig zu antworten und blieb erschüttert liegen. Er versuchte zu begreifen, was ihm eben widerfahren war. Sein spitzer Stab war völlig nutzlos gewesen, und so öffnete er seine Hand und ließ ihn zu Boden fallen.

„Faolán, Junge, hörst du mich? So antworte doch! Was ist dort oben los?“

Der Schreck steckte so tief in Faoláns Gliedern, dass er den Schmerz erst jetzt bemerkte. Seine linke Wange pulsierte und fühlte sich feucht an. Vorsichtig tastete er die Stelle ab. Der Geruch an seinen Fingern bestätigte seine Vermutung: Es war Blut!

Ein gewaltiger Schlag gegen die hölzerne Regalkonstruktion und die donnernde Stimme des Kellermeisters rissen den Novizen aus seinen Gedanken. „Entweder höre ich jetzt von dir, was dort oben los ist, oder ich komme hinauf, um es mit eigenen Augen zu sehen!"

Die Vorstellung, der beleibte Kellermeister würde sich hier oben auf dem Regal entlangschlängeln, barg eine gewisse Komik in sich. Trotz der schmerzenden Wunde musste Faolán schmunzeln, was allerdings eine neue Welle des Schmerzes hervorrief. Faolán biss die Zähne zusammen und wartete, bis sie abebbte. Schließlich antwortete er dem Cellerar.

„Es ist alles in Ordnung."

„Was hatte dieser schrille Schrei eben zu bedeuten?"

„Nichts Besonderes – nur eine Ratte."

„Pass bloß auf, mit diesen Biestern ist nicht zu spaßen. Komm jetzt wieder runter, wir sind ohnehin fertig für heute!"

Faolán folgte der Anweisung. Es dauerte aber lange, bevor er das äußerste Regalende erreichte und wieder hinabsteigen konnte. Das war wegen seiner Last nicht ganz einfach, doch es gelang ihm schließlich. Mit beiden Stoffballen unten angekommen, blickte er in das bestürzte Gesicht des Cellerars.

„Allmächtiger Herr, was ist geschehen?"

Der beleibte Benediktiner kniete vor dem Jungen nieder, drehte dessen Gesicht in das Kerzenlicht und begutachtete die Wunde. Faoláns linke Gesichtshälfte war zum größten Teil blutverschmiert, ebenso sein Habit um die Schulter. Faolán spürte, wie immer wieder warmes Blut über seine Wange lief.

Ivo hatte genug gesehen. Rasch sprang er auf und lief davon, um kurze Zeit später mit einem feuchten Tuch zurückzukehren. Behutsam betupfte er die Wange seines Gehilfen. Faolán widerstand der Versuchung, vor der Hand des Mönches zurückzuweichen. Er verstand dessen besorgten Gesichtsausdruck nicht, denn den Schmerz konnte Faolán gut ertragen und das bisschen Blut störte ihn nicht sonderlich. Schließlich handelte es sich doch nur um den Biss einer kleinen Ratte.

Bruder Ivo aber betrachtete die Wange lange und kritisch. Dann schüttelte er den Kopf und sagte streng: „Du gehst jetzt unverzüglich zum Hospital und lässt Bruder Wunhold einen Blick darauf werfen." Wieder tupfte der Cellerar das frisch ausgetretene Blut ab.

„Es wird schon nicht so schlimm sein", protestierte Faolán. „Der Biss wird in einigen Tagen verheilt sein, ganz bestimmt."

Der Cellerar war anderer Ansicht. „Mag sein. Doch ich wünsche jetzt keinen Disput über meine Anordnung. Mir ist es wohler, wenn sich Bruder Wunhold das anschaut. Er wird dir eine Kräuterauflage bereiten, um die Heilung zu beschleunigen. Er ist äußerst geschickt auf seinem Gebiet."

Faolán lagen noch weitere Worte auf der Zunge, er ließ es aber dabei bewenden und fügte sich der Anweisung.

„Laufe jetzt rasch und lass dich nicht aufhalten. Der Biss einer Ratte, sei er noch so klein, kann schwerwiegende Folgen haben und ist schnell zu behandeln. Selbst die stärksten Männer sind schon durch solche Wunden für lange Zeit ans Lager gefesselt worden. Ich habe bereits mit eigenen Augen gesehen, was ein vermeintlich harmloser Biss einer Ratte anrichten kann. Es war kein schöner Anblick. Manche glauben gar, dass der Leibhaftige selbst in diesen Tieren steckt."

Faolán erinnerte sich mit Schrecken an die höllisch roten Augen. Vielleicht hatte Bruder Ivo doch Recht! Beunruhigt ließ er die beiden Leinenballen fallen und rannte davon. Auf seinem Weg begegnete er mehreren Mönchen, die wegen seines blutverschmierten Gesichts erschrocken zur Seite traten. Unbeeindruckt setzte Faolán in großer Eile seinen Weg quer durch die Abtei fort, durch Flure und über Höfe, nahm Abkürzungen und sprang über Hindernisse, wobei er so manche Katze aufscheuchte.

Als er gerade um eine Gebäudeecke laufen wollte, wurde Faolán unerwartet zu Fall gebracht. Benommen hielt er sich den schmerzenden Ellbogen. Er war mit jemand zusammengestoßen. Faolán wollte sich gerade für seine Unachtsamkeit entschuldigen, als er erkannte, wer ihn zu Fall gebracht hatte. Zu seinem Unglück war Drogo das Hindernis, dessen Häme er jetzt am allerwenigsten gebrauchen konnte. Der kräftige Novize schien ebenfalls von dem Aufeinandertreffen überrascht zu sein und starrte Faolán sprachlos an.

Drogo hatte sich in all den Jahren im Kloster kaum verändert. Im Vergleich zu Faolán war er immer noch einen halben Kopf größer und von deutlich kräftigerem Körperbau. Seine breiten Schultern waren unweigerliches Zeugnis seiner Abstammung von Rurik. Dessen Brust wäre wahrscheinlich stolz angeschwollen, hätte er jetzt seinen nach ihm geratenen Sohn betrachten können.

Unverändert war auch Drogos Anhängerschaft geblieben, die sich wie ein Gefolge um einen jungen Herrn scharte – oder wie Fliegen um den Mist, wie Konrad zu sagen pflegte. Nachdem Rurik vor einigen Jahren vom König zum Grafen erhoben worden war, benahm sich Drogo noch herablassender und nannte sich stolz und mit Recht ‚Sohn des Grafen'.

Auch jetzt war er mit einem seiner Hörigen unterwegs. Der schickte sich sogleich an, Faolán festzuhalten. Wider Erwarten hielt Drogo ihn jedoch zurück. Erstaunt über dieses Verhalten erhob sich Faolán. Ein fieses Grinsen machte sich auf Drogos Gesicht breit.

„Schau nur, Reinhart“, kommentierte Drogo belustigt. „Es sieht aus, als habe das Bürschchen seine Abreibung für heute bereits erhalten. Wir müssen uns die Hände gar nicht mehr schmutzig machen!“

Unter Reinharts beifälligem Kichern trat Drogo dicht an Faolán heran, um ihn aus der Nähe zu betrachten. Faolán versuchte zurückzuweichen, doch Reinhart hinderte ihn daran. Drogos kräftige Pranke packte Faoláns Kinn und drehte dessen Kopf mit einem heftigen Ruck zur Seite. Seine Stimme klang verächtlich und spöttisch zugleich.

„Da hat jemand ganze Arbeit geleistet! Sehr schön! Da wird sicher eine Narbe zurückbleiben! Ich möchte nur zu gerne wissen, wer mir so tatkräftig zuvorgekommen ist. Vielleicht kann ich mich als Sohn des Grafen bei ihm erkenntlich zeigen.“

Faolán wurde wütend. Obwohl er sich zurückhalten wollte, sprudelten die Worte jetzt nur so aus ihm heraus: „Mach dir keine falschen Hoffnungen auf neue Helfer. Der einzige Helfer, den du hattest, war von deiner Art und es würde mich nicht wundern, wenn er aus dem gleichen Schoß entstammte wie du: Es war eine stinkende, gewöhnliche Ratte!“

Normalerweise wäre Drogo nach so einer Beleidigung in Rage geraten, heute riefen die Worte allerdings nur ein lautes Lachen hervor. Reinhart stimmte mit ein, wenn er auch nicht zu begreifen schien, weshalb.

„So weit ist es nun also schon mit dir, Faolán! Kannst dich nicht einmal mehr einer Ratte erwehren!“ Das Lachen veränderte sich in gespieltes Bedauern. „Aber so ist das nun einmal, wenn man sich unter der Erde verkriechen muss. Sind die Ratten nicht schon von Kindheit an deine Gefährten? Seit meinem ersten Tag in diesem Kloster sehe ich dich in ihre Löcher flüchten, als wärest du einer von ihnen. Ich hoffe, es gefällt dir dort unten, denn ich verrate dir jetzt ein kleines Geheimnis: Es wird für den Rest deines erbärmlichen Lebens so bleiben!“

Gespielt gönnerhaft tätschelte Drogo kräftig Faoláns Wange. Wegen der Schläge brach die leichte Verkrustung der Wunde erneut auf und Blut trat wieder aus. Angewidert blickte Drogo auf seine blutverschmierte Hand und wischte sie an Faoláns Habit wie an einem dreckigen Lumpen ab. „Geh mir jetzt aus den Augen! Ich kann deinen Anblick nicht länger ertragen!“

Mit einem groben Stoß schob er Faolán fort und hätte ihn beinahe erneut zu Fall gebracht. Doch der nutzte den Schwung und rannte sogleich weiter. Ein schneller Spurt brachte ihn außer Reichweite der beiden Raufbolde und er wurde nur von ihrem Gelächter verfolgt.

Wenige Augenblicke später hatte Faolán den äußeren Arkadenflur des Hospitals erreicht. Er blieb vor der Tür stehen, klopfte zaghaft an und wartete geduldig auf Einlass. Nach einem kurzen Moment vernahm er das dumpfe „Tretet ein“. Ehrfürchtig betrat er das Reich des Mönches Wunhold: Die klösterliche Kräuterkammer.

Faoláns Blick wanderte sofort nach oben. Die Wände des hohen Raumes waren bis zur Decke mit Regalen versehen, in denen sich unzählige Behälter, Töpfe und Schalen in verschiedenen Größen und Macharten befanden. An Gestellen hingen getrocknete Kräuter. Überall standen Gerätschaften für die Herstellung von Heilmitteln. In Behältern wurden Pasten, Salben, Tränke, Tinkturen, Pillen, Tortelli und weitere Heilmittel aufbewahrt. Das Tageslicht drang durch zwei hohe Fenster in den Raum und eine Mischung verschiedenartiger Düfte stieg Faolán in die Nase. Es war ihm unmöglich, den einzelnen Gerüchen Namen zuzuordnen und bei klarem Verstand zu bleiben.

In der Mitte des Raumes stand ein massives Holzgestell mit einer dicken, schweren Holztafel. Ihre Oberfläche war außergewöhnlich glatt geschliffen und glänzte geölt. Sie bot eine große Arbeitsfläche, auf der sich zwei ausgewachsene Männer bequem hätten nebeneinander hinlegen können. Auf der Tafel befanden sich allerlei Schalen, Mörser, Krüge, Kräuter, eine Waage und vieles mehr.

Bruder Wunhold stand, mit dem Rücken zu Faolán gewandt, auf einer hohen Leiter und inspizierte den Inhalt eines tönernen Gefäßes in einem der Regale. Der Kräuterkundige und verantwortliche Mönch des Abteihospitals war ein kleiner, hagerer Mann, der seine gute Laune nie zu verlieren schien. So sprach er auch jetzt, ohne sich nach Faolán umzudrehen, mit heiterer Stimme: „Was führt Euch in meine bescheidene Kammer, wenn ich fragen darf?“

Faolán räusperte sich verlegen, denn er war es nicht gewohnt, derart respektvoll angesprochen zu werden. „Der ... ähm ... der ehrwürdige Cellerar schickt mich zu Euch.“

„Ah, Faolán, du bist es!“ Noch immer galt des Heilers Aufmerksamkeit einzig dem Tongefäß. „Was kann ich für dich tun? Benötigt Ivo etwas Besonderes?“

Da Faolán statt einer Antwort lediglich ein Räuspern von sich gab, drehte sich Bruder Wunhold vorsichtig nach ihm um. Als er Faoláns Gesicht sah, hätte er vor Schrecken beinahe das Gleichgewicht verloren. Schnell stellte der Mönch das Behältnis zurück und stieg eilig von der Leiter. Er sprang auf Faolán zu, zog ihn ins Licht der Fenster und betrachtete die Wunde genauer.

„Gütiger Gott, Junge, was ist geschehen?“

Ohne auf eine Antwort zu warten holte er ein Stück sauberes Leintuch, tränkte es in einer Schale mit Flüssigkeit und presste es fest auf die Wunde. „Das wird jetzt etwas schmerzen. Beherrsche dich und drücke das Tuch weiter auf die Wunde. Der Wein wird sie reinigen.“

Faolán widerstand dem starken Verlangen, das Tuch von der Wunde zu reißen und ertrug den brennenden Schmerz. Das Pulsieren in seiner Wange wurde wieder stärker und breitete sich langsam auf seinen gesamten Schädel aus. Der Mönch suchte schnell ein paar Zutaten aus den Regalen zusammen, danach begab er sich an den großen Tisch und begann leise vor sich hinmurmelnd eine dicke Mixtur anzurühren. Erst nach einiger Zeit richtete er seine Worte wieder an Faolán: „Deine Wunde sieht recht ungewöhnlich aus. Ich vermute einen merkwürdigen Unfall oder einen Biss.“

Faolán nickte bestätigend. „Ein Biss.“

„Für einen Hund ist die Wunde allerdings zu klein und nicht tief genug. Ich denke, es war ein Nagetier ... eine Ratte vielleicht?“

Erneut nickte Faolán und der Heiler fuhr fort. „Bruder Ivo hat richtig gehandelt, dich sofort zu mir zu schicken. Der Biss einer Ratte kann schlimme Folgen haben.“ Bruder Wunhold schwieg für kurze Zeit, dann fuhr er bedächtig fort: „Aber ich glaube, dass mehr passiert ist als nur der Biss. Die Wunde war schon teilweise geschlossen, ist dann aber noch einmal aufgeplatzt. Was ist geschehen? Bist du gestürzt?“

Dem Mönch war bei seiner kurzen Inspektion der Wunde nichts entgangen. Wunhold wartete geduldig auf eine Antwort, während er weiter an der dicken Paste arbeitete. Schließlich erklärte Faolán, er sei über einen Stein gestolpert und die Wunde wäre bei dem Sturz wieder aufgebrochen.

Bruder Wunhold schaute Faolán tief in die Augen, als erahne er die Lüge. „Mir scheint, dass der Stolperstein einen Namen trägt. Drogo, wenn mich nicht alles täuscht.“ Trotz ausbleibender Antwort nickte Bruder Wunhold sich selbst leicht zu, als verstünde er Faoláns Dilemma. „Wirklich ein harter Brocken, über den man schnell stolpern kann.“

Faolán schaute beschämt zu Boden. Er war bei einer Lüge ertappt worden. Das war nicht nur ein Verstoß gegen die Regeln des heiligen Benedikt, sondern sogar eine Missachtung der Zehn Gebote! In der Regel zog jede Lüge eine harte Strafe nach sich, doch statt großes Aufsehen zu erregen, ging Bruder Wunhold nicht weiter darauf ein. Faolán schaute ihm stumm zu und vergaß dabei beinahe, das getränkte Leinen auf die Wunde zu pressen. Seiner Schmerzen wurde er sich erst wieder bewusst, als der Heiler die Verletzung erneut auswusch. Anschließend trug er einen Teil der Paste auf ein sauberes Tuch auf, legte es direkt auf die Wunde und fixierte es mit einer Binde um den Kopf. Der Schmerz strahlte noch weit über die linke Gesichtshälfte, aber Faolán hoffte auf baldige Linderung durch den Verband, der angenehm kühl auf der heiß pulsierenden Wunde ruhte.

Bruder Wunhold betrachtete sein Werk und war mit dem Ergebnis zufrieden. „Komm’ morgen zur gleichen Zeit wieder, damit ich mir die Wunde ansehen und den Verband wechseln kann. Halte die Wunde sauber! Das ist bei einem solchen

Biss besonders wichtig. Sollte sie verunreinigt werden – vielleicht durch einen erneuten Sturz über einen gewissen Stein – so zögere nicht und eile sofort zu mir."

Faolán nickte, bedankte sich für den Verband und verließ die Kräuterkammer. Kaum hatte er das Hospital hinter sich gelassen, bemerkte er aus den Augenwinkeln zwei Novizen, die ihm mit einigem Abstand folgten. Er hatte keine Lust, erneut davonzulaufen und blieb geradewegs stehen, ohne sich umzudrehen. Er war auf Drogo vorbereitet.

„Dieser Verband sieht nicht besonders vorteilhaft aus. An deiner Stelle würde ich die Kapuze überziehen. Es könnte dir einigen Spott ersparen."

Mit Erleichterung erkannte Faolán die Stimme seines Freundes Konrad, der ihm mit Ering nachkam. Seit ihrem ersten Treffen waren Faolán und Konrad wie Pech und Schwefel: eng verbunden in einer besonderen Freundschaft. Obwohl sie in ihrem Wesen sehr verschieden waren, waren sie doch unzertrennlich, ja beinahe schon Verschworene im Kampf gegen die Übergriffe des Grafensohnes.

Konrad war muskulös und verbrachte seine freie Zeit lieber damit, sich an geheimen Orten körperlich in verschiedensten Kampftechniken zu trainieren, statt sich den Lehren der Abtei zu widmen. Beim Klosterunterricht war ihm Faolán eine große Stütze. Wenn es arithmetische Probleme in der Klosterschule zu lösen galt, gab es keinen geschickteren Novizen als Faolán. Gleiches galt für die Sprachen in Wort oder Schrift, welche die Knaben lernen mussten. Stets war Faolán Konrad eine Hilfe im geistigen Kampf.

Konrad war im Kloster eigentlich fehl am Platz. Als jüngster Sohn eines Kleinadligen befand er sich gegen seinen Willen in der Obhut der Benediktiner. Für seine Eltern aber war das Kloster die einzig sinnvolle Lösung gewesen. Es war für sie schon schwer genug, seine vier älteren Brüder durchzubringen und einen von ihnen zum Ritter ausbilden zu lassen. Zu gerne wäre Konrad an dessen Stelle. Aus diesem Grunde war sein vorrangigstes Ziel auch nicht das Ablegen des Mönchsgelübdes, sondern das Anlegen einer Rüstung. Er war der geborene Kämpfer. Doch gegenwärtig hatte Konrad keine andere Wahl, als den Weg eines Novizen zu gehen, so sehr ihm das auch widerstreben mochte.

Konrad war mit seinen dreizehn Jahren etwas älter als Faolán und fest entschlossen, das Kloster so bald wie möglich zu verlassen. Er wollte seine Dienste einem wohlhabenden Adligen anbieten, dass er ihn zum Ritter ausbilden möge.

Selbstverständlich waren Kampfübungen im Kloster nicht geduldet und insofern zeitlich wie räumlich kein einfaches Unterfangen. Mit Faoláns Hilfe standen ihm allerdings oft die entlegenen Lagergebäude zur Verfügung, wo er nur von seinem Freund beobachtet wurde. Die Übungen führte Konrad meist mit seinem Stab aus Eichenholz durch. Eine kleinere Variante davon trug er stets im Ärmel seiner Kukulle versteckt mit sich, sollte Drogo unerwartet auftauchen. Anleitung für den

Umgang mit dieser Waffe war eine Niederschrift, die Faolán vor einiger Zeit zufällig in die Hände gefallen war. Dieses Buch befasste sich mit den Kampfkünsten unterschiedlicher Stile. Sie war in einer fremdländischen Schrift verfasst und mit außergewöhnlich naturgetreuen Bildern illustriert, die Konrad als Anleitung dienten.

Faolán wusste bis heute nicht, welcher Wahn ihn damals veranlasst haben mochte, ein Buch zu entwenden, zumal er es noch nicht einmal lesen konnte. Zu seiner Erleichterung schien das Werk von niemandem vermisst zu werden, und so hielt er es versteckt, so lange Konrad es benötigte.

Der zweite Novize, der jetzt auf Faolán zukam, war Ering. Dem Gemüt nach glich er mehr Faolán. Das war aber auch schon die einzige Gemeinsamkeit. Hager von Statur, war er ein aufgeweckter Junge, der seinen Verstand einzusetzen wusste, vor allem im Disput. Dies zeigte sich in Bemerkungen, die mit Sarkasmus gespickt waren und oft auf den tumben Drogo abzielten. Der verstand diesen Sarkasmus allerdings nicht und schaute meist irritiert auf, wenn nach Erings Aussprüchen die Umstehenden in plötzliches Gelächter ausbrachen. Das brachte Ering jedoch ganz nach oben auf Drogos persönlichem Register seiner Gegner.

Ering war etwa zwei Jahre nach Faolán dem Kloster beigetreten. Zu Beginn hielt er sich bedeckt, mischte sich nirgends ein. Er war ein Außenseiter. Doch der anhaltende Konflikt zwischen Faolán und Drogo blieb auch ihm nicht verborgen. Eines Tages bezog er schließlich Position und stellte sich unerwartet auf Faoláns Seite. So entstand schon bald eine besondere Freundschaft mit Faolán und Konrad. Eine Freundschaft, die von den übrigen Novizen schnell den Beinamen „Dreigestirn" bekam. Ein Name, den sie nicht ohne einen gewissen Stolz trugen.

Im Gegensatz zu Konrad war Ering mit Leib und Seele Novize. Er wollte sobald wie möglich die Mönchsweihe empfangen, um seiner Berufung zum Priester nachgehen zu können. Das war nicht nur der vorübergehende Wunsch eines Jungen, sondern eine feste Überzeugung, an der Ering keinen Zweifel ließ. Er wollte sein Leben dem Herrn widmen und für das Seelenheil der anderen sorgen.

Ering konnte mit Worten viel erreichen. Er verstand es, behutsam und ruhig zu argumentieren, Schriften auszulegen und zu interpretieren, aber auch andere zu überzeugen und zu begeistern. Faolán konnte sich Ering sogar als Oberhaupt eines Klosters vorstellen, denn er besaß den notwendigen Ehrgeiz dazu.

Faolán bewunderte die Pläne seiner Freunde, weil er selbst keine vorzuweisen hatte. Zwar fühlte er sich im Benediktinerkloster zuhause, doch im Innern wusste er, dass er nicht auf ewig hier bleiben würde. Woher er das wusste, konnte er nicht genau sagen, dieses Gefühl war einfach vorhanden.

Faolán schob diese Gedanken beiseite, als seine beiden Freunde vor ihm standen. Konrad sprach ihn auf den Verband an. „Hast du wenigstens den Kampf gewonnen? Und wie sieht dein Gegner aus? Liegt er im Hospital?"

„Du redest, als hätte er gegen Drogo eine Chance“, stellte Ering fest.

„Nicht Drogo. Ich meinte die Ratte“, verteidigte sich Konrad und ein verschmitztes Lächeln zeigte sich auf seinen Lippen.

Überrascht wandte sich Faolán ihm zu: „Wieso wisst ihr darüber Bescheid?“

Noch bevor er die Frage ausgesprochen hatte, kannte er bereits die Antwort. Ering erklärte die Lage dennoch: „Drogo posaunt es überall herum. Wahrscheinlich entspricht nur die Hälfte davon den Tatsachen, um dich lächerlich zu machen. Wir haben uns deshalb schon eine Gegenstrategie ausgedacht, um seinen Plan zu durchkreuzen. Dabei kämpfen wir mit seinen eigenen Waffen.“

Sie trugen ihren Plan vor und der Vorschlag war gut gemeint. Doch Faolán lehnte ihn entschlossen ab und ging weiter. Er wollte keine Auseinandersetzung mit Drogo, denn genau darauf zielten seine Lügengeschichten ab.

Konrad sah das anders: „Warum sollen wir es ihm nicht heimzahlen? Erst streuen wir ein paar Gerüchte in die Welt und dann, wenn Drogo uns zur Rechenschaft ziehen will, darf er wieder einmal meinen Stab spüren.“

Es war eine grobschlächtige Methode, die Konrad vorschlug. Gewiss hatte sich Ering die Sache etwas eleganter vorgestellt. Ob grob oder elegant, letztendlich lief es auf das hinaus, was Konrad in so einfache Worte gefasst hatte: Eine Prügelei! Aber das wollte Faolán vermeiden.

„Hört auf damit!“, forderte er seine Freunde auf.

„Aber weshalb?“

Erneut blieb Faolán stehen und drehte sich seinen Freunden zu.

„Versteht ihr denn nicht? Wenn ich mich darauf einlasse, so würde ich ihn zwar mit seinen eigenen Waffen bekämpfen. Das hieße aber auch, dass ich mich auf sein Niveau herab begeben müsste. Ich würde ihm also folgen und er hätte auf diese Weise bekommen, was er wollte, selbst wenn er bei eurem Plan als Verlierer dastände. Damit hätte er in gewisser Weise in jedem Fall gewonnen. Zudem verbreitet er nur ein paar Gerüchte. Was können die schon anrichten? Sobald der Verband entfernt und die Wunde verheilt ist, wird sie niemand mehr hören wollen. Ein paar Gerüchte mehr werden mir nicht schaden.“

Während Konrad enttäuscht und ratlos die Hände in die Luft stieß, zeigte Ering mehr Verständnis.

„Vielleicht solltest du die Angelegenheit tatsächlich ohne Gegenwehr an dir vorüberziehen lassen. Doch täusche dich nicht, was die Macht der Worte angeht, seien sie geschrieben oder nur gesprochen.“

Ering hatte natürlich Recht, Faolán wusste das nur zu gut. Doch im Augenblick kümmerte es ihn nicht, was Worte oder Gerüchte anrichten konnten. Er hatte schlichtweg keine Lust, sich wegen Drogo den Kopf zu zerbrechen. Er wollte jetzt nur in aller Ruhe zum bevorstehenden Unterricht gelangen.

„Es ist Zeit für die Arithmetik. Wir müssen uns sputen!“, sagte Faolán und beendete damit das Thema. Die Erwähnung des Unterrichtes zeigte selbst bei Konrad Wirkung und zu dritt eilten sie zum Lehrsaal im Noviziat. Nach der Warnung seiner beiden Freunde hatte Faolán mehr Spott über seinen Verband erwartet, als ihm entgegengebracht wurde. Der Abend nach dem Zwischenfall blieb weitestgehend ohne abfällige Kommentare, wenn auch der Verband natürlich alle Blicke auf sich zog. Lediglich Drogo und seine Getreuen ließen Bemerkungen fallen, die jedoch wirkungslos blieben.

Am Morgen darauf war Drogo wesentlich gereizter. Offensichtlich ärgerte ihn die Tatsache, dass Faoláns Rattenbiss keinen Anlass zur Belustigung und zum Spott bot. Faolán fragte sich, ob er nicht somit und ganz ohne sein Zutun schon einen Erfolg gegen Drogo erzielt hatte. Er blieb aber weiterhin vorsichtig, denn missgelaunt war sein Widersacher noch gefährlicher als sonst.

Am Nachmittag stand der Wechsel des Verbandes an und Faolán machte sich auf den Weg zum Hospital. Er wollte den kurzen Weg ohne Konrads Begleitung zurücklegen. Vorsichtig schlich er über die Flure, um Drogo nicht in die Arme zu laufen. Leider vergeblich.

Sie hatten Faolán regelrecht aufgelauert, ganz in der Nähe des Hospitals. Es ging alles so schnell, dass der Novize das Geschehen erst begriff, als er umstellt war. Drei von Drogos Freunden blockierten plötzlich den Weg und ergriffen Faolán, bevor er fliehen konnte. Sie hielten ihn fest und zogen ihn bis zur Ecke des überdachten Säulenganges. Drogo kam auf Faolán zugeschlendert, die Arme gelassen hinter dem Rücken verschränkt und sprach ihn mit einem gehässigen Grinsen an: „Ich glaube, es ist Zeit, deine Wunde zu versorgen.“

Mit einem plötzlichen Ruck entfernte Drogo die Leinenbandage und riss dabei das anhaftende Tuch von der Wunde. Der Schmerz war so immens, dass Faolán kurz aufschrie. Drogo grinste zufrieden und inspizierte die Verletzung genauer. „Sieht doch schon viel besser aus, nicht wahr? Was meint ihr, meine sachkundigen Freunde?“

Einheitliches Grinsen breitete sich auf den Gesichtern der anderen Novizen aus. Faolán hatte keine Ahnung, was sie mit ihm vorhatten, doch Drogo ließ ihn nicht lange im Ungewissen. „Heute haben wir eine ganz spezielle Heilpaste für dich zubereiten lassen, lieber Faolán, von einem Meister seines Faches. Wir wollen doch auf jeden Fall vermeiden, dass dir noch ein paar Rattenzähne oder gar ein unansehnlicher Schwanz aus dem Hinterteil wächst. Das wäre selbst für dich zu abartig.“

Gespielte Sorge zeigte sich in Drogos Gesicht und Faolán spürte Zorn in sich aufsteigen. Doch Drogos Mitläufer hatten ihn fest im Griff, sodass er keine andere Wahl hatte, als zu hoffen, dass die anstehende Spezialbehandlung schnell vorübergehen würde.

Diese aufkeimende Hoffnung erstarb jedoch schlagartig, als Drogo eine kleine Klinge unter seiner Kutte hervorzog. Es war nicht mehr als ein kurzes Küchenmesser, doch es wirkte auf Faolán sehr bedrohlich. Drogo drehte die Schneide im Glanz der Sonne und betrachtete das Lichtspiel scheinbar nachdenklich. „Ich glaube es wäre besser, die Heilpaste direkt auf die offene Wunde einwirken zu lassen."

Mit diesen Worten festigten sich die Griffe um Faolán und hielten seinen Kopf, dass er sich nicht mehr bewegen konnte, so sehr er sich auch wand. Das Messer kam bedrohlich nahe und setzte oberhalb der Wunde an. Aus Angst, die Klinge könnte ihm noch mehr schaden, erstarrte Faolán schlagartig.

Ein stechender Schmerz breitete sich auf seinem Gesicht aus, als Drogo mit groben Bewegungen die Verkrustung der Wunde abschabte. Natürlich achtete er nicht darauf, nur das alte Blut zu entfernen, sondern schnitt auch rücksichtslos in gesundes Fleisch. Faolán sog Luft durch die zusammengebissenen Zähne, nur so konnte er einen lauten Schrei unterdrücken. Blut begann wieder an seiner Wange herunterzulaufen.

Schließlich ließ Drogo von Faolán ab und betrachtete seine Arbeit zufrieden. „Das sieht doch erheblich besser aus ... die Paste bitte!"

Einer der Hörigen löste seinen Griff um Faolán und reichte Drogo ein Leinenbündel, das dieser sorgfältig öffnete. Der Gestank, der dem Päckchen entstieg, verriet Faolán sofort, um welchen Inhalt es sich handelte. So war es für ihn keine Überraschung, als ihm ein Haufen frischer Schweinedung vor Augen gehalten wurde. Drogo rümpfte die Nase. Stärker als zuvor versuchte Faolán seinen Kopf wegzudrehen, doch er wurde noch immer wie in einer Presse festgehalten.

Zunächst schob Drogo den Dung direkt unter die Nase seines Opfers. Er erfreute sich an Faoláns Abscheu und höhnte: „Ich weiß, es riecht nicht angenehm, doch wer erwartet schon einen betörenden Duft? Wichtig ist doch nur, dass diese Paste auch ihre Wirkung zeigt. Ist da der Geruch nicht Nebensache?"

Drogo wog das Päckchen noch einmal in der Hand, dann presste er es auf die frische, blutende Wunde. Dort hielt er es fest, bis der Dung an den Seiten hervorquoll.

Faoláns Schmerzen waren unbeschreiblich!

Er versuchte mit aller Kraft zu entkommen, jedoch vergebens. Erst als er die Schmerzen nicht länger aushielt und einen lauten Schrei von sich gab, wurde er plötzlich freigelassen. Kraftlos fiel er zu Boden. Sofort wollte er sich die Wange säubern, doch Drogos Fuß war schneller. Er stellte sich auf eine von Faoláns Hände, um ihn so am Boden zu halten. Erneut schrie Faolán vor Schmerz auf.

„Was ist hier los?", rief plötzlich eine durchdringende Stimme.

Überrascht drehten sich die vier gehässigen Novizen um. Faolán erkannte Bruder Notger, der soeben aus einer nahen Tür getreten war. Der Mönch kam zielstrebig auf die Jungen zu. Noch bevor er sie maßregeln konnte, kam ihm Drogo mit einer Erklärung zuvor. Faolán sei gestürzt und sie wären auf seinen Schrei hin sofort zu Hilfe geeilt.

Der Mönch beäugte Drogo zweifelnd. Da Faolán nichts Gegenteiliges berichtete, schenkte Bruder Notger ihm schließlich Glauben. Er gebot Drogo, den am Boden liegenden Novizen auf die Beine zu helfen und sich augenblicklich zum Noviziat zu begeben.

Bevor er ging, wandte er sich an Faolán:

„Du solltest dir besser das Gesicht waschen. Mir scheint, du bist in einen Haufen Dung gefallen und so stinkend werde ich dich auf keinen Fall in meinem Unterricht dulden. Das Blut solltest du ebenfalls abwaschen. Am Ende besudelst du mir noch eine meiner wertvollen Schriften."

Faolán nickte kurz mit gesenktem Haupt, die Antwort kam allerdings von Drogo: „Wir werden ihm behilflich sein. Er scheint heute nicht ganz sicher auf den Beinen zu stehen."

„Das ist sehr zuvorkommend. Erscheint dennoch pünktlich oder tragt die Konsequenzen", bemerkte Bruder Notger abschließend und ging.

Augenblicklich nahmen die vier Novizen Faolán in ihre Mitte und eskortierten ihn zum Badhaus. Auf dem Weg dorthin begegneten sie weder Konrad noch Ering und so ergab sich für Faolán keine Gelegenheit, seinen Häschern zu entkommen. Im Badhaus waren die Jungen erneut ungestört, denn die Mönche hielten es weniger mit der körperlichen als mit der seelischen Reinheit.

Faoláns Gesichtswäsche gestaltete sich denkbar einfach. Seine Eskorte steckte ihn einfach kopfüber in einen mit Wasser gefüllten Waschzuber. In dieser Position hielten sie ihn fest, bis Faolán die Luft ausging und sein Strampeln nachzulassen begann. Erst jetzt ließen sie ihn los und er fiel, nach Luft ringend und hustend, zu Boden. Das grausame Lachen der Jungen erfüllte das Badhaus. Es klang in Faoláns Schädel dröhnend wider, wie in einer leeren Halle. Dieses Lachen war alles, was noch existierte.

Langsam verklang es und Stille kehrte ein. Faolán öffnete die Augen und stellte erleichtert fest, dass er allein war. Erschöpft raffte er sich auf und rieb sich das Gesicht am Habit trocken. Dann hob er den Verband vom Boden auf und wusch ihn kraftlos aus. Das Leinen war zwar völlig durchnässt, doch es war das Einzige, womit er die frisch blutende Wunde einigermaßen abdecken konnte.

Noch einmal begab sich Faolán auf den Weg zum Hospital, denn jetzt war ein Verbandswechsel dringend notwendig. Auf halber Strecke begegnete er Konrad, der gerade zum Unterricht hastete.

„Großer Gott, was ist dir widerfahren? Du bist ja völlig durchnässt! Und ein Gestank geht von dir aus, als hättest du in einem Schweinekoben geschlafen."

Erst jetzt wurde Faolán bewusst, dass die obere Hälfte seines Habits ebenfalls so nass und blutig war wie der provisorische Verband. Langsam konnte er sich ein Bild davon machen, wie er wohl aussah und was zu tun sei. Er sollte sich neue Gewandung anlegen, bevor ihn noch ein Mönch wegen seines Aufzuges bestrafen würde. Das Risiko, zu spät zum Unterricht zu kommen, musste er in Kauf nehmen. Konrad begleitete Faolán, um sicher zu gehen, dass es zu keinem weiteren Übergriff kommen würde.

Nachdem er frische Kleidung übergestreift hatte, wollte Faolán wieder zum Hospital aufbrechen, doch Konrad hielt ihn zurück. „Vergiss den Verband, das schaffen wir niemals vor dem Unterricht. So wie ich Bruder Notger einschätze, wartet er ohnehin schon auf uns. An deiner Stelle würde ich den Verbandswechsel auf später verschieben, es sei denn, du bist auf eine Strafe aus. Ich darf dich daran erinnern, dass unser ehrenwerter Bibliothekar schon bei weitaus geringeren Vergehen als zu spätem Erscheinen harte Strafen verhängt hat. Aber ich begleite dich natürlich, solltest du dennoch zu Bruder Wunhold gehen wollen."

‚Nein', dachte sich Faolán, ‚ich kann nicht auch noch die Bestrafung eines Freundes riskieren, nur weil Drogo mir in die Quere gekommen ist'. So beschloss er, seine Wunde erst nach der Schriftlehre versorgen zu lassen. Die Blutung ließ ohnehin bereits nach.

„Du hast Recht, Konrad. Komm', lass uns gehen."

Im Lehrsaal des Noviziats verhielt es sich genau so, wie es Konrad vermutet hatte. Bruder Notger wollte bereits mit dem Unterricht beginnen und wartete schweigend vor den still an ihren Pulten stehenden Novizen. Mit gesenktem Blick schlichen sich die beiden Verspäteten leise zu ihren Plätzen. Offensichtlich war dies in den Augen des Mönches genug der Reuebekundung, denn er begann mit der Unterweisung, ohne weiter auf den Vorfall einzugehen.

Auch wenn der Bibliothekar ihn ignorierte, so war sich Faolán doch unzähliger Blicke der Novizen bewusst, die ihm folgten. Er gab sicherlich ein merkwürdiges Bild ab, mit seinem nassen Haupthaar und dem dreckigen, schäbigen Verband. Trotz des frischen Habits trug er noch immer den unverkennbaren Gestank von Schweinedung mit sich. Die Novizen um ihn herum hielten immer wieder den Atem an oder hüstelten, doch Faolán beachtete es nicht weiter.

Möglichst unauffällig schaute er zu Ering, der mit einem fragenden Gesichtsausdruck von seinen Freunden gerne gewusst hätte, was vorgefallen war. Da es jetzt allerdings keine Möglichkeit zum Sprechen gab, bekundete Faolán mit einer knappen Handbewegung, dass alles in Ordnung sei.

Bruder Notger verteilte bereits verschiedene Schriftstücke aus wertvollem Pergament und platzierte sie in sicherem Abstand vor seinen Schülern auf den Pulten. Es war ihnen untersagt, die Bögen zu berühren. Auf diese Weise wollte der Mönch verhindern, dass seine Kostbarkeiten durch die Unachtsamkeit der Knaben während ihrer stümperhaften Schreibversuche beschädigt würden.

Ähnlich verhielt es sich mit der Tusche. Die kleinen, meist tönernen Gefäße standen stets verschlossen in den dafür vorgesehenen Versenkungen der Schreibpulte, selbst während des Unterrichtes der Novizen. Keinem der Knaben war es erlaubt, das kostbare Schwarz zu benutzen.

Nach Ansicht des Bibliothekars besaß noch keiner von ihnen die Fertigkeit, eine fehlerfreie Abschrift anzufertigen. Ausschließlich für diese oder für neue Dokumente durfte die Tusche verwendet werden, und dann nur von den ausgebildeten Schreibern der Abtei.

Faolán sah diese strikte Regel in seinem Falle als unsinnig an. Seit Monaten war ihm bei den Schreibübungen kein einziger Fehler mehr unterlaufen. Es schien Bruder Notger dennoch nicht Beweis genug für seine Fähigkeiten zu sein.

So blieb auch Faolán nichts weiter übrig, als vor seinem hölzernen Rahmen zu warten, in dem sich sehr feiner, feuchter Sand befand. Sobald der Pergamentbogen vor ihm lag, musste er mit einem angespitzten Stäbchen eine Abschrift des Werkes auf der geglätteten Sandoberfläche anfertigen. War diese Abschrift beendet, wurde der Sand nach einer Begutachtung durch den Bibliothekar erneut geglättet. Danach musste mit einer weiteren Übung begonnen werden. Auf diese Weise wurde die Verschwendung wertvoller Materialien durch Schreibübungen verhindert.

Faolán war stets hoch konzentriert und gab sein Bestes, vor allem bei Bruder Notger. Dabei vergaß er nicht nur seine unmittelbare Umgebung, sondern auch den heutigen Zwischenfall mit Drogo und den pulsierenden Schmerz in seiner linken Gesichtshälfte. Er schrieb exakt und flink, führte das Stäbchen mit einer bemerkenswerten Präzision in parallelen Zeilen über den Sand.

Wie jedes Mal legte er auch heute als Erster seine Holztafel zur Durchsicht dem Bibliothekar vor. Der Mönch fand keinen Fehler, wirkte aber trotzdem etwas verdrossen. Faolán führte es auf seine Verspätung zurück und war erleichtert, dass der Bibliothekar ihn kommentarlos mit einem weiteren Absatz beauftragte.

Auf seinem Weg zurück musste er Drogos Pult passieren. Faolán achtete nicht auf seinen Widersacher, doch Drogo hielt es anders und stellte ihm ein Bein. Faolán stolperte darüber, konnte sich jedoch gerade noch auf den Beinen halten, ohne die Schreibtafel zu verlieren oder Sand zu verschütten.

Sein Blick fiel verärgert auf den Sohn des Grafen. Im Grunde war nichts passiert – Faolán hätte einfach weitergehen und Drogo ignorieren können. Hätte er das getan, so wäre weiter nichts geschehen.

Doch Faolán entschied sich diesmal anders!

Er richtete sich auf und wandte sich an Drogo, der ihn mit einem spöttischen Grinsen ansah. In diesem Augenblick stieg in Faolán all der Hass hoch, den er immer zurückgehalten hatte. Sein Herz begann wild zu schlagen und das Blut rauschte in seinen Ohren. Ungewohnte Hitze wallte in ihm auf. Einige Pulte entfernt versuchte Ering mit stummen Gesten Faolán vor einem Wutausbruch zu bewahren, doch der nahm seinen Freund nicht wahr.

Es gab nur noch Drogos dämliches, provokantes Grinsen und dessen Stimme: „Es stinkt hier gewaltig nach Schweinedung!"

Obwohl die Worte nur geflüstert waren, dröhnten sie dennoch in Faoláns Ohren. Sofort hatte er eine Antwort parat: „Wen wundert es, schließlich steht ja auch ein Schweinehirt vor mir!"

„Pass auf, dass du nicht wieder den Boden unter den Füßen verlierst! Oder verlangt es dich danach, die Erde zu meinen adligen Füßen zu küssen?"

Faolán kochte vor Wut. Drogos hochmütiges Auftreten widerte ihn an. Seine freie Hand suchte blind nach dem erstbesten Gegenstand auf dem Pult, den sie in Drogos Visage schleudern könnte. Sie wurde fündig! Doch bevor Faolán begriff, was er auf seinen Widersacher warf, war es bereits zu spät. Noch in der Luft begann sich das Tuschegefäß zu entleeren. Der Topf landete schließlich auf dem Habit des Novizen. Das Resultat war nicht nur ein von Kopf bis Fuß besudelter Drogo, sondern auch zahlreiche schwarze Flecken auf den umstehenden Pulten, dem Steinboden und den kostbaren Schriftstücken des Bibliothekars.

Bestürztes Schweigen beherrschte den Saal. Niemand rührte sich, nicht einmal Bruder Notger. Drogo stand wie angewurzelt da, das schwarz gefleckte Grinsen in seinem Gesicht war gefroren. Faolán reagierte als einziger und drückte auch noch die Sandtafel in die Fratze seines Gegenübers.

Noch bevor Drogo begriff, was Faolán ihm angetan hatte, waren zwei seiner Getreuen zu ihm geeilt. Sie hatten Bruder Notger nicht vergessen und wollten verhindern, dass sich ihr junger Herr zu einer unüberlegten Tat hinreißen ließ. So blieb dem festgehaltenen Drogo nichts weiter übrig, als Faolán eine Drohung an den Kopf zu werfen.

„Das wirst du noch büßen, du kleine Ratte. Mit Blut wirst du dafür bezahlen, das schwöre ich dir."

Diese Worte holten Faolán wie aus einem bösen Traum zurück. Er hätte sich in diesem Augenblick am liebsten selbst geohrfeigt. Niemals hatte er geglaubt, dass Drogos Hunde zu einer solchen Geistesgegenwart fähig wären und ihren jungen Herrn zurückhalten würden, um alles weitere dem Bibliothekar zu überlassen.

Mit einem Aufschrei löste sich Bruder Notger aus seiner Starre und stürmte auf die Pulte der Novizen zu, die allesamt schweigsam dastanden und nicht wussten, wie sie sich verhalten sollten. Die Sorge des Mönches galt jedoch nicht Drogos Misere, sondern seinen wertvollen Pergamenten, die mit Tusche befleckt waren. Entsetzt riss der Bibliothekar die besudelten Dokumente an sich und versuchte mit dem Ärmel seines Habits die noch feuchte Tusche abzuwischen, bevor sie gänzlich vom Pergament eingesogen wurde. Je mehr Flecken er entdeckte, umso größer wurde sein Ärger.

Dann geschah etwas, was Faolán bisher für unmöglich gehalten hatte. Mit weit aufgerissenen Augen und doch blind vor Wut blieb Bruder Notger schwer atmend vor ihm stehen. Doch er sah in diesem Moment nicht seinen besten Schüler vor sich, dem ein Missgeschick unterlaufen war, sondern den mutwilligen Zerstörer seiner geliebten Schriftstücke. Mit all seiner Kraft schlug der Mönch Faolán plötzlich in sein ohnehin schon geschundenes Gesicht, sodass dieser zu Boden fiel.

Absolute Stille herrschte im Raum, einzig das erregte Atmen des Bibliothekars war zu hören. Schließlich brachte er doch noch ein paar sinnlos aneinandergereihte Worte hervor. „Du ...? Wie ...? Ich ...!“

Faolán rappelte sich auf und hielt sich den Kopf. Er versuchte etwas zu sagen, doch für eine Entschuldigung ließ ihm der Bibliothekar keine Zeit. Er packte seinen Schüler an der Kapuze und zog ihn hinter sich her, einer harten Strafe entgegen. Zu seinem Schrecken musste Faolán erkennen, dass Bruder Notger ihn hierzu nicht zu Abt Degenar zerrte ...

Prior Walram stand an dem Pult in seiner Kammer und starrte auf den Pergamentbogen vor sich. In seiner Hand hielt er eine Feder, bereit zu schreiben. Doch er rührte sich nicht. Seine Gedanken waren klar, doch er war unfähig, sie niederzuschreiben.

Missmutig legte Walram die Feder nieder. Schon oft hatte er versucht, diese Zeilen zu verfassen, es jedoch nie fertig gebracht. Nicht nur darüber war er verärgert, sondern auch über die Tatsache, dass er dieses Schriftstück überhaupt verfassen musste – und es dennoch nicht tat. Walram war unschlüssig. Wie sollte er dem Grafen nur vermitteln, was ihm wichtig war, ohne dabei zu viel zu wagen?

Der Prior wusste, dass Rurik hart durchgreifen würde, sollte ihn jemand mit einer unverhältnismäßigen Forderung in Bedrängnis bringen. Dabei war die Forderung in Walrams Augen nur allzu berechtigt. Er wollte nicht mehr als das, was Rurik und er in ihrem Abkommen damals vereinbart hatten. Schließlich wollte er doch nur Abt dieses kleinen Klosters werden und nicht gleich Bischof – obwohl er dagegen auch nichts einzuwenden hätte.

Rurik hätte ihn laut ihres Abkommens in diesem Vorhaben unterstützen sollen, so wie Walram mit seinem Einfluss dafür gesorgt hatte, dass Ruriks Überfall auf die Greifburg von Erfolg gekrönt war. Doch Rurik hatte sein Wort gebrochen, angeblich weil Walram die Vereinbarung nicht eingehalten hätte, indem er dem Grafen weder den Siegelring noch seinen Neffen Rogar ausliefern konnte. Als ob das noch wichtig gewesen wäre, nachdem Rurik von König Otto zum Grafen ernannt worden war. Damit war doch alles erfüllt, was in dem Abkommen zwischen ihm und Walram gefordert war – bis auf den Vorsitz der Abtei!

Noch immer hatte Degenar hier das Sagen, obwohl es an ihm, Walram, wäre, die Führung zu übernehmen. Doch ohne Ruriks Rückhalt war das unmöglich. Schuld daran war nur dieser Junge. Faolán nannte er sich schon seit Jahren, obwohl Walram sich sicher war, dass der richtige Name Rogar lautete. Aber auch hier war er machtlos, es gab keinen Beweis, den er Rurik hätte vorlegen können. Würde es diesen Jungen doch nur nicht geben! Wäre er doch als kleines Kind an seiner Krankheit verendet, wie all die anderen Kinder des einstigen Grafen!

Je länger der Prior darüber nachdachte, umso wütender wurde er. Was die Krankheit nicht geschafft hatte, würde er am liebsten selbst vollbringen. ‚Ich hätte keine Hemmung', dachte sich Walram und ballte hasserfüllt seine Fäuste. Ja, er wäre zu jeder Tat bereit. Er war es damals und er wäre es auch heute. Um seinem Ärger Luft zu machen, wollte er aus seiner Kammer stürmen und den erstbesten Novizen bestrafen, der ihm über den Weg lief, als sich plötzlich die Tür öffnete. Bruder Notger trat ein und zu Walrams Überraschung zog er Faolán hinter sich her.

„Entschuldigt die Störung, ehrwürdiger Prior", begann der Bibliothekar aufgebracht, „doch ich muss Euch über ein Vergehen dieses Novizen unterrichten."

Walrams Zorn verflog schlagartig. „Bitte, Bruder Notger, keine falsche Scham. Berichtet mir alles, jedes Detail ..."

Es folgte ein ausführlicher Bericht. Während der Bibliothekar von Faoláns Missetat erzählte und dabei zum Beweis mit beschmutzten Pergamenten herumfuchtelte, breitete sich auf Walrams Gesicht ein zufriedenes, schadenfrohes Lächeln aus. Nachdem Bruder Notger seine Ausführungen beendet hatte, dankte ihm der Prior und er versprach, sich der Sache voll und ganz zu widmen. Der Schriftgelehrte verließ daraufhin erschöpft, aber dankbar, die Räume des Priors und Faolán war mit Walram allein.

Wie ein Wolf, der seine Beute einkreiste, begann der Prior um Faolán herum zu gehen. Er hatte keine Eile, nicht nach all den Jahren des Wartens. War dies eine Fügung des Allmächtigen? Er wusste es nicht und es war ihm auch gleich. Wichtig war nur, dass Faolán jetzt hier war – und er wollte es genießen.

Bedächtig suchte Walram eine geeignete Rute aus. Er hatte viele davon, und er wollte sicher gehen, dass sie nicht am Novizen zerbrechen würde. Unter sachkundigem Blick ließ er seine Wahl mehrfach durch die Luft zischen, dann wandte er sich dem Jungen zu. Faolán stand regungslos da, wagte kaum zu atmen. Zufrieden sah Walram offene Furcht in dessen Augen.

Der Prior festigte seinen Griff um die Rute, bevor er mit einem diabolischen Grinsen zu Faolán sprach: „Endlich ist es soweit! Du hast ja keine Ahnung, wie lange ich mich schon nach diesem Augenblick sehne. Du hast nicht die leiseste Ahnung ..."

Und dann schlug Walram zu.

* * *

Faolán erwachte und nahm als erstes den Schmerz wahr. Nicht nur in der linken Wange, sondern an seinem gesamten Körper. Es war ein neuer, brennender Schmerz. Die verabreichten Stockhiebe waren nicht ohne Wirkung geblieben. Walram hatte darauf geachtet, sie gut zu verteilen und sowohl Rumpf als auch Gliedmaßen gleichermaßen zu misshandeln. Doch am stärksten pulsierte der Schmerz in Faoláns Schädel, der von der Bisswunde stammte und weit ausstrahlte.

Der Novize wagte nicht, sich zu bewegen. Er blieb regungslos auf dem kalten Steinboden liegen und überlegte, wie lange er wohl schon in dieser kargen Zelle stecken mochte. Er hatte jede Erinnerung und Wahrnehmung jenseits des Schmerzes verloren. Weder hatte er jemanden zu Gesicht bekommen, noch wurde ihm etwas zu Essen oder zu Trinken gebracht. Sein Rachen war ausgetrocknet und sein Magen leer. Hatte man ihn vergessen? Oder war dies Teil von Walrams auferlegter Strafe?

Das Denken fiel ihm schwer, sein Kopf glühte. Vorsichtig berührte er die verletzte Wange und bereute es sofort. Der reißende Schmerz war unbeschreiblich, und die ganze Seite seines Gesichtes brannte höllisch. Der Verband lag auf dem Steinboden, doch es war Faolán zu anstrengend, ihn wieder anzulegen.

Ganz vorsichtig tastete der Novize noch einmal die Wange ab, den Schmerz mit zusammengebissenen Zähnen aushaltend. Die Wunde war geschlossen und verkrustet, doch sie fühlte sich hart und prall an, als wolle sie aufbersten. Es wäre jetzt höchste Zeit, das Hospital aufzusuchen, doch die Büßerzelle blieb unerbittlich verriegelt.

Faolán versuchte, die Tür zu erreichen, aber er konnte sich nicht aufraffen. Er streckte eine Hand aus, doch sie war zu weit von der Tür entfernt. Schon nach wenigen Augenblicken begann sie zu zittern und fiel kraftlos zu Boden. Erschöpft drehte sich Faolán auf den Rücken und starrte an die Decke der kalten Zelle, ohne sie tatsächlich zu sehen ... Seine Augen wurden glasig und eine willkommene Dunkelheit brach über ihn herein.

* * *

Faolán lag wach auf dem Zellenboden, doch es kam ihm vor, als schliefe er noch. Er war der Welt auf merkwürdige Weise entrückt und es schien ihm unmöglich, diesem Dämmerzustand zu entkommen. Der Novize versuchte, sein Umfeld zu begreifen, doch es entglitt ihm jedes Mal, wenn er glaubte, es festhalten zu können. Nur mit Mühe konnte er seine Augenlider zeitweise offen halten, immer wieder umfing ihn bewusstlose Schwärze.

Die Tür zu seiner Zelle öffnete sich. Grelles Licht zerschlug die wohltuende Dunkelheit. Schatten bewegten sich und Wasser rann plötzlich über seine glühende Stirn. Die Kühlung war nur von geringer Dauer, die Feuchtigkeit schien auf seiner Haut augenblicklich zu verdampfen. ‚Das Feuer der Hölle', dachte Faolán und erinnerte sich an ein Paar glühende, rote Augen.

Mit einem Mal fiel der steinerne Boden unter ihm ab und Faolán verlor jeglichen Halt. Die Decke kam ihm entgegen, und er fühlte sich schwebend, wie von Engeln getragen. Doch hier gab es keine Engel, nur düstere Schatten. Einer von ihnen trat dicht an ihn heran und flößte ihm ein Gebräu ein. Ein Brennen breitete sich plötzlich vom Rachen bis in den Magen aus und Faolán hätte den Sud am liebsten wieder von sich gegeben. Doch er war zu schwach um sich dagegen zu wehren.

Danach begann er aus der Zelle zu schweben, weiter durch die Hallen des Klosters, ohne auch nur eine Gliedmaße zu bewegen. Merkwürdige, dunkle Gestalten begleiteten ihn stumm auf seinem Weg. Gebäude, mit ihrer aus Stein geschlagenen Allmacht, zogen an ihm vorüber und blickten mit ihren dunklen Fenstern anklagend und verurteilend auf ihn herab. War das der Weg zum Jüngsten Gericht?

Faolán versuchte auszumachen, wo er sich befand. Er vernahm Stimmen, deren Worte er nicht verstand. War das die Sprache der ewigen Verdammnis? Schließlich kam ihm etwas bekannt vor. Es war abermals eine Stimme und Faolán glaubte, sie einem Mann zuordnen zu können, den seine Erinnerung als Abt Degenar bezeichnete. Er hörte sie für einen kurzen Augenblick, dann verschwamm wieder alles und er besaß keine Vergangenheit mehr. Die strahlende Sonne blendete ihn, trachtete ihn zu verbrennen. Weiter schwebte er durch die Welt, mit einem Schmerz, der unbarmherzig hinter seinen Augäpfeln hämmerte.

Dunkelheit und Kälte umfingen ihn mit einem Mal. Faolán öffnete seine Augen und fand sich in einer Kammer wieder, die sich um ihn zu drehen schien. Der Raum streckte sich weit in die Höhe und eine harte Holzplatte schmiegte sich an seinen Rücken. Faolán glaubte das Schlagen einer Tür zu vernehmen und es wurde noch finsterer.

Im schwachen Licht sah Faolán Bruder Wunholds Antlitz über sich schweben. Weshalb er sich an ihn erinnern konnte, wusste Faolán nicht. Wahrscheinlich hatte es mit seiner Verdammnis zu tun. Der Kopf des Mönches war so unerträglich nahe, dass seine Nasenspitze wie flüssiges Wachs mit Faoláns Gesicht zu verschmelzen begann. Lippen flüsterten Worte, die wie dicker Sirup in Faoláns Ohren drangen, sie zu verstopften drohten und die Welt immer dumpfer klingen ließen. Am liebsten hätte er geschrien, wäre er dazu in der Lage gewesen!

Doch der Kopf des Mönches schwebte und redete weiter vor sich hin, unerbittlich, unerträglich.

Feuer wurde herbeigeholt und flackerte verzehrend vor Faoláns Gesicht. Er war verdammt dazu, dieses Höllenwerk zu betrachten. Er war unfähig, seine Augen davor zu verschließen. Die Fratze des Heilers gaffte Faolán unentwegt an. Finger begannen über sein Gesicht zu fliegen und zu krabbeln, flink wie unzählige Spinnenbeine. Erneut wollte ein seltsam würziger Sud seinen Rachen hinabsteigen, drohte ihn zu ersticken, doch diesmal versuchte Faolán sich dagegen aufzubäumen.

Vergeblich!

Sein Magen schien zu zerreißen. Am liebsten hätte er alles wieder von sich gegeben, doch sein Körper versagte ihm diesen Dienst.

Faolán war zu erschöpft. Er konnte sich nicht wehren, konnte sein Schicksal nicht abwenden. Mit einem tiefen Atemzug ergab er sich dem Unabwendbaren, ganz gleich, was es sein würde. Schließlich umfing ihn erlösende Schwärze, lockte ihn mit Vergessen. Faolán hieß sie willkommen und folgte ihr mit einem schwachen Lächeln, selbst wenn dieser Weg die ewige Verdammnis bedeutete.

* * *

Ein nasses Tuch lag kühlend auf Faoláns Stirn. Er hielt seine Augen geschlossenen und tastete mit seinen Fingern vorsichtig danach. Eine fremde Hand war schneller und hielt ihn davon ab, sich weiter zu regen. „Bleib' ruhig liegen. Ich werde mich darum kümmern!“

Es war Bruder Wunholds Stimme. Was war geschehen? Der Mönch entfernte das Tuch, tränkte es in frischem Wasser und legte es wieder auf die fiebrige Stirn. Mit geschlossenen Augen genoss Faolán die Kühlung und nutzte seine übrigen Sinne, um herauszufinden, wo er sich befand.

Er lag in einem Bett, das nicht das seine war und sich auch nicht im Schlafsaal der Mönche befand. Das Kissen war ungewöhnlich groß und weich. Auch die Decke war schwerer als gewohnt. Ein Wohlgeruch von Kräutern und etwas Weihrauch stieg ihm in die Nase. Das Husten eines anderen Mannes bestätigte seine Vermutung schließlich: Er befand sich im Krankensaal des Hospitals.

Langsam öffnete Faolán seine Augen. Grelles Morgenlicht drang durch die hohen, schmalen Fenster und durchflutete den weiß getünchten Raum, in dem sich mehrere Krankenlager befanden. Das Licht schien hier eine besondere Kraft zu besitzen. Neben seinem Bett saß Bruder Wunhold, der ihn beobachtete.

„Was ist ...?“, brachte Faolán mühselig hervor. Eine Hand des Mönches gebot ihm Einhalt, während die andere einen Becher mit frischem Wasser reichte. Faolán trank langsam, während der Heiler begann, die Begebenheiten zu schildern.

„Ich werde dir kurz berichten, was geschehen ist. Allerdings nur, wenn du still zuhörst. Du musst dich noch schonen und das Sprechen kostet dich zu viel Kraft."

Faolán nickte kurz und Bruder Wunhold begann zu schildern, was geschehen war, nachdem Prior Walram den Novizen in die Büßerzelle gesperrt hatte. Demnach wurde er zwei Tage ohne Wasser und Nahrung unter Verschluss gehalten. Außer Walram wusste niemand im Kloster, wo sich Faolán befand. Erst als sich der Abt der Angelegenheit annahm, wurde der Vorfall klarer. Der Bibliothekar hatte schließlich den entscheidenden Hinweis auf Walram gegeben. Allerdings war es trotzdem schwierig gewesen, Faolán zu finden, denn Prior Walram war wie vom Erdboden verschwunden. Ob er sich bewusst fern hielt, konnte nicht geklärt werden. Auffällig und ungewöhnlich war aber, dass er selbst den Andachten nicht beiwohnte.

Faolán wurde eher zufällig entdeckt und aus seiner Büßerzelle befreit. Sein Fieber war zu diesem Zeitpunkt bereits so weit vorangeschritten, dass sein gesamter Körper glühte und sein Geist jeglichen Bezug zur Realität verloren hatte. Ohne zu zögern hob der Abt die verhängte Strafe auf, und Faolán wurde unverzüglich ins Hospital gebracht. Die Behandlung war, nach Angaben des Heilers, kein einfaches Unterfangen gewesen. Böses Blut hatte sich bereits in der Bisswunde festgesetzt und bahnte sich seinen Weg am Halse des Novizen entlang. Es erforderte drei Tage allen Könnens des Mönches, ehe er den Jungen außer Gefahr sah. Seither war etwa eine weitere Woche vergangen und Faolán war überrascht, dass er sich an nichts erinnern konnte.

Weiter berichtete Bruder Wunhold, dass Faoláns Freunde, Konrad und Ering, so häufig am Krankenlager gewacht und geholfen hätten, wie es ihre täglichen Pflichten und Aufgaben erlaubten. Drogo und seine Anhänger hingegen hätten genau das Gegenteil zu bewirken versucht und die beiden Freunde ständig daran gehindert. Von den ausführlichen Schilderungen des Mönches wurde Faolán langsam schläfrig. Noch bevor der Bericht zu Ende war, umfing ihn bereits heilsamer Schlaf, den er so dringend benötigte.

Als Faolán wieder erwachte, wusste er nicht, wie viel Zeit vergangen war. Die Sonne ließ den Krankensaal wieder in reinem Weiß erstrahlen. Faolán fühlte sich kräftig und versuchte sich aufzurichten. Doch Schwindel füllte seinen Kopf und er bewegte sich nur ganz zaghaft. Sein Magen knurrte. Faolán sah sich um und erblickte auf dem Schemel neben seinem Bett eine Schüssel mit Getreidebrei. Sogleich begann er die zähe Masse zu verschlingen, was sich als Fehler erwies. Unter lautstarkem Würgen begann Faoláns Magen das Gegessene wieder von sich zu geben.

In diesem Augenblick betraten seine beiden Freunde den Raum und eilten zu Hilfe. Während Konrad Faolán auf das Bett zurücklegte, kümmerte sich Ering um das Erbrochene und einen Krug frischen Wassers. Als Bruder Wunhold von Faoláns Erwachen hörte, war er hocherfreut. Der Hunger sei ein gutes Zeichen der Genesung. Faolán solle aber ruhig und in kleinen Portionen essen.

Diese Worte erweckten in dem Kranken die Hoffnung, schnell aus dem Hospital entlassen zu werden. Bruder Wunhold behielt ihn jedoch noch beinahe eine weitere Woche im Krankensaal, bevor er den Novizen wieder in den anstrengenden Klosteralltag entließ.

Die Rückkehr in die Mitte der Gemeinschaft stellte für Faolán eine große Herausforderung dar. Nicht etwa, weil er noch nicht ganz genesen und für seine täglichen Pflichten zu schwach gewesen wäre. Vielmehr schämte er sich für seine Tat im Schreibsaal, die ihn in die Büßerzelle gebracht hatte. Obwohl er für sein Vergehen bereits mehr gebüßt hatte, als ein gerechter Richter je vorgesehen hätte, war ihm nicht wohl zumute, als er wieder unter die Augen der übrigen Novizen und Mönche trat. Inzwischen hatten alle von seiner respektlosen und frevelhaften Tat erfahren und sie begrüßten Faolán nur mit tadelnden Blicken.

Die Tatsache, dass Drogo das Opfer seiner Wut geworden war, kümmerte Faolán weniger. Allerdings schämte er sich für die Vergeudung der Tusche, die Zerstörung der Sandtafel und das Besudeln der wertvollen Pergamente, die Bruder Notger so heilig waren. In den Augen des Schriftgelehrten war Faolán jemand, der die tägliche Arbeit und das Lebenswerk des Bibliothekars regelrecht mit Füßen getreten hatte. Kein Wunder, dass der sonst friedfertige Mönch seine Fassung verloren und auf seinen Schüler eingeschlagen hatte.

Faolán machte ihm daraus keinen Vorwurf. Wenn er jemandem Vorwürfe machte, dann nur sich selbst.

Faolán versuchte mehrmals, dem Bibliothekar sein Bedauern auszudrücken, jedoch vergeblich. Bruder Notger begegnete ihm mit Ignoranz, ließ ihn nicht einmal zu Wort kommen. Das schmerzte Faolán umso mehr. Im Gegensatz zu den meisten Angehörigen der Bruderschaft, die ihn einfach nur angafften und hinter seinem Rücken tuschelten, würdigte der Gelehrte ihn nicht einmal eines Blickes.

Das Gerede hinter seinem Rücken konnte Faolán indes gut ertragen. Seine beiden Freunde hatten ihn darauf vorbereitet, dass Drogo während seiner Abwesenheit verschiedene Gerüchte in Umlauf gesetzt hatte. Dass die Wunde von einem Rattenbiss herrührte, war an sich nichts Neues. Dass die Narbe allerdings inzwischen selbst wie der Kopf einer Ratte aussehen und eine Brandmarkung des Leibhaftigen sein solle, war nur eine aus Drogos Geist entsprungene Fantasie.

Obwohl Faolán seine Narbe bereits mehrfach betrachtet hatte, konnte er beim besten Willen keine Ähnlichkeit mit einem Tier feststellen, geschweige mit einer Ratte. Die meisten Novizen schienen jedoch nachhaltig von Drogo beeinflusst worden zu sein, denn sie gafften ihn und die Narbe immer wieder an. Selbst daraus machte sich Faolán nicht viel. Sollte die Narbe doch aussehen wie sie wollte, von ihm aus auch wie der Kopf einer Ratte. Jeder durfte sich sein Urteil darüber bilden, und er ließ das Getuschel und die Blicke unkommentiert. Mit der Zeit wurde die ganze Geschichte für die meisten uninteressant und es wurde wieder ruhig um Faolán.

Bruder Ivo betrachtete Faoláns Entwicklung mit Besorgnis, denn er bemerkte eine Veränderung im Verhalten seines Schützlings. Sein Gehilfe wurde wieder so schweigsam und nachdenklich, wie er einst zu Beginn seiner Zeit im Kloster gewesen war. Damals war der Novize schüchtern und zurückgezogen gewesen, und genau so verhielt er sich in diesen Tagen wieder. Trotz der Rückkehr zu den alltäglichen Pflichten blieb die erhoffte Normalität selbst nach einigen Wochen aus und seine Sorge um Faolán wuchs.

Aus diesem Grunde betrat der Cellerar gedankenverloren die Räumlichkeiten des Abtes, obwohl ihm noch kein Einlass gewährt worden war. Degenar erkannte sogleich den Kummer im Gesicht seines Freundes und versuchte ihn mit freundlichen Worten aufzumuntern: „Mein lieber Ivo. Wenn ich in dein sorgenvolles Gesicht blicke, wundert es mich nicht, dass du mir keine Zeit lässt, dich hereinzubitten."

„Oh, verzeiht mir, ehrwürdiger Abt", entschuldigte sich der Cellerar, als bemerke er erst jetzt, was er getan hatte.

Degenar empfing ihn jedoch mit offenen Armen und einem wohlwollenden Lächeln. „Ivo, mein Freund, du bist mir stets willkommen! Tritt ein, setze dich zu mir und berichte von dem, was dir so schwer auf dem Herzen lastet. Doch um eines möchte ich dich zuvor noch bitten: Sprich mich nicht mit ‚ehrwürdiger Abt' an, wenn wir allein sind!"

Die Bemerkung rief ein Lächeln auf Ivos Gesicht hervor, und seine Sorgen schienen für einen kurzen Augenblick verflogen zu sein. Der Cellerar setzte sich und kam ohne Umschweife zu seinem Anliegen. „Ich mache mir Sorgen um Faolán. Er hat sich in den letzten Wochen sehr verändert."

„Das ist mir nicht entgangen." Auch Degenar wirkte mit einem Mal besorgt.

„Dann hast du sicherlich auch bemerkt, dass dies nicht gerade eine Veränderung zum Guten war. Ich habe den Eindruck, als sei all das in den letzten Jahren gewachsene Selbstbewusstsein mit dieser Narbe abhanden gekommen."

Degenar nickte. „Auch das habe ich bemerkt, wobei ich mich deinem Urteil nicht so schnell anschließen möchte. Ich habe mir auch schon Gedanken darüber gemacht. Vielleicht ist Faolán auf der Suche nach einem Sinn dieser Ereignisse und braucht deshalb einfach mehr Zeit für sich. Du weißt, dass man für solch eine Suche etwas Zurückgezogenheit benötigt."

„Mehr Zeit und etwas Zurückgezogenheit ist in seinem Fall allerdings eine Untertreibung der Tatsachen. Der Junge grenzt sich regelrecht ab. Ich komme mir vor, als spräche ich gegen eine Wand, wenn er bei mir ist. Nicht, dass er mich nicht versteht. Seine Aufgaben erledigt er nach wie vor zu meiner vollsten Zufriedenheit. Nein, es ist etwas anderes. Ich dringe einfach nicht mehr zu ihm durch. Nur noch seine Freunde scheinen Zugang zu ihm zu haben."

Der Abt versuchte es auf andere Weise zu erklären:

„Jeder Mensch hat Abschnitte in seinem Leben, in denen er sich gegen äußere Einflüsse abgrenzt. Nur auf diese Weise kann er zu sich selbst finden. Verhält es sich nicht genau so beim Beten? Eine Andacht dient nicht nur meiner Suche nach Gott und meinem Seelenheil, sondern vor allem der Suche nach dem Göttlichen in mir selbst. Jedes Gebet ist eine Suche nach meinem innersten, eigenen Selbst. Ist dir das noch nie klar geworden?"

„Doch, natürlich. Die Art und Weise, wie Faolán sich zur Zeit verhält, ist aber nicht normal. Das hat meiner Meinung nach nichts mit Selbstfindung zu tun. Ich mache mir ernsthafte Sorgen, er könnte sich selbst verlieren."

Degenar führte sich vor Augen, welch froher und aufgeweckter Junge Faolán all die Jahre gewesen war, und er musste eingestehen, dass die momentane Entwicklung bedenklich war. Vor allem, wenn man im Blick hatte, dass Faolán eines Tages seiner Bestimmung entgegentreten und sein Erbe in Anspruch nehmen sollte.

„Vielleicht hast du Recht, Ivo. Doch um ehrlich zu sein, sehe ich keine Möglichkeit, die Situation schnell zu ändern."

„Nun, vielleicht kann ich dir dabei behilflich sein. Ich habe schon eine Idee."

Degenar wurde neugierig und Ivo erläuterte ihm seine Gedanken über ein bereits durchgeplantes Vorhaben. Beide Mönche saßen noch lange und debattierten darüber, ob Ivos Plan sinnvoll und in die Tat umzusetzen sei. Der Abt dachte lange darüber nach und erst nach der Matutin teilte er seinem Freund seine Zustimmung mit. Ivo versprach, gleich am nächsten Morgen mit den Vorbereitungen zu beginnen. Vielleicht würden sie Faolán auf diese Weise helfen können. Der Abt hoffte darauf inzwischen ebenso inständig wie der Cellerar, denn auch er war jetzt davon überzeugt, dass Faolán Gefahr lief, sich zu verlieren, statt sich selbst zu finden.

Als der Kellermeister seinem Gehilfen am nächsten Tag offenbarte, dass er in Zukunft an den Markttagen mit nach Neustatt fahren solle, war Faolán überrascht. Er äußerte sich zunächst nicht dazu und Bruder Ivo fragte sich, ob sein Plan ein Fehler war. Nachdem Faolán aber eine Nacht darüber geschlafen hatte, schien er am nächsten Morgen ein anderer Mensch zu sein. Er verspürte einen unbeschreiblichen Tatendrang und große Begierde, etwas Neues zu erleben. Der Vorschlag des Kellermeisters schien die Last der vergangenen Wochen hinwegzuheben. Die Aussicht, die Klostermauern hinter sich zu lassen, beschwingte ihn. Natürlich war er schon öfter außerhalb der Abtei gewesen, doch nur zur Feld- oder Waldarbeit.

Faolán wusste es sehr zu schätzen, allein mit Bruder Ivo die Abtei verlassen zu dürfen. Es war nämlich nicht üblich, dass Mönche die Klostermauern hinter sich ließen. Einen Novizen ließ man unbeaufsichtigt schon gar nicht gehen. Die weltlichen Versuchungen des Fleisches und des Geistes seien außerhalb des Klosters einfach zu mächtig, als dass ihnen ein junger Novize widerstehen könne. So lautete zumindest die Begründung. Was damit genau gemeint war, wusste Faolán nicht. Aufgrund des Entsetzens, das einige Brüder zeigten, schloss Faolán allerdings, dass es dort draußen gefährlich sein musste.

So sehr sich die Mönche fürchteten und Faolán bedauerten, so stark betrachtete Drogo ihn mit Neid. Worauf er neidisch war, konnte Faolán nicht sagen, denn er hatte ja keine Ahnung vom Leben jenseits der Klostermauern. Drogo hingegen kannte es und erwartete nichts sehnlicher als den Tag seiner Rückkehr zur Grafenburg. Nach all den Wochen des überheblichen Siegerlächelns verschwand das Grinsen auf Drogos Gesicht jetzt. Seine Laune wurde zusehends schlechter, während sich Faoláns Stimmung erkennbar hob. Bruder Ivo beobachtete diese Entwicklung zufrieden. Jetzt musste Faolán nur noch beweisen, dass er der Herausforderung auch gewachsen war.

Und dann war es endlich soweit. Der Tag war gekommen, an dem Faolán gemeinsam mit dem Kellermeister das Kloster verlassen würde, um den nahegelegenen Markt in Neustatt aufzusuchen. Lange Zeit war Neustatt nur eine große Siedlung gewesen. Die Nähe zur Grafenburg führte dazu, dass sie langsam aufblühte und vor einigen Jahren hatte sie das Marktrecht erhalten. ‚Nova Civitas' wurde diese junge Stadt seither urkundlich benannt, doch im Volksmund hatte sich der umgänglichere Name *Neustatt* eingebürgert. Seit dem Erhalt des Marktprivilegs war auch der Handel für die Benediktiner einfacher geworden. Der Weg nach Neustatt war erheblich kürzer als der zu den bisherigen Märkten. Deshalb wurden häufiger Fahrten dorthin unternommen.

Auf dem Klosterhof ging es vor einer Fahrt zum Markt sehr geschäftig zu. Schon vor Sonnenaufgang begann Faolán eifrig, die Kisten, Säcke und Körbe auf den Wagen zu laden. Er stapelte sie behutsam und sicherte sie sorgfältig mit Seilen und Riemen. Viele Waren aus klostereigener Herstellung wurden auf dem Markt zu Neustatt angeboten. Das meiste davon war in den langen Wintermonaten gefertigt worden oder in den Lagern gereift, wie Ziegenkäse oder Äpfel und Nüsse. In der Regel wurden diese Güter auf dem Markt gegen andere eingetauscht, die das Kloster nicht herstellen konnte. Das betraf vor allem die Tusche für das Skriptorium, aber auch die wertvollen Farben für die kunstvollen Illustrationen der Bücher.

Bruder Ivo bewies Geschick im Handel, so dass der Abt mit seinen Geschäften stets zufrieden war und es im Kloster niemals an den notwendigen Materialien mangelte. Heute sollte nun auch Faolán erlernen, wie man dies bewerkstelligte, und es versprach, ein aufregender Tag zu werden.

Bald war alles für die Abfahrt vorbereitet. Mit Bruder Ivo wartete Faolán nun auf den Abt und seinen Segen: „*Dominus custodiet te Dominus protectio tua super manum dexteram tuam per diem sol non percutiet te neque luna per noctem.* Der Herr behüte euch vor allem Übel, er behüte eure Seelen. Möge er euren Weg erleuchten und euch bei all euren Taten beschützen. Amen."

Nachdem der Abt die Hände wieder gesenkt hatte, sprach er zu den beiden Wartenden: „Passt auf euch auf. In Neustatt werdet ihr mit vielen Versuchungen konfrontiert werden. Bleibt standhaft! Ivo, achte auf deinen Gehilfen, dass er nicht abseits geht. Haltet stets beide Augen offen."

„Sei unbesorgt", beruhigte Ivo seinen Freund. Er verstand die Befürchtungen des Abtes. Er hatte nicht umsonst all seine Überzeugungskraft aufbringen müssen, um dessen Zustimmung zu diesem Vorhaben zu erhalten. Erst der Hinweis, dass er als Cellerar langsam zu alt sei, um die Marktgänge allein zu bewältigen und er einen Gehilfen in Neustatt benötige, hatte den Abt überzeugt.

Faolán wusste nichts von diesen Diskussionen und Sorgen. Entsprechend merkwürdig klangen auch die Abschiedsworte in seinen Ohren. Mit gemischten Gefühlen saß er auf dem Wagen und konnte die Abfahrt kaum erwarten.

Als sie schließlich das Klostertor hinter sich gelassen hatten und den Weg nach Neustatt einschlugen, betrachtete Faolán die Welt außerhalb der Abtei mit neuen Augen. Der Wald sah vom hohen Wagen gänzlich anders aus als sonst. Er konnte tiefer in die Baumreihen blicken und weiter vorausschauen. Sogar die Luft roch anders und es schien, als atme er das reine Leben ein.

Auf diese Weise beeindruckt und abgelenkt, hatte Faolán Mühe, sich auf die Worte des Kellermeisters zu konzentrieren. Der Mönch gab seinem Gehilfen zunächst eine theoretische Einführung in das Markttreiben und versuchte dann seinem Schützling darzulegen, auf was er zu achten hatte und was von ihm erwartete wurde. Für all diese Belehrungen hatte Faolán anfänglich nur ein halbes Ohr, denn es dauerte lange, ehe er sich an all dem Neuen sattgesehen hatte. Erst nach einiger Zeit lauschte er aufmerksam den Ausführungen des Mönches.

Schließlich erreichten sie den Waldrand und fuhren hinaus auf freies, leicht hügeliges Land. Der weite Blick über Wiesen und Felder zog Faolán erneut in seinen Bann, und auch der Kellermeister schwieg jetzt. Es dauerte nicht mehr lange, und es tauchten unzählige Dächer zwischen den sanften Hügeln auf: Neustatt. Schon von hier konnte Faolán eine rote Flagge ausmachen, die für alle gut erkennbar das heutige Markttreiben kundtat, wie Ivo erklärte.

Faolán hatte noch nie eine größere Ansammlung an Gebäuden gesehen als die des Benediktinerklosters. Die Abtei war eine klar strukturierte Anlage. Keine ihrer Bauten war ohne sorgfältige Planung erstellt worden und sie standen meist im rechten Winkel zueinander.

Eine solche Planung konnte Faolán für Neustatt auf den ersten Blick nicht erkennen. Die Dächer zeigten in alle Richtungen und waren von so unterschiedlicher Gestalt, dass sie miteinander zu konkurrieren schienen. Je näher sie der Stadt kamen, umso mehr erkannte Faolán einen weiteren Unterschied zur Abtei: Umtriebigkeit! So viele Mönche auch im Kloster leben mochten, es ging dort stets beschaulich und ruhig zu. In Neustatt war dies nicht der Fall. Bereits ein gutes Stück vor den Toren der Siedlung herrschte lautstarke Geschäftigkeit, dass es Faolán etwas unbehaglich wurde. Dennoch beobachtete er das Treiben fasziniert.

Unmittelbar vor der Stadt passierten sie die Baustelle einer neuen Umwehrungsanlage. Der alte Schutzwall aus hohen Palisaden sollte ersetzt werden, gewährte aber noch so lange Schutz, bis die steinerne Stadtmauer geschlossen sein würde. Diese mächtige Wehranlage wurde mit einem großzügigen Abstand zum Palisadenwall errichtet, damit die Stadt ausreichend Platz für weiteres Wachstum hatte. Faolán konnte sich nicht vorstellen, dass diese große Freifläche zwischen den beiden Wällen eines Tages mit Häusern, Straßen und Plätzen gefüllt sein würde.

Große, hölzerne Gerüste ragten etliche Ellen in die Höhe und erstreckten sich entlang beider Seiten des Walls. In unmittelbarer Nähe der Baustelle befanden sich die vielen Bauhütten und Verschläge der Handwerker, die sich wie ein kleines Dorf gruppierten. Steinmetze, Maurer und Zimmerleute waren schon weit vorangekommen und der ringförmige Wall umschloss bereits etwa die Hälfte der aufblühenden Siedlung. Die langwierige Arbeit hatte bereits mehrere Jahre in Anspruch genommen, und sicherlich würden noch einige Jahre vergehen, bevor das neue Bollwerk vollendet wäre.

Der Klosterwagen fuhr durch eine breite Öffnung in der Wehranlage, die später einmal das gewaltige Haupttor aufnehmen sollte, und befand sich nun im Bereich zwischen zukünftiger Stadtmauer und altem Palisadenwall. Hier waren während der Bauarbeiten Verhältnisse entstanden, die man weder als städtisch noch als ländlich bezeichnen konnte. Entlang der Straße, die geradewegs in das Zentrum führte, waren einfache Unterkünfte aller Arten errichtet worden. Einige bestanden nur aus Pfählen, Stangen und Seilen, über die man große Tücher geworfen hatte. Es gab aber auch Holzverschläge mit einem Vorbau aus Leinen, in deren Schatten sich düstere Gestalten herumtrieben. Die Vielfältigkeit der Behausungen reichte bis hin zu aufwendigen Holzgebäuden, die sich in der Nähe des Palisadentores befanden und schon beinahe wie zur Siedlung gehörende Häuser wirkten. Zwischen und hinter all diesen Baracken, Hütten und Verschlägen wurden zahlreiche Feuerstellen unterhalten. Viele kleine Rauchsäulen stiegen zum Himmel empor und verloren sich schon bald in der Luft, die beißend nach Qualm roch.

Faolán betrachtete das Treiben neugierig. Je näher sie dem Tor kamen, umso dichter wurde auch der Menschenstrom, der es passieren wollte. Einige Händler und Bauern boten bereits vor dem Tor ihre Waren feil, um so dem Wegezoll zu entgehen, obwohl dies vom Grafen untersagt war. Das Verbot gegen den Handel schreckte sie allerdings nicht ab, selbst wenn sie vor dem Wall den Schutz des allgemein geltenden Marktfriedens nicht genießen konnten. Güter wechselten hier ebenso den Besitzer, meist in einem der düsteren Verschläge, fernab von den wachsamen Augen der Soldaten des Landesfürsten. Vor dem Tor beobachtete Faolán ein Gedränge vieler mürrischer Menschen. Einige von ihnen gaben ihren Unmut lauthals preis und stritten mit einem jeden, der sich in ihre Angelegenheiten mischte.

Die Gerüche der Feuer mischten sich mit Düften von Garküchen, sowie dem Gestank tierischer und menschlicher Ausdünstungen und Ausscheidungen. Es war eine Übelkeit erregende Mischung und Faolán bedeckte seine Nase mit seinem Ärmel, um sich vor dem ekelhaften Gestank zu schützen.

Bauern und Leibeigene waren ebenso zwischen den Verschlägen zu sehen, wie Frauen mit bunten Tüchern und merkwürdig grell bemalten Gesichtern, aber auch Handwerker, Gesinde und Krieger. Kinder wie Erwachsene schlugen ihr Wasser neben den Feuerstellen oder Hütten ab, wo andere gerade ihre Mahlzeiten aßen. Hunde paarten sich, während eine Frau ein wild um sich schlagendes, geköpftes Huhn zu bändigen versuchte. Ein Rind ließ seinen Kot fallen und einige Knaben feixten darüber. Sie ärgerten ein vorbeigehendes Mädchen, indem sie die noch warme, dampfende Masse mit einem Ast in ihre Richtung schleuderten. Faolán sog all diese Eindrücke in sich auf.

Unmittelbar vor dem Tor wurde der Klosterwagen von einem der Bewaffneten gestoppt, die zu beiden Seiten des Durchgangs den Strom der Marktbesucher überwachten. „Das sind die Recken des Grafen“, erklärte Bruder Ivo etwas gereizt, und Faolán beobachtete, wie der Kellermeister kurz in seine Geldkatze blickte, eine

Münze hervorholte und sie missbilligend betrachtete. „Oder sollte ich sie besser *die Halsabschneider des Grafen* nennen?“

Der Benediktiner verstummte, denn direkt neben ihm stand jetzt einer von Ruriks Kriegern. Schwer bewaffnet sah er furchterregend aus, und Faolán konnte sich gut vorstellen, dass diese Männer den Markt zu schützen wussten. Der Kellermeister murmelte dem Mann etwas zu und ließ seine Münze in die nach oben gestreckte Hand des Recken fallen. Daraufhin gab der Krieger ein Zeichen und der Wagen durfte seinen Weg in das Innere der Stadt fortsetzen.

Nachdem sie sich außer Hörweite der Wachen befanden, erklärte der Mönch seinem Gehilfen weiter: „Seit der Erteilung der Marktrechte ist der Wegezoll auf ein Mehrfaches der ursprünglichen Summe angewachsen. Für viele der armen Bauern ist er zu hoch, um ihre Ware auf dem Markt sicher anbieten zu können. Ihnen bleibt nichts anderes übrig, als ihre Güter vor dem Tor zu verkaufen. Dass sie dabei meist betrogen werden, ist ein Nachteil, den sie in Kauf nehmen müssen. Beutelschneider und Betrüger tummeln sich dort zuhauf. Die anderen aber, die sich den Wegezoll noch leisten können, versuchen die überhöhte Abgabe durch höhere Preise auszugleichen. Du wirst dich sicherlich fragen, ob die Erhöhung des Wegezolls eine sinnvolle Idee des Grafen war. Offensichtlich, denn es füllt seine Börse!“

Der Cellerar legte eine nachdenkliche Pause ein, fuhr dann aber leise fort: „Dieser Rurik begründet die Abgabenhöhe mit der Sicherheit durch die Markthüter und den Kosten für den Bau dieses gigantischen Steinwalls, der in Zukunft einen noch viel besseren Schutz für die gesamte Stadt bieten wird. Er behauptet zwar, dass der Großteil dieser Kosten aus seinen Truhen bezahlt würde. Doch Rurik ist gerissen genug, um sich das Geld wieder vom Volk durch überhöhte Abgaben zurück zu holen.“

Beeindruckt von diesen weltlichen Belangen betrachtete Faolán das Treiben in den Straßen der Siedlung. Hatte er zuvor geglaubt, die Ausmaße Neustatts bereits begriffen zu haben, so wurde er jetzt eines Besseren belehrt. Vor ihm erstreckte sich ein wirres Netz aus Straßen und Gassen. Dicht an dicht reihten sich unzählige kleine Häuser zu beiden Seiten. Die größeren Straßen waren zwar meist breit genug, um zwei Karren gleichzeitig Platz zu bieten, doch waren heute so viele Menschen unterwegs, dass sie sich gegenseitig nur noch in gemächlichem Tempo voranschoben.

Der Klosterwagen befand sich inmitten dieser trägen Masse und kam gerade so schnell voran, wie es der Pulk gestattete. Die Straßen selbst bestanden aus bloßer, gestampfter Erde. Es gab die eine oder andere schlammige Stelle, hervorgerufen durch die Ausscheidungen von Menschen und Tieren. Ein abscheulicher Gestank füllte die ganze Stadt und sammelte sich unerträglich in ihrer Mitte, am Marktplatz.

Je näher sie diesem kamen, umso dichter drängten sich die Gebäude aneinander. Jeder Flecken Erde schien in Beschlag genommen zu sein und es gab Bauten, die sogar ein zweites Stockwerk besaßen. Es gab keinen Hinweis mehr auf die einstigen Dorfwiesen innerhalb der Palisaden, die man früher als gemeinsamen Weidegrund genutzt hatte. Nur noch vereinzelt fand man kleinere Plätze mit einem Baum. Faolán wunderte es deshalb nicht mehr, dass die neue Wehranlage mit einem großen Abstand zum alten Palisadenwall errichtet wurde.

Neustatt schien wie ein übervoller Sack, kurz vor dem Bersten.

Den Kellermeister schien all dies nicht zu beeindrucken. Er lenkte den Wagen mit stoischer Ruhe durch die Menge. Auf dem Marktplatz waren Lärm und Gestank am penetrantesten. Teilweise wurde der Unrat auf dem Boden durch verteiltes Stroh gebunden, doch oft gab es nichts, was dem üblen Geruch Einhalt gebot. Die meisten hatten sich wohl an diese Umstände gewöhnt und schienen den Gestank nicht einmal zu bemerken. Unweigerlich wurde Faolán an das Aborthaus des Klosters erinnert.

Wortlos und ruhig stieg Bruder Ivo vom Wagen und führte das Pferd den Rest des Weges am Rande des Marktplatzes entlang, bis sie an eine noch im Bau befindliche Kirche gelangten. Wie schon bei der Wehranlage bewunderte Faolán die Gerüste, die an den hohen Mauern des künftigen Gotteshauses in schwindelerregende Höhen gen Himmel strebten.

In unmittelbarer Nähe gab es noch einen verfügbaren Platz vor einem der wenigen Bäume der Stadt, einer großen, alten Linde. Diese Stelle war genau passend für den Klosterwagen. Während der Mönch das Pferd abschirrte und versorgte, begann Faolán an dem Karren ein Vordach aus Tuch und Stangen aufzubauen. Schnell war das Linnen gespannt und warf einen kühlenden Schatten an diesem heißen Tag. Danach entluden Mönch und Novize den Wagen. Körbe und Kisten wurden aufgereiht und Säcke geöffnet, um jedem Marktgänger einen Blick auf das Angebot zu ermöglichen.

Der Verkauf begann schleppend. Zwar erkundigten sich immer wieder Interessenten nach Preisen und Qualität, doch zu einem Handschlag kam es nur selten. Früh tauchten die Jünglinge auf, die in Gruppen über den Markt streiften und danach trachteten, ein Stück Obst oder etwas Brot zu stehlen. Ivo hatte Faolán darauf vorbereitet und so behielt er sie stets im Auge.

Mit der Zeit wickelte Bruder Ivo immer mehr Verkäufe ab, wobei auf beiden Seiten kräftig gefeilscht wurde. Wenn es weniger geschäftig war, erklärte der Mönch Faolán die besonderen Einzelheiten eines jeden Handels.

Am wichtigsten war es, höchste Konzentration bei der Bezahlung walten zu lassen, ganz gleich ob es sich dabei um Naturalien oder, in seltenen Fällen, auch um

Münzen handelte. Bei der Bezahlung nutzte nämlich so mancher Schurke das Geschick seiner Finger, um den Handelspartner zu betrügen.

Um die Mittagszeit ließ die Geschäftigkeit auf dem Markt etwas nach. Bruder Ivo fand es nun an der Zeit, seinen Schützling für eine Weile in das Treiben zu schicken, während er beim Wagen bleiben wollte. Aufgeregt nahm Faolán das Angebot an.

Zunächst bahnte er sich noch etwas zögerlich seinen Weg zwischen Buden, Wagen und Menschen hindurch. Oft blieb er interessiert an Ständen oder Karren stehen, bestaunte die Waren, sog Gerüche von Kräutern und Gewürzen ein, die gelegentlich den penetranten Gestank überflügelten. Ein Schmied erregte viel Aufsehen, als er sich am fauligen Zahn einer Alten zu schaffen machte. Faolán wohnte dem blutigen Spektakel bei, bis Applaus beim Vorzeigen des erfolgreich gezogenen Übeltäters erklang. Danach schlenderte er neugierig weiter über den Markt und beobachtete die Menschen. Manch ein Händler versuchte, selbst das etwas faulige Obst einem unachtsamen Käufer unterzujubeln. Wurde es vom Kunden bemerkt, stellten es die Kaufleute als ein Versehen hin und beschwichtigten den Betrogenen schnell mit einer kostenlosen Dreingabe. Denn eines wollte keiner der Händler riskieren: Die Aufmerksamkeit der Markthüter zu erregen und dann zur Rechenschaft gezogen zu werden.

Auf dem gesamten Marktplatz war einzig den Recken des Grafen das Tragen von Waffen gestattet. Mit wachsamen und strengen Blicken schritten sie durch das Gedränge. Meist waren sie zu zweit und marschierten einher, als wäre der Markt ihr Eigen. Mit dieser Einstellung nahmen sie sich dreist das Recht heraus, sich an einem Stand ihrer Wahl zu bedienen. Die Männer deklarierten das Entwendete als zusätzlich zu entrichtenden Marktzoll oder als verdorbenes Gut, das eingezogen werden müsse, um Betrügereien zu vermeiden.

Die Blicke der Opfer bekundeten Missfallen, doch nicht einer wagte, gegen diese Ungerechtigkeit aufzubegehren. Sie ließen es geschehen und beteten darum, nicht allzu schnell erneut Opfer dieser Willkür zu werden.

Immer wieder schnappte Faolán die eine oder andere Beschwerde über die Markthüter auf, die allerdings nur geflüstert wurde, dass er nie ausmachen konnte, wer sie geäußert hatte. Hier und da wurden auch die guten alten Zeiten vor Ruriks Herrschaft erwähnt. Unter dem alten Grafen, so hieß es, wäre alles besser gewesen, und mancher fragte sich, wie es wohl seinem Sohn ergangen sein mochte. Auf diese Frage hatte allerdings niemand eine Antwort und Faolán wusste nicht so recht, was er von diesen Reden halten sollte. Aber was kümmerten ihn die Belange um einen irdischen Fürsten? Schließlich war er in einem Kloster zu Hause. So ignorierte er mit der Zeit das Gerede um die Markthüter und setzte seinen Weg fort.

Nach einiger Zeit fiel Faolán etwas anderes auf. Er konnte nicht genau erkennen, was es war, denn es tauchte immer nur kurz am Rande seines Blickfeldes auf.

Sobald er es näher in Augenschein nehmen wollte, war es auf sonderbare Weise wieder verschwunden, als wolle es sich ihm entziehen. Einzig eine Farbe konnte er ausmachen: ein bemerkenswertes Rot. Faolán versuchte, ihm zu folgen.

Trotz seiner Bemühungen, es zu finden, blieb er erfolglos. Nach einer Weile beschloss er, zu Bruder Ivo zurückzukehren. Doch plötzlich erschien dieses Rot direkt vor seiner Nase. Erst jetzt konnte der Novize feststellen, dass es sich dabei um den zerzausten, kurzhaarigen, roten Schopf eines Jungen handelte, der etwa in seinem Alter sein mochte.

Faolán blieb wie angewurzelt stehen, denn er wäre beinahe mit diesem Jungen zusammengestoßen, so plötzlich war er vor ihm aufgetaucht. Die unglaubliche Farbe des Haares zog ihn in seinen Bann. Ein solches Rot hatte er noch nie gesehen. Mit jeder Bewegung des Kopfes schimmerte das Haar in einer anderen Nuance. Die Sonnenstrahlen erweckten es regelrecht zum Leben. Erschien das Haar eben noch als dunkles Orange, so besaß es im nächsten Augenblick schon die Farbe von Kastanien, nur um kurz darauf wie Feuer zu lodern. Fasziniert betrachte Faolán regungslos dieses einmalige Farbenspiel.

Erst als er eine Stimme vernahm, die ihn ansprach, fand er in die Wirklichkeit zurück: „Wenn du nicht willst, dass alle Welt sehen kann, was sie dir im Kloster das letzte Mal zu essen gegeben haben, solltest du mich mit geschlossenem Mund weiter angaffen.“

Langsam schloss sich der Mund des Novizen. Weshalb sich Faolán dabei wie ein Narr vorkam, verstand er ebenso wenig wie die Hitze, die in ihm aufstieg. Der warme Tonfall in der Stimme verriet ihm, dass es sich bei dem vermeintlichen Jungen in Wahrheit um ein Mädchen handelte, obwohl die kurz geschorenen Haare, das geflickte Hemd, die weite Hose sowie die freche Körperhaltung eigentlich auf einen Knaben von kleinem Wuchs hingedeutet hatten.

Faolán erwiderte den Blick. Wie bei dem roten Haar schien es ihm unmöglich, den Augen eine eindeutige Farbe zuzuordnen. Sie glichen einem dunklen Brunnen, dessen tiefes Wasser von Grau zu Grün wechselte. Je länger der Novize in diese Tiefe blickte, umso schwerer fiel es ihm, sich ihr zu entziehen. Als hätte jemand einen Zauber über Faolán ausgesprochen, starrte er gebannt in das Schwarz der großen Pupillen. Wer war dieses Mädchen, das solch eine merkwürdige Macht über ihn besaß?

Der Rotschopf ließ ihm keine Zeit, darüber Klarheit zu erlangen. Genüsslich biss das Mädchen mit einem frechen Grinsen in einen Apfel, dass der Saft in Faoláns Gesicht spritzte. Er war sich sicher, dass sie das Obst nicht rechtmäßig erworben hatte, ärmlich wie sie aussah. Sie kaute das Diebesgut mit halboffenem Munde und grinste dabei unentwegt. Fragend neigte sie den Kopf zur Seite.

„Dein Mönch wartet sicherlich schon auf dich. Solltest du hier noch Wurzeln schlagen, so wird er eine Axt erstehen müssen, um dich wieder mit in euer Kloster nehmen zu können."

Obwohl Faolán darauf etwas zu erwidern versuchte, fand er keine Worte. Das Mädchen erwartete wohl auch keine Antwort, nickte einmal kurz zum Gruß und machte sich davon. Sie schlug zwei, drei flinke Haken und war ebenso plötzlich verschwunden, wie sie aufgetaucht war. Das rote Haar und die abgrundtiefen Augen waren mit einem Mal verloren und Faolán schien es, als hätten sie alle Farben dieser Welt mit sich genommen.

Verwirrt schüttelte der Novize den Kopf, als wolle er die Farben des Lebens wieder zurückholen und zugleich das Mädchen leugnen. Geistesabwesend wischte er sich den Saft des Apfels aus dem Gesicht. Das verschaffte ihm Gewissheit: Sie war kein Trugbild gewesen, dem er erlegen war. Langsam holten die Menschen Faolán wieder in die Wirklichkeit zurück, und der Lärm des Marktes füllte seinen Schädel mit einer Wucht, die ihn taumeln ließ. Der grobe Stoß eines Markthüters setzte Faolán schließlich wieder in Bewegung, dass er leicht benommen zum Klosterstand zurücklief.

Dort fand er den Kellermeister aufgebracht und hitzig vor. Als der Mönch seinen Gehilfen erblickte, sprudelten die Worte nur so aus ihm heraus. „Wenn ich diesen Rotschopf erwische! Dieser Bengel hat doch tatsächlich einen unserer schönsten Äpfel gestohlen! Hätte ich mich doch nur nicht ablenken lassen ... Hast du etwas gesehen?"

Faolán überlegte kurz, dann schüttelte er den Kopf. Natürlich hatte er nichts dergleichen beobachtet, ahnte aber wohl, wen der Cellerar des Diebstahls bezichtigte. Er spürte, wie sich ein verräterisches Schmunzeln auf seine Lippen schlich und versuchte, es zu unterdrücken.

Noch bevor der Cellerar weitersprechen konnte, erschienen zwei der berüchtigten Markthüter in der Nähe des Klosterwagens. Bruder Ivo hielt es für angebracht, kein weiteres Aufsehen zu erregen. Schweigsam folgte er den Recken mit den Augen, während er still ein Stoßgebet gen Himmel sandte.

Doch die Bewaffneten blieben vor dem Wagen stehen. Ivo richtete sich auf und trat schützend vor seinen Gehilfen. Gespielt höflich sprach er die Krieger an: „Wie kann ich den Herren behilflich sein?"

Die Frage wurde ignoriert. Die Blicke der Markthüter überflogen die angebotenen Güter, schienen jedoch nichts zu ihrer Zufriedenheit zu finden. Schließlich zog einer der beiden seinen Dolch, stach einmal in das Apfelfass und warf die Beute seinem Kameraden zu. Dann stach er noch ein zweites Mal hinein. Kritisch prüfend hielt er die Frucht vor seine Augen und drehte sie langsam. Ivo wurde ungehalten und versuchte etwas zu sagen, fand jedoch keine Worte.

Der Recke mit dem Dolch nickte mit dem Kopf und schaute mit einem zufriedenen, spöttischen Grinsen auf den sprachlosen Mönch herab. „Beruhig' dich wieder und betrachte es als eine Kontrolle."

Diese Frechheit brachte Ivo wieder zum Sprechen. „Und was ist, wenn ich es als Diebstahl bezeichne?"

„Vorsicht, Mönchlein!" Die Klinge mit dem Apfel neigte sich nach vorne und tippte bedrohlich gegen Ivos Kinn. „Achte auf deine Worte. Achte vor allem darauf, an wen du sie richtest. Sie könnten nur allzu leicht als Anklage missverstanden werden."

Die Drohung beeindruckte den Cellerar nicht im Geringsten. „Was heißt hier missverstanden? Vor dem Antlitz des Herrn gibt es in dieser Angelegenheit nichts misszuverstehen!"

„Es ist aber unser irdischer Herr, der über diesen Markt herrscht und nicht dein himmlischer. Gib also Acht und hoffe, dass uns deine Äpfel schmecken. Sollten sie verdorben oder zu sauer sein, werde ich das ganze Fass vom Markt entfernen lassen und euch gleich mit. Was machst du dann?"

„Ihr würdet es nicht wagen ...", hauchte Ivo nahezu tonlos.

„Glaubst du tatsächlich, Mönchlein?"

„Der Herr wird Euch für diese Dreistigkeit bestrafen, seid Euch dessen gewiss!"

Der Bewaffnete kniff die Augen zusammen und lehnte sich leicht nach vorne. Der säuerliche, nach Wein stinkende Atem schlug dem Benediktiner ins Gesicht, dass er am liebsten zurückgewichen wäre. Doch Ivo hielt stand, während er die ruhigen Worte des Recken vernahm:

„Deine Drohungen versetzen vielleicht einen gottesfürchtigen Mann in Angst und Schrecken. Vielleicht würde er sogar vor Ehrfurcht auf die Erde fallen und sich wie ein Wurm im Staub winden. Doch ist dir schon einmal in den Sinn gekommen, dass es auch Männer gibt, die nicht gleich demütig auf die Knie sinken, sobald ein Mönch *Gott* oder *Herr* ruft? Was glaubst du, welche Art von Mann gerade vor dir steht?"

Ivo unterdrückte die Antwort, die ihm ohne Zweifel auf der Zunge lag. Der Recke schien zufrieden. „Genau! Du scheinst verstanden zu haben, Mönchlein."

Er hob die Klinge mit dem Apfel von Ivos Kinn und biss dann mit seinen faulen Zähnen ein großes Stück von der Frucht. Der Saft troff beim langsamen Kauen aus dem halb offenen Mund und fiel vom unrasierten Kinn vor Ivos Füßen auf den Boden. Nachdem der Krieger den Brocken hinabgewürgt hatte, grinste er dem Cellerar ins Gesicht.

„Glück gehabt, scheint in Ordnung zu sein."

Beide Krieger stimmten ein schallendes Gelächter an, ließen Mönch und Novizen stehen, und zogen kauend weiter. Mitfühlende Blicke der benachbarten Händler ruhten auf den Geschädigten. Sie wussten, sie könnten bald die Nächsten sein. Bruder Ivo kochte vor Zorn. Sobald die beiden Markthüter verschwunden waren, begann er wutentbrannt den Klosterwagen zu packen.

Mit der Zeit beruhigte sich der Cellerar etwas und er begann mit brodelndem Unterton zu sprechen: „Diese Unverfrorenheit, diese lästerliche Dreistigkeit! Meist lassen sie mich in Ruhe, denn in der Regel haben sie großen Respekt vor einem Diener des Herrn. Diese beiden habe ich allerdings noch nie gesehen. Sie sind neu hier. Gnade uns Gott, wenn sie uns häufiger aufsuchen.“

„Ist es nicht die Aufgabe der Markthüter, solche Übergriffe zu verhindern?“, fragte Faolán, der heute mehrfach ähnliches Verhalten beobachtet hatte.

„Natürlich ist es das! Doch sie scheren sich nicht darum. Stattdessen nutzen sie ihre Macht schamlos aus. Manche von ihnen mehr, manche weniger. Doch ganz gleich was und wie viel sie nehmen, es ist Diebstahl. Die meisten der Händler haben sich mit dieser Tatsache inzwischen abgefunden, und auch mir sind die Hände gebunden.“

„Warum hindert der Graf seine Männer nicht daran, solche Übergriffen zu begehen?“

„Offensichtlich hat er andere Interessen. Ich bin mir sicher, dass er über die Vorkommnisse sehr wohl Bescheid weiß. Da er aber nichts dagegen unternimmt, wird er sie wohl billigen.“

„Weshalb tut er das?“

„Es entspricht seinem Charakter. Er ist rau und grob, und mit Männern seines Schlages hält er den Markt in starkem Griff. So weiß jeder Händler und Marktgänger, wer hier das Sagen hat. Der gesamte Handel wird auf diese Weise von Rurik kontrolliert, oder sagen wir besser unterjocht.“

Verbittert über seine eigene Ohnmacht wuchtete der Kellermeister einen Sack Rüben auf den Wagen und fuhr fort: „Lieber lasse ich mich von dem Rotschopf beklauen als von diesen Schurken. Auch wenn er nicht mehr die kindliche Unschuld besitzt, hat der Kleine es sicherlich nötiger. Diese beiden Recken hingegen leiden gewiss keine Not. Sie sollten lieber den Herrn wegen des Diebstahls und ihrer Blasphemie um Gnade anflehen.“

Als der Mönch das rothaarige Mädchen erwähnte, zuckte Faolán zusammen. Bruder Ivo hielt den Dieb nach wie vor für einen Jungen. Instinktiv verheimlichte Faolán, dass der Cellerar sich irrte. Er wunderte sich zwar selbst darüber, faltete jedoch unbeirrt das große Leintuch zusammen.

So endete Faoláns erster Markttag. Langsam fuhr der Klosterwagen wieder durch die Straßen, passierte beide Wehranlagen und steuerte auf den Wald zu. Der Novize war überrascht, wie wohltuend die Ruhe des Waldes war. Auch der Cellerar war ungewöhnlich schweigsam. In Gedanken haderte er noch immer mit Ruriks Männern. Erst gegen Ende der Rückfahrt begann der Mönch ein Gespräch.

„Heute hast du etwas sehr Wichtiges gelernt. Du erinnerst dich doch sicherlich daran, dass dich der Abt vor Versuchungen gewarnt hat. Einige von ihnen konntest du heute in Neustatt kennenlernen, ebenso wie du zahlreiche Menschen beobachten konntest, die ihnen hilflos erlegen waren."

„War das heute ein gewöhnlicher Markttag?"

„Nicht unbedingt. Der Markt hat sich in den letzten Jahren verändert. Zu Beginn waren es nur ansässige Bauern und Handwerker, die ihre Waren anboten. Doch bereits im zweiten Jahr wurde der Markt durch fahrendes Volk größer. Der Gestank des Marktes zog aber auch allerlei Gesindel und Laster an, wie ein Haufen Dung die Fliegen. Es gab mehr und mehr Übergriffe dieser Schmeißfliegen, der Diebe, Beutelschneider oder Totschläger. Sie häuften sich in unerträglichem Maße. Die Schurken hatten nahezu freie Hand in ihrem Treiben."

Bruder Ivo machte eine kleine Pause, als versuche er sich daran zu erinnern, dann fuhr er fort: „Heute erscheint mir dies frühere Treiben Teil eines gerissenen Planes zu sein. Rurik billigte es, bis das Volk laut nach dem Schutz des Marktfriedens rief. Erst dann griff er mit seinen Männern hart durch und sorgte schnell für Recht und Ordnung. Allerdings dachte Rurik danach nicht daran, die Zahl seiner Recken wieder zu reduzieren. Stattdessen ließ er die Krieger in Neustatt, und die begannen alsbald damit, ihre Macht auf dem Platz auszunutzen. Die Anwesenheit von Ruriks Männern war wiederum ein Vorwand, die Erhöhung der Abgaben zu rechtfertigen. Raffiniert ausgedacht ..."

„Den Wegezoll?", unterbrach Faolán den grübelnden Kellermeister.

„Nicht nur den Wegezoll, der für einen Markt allgemein üblich ist. Um den Marktfrieden zu gewähren, sind nun einmal Wachen notwendig. Ich kenne keinen Händler, der hierfür nicht bereitwillig einen Obolus entrichtet. Doch die Höhe dieses Zolls ist in Neustatt unverschämt hoch. Früher, zur Zeit des Grafen Farold, war selbst der kleinste Bauer in der Lage, diese Abgabe zu entrichten. Doch seit Rurik sich Graf nennen darf, sind die Abgaben stetig gestiegen und grenzen beinahe an Beutelschneiderei. Hinzu kommen noch die Übergriffe und Ungerechtigkeiten durch seine Männer, die so etwas eigentlich verhindern sollen. Zu Beginn hatten sich die Händler noch gegen diese Willkür zu wehren versucht, doch so manchem wurde eine Lehre erteilt, die er zeitlebens nicht vergessen wird."

Mit einer Handbewegung deutete der Kellermeister das Abschneiden eines Ohres an und Faoláns Augen weiteten sich bei der Vorstellung solcher Gewalt. „Gibt es denn niemanden, der für Recht und Ordnung sorgen könnte?"

Bruder Ivo zögerte kurz.

„Natürlich gibt es jemanden, der dazu in der Lage wäre und wenn du tief genug in deinem Innern nach ihm suchst, wirst du ihn auch finden."

Faolán runzelte nachdenklich die Stirn und suchte nach einem Namen. Doch es wollte ihm keiner einfallen. Der Mönch beobachtete seinen Gehilfen eine Weile, dann lenkte er kopfschüttelnd ein: „Ich sehe schon, der Markt hat dich zu sehr beeinflusst und für das Wesentliche im Herzen blind gemacht. Es gibt nur einen, der für die Gerechtigkeit aller sorgen kann und das ist der allmächtige Herr."

Faolán war es unangenehm, die Antwort des Cellerars nicht selbst gefunden zu haben und sprach schnell weiter: „Ich meinte aber die weltliche Gerechtigkeit. Gibt es denn niemanden, der dieser Willkür Einhalt gebieten kann?"

Faolán betrachtete den Kellermeister, der mit einem Mal steif dasaß und überlegte, ehe er vorsichtig weitersprach. „Natürlich gibt es hierfür jemanden, der sich dieses Problems annehmen könnte. Doch nicht immer sind sich die Berufenen ihrer Aufgabe bewusst. Und so muss auch in diesem Falle derjenige erst noch seiner Bestimmung nahegebracht werden, ehe er sich ihr stellen kann."

Mit einem seitlichen Blick auf Faoláns Gesicht prüfte Ivo, ob die Anspielung eine Reaktion ausgelöst hatte. Der Junge blieb jedoch regungslos. Er hatte nicht die geringste Ahnung, worauf der Mönch hinaus wollte. In Faoláns Augen konnte es nur ein Adliger oder der in diesem Jahr gekrönte Kaiser Otto selbst sein, der hier eingreifen müsste und er verstand nicht, weshalb sich diese Person ihrer Aufgabe nicht bewusst war. Schließlich war es die Pflicht des Adels, Fürsorge für das Land und ihre Untergebenen zu tragen.

Bevor Faolán diese Gedanken aussprechen konnte, wurde Bruder Ivo deutlicher: „Vieles liegt noch im Verborgenen. Nur der Herr weiß, wann die Berufung dieser Person ans Tageslicht kommen wird, damit sie für Gerechtigkeit sorgt. Wenn aber dieser Tag kommt, dann wird auch Ruriks Herrschaft enden. Eines Tages wird jemand seinen Platz einnehmen, und mit Sicherheit wird das nicht Drogo sein."

„Weshalb nicht Drogo? Rurik ist der Graf und Drogo sein Erbe!", stellte Faolán erstaunt fest.

„Ja, das ist er – noch!" Ein wissendes Schmunzeln zeigte sich auf Ivos Lippen. Faolán begriff nicht ganz, was der Cellerar damit sagen wollte, der die komplizierten Begebenheiten zu erläutern begann: „Kaiser Otto hat Rurik offiziell zum Grafen ernannt. Das war notwendig, nachdem sein Bruder verstorben und dessen Sohn, der wahre Erbe der Grafschaft, verschollen blieb."

Faoláns Neugier wuchs. „Was ist mit diesem Erben geschehen? Weshalb ist er verschollen? Ich habe die Leute auf dem Markt darüber munkeln gehört."

Bruder Ivo musste jetzt genau aufpassen, dass er seinem Gehilfen nicht zu viel verriet, obwohl es ihm nach den heutigen Vorkommnissen regelrecht auf der Zunge brannte.

„Nun, du kennst wahrscheinlich die Geschichte um das Schicksal des Grafen Farold. Nach seinem Tod beim Überfall auf die Greifburg wäre sein Sohn Rogar der rechtmäßige Erbe gewesen. Doch der ist verschollen. Trotz aller Bemühungen wurde er nicht gefunden, weder tot noch lebendig. Damals war er ein kleiner Junge gewesen und einige wähnen ihn tot. Doch es gibt noch viele, die sich an Farold und seinen Sohn erinnern und insgeheim hoffen, er möge eines Tages auftauchen und sein Recht auf die Grafschaft einfordern. Obwohl Rurik zum Grafen ernannt wurde, könnten gewisse Umstände für das Ende seines Treibens sorgen."

Faolán verstand nicht. „Ist es nach so langer Zeit nicht eher unwahrscheinlich, dass der Junge überhaupt noch lebt? Würde es denn nicht an ein Wunder grenzen, wenn eines Tages ein Mann erschiene und sich als rechtmäßiger Erben ausgäbe? Und wie könnte er das schon beweisen?"

„Wunder gibt es! Daran solltest gerade du nicht zweifeln. Doch was mit der Grafschaft dann geschehen würde, das vermag ich nicht zu sagen. Wahrscheinlich würde ein Streit über die rechtlichen Ansprüche ausbrechen und am Ende müsste der Kaiser entscheiden. Einfach wäre dies sicherlich nicht, denn wer einmal Macht innehat, der wird sie nicht freiwillig aus der Hand geben. Schon gar nicht Rurik. Allerdings gäbe es ein Beweisstück, das alle Zweifler zum Schweigen bringen könnte: Der Siegelring des Grafen, der mit dem Erben verschollen ist. Wer ihn dem Kaiser vorlegen kann, dürfte der rechtmäßige Erbe sein."

Faolán dachte nach und nickte dann verständnisvoll. Der Mönch schien erleichtert zu sein, als habe er soeben ein großes Hindernis überwunden, ohne selbst Schaden genommen zu haben. Ivo wusste, wie gefährlich nahe die Erklärung der Wahrheit gekommen war und er hatte keine Ahnung, ob das Gespräch nicht doch Erinnerungen an seine Herkunft in Faolán hervorgerufen hatte.

Mit schlechtem Gewissen wegen seiner eigenen Redseligkeit dachte der Mönch an Degenars Ermahnung, er solle auf Faolán gut aufpassen. Dass Ivo selbst zu einer Gefahr für den Jungen werden könnte, hatte er dabei nicht in Betracht gezogen. Deshalb gelobte er in einem stillen Gebet Besserung.

Doch die Bedenken des Cellerars waren anscheinend unbegründet. Faolán war nicht daran interessiert, über die Belange des rechtmäßigen Grafen weitere Nachforschungen anzustellen. Am nächsten Tag ging er seinen Pflichten wie gewohnt nach, ohne die Angelegenheit ein weiteres Mal anzusprechen. Ivo war darüber sehr erleichtert, nicht zuletzt, weil sein Freund Degenar bei der Beichte wegen seiner Geschwätzigkeit mit Bußauflagen nicht gespart hatte.

Die beiden Mönche mussten sich stets vor Augen halten, dass die Wahrheit für Faolán erhebliche Gefahren in sich barg. Der Junge wäre seines Lebens nicht mehr sicher, selbst in den Hallen des Benediktinerklosters. Durch Faoláns Desinteresse lösten sich all diese Sorgen zunächst von selbst auf, und schon bald waren die Wogen zwischen dem Abt und dem Cellerar wieder geglättet.

* * *

Zwei Wochen später stand der nächste Marktgang an und der Kellermeister hatte keine Bedenken, den Jungen erneut mitzunehmen. Die neuen Erfahrungen hatten Faolán wieder zu dem Novizen werden lassen, der er vor dem Rattenbiss gewesen war. Lediglich die rote Narbe auf seiner linken Wange erinnerte noch an diesen Vorfall. Selbst Faolán dachte nicht mehr oft daran. Nur wenn er das Wundmal berührte, verfiel er kurzzeitig in eine düstere Nachdenklichkeit, die allerdings schnell wieder verflog.

Einen Tag vor dem nächsten Marktgang ließ der Abt Faolán zu sich rufen. Der Novize folgte diesem Ruf rasch, denn nach wie vor schätzte er es, ganz allein mit dem Klosteroberhaupt sein zu dürfen. Heute allerdings kam ihm Degenars Forderung ungelegen: Faolán steckte mitten in den Vorbereitungen für den morgigen Tag. Als er bei den Gemächern des Abtes ankam, klopfte er zaghaft an die Tür und wurde sofort hereingebeten. Unkonzentriert wartete er auf das erste Wort des Abtes, weil er in Gedanken bei den unzähligen Aufgaben weilte, die noch zu erledigen waren.

Als der Abt schließlich zu sprechen begann, überraschte er Faolán mit einer Frage: „Was hat dich in den vergangenen Tagen am meisten beschäftigt?"

„Der Markt, ehrwürdiger Abt!", platzte Faolán ohne Zögern heraus. „Der Markt", wiederholte er noch einmal, mit etwas gesenkter Stimme und einem schamvoll zu Boden gerichteten Blick.

Degenar überhörte den ungestümen Tonfall und fügte die nächste Frage an: „Was genau beschäftigte dich daran?"

Faolán musste nicht lange überlegen: „Mich beschäftigte die auf dem Markt herrschende Ungerechtigkeit. Damit meine ich die Markthüter, die immer wieder dreist die Leute betrügen und bestehlen! Deren Willkür war es, die mir nicht aus dem Kopf ging."

Die Antwort überraschte den Abt sichtlich. Er hatte mit so manchem Gedanken gerechnet, doch nicht mit der Frage nach Recht oder Unrecht. Noch bevor Degenar darauf eingehen konnte, fuhr Faolán aufgebracht fort:

„‚*Non furtum facies* – du sollst nicht stehlen', lehrt uns die Heilige Schrift. Diese Schurken aber treten die Gebote des Herrn mit ihren schmutzigen Stiefeln. Sie bereichern sich an Händlern und Bauern, ohne Scham oder Reue zu zeigen."

Der Abt versuchte seinen Novizen zu beruhigen. „Es waren doch nur ein paar Äpfel, die sie genommen haben. Statt mit den Männern zu hadern, solltest du dich besser in Vergebung üben. Wäre es nicht gottgefälliger, für das Seelenheil der Diebe zu beten, statt sich über sie zu ärgern und sich dadurch von den eigenen Pflichten ablenken zu lassen?“

„Aber es ist und bleibt ungerecht und gottlos!“, protestierte Faolán stürmisch. „Sie sind die Markthüter. Es ist ihre Pflicht dafür Sorge zu tragen, dass keine Missetat auf dem Markt geschieht. Doch statt das Recht zu vertreten, verkörpern sie selbst die reine Willkür. Man sollte sie einsperren, hinter Schloss und Riegel bringen und ihnen wahre Gerechtigkeit zuteil werden lassen. Gebete sind hier keine Hilfe mehr.“

Die letzten Worte rief Faolán wütend und entrüstet. Als er bemerkte wie laut er geworden war, senkte er beschämt sein Haupt. Der Abt ließ die Worte nachklingen und wartete ein wenig, bevor er erneut sprach. „Gebete sind immer eine Hilfe! Merke dir das! Weißt du denn genau, was Recht und Unrecht ist, wenn du schon so schnell darüber urteilst?“

Die Worte drangen in Faoláns hitziges Gemüt und ließen es schlagartig abkühlen. Er schämte sich jetzt wegen seiner Worte. „Entschuldigt mein Aufbrausen, ehrwürdiger Abt.“

„Noch ist niemandem Leid widerfahren, daher bedarf es keiner Entschuldigung. Doch bedenke dies: Würdest du ebenso hart urteilen, wenn bei gleichem Vergehen der Dieb ein Kind wäre, das lediglich seine Geschicklichkeit und die Unachtsamkeit der Anderen zu nutzen wüsste, um etwas Brot zu bekommen, für sich und seine hungrigen Geschwister? Würdest du bei gleichem Vergehen dieses Kind nicht eher an deine reich gedeckte Tafel bitten und ihm die Hälfte deines Brotes abgeben, statt es zu verurteilen?“

Faolán erkannte die Weisheit in den Worten des Abtes. In diesem Moment tauchte vor seinem geistigen Auge das freche Gesicht des rothaarigen Mädchens mit dem verschmitzten Lächeln auf, das ebenfalls einen Apfel bei Bruder Ivo gestohlen hatte. Er fragte sich, ob Degenar nur zufällig dieses Beispiel gewählt hatte oder ob er von diesem Diebstahl wusste? Zwei identische Vergehen, und Faolán wertete sie tatsächlich unterschiedlich.

„Ja, das würde ich, ehrwürdiger Abt“, gab Faolán schließlich zu, hütete sich allerdings davor, sein Wissen vom zweiten Diebstahl preiszugeben. Dann fragte er verwirrt: „Doch weshalb würde ich das tun?“

„Ich weiß es nicht“, antwortete der Abt. „Letztlich gibt es nur einen, der wirkliches Recht zu sprechen vermag, und das ist der Allmächtige. Menschen fällt das schwer. Der Grat, auf dem man dabei wandelt, ist so schmal, dass es eine wahre Kunst ist, dabei nicht in die Abgründe der Ungerechtigkeit zu stürzen.“

„Und wer unter den Menschen beherrscht diese Kunst, die so schwer auszuüben ist?“

„In der Tat gibt es nur wenige Männer unter Gottes weitem Himmel, die solches Recht sprechen können. Von unserem Standpunkt aus betrachtet, kann man allerdings behaupten, dass der Heilige Vater in Rom, mit all der Unterstützung unseres Herrn, sicherlich den richtigen Weg beschreitet und wahres Recht spricht, sofern es notwendig ist. Bei den weltlichen Herren sieht es wiederum etwas anders aus. Die Zahl der Adligen ist zwar groß, doch ihre Reihen lichten sich, wenn man nach einem gerechten Mann sucht. Vor vielen Generationen allerdings gab es einen Kaiser, von dem man noch heute behauptet, er habe die Weisheit besessen, gerecht zu urteilen: Sein Name lautete Karl. Doch selbst er war nicht frei von Fehl und Irrtum. Karl hat aber Recht gesetzt und für seine Einhaltung im Reich gesorgt. Einst gehörten auch unsere Lande zu seinem Reich, doch das existiert nicht mehr."

„Wenn dieser Mann so mächtig war, weshalb gibt es sein Reich nicht mehr?"

„Nachdem sich Karls Enkel nicht auf einen Herrscher einigen konnten, teilten sie das einst so große Reich der Franken nach altem Brauch in drei kleinere Königreiche. Unsere Gegend gehörte zum ostfränkischen Reich. Ein weiteres war das Reich der westlichen Franken und das dritte war das Reich Lothars."

„Eiferte denn niemand dem Vorbild dieses Kaisers nach?"

„Natürlich, und es gab auch viele kleine Adlige, die das überlieferte Recht beizubehalten versuchten. Selbst heute gibt es sie noch. Die Mehrzahl der weltlichen Herren sehnt sich allerdings mehr nach persönlicher Macht als nach Gerechtigkeit. Sie erkennen schnell, dass man einfacher an diese Macht gelangen und sie behalten kann, wenn man nicht immer nach dem Recht handelt, sondern nach Vorteilen. Den eigenen Vorteilen und denen mächtigerer Männer, in deren Gunst sie stehen wollen."

„Das bedeutet also, dass niemand die Missetaten der Markthüter in Neustatt ahnden wird!"

„So wird es sein", stimmte der Abt dem Jungen zu. „In diesem Fall, wie auch in vielen anderen, herrscht das Recht des Stärkeren. Gerechtigkeit ist in unserer Grafschaft nicht immer gefragt und wird von vielen auch gar nicht gewollt."

„Bedarf es dann nicht eines Grafen, der entschieden gegen diese mangelnde Gerechtigkeit vorgeht? Weshalb hat der Kaiser den ungerechten Rurik zum Grafen ernannt?"

„Selbst Kaiser Otto unterliegt gewissen Zwängen. Er benötigt tatkräftige Vasallen wie Rurik, um seine Feldzüge erfolgreich führen zu können. Deshalb hat er ihn zum Grafen ernannt."

Faolán hatte verstanden und folgerte schließlich: „Der Nachfolger dieses Vasallen wird eines Tages Drogo sein! Der wird der waltenden Ungerechtigkeit mit Sicherheit keinen Riegel vorschieben. Im Gegenteil: Wahrscheinlich wird er sich inmitten der Schurken am wohlsten fühlen." Faolán war entsetzt. Er überlegte und raufte sich dabei das dunkle Haar. Schließlich sah er nur einen Lichtblick: „Hoffentlich lebt der rechtmäßige Erbe der Grafschaft und gibt sich eines Tages doch noch zu erkennen."

Die Äußerung ließ Degenar aufhorchen. Schnell versuchte er Faolán abzulenken: „Diese Hoffnung teilen noch andere. Doch im Augenblick liegen die Dinge nun einmal anders. Zudem sind es weltliche Belange, die uns nicht unmittelbar betreffen. Innerhalb unseres Klosters herrscht ein gerechter Herr. Ihm sollen wir uns widmen, keinem anderen. Menschen hingegen sind niemals frei von Fehlern."

Plötzlich stand Faolán auf und blickte trotzig drein. Er sammelte all seinen Mut und sprach schließlich aus, was ihm auf dem Herzen lag: „Wenn kein Mensch frei von Fehlern ist, schließt das auch den Heiligen Vater in Rom ein! Was ist dann mit seiner Rechtsprechung? Und was ist mit Jesus? Auch er war ein Mensch, wenn man es genau betrachtet. Was ist mit ihm?"

Nachdem Faolán dies ausgesprochen hatte, hob Abt Degenar mahnend den Zeigefinger. „Vorsicht, Faolán! Bei aller Liebe zur Kritik und einem wachen Verstand, du gehst zu weit. Jesus war sicherlich ein Mensch aus Fleisch und Blut, doch ein ganz außergewöhnlicher. Er ist der Sohn Gottes, unser Herr, der Menschengestalt angenommen hat, um die Menschheit von ihren Sünden zu erlösen. Hüte dich in Zukunft vor solchen Rückschlüssen, sie führen dich auf den Pfad der ewigen Verdammnis."

Faolán kam wieder zur Besinnung. „Vergebt mir, ehrwürdiger Abt. Ich habe in Rage gesprochen. Das war falsch."

Degenar ging auf die Entschuldigung nicht weiter ein. „Bei den Gedanken über Recht und Unrecht darfst du eines nicht vergessen: Obwohl uns Menschen ständig Fehler unterlaufen und widerfahren, unterstehen wir einem gerechten und auch barmherzigen Gott. Es ist nicht immer richtig, auf irdisches Recht und eine Bestrafung zu bestehen. Vielmehr sollten wir uns in Barmherzigkeit üben und Gnade walten lassen. Vergeben ist eine göttliche Tugend und nur wer nach ihr zu leben vermag, ist wahrlich gesegnet."

Nachdenklich starrte Faolán vor sich hin. Der Abt war der Ansicht, dieses Thema genügend diskutiert zu haben: „Ich denke, du hast noch genug für den morgigen Tag vorzubereiten. Eile nun und denke über unser Gespräch nach. Beobachte morgen alles, doch urteile nicht zu schnell."

Dann beugte sich der Abt vor und tat etwas, was er noch niemals zuvor in seinem Leben bei einem Novizen getan hatte: Er küsste Faolán sachte auf die Stirn. Er wusste nicht, weshalb er es tat, sondern gab nur einem überwältigenden Gefühl nach. Ein gewisser Stolz lag darin. Stolz, dass sich unter seinem Einfluss ein kleiner Knabe, den er vor vielen Jahren schützend in das Kloster aufgenommen hatte, zu einem aufgeweckten Jüngling mit wachem Verstand entwickelt hatte. Wäre für

Degenar je ein weltliches Leben mit einer Familie in Frage gekommen, so hätte er sich in diesem Augenblick keinen besseren Sohn vorstellen können als Faolán. Mit diesen verwirrenden Gedanken entließ Degenar den Novizen schließlich.

* * *

Am nächsten Morgen verließen der Kellermeister und sein Gehilfe sehr früh mit dem Segen des Abtes das Kloster. Dass Degenar dabei den Cellerar besonders ermahnte, auf sich und sein Mundwerk zu achten, stieß bei Faolán auf etwas Unverständnis. Schließlich war er es doch, der am Tag zuvor zu viele Dinge ausgesprochen hatte, die er besser für sich behalten hätte.

Die Fahrt zum Markt verlief ohne Zwischenfälle. Dicht vor Neustatt wurde es auf der Straße wieder lebhafter. Der Klosterwagen passierte auch diesmal die Lücke des zukünftigen Tores und die mehr oder weniger stabilen Verschläge, Zelte und Hütten entlang des Weges. Die Menschen gingen ihren Geschäften nach und Faolán beobachtete sie erneut mit Interesse. Ungehindert fuhren sie bis zum alten Palisadenwall, wo sie den Wegezoll entrichteten.

Wiederholt stellte Faolán fest, dass sich das Treiben in der Stadt gänzlich vom Leben im Kloster unterschied. Es waren nicht nur die vielen dicht gedrängten Menschen, sondern auch der über allem hängende Gestank. Er hinderte ihn buchstäblich am Atmen. Auf dem Marktplatz suchten sie wieder den Platz direkt vor der Kirche auf. Flink half der Novize dem Kellermeister dann beim Aufbau des Standes, und bald darauf begann das Handeln. Der Tag wurde zunehmend wärmer und viele Marktgänger suchten den willkommenen Schatten des Klosterstandes auf, erstanden saftiges Obst oder gewässerten Wein zur Erfrischung oder Stärkung. Es war ein reges Kommen und Gehen und Faolán beobachtete nicht nur das Handeln des Cellerars, sondern bediente heute bei größerem Andrang seine ersten Kunden. Einige Interessenten witterten ihre Gelegenheit und glaubten, einen jungen, unerfahrenen Novizen übervorteilen zu können. Doch Faolán erwies sich beim Feilschen hartnäckiger als sie geglaubt hatten. Keine der Waren verließ den Stand ohne nicht mindestens den zuvor mit Bruder Ivo abgesprochenen Preis zu erzielen.

Es war früher Nachmittag, als der Andrang nachließ und der Cellerar seinen Gehilfen auf den Markt schickte. Faolán machte sich sofort auf. Seltsamerweise hatte er heute nur wenig Interesse an den anderen Händlern. Einzig eine kleine Truppe von Gauklern und Musikanten zogen ihn für einige Augenblicke in ihren Bann. Lustige Musik mit Flöten und Trommeln erklang, wie Faolán sie noch nie zuvor vernommen hatte. Ein Narr mit seiner tollpatschigen Jonglage brachte ihn sogar zum Lachen.

Sein Blick löste sich jedoch schon bald wieder von ihm und Faolán suchte weiter. Erst jetzt wurde ihm bewusst, dass er sich auf der Suche nach etwas ganz Bestimmtem befand. Als er sein törichtes Handeln begriff, schüttelte er den Kopf und tadelte sich selbst einen Narren. Es war völlig absurd, nach dem rothaarigen Mädchen Ausschau zu halten! Erneut schüttelte er den Kopf, um diesen verrückten Gedanken loszuwerden und machte sich auf den Rückweg zum Klosterstand. Bruder Ivo saß auf einem der Fässer und gönnte sich einen erfrischenden Apfel. „Na, wo hast du denn so lange gesteckt? Haben es dir die Gaukler angetan?"

„Ein wenig schon, sie waren sehr lustig ..."

Faolán verfiel in ein nachdenkliches Schweigen. Der Mönch wollte gerade nach dem Grund fragen, als sich zwei Personen unter dem Baldachin ihres Standes einfanden. Bruder Ivo erhob sich und Faolán erkannte sogleich die beiden Markthüter, die vor zwei Wochen bereits für Ärger gesorgt hatten. Das breite Grinsen auf den Gesichtern der Männer zeigte, dass sie sich ebenfalls daran erinnerten. Der Cellerar runzelte die Stirn, sprach jedoch mit neutraler, ja nahezu freundlich gefasster Stimme die Männer an.

„Bitte die Herren, was ist Euer Begehr?"

Der Anführer reagierte nicht. Er würdigte den Cellerar noch nicht einmal eines Blickes. Stattdessen flogen seine Blicke über die Klosterwaren. Schließlich quälten sich langsam ein paar krächzende Worte über seine spröden Lippen: „Mönchlein, findest du nicht auch, dass es heute unerträglich heiß ist? Ist es nicht unmenschlich, in dieser Rüstung unter der glühenden Sonne deines Gottes wandeln zu müssen? Und das nur, um deine Waren zu schützen!"

Bruder Ivo versuchte die Blasphemie zu ignorieren und antwortete nicht. Mit einem unverschämten Grinsen fuhr der Recke fort: „Ich glaube, wir haben uns eine Erfrischung redlich verdient! Meinst du nicht auch, Mönchlein?"

Wie beim vergangenen Mal wurde auch jetzt ein Dolch gezückt. Der fand sein Ziel erneut im Apfelfass und der Rädelsführer fischte erst eine Frucht für seinen Kameraden, anschließend eine weitere für sich selbst heraus. Der zweite Marktknecht nahm das Obst gierig entgegen, doch anstatt hineinzubeißen, begann er mit ihm zu spielen. Immer wieder warf er den Apfel hinter seinem Rücken geübt in die Luft und fing ihn auf. Faolán stand an der Seite des Wagens und beobachtete alles genau. Er fragte sich, ob die Wachmänner und der zornige Cellerar auf eine handfeste Auseinandersetzung zusteuerten.

Noch bevor Faolán weiter darüber nachdenken konnte, bemerkte er etwas Rotes am Rande seines Blickfeldes. Der Novize wusste sofort, dass es sich um den kurz geschorenen Schopf jenes Mädchens handelte! Sie näherte sich den beiden Markthütern heimlich von hinten. Die Augen des Mädchens, die Faolán vor zwei Wochen so fasziniert hatten, zogen wieder seine Blicke an. Sie funkelten regelrecht vor

Aufregung. Doch das Wiedersehen war nicht der Grund, bemerkte Faolán mit Enttäuschung. Es war der Glanz der Vorfreude und Anspannung, der sich in ihren Augen zeigte. Verschwörerisch lächelte sie Faolán zu und hob einen Zeigefinger an ihre Lippen. Niemand außer Faolán schien sie dabei zu beobachten. Als das Mädchen dicht hinter dem Krieger stand, der mit dem Apfel spielte, war Faolán klar, dass dies alles andere als ein harmloser Spaß war. Entsetzen packte ihn, als er sich ausmalte, was die beiden ungehobelten Kerle mit dem Mädchen anstellen würden, sollte ihr jetzt ein Fehler unterlaufen.

Trotz der Hitze des Tages zog sich die Rothaarige die Kapuze ihres zerschlissenen Umhangs tief ins Gesicht. Hinter dem Recken stehend, beobachtete sie kurz das Spiel mit dem Apfel. Ihre Augen folgten dem Auf und Ab der Frucht exakt, als wolle sie sich dem Rhythmus anpassen. Langsam reckten sich ihre Hände mit gespreizten Fingern nach vorne und warteten geduldig.

Dann ging alles blitzartig. Die kleine Hand schnellte vor und erfasste den Apfel mit sicherem Griff, als dieser gerade die Hand des Recken verließ. Ebenso schnell wandte sich das Mädchen um und rannte in die Menschenmenge. Sie befand sich bereits mitten in der Menge, als der Bestohlene bemerkte, dass der Apfel nicht wiederkehrte. Verdutzt blickte er zunächst auf den Boden hinter sich und war überrascht, ihn dort nicht vorzufinden. Als er stattdessen eine hastige Bewegung in der Menge sah, kombinierte er schnell: Er war bestohlen worden!

„Diese kleine Kröte ...!“ Mehr gab er nicht von sich, sondern setzte sofort dem Mädchen nach. Sein Kamerad und der Cellerar starrten ihm nach. Der Rädelsführer begriff nun auch, was geschehen war, vergaß seine bisherige Absicht und machte sich ebenfalls an die Verfolgung. Mit schweren Stiefeln bahnten sich die Marktknechte ihren Weg über den staubigen, mit Stroh bedeckten Marktboden. Doch die flinken, nackten Füße des Mädchens waren um einiges schneller. Die Diebin war längst nicht mehr zu sehen. Mit lauten Flüchen drängten die Wächter durch die Menschenmassen – mit mäßigem Erfolg. Es hatte nicht den Anschein, als würden die Marktgänger ihnen bereitwillig Platz machen. Einige Umstehende hatten die Tat immerhin mitverfolgt, ohne das Mädchen zurückzuhalten. Im Augenblick zählte einzig ihre Schadenfreude.

Ebenso hielt es Bruder Ivo. Als Cellerar und Novize wieder unter sich waren, brach er in schallendes Gelächter aus. Faolán ließ sich von der Heiterkeit anstecken. Nach einer Weile kam der Mönch wieder zu Atem. Gut gelaunt meinte er: „Das nächste Mal werde ich diesem Bengel höchstpersönlich den besten Apfel schenken. Möge Gott seine Flucht segnen. Amen.“

Faolán konnte nicht verstehen, dass Ivo für einen Dieb um den Segen des Herrn bat. Mit einem Mal schoss ihm eine Frage durch den Kopf: „Was geschieht, wenn der Dieb erwischt wird?“

„Mach dir mal darüber keine allzu großen Sorgen", beruhigte der Cellerar Faolán, während er seinen Hals reckte. „Ich glaube kaum, dass sie ihn erwischen. Er scheint flinker und geschickter zu sein als die beiden trägen Kerle und wird daher auch in dem Gewimmel des Marktes entkommen. Dessen bin ich mir sicher."

Daraufhin wandte sich der Mönch wieder Faolán zu.

„Komm', lass uns den Wagen beladen. Wir sollten jetzt besser aufbrechen. Sonst kommen diese beiden Rüpel nach erfolgloser Hatz zurück, um erneut ihr Spielchen mit uns zu treiben."

Der Tag war mühselig und sehr heiß gewesen, und so hatte Faolán nichts gegen eine frühe Abreise. Während des Packens nutzte er die Gelegenheit, immer wieder vom Wagen aus nach dem flüchtenden Rotschopf Ausschau zu halten. Er hoffte, das Mädchen noch einmal zu sehen.

Nur wenig später war der Wagen wieder auf den Rückweg zur Abtei und ließ Trubel, Lärm, Gestank und Staub der kleinen Stadt hinter sich. Alsbald fuhr der Klosterwagen auf dem Weg durch den Wald dahin.

Ivo und Faolán schwiegen. Trotz des Schattens der Bäume war die Luft selbst hier stickig und heiß. Die Sonne stand hoch und die Fahrt entwickelte sich für Mensch und Tier zu einer Qual. Der beleibte Kellermeister schwitzte bald so stark, dass sich unter den Achselhöhlen und auf dem Rücken seines Habits feuchte Flecken zeigten. Der Atem des Mönches ging schwer und immer wieder fächerte Ivo sich mit der flachen Hand frische Luft zu.

Schließlich konnte der Cellerar die Hitze nicht mehr ertragen. Er stoppte den Wagen an einer schattigen Stelle. Ungelenk stieg er ab und gebot Faolán mit einer Handbewegung, ihm zu folgen. Für Worte fehlte ihm der Atem. Nach kurzer Suche reichte Ivo seinem Gehilfen zwei Wasserschläuche aus Ziegenleder.

„In der Nähe ... befindet sich ... eine Quelle ...", gab er Faolán kurzatmig zu verstehen. „... wenn ich mich recht erinnere ... Geh' durch das Unterholz ... hier am Wegesrand. Nach einigen Baumreihen stößt du ... auf einen Pfad. Er führt nach Osten ... bis zu einem kleinen Bachlauf. Folge ihm, bis zu seiner Quelle ... Dort kannst du die Schläuche füllen."

Der Novize nahm die Wasserschläuche entgegen und zog dann einen langen Gehstab aus dem Wagen. Der sollte ihm auf dem Weg durch das Unterholz behilflich sein. Bruder Ivo hatte sich bereits im Schatten der Bäume niedergelassen, als Faolán im Blattwerk verschwand.

Schon nach kurzer Zeit befand er sich auf dem beschriebenen Pfad. Dort entdeckte er einige Tierspuren, jedoch keine menschlichen Fußabdrücke. Das schloss allerdings nicht aus, dass dieser Pfad nicht auch von Geächteten und Wegelagerern benutzt wurde. Faolán wurde es mulmig. Möglichst leise schritt er auf dem Pfad voran, bis er nach einer Weile das sanfte Gurgeln eines Wasserlaufes vernahm.

Wenige Augenblicke später konnte er durch das Blattwerk eine Lichtung ausmachen.

Plötzlich vernahm Faolán ein Kreischen und ein lautes Platschen, als sei jemand ins Wasser gestürzt. Er eilte weiter und blieb dann am Rande der Lichtung hinter einem Strauch stehen, um sich einen Überblick zu verschaffen. Vor ihm fiel das Erdreich einige Ellen steil ab und endete in einem kleinen Tümpel. Der wurde von einer Quelle aus einem hoch aufragenden Felsen gespeist. Faoláns Blick folgte dem vom Fels in den Teich springenden Wasser. Die Ringe, die sich auf der Wasseroberfläche ausbreiteten und sich im Grün des Ufers verloren, hatten jedoch einen anderen Ursprung. Es musste vor wenigen Augenblicken etwas ins Wasser geworfen worden sein. Aber von wem? Es gab kein Anzeichen, dass hier jemand war.

Als sich der Novize nach vorne beugte, um sich besser umsehen zu können, schoss aus der Mitte des Tümpels plötzlich etwas empor, sodass Wasser nach allen Seiten spritzte. Faolán verbarg sich erschrocken hinter einem umgestürzten Baumstamm. Vorsichtig hob er noch einmal den Kopf, um zu sehen, welches Untier aus den Tiefen des Tümpels aufgetaucht sein mochte.

Was er dann erblickte, raubte ihm beinahe den Atem, und er wollte seinen Augen nicht trauen. Erst als er ein zweites Mal hinschaute, begriff er. Dort unten im Weiher schwamm doch tatsächlich und unverkennbar ein Kind, mit kurzem Haar, etwa in seinem Alter. Obwohl das Haar nass und dunkel war, wusste Faolán doch, dass es trocken in der Sonne rot schimmern würde. Im gleichen Rot, wie er es erst vor kurzem gesehen hatte. Es war das Mädchen aus Neustatt!

Gebannt beobachtete der Novize heimlich und mit offenem Mund, wie sich das Mädchen im Tümpel vergnügte. Offensichtlich genoss sie ihr Bad und schien den Teich als ihr Eigen anzusehen. Unbeschwert tollte sie im Wasser umher. Faolán hatte zwar schon gehört, dass Menschen mittels bestimmter Bewegungen selbst in tiefem Wasser nicht untergingen, doch dass Schwimmen sogar Freude bereiten konnte, davon hatte er noch nichts vernommen.

Immer wieder tauchte das Mädchen ab, verschwand für einige Augenblicke im Dunkel des Tümpels und tauchte unerwartet an einer anderen Stelle wieder auf. Faolán wurde immer verwirrter. Nackt, wie Gott sie geschaffen hatte, durchquerte die Rothaarige den Teich mehrere Male und spielte vergnügt mit dem Wasser, wenn sie sich auf dem Rücken liegend treiben ließ.

Faolán hatte keine Ahnung, wie lange er bereits zugesehen hatte, als das Mädchen schließlich zum gegenüberliegenden Ufer schwamm und dem Weiher entstieg. Wassertropfen hafteten wie Perlen auf ihrer Haut, glitzerten im Licht der Sonne wie Edelsteine. Mit einigen Handbewegungen streifte das Mädchen den vermeintlichen Schatz von ihrem Körper, entnahm dem nahen Dickicht ein dünnes Gewand und zog es flink über.

Fasziniert und regungslos beobachtete Faolán alles aus seinem Versteck. Nichts gab seine Anwesenheit preis. Und dennoch drehte sich das Mädchen mit den nassen, zerzausten Haaren plötzlich zu ihm um, schaute ihn an und sprach mit lauter, klarer Stimme: „Bist du etwa so hässlich, dass du dich vor mir verstecken musst oder ist es besonders bequem dort oben? Pass auf, dass du dich nicht in die Nesseln setzt."

Verwirrt begriff Faolán, dass er schon vor langem entdeckt worden war. Hitze stieg in seinen Kopf, und er wusste nicht, was er tun sollte. Beim Versuch aufzustehen, rutschte er aus und fiel hinten über. Er landete tatsächlich in den Brennnesseln, als hätte sie es geahnt. Seine Tollpatschigkeit rief bei dem Mädchen ein Kichern hervor. Faoláns Kopf wurde noch heißer. Nur kurz erwog er, davonzulaufen, entschied sich dann zu bleiben und erhob sich langsam aus seinem Versteck. Dabei vermied er den Blickkontakt mit der Rothaarigen und starrte verlegen in den dunklen Tümpel. Da er nichts sagte, sprach das Mädchen weiter:

„Du hättest auch ins Wasser kommen können. Selbst für einen Mönch ist es heiß heute, so dass ihm ein erfrischendes Bad gut tun würde. Oder verstößt das etwa gegen eure Regeln?"

Ihr Lächeln wirkte spöttisch und freundlich zugleich. Faolán nahm daran jedoch keinen Anstoß. Vielmehr verwirrte ihn die Frage, denn ein Bad zu nehmen war für einen Novizen undenkbar.

„Richtig, ähm, die Regularien ... sie verbieten ...", stammelte Faolán vor sich hin, ohne Ahnung, was er eigentlich antworten wollte. Dann kam er zur Besinnung. „Außerdem bin ich kein Mönch!"

„Na, dann bist du vielleicht ein Mönchlein? Oder wie nennt man den Zögling eines Klosters? ‚Jungmönch' vielleicht?" Erneut kicherte das Mädchen leise.

„Novize ... die Schüler einer Abtei nennt man Novizen. Ich bin ein Novize des Benediktinerklosters hier in der Nähe."

Faolán war froh, endlich einen vollständigen Satz als Antwort bieten zu können, der sich nicht nach dümmlichem Gestammel anhörte. Warum nur hatte er mit einem Mal solche Schwierigkeiten, die richtigen Worte zu finden?

„Ein Novize bist du also. Und als Novize darf man nicht baden?"

„Ähm, nein." Faolán stutze kurz, dann sagte er laut: „Das heißt doch. Wir dürfen schon baden. Allerdings nur, wenn es notwendig ist."

„Und wer entscheidet für einen Novizen, wann ein Bad notwendig ist?"

„Der Abt oder der Prior, manchmal auch Bruder Wunhold im Hospital", schoss es aus Faolán heraus, wieder erleichtert, eine vernünftige Auskunft geben zu können.

„Und sagen dir diese Mönche auch, wann du den Abtritt aufsuchen darfst?"

„Ja, ... ähm, nein. Natürlich nicht. Das heißt, während der Andachten und der Gottesdienste ist das Aufsuchen des Abtritts selbstverständlich untersagt. Es sei denn, man hat so starke Blähungen, dass sie die Andacht der Mitbrüder stören könnten und eine Beleidigung des Herrn wären. Und baden darf man auch, wenn es die Gesundheit erfordert. Dann muss man auf Geheiß des Heilers in einen Zuber mit warmen Wasser und heilenden Kräutern steigen, deren Duft in der Nase kitzelt."

Als Faolán bewusst wurde, was er da gesagt hatte, ärgerte er sich, dass er diesem Mädchen von den Blähungen alter Männer erzählte. Dümmlicher hätte er sich nicht anstellen können.

Das frech dreinblickende Mädchen war inzwischen um den Tümpel gegangen und hatte sich Faolán bis auf ein Dutzend Schritte genähert. Bei seinen letzten Worten hatte sie aufgehorcht. Das Lächeln war verschwunden und durch waches Interesse ersetzt. „Und woher kennt ihr die Kräuter und das Wissen um ihre Anwendung?"

„Hinter dem Hospital gibt es einen Kräutergarten. Dort lässt Bruder Wunhold viele der kostbaren Pflanzen für seine Pasten, Pillen und Tinkturen wachsen. Einige davon sind auch für Bäder geeignet."

Nun betrachtete das Mädchen neugierig die Narbe auf Faoláns Wange. „Es scheint, als hättest du erst vor kurzem die Dienste dieses Mönches in Anspruch genommen."

Beschämt wandte sich Faolán ab, damit sie das Wundmal nicht weiter anstarren konnte und antwortete: „Er hat all sein Können aufgewandt, um mich im Diesseits zu halten."

„Hört sich ja beinahe so an, als seien die Mönche doch nicht so engstirnig und unbegabt."

„Wie meinst du das, engstirnig und unbegabt? Wer behauptet das?" Faolán war verärgert, denn er fand die Mönche alles andere als engstirnig. Er vergaß seine Scham über die Narbe und wandte sich wieder dem Mädchen zu.

Die Rothaarige ignorierte Faoláns Ärger und erklärte: „Das habe ich schon manchen sagen hören. Vor allem jene, die schon mehr gesehen haben, als nur das von einer Klostermauer eingeschlossene Leben. Ist es nicht schon ein kleines Wunder, dass sie einen jungen Novizen auf den Markt, in die böse, weite Welt ziehen lassen? Bisher war dieser dicke Mönch stets allein auf den Markt gekommen."

Das kecke Lächeln kehrte wieder auf ihre Lippen zurück. „Mit einem Mal bedarf es jedoch eines Novizen, der ihm zur Hand geht. Warum? Er macht auf mich nicht den Eindruck, als sei er zu alt geworden, um dieser Aufgabe allein Herr zu werden. Gibt es vielleicht einen besonderen Grund für deine Anwesenheit? Oder ist es reiner Zufall?"

„Spotte nicht über das Alter!“, versuchte Faolán das Mädchen zu tadeln und war wieder leicht verärgert. Auf ihre Frage hatte er allerdings keine befriedigende Antwort. Deshalb wich er aus: „Bruder Ivo ist ein ehrwürdiger Mönch und ich lerne sehr viel von ihm. Es ist ein Privileg, mit ihm auf den Markt gehen zu dürfen, ganz gleich wie alt oder kraftvoll er ist.“

„Ich spotte weder über das Alter noch über den Mönch! Dafür aber über die merkwürdigen Regeln deiner Abtei. Richtest du dich etwa immer streng nach jedem Ge- und Verbot, das dir von einem der Klosterbrüder auferlegt wird?“

Weil Faolán nachdenklich stumm blieb, wertete das Mädchen sein Schweigen als Bestätigung und fuhr fort: „Du bist wenigstens ehrlich. Dieser dicke Mönch scheint dir ja doch noch etwas Verstand beigebracht zu haben. Und seit kurzem darfst du noch mehr in dieser Welt erleben als nur die Belange der Mönche, Bücher und die aus Stein gemeißelten Heiligen.“

„Die Heiligen haben im Namen des Herrn große Taten für die Menschen vollbracht“, gab Faolán trotzig zurück. „Und Bücher sind Kostbarkeiten! Mit ihrer Hilfe habe ich im Kloster mehrere Sprachen und die Arithmetik erlernt. Aus Büchern kann man sehr viel erfahren, wenn man nur das Lesen beherrscht.“

Das Mädchen lachte kurz auf und ihre funkelnden Augen strahlten Faolán an. Sie ignorierte den Seitenhieb auf ihre vermeintliche Unwissenheit und führte Faoláns Gedanken fort: „Genau! Denn wenn du ein Buch nur dazu benutzt, um darüber einzuschlafen, hättest du reichlich wenig davon. Aber eines haben dir all die Bücher bisher wohl nicht beigebracht!“

„Und was wäre das deiner Meinung nach?“, fragte Faolán erstaunt.

„Das Schwimmen! Oder gibt es einen anderen Grund, weshalb du dich nicht in den Tümpel getraut hast? Vielleicht schämst du dich auch, mit einem Mädchen ins Wasser zu steigen. Oder gibt es Mädchen in eurer Abtei?“

Als sich Faolán das vorstellte, stieg erneut Hitze in seinen Kopf, als habe man ihn bei etwas Verbotenem ertappt. Das rothaarige Mädchen sprach weiter, ohne seine Betretenheit zu bemerken:

„Wenn du also nicht schwimmen kannst, ganz gleich aus welchem Grund, so gibt es nur einen Weg, dies zu ändern: du lernst es!“

„Wie soll ich denn das Schwimmen erlernen?“

„Ganz einfach: Traue dich das nächste Mal ins Wasser und ich werde es dir beibringen. Oder hast du etwa Angst vor mir ... weil ich ein Mädchen bin?“

Mit diesen Worten beugte sie sich vor, hob einen Stoffbeutel mit Schulterriemen vom Erdboden auf und legte ihn sich um. Ihre Hände kramten darin, während sich ihre Augen abwartend wieder auf den Novizen richteten. Faolán verneinte ihre Frage, indem er den Kopf schüttelte. Weshalb sollte er sich vor einem Mädchen fürchten? Es war absurd und dennoch zögerte er mit einer Antwort. Nach einer Weile räusperte er sich und fragte skeptisch:

„Welchen Nutzen sollte es haben, wenn ich schwimmen könnte? Hätte Gott gewollt, dass ich schwimme, hätte er dann nicht einen Fisch aus mir gemacht?“

„Oder ein Seeungeheuer!“ Das Mädchen lachte beherzt. „Ich kann schwimmen. Bin ich etwa ein Fisch? Und was ist mit all den Menschen, die bei der großen Sintflut umgekommen sind? Einige von ihnen wären nicht ertrunken, wenn sie hätten schwimmen können.“

Faolán war verblüfft. Dieses einfache Mädchen schien mit den biblischen Geschichten vertraut zu sein. Er wollte ihr gerade erklären, dass Gott diese Menschen gar nicht überleben lassen wollte und sie deshalb nicht schwimmen konnten. Doch bevor er eine einzige Silbe von sich geben konnte, schaute ihm das Mädchen tief in die Augen.

„Du wirst gesucht, Novize. Oder darf ich dich Faolán nennen?“

„Wo- … woher kennst du meinen Namen?“, fragte Faolán verblüfft.

„Ich habe Ohren und bin, wie du inzwischen bemerkt haben dürftest, nicht taub. Offensichtlich hat Gott gewollt, dass ich hören kann.“ Abermals musste sie kichern und fuhr vergnügt fort: „Ich habe nicht gezählt, wie oft ich deinen Namen auf dem Markt schon vernommen habe, aber es dürfte mehr als ein Dutzend Mal gewesen sein. Und dies hier …“, ihre Hand kam aus dem Leinenbeutel hervor und warf dem Novizen etwas zu „… gehört euch, nicht wahr?“

Faolán fing dieses Etwas auf und hielt einen Apfel in der Hand, der einen Schnitt aufwies. Er begriff, dass dies der gestohlene Apfel des Markthüters war, den das Mädchen so wagemutig entwendet hatte. Faolán wusste nicht, was er sagen sollte, und schaute abwechselnd auf die Frucht und das Mädchen.

„Ich bin kein Dieb, obwohl mich diese beiden Narren von Markthütern dafür halten und deshalb wahrscheinlich noch immer in Neustatt nach mir suchen. Sie werden mich niemals erwischen. Ich bin viel zu schnell für sie!“

Die Erinnerung an das Geschehen, besonders die Dummheit der beiden Wachen, entlockte dem Mädchen erneut ein leises Kichern. Dann drehte sie sich um und entfernte sich ein paar Schritte von Faolán, was er bedauerte.

„Warte, wo willst du hin?“, versuchte er sie aufzuhalten. Am liebsten hätte er sie festgehalten. Doch er benötigte all seine Willenskraft, um wenigstens sprechen zu können. Unzählige Gedanken schossen ihm durch den Kopf.

Das Mädchen wandte sich noch einmal um. „Ich muss jetzt gehen. Es mag ja so aussehen, als hätte ich den ganzen Tag nichts Besseres zu tun als den Markt zu besuchen oder baden zu gehen. Doch glaube mir, ich habe noch ein paar Aufgaben zu erledigen, bevor die Sonne untergeht. Außerdem wird dein Mönch in Kürze hier auftauchen und dann sollte ich nicht mehr hier sein! Du weißt doch, wie die Mönche denken ..."

„Woher weißt du, dass Bruder Ivo hier auftauchen wird?"

Das Mädchen blickte mit ihren grünen Augen tief in die seinen, und Faolán fühlte, wie er von ihnen angezogen wurde. Hilflos blieb er stehen, als befände er sich im Bann eines heimlichen Zaubers. Endlich antwortete sie und seine Starre löste sich:

„Ich weiß es ganz einfach!"

Als Faolán darauf nichts erwiderte, wandte sich das Mädchen ab und wollte gehen.

„Warte! Wer bist du?"

Noch einmal hielt das Mädchen inne. „Wer ich bin, wäre für den Anfang vielleicht etwas zu weitreichend, um es dir jetzt noch zu erklären. Vielleicht solltest du mich erst einmal nach meinem Namen fragen."

„Ja, natürlich. Das meinte ich auch. Wie heißt du? Wie lautet dein Name?"

„Svea."

„Svea ... ein außergewöhnlicher ... ich bin Faolán."

Das Mädchen lachte und blickte den Novizen beinahe schon liebevoll an. „Ich weiß, Faolán. Ich kenne deinen Namen bereits. Bis zum nächsten Mal."

Das Mädchen verschwand mit lautem Rascheln im Unterholz und nichts auf der Lichtung deutete darauf hin, dass Faolán eben noch Gesellschaft gehabt hatte. „Svea ...", flüsterte er noch einmal ihren Namen, als habe er Angst, ihn zu vergessen.

Nur wenige Augenblicke später vernahm er ein Rascheln im Gestrüpp, und kurz darauf erschien Bruder Ivo auf der Lichtung, schwer atmend und stark schwitzend. Er orientierte sich kurz und erblickte seinen Schützling mit Erleichterung. „Faolán, da bist du ja! Ich habe mir schon Sorgen gemacht."

Der Novize schaute betreten auf den Waldboden, um dem durchdringenden Blick des Mönches zu entgehen. „Es ist alles in Ordnung. Ich habe die Quelle erst nicht gefunden. Ich bin in die falsche Richtung gegangen."

Die Lüge kam wie selbstverständlich über seine Lippen und Faolán wunderte sich, dass ihm dies nicht einmal ein schlechtes Gewissen bereitete. Wer war dieses Mädchen nur, dass er ihretwegen den Kellermeister belog?

Bruder Ivo schaute abwechselnd von der Quelle zum Tümpel. Dann verlor sich sein Blick irgendwo in der Ferne, als tauche er in Erinnerungen an vergangene Tage ab. Er kam erst wieder zur Besinnung, als Faolán sich räusperte. Sofort wies er dann seinen Gehilfen an:

„Wenn du soweit bist, fülle die Schläuche und lass uns zurückgehen. Sonst kommt noch jemand auf dumme Gedanken und stielt unseren Wagen. Dann hätten wir ein noch größeres Problem mit dem Abt, als wir es durch unsere Verspätung ohnehin schon haben."

Faolán stieg zur Quelle und wollte gerade die Schläuche füllen, als ihm eine Frage durch den Kopf schoss. „Könnt Ihr schwimmen, Meister Ivo?"

Der Cellerar blickte Faolán verdutzt an. Er verstand nicht recht, woher die Frage seines Schützlings rührte, doch nach kurzem Zögern gab er bereitwillig Auskunft.

„Ja, ich kann schwimmen – das heißt, ich konnte es zumindest einmal. Als kleiner Junge, noch bevor ich in das Kloster aufgenommen wurde, war ich ab und zu schwimmen. Weshalb fragst du? Hast du etwa Lust auf ein kühlendes Bad in diesem Tümpel?"

„Nein, nein ...", versuchte Faolán den Mönch schnell zu beschwichtigen.

Etwas misstrauisch schaute Bruder Ivo erst den Weiher und dann Faolán an. Schließlich schüttelte er den Kopf, als wollte er sich von den Geistern der Vergangenheit befreien. „Spute dich, wir müssen gehen!"

Als Faolán den zweiten Wasserschlauch verschloss, hatte der Cellerar den Rückweg bereits angetreten. Bevor er ihm folgte, drehte er sich noch einmal um und blickte auf das dunkle Wasser des Tümpels. Ein merkwürdiges Gefühl überkam ihn. Faolán konnte es nicht deuten, doch er spürte, dass diese Lichtung und das Mädchen etwas Außergewöhnliches waren. So sehr er sich auch bemühte dieses Gefühl einzuordnen, es misslang ihm. Doch seine Gedanken kehrten immer wieder zu dem Mädchen zurück und er verspürte dabei ein unbekanntes Glücksgefühl.

Gut gelaunt und beschwingt ergriff Faolán seinen Stab und machte sich mit den gefüllten Wasserhäuten auf den Weg zum Wagen. Eine Melodie kam ihm in den Sinn, die er heute auf dem Markt bei den Spielleuten aufgeschnappt hatte, und er pfiff sie leise vor sich hin. Das hatte er noch nie getan. Er freute sich bereits auf den nächsten Markttag in Neustatt. Und vor allem auf Svea.

Der Wagen bahnte sich wieder polternd seinen Weg über die alte, staubige Straße. Das dichte Grün des Waldes zog an Faolán vorüber, ohne dass er es wahrnahm. Er hatte nicht die leiseste Ahnung, wie lange sie schon unterwegs waren.

Faolán saß schon eine ganze Weile nachdenklich da, als der Cellerar das Schweigen brach und ihn mit einem Wortschwall in die Wirklichkeit zurückholte. Erst nach einem Augenblick der Orientierung gelang es dem Novizen, seine Konzentration auf den Mönch zu lenken und den Sinngehalt der Worte zu begreifen.

„... auch einen Schluck dieses wunderbar kühlen Wassers kosten? Ich hoffe nicht, dass du es einzig für mich geholt hast! Eine Erfrischung täte dir gut. Du siehst erschöpft aus."

Faolán nickte beiläufig und trank ein wenig. Als sich das Wasser in seinen Mund ergoss wurde ihm klar, dass seine Gedanken die ganze Zeit um die Ereignisse am Tümpel gekreist hatten. Er war ratlos, wie ihn eine so simple Angelegenheit wie das Gespräch mit dem Mädchen derart ins Grübeln bringen konnte, und er fragte sich, ob er einer dieser gefürchteten Verlockungen der Außenwelt erlegen war.

Vor allem beschäftigte ihn der Inhalt des Gesprächs und die Art und Weise, wie Svea ihre Worte formuliert hatte. Seine Vorstellung, sie sei nur ein armes Mädchen, unwissend und hungrig, hatte sie damit zunichte gemacht. Svea war in Wirklichkeit wortgewandter als so mancher Novize und schien sich zudem in der Bibel auszukennen. Beides war ungewöhnlich für ein Mädchen.

Plötzlich fiel Faolán der Apfel wieder ein. Er hatte ihn heimlich in einer aufgegangenen Naht seines Ärmelsaumes verschwinden lassen, als Bruder Ivo auf der Lichtung erschienen war. Mit Erleichterung stellte er fest, dass sich die Frucht dort noch immer befand. Als sei dieser schon ein wenig vergammelte Apfel etwas Kostbares, dachte er nicht im Entferntesten daran, ihn zu den anderen zurück zu legen oder ihn gar zu essen. Die Idee, dem Cellerar von dem Apfel zu berichten, tat er sofort ab. Weshalb er daraus ein solches Geheimnis machte, war ihm selbst schleierhaft und unweigerlich dachte Faolán an die verbotene Frucht im Garten Eden, den Apfel vom Baum der Erkenntnis. War dieser Apfel von Svea auch eine verbotene Frucht, ein Symbol der Versuchungen? Oder wollte Gott ihn auf die Probe stellen?

Nach einer Weile stellte Faolán eine Frage, die ihn selbst überraschte: „Meister, weshalb leben in unserem Kloster keine Frauen?"

Bruder Ivo, der gerade aus dem Wasserschlauch trank, verschluckte sich und rang prustend und hustend nach Luft. Als er wieder sprechen konnte, fiel ihm nichts Besseres ein, als die Frage zu wiederholen. „Weshalb in unserem Kloster keine Frauen leben?“

„Ja, warum nicht?“

„Nun ja ... ist das nicht offensichtlich? Nein, wohl nicht. Sonst würdest du diese Frage ja nicht stellen ... Nun ja, ich weiß nicht, es war einfach schon seit jeher so.“ Das war eine äußerst unbefriedigende Antwort. Ivo war sich dessen bewusst und suchte schnell nach einer besseren Erklärung. „Eine Bruderschaft mit Mönchen ist eine Gemeinschaft, die jener der zwölf Apostel gleichzukommen sucht. Auch wir versuchen dem Leben Jesu und dem seiner Jünger nachzueifern. Nur so können wir dem Herrn uneingeschränkt dienen. Jesus hat keine Frau in seinen erlesenen Kreis aufgenommen und sich selbst auch niemals einem Weib verschrieben. Deshalb leben auch wir Mönche in einer Gemeinschaft ohne Frauen. Sie ist für uns der beste Schutz, um gegen die Versuchungen der Welt zu bestehen. Deshalb wirst du im Kloster nur zu besonderen Anlässen einem Weib begegnen.“

„Aber es gibt doch auch Nonnenabteien!“, stellte Faolán fest, der in der Erklärung des Kellermeisters einen Widerspruch sah. „Diese Frauen haben sich auch einem enthaltsamen Leben im Dienste des Herrn verschrieben. Weshalb können sie und die Mönche dem gleichgesinnten Dienst nicht gemeinsam nachkommen?“

Dieser Vorschlag schien den Cellerar noch tiefer zu erschüttern als die einfache Frage nach Frauen im Kloster. Mönche und Nonnen gemeinsam in einer Abtei würden das absolute Chaos innerhalb kürzester Zeit bedeuten, dessen war sich Bruder Ivo sicher. Doch wie sollte er das seinem Gehilfen klarmachen, der noch nicht wusste, zu welchen Verlockungen das weibliche Geschlecht fähig war?

„Nun, wie soll ich es sagen ...“, begann er unsicher. „Die Versuchungen durch die Anwesenheit von Frauen wäre für die meisten Brüder auf Dauer unerträglich. Sie würden ihnen mit Sicherheit eines Tages erliegen.“

„Welche Versuchungen sind das?“

„Das wirst du schon noch früh genug erfahren. Genieße die Zeit, in der du noch vor dem tückischen Weib gefeit bist, bevor es Einfluss auf deine Seele und deinen Leib nehmen kann.“

„Wie meint Ihr das, Meister? Was hat es mit Frauen auf sich, dass man sich vor ihnen in Acht nehmen soll?“

Ivo fühlte sich bedrängt und versuchte den Spieß umzudrehen. Er war nicht darauf vorbereitet, seinem Schützling die grundlegenden Fakten und Reize der menschlichen Fortpflanzung darzulegen. Deshalb versuchte er hinter die Ursache dieser Neugier zu gelangen. „Wieso fragst du nach Frauen, Faolán?“

Faoláns Blick flüchtete zur Seite. Bruder Ivo kombinierte schnell und ahnte fremden Einfluss. „Wer hat derartige Gedanken in dir gesät? Waren es die gotteslästerlichen Huren in Neustatt? Haben sie dich angesprochen?“

Obwohl Faolán dies nicht bestätigte, begann der Cellerar leise und ohne Rücksicht auf seine Wortwahl vor sich hin zu schimpfen. „Diese verfluchten Weibsbilder! Gottverlassene Huren und Metzen mit ihren angemalten Gesichtern, die selbst die Beine für einen unschuldigen Jungen spreizen würden. Ihre Punzen sind wie der schweflige Abgrund der Hölle. Wenn ich das nächste Mal sehe, wie sie meinen jungen ..."

„Nein! Es waren nicht die Huren. Sie haben nichts dergleichen getan", rief Faolán.

„Wer war es dann? Ein Mädchen auf dem Markt?"

Faolán schüttelte den Kopf, doch der Kellermeister ließ sich nicht beirren. Er spürte, dass er der richtigen Spur folgte und begriff schließlich, dass es mit Faoláns Marsch zur Quelle zu tun haben musste. „Wen hast du am Tümpel getroffen? Was ist dort geschehen?"

Der Novize erstarrte augenblicklich und schaute stur auf den Weg, der Elle um Elle unter dem Wagen verschwand. Bruder Ivo wusste sofort, dass er mit seiner Vermutung richtig lag und er erinnerte sich an die Frage seines Schützlings, ob er selbst schwimmen könne. „War es ein Mädchen oder eine Frau? Wollte sie dich etwa dazu überreden, mit ihr ins Wasser zu steigen?"

Keine Antwort. Bruder Ivo blieb äußerlich ruhig, obwohl es in ihm brodelte. Er durfte jetzt keinen Fehler machen, wenn er Faoláns Vertrauen behalten wollte. Jungen in seinem Alter waren schwierig, das wusste er aus eigener Erfahrung. Er hatte einst, wie jeder Knabe der zum Manne reift, ebenfalls die Verlockungen und Leiden des Fleisches durchleben müssen. Es waren nicht gerade die schönsten Erinnerungen, die er an jene Zeit hatte.

Der Cellerar versuchte auf andere Art Faolán zum Sprechen zu bringen und ergriff überraschend gelassen das Wort. „Genau das ist es, Faolán, was ich mit der Versuchung meinte. Zuerst verdrehen dir die Frauen mit ihren Blicken den Kopf, dass nur noch schiefe Gedanken daraus hervorkommen. Und dann dauert es nicht mehr lange, bis sie alles mit dir machen können, wonach ihnen der Sinn steht."

„Wie meint Ihr das? Was können Frauen schon mit mir machen wollen?"

„Zum Beispiel mit dir baden oder schwimmen gehen. Vielleicht auch manch andere Dinge, von denen du noch nicht einmal die leiseste Ahnung hast, dass sie überhaupt existieren. Es kommt nicht so sehr darauf an, zu was sie dich bewegen könnten, sondern dass sie es schaffen, völlig neue Wünsche in dir hervorzurufen. Wenn sie sich erst einmal auf diese Art deiner bemächtigt haben, dann dauert es nicht mehr lange und du würdest die Regularien unseres Klosters in Frage stellen, sie sogar missachten, nur um der Urheberin dieser Wünsche zu gefallen. Wenn es erst einmal soweit ist, dann wirst du selbst den einfachsten Versuchungen erliegen. Sei also gewappnet."

Obwohl Bruder Ivo nicht gerade in bester Laune für Fragen war, konnte Faolán dennoch eine weitere nicht zurückhalten.

„Was ist, wenn die Regularien in manchem Bezug keinen Sinn ergeben?“

Abrupt zog Bruder Ivo die Zügel an und brachte den Wagen zum Stehen. Faolán wusste, dass er seine Grenzen überschritten hatte, doch es war zu spät. Streng blickte der Cellerar seinen Gehilfen an. Seine Stimme zitterte leicht und Faolán spürte förmlich die Anspannung des Mönches.

„Ist es bereits so weit? Es gehört sicherlich nicht zu deinen Aufgaben die Regularien unserer Gemeinschaft in Frage zu stellen. Weder hast du bis jetzt die notwendige Weisheit dazu erlangt, noch die entsprechende Stellung hierfür. Wäre ich nicht der, den du kennst, und würde ich dich nicht besser kennen, als du dich selbst, so würde ich dich unverzüglich zum Abt bringen. Deine Äußerungen könnten dir in Gegenwart anderer sehr leicht zum Verhängnis werden. Es ist eine ungeheuerliche Anmaßung, den heiligen Benedikt und seine Regeln in Frage zu stellen.“

Nachdem sich der Mönch vergewissert hatte, dass sein Schützling ihn richtig verstanden hatte, trieb er das Pferd an und der Wagen setzte sich wieder in Bewegung. Nach langem Schweigen wagte Faolán doch noch eine Frage:

„Wie habt Ihr das gemeint, Meister, dass Ihr mich besser kennt als ich mich selbst?“

Der Mönch wurde plötzlich verlegen. Sein Gehilfe kannte ihn gut genug um zu erkennen, dass er nach einer ausweichenden Antwort suchte. Instinktiv wusste Faolán, dass hinter der Bemerkung mehr stecken musste als eine Floskel.

„Nun ja ...“, begann der Cellerar zögernd. „Immerhin arbeitest du schon seit einigen Jahren unter meinem Amt und da kenne ich dich eben besonders gut. Und ich kenne dich in mancher Hinsicht sogar besser als du dich selbst. Das denke ich zumindest.“

Faolán nickte und ließ es dabei bewenden, auch wenn er mit der Antwort nicht zufrieden war. Der Kellermeister war darüber sichtlich erleichtert. Die Gedanken des Novizen blieben jedoch rastlos, suchten nach dem, was Bruder Ivo tatsächlich über ihn zu wissen glaubte. Diese Neugier behielt Faolán allerdings für sich, wohl wissend, von Bruder Ivo heute keine bessere Antwort zu erhalten. So fuhren sie weiter, schweigend und nachdenklich, ein jeder für sich.

Zurück im Kloster, wies der Kellermeister seinen Gehilfen an, die Waren zu entladen, das Pferd abzuschirren und in den Stall zu bringen. Obwohl letzteres nicht zu Faoláns Aufgabenbereich gehörte, hielt der Mönch ihn damit für längere Zeit beschäftigt, um seinen eigenen Absichten in Ruhe nachgehen zu können.

In Gedanken versunken eilte Bruder Ivo zu den Räumlichkeiten des Abtes. Dort schilderte er seinem Freund die Vorkommnisse auf dem Markt, die Rast im Wald und das seltsame Gespräch mit Faolán auf der Rückfahrt. Bruder Ivos Besorgnis war unverkennbar. Am Ende fielen seine Worte ähnlich hart aus wie schon Faolán gegenüber.

Degenar versuchte Ivo zu besänftigen.

„Mein lieber Freund, beruhige dich. Deine Sorge könnte ebenso gut unberechtigt sein. Schließlich hast du nicht das Geringste gesehen, was deine Mutmaßungen bestätigen könnte."

Ungläubig blickte Ivo den Abt an, als habe er sich verhört. „Verstehst du denn nicht, dass der Junge jemandem begegnet sein muss, der einen nachhaltigen Einfluss auf ihn ausübt? Obwohl es nur kurz gewesen sein kann, wurden ihm aufwühlende Wünsche und Fragen in den Kopf gepflanzt. Nun beginnt er sogar, die Regeln des heiligen Benedikt anzuzweifeln! Das vermag nur der Leibhaftige oder ein Weibsbild zu vollbringen. In Faoláns Fall vermute ich das Zweite."

Nachdenklich ließ sich der Abt neben den Cellerar auf einer Bank in der Exedra nieder. Er konnte Ivos Bedenken gut nachvollziehen. „Nehmen wir einmal an, deine Vermutungen treffen zu: Was könnte dann schlimmstenfalls geschehen? Dass er die Welt etwas kritischer betrachtet? Das sollte er auch. Wir beide streben doch an, dass sich Faolán eines Tages den Gegebenheiten außerhalb des Klosters stellen kann. War es nicht deine ureigene Idee, den Jungen mit auf den Markt zu nehmen, um ihm neue Perspektiven und Anregungen zu vermitteln? Du hattest Recht mit deinem Vorhaben. Deine Absicht, den Jungen wieder mehr für sein Leben zu begeistern, trägt erste Früchte. Die Fahrten nach Neustatt haben aber noch mehr bewirkt, weil Faolán ein schlauer, aufgeweckter Bursche ist. All die neuen Eindrücke treiben ihn zu neuem Denken an. Darin beweist er sich als echter Sohn des einstigen Grafen."

„Aber was wird geschehen, wenn ihn die neuen Eindrücke übermütig werden lassen? Wenn er seine neuen Gedanken und Zweifel eines Tages statt uns einem anderen Mönch preisgibt? Sollte der Prior davon erfahren, wird er sich nicht scheuen, den Schützling des Abtes offen zu attackieren."

„Noch ist dergleichen nicht geschehen. Was aber Frauen angeht, wird auch Faolán früher oder später auf eine treffen, die ihm gefällt. Und er wird nicht der Erste im Kloster sein, dem das widerfährt. Ich muss dich wohl nicht an Elizabeth erinnern. Schließt du sie nicht selbst heute noch in deine Gebete ein?"

Bruder Ivo errötete mit einem Mal. „Ich bitte dich, Degenar. Das ist schon viele Jahre her. Zudem trug sich die Angelegenheit lange vor meinem Mönchsgelübde zu."

„Genauso verhält es sich bei Faolán."

„Ich fürchte auch nicht, dass er irgendwann ein Mädchen kennen lernen wird. Vielmehr fürchte ich seine neuen Gedanken, die er heute geäußert hat. Sie sind in meinen Augen sehr beunruhigend und gefährlich."

„Faolán hat nur ein paar neugierige Fragen gestellt und einige unserer Regeln kritisch betrachtet. Doch welcher kluge, junge Mensch wird die ihm auferlegten Einschränkungen nicht anzweifeln? Wenn du mich fragst, ist diese Kritik sogar Ausdruck von Faoláns Willensstärke und Intelligenz."

„Aber gerade solche Kritik könnte für ihn gefährlich werden, sollte er sie zur falschen Zeit am falschen Ort äußern!"

„Da stimme ich dir zu. Es darf uns auch nicht egal sein, was er tut und denkt. Wir müssen nur weiterhin ein wachsames Auge auf ihn haben und sollten das zweite ab und an wohlwollend schließen. Ich bin mir sicher, dass Faolán an den Herausforderungen und Erfahrungen in Neustatt nicht scheitern, sondern an ihnen wachsen wird. Früher oder später muss er sich dieser Welt stellen. Dessen sollten wir uns bewusst sein. Wenn wir ihm jetzt nicht die ersten Schritte zutrauen, wie soll er dann später zurecht kommen?"

„Dennoch sorge ich mich um ihn!" Der Kellermeister dachte über die Worte seines Freundes nach, dann sprach er mit Entschlossenheit weiter. „Du verlangst viel von mir, Degenar! Einfach ein Auge zudrücken, das liegt mir nicht und das weißt du ganz genau. Vielleicht wird es mir aber etwas leichter fallen, wenn du mir im Gegenzug ebenfalls einen Gefallen erweist. Sprich bitte mit Faolán über alles. Erkläre ihm die Situation und die Gefahren, denen er ausgesetzt sein wird. Erläutere ihm auch mögliche Folgen, ohne dabei zu viel preiszugeben."

Nun war es an Degenar über die Worte seines Freundes nachzudenken. Schließlich nickte er.

„Gut, ich werde noch heute mit ihm sprechen. Allerdings nur, wenn du mir versprichst, dass der nächste Marktgang für Faolán genauso abläuft wie heute, mit allen Privilegien und Freiheiten!"

„Weshalb?", entfuhr es Ivo entsetzt, während er von der Bank aufsprang und mit großen Augen Degenar fassungslos anstarrte. „Das wird die Lage nur verschlimmern! Sollten wir ihn nicht lieber einschränken?"

„Du bist sein Mentor, vergiss das nicht. Er hält große Stücke auf dich. Wenn du ihm bisherige Privilegien nimmst, so wird er dir bald nicht mehr vertrauen. Sein Vertrauen in uns darf aber nicht erschüttert sein, wenn er sein Erbe einfordern wird. Wenn er dann unsere Führung und unseren Rat abschlägt, wird er wenig Aussicht auf Erfolg haben, wenn nicht sogar in sein Verderben rennen. Lassen wir ihm allerdings jetzt seine Freiheiten, wird er dadurch Selbstständigkeit erlernen, die er später benötigt. Soll er doch mit der Außenwelt konfrontiert werden. Gerät er jetzt dort draußen in Schwierigkeiten, sind wir da, um ihn zu behüten und um ihn wieder auf den rechten Weg zu führen. In ein paar Jahren, wenn er zum Manne gereift ist, wird uns das wesentlich schwerer fallen."

Der Cellerar brummelte unzufrieden vor sich hin. Doch allein die Vorstellung, Faoláns Vertrauen verlieren zu können, war schmerzlich. Nach reiflicher Überlegung willigte er schließlich ein. „Gut, ich werde es tun. Im Gegenzug solltest du allerdings noch heute mit Faolán sprechen. Seine Eindrücke sind noch frisch. Und halte unsere Abmachung geheim."

„Sei unbesorgt, mein Freund. Ich werde mit Faolán sprechen und unsere Unterredung für mich behalten. Vertrauen solltest du nicht nur in Faolán, sondern auch in mich haben."

Ivo erwiderte Degenars Lächeln. „Natürlich, alter Freund."

Mit diesen Worten verließ der Cellerar den Abt. Es gab einiges, worüber Ivo nachzudenken hatte, denn die Situation mit Faolán war nicht einfacher geworden. Degenar hatte ihn sogar dazu angehalten, noch mehr zu wagen als ihm lieb war ...

* * *

Die Dunkelheit hatte sich schon lange des Firmaments bemächtigt und die Bruderschaft lag zum größten Teil in den Betten des Dormitoriums, um die wenigen Stunden bis zur Matutin für den Schlaf zu nutzen. Nur wenige Mönche waren um diese Zeit noch auf den Beinen und so herrschte Stille in den Hallen des Klosters.

Die Ruhezeiten für die Gottesdiener waren karg bemessen, vor allem in den Sommermonaten. Sie richteten sich strikt nach Morgengrauen und Abenddämmerung. Aus diesem Grunde war Faolán sehr verärgert, dass er noch immer nicht eingeschlafen war. Mit jedem Herzschlag schien er sich mehr darüber aufzuregen, da der kommende Tag nur schwer zu meistern wäre, sollte er nicht bald einschlafen.

Während Faolán dem mehr oder weniger geräuschvollen Atmen der Mönche und älteren Novizen im Schlafsaal lauschte, drehte er sich immer wieder hin und her, um die beste Position auf seinem Lager zu finden. Vergebens! Schließlich lag er hellwach und resigniert auf dem Rücken, seinen Blick starr auf die Gewölbedecke gerichtet, die vom Licht des tief stehenden Mondes erhellt wurde.

Schuld an seiner Unruhe waren diese unablässig durch seinen Kopf wandernden Gedanken. Sie kehrten immer wieder zu dem heutigen Gespräch mit dem Abt zurück. Es war schon sehr außergewöhnlich, dass Faolán nach nur einem Tag erneut zu ihm gerufen worden war. Sicherlich war Bruder Ivo der Anlass hierfür gewesen. Anfangs hegte Faolán deshalb einen Groll gegen den Kellermeister, doch im Nachhinein betrachtete er die Dinge etwas nüchterner.

Die ermahnenden Worte des Abtes hatten dazu beigetragen, dass Faolán sich mit Bruder Ivo wieder versöhnte, zumindest im Geiste. Faoláns Befürchtung, der Cellerar könnte über die Rückfahrt gesprochen haben und der Abt würde daraus

Konsequenzen ziehen, bewahrheitete sich nicht. Oder hatte das Klosteroberhaupt dies lediglich verschwiegen? Immerhin hatte der Abt merkwürdig oft nachgefragt, ob ihm sonst noch etwas auf dem Herzen läge. Beinahe hätte der Novize sich sogar hinreißen lassen, von der Begegnung mit Svea zu berichten. Nur den Apfel hatte er dem Abt übergeben. Es war offensichtlich, dass dies der gestohlene Apfel des Markthüters war, über den sie lange gesprochen hatten. Faolán hatte den Abt jedoch im Ungewissen gelassen, wie er in seinen Besitz gekommen war. Danach war die Unterredung beendet gewesen und Faolán hatte Svea mit keinem Wort erwähnt.

Viele Gedanken um das Mädchen überschlugen sich in seinem Kopf. Unter anderem die Tatsache, dass Svea Bruder Ivos Auftauchen auf der Lichtung vorhergesehen hatte. Das bereitete ihm Kopfzerbrechen, und er fragte sich, ob es wirklich Menschen mit solch einer Fähigkeit gab. Faolán hatte schon von Menschen mit einer besonderen Gabe gehört, die allgemein als ‚das Gesicht' bezeichnet wurde. Getroffen hatte er bisher allerdings noch keinen. War Svea eine von ihnen?

Hätte der Novize den Abt darauf angesprochen, hätte das wahrscheinlich zu einem heftigen Disput geführt. In der Kirche genossen diese Menschen kein gutes Ansehen. Götzenanbetung, Zauberei und Teufelei lagen dieser Fähigkeit angeblich zugrunde.

Nein, den Abt darauf anzusprechen, hätte zu nichts geführt. Faolán war auf sich allein gestellt, und er schwor sich, die Antworten um dieses rothaarige Mädchen eigenständig herauszufinden. Ganz gleich was er hierfür zu wagen hätte und welche Strafen er hierfür auferlegt bekommen würde, er wollte Antworten.

Seine Gedanken kehrten immer wieder zu Svea zurück. Am Ende blieben sie ganz bei ihr, und mit den Augen zur Decke gerichtet, versuchte Faolán sich ihr Gesicht vorzustellen. Er versetzte sich in Gedanken auf die Lichtung zurück, wo er Svea überraschend angetroffen hatte. Noch einmal badete sie vor seinem geistigen Auge im Tümpel. Stünde er jetzt erneut vor der Wahl, würde er vielleicht seine Gewandung ablegen und ins Wasser steigen. Überrascht stellte Faolán fest, dass er tatsächlich bereit war, gegen die Regularien des Klosters zu verstoßen. Obwohl ihn der Cellerar gerade in diesem Punkte ausführlich belehrt hatte, kam ausgerechnet dieser Gedanke in ihm auf.

Je länger Faolán an Svea dachte, umso besser gelang es ihm, sich ihre Gesichtszüge wieder in Erinnerung zu rufen. Das freche Lächeln und das kurze, rote Haar waren ihm schon bald so gegenwärtig, als stünde das Mädchen vor ihm. Noch einmal entstieg sie nackt dem Wasser, streifte sich das Kleid über, kam auf ihn zu und führte mit ihm dieses merkwürdige Gespräch.

Und dann erinnerte Faolán sich an ihre Augen! Dieses faszinierende Grün, in das er am liebsten eingetaucht und verschwunden wäre, wie Svea im Wasser des

Tümpels. Das Mädchen vermochte mit diesen Augen in ihn hineinzublicken und das Innerste seines Wesens zu ergründen. Faolán fragte sich, ob auch andere Menschen dem Zauber ihrer Augen erlagen und ob es sich dabei tatsächlich um einen Zauber handelte.

Ein Schauer durchlief den Novizen. Vergeblich versuchte er seine Gedanken in andere Bahnen zu lenken. Es gelang ihm nicht. Zu seinem Ärger wurde auch noch der Druck seiner Blase immer stärker. Faolán schlug vorsichtig das Leintuch zurück und entstieg seinem Lager. Nur mit dem Nachtgewand bekleidet schlich er barfuß über den kalten Steinboden zum Ausgang des Dormitoriums und schloss die Tür hinter sich. Im Arkadengang entzündete er die kleine Laterne und machte sich auf den Weg zum Abtritthaus.

Jeder Schritt ließ die wirren Gedanken um Svea mehr und mehr verblassen. Am Ziel angekommen, schlug Faolán sein Wasser ab. Und mit der Erleichterung zog endlich Müdigkeit in seinen Körper.

Er wollte sich gerade auf den Rückweg begeben, als er Schritte vernahm. Mit einem Mal wieder hellwach, hielt Faolán inne und lauschte angestrengt. Vielleicht war es ein Mönch, der einem ähnlichen Drang wie er nachgeben wollte. Oder war es jemand, der gar keine Erleichterung, sondern ihn suchte? Die Schritte kamen näher. War es Drogo, der ihm eine Abreibung verpassen wollte? Sozusagen als Ausgleich für seine heutige Fahrt nach Neustatt?

Nach kurzem Zögern ging Faolán vorsichtig weiter. Er hatte keine Wahl, denn im Aborthaus säße er in der Falle. Er wollte noch das Licht seiner Lampe löschen, doch bevor er zur Tat schreiten konnte, traf er auf den nächtlichen Wanderer. Erschrocken blieb Faolán stehen.

„Da bist du also!“, zischte die dunkle Gestalt bedrohlich.

Faolán hob langsam die Lampe, um das Gesicht seines Gegenübers zu erhellen. Er war bereit, Drogo oder gar Prior Walram in die Augen zu blicken. Doch dann stellte er erleichtert fest, dass sein Freund vor ihm stand.

„Ering, was um Gottes Willen machst du denn hier?“

„Ich wollte nur nachsehen, ob du gotteslästerliche Reden hältst oder gar den Namen des Herrn missbrauchst“, flüsterte Ering mit einem Lächeln.

Faolán kam dieses Lächeln in dem flackernden Licht der Lampe eher wie ein hämisches Grinsen vor. Daher schlug er einen schärferen Tonfall an: „Stellst du mir etwa nach?“

„Nein, natürlich nicht“, versuchte Ering seinen Freund zu besänftigen. „Ich gehöre nicht zu Drogos Gefolgschaft, sondern habe lediglich bemerkt, dass du dich aus dem Dormitorium geschlichen hast. Da habe ich mir Sorgen gemacht und wollte mich vergewissern, ob alles in Ordnung ist.“

„Heute scheinen sich ja alle um mich zu sorgen", zischte Faolán gereizt. Man ließ ihn noch nicht einmal auf dem Abort in Ruhe. „Wie nett von dir! Du solltest mir noch einen Strick um den Hals binden und mich wie einen Ziegenbock anpflocken! Dann wüsstet ihr immer, wo ich mich befinde und was ich so treibe."

Ering war es nicht gewohnt, von Faolán auf diese Weise angegangen zu werden und war daher sehr überrascht. „Entschuldige, dass ich mir Sorgen gemacht habe. Es ist mir nun einmal nicht entgangen, dass der Abt dich heute schon wieder zu sich gerufen hat. Dass ich mir darüber meine Gedanken mache, ist wohl nicht verwerflich."

„Was hat es schon zu bedeuten, wenn ich öfter vom Abt gerufen werde?"

„Nichts hat es zu bedeuten! Und jetzt beruhige dich wieder. Ich bin dir in freundschaftlicher Absicht gefolgt, glaube mir. Wenn nicht, kann ich auch wieder kehrt machen."

Als Faolán darauf nichts erwiderte, sprach Ering noch einmal die heutigen Geschehnisse an. „Was war der Grund für dieses Gespräch? Steckst du in Schwierigkeiten?"

Faolán blickte zu Boden und dachte kurz nach. Die anfängliche Anspannung fiel von ihm ab und sein Kopf wurde wieder klarer. „Entschuldige bitte mein Aufbrausen, Ering. Nein, ich stecke nicht in Schwierigkeiten. Zumindest noch nicht, soweit ich das beurteilen kann."

„Wie soll ich das verstehen? Entweder steckst du in Schwierigkeiten oder nicht. Oder hast du etwa vor, in welche zu geraten? Berichte doch einfach, was vorgefallen ist. Vielleicht kann ich dir eine Hilfe sein, mein Freund."

Faolán zögerte mit einer Antwort wie bereits bei Abt Degenar. Eine innere Stimme riet ihm, nicht zu viel zu verraten. Doch ebenso verspürte er auch den Impuls, sich jemandem anzuvertrauen. Wenn nicht Ering oder Konrad, wem sonst könnte er sich noch anvertrauen?

Nach kurzer Überlegung offenbarte Faolán seinem Freund alles. Er ließ nichts aus, weder die Geschichte mit den Wachen auf dem Markt, noch die Begegnung mit Svea. Ering erfuhr beinahe alles, sogar woher Faoláns nächtliche Ruhelosigkeit rührte. Nur eines erwähnte Faolán nicht: den Namen des Mädchens. Diesen wollte er ganz für sich behalten, wollte ihn hüten wie einen Schatz.

Als Faolán seine Schilderung beendete, fanden sich beide Novizen auf dem Boden wieder, den Rücken an eine angenehm kühle Steinwand gelehnt. Das Licht der Lampe war bereits erloschen, so lange hatte Faolán gesprochen. Er fühlte sich sehr erleichtert und er spürte, dass sich die Welt für ihn verändert hatte. Oder hatte sich nur sein Blick für die Dinge geändert?

Ering schwieg nachdenklich, was Faolán wiederum nicht ertragen konnte. „Was denkst du? Was hat das alles zu bedeuten?"

„Möglicherweise macht sich Bruder Ivo zurecht Sorgen um dich. Zumindest könnte die Situation für dich gefährlich werden."

„Jetzt fang du nicht auch noch damit an! Was kann denn an der ganzen Angelegenheit gefährlich werden? Dass ich ein Mädchen im Wald getroffen habe, wird wohl nicht die Grundfesten der Welt erschüttern."

„So würde ich das nicht sehen. Es kann durchaus die Grundfesten *deiner* Welt erschüttern, wenn es nicht bereits geschehen ist. Wenn ich mich nicht täusche, fühlst du dich bereits zu diesem Mädchen hingezogen – jetzt bleib' ganz ruhig und lass' es mich erklären."

Faolán setzte sich wieder, nachdem er bei Erings Behauptung aus Protest aufgesprungen war. Wie konnte man nur auf eine so aberwitzige Idee kommen, er könne sich zu einem fremden Mädchen hingezogen fühlen?

Ering fuhr indes fort: „Nach allem, was du berichtet hast und was ich in den Büchern unseres Klosters gelesen habe, würde ich deine Gefühle für dieses Mädchen als Zuneigung zum weiblichen Geschlecht bezeichnen. Im Allgemeinen nennt man diese Gefühle auch Liebe. Mir fehlt diesbezüglich natürlich einschlägige Erfahrung, um alles richtig verstehen zu können. Sollte es sich bei dir aber tatsächlich um diese Art der Liebe handeln, hast du als Novize ein beträchtliches Problem! Diese Liebe allein könnte sich bereits als Gefahr erweisen. Bei der Zuneigung eines Mannes zu einer Frau verhält es sich wohl so, dass der Mann alles dafür erbringen würde, um die Gunst der Angebeteten zu erlangen. Vieles in den Büchern deutet darauf hin. In diesem Falle wärest du am Ende sogar bereit, die Regula Benedicti zu missachten und alle Strafen auf dich zu nehmen, nur um dieses Mädchen wiedersehen zu können. Frage mich nicht, weshalb es sich so verhält, darüber schweigen die Schriften. Fakt ist, dass du durch eine solche Liebe deine Mönchsweihe gefährdest, vielleicht sogar mehr!"

„Und was ist, wenn ich ohnehin kein Mönch werden möchte?", antwortete Faolán trotzig. „Was kümmert mich da noch die Weihe?"

Ering wollte seinen Ohren nicht trauen. Seine Augen weiteten sich, als handele es sich bei dieser Bemerkung um die unmöglichste aller Vorstellungen. Dennoch blieb er ruhig, als er sprach. „Es besteht natürlich die Möglichkeit, sein Dasein außerhalb des Klosters zu bestreiten. Deinen Worten entnehme ich allerdings, dass du noch unschlüssig bist. Falls du unvorsichtig und übereifrig handelst, könntest du dir jedoch alle Wege in eine hoffnungsvolle Zukunft in diesem Kloster verbauen. Du hast hier einige Fürsprecher!"

„Und noch mehr Gegner!"

Ering nickte zustimmend. „Und trotzdem solltest du genau bedenken, was du tun wirst, ganz gleich wie deine Entscheidungen ausfallen werden."

„Ich tue nichts anderes mehr als bedenken, doch es hilft nicht weiter. Bedenke dies und bedenke jenes! Wie oft habe ich das heute schon zu hören bekommen! Ich drehe mich im Kreis bei all dem Nachdenken. Und um eine Entscheidung geht es mir im Augenblick auch gar nicht. Zwischen welchen Möglichkeiten soll ich mich denn entscheiden? Es gibt nur mein bisheriges Leben, das zur Wahl steht!“

„Jede kleine Entscheidung, kann dazu führen, dass du dein Leben in eine Bahn lenkst, die dich eines Tages vor eine viel schwerwiegendere Entscheidung stellt. Spätestens dann wirst du dich meiner Worte erinnern. Aber solange du noch keine Alternative zum jetzigen Weg siehst, würde ich diesen an deiner Stelle weitergehen, statt einen vagen Irrweg einzuschlagen. Vielleicht liegt deine Bestimmung ja doch hier im Kloster.“

„Du sprichst beinahe schon wie Bruder Ivo und Abt Degenar in einer Person! Wenn ich immer nur auf Sicherheit gesetzt hätte, so wäre ich schon lange Drogos Freund. Und bei dir verhält es sich ähnlich. Wenn du immer nur den sicheren Weg gewählt hättest, hättest du dich für Drogo entschieden, als die Wahl bestand!“

Der ernst gemeinte Kommentar rief zu Faoláns Überraschung bei Ering ein langsam anschwellendes Lachen hervor. Der versuchte erst jeden Laut zu unterdrücken, doch dadurch wurde der Lachreiz nur noch stärker. Schließlich prustete er los. Faolán wurde von der Heiterkeit angesteckt und begann ebenfalls vor sich hinzukichern. So saßen die beiden glucksend auf dem Steinboden und versuchten möglichst keinen Lärm zu machen, der sie am Ende noch verraten würde.

Als ihr Lachen langsam versiegte, wischte sich Faolán Tränen aus den Augenwinkeln. „Ich danke dir, Ering. Es hat gut getan, mit dir zu lachen. Ich weiß zwar noch immer nicht, wie ich die heutigen Erlebnisse deuten soll, doch ich bin froh, dass ich mich dir anvertrauen konnte.“

„Jederzeit wieder. Ist ein Freund nicht genau dazu da, selbst wenn er sich wie der Abt und der Cellerar in einer Person anhört?“

Faolán musste erneut lachen. Die beiden Freunde standen nun auf und machten sich auf den Rückweg zum Dormitorium. Kurz bevor sie sich trennten, um den Saal nicht gleichzeitig zu betreten, hielt Faolán Ering noch einmal zurück.

„Eines ist mir vorhin ganz klar geworden. So wie du zu mir gesprochen hast, habe ich zumindest für deine Zukunft keine Zweifel. Du wirst eines Tages mehr als nur ein einfacher Mönch in diesem Kloster sein. Vielleicht wirst du eines Tages sogar der Abt dieser heiligen Hallen sein.“

„Vielleicht ...“, gab Ering mit einem verschmitzten Lächeln zurück und in diesem Augenblick wurde Faolán bewusst, dass sein Freund weitaus höhere Ziele anstrebte als Abt zu werden. Faolán nickte wissend, und dann trennten sie sich endgültig, um sich wieder in die Ruhe des Dormitoriums zu begeben.

* * *

Die darauffolgenden Wochen schleppten sich zäh dahin, und Faolán konnte den nächsten Markttag kaum erwarten. Seine Pflichten ließen ihm zwar weder Zeit noch Raum für Tagträume, doch wenn er zum Nachdenken kam, befand sich immer nur Svea in seinem Kopf. Sie schien sich einen festen Platz in seinen Gedanken einzurichten.

Meist dachte Faolán nachts an sie, wenn er wach auf seinem Bett lag und gegen die Decke starrte. Das bescherte ihm zwar weniger Schlaf, doch er war machtlos dagegen. Deshalb war Faolán tagsüber oftmals so müde, dass er Drogo gegenüber unvorsichtiger wurde. So manches Mal lief er ihm in die Arme und war seiner Willkür ausgesetzt.

Nach einigen Tagen bemerkte auch Konrad, dass Faolán seinen Schutz mehr als sonst benötigte. Obwohl er nicht wie Ering in Faoláns Gedanken eingeweiht war, stand er seinem Freund dennoch treu zur Seite und akzeptierte Faoláns zunehmende Nachlässigkeit.

Faoláns größte Herausforderung bestand allerdings darin, tagtäglich unter Bruder Ivos Aufsicht weiterhin seinen Pflichten nachzukommen. Denn der Cellerar beobachtete ihn genauer als zuvor. Aber nicht, um Faoláns Tätigkeit zu kontrollieren, sondern um sich nach dessen Wohlbefinden zu erkundigen. Faolán versuchte der übermäßigen Aufmerksamkeit des Kellermeisters mit zunehmender Gelassenheit zu begegnen. Das fiel ihm mit dem stetigen Blick des Mönches im Nacken allerdings nicht leicht, und die Zeit bis zum nächsten Markttag verging deshalb noch schleppender.

Insgeheim wusste Faolán, dass er nur ungeduldig war, weil er Svea wiedersehen wollte. Er machte sich in dieser Hinsicht inzwischen nichts mehr vor, obwohl er es kurz nach ihrer ersten Begegnung noch zu leugnen versucht hatte. Zwei Wochen waren inzwischen vergangen. Dass er diese Vorfreude auf Svea anfangs noch zu unterdrücken versucht hatte, erschien ihm jetzt wie eine Dummheit.

Heute war endlich wieder Markttag. Faolán hatte alle Vorbereitungen für die Fahrt nach Neustatt getroffen. Der Wagen war beladen, die Güter gesichert und das Pferd bereits angespannt. Nur der Kellermeister fehlte noch, damit die Fahrt endlich beginnen konnte.

Kurze Zeit später kam der Cellerar in Begleitung des Abtes über den Klosterhof. Das war nichts außergewöhnliches, schließlich hatte der Abt bisher jede Marktfahrt gesegnet. Heute allerdings missfiel Faolán Degenars Anwesenheit. Mit einem Mal misstraute er diesen beiden Freunden, die scheinbar tuschelnd daherkamen. Keiner der beiden Benediktiner hatte ihm etwas angetan, und doch stieg in ihm ein ungekannter Groll gegen sie empor.

Seit der letzten Unterredung hatte der Abt kein Wort mit Faolán gewechselt, geschweige denn ihn zu sich gerufen. Der Novize wusste nicht, ob er das als ein gutes oder ein schlechtes Zeichen werten sollte. Das Gespräch der beiden Männer erstarb schlagartig, als sie in die Nähe des Wagens kamen. Sie scheuten sich, Faolán direkt anzusehen. Wortlos bestieg Bruder Ivo den Wagen, der Abt erteilte seinen Segen und die Fahrt begann.

Die Stimmung zwischen dem Cellerar und seinem Gehilfen war unterkühlt. Faolán wusste nicht, weshalb der Cellerar sich heute so anders verhielt, er bemerkte nur, dass es seine Vorfreude auf Svea trübte. Seine Hoffnung, der Tag könne sich auf dem Weg nach Neustatt noch zu einem normalen Markttag wandeln, erfüllte sich leider nicht. Bruder Ivo schwieg die meiste Zeit und wenn er sprach, dann nur in knappen Sätzen. Der Novize fragte sich, ob dies eine Art Bestrafung sein sollte.

Selbst in Neustatt änderte sich die düstere Stimmung nicht, denn dort ging es heute sehr träge zu. Es waren deutlich weniger Händler und Marktgänger zugegen als beim letzten Mal. Die größte Enttäuschung war allerdings, dass Faolán Svea nicht zu Gesicht bekam. Obwohl er stetig nach ihr Ausschau hielt, sah er sie nicht ein einziges Mal. Je weiter der Tag voranschritt, umso schlechter wurde seine Laune. Lustlos bediente er einige Käufer, wobei er durch seine Nachlässigkeit beinahe übervorteilt worden wäre.

Bruder Ivo behielt seinen Gehilfen im Auge und verhinderte Schaden. Als er die Übellaunigkeit des Jungen nicht mehr mit ansehen konnte, schickte er ihn in die Menge, damit er auf andere Gedanken käme. Doch so gut es der Mönch auch gemeint hatte, es half nicht viel. Weder traf Faolán auf Svea, noch fand er eine Ablenkung von seinen düsteren Gedanken.

Als er schließlich zum Klosterstand zurückkam, war der Kellermeister bereits damit beschäftigt, den Wagen zu beladen. Mit einem schlechten Gewissen, weil er so lange weggeblieben war, packte Faolán sogleich mit an. Bruder Ivo wirkte indes wie ausgewechselt. Er plauderte vor sich hin, als habe er heute zahlreiche gute Geschäfte abgeschlossen, obwohl genau das Gegenteil der Fall war. Er erteilte auch keine Rüge wegen Faoláns langer Abwesenheit. Dem Gehilfen sollte es recht sein, denn die plötzliche Redseligkeit war ihm wesentlich lieber als das unterkühlte Schweigen des Vormittags. Deshalb hob sich, trotz seiner Enttäuschung über Sveas Ausbleiben, seine Laune zusehends.

Nachdem der Wagen beladen und das Tuch des Vordaches verstaut war, bahnten sie sich ihren Weg aus der Stadt. Schnell ließen sie die Häuser Neustatts hinter sich und die Ruhe des Waldes hieß sie willkommen. Faolán verfiel wieder in trübe Gedanken und versuchte sich mit seiner Enttäuschung abzufinden. Doch es fiel ihm nicht leicht, denn er verspürte eine seltsame Schwere in seiner Brust.

Plötzlich gab es einen kräftigen Ruck und Faolán wurde aus seinen Gedanken gerissen wie aus einem tiefen Schlaf. Der Cellerar hatte den Wagen zum Stehen gebracht. Der Novize schaute sich um und erkannte sofort die Stelle, wo sie vor zwei Wochen schon einmal gehalten hatten. Bruder Ivo kramte im Wagen, während er zu ihm sprach: „Würdest du bitte unsere Wasservorräte auffüllen? Ich habe es in der Stadt völlig vergessen."

Ungläubig starrte Faolán den Mönch an, als traue er seinen Ohren nicht. Vor zwei Wochen erst hatte der Cellerar noch eine Predigt über mögliche Gefahren an diesem Tümpel gehalten und jetzt bat er seinen Gehilfen genau dorthin zu gehen! Was war nur in ihn gefahren?

„Nun geh schon", verlieh Ivo seiner Aufforderung Nachdruck, als Faolán sich nicht rührte. „Du kennst den Weg und weißt genau, was zu tun ist. Leer mitnehmen, voll wiederbringen. Ganz einfach."

Skeptisch nahm Faolán die beiden Wasserschläuche entgegen und stieg langsam vom Wagen. Noch einmal wandte er sich nach Bruder Ivo um und sah ihn mit einem auffällig breiten Grinsen ihm nachblicken. Irgendetwas musste der Mönch im Schilde führen, doch Faolán hatte nicht die leiseste Ahnung, was es sein könnte. Aufgeregt lief er los und nur einen Augenblick später hatte ihn das Unterholz verschlungen. Bald war er auf dem schmalen Pfad zur Lichtung unterwegs und sein Herz schlug immer schneller.

Am Rande der Lichtung angekommen, hielt sich Faolán zunächst im Blattwerk verborgen. Nichts regte sich im Wasser, die Oberfläche war beinahe glatt und ungestört. Einzig ein paar Libellen flogen am Ufer entlang.

Faolán hatte hier auf Svea gehofft, doch er war allein. Erneut breitete sich Enttäuschung in ihm aus. Sein sehnlichster Wunsch blieb ihm heute wohl verwehrt. Traurig schaute er auf die Wasserschläuche, dann wieder auf das Wasser. Langsam ließ er noch einmal seinen Blick über die Lichtung schweifen, doch es rührte sich nichts. Er war versucht, Sveas Namen zu rufen, doch er tat es nicht. Er wollte ihn nicht einmal den Bäumen anvertrauen.

Niedergeschlagen füllte Faolán schließlich die Tierhäute an der Quelle, blickte sich ein letztes Mal hoffnungsvoll um, und machte sich dann auf den Rückweg. Bei jedem Schritt, den er sich vom Tümpel entfernte, glaubte er seinen Namen zu hören, von einer Mädchenstimme gerufen. Oder waren da Schritte hinter ihm, die ihn einzuholen versuchten?

Einige Male drehte sich der Novize um, doch er sah niemanden. Das Rauschen der Bäume im Wind hielt ihn zum Narren, als wollten sie ihn für sein Misstrauen bestrafen.

Als er zum Wagen kam, fütterte Bruder Ivo dem Pferd gerade eine Rübe. Er hatte nicht erwartet, seinen Gehilfen so bald wiederzusehen. Wortlos bestieg Faolán den Wagen und der Mönch ahnte, was geschehen war. Er war sensibel genug, die Enttäuschung des Jungen und ihre Ursache nicht zur Sprache zu bringen, stieg ebenfalls auf den Wagen und trieb das Pferd an.

Die weitere Rückreise verlief schweigsam und bedrückt. Der Kellermeister versuchte mit einigen belanglosen Kommentaren die Stimmung zu heben, doch Faolán antwortete nicht.

Plötzlich wurde es einige Ellen vor dem Pferd unruhig. Im Unterholz bewegte sich etwas, als kämpfe jemand gegen das Strauchwerk an. Bruder Ivo zügelte das nervöse Pferd und beschwichtigte es mit ein paar Worten. Kaum war der Wagen zum Stehen gekommen, erschien mit einem Satz eine zierliche Gestalt auf dem Weg.

Gekleidet in graues Leinen, mit einem Messer am ledernen Gürtel und einer Tasche über den Schultern, kam die Person zielstrebig auf den Wagen zu, als habe sie auf diese Begegnung gewartet. Bruder Ivo beäugte sie argwöhnisch.

Faolán hingegen fühlte, wie sich seine eben noch so trostlos schlaffen Gesichtszüge zu einem breiten Grinsen wandelten. Er hatte das vor ihnen stehende Mädchen mit dem roten Haupthaar und dem verschmitzten, kessen Lächeln erkannt. Schließlich hatte er es in den vergangenen beiden Wochen unzählige Male im Geiste gesehen. Es war Svea! Die beiden Klosterangehörigen verharrten regungslos, jeder auf seine Weise gespannt.

Das Mädchen blieb neben dem Pferd stehen und packte es am Zaumzeug. Das Tier senkte den Kopf und lies sich hinter den Ohren kraulen, während es mit der Schnauze an Sveas Tasche zu knabbern begann. Das Mädchen zog eine Frucht aus ihrem Beutel und gab sie dem Gaul zu fressen.

Während das Pferd abgelenkt war, griff Svea erneut in ihre Tasche und richtete dabei einen reuevollen Blick auf den Mönch. Faolán konnte nicht sagen, ob diese Reue ehrlich gemeint oder nur aufgesetzt war. Zumindest verfehlte der Blick seine Wirkung nicht. Dann brach Svea die angespannte Stille.

„Ehrwürdiger Mönch, ich habe Eure Fahrt unterbrochen, weil ich Euch noch etwas schuldig bin.“

Bruder Ivo verstand kein Wort. Dann zog Svea ihre Hand aus der Tasche und warf dem Kellermeister etwas zu. Geschickt fing er es auf und betrachtete verdutzt einen Apfel in seiner Hand.

„Vor einigen Wochen habe ich Euch einen Apfel auf dem Markt entwendet, da mich der Hunger quälte und ich nichts als Gegenwert anzubieten hatte. Ich wollte ihn nicht stehlen, sondern nur borgen. Seht diesen Apfel als Wiedergutmachung meiner Tat an.“

Der Benediktiner nickte nur kurz, erwiderte jedoch nichts, als habe es ihm die Sprache verschlagen. Die vermeintliche Diebin verstand das Schweigen als Zeichen der Zustimmung und trat dann mit wenigen Schritten an Faoláns Wagenseite. Erneut fuhr ihre Hand in den Beutel und brachte diesmal eine kleine, orangefarbene Blume hervor, die sie Faolán reichte. Der Novize verstand nicht, was das zu bedeuten hatte. Stumm nahm er die Blüte entgegen und betrachtete sie. Er öffnete seinen Mund um etwas zu sagen, doch wie der Mönch war auch er unfähig zu sprechen.

Svea half ihm aus der Verlegenheit. „Lass den Kopf nicht hängen, kleiner Novize. Es wird ein nächstes Mal geben, das verspreche ich dir."

Während Faolán überlegte, was die Worte im Zusammenhang mit der Blume zu bedeuten hatten, holte das Mädchen eine zweite, identische Blume aus ihrem Beutel und steckte sie hinter ihr Ohr. Wie selbstverständlich lag sie da in dem roten Haar eingebettet. Mit offenem Mund starrte Faolán sie an.

Svea schmunzelte vergnügt und sein Mund schloss sich langsam. Auf ihre ganz spezielle Art neigte sie ihren Kopf, blinzelte Faolán zu und wandte sich zum Gehen. Nach einigen Schritten blickte sie sich noch einmal um, hob kurz ihre Hand zum Gruß und verschwand genauso plötzlich im Unterholz wie sie aufgetaucht war.

Faolán gab ein leises, beinahe nicht zu vernehmendes „Warte ..." von sich, doch es war bereits zu spät. Svea war verschwunden und nur noch das sachte Wiegen der Äste zeugte von ihrem kurzen Auftreten. Ein Lächeln breitete sich auf seinem Gesicht aus, als er sich der Blume in seiner Hand bewusst wurde. Sie war ein Geschenk, bemerkte er schließlich. Das erste, das er jemals bekommen hatte.

Beglückt schaute er zu Bruder Ivo hinüber, der ihn forschend anblickte. Er war auf alles gefasst, was der Kellermeister jetzt sagen würde. Und Faolán rechnete mit dem Schlimmsten, denn der Cellerar war alles andere als schwer von Begriff. Wenn er seinen Verstand nur etwas bemühte, würde er sich jetzt einiges erklären können.

Erstaunlicherweise sagte der Mönch aber gar nichts. Dann begann er plötzlich herzhaft zu lachen. Behänd warf er den Apfel in die Luft, fing ihn wieder auf und biss hinein. Während er genüsslich kaute, schüttelte er ungläubig den Kopf und sprach leise zu sich. „Und ich hatte sie die ganze Zeit für einen Jungen gehalten, ich alter, blinder Narr! Früher wäre mir das nicht passiert ..."

Erneut lachte er auf, trieb das Zugpferd zur Weiterfahrt an und biss noch einmal vom Apfel ab. „Das Beste an der ganzen Sache ist, dass dieser Apfel noch viel süßer schmeckt als unsere eigenen. Möchtest du kosten?"

Faolán lehnte das Angebot mit einem Kopfschütteln ab, doch er teilte die Freude des Mönches. Genüsslich aß der Benediktiner weiter und sprach zugleich: „Glaube mir, Faolán, ich weiß genau was in dir vorgeht."

Faolán hätte nicht überraschter sein können, denn er verstand selbst nicht, was in ihm vorging. Wie konnte es da der Kellermeister wissen, der Svea noch nicht einmal kannte? Dennoch fuhr Ivo fort: „Frage mich jetzt nicht, woher ich das weiß.

Ich kann dir nur so viel verraten, dass ich am eigenen Leib erfahren habe, was du gerade durchlebst. Daher kenne ich deine Gefühle sehr gut. Wenn du gestattest, würde ich dir gerne einen Ratschlag geben."

Faolán war erstaunt, dass der Mönch mit einem Mal so einfühlsam über dieses Thema sprach und einen Rat sogar von seiner Zustimmung abhängig machte. Vor zwei Wochen erst hatte er über das Weibsvolk gescholten, als würde man allein durch ihre bloße Gegenwart in die ewige Verdammnis stürzen. Welche Geheimnisse barg der Kellermeister in sich? Neugierig nickte Faolán, um mehr darüber zu erfahren, und der Cellerar suchte vorsichtig nach den passenden Worten.

„Möglicherweise bist du von selbst schon zu der Erkenntnis gelangt, dass man deine verwirrenden Gefühle zu dem Mädchen Liebe nennt. Diese Liebe ist allerdings eine völlig andere als die Nächstenliebe, wie sie uns die Bibel lehrt. Sie ist auch anders als die Liebe zu unserem Herrn Jesus Christus. Die Art der Zuneigung wie du sie empfindest, ist aber genauso von Gott gegeben. Es gibt sie nur zwischen Mann und Frau. Nun ja, zumindest sollte es so sein, aber auch hier gibt es Ausnahmen ..."

Der Cellerar bemerkte, dass er abschweifte, räusperte sich und fuhr fort: „Nun zu meinem Rat: Halte diese Gefühle für das Mädchen geheim! Erwähne sie vor niemandem, dem du nicht voll vertraust."

Fragend hob Faolán die Augenbrauen und Bruder Ivo sprach weiter.

„Es könnte problematisch für dich werden, wenn das Wissen um deine Gefühle in die falschen Hände gerät. Man könnte sie gegen dich verwenden und dann ihr wie auch dir Schaden zufügen."

„Merkwürdig, den gleichen Rat hat mir Ering schon gegeben. Ich verstehe allerdings nicht, wie diese, von Gott gegebene Liebe, gefährlich werden kann?"

„Du hast dich also schon jemanden anvertraut? Gut! Es ist wichtig, dass du einen Freund hast, dem du dein Geheimnis preisgeben kannst. Doch du hast nicht nur einen Freund. Auch Konrad sollte dein Vertrauen in dieser Hinsicht genießen. Er wird das Geheimnis mit Sicherheit ebenfalls für sich behalten. Doch halte dein Geheimnis auf diesen engen Kreis beschränkt. Je mehr davon wissen, umso gefährlicher ist es."

„Von welcher Gefahr sprecht Ihr immer? Meint Ihr, dass Drogo einen weiteren Grund bekommen könnte, über mich herzufallen? Damit werde ich schon fertig! Es wäre nicht die erste Häme und Prügel, die ich einstecken müsste."

„Ich weiß sehr wohl, dass du damit zurechtkommst, unter anderem auch mit Hilfe deiner beiden Freunde. Doch glaube mir, der Kreis deiner Gegenspieler ist weitaus größer und einflussreicher, als du dir im Augenblick vorstellen kannst. Er beschränkt sich keineswegs nur auf Drogo und dessen Freunde."

Jetzt verstand Faolán überhaupt nichts mehr. Welche Gegenspieler sollte er als kleiner, unscheinbarer Novize außer diesem aufgeblasenen Grafensohn denn noch haben?

Bruder Ivo lieferte unaufgefordert die Antwort.

„Es ist schwer zu erklären, warum es sich so verhält. Aber eines solltest du wissen: Es gibt im Kloster einige Mönche, die meine und des Abtes Fürsorge um dich noch nie befürwortet haben. Ich will hier nur den Namen Walram erwähnen und du wirst verstehen, was ich meine.“

Plötzlich erinnerte sich Faolán wieder an Prior Walrams brutale Züchtigungen nach dem berüchtigten Vorfall im Skriptorium. Jetzt begriff er, dass die Strafe damals nicht nur gegen ihn, sondern auch gegen den Abt und den Cellerar gerichtet war. Walram war ein Gegner des Abtes, das wusste Faolán schon lange. Doch niemals zuvor hatte er geglaubt, dass Begünstigte des Abtes dadurch den Prior ebenfalls zum Gegner haben würden.

„Es gibt auch Menschen außerhalb des Klosters, die das Wissen um das Mädchen gegen dich nutzen könnten. Selbst wenn sie dieses Wissen nicht sofort gegen dich verwenden könnten, würden sie geduldig auf eine Gelegenheit warten. Je härter dich ihr Schlag trifft, umso mehr werden sie jubeln. Wer diese Personen sind und warum sie so handeln würden, kann ich dir im Augenblick nicht erklären. Eines Tages allerdings, wenn der Zeitpunkt gekommen ist, wirst du alles erfahren und begreifen.“

Faolán verstand zwar kein Wort des Cellerars, doch er nahm sich vor, den Ratschlag des Mönches zu befolgen. Er nickte zustimmend und der Cellerar war sichtlich erleichtert. Ein zufriedenes Lächeln zeigte sich wieder auf Ivos Lippen. „Ein Mädchen war es also die ganze Zeit. Ich Narr, ha!“

Noch einmal erklang sein herzhaftes Lachen im sonst so stillen Wald, während sich der Wagen unaufhaltsam weiter von der Stätte dieser außergewöhnlichen Begegnung entfernte.

„Willst du mir nicht ihren Namen verraten?“, fragte der Kellermeister ganz beiläufig. Faolán schwieg. Nein! Er würde ihren Namen nicht preisgeben. Weder Bruder Ivo, noch seinen Freunden würde er ihn nennen. Es sollte sein Geheimnis bleiben, das er mit niemandem teilen wollte.

Der Wagen holperte weiter über Steine und Wurzeln. Noch einmal blickte Faolán zurück, sah in der Ferne die Stelle, wo Svea gestanden hatte. War es tatsächlich Liebe, die er für sie empfand? Oder war es nur eine besondere Freundschaft, die beide miteinander verband? Er wusste es nicht. Nur eines war ihm klar: Was immer es auch sein mochte, es war zumindest etwas Besonderes und Einzigartiges. Alles andere interessierte ihn im Augenblick nicht.

Auf der Innenseite der trüben Fensterscheiben hatten sich Eisblumen gebildet, während draußen stetiger Schneefall die Umgebung in ein sanftes Weiß hüllte. Faolán konnte die Landschaft durch das vereiste Glas nur erahnen, welches selbst bei guter Witterung nicht durchsichtig, sondern gräulich wie dünnes Pergament schimmerte.

Mit kalten Fingern rieb der Novize eine kleine Stelle vom Eise frei, wie er es schon mehrere Male getan hatte, und starrte durch die trübe Scheibe, ohne etwas erkennen zu können. Es war zwecklos, denn in den kalten Gebäuden des Klosters schlug sich die Feuchtigkeit seines warmen Atems sogleich auf der eisigen Glasfläche nieder und überzogen sie erneut mit Frost. Doch Faolán musste auch nicht hinter die Scheiben blicken, denn in seiner Erinnerung fand er sich in den sommerlichen Wäldern jenseits der Klostermauern wieder.

So saß er, mit einem Buch auf dem Schoß, auf einer der Bänke des Lehrsaales und gab vor zu lesen, wie es alle Novizen aufgetragen bekommen hatten. Mit einem frostig-blauen Finger fuhr er langsam die Zeilen entlang, ohne seine Augen folgen zu lassen. Es war Faolán unmöglich, sich auf die Worte zu konzentrieren. Er vergaß sogar die Kälte, die sich in seinen Gliedmaßen festgesetzt hatte, denn seine Gedanken weilten im Sommer und Herbst des vergangenen Jahres, lange vor dem frühen Wintereinbruch im November. Immer wieder durchlebte er die sonnigen Nachmittage, die er gemeinsam mit Svea verbracht hatte. Wie sehr er sich nach ihr sehnte!

Das war eine ganz neue Erfahrung für ihn, jemanden zu vermissen. Wenn er daran dachte, wie lange er Svea nicht gesehen hatte und wie lange es bis zu einem Wiedersehen wohl noch dauern mochte, konnte der Frühling nicht schnell genug kommen. Es war ein merkwürdiges Verlangen, das er verspürte.

Inzwischen leugnete Faolán nicht mehr, dass er für dieses außergewöhnliche Mädchen mehr als nur Freundschaft empfand – er hatte Svea regelrecht in sein Herz geschlossen. Sein Freund Ering hatte es von Beginn an richtig gedeutet und Faolán hatte nichts dagegen unternehmen können. Er wollte es auch gar nicht, denn im Grunde genoss er dieses Gefühl. Lediglich die gegenwärtige Einsamkeit quälte ihn. Doch das bestärkte wiederum Faoláns Auffassung, dass seine Gefühle für Svea rein und tiefgründig waren und nicht nur eine vorübergehende Laune.

Was so harmlos mit ein paar Blickkontakten auf dem Markt begonnen hatte, entwickelte sich schon bald zu regelmäßigen Treffen. Um diese zu ermöglichen, unterbrach Bruder Ivo nach jedem Markt die Rückfahrt, und zwar genau dort, wo der Pfad zum verborgenen Tümpel führte. Viele Nachmittage verbrachten Faolán und Svea am versteckten Weiher, wo sie sich lange unterhielten. Diese Gespräche waren zu Faoláns Überraschung viel mannigfaltiger als jene im Kloster, ja nahezu unbegrenzt, und der Novize erhielt Einblicke in das vielseitige Leben außerhalb der Bruderschaft.

Obwohl Svea gerade in Hinsicht auf die Abtei anders dachte als Faolán, wurde sein Glaube dadurch weder erschüttert, noch wollte er dem Kloster und seinem bisherigen Leben entsagen. Allerdings erkannte der Novize, dass ein Leben außerhalb der Abtei von weitaus größeren Nöten als dem eigenen Seelenheil bestimmt wurde. Für viele war es ein Kampf um das bloße Überleben. Den trugen die meisten Menschen Tag um Tag, Jahr um Jahr aufs Neue aus, und es war niemals gewiss, wer bei diesem Ringen die Oberhand behalten würde. Während Mönche in einer großen und starken Gemeinschaft lebten, waren die Menschen außerhalb der Abtei meist auf sich allein gestellt.

Durch die Gespräche erfuhr Faolán auch viel über Svea. Nie hätte er geglaubt, jemals so viel über einen Menschen erfahren zu können oder zu wollen, wie über sie. Inzwischen wusste er, dass sie die einzige Tochter eines armen Bauern aus Neustatt war, jedoch nicht mehr bei ihm lebte. Ihre Mutter war kurz nach ihrer Geburt gestorben und über das zweite Eheweib ihres Vaters verlor das Mädchen kaum ein Wort. Den Grund, weshalb Svea nicht mehr bei ihrer Familie lebte, obwohl sie oft von ihren Brüdern erzählte, verschwieg sie, selbst als Faolán danach fragte.

Dass sie schon seit einigen Jahren bei einer Kräuterkundigen namens Alveradis lebte, die irgendwo in den Wäldern zwischen Neustatt und dem Kloster hauste, schien für sie ganz normal zu sein. Ebenso normal schien es, dass die Weise Frau das Mädchen in ihr Wissen einweihte, beinahe in gleicher Weise wie Faolán von den Mönchen unterrichtet wurde.

Svea besaß gute Kenntnisse über Pflanzen und Tiere, ganz gleich ob Baum oder Blume, Käfer oder Fuchs. Sie wusste Dinge, von denen Faolán noch nie etwas gehört hatte, denn diese waren mit der christlichen Lehre alles andere als vereinbar. Darüber hinaus wurde Svea von Alveradis auch noch in anderen Bereichen unterwiesen, die weit über Faoláns Verständnis hinausgingen. Die wilde Frau hatte als erste bemerkt, dass Svea die besondere Gabe des Gesichts besaß.

Faolán hatte das Mädchen früh auf diese Fähigkeit angesprochen und gefragt, ob sie in die Zukunft blicken könne. Zu seiner Verwunderung sprach Svea zu Beginn nur sehr wenig darüber. Sie besaß eine Gabe, die sie oft selbst nicht so recht verstand und die sie anfangs auch geängstigt hatte. Doch einfach in die Zukunft zu blicken, das vermochte sie nicht.

Alveradis war jedoch sehend, wie Svea es nannte. Sie besaß die Fähigkeit, Dinge wahrzunehmen, die den meisten Menschen verborgen blieben. Dadurch konnte sie Svea helfen mit mit ihrer besonderen Begabung umzugehen, sie richtig anzuwenden und die Bilder ihrer Eingebungen zu deuten. Darin lag nämlich die größte Schwierigkeit und Herausforderung. Allerdings erhielt die Schülerin bislang nur wenige Eindrücke aus der anderen Welt, wie sie es nannte, und diese kamen meist spontan, ohne dass sie dies beeinflussen konnte. Bilder tauchten dann unerwartet vor ihrem geistigen Auge auf, begleitet von starken Empfindungen, die sie als wichtige Begebenheiten für bestimmte Menschen deutete.

Svea lernte von Alveradis auch, ihr besonderes Können vor anderen Menschen zu verbergen. Die Kräuterfrau war davon überzeugt, dass derartige Fähigkeiten für ihren Besitzer schnell zum Verhängnis werden konnten, sollten sich andere davor fürchten. Alveradis sorgte sich um ihre Schülerin wie eine Mutter. Gegen den Rat ihrer Mentorin vertraute das Mädchen Faolán mit der Zeit einiges über ihre Gabe an. Unter anderem auch, dass sie niemals sicher sein konnte, ob ihre Deutung des Gesehenen auch der Wahrheit entsprach. Was bedeutete es zum Beispiel, wenn das Haupt eines Mannes plötzlich von einem silbernen Schein umgeben war? Sie wusste es nicht und Faoláns Gedanke, dieser Mensch könnte ein zukünftiger Heiliger sein, tat er selbst schnell als Unfug ab. Manchmal waren es Gegenstände, die Svea sah, manchmal auch nur fremde Gefühle, die sie überkamen. Faolán begriff allmählich, dass diese Fähigkeit keine leichte Bürde war.

Einige Male wollte der Novize wissen, ob Svea auch bei ihm etwas Ungewöhnliches sehen oder wahrnehmen konnte, doch er wagte nicht danach zu fragen. Seine Furcht vor einer schlechten Nachricht war viel zu groß, und so schwieg er lieber. Er würde warten, bis Svea ihn von selbst darauf ansprach. Doch sie tat es nicht und so glaubte er, dass es bei ihm schlichtweg nichts Außergewöhnliches wahrzunehmen gab.

Faolán genoss jeden Augenblick mit Svea, ohne sich Gedanken darüber zu machen, was alles passieren könnte. Um sich Sorgen zu machen waren die kurzen Momente am verborgenen Tümpel viel zu kostbar. Der Novize gab sich ganz diesen Augenblicken hin, ließ sich vom Rauschen des Windes in den Wipfeln der Bäume treiben und tat, wonach ihm gerade der Sinn stand.

Aus diesem Grunde fand er sich eines Nachmittags mitten im Weiher wieder, wo Svea ihm das Schwimmen beizubringen versuchte. Das war ein großes Planschen und Rudern mit Armen und Beinen und Faolán fürchtete anfangs zu ertrinken. Svea hingegen war eine geduldige Lehrerin und mit jedem weiteren Treffen verbesserten sich Faoláns Schwimmkünste. Schon nach kurzer Zeit konnte er sich allein frei im Wasser bewegen, wenn es auch nicht elegant aussah. Ab diesem Zeitpunkt half Svea ihm allerdings nicht mehr, sich über Wasser zu halten und schon bald vermisste der Novize die zarten, lehrenden Berührungen ihrer Arme und Hände.

Wenn Faolán nach einem solchen Treffen wieder zum Klosterwagen zurückkehrte, plagte ihn oft das schlechte Gewissen, etwas Verbotenes getan zu haben.

Bruder Ivo hingegen ignorierte die nassen Haare seines Gehilfen und Faolán war erleichtert, dass er deshalb nicht nach Ausflüchten suchen musste. Der Cellerar erwies sich ohnehin als sehr tolerant. Weder fragte er, was Faolán im Wald trieb, noch drängte er ihn zu einer schnellen Rückkehr zum Wagen. Stets wartete der Mönch geduldig, bis sein Gehilfe wieder auftauchte. Er vertraute dem Novizen in seinem Handeln voll und ganz. Faolán kannte die Beweggründe für dieses Vertrauen nicht. Sie waren ihm auch egal, solange der Cellerar seine Haltung beibehielt.

Der Sommer verging auf diese Weise schnell. Ein sonniger und warmer Herbst folgte, doch er hielt nicht so lange an, wie Faolán es sich erhoffte. Kurz nach der Erntezeit wurde es bereits so kalt, dass es im November tagsüber dauerhaft regnete und sich des Nachts Frost über das Land legte. Fahrten zum Markt wurden in Hoffnung auf besseres Wetter immer wieder verschoben. Am Ende blieb dieser letzte Markttag des Jahres jedoch ganz aus. Die Trennung von Svea erfolgte dadurch so plötzlich, dass Faolán es bedauerte, sich nicht richtig von ihr verabschiedet zu haben.

Daher hoffte der Novize, dass der frühe Frost auch einen baldigen Frühling zur Folge hätte. Diese Hoffnung zerschlug sich allerdings, als nicht einmal im März Besserung eintrat. Inzwischen war es Ende April und es fiel noch immer Schnee vom Himmel, in dem es einen endlosen Vorrat davon zu geben schien. Faolán blieb nichts anderes übrig, als hinter der trüben Scheibe sitzend den Herrn zu bitten, den Schnee doch wenigstens in Wasser zu wandeln. Ein halbes Jahr war nun seit dem letzten Treffen mit Svea vergangen. Selbst wenn er sich anstrengte, hatte der Novize inzwischen Mühe, sich ihr Gesicht genau vorzustellen.

In seiner Verzweiflung hatte er während des Winters dem Cellerar oft angeboten, die dringend notwendigen Besorgungen in Neustatt zu erledigen. Bruder Ivo hatte jedoch stets abgelehnt. Es sei zu gefährlich für einen jungen Novizen bei diesem Wetter allein durch den Wald zu ziehen, selbst zu Pferd. Nicht nur hungrige Raubtiere wären auf der Suche nach Beute, sondern auch die Geächteten, die im Wald hausten. In Faoláns Augen waren das nur schwache Ausreden, denn seine Sehnsucht nach Svea schien viel stärker zu sein als alle drohenden Gefahren zusammen. Allein die Ungewissheit, ob er Svea in Neustatt überhaupt antreffen würde, hielt ihn von dem Wagnis ab, das Kloster auf eigene Faust zu verlassen.

Faolán träumte vor sich hin und starrte durch die milchige Scheibe. Als er sich seiner geistigen Abwesenheit bewusst wurde, senkte er sein Haupt, um in seinem Schriftstück weiter zu lesen. In diesem Augenblick bemerkte er Bruder Notger neben sich. Die plötzliche Nähe des Mönchs ließ Faolán zusammenzucken. Wie lange der Gelehrte dort schon gestanden haben mochte, wusste Faolán nicht. Er wusste nur, dass der Bibliothekar es nicht in guter Absicht tat. Seit der Freveltat des Novizen war der Mönch alles andere als gut auf ihn zu sprechen.

Bruder Notger ergriff sogleich in übertrieben höflichem Tonfall das Wort: „Hat sich unser ehrwürdiger Novize Faolán wieder einmal dazu herabgelassen, eine Zeile zu studieren? Oder steht ihm der Sinn nach anderen Dingen? Scheinbar fliegen ihm die Worte der Schriften einfach so in den Kopf, ohne auch nur einen Blick darauf zu werfen. Ein wahres Wunderkind des Herrn, könnte man meinen."

Faolán vernahm das unterdrückte Prusten und Kichern der anderen Novizen. Er sah Drogos breites, triumphales Grinsen, einige Bänke weiter hinten. Offensichtlich hatte er den Mönch auf die geistige Abwesenheit des Novizen aufmerksam gemacht.

Schnell suchte Faolán nach einer plausiblen Erklärung, um die unausweichliche Strafe zumindest etwas zu mildern. „Ich habe mir nur Gedanken über das Gelesene gemacht, ehrwürdiger Bruder."

„In der Tat?", fragte der Bibliothekar zweifelnd. „Dann dürfte es dir ja keine Schwierigkeiten bereiten, mir den Inhalt des letzten Absatzes wiederzugeben. Deine eloquenten Überlegungen interessieren mich über alle Maßen."

Faolán konnte aber beim besten Willen nicht einmal den letzten Absatz rezitieren. Noch bevor er eine Antwort parat hatte, riss Bruder Notger ihm das Buch aus der Hand. Der Novize schwieg, was allemal besser war als sich auch noch in Lügen zu verstricken. Um seinen Zorn gegen Drogo und seine eigene Leichtfertigkeit zu verbergen, hielt er den Blick gesenkt und versuchte, einen möglichst demütigen Eindruck zu erwecken.

„Dachte ich es mir doch", triumphierte der Mönch vor allen Novizen, die ihre Schriften vergessen hatten und ihr Augenmerk nun einzig auf Faolán gerichtet hielten. „Mach dir keine Mühe, dich zu erklären. Das kannst du gleich vor Prior Walram tun. Entferne dich und suche ihn augenblicklich für eine Strafe auf!"

Ohne ein weiteres Wort machte sich Faolán auf den Weg. Nachdem er die Tür hinter sich geschlossen hatte, schritt er über das noch unberührte Weiß des Klosterhofs durch den steten, dichten Schneefall, direkt zur Kammer des Priors, wo er mit schneebedeckten Schultern und Haupt eintraf. Im Gegensatz zum Lehrsaal des Skriptoriums war es in Walrams Gemach bei weitem nicht so kalt, denn der Prior machte oft von dem Privileg seines Amtes Gebrauch und ließ sich einen Feuertopf mit wärmender Glut aus dem Kochhaus bringen. Faolán beschlich ein mulmiges Gefühl als er darauf wartete, dass der Prior ihn ansprach. Er konnte sich noch gut daran erinnern, als ihn Bruder Notger nach dem Zwischenfall im Skriptorium hierher gebracht hatte. Seit jener Erfahrung mit Walram, die er beinahe mit dem Leben bezahlt hätte, wusste Faolán, dass der Prior mit Härte nicht sparte.

Zunächst musterte der Mönch den Novizen geringschätzig von oben bis unten, während sich der Schnee von Faoláns Schuhen auf dem Boden zu kleinen Pfützen wandelte. Dann allerdings nahm das Gesicht des Priors einen vergnügten Ausdruck an. Er wusste, dass der Novize ihn nur auf Anweisung eines anderen Mönches aufsuchen würde und der Grund hierfür konnte nur ein Vergehen sein. Walrams Worte klangen heiter und verlogen zugleich: „Ich freue mich, dich hier zu sehen. Berichte mir sofort was vorgefallen ist, und zwar lückenlos! Wage es nicht, mich zu belügen oder etwas auszulassen. Ich werde es ja doch erfahren."

Das gehässige Grinsen auf dem frisch rasierten Gesicht des Mannes verriet dessen Vorfreude, Faolán noch einmal zu züchtigen. Walram wurde wie schon damals förmlich zum Wolf, der kurz davor war, seine Beute zu reißen. Um den Prior nicht weiter zu reizen, berichtete Faolán gehorsam was vorgefallen war und das schadenfreudige Lächeln des Priors wurde mit jedem Satz hämischer. Nach dem knappen Bericht schien das breite Grinsen des Mönches wie eingebrannt zu sein. Selbst als er zu sprechen ansetzte, blieben seine Mundwinkel nach oben verzerrt und das Gesicht glich einer diabolischen Fratze.

Doch noch bevor der Prior ein Wort von sich geben konnte, öffnete sich die Tür und schlug krachend gegen die Wand. Erbost drehte sich Walram dem Störenfried zu, um ihn zurechtzuweisen. Als er jedoch sah, wer sich Zutritt verschaffte, blieben ihm die Worte im Halse stecken.

Von wirbelnden Schneeflocken und kaltem Wind umgeben, betrat Bruder Ivo schwer atmend den Raum. Unter Walrams genervtem Blick schloss der Kellermeister die Tür und klopfte anschließend den Schnee von Haupt und Habit. Ivos Gesichtszüge entspannten sich, als er Faolán erblickte und Walrams Mundwinkel sanken zusehends nach unten.

Verächtlich schaute er auf den Cellerar, als er ihn ansprach. „Was gibt es?"

„Entschuldigt die Störung, ehrwürdiger Prior", rechtfertigte sich Bruder Ivo in freundlichem Plauderton. „Ich komme auf direkte Anweisung des Abtes."

Argwöhnisch wanderte Walrams Blick zwischen Ivo und Faolán hin und her. Der Novize spürte regelrecht die Befürchtung des Priors, er könne seine Beute verlieren, bevor er ihr einen einzigen Stockhieb verabreicht hätte. Walram ahnte, dass der Cellerar einzig aus diesem Grund bei ihm erschienen war. Doch so einfach würde er den Novizen nicht aufgeben. Mit einem langen Schritt brachte er sich zwischen Faolán und Bruder Ivo und verlangte eine Erklärung.

„Was will der Abt von mir? Weshalb kommt er nicht persönlich, wenn er mich zu sprechen wünscht?"

„Es ist weniger Eure Person, von der er etwas wünscht. Vielmehr erwartet der Abt etwas von mir."

„Und was habe ich mit Euren Angelegenheiten zu schaffen?"

„Der ehrwürdige Abt und ich sind der Meinung, dass trotz des schlechten Wetters der nächste Markttag zu Neustatt unbedingt genutzt werden muss. Wir benötigen dringend einige Güter, da wir sonst um unser tägliches Mahl fürchten müssen. Einige wichtige Vorräte sind während des Winters aufgebraucht worden."

„Soll ich Euch etwa auf den Mark begleiten, meinen Segen dazu geben oder was ist Euer Begehr? Kommt endlich zur Sache!"

„Nicht Euch, sondern dem Novizen Faolán gilt mein Interesse. Ich benötige seine unverzichtbare Hilfe, um die Restbestände aufzunehmen und die Fahrt vorzubereiten, wie es seine Pflicht ist."

Prior Walram hatte es geahnt! Er entblößte seine Zähne wie ein knurrender Hund, seine Worte klangen giftig.

„In diesem Falle, ehrwürdiger Kellermeister, bedaure ich sehr Euch mitteilen zu müssen, dass Euer Gehilfe nicht zur Verfügung steht. Er wurde soeben zu mir geschickt, um eine Strafe zu erhalten. Ihr wisst selbst, wie wichtig die Züchtigung aufsässiger Novizen ist. Nur so werden sie davor bewahrt, falsche Wege einzuschlagen."

„In gewissem Maße habt Ihr sicherlich Recht, ehrwürdiger Prior. Die Sättigung der Bruderschaft ist aber weitaus wichtiger als eine Züchtigung. Für den Marktgang benötige ich die Hilfe dieses Novizen und zwar sofort. Daher muss Euer Anliegen zurückstehen. Der Abt sieht das genauso. Solltet Ihr mir nicht glauben, so könnt Ihr ihn gerne aufsuchen und Eure Beschwerde vorbringen."

Mit einem verächtlichen Blick auf den Cellerar antwortete Walram: „Einige unserer Mitglieder könnten eine Fastenzeit gut vertragen. Doch wenn Euch der Marktgang so wichtig ist, so nehmt Euch doch einen anderen Handlanger!"

Bruder Ivo ignorierte die Anspielung auf seine Körperfülle und blieb äußerlich ruhig. „Gerne würde ich Eurem Wunsch entsprechen, doch das ist gänzlich unmöglich. Außer mir kennt sich keiner so gut in den Lagerräumen aus wie Faolán. Ohne ihn ist es ausgeschlossen, den nächsten Marktgang, der bereits in wenigen Tagen stattfinden soll, vorzubereiten. Wie lautet also Eure Entscheidung? Muss ich Abt Degenar um eine zusätzliche Fastenzeit bitten, damit Ihr einen Novizen zurechtweisen könnt?"

Walrams Unterkiefer mahlte unentwegt, während er nach einem weiteren Argument suchte. Die Unverhältnismäßigkeit seines Wunsches lag allerdings klar auf der Hand. Seine Gesichtszüge wurden eisern, als er begriff, dass er keine andere Wahl hatte, als nachzugeben. Dennoch weigerte er sich, den Novizen freizugeben.

Bruder Ivo setzte noch einmal nach. „Wenn es Euch bei der Entscheidungsfindung hilft, ehrwürdiger Prior, so solltet Ihr unverzüglich den Abt konsultieren. Ich werde so lange hier mit dem Novizen warten, damit er kein weiteres Unheil anrichten kann, wie Ihr es mit Sicherheit befürchtet."

Der Unterkiefer des Priors mahlte weiter. Die Hände ballten sich zu Fäusten, als wolle er jemanden schlagen. Plötzlich brach es aus dem sonst so beherrschten

Mönch zornig heraus: „Verschwindet! Und nehmt diesen respektlosen Novizen mit. Doch die Strafe für seine heutige Tat ist nicht vergessen! Sie ist lediglich aufgeschoben! Er hat sich unverzüglich wieder bei mir einzufinden, sobald seine Aufgaben erledigt sind! Dafür tragt Ihr allein die Verantwortung, Cellerar!"

„Selbstverständlich. Habt Dank für Euer Verständnis, ehrwürdiger Prior."

Bruder Ivo gab dem Novizen ein Zeichen zu folgen und verließ daraufhin die Kammer des Priors. Faolán konnte es kaum fassen, dass er vorerst seiner Strafe entgangen war. Mit einem verborgenen Lächeln umrundete er den Prior schnell und eilte dem Cellerar nach. Es erschien ihm wie ein Gang in die Freiheit.

Mittlerweile hatte es aufgehört zu schneien, und zwischen den Wolken zeigte sich vereinzelt der blaue Himmel. Hin und wieder blitzte die Sonne durch die Lücken und ließ das winterliche Weiß derart grell aufscheinen, dass Faolán die Augen zukneifen musste und dem Cellerar blind nacheilte. Mit ein paar schnellen Schritten hatte er Bruder Ivo eingeholt. Sein genuscheltes „Danke" lenkte die Aufmerksamkeit des Cellerars auf seinen Gehilfen.

„Oh, danke nicht mir, sondern dem Wetterumschwung. Der Frühling kommt jetzt, ich spüre es in meinen alten Knochen. Freue dich nicht zu früh, denn es bedeutet eine Menge Arbeit."

„Dessen bin ich mir bewusst. Zudem bleibt die Bestrafung bestehen", stellte Faolán nüchtern fest. Doch in seinen Worten klang auch etwas Hoffnung. Hoffnung, der Kellermeister könne mehr für Faolán erreichen als lediglich einen Aufschub der Bestrafung.

„Richtig", bestätigte Bruder Ivo Faoláns Feststellung in gleichgültigem Tonfall. „Und ich werde genau das tun, was der Prior von mir verlangt hat: Dich unverzüglich zu ihm zurückschicken, sobald deine Aufgaben erledigt sind ..."

Mutlos ließ Faolán den Kopf hängen, wodurch ihm das verschmitzte Lächeln des Kellermeisters entging.

„... es ist nur fraglich, ob deine Aufgaben jemals erledigt sein werden. Ich denke, das wird nicht so bald sein. Schließlich sind sie zahlreich und ich bin ein Cellerar, der nicht leicht zufrieden zu stellen ist ..."

Schlagartig begriff Faolán, was Bruder Ivo mit seinen Worten andeutete. Mit einem Mal hob sich seine Stimmung und dankbar folgte er dem Mönch in die Lagerräume, um seinen *endlosen* Aufgaben gerecht zu werden.

* * *

Die folgenden Tage eilten an Faolán vorüber, gefüllt mit den Vorbereitungen des ersten Marktgangs im neuen Jahr. Der Cellerar hatte nicht übertrieben: Es bedeutete tatsächlich harte Arbeit. Die Bestände des Klosters mussten in jeder Hinsicht überprüft werden. Es wurde jetzt nicht nur fassweise gezählt, sondern stückweise kontrolliert und aussortiert, selbst bei den kleinsten Nüssen. Nur so ließ sich verhindern, dass verdorbenes Obst oder Gemüse die Fäulnis verbreiten würde.

Faolán scheute die Mühe nicht. Er war sogar froh, auf diese Weise Drogo und dem Prior aus dem Weg gehen zu können. Außerdem lenkte es seine Gedanken um Svea etwas ab.

Tag um Tag stieg die Temperatur an und der Schnee war bereits nach wenigen Tagen geschmolzen. Schon nach kurzer Zeit waren weite Bereiche des schlammigen Klosterhofes und der unbefestigten Wege wieder abgetrocknet, denn die Sonne schien unaufhörlich und ein steter, warmer Wind wehte. Gerüche und Düfte, wie sie nur der Frühling hervorbringen konnte, stiegen Faolán in die Nase. Der Novize befand sich schon seit Tagen in bester Laune und freute sich auf das bevorstehende Ereignis.

Endlich war es soweit. Obwohl Faolán im vergangenen Jahr schon oft die Vorbereitungen für die Fahrt nach Neustatt getroffen hatte, war er aufgeregter als beim ersten Mal. Nach dem Beladen erschienen der Kellermeister und der Abt auf dem Hof, der Segen wurde ausgesprochen und die holprige Fahrt begann.

Die Bäume des Waldes waren noch kahl. Vereinzelt ließen aber die aufgehenden Knospen schon ein zartes Grün durchschimmern. An den Nordhängen lagen zwischen den Baumstämmen nur noch wenige Schneefelder. Auf seinem Weg fuhr der Klosterwagen an Bauern mit Handkarren und Rückentragen vorbei und einige fahrende Händler befanden sich mit ihren Packtieren ebenfalls auf dem Weg zum Markt.

Offensichtlich hatten nicht nur die Benediktiner auf besseres Wetter gewartet. Es versprach ein dichtes Gedränge auf dem Markt zu werden. Nach einer scheinbar endlosen Fahrt sah Faolán schließlich die lang ersehnten Dächer der Stadt in der Ferne auftauchen.

Die Einfahrt war wieder ein Spektakel für sich und Faolán genoss die herrschende Umtriebigkeit. Zuerst durchfuhren sie die neue Wehranlage, an der während der Wintermonate nicht gearbeitet worden war. Inzwischen hatten die Maurer begonnen, den Mist auf der Mauerkrone zu entfernen, der zum Schutz gegen den Frost aufgebracht worden war. Vereinzelt entfernten sie lose Steine aus dem oberen Teil des Bauwerks, um sie später mit frischem Mörtel neu einzusetzen.

Dieses Jahr sollte ein weiterer, großer Teil der Wehranlage fertiggestellt werden, damit sich im darauffolgenden Jahr der große Ring endlich schließen würde. Erst dann würde die Stadt einer sicheren Festung gleichkommen.

Beim Anblick der zahlreichen Krieger fragte sich Faolán, ob die Angst vor Überfällen überhaupt berechtigt war. Schließlich befanden sich die Plünderer in Form von Ruriks Schergen bereits innerhalb der eigenen Mauern!

Entlang der Straße zwischen neuer Stadtmauer und altem Palisadenwall reihten sich wie im vergangenen Jahr die Zelte und Baracken. Von den Garküchen bis hin zu den Verschlägen der Huren, alles und alle waren wieder vertreten.

Direkt vor dem Palisadentor drängten sich die Marktgänger und entrichteten mehr oder weniger mürrisch den Wegezoll. Die Bewaffneten waren sichtlich genervt wegen des plötzlichen Andrangs. Der Klosterwagen ließ schließlich das Tor hinter sich und quälte sich im Schritttempo durch die vollen Straßen der Stadt, bis hin zu der alten Stelle unter der Linde.

Nachdem der Marktstand aufgebaut war, erschienen bald die ersten Kunden, die die Qualität der Waren prüften und um Preise feilschten. Doch sie waren zurückhaltend und nur selten kam es zu einem Handschlag. Zur Mittagsstunde sandte Bruder Ivo seinen Gehilfen aus, damit er nach den benötigten Gütern für das Kloster Ausschau hielt und die gegenwärtigen Preise in Erfahrung brachte.

Faolán bekam dadurch endlich eine Gelegenheit, nach Svea Ausschau zu halten. Er rannte flink zwischen den Ständen umher, fand hier und da die vom Kloster benötigten Waren und prägte sich deren Tauschwert ein. Seine Suche nach Svea blieb allerdings erfolglos. So sehr er sich auch bemühte, ihren roten Schopf in der Menge zu entdecken, er konnte ihn einfach nicht finden. Entmutigt gab der Novize nach einiger Zeit auf und machte sich auf den Weg zurück zum Klosterstand.

Inzwischen war es früher Nachmittag und recht ruhig geworden. Nur noch vereinzelt erschienen Kunden am Stand und Bruder Ivo rechnete nicht mehr mit einem großen Ansturm auf die restlichen Klostergüter. Deshalb machte er sich gleich auf, um den Handel bei den Ständen abzuschließen, die Faolán ihm nannte. Er überließ zum ersten Mal seinem Gehilfen den Stand und begab sich in das Gedränge.

Nachdem Bruder Ivo gegangen war, positionierte sich Faolán selbstbewusst unter dem Vordach und versuchte die Augen nach allen Seiten offen zu halten. Nach einiger Zeit sah er zu seinem Schrecken zwei ihm wohlbekannte Markthüter auftauchen. Sein Herz begann schneller zu schlagen und er hoffte, die Kerle würden heute untätig vorüberziehen.

Doch das war leider nicht der Fall!

Die beiden hielten direkt auf den Klosterstand zu. Faoláns Anspannung wuchs, je näher Ruriks Männer kamen. Er versuchte zunächst so normal wie möglich zu wirken, doch das half nicht, sein Zittern zu verbergen.

Faolán machte sich auf die übliche Konfrontation gefasst. Bisher hatte er sich dabei immer hinter Bruder Ivo verstecken können, doch jetzt war er allein. Der Cellerar mit seiner Leibesfülle und Erfahrung wusste den Kriegern selbstbewusst entgegenzutreten. Seinem Gehilfen hingegen stand kaum der Bartflaum im Gesicht. Faoláns Haltung straffte sich.

In diesem Augenblick sah er hinter den beiden nahenden Männern für einen Wimpernschlag einen roten Haarschopf in der Menschenmenge auftauchen und gleich wieder verschwinden. Noch bevor er sich vergewissern konnte, ob es sich tatsächlich um Svea handelte, versperrten ihm die beiden Bewaffneten die Sicht.

Der Anführer zeigte sich auch diesmal von seiner widerlichsten Seite: unrasiert und mit beschmutzter Gewandung, als habe er sich übergeben und vergessen, sich zu reinigen. Er schritt auf Faolán zu und setzte ein breites, fieses Grinsen auf.

Faolán versuchte den abstoßenden Geruch der Männer zu ignorieren, der ihm schon entgegenschlug, obwohl sie noch einige Ellen entfernt waren. Fieberhaft überlegte er, was er tun sollte. Svea ging ihm nicht aus dem Kopf. War es tatsächlich ihr Haar gewesen, das er eben kurz gesehen hatte? Er musste es herausfinden, hatte jedoch keine Ahnung, wie er das anstellen sollte. Fragen überschlugen sich in seinem Kopf, als Faolán plötzlich eine wahnwitzige Idee kam. Er wusste nicht, ob sie funktionieren würde, doch er musste es darauf ankommen lassen.

Als die beiden Männer den Stand erreicht hatten, kam Faolán ihnen zuvor: Er griff nach zwei gut aussehenden Rüben und bot sie den Recken an. Die hielten überrascht inne. Das Grinsen auf ihren Gesichtern wich einem fragenden Ausdruck, der von Begriffsstutzigkeit zeugte.

Faolán nutzte seinen Vorteil und ergriff das Wort: „Ehrenvolle Krieger und Hüter des Marktfriedens, ich grüße Euch. Darf ich Euch als kleine Aufwartung diese köstlichen Rüben unseres Klosters anbieten? Sie haben in diesem harten Winter an Aroma gewonnen. Gegart sind sie ein wahrer Gaumenschmaus. Bitte, nehmt sie an.“

Faolán drückte jedem der beiden Männer eine prächtige Wurzel in die Hand. Die Recken waren darauf nicht vorbereitet und der Schweigsame ließ das Gemüse beinahe fallen. Der Anführer versuchte, Herr der Lage zu werden, wusste jedoch nicht, wie er auf diese freiwillige Abgabe reagieren sollte.

Faolán ließ ihm keine Zeit und sprach weiter: „Der Herr hat meine Gebete erhört und Euch zu mir geschickt. Ich befinde mich nämlich in einer misslichen Lage. Dringende Geschäfte erfordern meine kurzzeitige Abwesenheit. Daher ersuche ich Euch höflichst im Namen des Herrn, Eurer ehrenvollen Pflicht nachzukommen und diesen Marktstand für eine kurze Weile zu bewachen. Es soll Euer Schaden nicht sein und ich wäre Euch sehr zu Dank verpflichtet.“

Kaum hatte Faolán die letzten Worte gesprochen, bedankte er sich mit einem Nicken bei den beiden Wachen, als hätten sie ihr Einverständnis gegeben. Dann lief er in die Richtung, in der er Svea gesehen hatte. Ein kurzer Blick zurück zeigte ihm, dass sich die beiden Bewaffneten nicht fortrührten. Verdutzt betrachteten sie die Rüben, als hielten sie eine solche zum ersten Mal in Händen. Faolán hoffte, die Krieger dermaßen überrumpelt zu haben, dass sie seiner Bitte tatsächlich nachkommen würden. Falls nicht, so wäre ihm großer Ärger mit Bruder Ivo und Abt Degenar gewiss. Doch dieses Risiko musste er eingehen.

Sein Versuch, schnell durch den dichten Strom von Menschen zu gelangen, scheiterte kläglich. Obwohl Faolán sich wendig durch die kleinsten Lücken quetschte, sich an schmutzigen Gewändern und verdreckten Tieren vorbeizwängte, durch Jauchepfützen lief und über Essensreste und Exkremente hinweg sprang, fand er Svea nicht. Wäre er nicht ständig mit seiner weiten Habit irgendwo hängen geblieben, so wäre er vielleicht schneller vorangekommen.

Der ein oder andere Rotschopf lief Faolán zwar über den Weg, doch es war nie das freche, aufgeweckte Mädchen, das er suchte. Nach einer Weile erkannte er seine aussichtslose Lage. Der Markt bestand aus zu vielen kleinen Gassen mit einer Vielzahl von Ständen, Karren und Wagen. Die Menschen drängten sich durch die verwinkelten Wege und Faolán war es unmöglich, sich einen Überblick zu verschaffen. Selbst sein verzweifelter Versuch, auf einem Karren stehend den Markt zu überblicken, brachte ihm lediglich Beschimpfungen des Besitzers ein. Svea war schlichtweg nicht auffindbar.

Zunehmend bedrückten ihn die Gedanken an die angeworbenen Bewacher des Klosterstandes. Hoffentlich hatten sie die Waren nicht einfach im Stich gelassen! Hoffentlich war Bruder Ivo noch nicht zurückgekehrt! Faolán musste augenblicklich zum Klosterstand zurück.

Erneut bahnte er sich einen Weg durch die Menschenmenge und wie schon zuvor ging es ihm nicht schnell genug. Als Faolán endlich freie Sicht auf den Klosterstand hatte, stellte er erleichtert fest, dass Bruder Ivo noch nicht zurückgekehrt war, und die beiden Markthüter noch immer vor dem Stand weilten. Sie hatten der Bitte des Novizen also Folge geleistet, schienen jedoch in einen Streit vertieft zu sein. Faolán musste schnell handeln.

Die beiden Krieger bemerkten den Novizen erst, als er schon beinahe bei ihnen war. Mit festen Schritten kam er auf sie zu, verbeugte sich knapp und sprach sie höflich an: „Habt vielen Dank, ehrenvolle Krieger. Hoffentlich habe ich Euch nicht von wichtigen Pflichten abgehalten. Sicherlich werden die dankbaren Worte meines Abtes für Euer vorbildliches Pflichtbewusstsein bei Graf Rurik gerne gehört. Darf ich Euch als kleine Entschädigung noch etwas anbieten?“

Erneut waren die beiden Männer überrumpelt, so dass sie nur verwirrt dreinschauten statt zu antworten. Die Erwähnung des Grafen trug das Seine dazu bei, dass Faolán die beiden gewissermaßen in der Hand hatte. Rasch griff er in zwei Kisten und drückte den Kriegern einen kleinen Laib Brot und ein Stück Ziegenkäse in die Hände.

„Nehmt und teilt es brüderlich. Noch einmal danke ich Euch für Eure Hilfe. Nun geht mit Gottes Segen und lasst es Euch munden.“

Faolán wusste nicht, ob er mit dieser Segenserteilung seine Grenzen überschritten hatte. Er bezweifelte auch, die gottlosen Männer damit überhaupt beeindruckt zu haben. Doch genau das Gegenteil war der Fall. Als wären die beiden Wachen nach einer Audienz entlassen worden, machten sie ein paar Schritte rückwärts und zogen nach einer Kehrtwendung wortlos davon.

Faolán hielt den Atem an. Er sah erleichtert, wie die beiden Krieger davongingen. Erst jetzt bemerkte er, dass sein Herz bis zum Halse schlug. Plötzlich erklang hinter Faolán die donnernde Stimme des Kellermeisters und er fuhr erschrocken zusammen.

„Wahrlich, dich kann man allein lassen!"

Der Gehilfe wusste nicht, wie er die Bemerkung aufnehmen sollte und wie lange ihn der Mönch bereits beobachtet hatte. Bruder Ivo packte den Jungen bei den Schultern, drehte ihn um und schaute ihm ernst in die Augen.

„Wie hast du es nur vollbracht, diese beiden Halunken zu zähmen? Für gewöhnlich stehen sie doch nicht einfach nur so da und lassen sich etwas geben. Und dann die Art und Weise, wie sie davongezogen sind! Was ist geschehen?"

„Verzeiht mir, Meister", begann Faolán unsicher. „Ich weiß nicht, ob ich richtig gehandelt habe. Vielleicht habe ich dem Kloster auch einen großen Schaden zugefügt ..."

„So? Was genau ist geschehen?"

„Ich ... ich hatte große Angst, als die beiden Krieger kamen. Ohne Eure Hilfe wusste ich nicht, was ich tun sollte. Da habe ihnen aus freien Stücken zu essen gegeben. Möglicherweise war es zu viel, weil ich sie zufrieden stellen wollte. Aber sie hätten sich ohnehin einfach etwas genommen ... Und ich habe ihnen eine Art Segen erteilt."

„Und was war es, was du ihnen gegeben hast?"

Faolán zählte mit gesenktem Haupt die Waren auf. Doch statt den Novizen für sein vermeintliches Fehlverhalten zu tadeln, begann der Mönch unerwartet und lauthals zu lachen.

Es dauerte eine ganze Weile, bis sich der Kellermeister wieder beruhigt hatte.

„Du bist ganz schön gerissen, weißt du das? Seit uns diese Halunken bestehlen, ist es mir nicht in den Sinn gekommen, den Spieß einfach umzudrehen. Stattdessen zeigt mir mein schlauer Gehilfe, wie man mit ihnen umgehen muss. Vielleicht sollten wir das ab jetzt immer so handhaben: Ihnen freiwillig etwas geben und sie so vom Stehlen abhalten. Dann würden sie keine Sünde begehen und wir hätten einen Beitrag zu ihrem Seelenheil geleistet. Zudem stünden sie in unserer Schuld und behandeln uns in Zukunft vielleicht anders."

Faolán entspannte sich. Erleichtert lehnte er sich gegen den Wagen, denn seine weichen Knie drohten nachzugeben. Es war alles noch einmal gut gegangen, trotz der vielen Wagnisse. Der Cellerar hatte sein Fortsein nicht bemerkt. Im Nachhinein fragte sich Faolán, ob er eigentlich verrückt gewesen war. Alles Erdenkliche hätte schief gehen können, angefangen bei den Markthütern bis hin zu einem Diebstahl der Waren und des Pferdes. Stumm schwor er sich, nie wieder so fahrlässig zu handeln und stimmte schon bald in das Lachen des Mönches ein.

Da der Nachmittag schon weit vorangeschritten war, hielt Bruder Ivo es für das Beste, den Aufbruch vorzubereiten. Er schickte Faolán los, die von ihm verhandelten Geschäfte auszuführen. Er selbst wollte sich um den Abbau des Standes kümmern. Faolán freute sich über diesen Auftrag, bot er doch die Gelegenheit, erneut nach Svea Ausschau zu halten. Mit wachsamen Blicken lief er viele Male zwischen dem Klosterstand und den anderen Händlern einher, um die besagten Waren zu holen. Svea bekam er dabei allerdings nicht zu Gesicht.

Tief enttäuscht kehrte Faolán nach seinem letzten Gang zurück. Sein innigster Wunsch hatte sich nicht erfüllt. Vielleicht war seine Vorstellung, Svea würde hier auf ihn warten, auch zu einfältig gewesen. Der heutige Markt in Neustatt war sicherlich nicht der erste in diesem Jahr. Woher hätte Svea wissen sollen, dass Faolán ausgerechnet heute hier erscheinen würde?

Verärgert über sich selbst half der Novize dem beleibten Mönch beim Aufladen der letzten Kisten. Es waren ungewöhnlich viele Waren und Vorräte, die sie heute ins Kloster zurückbrachten. Als Bruder Ivo schließlich das Zeichen zur Abreise gab, schaute sich Faolán noch einmal sehnlich um, ob er Svea nicht doch noch sehen würde. Vergebens. Schon bald holperte der Wagen aus der Stadt, dem noch fast kahlen Wald entgegen. Die Hoffnung auf Sveas Anblick ließ Faolán im Gedränge und Getöse Neustatts zurück.

Schweigsam fuhren Cellerar und Novize dahin. Ein jeder ging seinen Gedanken nach. Bruder Ivo überließ es dem Zugtier, den Weg zurück ins Kloster zu finden. Auf einmal brachte der Kellermeister den Wagen zum Stehen und Faolán schreckte auf. Er schaute sich um, konnte jedoch keinen Grund für die Unterbrechung der Fahrt erkennen. Erwartungsvoll schaute ihn der Kellermeister an, doch sein Gehilfe verstand nicht.

„Du weißt, was du zu suchen hast und wo es zu finden ist", erklärte der Mönch schließlich. „Oder muss ich es dir nach einem halben Jahr erst wieder ins Gedächtnis rufen?"

Als Faolán nicht reagierte, griff Bruder Ivo hinter sich und zog einen Wasserschlauch hervor. Jetzt erst erkannte der Novize, welche Stelle sie im kahlen Wald erreicht hatten. Von hier führte der Pfad durch das Unterholz zum versteckten Tümpel. Mit einem Mal war Faolán hellwach. Er riss den Wasserschlauch aus der Hand des Mönches, sprang vom Wagen und verschwand ohne ein Wort im Geäst. Der schmale Weg war nach der Schneeschmelze schlammig und rutschig. Faolán schritt vorsichtig voran, erinnerte sich an jede Biegung. Sein Herz pocht wild und er wurde aufgeregter, je weiter er ging. Die nackten, grauschwarzen Äste erlaubten ihm tiefe Einblicke in den Wald. Der Erdboden war mit nassem Vorjahreslaub bedeckt und an schattigen Stellen lagen noch kleine Schneefelder. Der Geruch von feuchtem Laub und nasser Erde lag in der Luft.

In der Nähe des Weihers wurde der Novize langsamer. Eine Weile hielt er sich vorsichtig hinter dichtem Geäst versteckt. Dann schlich er langsam und voller Anspannung weiter, bis er zum Tümpel hinabblicken konnte. Und tatsächlich, dort unten im Weiher war Svea. Nicht etwa am Rande des Wassers, wie Faolán es sich vorgestellt hatte. Nein, sie badete darin und war gerade im Begriff, den Teich zu verlassen.

Für einen kurzen Augenblick zweifelte Faolán an Sveas Verstand, denn das Wasser war sicherlich eisig kalt. Er selbst hätte es nie gewagt, hinein zu gehen. Hinter den Ästen verborgen beobachtete er, wie Svea dem Wasser entstieg. Was er dabei zu sehen bekam, verschlug ihm beinahe den Atem. Ihr Haar war über die Wintermonate deutlich länger geworden und hing bis zu ihren Schultern herab. Was ihn allerdings am meisten überraschte, waren die Veränderungen ihres Körpers.

Je weiter Svea dem Wasser entstieg, umso bewusster wurden ihm die ungewohnten Rundungen ihres Leibes. Während Svea sich ein einfaches Leinenkleid über die nasse Haut streifte, konnte Faolán für einen kurzen Moment ihre kleinen Brüste sehen. Sogleich schaute der Novize schamvoll zur Seite, als erblicke er etwas Verbotenes. Dann jedoch wandte er sich langsam wieder um. Er musste einfach noch einmal hinsehen.

Waren das eben Sveas Brustwarzen gewesen, die vor Kälte leicht hervorstanden? Faolán stellte fest, dass ihm dieser Anblick merkwürdigerweise gefiel, obwohl er doch kein Säugling mehr war, der sich nach der Brust seiner Mutter sehnte; und doch hätte er Sveas Brüste in diesem Augenblick am liebsten angefasst.

Faolán hatte durchaus schon öfter die bekleideten Brüste von Frauen beobachtet, vor allem die Dekolletés der freizügigen Huren vor dem Palisadenwall in Neustatt. Bei einem Mädchen hatte er jedoch noch nie darauf geachtet. Und empfunden hatte er dabei niemals etwas, schon gar nicht bei Svea. Weshalb das jetzt anders war und weshalb sie mit einem Mal überhaupt Brüste bekommen hatte, war ihm ein Rätsel. Geschah denn das Gleiche mit Svea wie es bei ihm der Fall gewesen war, als ihm an den unmöglichsten Stellen mit einem Male Haare gewachsen waren?

Darüber hatte sich Faolán bisher noch keine Gedanken gemacht. Als er jedoch bemerkte, wie sich der Stoff an Sveas nassen Körper schmiegte und ihre Figur zusätzlich betonte, überschlugen sich seine Sinne. Plötzlich durchströmte eine unbekannte Hitze seinen Unterleib, dass sein Atem schneller ging. Vorsichtig duckte sich der Novize etwas tiefer, um unentdeckt zu bleiben. Heimlich beobachtete er das Mädchen weiter und verspürte dabei eine merkwürdige, fremde Lust.

Faolán bedauerte und begrüßte es zugleich, als Svea sich in einen dicken Umhang hüllte. Schlagartig wurden dadurch die neuen Reize verborgen. Sie schlug ihre Kapuze über den Kopf, zog noch ein paar einfache Schuhe an und wandte sich dann Faolán zu. Sie blickte ihn direkt an, lächelte verschmitzt und kam auf ihn zu.

Der Novize hieß sich einen Narren. Trotz allem, was er über Svea und ihre besonderen Fähigkeiten wusste, hatte er tatsächlich geglaubt, sich vor ihr verbergen zu können. Wahrscheinlich hatte sie ihn schon längst bemerkt, sich ihm bewusst derart reizvoll gezeigt und dadurch all die neuen Gefühle in ihm ausgelöst. Beschämt raffte sich Faolán auf und ging ihr am Rande des Tümpels entgegen. Als sie sich gegenüberstanden, blickten sie sich tief in die Augen, sprachen jedoch keine einzige Silbe.

Svea strahlte über das ganze Gesicht. Ihre Freude über das Wiedersehen war ebenso groß wie die Faoláns. Doch im Gegensatz zu ihm konnte sie ihre Freude zeigen. Der Novize hingegen war unsicher und wäre ihrem Blick am liebsten ausgewichen. Noch immer versuchte er zu verstehen, welche Gefühle ihn überrollt hatten und wie er sie steuern könnte. Mit Mühe brachte Faolán ein Lächeln zustande, was Svea noch mehr beglückte. Ihr freudiges Strahlen war so bezaubernd, dass der Novize glaubte, die Sonne würde in seinem Herzen aufgehen.

„Hallo junges Mönchlein“, neckte Svea ihn schelmisch. „Was führt dich zu diesem entlegenen Tümpel? Gehst du etwa abseits des Weges?“

Faolán räusperte sich. Das einzige, was er jedoch von sich gab, war ein gemurmeltes „Hallo“.

Svea half ihm aus der Verlegenheit. „Vielleicht benötigt der junge Mönch eine kleine Erfrischung, um den Frosch in seinem Hals zu verscheuchen. Glaube mir, das eisige Wasser der Quelle erweckt selbst einen Toten zu neuem Leben.“

Mit beiden Händen griff sie unter ihre Kapuze, strich sich durch das nasse Haar und spritzte ein paar Wassertropfen in Faoláns Gesicht. Erschrocken wich der Novize nach hinten aus, strauchelte und konnte nur mit Mühe einen Sturz verhindern. Er stand da, als wolle er vor einem Raubtier flüchten. Das sah wiederum so komisch aus, dass Svea herzhaft zu lachen begann. Die plötzliche Heiterkeit entlockte schließlich auch Faolán ein leises Lachen.

Svea verstummte wieder und als sie sah, dass ihr Freund nach wie vor verkrampft dastand, fragte sie besorgt: „Stimmt etwas nicht?“

Faolán schüttelte den Kopf, denn er wusste nicht, wie er Svea seine Empfindungen und Gedanken erklären könnte. Er wollte sie ihr nicht anvertrauen. Wenn er nicht Acht gab und weiterhin darüber nachdachte, würden diese Gefühle womöglich erneut über ihn hereinbrechen.

Svea zog Faolán sachte zu einem umgestürzten Baumstamm, ließ sich darauf nieder und gab ihrem Freund mit einer Geste zu verstehen, sich ebenfalls zu setzen. Wie ein willenloses Tier folgte er und nahm mit gemischten Gefühlen neben der neuen Verlockung Platz. Es war ihm heute aus unbekannten Gründen unangenehm, so dicht neben ihr zu sitzen. Im vergangenen Sommer waren sie oft noch näher zusammen gewesen, sei es schwimmend oder sitzend. Damals hatte Faolán kein Problem damit gehabt. Sogar nackt hatte er damals nicht das empfunden, was er heute verspürte. Erneut durchflutete Faolán bei diesen Erinnerungen eine merkwürdige Hitze, vor allem in den Lenden.

Svea unterbrach die unangenehme Stille. „Du benimmst dich heute merkwürdig. Irgendetwas stimmt doch nicht. Ist etwas vorgefallen?"

Nur mühevoll fand Faolán Worte: „Nein, es ist nur ..." Seine Stimme versagte. Obwohl er im vergangenen Sommer so viel mit Svea gesprochen hatte, fielen ihm heute selbst die einfachsten Silben schwer.

„Faolán, was ist los? Ich bin es, Svea. Mir kannst du doch alles anvertrauen."

Schließlich brachte der Novize doch noch ein paar Worte über die Lippen, wenn auch keine besonders geistreichen. „Ich weiß nicht! Alles ist ... irgendwie ist es ... du weißt schon ... alles ist irgendwie anders."

„Was ist denn anders, lieber Faolán? Wenn du es nicht weißt, woher soll ich es dann wissen? Kannst du nicht genauer erklären, was sich derart verändert hat, dass es dir sogar die Sprache verschlägt?"

Erneut rang Faolán nach Worten. „Wie soll ich es beschreiben? Es war vorhin alles anders, als ich dich im Weiher sah. Bei Gott, ich weiß auch nicht, weshalb!" Faolán bemerkte nicht einmal, dass er den Namen des Herrn missbraucht hatte. Wäre er jetzt im Kloster gewesen, so hätte er sich auf direktem Wege zu Prior Walram begeben müssen. „Sooft habe ich mir in den vergangenen Monaten ausgemalt, wie es sein würde, dich nach dem unendlich langen Winter wiederzusehen. Und jetzt, da es soweit ist, ist alles anders als gedacht."

„Ist es, weil ich ohne dich gebadet habe?", versuchte Svea herauszufinden.

Als sie das Baden erwähnte, erinnerte sich Faolán an ihre Nacktheit, die nasse Haut, die neuen Rundungen und die kleinen Brüste mit den Brustwarzen, die vor Kälte hervorstanden. Sofort spürte er, wie diese Bilder erneut die ungewohnte Hitze in seinen Lenden hervorriefen. Schnell wandte er seinen Blick von Svea ab.

Doch der unbekannte Trieb des Jünglings war stärker als sein Geist. Die Männlichkeit zwischen seinen Beinen regte sich und begann sich zu versteifen. Das verwirrte ihn, denn diese Regung kannte er bisher nur vom Morgen, wenn der Druck in seiner Blase groß war. Weshalb sich beim Gedanken an Sveas Brüste die gleiche Auswirkung zeigte, konnte er sich nicht erklären. Je mehr er sich darauf konzentrierte, umso schlimmer wurde es. Faolán war froh, dass er auf dem Baumstamm saß und die Auswirkung seiner Erregung unter der Gewandung vor Svea verborgen blieb.

Weil Faolán so lange schwieg und verlegen dreinblickte, begann Svea zu ahnen, was ihn bedrückte. „Wenn du die Veränderungen meines Körpers meinst, so hast du Recht. Einiges hat sich verändert! Doch sind diese Veränderung nicht auch etwas Schönes?“

„Nein! Doch ... ja, aber das ist es ja gerade, was mich so verwirrt!“

Faolán wusste nicht, wie er mit Sveas Selbstsicherheit umgehen sollte. Als sich vor einiger Zeit sein eigener Körper verändert hatte und auch seine Stimme tiefer wurde, hatte er sich so manche Gedanken darüber gemacht. Es waren nicht immer glückliche gewesen. Zu Beginn hatte er sogar befürchtet, die Wandlung könne eine Strafe oder gar ein Fluch für eine begangene Sünde sein. Er hatte diese Veränderungen damals nicht als schön empfunden. Doch wie sollte er das Svea erklären? Ihr Körper war ja anders als seiner – und er war jetzt noch schöner als früher!

Noch einmal nahm Faolán all seinen Mut zusammen und versuchte seine Empfindungen in Worte zu fassen. „Ich kenne einen solchen Anblick nicht und es ist ungewohnt, dich so verändert zu sehen. Die Gefühle, die mich dabei überkommen, sind mir ebenfalls fremd! Das habe ich einfach nicht erwartet.“

„Ist es lediglich mein Körper? Oder ist es auch dein Blick für mich, der sich verändert hat? Schließlich bist du kein kleiner Junge mehr und warst es auch im vergangenen Sommer schon nicht.“

Wieder überkam Faolán die Hitze in den Lenden und er spürte, wie ihm die Schamesröte ins Gesicht stieg. „Verstehe mich nicht falsch. Dieser Anblick ist mir einfach nicht vertraut. Die einzige Frau, die mich bisher begleitet hat, ist die heilige Jungfrau Maria. Außer dir habe ich jedoch noch nie eine ...“

Faolán versagte die Stimme und Svea beendete den Satz mit einem zärtlichen Flüstern: „... Frau nackt gesehen?“

Faolán nickte, ohne Svea dabei anzuschauen. Sie lachte leise, denn sie hatte diese schamhafte Seite des Novizen noch nie erlebt, es sei denn in Bezug auf seine Narbe. Sie bemerkte an seiner Reaktion, dass sie ihm gegenüber einen Vorteil hatte: Alveradis hatte sie auf die Veränderungen ihres Körpers vorbereitet. Ebenso hatte die Kräuterfrau erklärt, was bei Knaben gleichen Alters vor sich geht. Offensichtlich wurden Novizen in den Klosterschulen in dieser Hinsicht überhaupt nicht unterrichtet. Faolán wusste vielleicht noch nicht einmal was es bedeutete, wenn Kinder zu Erwachsenen heranreiften. Einfühlsam versuchte Svea diesen Mangel an Wissen bei ihm zu beseitigen.

„Ich kann dich beruhigen, Faolán. Diese Veränderungen muss ein jedes Mädchen früher oder später durchleben. Es ist nichts Schlimmes. Du selbst hast doch eine ähnliche Entwicklung durchlebt, als du vom Knaben zum Manne wurdest.“

Faolán fühlte sich keineswegs als Mann, auch wenn er mit seinen dreizehn Jahren das Alter bereits erreicht hatte. Doch noch war er Novize! Noch wollte er der Junge sein und bleiben, der er über viele Jahre gewesen war. Er hatte sich noch immer nicht so recht daran gewöhnt, dass er anders aussah als vor gut einem Jahr. Natürlich hatte er damals Bruder Ivo nach den Ursachen gefragt, doch dessen Antworten waren sehr unklar ausgefallen.

Svea unterbrach das beklemmende Schweigen. „Vielleicht liegt es daran, dass du in einer Gemeinschaft mit Männern aufgewachsen bist. Möglicherweise kommst du mit der Veränderung meines Körpers nicht zurecht, weil sich – wie viele sind es? – etwa zehn Dutzend Männer eine heilige Mutter teilen müssen!“

Die spaßig gemeinte Bemerkung, die Faolán hätte aufmuntern sollen, verfehlte ihre Absicht. Stattdessen reagierte er gereizt. „Lass das Kloster aus dem Spiel! Immer wieder treibst du deine Scherze über Mönche und ihr angebliches Unvermögen, die Welt zu verstehen. Die Abtei hat nichts mit uns zu tun. Außer vielleicht mit dem, dass ich bald selbst einer dieser Mönche sein könnte!“

Die harschen Worte trafen Svea und sie wich sichtlich erschüttert zurück. So einen Ausbruch hatte sie von Faolán noch nicht erlebt. Doch sie erkannte auch, dass sie ihre Grenzen überschritten hatte. Versöhnlich griff sie nach seiner Hand. „Entschuldige bitte. Ich wollte niemanden verspotten. Wenn du aber über meine Bemerkung nachdenkst, wirst du auch einen Funken Wahrheit in ihr finden. Oder hast du schon einmal einen Mönch anders über das Weibsvolk reden hören, als dass es entweder heilig und ehrwürdig oder lasterhaft und teuflisch ist? Der einzige Unterschied liegt darin, dass die Heiligen alle schon lange tot sind, während die zweite Gruppe aus allen anderen Frauen besteht, vor allem den lebenden.“

Faolán spürte erneut Zorn in sich aufsteigen, brachte sich jedoch dazu, über ihre Worte nachzudenken. Er stellte fest, dass sie gar nicht so Unrecht hatte. Abgesehen von der heiligen Jungfrau Maria und vielleicht noch einigen anderen heiligen Frauen wie Scholastika, die Schwester des heiligen Benedikt, wurden Frauennamen innerhalb der Abtei selten ausgesprochen. Sollte dennoch einmal von ihnen die Rede sein, so war die Lehre der Erbsünde nicht fern.

Dass Svea mit ihrer Beobachtung Recht hatte, konnte sich Faolán allerdings im Augenblick nicht eingestehen. Stattdessen gab er dem Impuls nach, das Kloster, seine Heimat, zu verteidigen: „So schlicht verhält es sich auch wieder nicht. Die Mönche haben mir einiges beigebracht. Auch, dass es Frauen in dieser Welt gibt.“

„Bei Gott, welch unglaublich wagemutige Lehre“, antwortete Svea sarkastisch. „Haben die Herren auch etwas Gutes an mir gelassen oder haben sie das rote Haar bei einem Mädchen als ein Zeichen für die leibliche Sünde gedeutet? Besitzt es nicht die Farbe des Höllenfeuers? Droht dir nicht ewige Verdammnis, solltest du dich mit mir einlassen?“

Wut schwelte plötzlich in Svea auf. Schnell zog sie ihre Hand zurück und ihre Stirn legte sich in Falten. Faolán schaute sie bestürzt an. Diese Reaktion hatte er nicht beabsichtigt. Betroffen sprach er schließlich mit ruhigem Tonfall: „Einzig Bruder Ivo weiß um deine Haarfarbe und das nur, weil du dich ihm selbst zu erkennen gegeben hast. Sonst trage ich dein Aussehen wie auch deinen Namen nur in meinem Herzen. Ich schreie es nicht hinaus wie ein fahrender Händler auf dem Markt."

Sveas Gesicht entspannte sich mit einem Mal. Der Zorn in ihren Augen verflog und wurde durch ein zartes Lächeln ersetzt. Ihre Hand legte sich wieder auf seine. „Entschuldige bitte ..."

„Warum sage ich nur solche Dinge?", fragte Faolán verwirrt.

„Weil du sie tief in deinem Herzen trägst!", flüsterte Svea. „So tief verborgen, dass nur du sie kennst. Und ich, wenn du sie mir anvertraust."

Faolán nahm ihre Hand in seine, und so blieben sie schweigend auf dem Baumstamm sitzen. Ihre Blicke reichten zur Verständigung vollkommen aus, es bedurfte keiner Worte mehr.

Viel zu früh erhob sich Svea. „Es wird spät, mein Lieber, du musst gehen."

Faolán wollte es nicht hören. Sein Gesicht verzog sich, als habe er plötzlich einen bitteren Geschmack im Mund. „Es kommt mir vor, als sei ich eben erst eingetroffen."

„Du bist schon lange bei mir, weißt du das denn nicht?" Ein schelmisches Lächeln begleitete ihre tiefsinnigen Worte. „Wir sehen uns bald wieder, oder nicht?"

„Sicher, zum nächsten Markttag!"

„Ich werde auf dich warten."

Svea hätte jetzt einfach gehen und Faolán seines Weges ziehen lassen können, doch sie tat es nicht. Stattdessen machte sie einen Schritt auf den Novizen zu und küsste ihn zärtlich auf den Mund. Es war nur eine leichte Berührung, doch Faolán strauchelte beinahe. Als der sanfte Kuss endete und ihre Lippen sich lösten, entzog sie sich ihm langsam, mit ihrem für sie so typischen Lächeln.

Faoláns Gedanken überschlugen sich. Was war das gewesen? Was hatte sie gemacht und vor allem: Wie hatte sie es gemacht? Schnell handelte der Novize, bevor es zu spät und Svea entschwunden sein würde. Er griff nach ihrer Hand, zog sie an sich und küsste sie erneut – länger und intensiver als beim ersten Mal. Svea erwiderte den Kuss leidenschaftlich, und Faolán verspürte eine unsägliche Lust in sich aufsteigen, wie er sie noch nie verspürt hatte. Sie kam einem Feuer gleich, das sich blitzartig ausbreitete und unmöglich einzudämmen war.

So innig dieser Kuss auch war, Svea löste sich seines Erachtens viel zu schnell von der Umarmung und trat einen Schritt zurück. Faolán versuchte sie erneut an sich zu ziehen, doch sie wich ihm geschickt aus. Mit erhobenem Zeigefinger sprach sie leise: „Die Hitze in uns ist gefährlich und droht eine Flamme zu entzünden, die hoch lodern könnte. Wir müssen aufpassen, dass wir uns daran nicht verbrennen, selbst wenn wir uns im Augenblick so sehr nacheinander sehnen ..."

Rückwärts schreitend entfernte sie sich von Faolán und behielt ihn liebevoll lächelnd im Auge, damit er ihr nicht folgte. Dann war sie im Grau des Gehölzes verschwunden. Faolán war wieder allein.

Der Novize konnte sich an seinen Rückweg nicht mehr erinnern, doch plötzlich stand er vor dem Klosterwagen. Bruder Ivo schreckte verwirrt auf, als Faolán aus dem Unterholz auftauchte. Er hatte offensichtlich geschlafen.

„Du warst lange fort", begann er. Faolán antwortete jedoch nicht, sondern bestieg wortlos den Wagen. „Hast du gefunden, wonach du gesucht hast?", hakte der Mönch nach.

Faolán antwortete immer noch nicht. Stattdessen errötete er, als er an Svea und die Küsse dachte. Plötzlich lachte der Cellerar und griff nach dem Wasserschlauch, den sein Gehilfe noch immer festhielt. „Ich meinte die Quelle, mein Junge! Offensichtlich hast du sie gefunden, prall wie der Schlauch ist. Deiner Röte entnehme ich allerdings, dass es nicht nur die Quelle war, auf die du gestoßen bist."

Während der Cellerar einen vollen Zug aus dem Wasserschlauch nahm, versuchte Faolán sich zu erinnern, wann und wo er ihn aufgefüllt hatte, doch es gelang ihm nicht.

Erneut riss ihn der Meister aus den Gedanken. „Es war nicht ganz anständig von mir, dich derart hinters Licht zu führen. Aber ich wollte dir zeigen, dass du dich nicht so schnell verunsichern lassen sollst. Eine derart belanglose Anspielung darf dein Geheimnis niemals so leichtfertig ans Tageslicht fördern. Deine Schamesröte verrät dich, du wirkst dadurch verdächtig ..."

Faolán war erleichtert, dass Bruder Ivo es dabei bewenden ließ. Der Mönch trieb das Pferd an und schwieg für den Rest der Fahrt, sodass der Novize etwas Ruhe zum Nachdenken hatte. Es gab so viele neue Fragen.

Würden ihn auch andere so schnell durchschauen wie der Kellermeister?

Und was war mit ihm und Svea am Weiher geschehen?

Weshalb hatte er sie so leidenschaftlich geküsst?

Warum hätte er dabei am liebsten Svea Brüste angefasst?

Noch einmal rief sich Faolán die Berührungen und den Geschmack ihrer Lippen in Erinnerung. Es war ein wundervoller, bisher ungekannter Genuss gewesen, der Hunger nach mehr weckte.

In zwei Wochen erst würde der nächste Markttag stattfinden. Diese Zeit kam Faolán wie eine Ewigkeit vor, denn er konnte es kaum erwarten, Svea wieder zu sehen ...

Auf einen späten, kurzen Frühling folgte ein heißer Sommer. Es schien, als wolle das Jahr die Kälte des langen, harten Winters durch ein Übermaß an Hitze wieder ausgleichen. Zu Faoláns Freude brachte das gute Wetter regelmäßige Marktgänge mit sich. Zwar versuchte Prior Walram hartnäckig ihm die noch ausstehende Bestrafung zu verabreichen, doch Bruder Ivo wusste es stets mit ausreichend Arbeit für seinen Gehilfen zu verhindern. Das Klosterleben war anstrengend geworden. Faolán musste sich nicht nur vor Drogo, sondern auch vor dem Prior in besonderem Maße in Acht nehmen.

Die Fahrten nach Neustatt hingegen standen unter einem guten Stern, denn dort hatte sich einiges verändert. Wie Bruder Ivo es beschlossen hatte, ließ er den Markthütern weiterhin kleine Aufmerksamkeiten zukommen. Mal war es ein Stück Käse, ein Laib Brot oder Obst. Selten sogar ein paar Schluck Wein, wenn Faolán die gute Laune des Cellerars zugunsten der Recken ausnutzte.

Seit jenem ersten Markttag in diesem Jahr gab es von Seiten der Krieger keinerlei Schikanen mehr. Im Gegenteil: Die Bewaffneten hielten sich auffallend häufig in der Nähe des Klosterstandes auf und hatten ein wachsames Auge auf die Kundschaft. Obwohl Faolán sich nun der Loyalität beider Männer sicher sein konnte, ließ er den Klosterstand doch nie wieder unbeaufsichtigt.

Am meisten freute sich Faolán an diesen Tagen natürlich auf den Rückweg. Sobald der Kellermeister am frühen Nachmittag das Zeichen zum Aufbruch gab, konnte er es kaum erwarten, Svea gegenüberzustehen. Und er traf sie jedes Mal, denn Bruder Ivo schickte seinen Gehilfen stets an die Quelle im Wald. Der Mönch verlor schon gar keine Worte mehr darüber, sondern reichte Faolán einfach den leeren Wasserschlauch. Das Wasserholen war zu einer Art stummen Rechtfertigung für das Handeln des Cellerars geworden, sollten die heimlichen Treffen je ans Tageslicht kommen.

Svea und Faolán nutzten ihre gemeinsame Zeit für vertrauensvolle Gespräche und zum Schwimmen im Weiher. Zum Abschied tauschten sie noch ein paar zarte Küsse und Umarmungen aus, die deutlich beherrschter waren als die ersten. Absichtlich gab es nur wenige Berührungen. Faolán fiel es sehr schwer, sich zurückzuhalten. Er verspürte ein so starkes Verlangen, Svea im Arm zu halten, dass es ihm beinahe das Herz zerriss, wenn er sie bis zum nächsten Markttag nicht sehen konnte. Am liebsten hätte er sie bei jedem Treffen die ganze Zeit über festgehalten und erst dann wieder losgelassen, wenn die Schatten der Bäume am Rande der Lichtung mahnend lang waren.

An diesem Tag schien jedoch alles anderes zu sein. Schon seit dem Morgen war es drückend schwül und der Handel in Neustatt war träge vonstatten gegangen. Als Faolán nachmittags endlich den Weiher erreichte, fand er Svea schon vergnügt im kühlen Wasser vor. Ohne lange nachzudenken, legte er den Wasserschlauch zur Seite, entledigte sich des Habits und tauchte ebenfalls in die willkommene Erfrischung ein. Es tat gut, sich nach dem staubigen Markttag zu reinigen.

Wie zwei kleine Kinder tollten sie im Wasser umher. Ihr Lachen erklang so ausgelassen wie schon lange nicht mehr. Nach einer Weile hatten sie sich ausgetobt und schwammen gemütlich im Weiher. Langsam zogen sie Kreise, immer enger, wie zwei Vögel am Firmament. Keiner ließ den anderen aus den Augen. Sie kamen sich dabei so nahe, dass sich immer wieder ihre Hände und Füße unter Wasser berührten. Diese zufälligen Kontakte übten auf beide einen besonderen Reiz aus. Ihr Gespräch erstarb plötzlich und sie starrten sich wortlos an. Die zaghaften Berührungen wurden häufiger.

Als Sveas Hand wieder einmal an Faoláns Unterarm entlang strich, packte er diese plötzlich und zog Svea zu sich. Sie wehrte sich nicht, sondern glitt zu ihm. Faolán schaute in ihre unendlich tiefen Augen und drohte darin zu versinken. Ihre Lippen berührten sich, zunächst nur zärtlich. Dann wurde der Kuss immer inniger, dass Faolán hoffte, er möge niemals enden. Auch Svea erwiderte ihn mit Leidenschaft, als habe sie sich schon lange danach gesehnt.

Deutlich spürte der Novize, wie sich seine Männlichkeit versteifte und sich an die Oberschenkel des Mädchens presste. Sveas Beine bewegten sich regelmäßig im Wasser und rieben immer wieder daran. Es schien, als verstärkte Svea diesen Druck bewusst, sanft aber bestimmt.

Faolán wusste nicht, was mit ihm geschah. Die mahnenden Worte des Cellerars kamen ihm in Erinnerung, doch er drängte sie beiseite. Diese schönen Gefühle konnten unmöglich eine Sünde sein. Inzwischen befanden sie sich in Ufernähe, so dass ihre Füße wieder festen Grund fanden. Beide gaben sich jetzt ganz ihren Küssen hin. Ihre Finger erkundeten den Körper des anderen. Instinktiv versuchte Faolán herauszufinden, wozu Gott ihm das erregte Fleisch zugedacht hatte und hielt Svea noch fester, während er versuchte, eines ihrer Beine um seine Hüfte zu legen.

Doch bevor es ihm gelang, löste sich Svea unerwartet von ihm und schob den hitzigen Novizen zärtlich zurück. Sie versuchte ein wenig Abstand zu ihm zu gewinnen, doch Faolán hielt sie fest und zog sie erneut an sich, dass sie sich mit ihrem Rücken gegen seine Brust lehnte.

Zärtlich liebkoste er ihre Ohren und den Nacken, küsste ihr nasses Haar. Svea genoss es und ließ eine seiner Hände über ihre Brüste gleiten. Sie presste sich an ihn und spürte, dass sich Faoláns Männlichkeit an ihr Gesäß schmiegte. Wie von allein fand sein Glied einen Weg zwischen ihre Schenkel und bewegte sich dort sachte. Sein Atem ging schneller und Svea spürte, wie auch ihre Erregung stieg. Noch einmal versuchte Faolán dorthin zu gelangen, wo er zuvor abgewiesen worden war. Doch erneut löste sich das Mädchen zärtlich aber bestimmt aus seiner Umarmung. Diesmal brachte sie genug Abstand zwischen sich und den erregten Jüngling.

Faolán war irritiert. In seinem Sinnesrausch hatte er nicht mit ihrer Ablehnung gerechnet. Noch einmal versuchte er Svea bei den Händen zu greifen, doch sie wich weiter zurück. Sie erkannte den Schmerz in seinem Gesichtsausdruck und versuchte es ihm zu erklären. „Es tut mir leid, Faolán. Ich spüre unser beider Verlangen, doch für diesen Schritt ist es noch zu früh."

Der Novize nickte kurz, um Verständnis für Sveas Entscheidung zu zeigen. Er fühlte sich aber alles andere als gut dabei. Svea versuchte ihn zu trösten: „Sei nicht betrübt, mein Liebster. Eines Tages werden wir erfahren, was sich jetzt noch unter dem kühlen Wasser verbirgt. Doch nicht heute. Nicht an diesem Tag."

„Wann wird dieser Tag sein?", lautete Faoláns einzige Frage, als gäbe es nichts Wichtigeres. Kaum hatte er sie ausgesprochen, wollte er sie wieder zurücknehmen.

„Ich weiß es nicht. Du wirst aber mit Sicherheit merken, wenn es soweit ist." Mit dem für Svea so typischen, schelmischen Lächeln fügte sie noch hinzu: „Sollte das wider Erwarten nicht der Fall sein, werde ich es dich schon spüren lassen. Verlass dich auf mich!"

Faolán liebte dieses verschmitzte Lächeln und erwiderte es. Svea kam langsam wieder auf ihn zugeschwommen und strich ihm zärtlich über die linke Wange, genau dort, wo sich seine markante Narbe befand. Sie betrachtete das Wundmal genau und Faolán wollte sich beschämt abwenden, doch Svea sah in dieser Narbe keinen Makel. Im Gegenteil. Es war ein Stück Faolán, wie sie ihn kannte und liebte. Sachte küsste sie ihn darauf.

„Vertraue mir, Faolán." Langsam begann sie den Novizen im Wasser zu umrunden und fragte ihn leise: „Weißt du denn nicht, dass wir beide für einander geschaffen sind? Wenn du das begreifst, wirst du auch das Warten ertragen können."

Von hinten schlang sie ihre Arme um Faoláns Schultern und schmiegte sich an ihn. Der Novize spürte ihre Brüste an seinem Rücken und genoss es. Zärtlich klang ihre Stimme in seinen Ohren, dass ihm vor Erregung ein Schauer über den Rücken lief. „Mein lieber, kleiner Novize, wenn dich deine Mönche jetzt so sehen könnten, würde eine Welt für sie zusammenbrechen!"

„Das wäre mir gleich ..."

„Aber mir nicht. Noch gehörst du zu ihnen, und wir müssen sehr vorsichtig sein." Verspielt strich sie ihm mit ihrer Hand über die Brust, ließ ihre Hand tiefer gleiten, jedoch ohne das zu erreichen, wonach sich Faolán sehnte. Er schloss seine

Augen und wartete, was sie als nächstes tun würde. Plötzlich hielt Sveas Hand inne. Ihr ganzer Körper erstarrte mit einem Mal und Faolán spürte, dass etwas Außergewöhnliches vorgefallen war.

„Svea, was ist?“

Besorgt wandte er sich um und sah Tränen über ihre Wangen laufen. Faolán wurde unruhig. „Svea? Was ist los? Hast du – hast du etwas gesehen?“, fragte er verstört.

Svea schluckte schwer. Ihre Augen wurden wieder klar und blickten Faolán mit ungewohnter Nüchternheit an. Ihre Stimme klang tonlos und leise. „Ja. Aber du weißt, dass ich nicht genau deuten kann, was ich gesehen habe.“

„Was war es? Sag es mir!“, beschwor Faolán sie.

„Ich glaube, uns droht Gefahr.“

„Gefahr? Welche Art von Gefahr?“

„Das kann ich nicht genau sagen.“

Faolán schaute sich nervös um. „Von wem oder was geht die Gefahr aus?“

„Ich ... ich weiß es nicht. Ich habe nur gesehen, wie diese Bedrohung über uns ragte, wie der schwarze Schatten eines großen Mannes.“ Svea verbarg das Gesicht in ihren Händen, als könne sie so die Erinnerung vor ihrem geistigen Auge auslöschen. Doch sie konnte die Bilder nicht leugnen. Sie holte tief Luft und wischte sich die Tränen aus den Augen. Gefasster sprach sie weiter: „Jemand wird versuchen, uns zu trennen, damit wir uns nie mehr wiedersehen.“

Faolán war fassungslos. „Was? Wie meinst du das? Was meinst du damit, wir werden uns nie mehr wiedersehen?“

„Hör mir doch bitte zu, Faolán. Ich kann nicht mit Sicherheit sagen, ob es eintreffen wird. Nur, dass wir in Gefahr sind. Das ist das Einzige, was ich aus den Bildern deuten kann.“

„Das kann nicht sein. Es darf nicht sein! Svea, Trennung kann unmöglich unser Schicksal sein! Sag’ mir, dass du dich irrst. Bitte, Svea, sag’ es.“

Doch Svea konnte es nicht versprechen. Die Bilder ihrer Eingebung waren zu eindrücklich gewesen. Dennoch versuchte sie den aufgebrachten Freund zu beruhigen. „Liebster, hör mir doch bitte zu.“

„Wer, um Gottes Willen, könnte uns etwas Böses anhaben? Worin könnte die Gefahr bestehen?“, fragte Faolán, als habe er Svea nicht gehört.

„Faolán, würdest du mir jetzt bitte einfach nur zuhören?“

Der Novize rang mit sich und wurde schließlich wieder etwas ruhiger. Als er keine Fragen mehr stellte, fuhr Svea mit ihrer Erklärung fort: „Du weißt, dass jeder sein Schicksal selbst in der Hand hat. Deine Mönche mögen dir vielleicht etwas anderes beibringen, und große Ereignisse mögen auch vorgegeben sein. Doch nicht alles ist vorbestimmt. Ich kann dir lediglich sagen, dass jemand versuchen wird, uns von weiteren Treffen abzuhalten. Diese Person will vor allem dir etwas Böses antun und wird dabei keine Mühe scheuen."

„Aber das ist nichts Neues. Drogo will mir täglich etwas Böses. Je grausamer, umso besser. Damit kann ich leben, ich tue es schon seit Jahren."

„Nein, Faolán, es ist nicht Drogo. Es ist jemand anderes. Diese Person ist um einiges mächtiger als Drogo. Jemand mit großem Einfluss ..."

Sveas Stimme erstarb plötzlich und sie horchte erschrocken auf. Kurz darauf hörte auch Faolán, wie sich jemand einen Weg durch den Wald bahnte. Furcht blitzte in Sveas Augen auf. Ihre Worte waren nur noch ein angsterfülltes Flüstern:

„Er ist hier!"

Eilig entstieg sie dem Tümpel und lief zu dem Busch, an dessen Äste sie ihre Kleider gehängt hatten. Noch bevor sie sich ihr dünnes Leinenkleid überziehen konnte, brach auf der gegenüberliegenden Seite des Weihers plötzlich ein Mann aus dem Unterholz. Faolán und Svea blickten sich bestürzt um und der Novize erkannte sofort, wer sie ausfindig gemacht hatte: Prior Walram!

Der Mönch blieb zunächst überrascht am Rande der Lichtung stehen, begriff aber schnell, was sich vor seinen Augen abspielte. Ohne weiter zu zögern lief er los, um das Mädchen zu erreichen, doch Svea war schneller. Flink griff sie nach ihrer Schultertasche und dem Schuhwerk, richtete noch einen kurzen Blick auf Faolán, als wolle sie sich zugleich entschuldigen und verabschieden, dann verschwand sie im Geäst des Unterholzes. Walrams zornige Ausrufe hallten durch den Wald. Das Mädchen war ihm entkommen und so blieb ihm nur Faolán, der noch immer bis zur Hüfte im Weiher stand. Der Mönch hatte keine Scheu vor dem Wasser, watete hinein und zog den Novizen am Ohr zum Ufer.

Mit jedem Schritt war Faoláns Nacktheit deutlicher zu sehen. Allein diese Tatsache entsetzte den Prior bereits aufs Äußerste. Als er jedoch Faoláns Männlichkeit erblickte, deren Erregung schon beinahe abgeklungen war, erahnte er das volle Ausmaß der begangenen Sünde.

Wieder auf trockenem Boden und außer sich vor Zorn, brach Walram einen langen Tannenzweig ab und begann mit lauten Beschimpfungen auf den Novizen einzuschlagen. Faolán, der sich der Hiebe nicht zu erwehren wusste, war erleichtert, als nur wenige Augenblicke später der Cellerar ebenfalls auf der Lichtung erschien.

„Walram, seid Ihr des Wahnsinns, den Knaben derart zu schlagen?"

„Nein, werter Bruder", antwortete der Prior schwer schnaubend und mit einem beängstigenden Glimmen in den Augen. „Ich bin keineswegs des Wahnsinns. Doch Euer Gehilfe hier, er ist der fleischlichen Sünde verfallen."

Erneut wandte sich Walram an Faolán und trieb ihn mit Hieben voran. Jetzt konnte auch Ivo sehen, in welchem Zustand Faolán sich noch vor kurzem befunden hatte. Ohnmächtig schloss er die Augen, als wolle er ein Stoßgebet gen Himmel senden. Doch als er sie wieder öffnete, war Faoláns abklingende Erregung noch immer deutlich zu sehen und er ahnte, mit wem Walram den Jüngling im Weiher angetroffen hatte.

Wütend hob der Prior das achtlos abgelegte Habit des Novizen auf und schleuderte es ihm entgegen. „Bedecke deine Scham, bevor ich dir deine zu Fleisch gewordene Lust mit dieser Rute abschlage. Seht her, Bruder Ivo, wie Euer Gehilfe Eure Gutmütigkeit ausnutzt. Zum Wasserholen habt Ihr ihn geschickt, doch stattdessen suhlt er sich mit einer Dirne in einem Dreckloch, am helllichten Tage und vor den Augen des Herrn. Lehrt Ihr ihm auf diese Weise etwa Gottesfurcht?"

Bruder Ivo wusste auf Walrams Spott keine Antwort. Verzweifelt versuchte er ein Argument zu finden, um die Situation zu entschärfen, doch es fiel ihm keines ein. So konnte Walram seine Anklage fortsetzen, während er Faoláns Handeln beaufsichtigte.

„Wäre ich nicht zufällig wie Ihr auf dem Heimweg gewesen, hätte Faolán sein Spiel womöglich auf ewig weitergetrieben und Euch an der Nase herumgeführt. Welch Fügung des Herrn, dass ich heute ein Treffen mit dem Grafen in Neustatt hatte. Wie lange treibt der Sünder bereits dieses Blendwerk mit Euch? Den gesamten Sommer schon oder gar seit dem vergangenen Jahr? Mit Freude werde ich dem Abt davon berichten, darauf könnt Ihr Euch verlassen."

„Ich ... wir ... woher sollte ich ...?", versuchte Bruder Ivo sich zu rechtfertigen.

„Bemüht Euch nicht, Euch herauszureden. Eure Unachtsamkeit hat Euren Gehilfen zur fleischlichen Sünde mit einer Dirne verleitet. Es ist eine Todsünde, sich der Wollust hinzugeben. Leichtfertig war es, den Novizen allein in den Wald gehen zu lassen ... und doch bin ich Euch dankbar dafür!"

Mit einem teuflischen Grinsen wandte sich Walram wieder an Faolán und trieb ihn, sobald der Novize das Habit angelegt hatte, mit der Rute zum Klosterwagen zurück. Bruder Ivo konnte nichts weiter tun, als ihnen stumm hinterher zu laufen. Jede Verteidigung seines Gehilfen hätte ihn womöglich selbst verraten. Vor dem Abt würde er ohnehin Rede und Antwort stehen müssen. Vielleicht konnte er bei Degenar für den Jungen etwas erreichen.

* * *

Obwohl sich Walram alle Mühe gab, Faolán wie auch Bruder Ivo für den Vorfall am Weiher zur Rechenschaft zu ziehen, war er vor Abt Degenar nur zum Teil erfolgreich. Der Novize wurde natürlich schuldig gesprochen, das konnte selbst der Abt mit all seinem Wohlwollen für Faolán nicht verhindern. Der Cellerar hingegen beteuerte seine Unschuld und bekräftigte seine Absicht, auf den Novizen in Zukunft ein strengeres Auge zu halten. Das klang in Degenars Ohren überzeugend genug und daher maßregelte er seinen Freund zum Missfallen des Priors einzig mit Worten und einer geringen Buße.

Walram versuchte, für Faolán eine möglichst harte Bestrafung zu erwirken. Nebst der körperlichen Züchtigung wollte er den Abt auch davon überzeugen, dass der Novize nicht mehr als Gehilfe des Cellerars geeignet sei. Zu vielen Verlockungen könnte der Jüngling in Neustatt erliegen, zumal der Kellermeister sich als unfähig erwiesen hatte, den Novizen am kurzen Riemen zu halten.

Aber Walram scheiterte. Allen Appellen zum Trotz verhängte Degenar über Faolán keine Strafe, die aus körperlicher Züchtigung, sondern nur aus körperlicher Arbeit bestand. Ebenso sollte er weiterhin Gehilfe des Kellermeisters bleiben, denn niemand sonst eignete sich so gut für diese Aufgabe und damit für das Wohl der Gemeinschaft. Faoláns Strafe bestand darin, die Außenwände der Klosterkirche neu zu tünchen. Eine Arbeit, die in der Sommerhitze nicht nur schweißtreibend und anstrengend, sondern wegen des Hantierens mit Kalk auch noch gefährlich für das Augenlicht war. Schon ein kleiner Spritzer könnte dies auf Dauer trüben. Es war keine leichte Aufgabe, sich gleichzeitig auf einer wackeligen Leiter zu halten und auf die Tünche Acht zu geben.

Aus diesem Grund verlief der Vollzug der Strafe sehr langsam. Faolán war vorsichtig, denn ein Gerüst wie auf den Baustellen zu Neustatt gab es nicht. Von Zeit zu Zeit beaufsichtigte Prior Walram den Fortschritt der Arbeit und genoss es sichtlich, Faolán bei der Ausübung zuzusehen. Bestimmt hatte er erhofft, dass sich der Novize sein Augenlicht zerstört. Doch diesen Gefallen erwies ihm Faolán nicht.

Während er den Kalk vorsichtig mit einer Bürste auf die Wand strich, fragte er sich, ob dies die Gefahr war, die Svea vorhergesehen hatte. Schließlich könnte es durch den Kalk geschehen, dass er Svea tatsächlich nicht mehr wiedersehen würde. Faolán hegte die Hoffnung, dass nach dem Tünchen die Gefahr überwunden wäre. Zumindest schien es so, denn sein Leben verlief nach erfolgreichem Abschluss der Arbeit endlich wieder in gewohnten Bahnen. Er war bester Laune, freute sich auf den nächsten Markttag und hoffte, dass Bruder Ivo ihm nach wie vor die Freiheit zugestehen würde, Svea am Weiher zu treffen.

* * *

Faolán kauerte auf dem harten Steinboden, wusste allerdings nicht weshalb. Svea und Neustatt waren aus seinen Gedanken verbannt. Alles war aus seinem Kopf verbannt und er versuchte sich zu erinnern, was eigentlich geschehen war. Er schaute langsam auf und mit einem Mal setzten sich seine Gedanken wie ein Mosaik zusammen ...

Wild gestikulierend und laut wie die Posaunen des Jüngsten Gerichts trug der Prior seine Anklage dem Abt vor. Den Inhalt des Sermons begriff der Novize kaum. Seine Gedanken kreisten nur noch um den Tatbestand, wessen er beschuldigt wurde. An seiner Seite befand sich Konrad, der ebenfalls kniete. Dessen Gemüt war sichtlich erhitzt und wären seine Hände nicht hinter den Rücken gebunden gewesen, so hätte Walram nicht derart leichtfertig vor ihm auf- und ablaufen können. Konrads Blicke schossen hasserfüllt auf den Prior.

Langsam verblasste vor Faoláns Auge der wütende Mönch. Er vernahm keine Worte mehr, wurde taub für jedes Geräusch. Walram glich einem stumm geifernden Tier, das den mit geschlossenen Augen dasitzenden Abt mit Gesten zu betören versuchte. Auch dieses Bild verschwand langsam vor Faolán und er versuchte sich zu erinnern.

Er sah nur noch sich selbst. Er war allein im Raum und blickte an sich herab. Seine Hände waren noch immer geschwärzt, ebenso sein Habit um den Schoß herum. Die Stelle sah aus, als habe er versucht seine Hände daran zu säubern. Plötzlich wurde er sich auch des feuchten, klebrigen Flecks auf seinem Schoß bewusst.

Diese Feuchte inmitten der schwarzen Spuren brachte die Erinnerung an seine Tat schließlich zurück.

Seit dem Tünchen der Klosterkirche waren einige Tage vergangen, und Faolán musste in Ausübung seiner täglichen Pflichten einen schweren Aschekübel aus der Klosterküche entsorgen. Sein Weg führte ihn an der Rückseite der Kirche vorbei, die strahlend weiß in der Abendsonne leuchtete. Die Last brachte den Novizen schnell außer Atem und er musste sie mehrfach absetzen.

Leise verfluchte Faolán den Bottich. Erschrocken über seinen Ausbruch vergewisserte er sich nach allen Seiten, dass er von niemandem gehört worden war. Gerade als er den Kübel wieder aufnehmen wollte, fiel sein Blick auf die Kirchenwand. Das Streiflicht der tief stehenden Sonne warf merkwürdige Schatten auf das unebene Mauerwerk. Es war ein seltsamer Anblick, wie die Konturen langsam miteinander verschmolzen. Unerwartet formten sie ein Bild, und Faolán glaubte plötzlich, Sveas Gesicht erkennen zu können. Er schüttelte den Kopf und schloss die Augen, um dieses Trugbild loszuwerden. Als er sie wieder öffnete, sah er nach wie vor ein Gesicht auf der Wand: Ihr Gesicht!

Wie sehr er Svea vermisste!

Das Abbild wurde immer deutlicher und Faolán war sich sicher: Auf der Wand befand sich Sveas Antlitz, gemalt von der Sonne des göttlichen Firmaments. War es das Bildnis eines Engels, von himmlischer Hand gezeichnet? Diese Vorstellung kam wie ein Rausch über den Novizen.

Faolán wusste nicht mehr, was danach geschehen war. Das Nächste woran er sich erinnern konnte, waren die verkohlten Holzstücke in seinen Händen und die Kirchenwand, auf der er in Schwarz die Gesichtszüge eines Mädchens erblickte.

Erschrocken öffnete er seine Hände, ließ das verbrannte Holz fallen und entdeckte bestürzt seine schwarzen Handflächen. Würde ihn jetzt jemand sehen, wüsste er sofort, wer dieses Bildnis auf die Wand gezeichnet hatte. Sofort wischte er sich die Hände an seinem Habit ab. Dabei streifte er seine erregte Männlichkeit, die er jetzt erst bewusst wahrnahm. Ebenso bemerkte er ein seltsames, hitziges Pulsieren in seinem Unterleib. Entsetzen packte ihn, als er begriff, dass er nicht nur erregt, sondern sein Habit auf merkwürdige Weise feucht war. Eine klebrige Nässe, die ihm fremd war.

Obwohl Faolán keinerlei Erfahrung mit diesen Dingen hatte, so ahnte er aufgrund der Erzählungen einiger Novizen doch die Ursache dieser Feuchtigkeit. Er musste sich nur an das letzte Treffen mit Svea erinnern, schon würde sich das Fleisch zwischen seinen Beinen regen und versteifen, einhergehend mit einem sonderbar starken Verlangen nach ihr. Faolán wusste auch, wie er diesem Verlangen nachgeben könnte. Doch bisher hatte er sich stets beherrscht und noch nie Hand an sich gelegt. Umso entsetzter blickte er jetzt auf den Fleck herab.

Fieberhaft versuchte der Novize seine Gewandung zu säubern, doch seine schmutzigen Hände hinterließen nur zusätzliche schwarze Spuren und verschlimmerten die Lage. Faolán war verzweifelt und obwohl er sicher war, nicht der fleischlichen Lust erlegen zu sein, war das Resultat dennoch das gleiche. Die Sünde hatte sich in seinem Schoß ergossen. Hilfe suchend blickte er auf das Abbild an der Kirchenwand. Svea lächelte ihn an, wie sie es schon oft getan hatte. Oder lachte sie ihn aus? Verhöhnte sie ihn gar?

Noch einmal schaute Faolán sich angsterfüllt um. Niemand außer ihm wusste bisher, was geschehen war. Er musste unbedingt sein Habit wechseln und seine Hände waschen, damit kein Verdacht auf ihn fallen konnte. Die Strafe für dieses Vergehen würde mit Sicherheit noch härter ausfallen als alle jemals erlebten.

Schnell klaubte Faolán die verkohlten Holzreste vom Erdboden und warf sie in den Kübel. Dann überkam ihn die Idee, die Wand mit einem Ärmel zu säubern. Doch statt die Zeichnung zu beseitigen, verwischte er sie nur zu grauen, schmierigen Flecken. Verzweifelt begann der Novize das Abbild an einigen Stellen mit Spucke zu bearbeiten. Das Resultat war am Ende ein entstelltes Gesicht, das in keiner Weise mehr Svea ähnelte. Vielmehr feixte jetzt eine irrwitzige Fratze von der Wand auf ihn nieder, die man kaum noch als das Gesicht eines Mädchens erkennen konnte.

Faolán wusste nicht mehr weiter. Langsam entfernte er sich rückwärts von der Kirche, schüttelte verneinend den Kopf. Das alles konnte einfach nicht wahr sein!

Er musste so schnell wie möglich alles unternehmen, um seinen Kopf aus der Schlinge zu ziehen! Diese Erkenntnis kam allerdings zu spät, denn in diesem Augenblick trat Prior Walram aus einem angrenzenden Gebäude.

Obwohl der Mönch immer auf der Suche nach einer neuen Schandtat Faoláns war, erkannte er die verhängnisvolle Situation nicht auf Anhieb und blickte zunächst nur missbilligend auf den Novizen herab. Als er ihn bereits mit Ignoranz strafen wollte, entdeckte er jedoch das beschmutzte Habit des Jungen. Aufgeregt kam er auf Faolán zu. Dabei sah er auch die besudelte Kirchenwand und den Aschekübel. Der Prior kombinierte in Windeseile.

Nach einem lauten Aufschrei des Entsetzens begann Walram mit einer unglaublichen Härte auf Faolán einzuschlagen, dass der Novize beinahe zu Boden ging. Es schien, als lege der Prior den über Jahre angestauten Hass in diese Hiebe. Sein Atem ging schnell, als sei er erregt, seine Beschimpfungen erklangen laut wie das Fluchen eines Ochsentreibers.

Der Novize konnte sich der Züchtigung nicht entziehen, denn der Aschekübel in seinen Händen fesselte ihn. Er wagte nicht, ihn fallen zu lassen. Unter den harten, schnellen Schlägen ging er langsam in die Knie. Erst dann ließ der Prior von ihm ab.

Faolán rührte sich nicht und wartete zitternd. Plötzlich rief der Prior zwei Namen und mit Entsetzen erkannte der Novize, dass es sich dabei um zwei der engsten Vertrauten des Mönches handelte. Selbstverständlich stimmten diese in Walrams Litanei ein. Der Prior zog den Novizen an einem Ohr empor und inspizierte ihn genauer. Erst jetzt erkannte er, dass auf dem Habit außer dem Schmutz auch noch der Beweis der fleischlichen Unzucht zu sehen war.

In diesem Augenblick begriff Walram, dass er genau das in Händen hielt, wonach er sich so lange gesehnt hatte: Ausreichende Beweise für eine erneute und endlich erfolgreiche Anklage vor dem Abt! Nicht nur wegen der Kirchenwand – nach dem Vorfall am Weiher war dies Faoláns zweite fleischliche Sünde innerhalb kürzester Zeit.

Von diesen Aussichten beflügelt, trieb er den Novizen mit Hilfe seiner beiden Freunde zu den Gemächern des Abtes. Sie drangsalierten den Jüngling mit Schlägen und Stößen, denen er nicht entkommen konnte, weil er noch immer den großen Kübel mit sich schleppte. Das war eine verfluchte Torheit gewesen, denn mit dem schweren Kübel war er langsam. Deswegen bekam er nicht nur mehr Schläge verabreicht als bei einem schnelleren Gang, sondern sie begegneten zudem Konrad, kurz bevor sie beim Abt ankamen.

Wahrscheinlich war es dessen Gewohnheit, Faolán vor Drogo zu schützen, die ihn zum blinden Eingreifen veranlasst hatte. Diesmal allerdings wurde ihm seine Hilfe zum Verhängnis, und war eine ebenso große Torheit wie Faoláns! Ohne

Überlegung versuchte Konrad, die Misshandlungen seines Freundes mit dem Einsatz eigener Gewalt zu beenden. So geübt Konrad in dieser Art der Auseinandersetzung auch sein mochte, gegen die drei Männer konnte er nichts ausrichten. Schnell hatten sie den Novizen überwältigt, hielten ihn fest und Prior Walram band ihm die Hände mit einem Lederriemen hinter dem Rücken zusammen. Nun trieben die Mönche gleich zwei ungehorsame Novizen mit traktierenden Schlägen zum Abt. Walrams Triumph konnte kaum größer sein.

Auf dem Steinboden vor dem Abt kniend, konnte Faolán jetzt wieder alles klar vor sich sehen. Seine Torheit war der Grund, weshalb Konrad und er hier waren. Bruder Walram befand sich in Hochform, sprudelte geradezu vor Wortgeist, um die Taten der beiden Freunde möglichst frevelhaft erscheinen zu lassen. Er argumentierte, als ginge es um sein eigenes Seelenheil.

„... befleckt und besudelt doch dieser Novize die Kirchenwand unseres geheiligten Klosters mit einer Fratze, wie sie hohnvoller und gotteslästerlicher nicht sein könnte. Dieses Spottbild verlacht unser Gotteshaus und unsere heilige Gemeinschaft. Befleckt und besudelt ist auch sein Habit! Befleckt durch das Anlegen der eigenen Hand an sein Fleisch! Die Sünde des Onan in unseren Mauern, von einem Novizen, der erst kürzlich einer Dirne anheim gefallen ist und der unzweifelhaft auch die abartige Schmiererei zu verantworten hat! Und als ob das nicht schon genug wäre, fand auch noch der tätliche Angriff durch den wild gewordenen Novizen Konrad auf drei ehrbare Mönche statt.

Das alles kann nur das Werk des Leibhaftigen in unserer Abtei bedeuten. Er hat sich der beiden Novizen bemächtigt. Seht Euch doch die Narbe auf Faoláns Wange an: Sie ist ein Mal! Ein Mal des Teufels – damit ihn Leute seinesgleichen erkennen. Dieses Übel muss unter allen Umständen bekämpft werden! Dem Leibhaftigen muss das Handwerk gelegt werden! Die Werkzeuge des Satans sind auf das Härteste zu bestrafen. Um dem Dämon Einhalt zu gebieten, müssen seine ausführenden Gliedmaßen abgetrennt werden. Nur so wird es Luzifer eine Lehre sein, niemals wieder in unser Kloster einzudringen."

Prior Walram hatte sich geradezu in Ekstase geredet und wartete, völlig außer Atem, auf eine Reaktion seiner Zuhörer. Abt Degenar und Bruder Ivo wollten die hitzige Stimmung etwas abkühlen lassen und schwiegen zunächst. Nach einer kurzen Pause sprach der Abt schließlich mit gedämpfter Stimme. „Habt Ihr die von Euch bezeichnete Schmiererei selbst gesehen, ehrwürdiger Prior?"

Ungläubig schaute Walram den Abt an. Kopfschüttelnd rang er nach Worten und spuckte sie schließlich verächtlich aus:

„Selbstverständlich habe ich sie mit eigenen Augen gesehen. Glaubt Ihr etwa, ich erliege einem Trugbild oder lege hier falsches Zeugnis ab, ehrwürdiger Abt?"

„Es lag nicht in meiner Absicht, Eure Sinne in Frage zu stellen. Dennoch wünsche ich alle Fakten zu sammeln, bevor ich ein Urteil fälle. Daher werdet Ihr mir noch eine Frage beantworten: Habt Ihr den Beschuldigten mit eigenen Augen bei der Ausübung der Tat beobachtet, ehrwürdiger Prior? Oder Ihr, Bruder Marten und Bruder Albertus?“

Die beiden Vertrauten des Priors waren von der direkten Anrede des Abtes überrascht und schüttelten nur stumm den Kopf. Walram hingegen ließ es sich nicht nehmen, erneut Stellung zu beziehen. „Nein, das habe ich nicht. Doch ich konnte mit eigenen Augen beobachten wie der Novize versuchte, die Schmiererei und das Tatwerkzeug zu beseitigen.“

„Kann es nicht auch möglich sein, dass der beschuldigte Novize, ebenso wie Ihr, eher zufällig auf diese Schmiererei gestoßen ist und lediglich versucht hat, die Schandtat auf der Kirchenwand zu entfernen?“

Degenar wusste, dass seine Argumentation schwach war, doch es war die einzige Möglichkeit die er im Augenblick sah, um Faolán zu entlasten. Prior Walram wusste das genau und schmetterte die Begründung energisch nieder.

„Verzeiht, ehrwürdiger Abt, doch ich bin nicht mit Blindheit geschlagen. Seht selbst die besudelten Hände des Täters, die sogar noch das Werkzeug seiner Tat in einem Kübel bis vor die Tür Eurer Gemächer geschleppt haben. Wenn das nicht Beweis genug ist, so solltet Ihr zumindest das Ergebnis seiner Erregung erkennen, die er während der Verrichtung seines Teufelswerks verspürt haben muss. Richtet Euer Augenmerk auf sein Habit und Ihr werdet die Wahrheit erkennen!“

Walram sprang mit zwei Sätzen auf Faolán zu, zog ihn unsanft an einem Ohr in die Höhe und zerrte ihm die Gewandung gewaltsam vom Leibe. Nackt stand der Jüngling da, während der Prior das schmutzige Habit zu Boden schleuderte. Unverkennbar waren darauf die Spuren von Faoláns Händen und des Ergusses zu sehen.

Der aufgebrachte Walram schritt langsam auf Degenar zu und sprach unbeherrscht mit lauter und hitziger Stimme. „Seht Ihr nicht, wie sich sein Erguss einer Schuld gleich auf seinem Schoß ausgebreitet hat und dort trocknet, wie ein Mahnmal der Unzucht selbst? Seht Ihr nicht seine beschmierten Hände? Seht Ihr nicht die Spuren an seiner Kutte? Sind diese Flecken nicht Beweis genug, um zu zeigen, dass er seine Wolllust mit eigener Hand befriedigt hat? Seht nur genau hin, die Sünde des Onan liegt vor Euch!“

Nachdem Walram die letzten Sätze geschrien hatte, wurde er wieder leise, wirkte dadurch aber noch bedrohlicher als zuvor. „Was benötigt Ihr noch, ehrwürdiger Abt, um die Schuld Eures Novizen zu erkennen? Ich wünschte, es würde sich nicht so verhalten. Ich wünschte, diese Schande hätte sich nicht in unseren Mauern zugetragen. Zu meinem Bedauern muss ich Euch jedoch kundtun, dass der Novize

Faolán nicht tadellos ist. Erkennt die Beweise an und handelt, wie es in Eurer Pflicht steht. Bestraft ihn und seinen Komplizen!“

Degenar ließ sich durch die Forderung des Priors nicht drängen und blieb ruhig. Einzig der Kellermeister antwortete. „Das sind keine Beweise, ehrwürdiger Prior, lediglich Vermutungen und Hinweise!“

Es war ein schwacher Gegenpunkt, doch dem Cellerar erging es wie dem Abt: Ihm fiel nichts Besseres ein. Zudem war er von Faoláns Anblick sehr irritiert. Sein Gehilfe war inzwischen wieder auf die Knie gesunken und kauerte nackt und demütig vor ihm. Das änderte aber nichts an den Fakten. Walram hatte letztendlich richtig argumentiert, soviel musste Ivo eingestehen. Dass der Angeklagte der fleischlichen Lust nachgegeben hatte, stand auch für ihn außer Frage.

Überrascht schien der Kellermeister darüber allerdings nicht zu sein. Zumindest verhielt er sich, als sei ein beflecktes Novizenhabit nichts Außergewöhnliches. Welche Gefühle sein Gehilfe wegen des rothaarigen Mädchens durchlebte, war dem beleibten Mönch ja bekannt. Stutzig machte den Kellermeister allerdings, dass der Jüngling seiner Lust in aller Öffentlichkeit nachgegeben haben soll.

Vielleicht war Faolán nur Opfer seines natürlichen Triebes geworden, unfähig, diese Erregung zu unterdrücken oder gar zu beherrschen. Wie jedem Mann war auch dem Cellerar dieses Problem aus seiner Zeit als Jüngling bekannt. An diesem Punkt hoffte Bruder Ivo bei Walram ansetzen zu können.

„Ehrwürdiger Prior, verzeiht mir, wenn ich eine gewagte Vermutung ausspreche, doch sicherlich habt Ihr in jungen Jahren ebenfalls die Qualen der weltlichen Versuchungen erlitten. Wir alle hier wissen doch ganz genau, was es bedeutet, vom Knaben zum Manne zu reifen und welche Versuchungen damit einhergehen. Wir alle haben solche oder ähnliche Erfahrungen wie die hier angeprangerte durchlebt. Oder könnt Ihr das Gegenteil behaupten?“

„Das ist doch nicht der Punkt der Anklage, ehrwürdiger Cellerar, oder wollt Ihr mich jetzt eines Vergehens aus alten Tagen beschuldigen? Zweifelsohne haben wir alle diese Phase der stärksten fleischlichen Versuchung durchlebt. Wenn ich richtig informiert bin, schließt das Euch in besonderem Maße ein, ehrwürdiger Cellerar. Es stellt sich nur die Frage, wie dieser Versuchung in Zukunft begegnet und widerstanden werden kann!“

In diesem Augenblick schritt Abt Degenar ein, dem das Funkeln in Walrams Augen nicht entgangen war.

„Bitte schlagt jetzt keine körperliche Züchtigung vor, wie sie Euch als Novize zuteil wurde. Ihr wisst genau, dass übermäßige Züchtigung zur Austreibung der Lust nicht meiner Auffassung entspricht! Euer altes Kloster mit seinen strengen Regularien ist hier fehl am Platz. Faolán ist ein Mitglied unserer Gemeinschaft und nach unseren Grundsätzen wird seine Tat beurteilt und bestraft werden.“

Walrams Tonfall wurde arrogant.

„Wie Ihr feststellen könnt, hat mir die Züchtigung nicht geschadet. Im Gegenteil! Nicht zuletzt bin ich durch diese strenge Hand erst zu dem gottesfürchtigen Mann geworden, der heute vor Euch steht. Der Schmerz lehrte mich Demut und Genügsamkeit."

Der Prior senkte sein Haupt in scheinbarer Gefügigkeit, doch Faolán konnte genau sehen, dass die Augen des vermeintlich genügsamen Mönches alles andere als Unterwürfigkeit ausstrahlten. Was er darin sah waren Streitlust, Rache, Gier und Machthunger.

Abt Degenar konnte es jedoch nicht sehen. Gemäßigt sprach er den Prior noch einmal darauf an: „Dennoch obliegt die Auferlegung einer Strafe in einem solch schweren Fall noch immer dem Abt eines Klosters. Und wenn ich mich recht entsinne, habe ich dieses Amt inne, und nicht Ihr, Prior! Für Demut und Genügsamkeit kann auch auf andere Weise gesorgt werden."

„Gewiss, ehrwürdiger Abt. Verzeiht mir, falls ich anmaßend gewirkt haben sollte. Es lag nicht in meiner Absicht."

Daraufhin widmete sich der Prior Konrad. Der hatte bisher unbeachtet mit gebundenen Händen kniend gewartet. Wie schon Faolán zuvor, packte Walram auch ihn an einem Ohr und zog ihn empor. Der Schmerz ließ Konrad schnell auf die Beine springen.

„Und wie gedenkt Ihr mit diesem Handlanger des Leibhaftigen zu verfahren? Er ist wie sein Komplize auf das Härteste zu bestrafen. Offensichtlich stand er bei der Schandtat Wache. Dass ich die beiden dennoch überraschen konnte, war eine glückliche Fügung des Herrn, der noch einmal ein Einsehen mit unserer Abtei hatte. Wir sollten diese Gunst des Allmächtigen nicht ignorieren, indem wir bei diesem Novizen falsche Gnade walten lassen."

„Wenn ich Euch richtig verstehe, so habt Ihr den Novizen Faolán allein bei der Kirche angetroffen. Wie passt es nun zusammen, dass auch dieser Novize daran beteiligt sein soll?", wollte der Abt wissen. Er missbilligte zwar Konrads Übergriffe, doch er wollte beide Vergehen getrennt beurteilen. Nur so würde er über Konrad eine geringere Strafe verhängen können als über Faolán.

Irritiert von der Frage des Abtes begann Walram erneut Konrads Vergehen zu schildern. „Dieser Novize ist dafür bekannt, dass er stets als Faoláns Handlanger auftritt. Mit hoher Wahrscheinlichkeit war es auch in diesem Fall so. Zu unserem Glück war er nicht wachsam genug und beide Novizen konnten entdeckt und überwältigt werden, trotz gewaltsamer Gegenwehr."

Faolán konnte nicht mehr an sich halten, als er das vernahm. Dass er für sein Vergehen bestraft werden sollte, das leuchtete ihm ja noch ein. Dass man ihn irrtümlich der Sünde des Onan bezichtigte, war schon schlimm genug. Dass aber auch Konrad für diese Tat zur Verantwortung gezogen werden sollte, das war zu viel. Ohne weiter darüber nachzudenken, richtete er sich auf. „Das ist nicht wahr! Das ist eine Lüge. Konrad lief zufällig ..."

Sofort sprang Prior Walram auf Faolán zu. Mit unglaublicher Wucht schlug er dem Novizen ins Gesicht, dass dieser mit einer Platzwunde an der Lippe zu Boden ging. Schwer atmend stand der Mönch über ihm, die Hand drohend zum nächsten Streich erhoben. Faolán blickte benommen auf. Walram glich einem Wolf, der triumphierend und bedrohlich über seiner Beute stand, bereit, seine Fänge in das weiche Fleisch zu schlagen.

„Schweig, du teuflischer Bastard!", zischte der Prior, sichtlich bemüht die Fassung zu wahren.

„Walram, beherrscht Euch!"

Degenars Ausruf brachte den vor Wut schäumenden Mönch zur Besinnung, und der grenzenlose Zorn wich aus seinen Augen. Er trat zur Seite und entschuldigte sich gleichgültig beim Abt, während Ivo dem Novizen wieder auf die Beine half. Als der Prior das sah, schrie er den Cellerar an:

„Lasst den Sünder gefälligst demütig vor dem Herrn knien. Das ist wohl das Mindeste, was man von ihm verlangen kann!"

Bruder Ivo kam Walram zuvor und gab Faolán mit sanftem Druck auf die Schultern zu verstehen, dass er sich besser fügen solle. Abt Degenar hatte genug gesehen und wollte die Sache beenden.

„Ich denke, dass ich alle Seiten vernommen habe und ein Urteil fällen kann. Hierfür benötige ich allerdings Zeit und Ruhe, denn es will wohl überlegt sein, was mit den beiden Novizen geschehen soll. Ist dem Gesagten abschließend noch etwas hinzuzufügen?"

Der Abt ließ keinen Zweifel daran, dass damit alle entlassen waren, einschließlich der Novizen. Der Prior zögerte dennoch und nutzte die Gelegenheit, um noch einmal sein Anliegen vorzutragen.

„Ich fordere erneut und mit aller Dringlichkeit die härteste Bestrafung für diese beiden Novizen. Für Taten dieses Ausmaßes darf es keine Gnade geben. Ein exemplum muss für alle statuiert werden. Wie diese Strafe aussehen mag, obliegt gewiss Euch, ehrwürdiger Abt. Doch Ihr solltet bedenken, dass ein ehrfürchtiger Novize nicht unbedingt beide Hände benötigt, um dem Herrn zu dienen. Vor allem nicht, wenn sie bereits solch teuflisches Werk verrichtet haben."

Faoláns Augen weiteten sich mit Schrecken, während Degenar von diesen Ausführungen unbeeindruckt blieb. „Ich danke Euch für Eure Empfehlung, ehrwürdiger Prior, und werde sie in meiner Entscheidung berücksichtigen. Doch jetzt sollten alle wieder ihren Pflichten nachkommen. Der Vorfall hat den Tagesablauf unseres Klosters bereits zur Genüge gestört."

Ohne weitere Reden ergriff der Prior das befleckte Habit und verließ mit seinen beiden Vertrauten die Räumlichkeiten. Abt Degenar zog sich in seine Bettkammer zurück und so war es an Bruder Ivo, die beiden Angeklagten mit sich zu nehmen. Die Novizen folgten dem schweigsamen Cellerar, der sie auf direktem Wege zum Büßerhaus brachte. Zuerst schloss er Konrad in eine Zelle, dann öffnete er die Tür zu Faoláns Büßerkammer. Bevor er sie wortlos wieder schloss, hielt er noch einmal inne und blickte lange in die Augen seines Gehilfen.

Faolán setzte bereits an, die Geschehnisse ins rechte Licht zu rücken, als der Mönch ihm mit einer knappen Geste Einhalt gebot. Mit ein paar Handzeichen bekundete er, dass er sich um alles kümmern werde. *Geduld* und *Vertrauen* formte er zum Schluss mit den Händen, dann fiel die schwere, eisenbeschlagene Holztür zu und wurde von außen verriegelt. Es gab kein Entkommen aus dieser Kammer.

Geduld und Vertrauen, etwas anderes blieb Faolán auch nicht übrig. Er musste dem Wohlwollen des Abtes und dessen Geschick, sich gegen den Prior durchzusetzen, vertrauen. Das würde nicht leicht werden und Faolán war sicher, dass Walram alles unternehmen würde, um die geforderten Strafen gegen Konrad und ihn auch verhängt zu sehen.

Faolán sah sich in der kargen Zelle um. Nichts war in diesem engen Raum vorhanden, außer einem kleinen Loch im Boden, das als Abort diente. Ein schmaler Schlitz in der Außenwand war Fenster und einziger Kontakt nach draußen. Es war so hoch gelegen, dass Faolán sich strecken musste, um das Sims zu erreichen. Lediglich der Himmel war erkennbar und der Novize fragte sich, ob nicht genau das die Absicht des einstigen Baumeisters gewesen war, als er die Büßerzellen erdacht hatte. Ein Gefangener sollte sich wohl der Gnade des Allmächtigen auf diese Weise bewusst werden.

Vorsichtig rief er nach Konrad in der Nachbarzelle. Hoffend lauschte er, vernahm jedoch keine Antwort. Dann versuchte er es noch einmal, etwas lauter. Tatsächlich konnte er diesmal etwas hören, doch die Worte wurden durch die dicken Mauern derart gedämpft, dass er sie nicht verstand.

Plötzlich wurde Faoláns Zellentür geöffnet. Er drehte sich um und sah einen Mönch, der eine Kapuze trug. Der Bruder blieb an der Schwelle stehen, als wage er nicht in die Nähe des Sünders zu kommen. Er stellte einen Krug auf den Boden und legte noch ein Bündel daneben, dann verschloss er die Tür wieder von außen, noch bevor Faolán etwas sagen konnte.

In dem Krug befand sich frisches Wasser, und das Bündel entpuppte sich als Novizenhabit. Der Kellermeister hatte ihn nicht vergessen! Dankbar streifte Faolán das Gewand über und nahm einen Schluck aus dem Krug. Danach blieb ihm nichts weiter zu tun, als sich auf den harten, kalten Steinboden zu setzen und zu warten. Zu warten und zu hoffen.

* * *

Faolán schreckte auf. Die Nacht war hereingebrochen und es war düster in der Zelle. Er hatte geschlafen, trotz des harten Untergrundes. Steif erhob er sich und lauschte. Etwas hatte ihn geweckt. Faolán vernahm ein merkwürdiges Geräusch. Er schaute zum Fenster hoch und sah einen sternenklaren Himmel. Ein Teil des Mondes war in dem kleinen Ausschnitt des Firmaments zu sehen und erhellte die Schwärze der Zelle ein wenig.

Plötzlich flog etwas durch die Fensteröffnung, gefolgt von einem dumpfen Aufschlag. Neugierig tastete Faolán den Boden ab. Wenige Augenblicke später hielt er einen Apfel in der Hand. Ein zweiter traf ihn im Rücken und Faolán war klar, dass ihn jemand mit Nahrung versorgte! Außer dem Krug mit Wasser hatte man nichts weiter in die Zelle gebracht, nicht einmal ein Stück Brot. Gierig biss Faolán von der Frucht ab und schaute zum Fenster.

„Wer ist da? Wer bist du?“, rief er vorsichtig, sobald er den ersten Bissen geschluckt hatte.

„Wer wird es wohl sein?“, kam die leise Gegenfrage und Faolán erkannte mit großer Freude Erings Stimme. Doch sogleich verspürte er eine neue Angst in sich aufsteigen. Angst, auch diesen Freund in seine Angelegenheit hineinzuziehen und in Schwierigkeiten zu bringen.

„Ering, bist du wahnsinnig? Wenn dich jemand entdeckt, steckt man dich ebenfalls in eine Zelle! Es ist besser, wenn du wieder gehst.“

Doch Ering blieb. Seine Stimme klang ruhig und alles andere als besorgt.

„Keine Angst, es ist alles organisiert. Glaubst du, ich hätte Bruder Ivo bestohlen, um euch beide zu verköstigen? Du solltest mich besser kennen, Faolán. Nein, Bruder Ivo passt in der Nähe des Dormitoriums auf, dass mir niemand folgt. Wir haben also etwas Zeit, und du kannst mir genau berichten, was geschehen ist. Wilde Gerüchte über eine frevelhafte Tat haben sich wie ein Lauffeuer verbreitet. Ein Abbild des Leibhaftigen sollst du auf die Kirchenwand gemalt haben.“

Faolán stöhnte leise. Er hatte befürchtet, dass Prior Walram solche Gerüchte in die Welt setzen würde. Allerdings hörte es sich jetzt schlimmer an, als er es sich ausgemalt hatte. Mit ein paar Sätzen schilderte er seinem Freund den Ablauf der Dinge. Ering berichtete dann ausführlich, dass Walram eine außerordentliche Sitzung im Kapitelsaal einberufen und dort sehr energisch die teuflischen Taten der Novizen geschildert hatte. Um die Mitbrüder dauerhaft zu beeindrucken, hatte der Prior im Anschluss Faoláns beflecktes Habit bei Abenddämmerung im Klosterhof verbrannt. Die Asche dieses *reinigenden Feuers*, wie Walram es genannt hatte, müsse solange liegen bleiben, bis sie von den Winden des Himmels davongetragen werde.

„Als dein Habit in Flammen aufging, zeigte Walram dramatisch auf den Himmel und behauptete, er würde deiner Taten wegen die Farben der Hölle annehmen. Dabei war es nichts weiter als ein gewöhnliches Abendrot. Einige Brüder werden allerdings die Darstellung des Priors vorziehen und seine Sache unterstützen. Die ersten Stimmen fordern inzwischen laut, die vom Prior vorgeschlagene Bestrafungen zu verhängen."

„Hat sich Abt Degenar bereits geäußert?"

„Natürlich hat er das. Doch seine Position ist äußerst schwach. Er darf dich in dieser Angelegenheit nicht bevorzugen, sonst könnte sich Walram auch noch gegen ihn wenden."

„Hast du eine Ahnung, wie lange wir auf ein Urteil warten müssen?"

„Mit Sicherheit wird es noch einige Tage dauern. Möglicherweise versucht der Abt das Verfahren in die Länge zu ziehen, um die vom Prior entfachte Hitze in den Köpfen der Mitbrüder abkühlen zu lassen. Mit der Zeit werden hoffentlich einige von der Hetze abfallen und wieder gleichgültig werden. Dann könnten auch die Strafen milder ausfallen."

„Andererseits könnte der Prior aber auch weiterhin für erhitzte Gemüter sorgen, um die Lage zu verschlimmern", antwortete Faolán skeptisch. „Er hat bestimmt schon seine nächsten Schritte gegen uns geplant." Faolán stellte sich eine fehlende Hand vor, und ein eiskalter Schauer lief ihm über den Rücken.

Ering brachte ihn wieder auf andere Gedanken. „Leider können wir nur abwarten. Es gibt keine Möglichkeit, Einfluss zu nehmen. Der Einzige, der etwas ausrichten kann, ist der Abt selbst. Und der allmächtige Vater!"

Faolán wusste, dass sein Freund Recht hatte. Nachdem sich Ering verabschiedet hatte, wurde es still unter dem Fenster der Büßerzelle. Faolán war wieder allein und er würde es sicher auch noch für einige Zeit bleiben.

* * *

Die Lage entwickelte sich, wie Ering es vermutet hatte. Die Entscheidung des Abtes ließ mehrere Tage auf sich warten. Beinahe täglich erhielt Faolán von Ering Berichte über die heftigen Diskussionen zwischen Walram und Degenar. Zu seiner Erleichterung hatte der Abt eine Verstümmelung von Faoláns Hand abgelehnt.

Walrams nächster Vorschlag, die beiden Novizen auf eine lange und entbehrungsreiche Pilgerfahrt zu schicken, stellte für den Abt ebenfalls keine akzeptable Buße dar. Ein solches Unternehmen barg zahlreiche Gefahren und dauerte, sofern man es überhaupt überleben sollte, meist mehrere Jahre. Der Prior blieb jedoch hartnäckig. Auf die eine oder andere Weise schien er Faolán zu Tode kommen lassen zu wollen. Diese Absicht war für den Novizen unerklärlich. Was hatte er dem Prior angetan, dass der ihn dermaßen hasste?

Diese Gedanken quälten Faolán Tag für Tag. Eines Nachts berichtete Ering, dass Bruder Ivo zum Markt gefahren war. Allein, denn der Cellerar hatte noch keinen Ersatz für seinen bisherigen Gehilfen gefunden. Faolán hoffte auf eine Nachricht von Svea, doch von ihr hatte Ering keine Neuigkeiten.

Es wurde für Faolán immer unerträglicher, untätig in der kargen Zelle sitzen zu müssen. Er war jeder Möglichkeit beraubt, seinem Leben nachzugehen und seine Zukunft selbst in die Hand zu nehmen. Mit jedem Tag verabscheute er es mehr, auf die Gunst anderer angewiesen zu sein und hoffen zu müssen, dass sie in seinem Sinne entscheiden würden.

* * *

Brandolfs Auftrag war dringlich. Er hatte eigentlich keine Zeit, sich um dieses Kloster zu kümmern, zumal es direkt dem Grafen unterstand. Rurik hatte außerdem bestimmt schon beim hiesigen Abt im Namen des Kaisers um Mittel für die Verstärkung der Truppen gebeten. Der Kampf gegen König Berengar II. in Italien war aufreibender als anfangs geglaubt.

Dennoch wollte er mit diesem Bittgesuch vorstellig werden, denn es war lediglich ein Vorwand. Wie sein Vater zu Lebzeiten, suchte auch Brandolf noch immer nach dem verschollenen Erben der Grafschaft. Er hatte einst dem sterbenden Grafen Farold einen Eid geleistet, dem er sich nach wie vor verpflichtet fühlte. Und er hatte das Wort des Kaisers, dass dem rechtmäßigen Erben die Grafschaft zugesprochen würde, sollte er gefunden und Ruriks Machenschaften nachgewiesen werden. Es gab außer den Belangen des Kaisers nichts, was Brandolf stärker beschäftigte, als Rurik das Handwerk zu legen. Deshalb führte er die Suche nach Rogar schon seit Jahren rastlos fort.

Der Krieger hatte bereits viele Siedlungen, Städte und Abteien auf seinen weiten Reisen besucht und nach Rogar gefragt, bisher jedoch nicht einen einzigen Hinweis erhalten. In diesem Benediktinerkloster, nahe Neustatt, war er allerdings noch nicht gewesen. Wegen der Nähe zur Greifburg, hielt es Brandolf für unwahrscheinlich, dass Rogar hier versteckt sein könnte, ohne bereits in die Fänge des Grafen geraten zu sein. War hier nicht Ruriks Einfluss viel zu groß? Besuchte er die Abtei nicht hin und wieder? Dennoch hatte Brandolf entschieden, den Abt um eine kurze Unterredung zu bitten und damit nichts unversucht zu lassen.

Mit drei getreuen Kriegern ritt Brandolf durch das offene Tor auf den großen Hof der Abtei. Zu seiner Überraschung traf er dort auf keine Menschenseele, nicht einmal einen Torhüter. Alles war still und es schien, als habe man das Kloster erst kürzlich aufgegeben. Brandolf wies seine Männer an, bei den Pferden zu bleiben, stieg ab und ging auf das erste Gebäude zu.

Die Tür war verschlossen und so versuchte er es bei der nächsten. Auch diese gab nicht nach. Brandolf folgte einigen Gassen zwischen den Klosterbauten hindurch und klopfte an Türen, doch nirgends war ein Angehöriger der Gemeinschaft anzutreffen. Er hatte bereits die Hoffnung aufgegeben, als er die Tür zu den Gemächern eines Amtsinhabers öffnete und darin zu seiner Überraschung einen Mönch vorfand.

„Entschuldigt mein Eindringen. Ich bin Edelherr Brandolf, im Auftrag des Kaisers unterwegs, und bitte um eine Unterredung mit Eurem Abt."

Der Mönch betrachtete den staubigen Krieger vom Scheitel bis zur Sohle. Es war ein abschätzender Blick aus dem Brandolf nicht lesen konnte, was sein Gegenüber dachte. Der Mönch war in ein derart dunkles Habit gekleidet, dass es beinahe schwarz wirkte. Als er sprach, klang seine Stimme klar und deutlich mit einem Hang zur Arroganz. „Das ist leider nicht möglich."

„Aber es betrifft eine wichtige Mission."

„Vielleicht kann ich Euch weiterhelfen. Wie lautet Euer Auftrag?"

„Der Kaiser ersucht um Verstärkung seiner Truppen im Kampf gegen die aufsässigen Langobarden. Während des heißen Sommers sind in den Lagern Seuchen ausgebrochen, die viele Recken dahingerafft haben."

„Weshalb seid Ihr dann nicht dort und kämpft für ihn?"

„Das habe ich bis vor wenigen Wochen getan. Doch die Lage wendete sich zum Schlechten. Als sein Gesandter komme ich mit der Bitte um Unterstützung."

„Ihr werdet mit leeren Händen zurückkehren müssen, denn diese Abtei unterliegt direkt dem Grafen Rurik. Ihm haben wir bereits Beistand zugesagt, denn auch er kam vor einigen Tagen mit der gleichen Bitte zu uns. Mehr kann Kaiser Otto nicht von uns erwarten."

Der Mönch wandte sich wieder ab und glaubte wohl, dass der Adelige damit zufrieden sei und die Räumlichkeiten wieder verlassen würde, doch das Gegenteil war der Fall. „Verzeiht, ehrwürdiger Bruder, doch das ist nicht mein einziges Anliegen, weshalb ich mit dem Abt sprechen möchte."

Entnervt wandte sich der Mönch noch einmal um. „Ich habe Euch doch schon gesagt, dass der Abt Euch nicht empfangen wird. Geht endlich oder vertraut mir Euer Begehren an."

Brandolf wusste nicht, ob er diesem Mann vertrauen konnte, doch er schien keine andere Wahl zu haben. „Wie lautet Euer Name?"

„Ich bin Prior Walram, Stellvertreter des Abtes. Wenn Ihr also mit mir nicht Vorlieb nehmen wollt, so rate ich Euch, endlich zu verschwinden. Ich habe keine Zeit für sinnloses Geschwätz."

Plötzlich erklang eine Kirchenglocke. Angespannt schaute der Prior aus dem Fenster, als müsse er dem Ruf augenblicklich folgen. Seine Worte klangen jetzt harsch: „Entscheidet Euch endlich. Sprecht oder geht!“

Faolán hatte vor langem aufgehört, die Tage in der Büßerzelle zu zählen. Sein Fristen wurde einzig von Erings Besuchen und dem Bringen eines Wasserkruges unterbrochen. Heute allerdings regte sich etwas vor seiner Zelle, obwohl er bereits einen Krug frischen Wassers erhalten hatte.

Die schwere Holztür wurde entriegelt und noch bevor sie sich ganz geöffnet hatte, erklang plötzlich die große Kirchenglocke, als rufe sie zum Gebet. Faolán begriff sofort, dass sie zu einer außerordentlichen Kapitelsitzung rief. Es war an der Zeit, ein Urteil über die Sünder zu sprechen.

Als der Cellerar den kargen Raum betrat, überkam Faolán ein unbeschreibliches Glücksgefühl. Am liebsten wäre er dem beleibten Mönch um den Hals gefallen. Bruder Ivo zögerte anfänglich, vermied direkten Blickkontakt und sprach mit gesenkter Stimme. „Es ist soweit. Warte vor der Zelle.“

Faolán trat vor die Tür und wartete. Konrad verließ ebenfalls seine Büßerkammer. Die Blicke der beiden Freunde trafen sich nur kurz, doch Faolán erkannte Hilflosigkeit und Furcht in Konrads Augen. Dann folgten sie dem Kellermeister, der die Sünder durch das Kloster führte. Es war ein trauriger Marsch ins Ungewisse. Keine Menschenseele war zu sehen, die Abtei schien wie ausgestorben. Nicht nur der Kellermeister schwieg – die gesamte Bruderschaft war verstummt. Sogar die Vögel schienen das Kloster verlassen zu haben und der Wind hatte sich gelegt, so dass noch nicht einmal das Laub der Bäume raschelte. Einzig die Kirchenglocke war laut und weithin zu hören, als wolle sie die Vergehen der Novizen sowohl auf Erden wie auch im Himmel verkünden.

Brandolf zögerte noch immer, verließ die Gemächer des Priors aber nicht. Walram war angespannt. Das Läuten der Glocke wurde leiser und der Prior blickte nervös immer wieder aus dem Fenster.

Aus den Augenwinkeln bemerkte der Krieger, dass drei Personen am Fenster vorüber gingen. Der Mönch sah es ebenfalls und machte einen ungeduldigen Schritt auf die Tür zu. „Ich habe jetzt keine Zeit mehr für Euch. Geht jetzt oder sprecht geschwind!“

„Was ich zu sagen habe, ist nicht mit zwei Sätzen erläutert.“

„Einen endlosen Sermon kann ich mir jetzt nicht anhören.“

„Wenn Ihr gestattet, ehrwürdiger Prior, so werde ich in Euren Gemächern auf Euch warten, bis Ihr mehr Zeit für mich habt.“

Walram schien in Gedanken nicht mehr bei Brandolf zu sein. Als habe er nur zum Teil verstanden, was der Edelherr von ihm wollte, nickte er leicht mit dem Kopf und gestattete die Anfrage, als wäre sie von keinerlei Bedeutung.

„Ja, ja, wie Ihr wünscht." Sein Blick folgte allerdings den drei Personen, die soeben vorüber gegangen waren.

Als sie nicht mehr zu sehen waren, kam Walram wieder zur Besinnung und sprach den Krieger an: „Wartet hier und rührt Euch nicht von der Stelle. Weiß außer mir sonst noch jemand von Eurer Ankunft?"

„Nein."

„Gut! Ich werde bald zurück sein, dann kann ich Euch möglicherweise weiterhelfen."

Brandolf willigte ein und ließ sich auf einem Schemel nieder, während der Prior den Raum verließ. Der Ritter blickte ihm nach. Er konnte sich das sonderbare Verhalten des Mönches nicht erklären. Ein ungutes Gefühl beschlich ihn. Dieser Prior schien intelligent zu sein und Macht zu besitzen, die er sicherlich auch zu nutzen wusste. Jeder, der ihn zum Feind hatte, war zu bedauern. Brandolf hoffte, dass der Mönch ihn nicht als lästigen Störenfried ansah, sondern ihm bald einige nützliche Informationen würde geben können.

Der Cellerar führte die beiden Sünder bis vor den Kapitelsaal, dessen zweiflügliges Portal weit offen stand. Der Saal selbst war menschenleer. Bruder Ivo gebot den Novizen sich zu entkleiden und in Büßerhaltung auf den Boden zu legen. Sie folgten der Anweisung und legten sich stumm hintereinander auf den Steinboden des Arkadenganges, unmittelbar vor das Portal, mit ausgestreckten Armen und geschlossenen Beinen, einem Kreuz gleich. Ihre Gesichter hielten sie zu Boden gerichtet, sodass sie nichts weiter sehen konnten. Gebannt lauschten sie in die Stille des Klosters.

Einige Zeit verharrten die Sünder in dieser Haltung und Faolán begann der Rücken zu schmerzen. Doch er wagte nicht, sich zu bewegen. Dann vernahm er die leisen Schritte vieler Personen, die sich dem Saal näherten. Es war die Bruderschaft. Um den Saal betreten zu können, mussten sie an den Sündern vorbei. Doch es war kein einfaches Vorübergehen: Jeder Bruder verpasste den Novizen einen Streich mit einer Rute. Viele der Schläge wurden nur angedeutet und Faolán hoffte, es würde bei diesem symbolischen Akt bleiben. Etwas anderes bewies ihm ein heftiger Streich, der ihm Tränen in die Augen trieb. Der Novize musste die Zähne zusammenbeißen, um nicht aufzuschreien. Er hatte zwar nicht sehen können, wer ihn derart geschlagen hatte, doch er wusste genau, dass der Hass in diesem Streich nur von Walram kommen konnte. Ähnlich hart schlugen auch die Anhänger des

Priors zu. Sie nutzten die Gelegenheit, den Büßern vor allen Augen eine harte Bestrafung und Demütigung zuteil werden zu lassen.

Nachdem die Bruderschaft vorbeigezogen war, waren die Rücken der Sünder wund und blutend. Die Pforte zum Kapitelsaal schloss sich langsam mit einem dumpfen Geräusch. Stille kehrte im Arkadengang ein. Niemand hatte die beiden Novizen aufgefordert, sich zu erheben oder gar an der Sitzung teilzunehmen. Ihre Taten waren zwar der Grund für die Zusammenkunft, sie selbst waren jedoch Ausgeschlossene.

Faolán blieb demütig und regungslos liegen. Konrad hingegen wurde unruhig. In ihm kam der waghalsige Gedanke auf, einfach aufzustehen und davon zu laufen. Wer hätte ihn daran hindern sollen? Die gesamte Bruderschaft befand sich im Kapitelsaal, um über ihn und Faolán zu richten. Doch es war letztlich nicht Gehorsam oder Ehrfurcht vor den Mönchen, die ihn davon abhielten, sondern der Gedanke an Faolán. Konrad wusste, dass sein Freund ihm bei einer Flucht nicht folgen würde und er wollte ihn unter keinen Umständen allein im Kloster zurücklassen.

So blieben die beiden Sünder vor dem Portal liegen. Faolán versuchte geduldig zu bleiben und die Hoffnung auf ein Wunder, auf Gnade, nicht zu verlieren. Die Wunden auf seinem Rücken erinnerten ihn aber an Walrams Hartnäckigkeit. Je länger die Sitzung dauerte, umso mutloser wurde er.

Es schien eine Ewigkeit zu dauern, bis sich die Tür des Saales wieder öffnete. Erneut folgte ein Vorüberziehen der Mönche mit mehr oder minder heftigen Hieben. Diesmal fehlte allerdings der hasserfüllte Streich des Priors. Er war im Saal geblieben, gemeinsam mit dem Abt und dem Cellerar.

Nachdem sich die Bruderschaft entfernt hatte, kam Bruder Ivo auf die Sünder zu und beorderte sie in den Kapitelsaal. Dort mussten sie erneut vor dem Altar die Büßerhaltung einnehmen, und bildeten das fleischliche Pendant zum Abbild des Gekreuzigten an der Wand über ihnen.

Der Abt ergriff das Wort, leise und beinahe schon erschüttert. Er sprach niemanden an, sondern verkündete die Neuigkeiten in den Raum hinein, als wolle er den himmlischen Heerscharen berichten.

„Soeben hat unsere heilige Gemeinschaft geurteilt, dass die Novizen Faolán und Konrad der hinreichend bekannten Taten schuldig sind. Nach zahlreichen Debatten über das Ausmaß der zu verhängenden Strafen wurde folgendes festgelegt: Die beiden Sünder sind nicht mehr länger Mitglieder unserer Abtei. Ihr Ausschluss aus der Gemeinschaft ...“, dem Abt fiel es jetzt besonders schwer zu sprechen, „... erfolgt mit dem Antritt einer weiteren Strafe.“

Als Faolán das vernahm, stockte ihm der Atem und sein Herz wollte stehen bleiben. Aus der Abtei ausgeschlossen zu sein, die er seit so vielen Jahren sein Zuhause nannte, in der er nahezu sein ganzes Leben verbracht hatte, war für ihn unvorstellbar. Das durfte nicht sein! Als habe der Abt die Gedanken des Novizen erraten, sprach er weiter: „Dennoch werden die Sünder nicht in das weltliche Chaos entlassen, in dem sie haltlos allem Schlechten ausgeliefert wären, sondern erhalten noch eine Gelegenheit, sich vor dem Herrn zu beweisen. Hierfür müssen sie uneingeschränkte Reue zeigen und werden zu diesem Zweck in die Obhut einer anderen Abtei übergeben."

Faolán traute seinen Ohren nicht. Eine Verbannung in ein anderes Kloster! Das war völlig unmöglich und schon gar nicht mit seinen Plänen vereinbar. In erster Linie bedeutete es, dass es dadurch weder Marktgänge noch weitere Treffen mit Svea geben würde. ‚Mächtiger als Drogo', hörte er Sveas warnende Worte noch einmal. Mächtig genug, um sein Leben mit nur einem einzigen Streich zunichte zu machen. Es war Walrams drohender Schatten, den sie damals mittels ihrer Gabe gesehen hatte. Faoláns Innerstes sträubte sich gegen dieses Urteil. Trotz all seiner Verzweiflung wollte er dieser hoffnungslosen Zukunft die Stirn bieten. Er richtete sich leicht auf und begann in all seiner Torheit zu sprechen, obwohl es ihm verboten war: „Nein, ehrwürdiger Abt! Das darf nicht die Strafe für eine Tat sein, auf die ich keinen ..."

„Schweig, du teuflische Ausgeburt!" Prior Walram trat sofort an Faoláns Seite und zwang den Novizen mit ein paar schnellen Hieben wieder zu Boden, noch bevor der Abt oder der Cellerar einschreiten konnten. Faolán blieb regungslos mit zusammengebissenen Zähnen liegen. Tränen der Enttäuschung und der Wut, des Schmerzes und der Hilflosigkeit, fielen auf den Steinboden. Er war verloren! Und mit ihm Konrad!

Walram nutzte Faoláns Aufbegehren für sich, geiferte regelrecht vor Aufregung. „Seht, ehrwürdiger Abt, sein aufsässiges Gemüt ist nur durch harte Züchtigung zu brechen. Daher bin ich der festen Überzeugung, dass Ihr in all Eurer Güte, Weisheit und Weitsicht damit einverstanden sein werdet, wenn ich das Kloster auswähle, das sich der beiden Novizen annehmen soll."

Degenar hatte bei der Urteilsfindung Walram bereits viele Zugeständnisse abgerungen. Jetzt war es an ihm, ebenfalls ein Zugeständnis zu machen, und so ließ er den Prior mit einem zustimmenden Nicken gewähren.

„Ich empfehle, die beiden Novizen in mein altes Kloster zu bringen, das nach den Grundsätzen des heiligen Columban geleitet wird. Ich selbst habe die dortige Erziehung genossen. Dort kennt man einen erfolgreichen Weg, um teuflischen Einflüssen entgegen zu wirken. Bußfertig und gottesfürchtig werden sie dort fortan ihr Leben bestreiten. Wenn sie sich bemühen, so mag vielleicht sogar der Herr eines Tages wieder Freude und Gefallen an ihnen und ihrem Dienst finden."

An der versteinerten Miene des Abtes war dessen innerer Kampf abzulesen.

Zu spät erkannte er seinen Fehler, Walram bei der Wahl des Verbannungsortes freie Hand gelassen zu haben. Doch er konnte seine Zusage nicht rückgängig machen. Nach einer Weile beendete Degenar das nachdenkliche Schweigen. Seine Stimme klang kraftlos und erschöpft, als habe er soeben eine Niederlage erlitten. „So sei es!"

Daraufhin verließen Abt und Prior den Saal, der eine niedergeschlagen, der andere triumphierend. Bruder Ivo blieb, um die Novizen zurückzubringen. Wortlos streiften die Sünder grob gewobene, wollene Büßergewänder über, welche ihnen der Cellerar reichte. Danach folgten sie dem Mönch durch das Kloster, zurück zu ihren Zellen.

Sichtlich zufrieden betrat Walram wieder seine Gemächer. Er hatte vergessen, dass dort der Edelherr auf ihn wartete und war überrascht, ihn noch anzutreffen. Brandolf erhob sich und sprach den Mönch sogleich an. „Ehrwürdiger Prior, ich bin in Eile. Wenn Ihr jetzt ein wenig Zeit aufbringen könntet, um Euch mein Anliegen anzuhören, wäre ich Euch sehr dankbar."

Bester Laune machte Walram eine gleichgültige und großzügig wirkende Handbewegung. „Wenn es Euch weiterhilft ..."

„Ich bin auf der Suche nach einem Jungen. Er ist im Sommer vor sieben Jahren verschwunden. Er dürfte jetzt etwa dreizehn oder vierzehn Jahre alt sein. Habt Ihr in Eurer Abtei zu jener Zeit vielleicht ein Waisenkind mit besagtem Alter aufgenommen?"

Walram hatte zunächst nur halbherzig zugehört, doch mit jedem Wort richtete er seine Aufmerksamkeit immer mehr auf den Krieger. Als Brandolf endete, war der Prior angespannt, wie eine Katze vor dem Sprung. „Wie heißt der Knabe und welcher Familie entstammt er?"

Das Funkeln in den Augen des Priors ließ Brandolf vorsichtig werden. „Das kann ich Euch nicht sagen, ich bin zur Geheimhaltung verpflichtet."

„Aus welchem Grund sucht Ihr ihn?"

„Ich habe geschworen, mich um den Jungen zu kümmern."

„Und Ihr könnt diesem Eid nicht gerecht werden?"

„Ohne den Knaben wohl kaum. Habt Ihr einen Novizen in Eurer Abtei, der meiner Beschreibung entspricht?"

„Ich benötige weitere Einzelheiten, um Euch eine Antwort geben zu können. Seht Ihr denn keine Möglichkeit, mehr zu berichten?"

„Jedes weitere Wort an falscher Stelle könnte den Jungen in Gefahr bringen."

„Traut Ihr mir nicht?"

Brandolf gefiel die Frage nicht. Unverhohlen schaute er dem Prior in die Augen: „Es gibt nur wenige, die mein Vertrauen genießen!"

Walram schien damit nicht zufrieden zu sein, nickte aber schließlich und fuhr fort: „Ich hoffe, Ihr vertraut dem Herrn! Um Eure Frage zu beantworten: Es gab in der Tat einen Knaben in unserem Kloster, der in besagtem Sommer bei uns aufgenommen wurde. Um genau zu sein sogar drei, doch nur einer von ihnen ist ein Waisenknabe. Die Gemeinschaft gab ihm den Namen Faolán. Sein richtiger Name scheint niemandem bekannt zu sein. Bedauerlicherweise muss ich Euch mitteilen, dass dieser Novize nicht mehr Mitglied unserer Gemeinschaft ist. Insofern ist Eure Suche nach ihm bei uns hoffnungslos."

Brandolf dachte fieberhaft nach. „Wo ist der Junge jetzt?"

„Weshalb glaubt Ihr, könnte ich das wissen?"

„Wann hat er die Bruderschaft verlassen?"

„Vor einigen Tagen hat er eine sträfliche Tat begangen. Daraufhin wurde er aus der Bruderschaft verbannt."

„Vor einigen Tagen erst? Welchen Weg ist er gegangen?"

Prior Walram schwieg. Brandolf wusste nicht, ob der Mönch keine Kenntnis darüber hatte oder es einfach nicht preisgeben wollte. Doch er spürte, dass er Rogar dicht auf der Fährte war. Der Prior hatte mit seinen Andeutungen mehr gesagt, als er es wahrscheinlich beabsichtigt hatte. „Ich danke Euch für Eure Offenheit, Prior. Es ist Zeit, zu gehen."

„Ich werde Euch nicht aufhalten. Möge der Herr Euch auf Eurer Reise beschützen und Eure Mission mit Erfolg segnen."

„Habt Dank." Mit einer knappen Verbeugung verabschiedete sich der Edelherr und verließ die Gemächer des Mönches. Dabei bemerkte er das hämische Grinsen des Priors nicht, der schnell die Tür hinter ihm schloss.

Nachdenklich lenkte Brandolf seine Schritte durch die Gassen des Klosters. Er wollte gerade den Hof betreten, als er in einem Seitenweg drei Gestalten wahrnahm. Er hielt inne und schaute genauer hin. In einiger Entfernung ging ein beleibter Mönch. Ihm folgten zwei Jünglinge, gebeugt wie von einer schweren, unsichtbaren Last. Sie waren unverkennbar in schlichte Büßergewänder gekleidet.

Brandolf zog es für einen kurzen Augenblick in Erwägung, die drei aufzuhalten und den Mönch nach diesem Faolán zu befragen. Vielleicht stand das Vergehen dieser beiden Sünder ja im Zusammenhang mit dem Ausschluss des besagten Novizen. Doch wenn selbst der Prior nicht wusste, wo sich Rogar aufhielt, weshalb sollte es ausgerechnet dieser Mönch wissen? Zudem würde dieser Faolán, sollte er der gesuchte Rogar sein, sich längst irgendwo außerhalb der Abtei durchschlagen. Womöglich in einer nahegelegenen Stadt. Der Krieger verwarf den Gedanken, den beleibten Mönch zu befragen und eilte zu seinem Pferd. Er durfte jetzt keine Zeit vergeuden. Am besten wäre es, nach Neustatt zu reiten und dort nach dem Jungen zu suchen.

Zurück bei seinen Getreuen saß Brandolf auf und spornte sein Ross an. Im Galopp stoben die vier Reiter aus dem Tor des Klosters.

Das rothaarige Mädchen, das sich im nahen Unterholz des Wegesrandes verborgen hielt, fiel ihnen dabei nicht auf. Nachdem die Reiter vorbeigeprescht waren und der Staub sich wieder gelegt hatte, spähte es vorsichtig aus dem Gebüsch. Svea beobachtete das Tor der Abtei mit Neugier und Sehnsucht. Sie kam schon seit einigen Tagen immer wieder in der Hoffnung hierher, etwas über Faolán in Erfahrung zu bringen. Seit ihrem letzten Treffen spürte sie, dass er in großen Schwierigkeiten steckte. Heute war dieses Gefühl besonders stark. Eine merkwürdige Stille lag über der Abtei, die Svea Angst machte. Doch so gerne sie etwas unternommen hätte, ihr waren die Hände gebunden. Sie durfte das Klostertor nicht durchschreiten, mochte es noch so weit offen stehen. Trotz all ihrer außergewöhnlichen Fähigkeiten war Svea nicht in der Lage, Faolán zu helfen, ihn zu retten. Nüchtern betrachtete sie ihre machtlosen Hände. In ihren traurigen Augen spiegelten sich Hilflosigkeit und Gewissheit wider. Die Gewissheit, dass ihre Sehnsucht nicht mehr gestillt werden würde. Eine abgrundtiefe Verzweiflung überkam sie und nahm ihr jegliche Kraft und jede Hoffnung.

Noch einmal schaute Svea zu der Abtei hinüber. Dann senkte sie ihren Blick und begann sich langsam in das Unterholz zurückzuziehen ...

ENDE TEIL 1

Die Eiswolf-Saga, Teil 2: Irrwege

Faolán und Konrad sind an ihrem Verbannungsort auf sich allein gestellt. In dem Kloster, das nach den asketischen Regeln des heiligen Columban geführt wird, haben sie weder Freunde noch scheint dort alles mit rechten Dingen zuzugehen.

Den beiden Büßern bleibt nur noch die Hoffnung, dass Abt Degenar sein Versprechen möglichst schnell in die Tat umsetzen kann und sie bald wieder in ihr Heimatkloster holt. Doch als sich über viele Monate nichts an ihrer Lage ändert, ist Faolán nicht länger gewillt, sich auf die Gunst anderer zu verlassen. Gemeinsam planen Konrad und er eine Flucht, denn sie fürchten Walrams Einfluss in der hiesigen Abtei.

Die Planung benötigt jedoch viel Zeit. Über ein Jahr vergeht. Ein Jahr, in dem Faolán immer wieder um Sveas Liebe bangt. Fernab der Heimat hat er keine Möglichkeit, ihr eine Botschaft zukommen zu lassen oder über sie etwas in Erfahrung zu bringen. Wie wird sich Svea als heranwachsende, junge Frau behaupten? Wie lange wird Alveradis ihre hübsche Gehilfin noch vor den lüsternen Blicken der Männer beschützen können?

Doch nicht nur Faoláns Weg führt ins Ungewisse. Auch Edelherr Brandolf stößt immer wieder auf seinen Widersacher: Graf Rurik! Der junge Ritter muss vorsichtig handeln, um nicht selbst in Gefahr zu geraten. Zwar zählt er immer noch auf die Unterstützung des Kaisers, doch er wird sie nur dann bekommen, wenn er den wahren Erben der Grafschaft gefunden hat. Rurik ist aber ebenso daran interessiert, den Titel an seinen eigenen Sohn weiterzugeben.

Eines Tages allerdings trifft der Edelherr auf zwei verwahrloste Pilger, deren Identität einige Fragen aufwirft, während Prior Walram und der Graf bereits dabei sind, neue Ränke zu schmieden ...

Gerade als Brandolf bei seinen Nachforschungen endlich auf eine entscheidende Spur stößt, überschlagen sich die Ereignisse unvorhersehbar. Nicht nur Svea und Alveradis geraten dabei in Bedrängnis, sondern auch Faolán und seine Befürworter. Allerdings rechnet keiner von ihnen mit dem Einfluss jener Männer, die einst für den Überfall auf die Grafenburg verantwortlich gemacht wurden ...

Der Autor

Holger Weinbach, 1971 im baden-württembergischen Buchen geboren, lebt heute mit seiner Frau und zwei Kindern in seiner Wahlheimat Freiburg. Um seiner Leidenschaft, dem Schreiben, mehr Zeit widmen zu können, hat er sich 2009 als Autor und Architekt selbstständig gemacht. Seit vielen Jahren bewegt er sich privat in der Mittelalterszene und recherchiert für seine historischen Romane nicht nur mittels Fachliteratur, sondern mit Vorliebe auch an Originalschauplätzen in Deutschland und Skandinavien.

Danksagung des Autors

„Meinen Dank möchte ich all jenen aussprechen, die all die Jahre an die Umsetzung und Veröffentlichung dieses Buches geglaubt haben. Allen voran meiner Frau und meinen Kindern. Dank geht auch an Dr. Peter Reiter – in seinen Seminaren habe ich den notwendigen Weitblick erhalten.
Ich verneige mich vor all meinen Helfern im Hintergrund, die mich fachlich beraten und tatkräftig unterstützt haben – und lieber anonym bleiben wollen. Ihr wurdet nicht müde, mich eines Besseren zu belehren ... oft mit Recht.“